BLOEDMAAN

JO NESBØ BIJ UITGEVERIJ CARGO

De roodborst
Nemesis
Dodelijk patroon
De verlosser
De sneeuwman
De vleermuisman
Headhunters
Het pantserhart
De schim
De kakkerlak
Politie
De zoon
Bloed op sneeuw
Middernachtzon
De dorst
Het mes
Koninkrijk
Rateiland

Jo Nesbø

Bloedmaan

Vertaald door Annelies de Vroom

CARGO

2023

AMSTERDAM

De vertaling van dit boek is mede tot stand gekomen
door een subsidie van NORLA.

Cargo is een imprint van Uitgeverij De Bezige Bij, Amsterdam.

Eerste druk april 2023
Oorspronkelijke titel *Blodmåne*
Oorspronkelijke uitgever Aschehoug, Oslo
Omslagontwerp Buro Blikgoed
Omslagillustratie Trevillion/Silas Manhood & Plainpicture/DEEPOL
Foto auteur Stian Broch
Vormgeving binnenwerk Peter Verwey
Druk en bindwerk Wilco, Amersfoort
ISBN 978 94 031 0881 0
NUR 305

uitgeverijcargo.nl

MIX
Papier van verantwoorde herkomst
FSC® C004472

Bij de productie van dit boek is gebruikgemaakt van papier dat het keurmerk van de Forest Stewardship Council® (FSC®) mag dragen. Bij dit papier is het zeker dat de productie niet tot bosvernietiging heeft geleid.

JOËL 2:31

De zon verandert in duisternis en de maan in bloed.
Dan komt de dag van de Heer, groot en ontzagwekkend.

PROLOOG

‘Oslo,’ zei de man en hij bracht het whiskyglas naar zijn mond.

‘Dat is de stad waar je het meest van houdt?’ vroeg Lucille.

Hij staarde voor zich uit, leek na te denken over zijn antwoord voordat hij instemmend knikte. Ze nam hem op terwijl hij dronk. Hij was lang, zelfs nu hij naast haar zat op de barkruk torende hij boven haar uit. Hij moest minstens tien, misschien zelfs twintig jaar jonger zijn dan haar tweeënzeventig jaar, bij alcoholisten was dat altijd moeilijk te zeggen. Zijn gezicht en lijf leken gesneden uit hout: mager, puur en hard. Zijn huid was bleek en over zijn neus liep een fijn netwerk van blauwe adertjes dat samen met de bloeddoorlopen ogen met irissen die de kleur hadden van verwassen denim, erop wees dat hij heftig had geleefd. Heftig had gedronken. Hard was gevallen. En mogelijk had hij ook heftig liefgehad want in de loop van de maand dat hij de nieuwe stamgast was geworden in Creatures, had ze een glimp opgevangen van zijn kwetsbaarheid. Hij was een zwerfhond die uit het nest was geschopt en altijd alleen aan de bar naast Bronco, de mechanische stier, zat, die Ben, bareigenaar en rekwisiteur, gejat had van de filmset van *Urban Cowboy*, een film die gigantisch was geflopt. De stier was het bewijs dat Los Angeles niet gebouwd was op filmsuccessen, maar op een vuilnisbelt van financiele en menselijke fiasco’s. Meer dan tachtig procent van de films flopte volkomen en er ging veel geld verloren. De stad had het hoogste percentage daklozen van Amerika, vergelijkbaar met Bombay. Het verkeer stond op het punt de stad te wurgen, maar mogelijk zouden straatcriminaliteit, geweld en drugs al eerder tot haar failliet leiden.

Maar de zon scheen. Ja, die verdomde Californische tandartsenlamp ging nooit uit en deed alle blingbling in deze fake-stad schitteren als echte diamanten. Verhalen over successen gingen rond, maar de mensen moesten beter weten. Net zoals zij, Lucille, beter wist. Want zij had er gestaan, op de filmset. En ernaast.

De man naast haar had beslist niet op de set gestaan, ze herkende acteurs onmiddellijk. Maar hij zag er ook niet uit als iemand die bewonderend, hoopvol of jaloers naar de acteurs opkeek. Hij zag eruit alsof het hem allemaal niet kon verdommen. Als iemand die zijn eigen sores had. Was hij een muzikant? Zo'n Frank Zappa-type dat van die ontoegankelijke muziek produceerde in een kelder in Laurel Canyon, een muzikant die nooit was doorgebroken of zou doorbreken?

Na verloop van tijd begonnen Lucille en de nieuwe man knikjes en korte begroetingen uit te wisselen, zoals stamgasten van een bar dat doen, maar dit was de eerste keer dat ze naast hem was gaan zitten en hem had getrakteerd op een drankje. Dat wil zeggen, ze had betaald voor zijn drankje omdat ze had gezien dat Ben zijn creditcard had teruggegeven met een gezicht waarop stond te lezen dat de bankrekening leeg was.

'Maar Oslo houdt van jou?' vroeg ze.

'Waarschijnlijk niet,' zei hij. Toen hij met zijn hand door zijn borstelige, vuilblonde haar met hier en daar wat grijs ging, viel het haar op dat de middelvinger een metalen prothese was. Een knappe man was hij niet en het leverkleurige litteken dat als een J van zijn mondhoek naar zijn oor liep – als een vis aan de haak – maakte het geheel er niet beter op. Maar hij had iets, iets lelijkmoois en gevaarlijks, zoals sommige collega's in deze stad ook hadden. Christopher Walken, Nick Nolte. En hij had brede schouders, hoewel dat ook zo kon lijken omdat hij verder mager was.

'Ach ja,' zei Lucille, 'we houden het meest van wat niet van ons houdt. We denken dat we alleen maar beter ons best moeten doen en dan zullen we liefde ontvangen.'

'Wat doe jij?' vroeg de man.

'Ik drink,' zei ze en ze tilde haar whiskyglas op. 'En geef katten te eten.'

'Hm.'

'Eigenlijk wil je weten wie ik ben. Nou, ik ben...' Ze dronk terwijl ze nadacht over welke versie ze zou opdissen. De versie die ze op feestjes gebruikte of de ware. Ze zette haar glas neer en besloot voor de laatste te gaan. Wat maakte het verdomme ook uit.

'Een actrice die één grote rol heeft gehad. Julia, in wat nog steeds de beste filmversie van *Romeo en Julia* is, maar die niemand meer kent. Eén grote rol klinkt niet als veel, maar het is meer dan de meeste acteurs in deze stad krijgen. Ik ben drie keer getrouwd geweest, twee keer met een rijke filmproducent die ik heb verlaten met een flinke alimentatie en ook toen kreeg ik meer dan de meeste acteurs. De derde echtgenoot was de enige van wie ik heb gehouden. Een acteur en een adonis zonder geld, discipline en geweten. Hij heeft al mijn geld erdoor gejaagd om er vervolgens vandoor te gaan. Ik hou nog steeds van hem, maar moge hij branden in de hel.'

Ze leegde haar glas, zette het op de bar en gebaarde naar Ben dat ze er nog eentje wenste. 'Tja, en omdat ik me altijd aangetrokken voel tot wat ik niet kan krijgen, heb ik nu geld dat ik niet heb gestoken in een filmproject dat me verleid heeft met de belofte van een grote rol als oudere vrouw. Een project met een interessant manuscript, acteurs die werkelijk kunnen spelen en een regisseur die de mensen iets geeft om over na te denken. Kort samengevat: een project waarvan alle verstandige mensen weten dat het tot mislukken gedoemd is. Dus dat ben ik, een loser met dromen en een typische *Angeleno*.'

De man met het J-litteken lachte.

'Oké, meer zelfspot heb ik niet,' zei ze. 'Hoe heet jij?'

'Harry.'

'Je praat niet veel, Harry.'

'Hm.'

'Zweeds?'

'Noors.'

'Vlucht je voor iets?'

'Zie ik er zo uit?'

'Ja. Ik zie een trouwring. Vlucht je voor je vrouw?'

'Ze is dood.'

'Ah, je vlucht voor het verdriet.' Lucille tilde haar glas op voor een toost. 'Wil je weten van welke plek ik het meest hou? Van deze plek, Laurel Canyon. Niet zoals het nu is, maar zoals het was aan het eind van de jaren zestig. Had je moeten zien, Harry. Als je toen tenminste al geboren was.'

'Ja, dat heb ik begrepen.'

Ze wees naar de ingelijste foto's op de muur achter Ben.

'Alle muzikanten die hier toen kwamen. Crosby, Stills, Nash en hoe heette de laatste ook alweer?'

Harry lachte weer.

'The Mamas and the Papas,' ging ze verder. 'Carole King, James Taylor, Joni Mitchell.' Ze snoof. 'Ze zag eruit en klonk als een meisje van de zondagsschool, maar de meeste mannen die ik noemde, heeft ze gehad. Zelfs Leonard heeft ze aan de haak geslagen, hij heeft hier een maandje met haar samengewoond. Ik mocht hem voor een nacht lenen.'

'Leonard Cohen?'

'*Himself*. Aardige, lieve man. Hij leerde me het een en ander over het schrijven van teksten op rijm. Dat de meeste mensen de mist in gaan door te beginnen met die ene goede zin en vervolgens verder te gaan in kreupelrijm. De truc is om te beginnen met het kreupelrijm, dat valt niemand op. Als je begint met de mooie zin: '*Your hair on the pillow like a sleepy golden storm*, en vervolgens – omdat het rijmen moeten – komt met de banale zin: *We made love in the morning, our kisses deep and warm*, dan heb je de eerste zin verpest. Maar als je het omdraait en schrijft: *We made love in the morning, our kisses deep and warm, your hair on the pillow like a sleepy golden storm*, dan krijgen beide zinnen een natuurlijk ritme. Zo horen we dat omdat we geloven dat de dichter in dezelfde volgorde denkt als hij schrijft. Niet zo vreemd want we verwachten dat wat er gebeurt een gevolg is van wat eerder is gebeurd en niet omgekeerd.'

‘Hm, dat wat er gebeurt een gevolg is van wat er zal gebeuren?’

‘Precies, Harry! Begrijp je?’

‘Weet ik niet. Heb je een voorbeeld?’

‘Jazeker.’ Ze dronk haar glas leeg. Hij moest iets in haar toon hebben gehoord, ze zag dat hij een wenkbrauw optrok en snel de bar scande.

‘Wat nu gebeurt is dat ik je vertel dat ik een filmproject geld schuldig ben,’ zei ze en ze keek door de vuile ruit met de half neergelaten jaloezieën naar de stoffige parkeerplaats voor de bar. ‘Dat is geen toeval, maar een consequentie van wat er zál gebeuren. Er staat namelijk een witte Camaro naast mijn auto.’

‘Met twee mannen erin,’ zei hij. ‘Ze staan er al twintig minuten.’

Ze knikte. Harry had zojuist bevestigd dat ze zich niet had vergist in wat zijn beroep was.

‘Ik zag de auto eerder vandaag voor mijn huis in Canyon staan,’ zei ze. ‘Ik ben daar niet van geschrokken, ze hadden me al gewaarschuwd en gezegd dat ze een schuldeiser zouden sturen en niet een officiële. De lening werd namelijk niet door een bank verstrekt, om het zo maar te zeggen. Als ik naar mijn auto ga, zullen ze me waarschijnlijk iets te vertellen hebben. Ik neem aan dat het daar nu bij blijft, waarschuwingen en dreigementen dus.’

‘Hm, maar waarom vertel je me dit?’

‘Omdat jij een politieman bent.’

Opnieuw wilde hij een wenkbrauw optrekken. ‘Is dat zo?’

‘Mijn vader was bij de politie en jullie herken ik overal. Het punt is dat ik je wil vragen of je een oogje in het zeil wil houden. Als hij tegen me schreeuwt en me bedreigt dan wil ik dat jij naar buiten komt en… ja, eruitziet als een politieman zodat ze ervandoor gaan. Hoewel ik er vrij zeker van ben dat het niet zover zal komen, voel ik me veiliger als je ons in het oog houdt.’

Harry keek haar onderzoekend aan. ‘Oké,’ zei hij slechts.

Lucille was verbaasd. Had hij zich niet een beetje makkelijk laten overhalen? Tegelijkertijd zag ze iets standvastigs in zijn blik wat maakte dat ze hem vertrouwde. Aan de andere kant, ze had Adonis ook vertrouwd. En de regisseur en de producent al helemaal.

'Ik ga nu,' zei ze.

Harry Hole hield zijn glas vast. Luisterde naar het bijna onhoorbare getinkel van de ijsklontjes die smolten. Hij dronk niet. Hij was platzak, zijn leven was voorbij en hij moest genieten van dit drankje. Hij liet zijn blik rusten op een van de foto's achter de bar. De favoriete schrijver uit zijn jeugd stond erop, Charles Bukowski, de foto was ergens in de jaren zeventig voor de bar genomen, had Ben hem verteld. Bukowski had zijn arm om de schouder van een vriend geslagen en de zon kwam net op. Beiden droegen een hawaïhemd, hun ogen waren omfloerst en ze hadden een triomfantelijke grijns op hun gezicht alsof ze zojuist na een barre tocht de Noordpool hadden bereikt.

Harry keek naar zijn creditcard, die Ben voor hem op de bar had gegooid.

Leeg. Er stond helemaal niets meer op. *Mission accomplished.* Want zo zat het: drinken tot er niets meer was. Geen geld, geen dagen, geen toekomst. Het enige wat hem nu nog restte was uitzoeken of hij de moed – of de lafheid – had de zaak af te ronden. Er lag een oude Beretta onder het matras in het pension. Hij had die voor vijfentwintig dollar gekocht van de dakloze die in een van de blauwe tenten in Skid Row sliep. Er zaten drie kogels in. Hij legde de creditcard in zijn handpalm en kromde zijn vingers eromheen. Hij draaide zich om en keek uit het raam. Volgde de oudere vrouw terwijl ze over de parkeerplaats liep. Wat was ze klein. Haar kledingstijl leek uit de jaren tachtig te stammen, maar was smaakvol. Zo kwam ze elke ochtend de bar binnen. Maakte ze haar entree. Voor een publiek van twee tot acht man.

'*Lucille is here!*' riep Ben altijd voordat hij ongevraagd haar gebruikelijke vergif begon te mengen. Whisky sour.

Maar het kwam niet door de wijze waarop ze de ruimte vulde dat ze Harry aan zijn moeder deed denken. Zijn moeder die in het Radiumhospital was gestorven toen hij vijftien jaar was en haar dood was het eerste kogelgat in zijn hart geweest. Het was Lucilles milde, lachende en tegelijkertijd trieste blik van een goede, maar introverte ziel. De aandacht die ze anderen gaf als ze vroeg naar hun gezondheidsproblemen, liefdesleven en naasten. En het feit dat ze Harry met rust liet terwijl hij aan de bar zat. Moeder, de vrouw van weinig woorden die het middelpunt was van het gezin, het zenuwcentrum, die zo subtiel aan de touwtjes trok dat je zou kunnen denken dat vader alles besliste. Moeder bij wie je je veilig voelde, die je altijd begreep, de vrouw van wie hij boven alles had gehouden en die daardoor ook zijn achilleshiel was geworden. Zoals die keer in de tweede klas toen er voorzichtig op de deur van het lokaal werd geklopt en moeder daar had gestaan met zijn broodtrommel, die hij was vergeten. Harry's ogen waren automatisch opgelicht toen hij haar zag, maar toen hij een paar klasgenoten hoorde lachen was hij naar de gang gerend en had woedend tegen haar gezegd dat ze hem voor gek zette en dat hij geen brood hoefde. Ze had hem slechts verdrietig aangekeken, hem de broodtrommel gegeven, over zijn wang en haar geaaid en was weer vertrokken. Ze had het er nooit meer over gehad. Natuurlijk had ze het begrepen, zoals ze altijd alles begreep. Toen hij die avond naar bed ging, had hij het ook begrepen. Zij had er niet voor gezorgd dat hij zich opgelaten had gevoeld. Het was het feit dat iedereen het had gezien. Zijn liefde. Zijn kwetsbaarheid. In de loop van de jaren had hij meerdere keren gedacht dat hij haar om vergeving moest vragen, maar dat voelde dom.

Er kwam een stofwolk omhoog op de parkeerplaats, waar Lucille net haar zonnebril opzette. Hij zag het portier van de witte Camaro opengaan en een man met een zonnebril op in een rood piqué shirt stapte uit. Hij ging voor de auto staan en versperde Lucille de weg.

Hij verwachtte een gesprek tussen hen beiden te zien. Maar in plaats daarvan deed de man een stap naar voren en greep Lucille bij haar arm. Hij begon haar naar de Camaro te trekken. Harry zag hoe haar hakken zich in het grind boorden. Nu zag hij ook dat de Camaro geen Amerikaans nummerbord had. Op hetzelfde moment gleed hij van de barkruk. Hij rende naar de deur, duwde die open met zijn elleboog en struikelde bijna op de trap van de veranda. Hij stelde vast dat hij verre van nuchter was. Zo snel als hij kon rende hij naar de twee auto's. Zijn ogen moesten wennen aan het felle zonlicht. Aan de andere kant van de weg, achter de parkeerplaats, stond een tamelijk vervallen supermarkt, maar hij zag geen andere mensen dan de man en Lucille die naar de Camaro werd gesleept.

'*Police!*' riep hij. '*Let her go!*'

'*Please stay out of this, sir*,' riep de man terug.

Harry concludeerde dat de man dezelfde achtergrond als hij moest hebben, alleen politiemensen bezigden in zo'n situatie dergelijke beleefde taal. Harry wist ook dat fysiek ingrijpen onontkoombaar was en regel nummer één luidde: niet wachten, de eerste die heel agressief aanvalt, is de winnaar. Daarom minderde hij geen vaart en de ander moest de bedoeling van Harry hebben begrepen, hij liet Lucille los en greep naar iets achter zijn rug. Hij zwaaide zijn hand naar voren. Hij hield een glimmend pistool vast dat Harry onmiddellijk herkende. Een Glock 17, die nu op hem was gericht.

Harry ging langzamer lopen, maar nog steeds in de richting van de man. Hij zag diens oog vanachter zijn pistool. Zijn stem werd half overstemd door een langsrijdende pick-uptruck: 'Ga terug naar waar je vandaan komt, sir. Nu!'

Maar Harry bleef doorlopen. Hij merkte dat hij nog steeds zijn creditcard in zijn rechterhand hield. Zou het zo eindigen? Op een stoffige parkeerplaats in een vreemd land, badend in het zonlicht, berooid en lichtelijk aangeschoten terwijl hij probeerde te doen wat hij niet voor zijn moeder had gedaan, niet voor wie dan ook van wie hij had gehouden?

Hij deed zijn ogen half dicht, klemde zijn vingers rond de creditcard zodat zijn hand een beitel vormde.

De titel van een van Leonard Cohens hits die ze verkeerd had geciteerd ging door zijn hoofd: '*Hey, that's no way to say goodbye*.'

Verdomme, dat was het wel.

HOOFDSTUK 1

Vrijdag

Het was acht uur, een halfuur geleden was de septemberzon boven Oslo ondergegaan en het was allang tijd voor een driejarige om te gaan slapen.

Katrine Bratt zuchtte en fluisterde in de telefoon: 'Kan je niet slapen, lieffie?'

'Oma zingt het velkeeld,' zei het kinderstemmetje snikkend. 'Waal ben jij?'

'Ik moest aan het werk, lieffie, maar ik kom gauw weer naar huis. Zal mama wat zingen?'

'Ja.'

'Maar dan moet jij je ogen dichtdoen.'

'Kikkeltjes.'

Katrine begon met zachte, diepe stem het droevige liedje te zingen. 'Er zaten zeven kikkertjes al in een boerensloot.'

Ze had geen idee waarom het kind in slaap gezongen wilde worden met een liedje waarin kikkertjes bijna doodgaan van kou, honger en verdriet. Maar hoe dan ook, na een paar regels hoorde ze Gert al regelmatig en diep ademhalen en kort daarna klonk de fluisterende stem van haar schoonmoeder in de telefoon.

'Hij slaapt.'

'Bedankt,' zei Katrine, die zo lang op haar hurken had gezeten dat ze haar hand op de grond moest zetten om niet om te vallen. 'Ik kom zo snel mogelijk.'

'Neem de tijd die je nodig hebt, kind. Ik zou jou moeten bedanken dat we op hem mogen passen. Hij lijkt zo op Bjørn als hij slaapt.'

Katrine slikte. Ook nu kon ze niet reageren op wat haar schoonmoeder zojuist weer had gezegd. Niet omdat ze Bjørn niet miste, niet omdat ze niet blij was dat Bjørns ouders hem in Gert zagen. Maar omdat het gewoon niet waar was.

Ze concentreerde zich op wat voor haar lag.

'Heftig slaapliedje,' zei Sung-min Larsen, die naast haar op zijn hurken was gaan zitten. 'De kikkertjes bijna dood?'

'Ik weet het, maar alleen dat liedje wil hij horen,' zei Katrine.

'En dan krijgt hij dat,' zei haar collega met een lach.

Katrine knikte. 'Heb jij er weleens over nagedacht hoe we als kinderen verwachten dat we onvoorwaardelijke liefde van onze ouders krijgen zonder iets terug te geven? Dat kinderen eigenlijk parasieten zijn. Maar dan worden ze volwassen en verandert alles. Wanneer verliezen we het geloof dat we onvoorwaardelijke liefde zullen krijgen door alleen maar te zijn wie we zijn?'

'Wanneer is zíj dat kwijtgeraakt, bedoel je?'

'Ja.'

Ze keken naar de dode jonge vrouw die op de bosgrond lag. Haar broek en slipje waren tot op haar enkels naar beneden getrokken, maar de rits van haar dunne donsjas zat dicht. Haar gezicht – dat naar de sterrenhemel leek te staren – was krijtwit in het licht van de schijnwerpers die door de technische recherche tussen de bomen waren gezet. Haar make-up, die meerdere keren leek te zijn uitgelopen en opgedroogd, had strepen getrokken. Haar haren, die flink behandeld waren met chemicaliën, plakten aan de ene kant van haar gezicht. Haar lippen waren volgespoten met siliconen en de valse wimpers stonden als dakjes boven haar ogen. Het ene oog was verzonken in de gebroken oogkas en staarde omhoog. Het andere oog was er niet meer, alleen een lege oogkas restte nog. Misschien kwam het door de vele niet-afbreekbare stoffen dat het lijk er nog relatief goed uitzag.

'Ik ga ervan uit dat dit Susanne Andersen is,' zei Sung-min.

'Ja, ik ook,' zei Katrine.

De twee politiemensen kwamen van twee verschillende afdelingen. Zij van de afdeling Geweld van het politiedistrict Oslo en hij van Kripos.

Susanne Andersen, 26 jaar, was zeventien dagen vermist geweest en was voor het laatst door een bewakingscamera op het metrostation Skullerud geobserveerd, op twintig minuten lopen hiervandaan. Het enige spoor van de andere vermiste vrouw, Bertine Bertilsen, 27 jaar, was haar verlaten auto op de parkeerplaats van Grefsenkollen, een wandelgebied aan de andere kant van de stad. De vrouw die voor hen lag had blond haar en dat kwam overeen met de beelden van de bewakingscamera van Susanne. Bertine was volgens familie en vrienden op het moment een brunette. Het lijk had bovendien geen tatoeages op haar naakte onderlichaam terwijl Bertine op haar enkel het Louis Vuitton-logo had laten tatoeëren.

Het was een relatief koele en droge septembermaand geweest en de verkleuringen van het lijk – blauw, paars, geel en bruin – kwamen overeen met de bijna drie weken dat het hier had gelegen. Hetzelfde gold voor de geur die kwam van het gas dat het lichaam produceerde en dat uit alle lichaamsopeningen ontsnapte. Katrine was ook de witte plek met dunne haartjes onder haar neusgaten opgevallen: schimmel. In de grote wond in haar hals krioelde het van de geelwitte, blinde vliegenlarven. Katrine had dat zo vaak gezien dat ze daar niet meer van opkeek. Bromvliegen zijn immers net zo trouw als Liverpoolfans, citaat van Harry. Ze duiken altijd binnen een uur op, ongeacht tijdstip, plaats, weer en wind, aangetrokken door de geur van dimethylsulfide die het lichaam begint uit te scheiden vanaf het moment dat het sterft. De vrouwtjesvliegen leggen hun eitjes, een paar dagen later barsten die open, de larven kruipen naar buiten en beginnen van het rottende vlees te eten. Ze verpoppen, de poppen worden vliegen die naar een lijk gaan zoeken waarop ze eitjes kunnen leggen en na een maand komt hun leven ten einde en sterven ze. Zo gaat hun kringloop. Niet zo verschillend van de onze, dacht Katrine. Of beter: niet zo verschillend van die van mij.

Katrine keek rond. De rechercheurs in witte pakken bewogen zich als geluidloze spoken tussen de bomen en elke keer dat de flitsers van hun camera's oplichtten wierpen ze naargeestige schaduwen. Het bos was groot. Eigenlijk liep Østmarka door tot aan de Zweedse grens. Een jogger had het lijk gevonden. Of beter gezegd: de hond van de jogger die niet aangelijnd was geweest en tussen de bomen was verdwenen. Het was al donker aan het worden en de jogger – die met een hoofdlamp liep – was roepend achter de hond aan gegaan en uiteindelijk had hij het beest kwispelend naast het lijk gevonden. Dat wil zeggen, over het kwispelen had de jogger niet gesproken, maar zo zag Katrine het voor zich.

'Susanne Andersen,' fluisterde ze, maar ze wist niet tegen wie. Mogelijk tegen het lijk als een soort troost en bevestiging dat ze eindelijk was gevonden en geïdentificeerd.

Over de doodsoorzaak bestond geen twijfel. De snee over Susanne Andersens tengere hals leek op een lach. Aan het grootste deel van het bloed hadden vliegenlarven, diverse insecten en mogelijk andere dieren zich tegoed gedaan, maar Katrine zag toch sporen van de bloedfontein in de hei en op een van de bomen.

'Ter plekke vermoord,' zei ze.

'Daar ziet het er wel naar uit,' zei Sung-min. 'Denk je dat ze is verkracht? Of is ze na de moord misbruikt?'

'Na de moord,' zei Katrine en ze scheen met haar zaklantaarn op Susannes handen. 'Geen gebroken nagels, geen tekenen van afweer. Maar ik zal vragen of de onderzoekers van het gerechtelijk laboratorium nog dit weekend het lijk willen onderzoeken om te horen wat hun bevindingen zijn.'

'Obductie?'

'Die zal niet eerder dan maandag plaatsvinden.'

Sung-min zuchtte. 'Ja ja, het is dus een kwestie van tijd voor we ergens op Grefsenkollen Bertine Bertilsen verkracht en met doorgesneden keel aantreffen.'

Katrine knikte weer. Sung-min en zij hadden elkaar het laatste jaar beter leren kennen en hij had zijn reputatie als een van de beste rechercheurs van Kripos al enkele keren waargemaakt. Veel collega's meenden dat hij leider van de afdeling Recherche van Kripos moest worden als Ole Winter zou opstappen en dat de afdeling daarmee een veel betere chef zou krijgen. Misschien, maar er waren ook sceptische geluiden van collega's die zich afvroegen of het belangrijkste rechercheteam van het land wel geleid moest worden door een homoseksuele geadopteerde Zuid-Koreaan die zich kleedde als een man uit de Engelse upperclass. Zijn klassieke tweedjas en suède schoenen stonden in schril contract met Katrines dunne Patagonia-donsjas en Goretex-schoenen. Toen Bjørn nog leefde had hij zo'n outfit *gorpcore* genoemd en ze had begrepen dat het een internationale trend was om gekleed voor een trektocht in de bergen, naar de pub te gaan. Maar ze moest bekennen dat haar ongedwongen, praktische kledingstijl ook te maken had met het feit dat ze niet meer de jonge, rebelse, talentvolle rechercheur was, maar leider van de afdeling Geweld bij de politie Oslo.

'Wat denk je dat dit is?' zei Sung-min.

Ze wist dat hij hetzelfde dacht als zij. Geen van tweeën was van plan het woord hardop te zeggen. Nog niet. Katrine schraapte haar keel: 'Eerst moeten we uitzoeken wat we hier hebben en wat er is gebeurd.'

'Eens.'

Katrine hoopte dat ze de komende tijd het woord 'eens' vaak zou horen van Kripos. Jazeker, ze was uiteraard blij met alle hulp die ze konden krijgen. Vanaf het moment dat Bertine Bertilsen een week na Susanne onder dezelfde omstandigheden werd vermist, had Kripos gemeld dat ze stand-by stonden. Beide vrouwen waren op een dinsdagavond vertrokken zonder degenen met wie de politie had gesproken te vertellen waar ze naartoe gingen en met wie, vervolgens waren ze spoorloos verdwenen. Bovendien waren er nog andere zaken die de twee vrouwen aan elkaar linkten. De politie had de eerste theorie dat Susanne een ongeluk had gehad of zelfmoord had gepleegd, laten varen.

'Goed, zo gaan we het doen,' zei Katrine en ze kwam overeind. 'Ik zal dit melden aan de chef.'

Katrine moest even blijven staan om weer gevoel in haar benen te krijgen. Ze zette de zaklantaarn op haar mobiel aan zodat ze zo veel mogelijk in de voetsporen konden lopen die ze op de heenweg hadden gemaakt. Toen ze buiten de afzetlinten was die tussen de bomen waren gespannen, toetste ze de eerste letters in van de naam van haar chef. Bodil Melling nam op nadat de telefoon drie keer was overgegaan.

'Met Bratt. Het spijt me dat ik zo laat bel, maar het lijkt erop dat we een van de twee vrouwen hebben gevonden. Vermoord, keel doorgesneden, fontein uit de slagader, waarschijnlijk verkracht of misbruikt. We zijn er vrij zeker van dat het Susanne Andersen is.'

'Dat is erg,' zei Melling. Ze zei het toonloos en Katrine zag ogenblikkelijk Bodil Mellings uitdrukkingsloze gezicht, fletse kleren, temperamentloze lichaamstaal, gegarandeerd conflictloze gezinsleven en saaie seksleven voor zich. Het enige wat de nieuwe chef leek te triggeren was dat de kamer van de hoofdcommissaris spoedig leeg zou komen te staan. Het was niet dat Melling niet capabel genoeg was, Katrine vond haar alleen ongelooflijk saai, defensief en laf.

'Moeten we een persconferentie beleggen?' vroeg Melling.

'Goed. Wil jij...?'

'Nee, zolang het om een niet-geïdentificeerd lijk gaat, moet jij het doen.'

'Samen met Kripos? Ze hadden mensen op de plaats delict.'

'Ja, goed. Verder nog iets? We hebben gasten.'

In de stilte die volgde hoorde Katrine zacht gepraat op de achtergrond. Het klonk als één rustige discussie, dat wil zeggen met volledige consensus waarbij de ene slechts bevestigde en uitdiepte wat de andere al had gezegd. *Social bonding.* Zo wilde Bodil Melling het. Ze zou gegarandeerd geïrriteerd raken als Katrine het onderwerp weer ter sprake bracht. Katrine had direct na de vermissing van Bertine Bertilsen de mogelijkheid geopperd dat beide vrouwen vermoord waren door dezelfde dader. Melling was duidelijk geweest en had de discussie afgekapt. Katrine moest die gedachte laten varen.

'Nog één ding,' zei ze. Ze liet de woorden even hangen en haalde diep adem.

De chef was haar al voor: 'Het antwoord is nee, Bratt.'

'Maar hij is de enige specialist die we hebben. En de beste.'

'En de ergste. Bovendien hébben we hem niet. Godzijdank.'

'De pers zal naar hem informeren, vragen waarom we niet...'

'Dan antwoord je naar waarheid dat we niet weten waar hij is. Denkend aan wat er met zijn vrouw is gebeurd, gecombineerd met zijn labiele karakter en drankmisbruik, zie ik ook niet voor me hoe hij ons in dit moordonderzoek kan helpen.'

'Ik geloof dat ik weet hoe we hem kunnen vinden.'

'Stop hiermee, Bratt. Als je over oude helden gaat beginnen zodra een zaak een beetje moeilijk wordt, is dat een impliciete onderschatting van de mensen op de afdeling Geweld over wie je wel beschikt. Wat zal dat doen met hun eigenwaarde en motivatie, denk je, als je vertelt dat je een afgedankt wrak wil binnenhalen? Zoiets noemen ze slecht leiderschap, Bratt.'

'Oké,' zei Katrine en ze moest flink slikken.

'Mooi, ik stel het op prijs dat je het oké vindt. Verder nog iets?'

Katrine dacht na. Melling kon zich kennelijk wel laten provoceren en dan haar tanden laten zien. Prima. Ze keek naar de maansikkel die boven de boomtoppen hing. Gisteravond had Arne, de jonge man met wie ze nu bijna een maand af en toe afsprak, verteld dat er over twee weken een volledige maansverduistering zou zijn, de zogenaamde bloedmaan, en dat ze dat moesten vieren. Katrine had geen idee wat een bloedmaan was, maar het was kennelijk iets wat maar eens in de twee of drie jaar plaatsvond. Arne was zo enthousiast geweest dat ze het niet over haar hart had kunnen verkrijgen om te zeggen dat ze beter niet zo ver vooruit konden plannen, ze kenden elkaar immers nog maar net. Katrine ging conflicten nooit uit de weg en was altijd direct, dat had ze waarschijnlijk van haar vader, een politieman uit Bergen die meer vijanden had dan de stad regendagen, maar ze had geleerd haar gevechten en tijdstippen te kiezen. Maar nu ze erover nadacht, begreep ze dat ze in tegenstelling tot een confrontatie met een man van wie ze niet wist of ze daar een toekomst mee had, deze nu niet moest uitstellen. Hoe eerder, hoe beter.

'Nog één ding: is het ook oké als ik dat zeg na vragen daarover op de persconferentie? Of tegen de ouders van het volgende meisje dat wordt vermoord?'

'Dat je wat zegt?'

'Dat de politie Oslo niet de hulp zal inroepen van de man die drie soortgelijke zaken heeft opgelost en de seriemoordenaars heeft opgepakt omdat we de eigenwaarde van enkele collega's niet willen beschadigen?'

Er viel een lange stilte en nu hoorde Katrine ook geen gepraat meer op de achtergrond. Tot slot schraapte Bodil Melling haar keel.

'Weet je, Katrine? Je hebt lang en hard aan deze zaak gewerkt. Doe die persconferentie, slaap dit weekend uit en we spreken elkaar maandag.'

Ze verbrak de verbinding en Katrine belde het gerechtelijk laboratorium. In plaats van de officiële weg te bewandelen, belde ze Alexandra Sturdza, de jonge gerechtelijk arts die geen geliefde en kinderen had en het ook niet zo nauw nam met werktijden. En inderdaad, Sturdza antwoordde dat zij en een collega in de loop van de volgende dag naar het lijk zouden kijken.

Daarna dacht Katrine na over de dode vrouw. Misschien kwam het doordat ze zich op eigen kracht een plaats had verworven in een mannenwereld dat ze altijd een zekere verachting had gevoeld voor vrouwen die zich vrijwillig afhankelijk maakten van mannen. Wat Susanne en Bertine gemeen hadden was het feit dat ze dezelfde, dertig jaar oudere man hadden gedeeld. Vastgoedmagnaat Markus Røed. Hun leven en bestaan waren gebaseerd op het feit dat andere personen, mannen met geld en banen die ze zelf niet hadden, ze onderhielden. Als wederdienst boden ze hun lichaam, jeugd en schoonheid aan. En werd de verhouding openbaar gemaakt dan genoot hun uitverkoren gastheer van de afgunst van andere mannen. Maar in tegenstelling tot kinderen moesten vrouwen als Susanne en Bertine leven met de zekerheid dat de liefde niet zonder voorwaarden kwam. Vroeg of laat zou de gastheer ze laten vallen en dan moesten ze een nieuwe man vinden op wie ze konden parasiteren. Of dus op zich laten parasiteren, het was maar hoe je het bekeek.

Was dat liefde? Of: was dat ook liefde? Waarom niet, twijfelde ze eraan omdat het zo deprimerend was om eraan te denken?

Tussen de bomen, op de grindweg, zag Katrine het blauwe zwaailicht van de ambulance die geluidloos was gearriveerd. Ze dacht aan Harry Hole. Ze had inderdaad in april een teken van leven ontvangen, een ansichtkaart van Venice Beach nota bene met het poststempel van Los Angeles. Als een sonargeluid van een onderzeeër diep in de oceaan. De tekst was kort. 'Stuur geld.' Een grap, maar zeker was ze daar niet van. Sindsdien was het stil.

Doodstil.

De laatste regels van het liedje spookten door haar hoofd.

'Ze kwekten niet, ze kwaakten niet, van honger en verdriet.
Er zaten zeven kikkertjes al in de boerensloot.'

HOOFDSTUK 2

Vrijdag. Valuta.

De persconferentie vond zoals gebruikelijk plaats in de Parolezaal van het hoofdbureau. De klok aan de muur wees drie minuten voor tien en terwijl Mona Daa, misdaadverslaggever van VG, en de andere journalisten wachtten tot de vertegenwoordigers van de politie op het podium verschenen, stelde Mona vast dat de opkomst groot was. Meer dan twintig journalisten en dat voor een vrijdagavond. Ze had een korte discussie gehad met haar fotograaf over of een dubbele moord dubbel zo goed verkocht als een enkelvoudige of dat er sprake was van *diminishing returns*. De fotograaf meende dat kwaliteit boven kwantiteit ging. Betrof het een jonge, etnisch Noorse en meer dan gemiddeld knappe vrouw dan zou het artikel vaker worden aangeklikt dan bij bijvoorbeeld een drugsverslaafd, eerder veroordeeld stel van in de veertig. Of twee, ja, zelfs drie, migrantenjongeren uit een gang.

Mona Daa was het daarmee eens. Voorlopig was er van slechts één jonge vermiste vrouw bevestigd dat ze was vermoord, maar het was een kwestie van tijd voor duidelijk werd dat de ander hetzelfde lot had ondergaan. Beide vrouwen waren jong, Noors en knap. Beter werd het dus niet. Ze wist niet wat ze daarvan moest vinden. Zou dat extra medeleven voor de jonge, onschuldige en weerloze vrouw betekenen? Of speelden andere factoren een rol voor de lezers van de website van VG? Zaken als: seks, geld en het leven dat veel lezers ook graag wilden hebben.

Als het ging om wat anderen hadden dan kon zij ook wel wat noemen. Ze keek naar een man van in de dertig die in de rij voor haar zat. Hij droeg het flanellen overhemd dat alle hipsters dit jaar moesten hebben en de *pork pie*-hoed van Gene Hackman in *The French Connection*. Het was Terry Våge van *Dagbladet* en ze wenste dat ze zijn bronnen had. Sinds het begin van deze zaak lag hij een straatlengte voor op de anderen. Våge had bijvoorbeeld geschreven dat Susanne en Bertine op hetzelfde feest waren geweest. En Våge had een bron geciteerd die zei dat Røed de sugardaddy van de vrouwen zou zijn. Ze ergerde zich en niet alleen omdat hij een concurrent was. Het was irritant dat hij hier was. Alsof hij haar hoorde denken, draaide hij zich om en keek haar recht aan. Hij lachte breed en tikte met zijn vinger tegen die idiote hoed.

'Hij mag je,' zei de fotograaf.

'Ik weet het,' zei ze.

Våges interesse voor Mona was begonnen toen hij zijn onverwachte comeback maakte als misdaadverslaggever voor *Dagbladet* en zij de fout had gemaakt relatief aardig tegen hem te zijn tijdens een seminar over nota bene esthetiek in de journalistiek. Aangezien de andere journalisten Våge meden als de pest, was haar houding kennelijk uitnodigend voor hem geweest. Daarna had hij contact met Mona opgenomen voor tips en advies. Alsof zij er interesse in had mentor van haar concurrent te zijn of sowieso zin had om ook maar iets te maken te hebben met een vent als Terry Våge, van wie iedereen wist dat een deel van de geruchten over hem waar waren. Maar hoe meer afstand ze bewaarde, hoe intenser hij werd. Aan de telefoon, via de sociale media, zelfs in cafés waar ze vaak kwam dook hij ineens op. Zoals gewoonlijk had het even geduurd voor ze begreep dat hij interesse had in háár. Mona was nooit de eerste keus geweest bij mannen, tonvormig als ze was met een breed gezicht en haar dat haar moeder 'triest' had genoemd. Bovendien had ze een aangeboren heupafwijking die maakte dat ze liep als een krab. God mag weten of ze het deed om te compenseren, maar ze was begonnen met trainen met gewichten, ze ging nog meer op een ton lijken, maar ze kon honderdtwintig kilo heffen en haalde brons op de nationale kampioenschappen bodybuilding. En omdat ze had geleerd dat je niets gratis krijgt had ze een bijzondere charme, humor en stoerheid ontwikkeld die de barbiepoppen konden vergeten en waarmee ze de officieuze troon van misdaadkoningin had veroverd, en Anders. Van die twee stelde ze Anders het meest op prijs. Oké, meestal dan. Hoe dan ook, zelfs al was de interesse die types als Våge toonden ongebruikelijk en vleiend voor haar, Mona wilde die niet verder onderzoeken. En ze meende dat ze dat – niet direct met zoveel woorden, maar wel in haar toon en lichaamstaal – duidelijk had gemaakt aan Våge. Maar het leek wel of hij hoorde en zag wat hij wilde. Soms keek ze in zijn opengesperde, starende ogen en vroeg ze zich af of hij misschien wat gebruikte of niet goed bij zijn hoofd was. Op een avond was hij opgedoken in een bar terwijl Anders net naar de wc was gegaan, en toen had hij zo zacht tegen haar gezegd dat het niet boven de muziek uit kwam, maar toch ook weer niet zacht genoeg: 'Jij bent van mij.' Ze had gedaan of ze het niet had gehoord, maar hij stond daar gewoon, rustig en zelfverzekerd, met een mysterieuze lach alsof ze nu een geheim deelden. De duivel moge hem halen. Ze wilde geen scène, dus ze had niets tegen Anders gezegd. Alhoewel Anders het rustig zou hebben opgenomen. Wat verbeeldde Våge zich wel? Dat haar interesse voor hem, het nieuwe alfamannetje in de groep, wel moest meegroeien met Terry Våges steeds sterker wordende positie als misdaadverslaggever die de anderen altijd een straatlengte voor was? Want dat was een feit, daarover bestond geen twijfel. Dus inderdaad, als ze iets wenste dan was het om haar koppositie terug te veroveren en niet gedegradeerd te worden tot iemand in de groep die hijgend achter Terry Våge aan rende.

'Waar heeft hij het vandaan, denk jij?' fluisterde ze naar de fotograaf.

Hij haalde zijn schouders op. 'Misschien verzint hij het weer.'

Mona schudde haar hoofd. 'Nee, wat hij schrijft snijdt hout.'

Markus Røed en Johan Krohn, zijn advocaat, hadden niet eens geprobeerd iets van wat Våge had geschreven te ontkrachten en dat was voldoende bevestiging.

Maar Våge was niet altijd misdaadkoning geweest. Er kleefde een verhaal aan hem en dat zou het altijd blijven doen. De artiestennaam van het meisje was Genie, een retro glamrock-artiest die je zou kunnen vergelijken met Suzie Quatro, voor degenen die nog weten wie zij was. De zaak gaat zo'n zes jaar terug in de tijd en het ergste was eigenlijk niet dat Våge pure leugens over Genie had gepubliceerd, maar het was vooral het gerucht dat hij tijdens een afterparty geprobeerd had seks met het tienermeisje te hebben door rohypnol in haar drankje te doen. In die tijd schreef hij voor een grote gratis krant over muziek en was hij smoorverliefd geworden op Genie, maar hij had – ondanks dat hij keer op keer lovende recensies over haar schreef – meerdere keren een blauwtje bij haar gelopen. Maar hij bleef naar de concerten en de afterparty's gaan. Tot de avond dat hij – als de geruchten klopten – een goedje in haar drankje had gedaan en haar naar zijn kamer had gedragen die hij geboekt had in hetzelfde hotel als de band. Het verhaal gaat dat de jongens van de band doorhadden wat er stond te gebeuren en zij waren de hotelkamer binnengestormd op het moment dat Genie al half ontkleed en geheel van de wereld op Terry Våges bed lag. Ze hadden Terry zo in elkaar geslagen dat hij een schedelfractuur opliep en maanden in het ziekenhuis lag. De band en Genie vonden kennelijk dat Våge voldoende gestraft was of ze wilden het risico niet lopen dat ze zelf vervolgd werden, in elk geval werd er van beide kanten geen aangifte gedaan. Maar het betekende wel het eind van de lovende recensies. Naast het afbranden van alles wat ze op muzikaal gebied deed, schreef Terry Våge over Genies wilde seksleven, haar drugsmisbruik, haar plagiaat, de onderbetaling van de bandleden en het leveren van valse gegevens om subsidie te krijgen voor een tournee. Toen er over zo'n tien van deze zaken een klacht werd ingediend bij de Raad voor de Journalistiek en vervolgens bleek dat Våge het meeste had verzonnen, kreeg hij ontslag en was hij de volgende vijf jaar persona non grata in de Noorse media. Hoe het hem gelukt was terug te keren was een raadsel. Of wellicht ook niet. Hij had begrepen dat muziekrecensies schrijven niet meer mogelijk was, maar hij hield een misdaadblog bij dat steeds meer volgers kreeg en uiteindelijk vond *Dagbladet* dat je een jonge journalist geen beroepsverbod kon opleggen omdat hij in het begin van zijn carrière een misstap had begaan. Ze hadden hem als freelancer aangenomen – een freelancer die meer ruimte in de krant kreeg dan welke andere vaste verslaggever bij de krant ook.

Våge draaide zich eindelijk weer om toen de politie haar intrede maakte en plaatsnam op het podium. Twee van het politiedistrict Oslo, Katrine Bratt – inspecteur van de afdeling Geweld – en de politiewoordvoerder Kedzierski, een man met het krulhaar van Bob Dylan. Twee mannen van Kripos, de chef van de afdeling Recherche zelf, de terriër Ole Winter, en de altijd goedgeklede Sung-min Larsen met zijn keurig gekapte haar. Daaruit concludeerde Mona dat ze al hadden besloten dat er samengewerkt zou worden tussen de afdeling Geweld, in dit geval de Volvo, en Kripos, de Ferrari.

De meeste journalisten hielden hun mobiel omhoog voor een geluids- en beeldopname, maar Mona Daa maakte notities en liet het fotograferen over aan haar collega.

Zoals verwacht kregen ze niet veel meer te horen dan dat er een lijk was gevonden in Østmarka, in het wandelgebied bij Skullerud, en dat uit de identificatie bleek dat het om Susanne Andersen ging. De zaak zou onderzocht worden als moord, maar voorlopig konden ze geen details geven over de doodsoorzaak, sporen, verdachte enzovoorts.

Daarop volgde het gebruikelijke circus met vragen die werden afgevuurd door de journalisten terwijl degenen op het podium, met name Katrine Bratt, steeds herhaalden: 'Geen commentaar' en 'Daarop kunnen we geen antwoord geven'.

Mona Daa gaapte. Anders en zij zouden uit eten gaan om het begin van het weekend te vieren, maar daar zou niets meer van komen. Ze noteerde wat er werd gezegd, maar had vooral het gevoel dat ze een verslag schreef dat ze al eerder had geschreven. Misschien had Terry Våge hetzelfde gevoel. Hij noteerde niets en nam, zo leek het, ook niets op. Hij zat slechts achterovergeleund op zijn stoel en nam het tafereel op met een klein, haast triomfantelijk lachje. Hij stelde geen vragen, alsof hij de antwoorden al had. Toen de vragen opdroogden en de politiewoordvoerder Kedzierski adem leek te halen om de persconferentie af te sluiten, stak Mona haar potlood in de lucht.

'Ja, VG?' zei de woordvoerder met een gezicht alsof hij hoopte dat het een korte vraag zou zijn omdat het weekend was begonnen.

'Hebben jullie genoeg competentie in huis als het blijkt te gaan om een dader die opnieuw slachtoffers maakt, een...'

Katrine Bratt leunde voorover en onderbrak haar. 'We hebben nog geen aanwijzingen dat er een verband is tussen deze dood en eventuele andere geweldsmisdrijven. Wat betreft de gezamenlijke competentie van de afdeling Geweld en Kripos durf ik, uitgaande van wat we nu weten, te beweren dat die toereikend is.'

Mona noteerde het voorbehoud van de afdelingsleider: 'uitgaande van wat we nu weten'. En dat Sung-min Larsen op de stoel naast haar niet instemmend had geknikt op wat Bratt had gezegd of op een andere wijze had laten blijken wat hij vond van de competentie.

De persconferentie werd afgerond en Mona en haar collega's liepen de milde herfstavond in.

'Wat denk jij?' vroeg de fotograaf.

'Ik geloof dat ze blij zijn dat ze een lijk hebben,' zei Mona.

'Zei je blij?'

'Ja, Susanne Andersen en Bertine Bertilsen zijn nu drie, respectievelijk twee weken dood, dat weet de politie, maar ze hebben geen enkel spoor behalve dan dat feest bij Røed. Dus ja, ik geloof dat ze blij zijn dat ze het weekend in gaan met in elk geval een lijk dat misschien iets kan opleveren.'

'Verdomme, jij bent een koele kikker, Daa.'

Mona keek verbaasd naar hem op. Dacht na over wat hij had gezegd en zei: 'Bedankt.'

Het was kwart over elf toen Johan Krohn eindelijk in de Thomas Heftyes gate een parkeerplaats voor zijn Lexus UX 300e had gevonden en daarna het nummer van de villa waar zijn cliënt Markus Røed hem gevraagd had te komen. De vijftigjarige advocaat werd onder collega's gerekend tot de beste drie advocaten van Oslo. Op grond van het honorarium dat Krohn vroeg kon hij gelden als een van de beste. Aangezien hij, enkele uitzonderingen daargelaten, een grotere ster was dan zijn cliënten legde hij geen huisbezoeken af, zijn cliënten kwamen tijdens gebruikelijke werktijden naar het kantoor van Krohn en Simonsen aan de Rosenkrantz' gate. Eigenlijk kon je niet spreken van een huisbezoek, dit was niet Røeds vaste woonadres. Dat was het penthouse in een van de gebouwen aan de Oslofjord.

Volgens de instructies die hij een halfuur geleden had gekregen, drukte Krohn op de bel waaronder de naam van Røeds firma, Barbell Vastgoed stond.

'Johan?' klonk Markus Røeds hijgende stem. 'Vierde verdieping.'

Er klonk gezoem en Krohn duwde de deur open.

De lift zag er zo krakkemikkig uit dat Krohn de trap nam. Een brede, eikenhouten trap met trapleuningen die hem meer aan Gaudí deden denken dan aan een oud, exclusief Noors appartementencomplex. De deur op de vierde verdieping stond op een kier. Het leek wel of er binnen een oorlog woedde en hij begreep dat het inderdaad het geval was toen hij blauw licht uit de woonkamer zag komen. Voor een groot televisiescherm, minstens vijfentachtig inch, stonden drie mannen met hun rug naar hem toe. De grootste, de man in het midden, had een VR-bril op en een gameconsole in zijn hand. De twee andere, jongere mannen, dertigers, waren duidelijk toeschouwers die op de televisie konden zien wat de man met VR-bril zag. De oorlog op het televisiescherm speelde zich af in loopgraven, waarschijnlijk ging het om de Eerste Wereldoorlog gezien de helmen van de Duitse soldaten die kwamen aangestormd en op wie de grote man met de console fanatiek schoot.

'*Yeah!*' riep een van de jongere mannen toen het hoofd van de laatste Duitser in zijn helm explodeerde en de soldaat omviel.

De grote man trok de VR-bril van zijn hoofd en draaide zich om naar Krohn.

‘Die klootzakken hebben we tenminste onschadelijk gemaakt,’ zei hij met een tevreden grijns op zijn gezicht. Markus Røed was, zijn leeftijd in aanmerking genomen, een knappe man. Het gezicht was breed, de blik vrolijk, de immer zongebruinde huid glad en het achterovergekamde zwarte haar dik als van een twintigjarige. Het lichaam was weliswaar wat mollig, maar hij was zo lang dat zijn buik acceptabel leek. Maar wat vooral opviel was de intense blik in zijn ogen, een vitaliteit die duidde op een energie die de meeste mensen aanvankelijk charmeerde, daarna platwalste en ten slotte volledig uitputte. Ondertussen had Markus Røed waarschijnlijk gekregen wat hij wenste en werd je verder aan je lot overgelaten. Maar het energiepeil kon wisselen, net als Røeds humeur. Krohn nam aan dat beide aspecten te maken hadden met het witte poeder waarvan hij nu sporen onder Røeds ene neusgat zag. Daar was Johan Krohn zich allemaal van bewust, maar hij accepteerde het. Niet alleen omdat Røed erop had gestaan anderhalf keer zijn uurtarief te betalen om er zeker van te zijn dat Krohn – zoals Røed het uitdrukte – zijn onverdeelde aandacht had en zijn loyaliteit en wil tot het behalen van resultaat. Maar ook omdat Røed Krohns gedroomde cliënt was: een man met een grote reputatie, een miljardair met zo’n onverdraaglijk imago dat Krohn, door hem als zijn cliënt aan te nemen, paradoxaal genoeg eerder gezien werd als een moedig en principieel man dan als een opportunist. Dus om die reden stond hij toe, zolang deze zaak duurde, dat hij op vrijdagavond werd opgebeld en gesommeerd te komen.

Op een teken van Røed verlieten de twee jongere mannen de kamer.

‘Heb jij *War Remains* gezien, Johan? Nee? Ontzettend mooie VR-game, maar je kunt niemand neerschieten. Dit is een soort kopie waarvan de producent wil dat ik erin investeer.’ Røed knikte naar het televisiescherm terwijl hij een karaf optilde en lichtbruine brandewijn in twee lage kristallen glazen schonk. ‘Ze proberen de magie van *War Remains* te behouden, maar op zo’n manier dat je – hoe zal ik het zeggen? – de loop van de geschiedenis kan veranderen. Want dat is wat we willen, nietwaar?’

'Ik moet nog rijden,' zei Krohn en hij hief zijn hand voor het glas dat Røed hem aanreikte.

Røed keek Krohn een ogenblik aan alsof hij de weigering niet begreep. Toen haalde hij krachtig zijn neus op, zakte neer op een leren Barcelona-stoel en zette beide glazen voor zich op tafel.

'Van wie is dit appartement?' vroeg Krohn terwijl hij plaatsnam op een van de andere stoelen. Op het moment dat hij het vroeg had hij al spijt. Als advocaat is het vaak beter niet meer te weten dan noodzakelijk is.

'Van mij,' zei Røed. 'Ik gebruik het voor... nou ja, je snapt het wel. Om me terug te trekken.'

Markus Røeds schouderophalen en kwajongensgrijns vertelden Krohn de rest. Hij had andere cliënten gehad met dergelijke appartementen. En tijdens een buitenechtelijk avontuurtje, dat gelukkig geëindigd was toen hij begreep wat hij allemaal op het spel zette, had hij ook overwogen een appartement te kopen dat een collega van hem een nest voor een jongeman die geen jongeman meer was noemde.

'Wat gaat er nu gebeuren?' vroeg Røed.

'Nu Susanne is geïdentificeerd en moord is vastgesteld, gaat het onderzoek een nieuwe fase in. Je moet er rekening mee houden dat je opnieuw verhoord wordt.'

'Met andere woorden, er worden nog meer schijnwerpers op me gericht?'

'Tenzij de politie iets op de plaats delict of het lijk vindt wat jou vrijpleit. Laten we dat hopen.'

'Ik dacht al dat je zoiets zou zeggen, maar ik kan niet langer blijven zitten en hopen, Johan. Wist je dat Barbell Vastgoed de laatste twee weken meerdere grote contracten is misgelopen? Ze geven er vage redenen voor, dat ze willen wachten op een hoger bod enzovoorts, niemand durft ronduit te zeggen dat het te maken heeft met de artikelen over de jonge vrouwen en mij in *Dagbladet* en dat ze niet geassocieerd wensen te worden met een mogelijke moordenaar of dat ze bang zijn dat ik de bak in moet en Barbell Vastgoed failliet gaat. Moet ik passief toekijken hoe een zootje onderbetaalde, door de overheid aangestelde klungels bij de politie hun werk doen? Barbell Vastgoed is allang bankroet voordat ze iets gevonden hebben wat mij vrijpleit. We moeten ingrijpen, Johan. We moeten de wereld laten zien dat ik onschuldig ben. Of in elk geval dat me er alles aan gelegen is dat de waarheid aan het licht komt.'

'O?'

'We moeten onze eigen detectives inhuren. De beste. In het beste geval vinden zij de moordenaar. En anders laat ik in ieder geval zien dat ik de waarheid probeer te achterhalen.'

Johan Krohn knikte. 'Laat ik de advocaat van de duivel zijn, *no pun intended*.'

'Brand los,' zei Røed en hij haalde zijn neus weer op.

'Ten eerste werken de beste rechercheurs bij Kripos omdat zij beter worden betaald dan bij de afdeling Geweld. Zelfs als ze zouden instemmen met een overstap van een vast contract naar een korte klus als deze, hebben ze een opzegtermijn van drie maanden plus geheimhoudingsplicht wat betreft alles wat ze weten over deze vermissingszaken. Dat betekent in de praktijk dat ze onbruikbaar zijn voor ons. Ten tweede zal het gezien worden als een schijnonderzoek, betaald door een miljardair, en daarmee bewijs jij jezelf een slechte dienst. Als jouw detectives op feiten stuiten die jouw onschuld bewijzen zullen die resultaten automatisch in twijfel worden getrokken. Iets wat niet zal gebeuren als de politie op diezelfde feiten stuit.'

'Ah,' zei Røed lachend en hij veegde zijn neus schoon met een papieren zakdoekje. 'Ik wil altijd waar voor mijn geld. Jij bent zo slim, je hebt de problemen benoemd. Nu ga je me bewijzen waarom jij de beste bent en vertellen hoe we die problemen oplossen.'

Johan Krohn ging rechtop zitten. 'Bedankt voor het vertrouwen, maar dat is niet eenvoudig.'

'Omdat?'

'Als jij het over de beste hebt dan is er slechts één die wellicht de allerbeste is. Uitgaande van zijn eerdere resultaten.'

'Maar?'

'Maar hij zit niet meer bij de politie.'

'Als ik jou goed begrepen heb is dat toch een voordeel.'

'Wat ik bedoel is dat hij om de verkeerde redenen niet meer bij de politie zit.'

'En die zijn?'

'Waar zal ik beginnen? Niet loyaal, verzaking tijdens diensttijd, onder invloed op het werk, alcoholist, meerdere gevallen van het gebruik van geweld, drugsgebruik. Hij is schuldig aan de dood van ten minste één collega, maar is daar niet voor veroordeeld. Kort samengevat, hij heeft waarschijnlijk meer misdrijven op zijn geweten dan de meeste criminelen die achter de tralies zitten. Bovendien is het de hel om met hem samen te werken.'

'Dat is nogal wat. Waarom noem jij hem als hij zo onmogelijk is?'

'Omdat hij de beste is en omdat hij van waarde kan zijn wat betreft de tweede reden die ik aanvoerde.'

'O, ja?'

'Hij is een van de weinige rechercheurs met overzicht, die het imago van compromisloos heeft en nota bene integer is. Dat is natuurlijk overdreven, maar de mensen houden van dergelijke mythen. En het is in ons voordeel dat men dankzij zijn imago niet zal denken dat zijn onderzoek doorgestoken kaart is.'

'Nou ben je elke cent waard, Johan Krohn.' Røed grijnsde. 'Hem moeten we hebben!'

'Het probleem is...'

'Nee! Bied gewoon meer tot hij ja zegt.'

'...dat niemand precies schijnt te weten waar hij is.'

Røed pakte zijn whiskyglas op zonder te drinken, hij staarde er slechts misprijzend naar. 'Wat bedoel je met "precies"?'

'Beroepsmatig heb ik soms te maken met Katrine Bratt, chef van de afdeling Geweld, en ik heb haar gevraagd waar hij is. Zij zei dat zijn laatste teken van leven uit een grote stad in het westen van Amerika kwam, maar ze wist niet welke stad of wat hij daar deed. Ze leek weinig optimistisch over het leven dat hij nu leidt, om het zo maar te zeggen.'

‘Hé, doe nu niet alsof je het al hebt geprobeerd, Johan! Hem moeten we hebben, ik voel het. Dus vind hem!’

Krohn zuchtte. Hij had spijt, als eerzuchtige streber was hij recht in de klassieke val van laat-me-zien-dat-je-de-beste-bent gelopen die Markus Røed waarschijnlijk regelmatig zette. Met zijn voet in de klem was het te laat om weg te lopen. Hij moest een paar telefoontjes gaan plegen. Hij rekende het tijdverschil uit. Oké, hij kon beter direct beginnen.

HOOFDSTUK 3

Zaterdag

Alexandra Sturdza bestudeerde haar gezicht in de spiegel boven de wastafel terwijl ze routineus en grondig haar handen waste alsof het een levend persoon was en geen lijk dat ze moest gaan onderzoeken. Haar gezicht was hard en pokdalig. Haar haren, die strak naar achteren getrokken in een knot zaten, waren ravenzwart, maar ze verwachtte binnenkort de eerste grijze haren te zien, haar Roemeense moeder had die al als dertiger gekregen. Noorse mannen zeiden dat haar bruine ogen licht gaven, vooral als iemand haar nauwelijks hoorbare accent trachtte na te doen. Of als ze grapjes maakten over haar vaderland en ze nog harder moesten lachen als ze zei dat ze uit Timisoara kwam en dat ze daar in 1884 als eerste stad in Europa elektrische straatlantaarns kregen, twee generaties vóór Oslo. Toen ze als twintigjarige naar Noorwegen kwam, had ze in zes maanden Noors geleerd terwijl ze drie banen had. Met twee banen was ze gestopt toen ze scheikunde ging studeren aan de NTNU en nu had ze een baan bij het gerechtelijk laboratorium terwijl ze bezig was aan haar proefschrift over DNA-analyse om haar doctorsgraad te behalen. Soms, maar niet zo vaak, vroeg ze zich af waarom ze zo'n aantrekkingskracht had op mannen. Het kon niet haar gezicht of haar directe, soms brutale, manier van doen zijn. Ook niet haar intellect en cv, die veel mannen eerder bedreigend dan motiverend vonden. Ze zuchtte. Een man had eens gezegd dat haar lichaam een kruising was tussen een tijger en een Lamborghini. Het was grappig hoe een *cheesy* opmerking absoluut fout kon klinken of volkomen acceptabel, afhankelijk van wie 'm maakte. Ze draaide de kraan dicht en liep naar de obductiezaal.

Helge was al aanwezig. De twee jaar jongere obductietechnicus was snel van begrip en goedlachs en dat zag Alexandra als grote voordelen als je met doden moest werken en het je taak was het lijk de geheimen van de doodsoorzaak te ontfutselen. Helge was bio-ingenieur en Alexandra scheikundig ingenieur en beiden waren gekwalificeerd om lijken te onderzoeken, maar niet om volledige obducties te doen. Sommige pathologen vonden het nodig om hun superioriteit te benadrukken door obductietechnici *Diener* – dienaar – te noemen, naar de benaming van Duitse pathologen van de oude stempel. Helge maakte dat niets uit, maar Alexandra moest toegeven dat ze het af en toe irritant vond. Vooral op dagen als deze dat ze in het weekend naar haar werk kwam en alles deed wat een patholoog in een preliminair onderzoek ook zou hebben gedaan en het net zo goed deed. Helge was haar favoriete medewerker in het laboratorium, hij kwam als ze dat vroeg en dat was bij Noren op zaterdag lang niet altijd het geval. Of op een werkdag na vier uur. Soms vroeg ze zich af wat de levensstandaard in dit werkschuwe land zou zijn geweest als de Amerikanen geen olie hadden gevonden op hun continentaal plat.

Ze draaide aan een knop op de lamp die boven het naakte lichaam van de jonge vrouw op tafel hing voor feller licht. De geur van een lijk was afhankelijk van zoveel factoren: de leeftijd, de doodsoorzaak, of er medicijnen waren genomen, wat er was gegeten en – uiteraard – hoever de staat van ontbinding was. Alexandra had geen problemen met de stank van rottend vlees, excrementen en urine. Zelfs de geproduceerde rottingsgassen die nu en dan met een zucht ontsnapten, kon ze verdragen. De inhoud van de maag zorgde echter wel voor problemen. Tegen de stank van braaksel, gal en verschillende andere sappen was ze minder goed bestand. Gelukkig was het met het lijk van Susanne Andersen niet zo erg gesteld, zelfs niet na ruim twee weken in de natuur te hebben gelegen.

‘Geen larven?’ vroeg Alexandra.

‘Ik heb ze weggehaald,’ zei Helge en hij tilde de azijnfles op die hij daarvoor had gebruikt.

‘Maar ze wel bewaard?’

‘Ja,’ zei hij wijzend naar een glazen schaaltje met zo’n tien witte vliegenlarven. Ze bewaarden die om iets over de tijd te kunnen zeggen dat ze zich tegoed hadden gedaan aan het lijk, hoelang het geleden was dat de eitjes waren opengebarsten, ergo wat het tijdstip van overlijden was. Niet in uren, maar in dagen of weken.

‘Het is zo klaar,’ zei Alexandra. ‘De afdeling Geweld wil alleen de vermoedelijke doodsoorzaak weten en dat we een uitwendig onderzoek doen. Bloedproeven, urineonderzoek en onderzoek naar de andere lichaamssappen. De patholoog doet maandag een volledige obductie. Heb je nog plannen voor vanavond? Hier...’

Helge maakte een foto van de plek waar ze op wees.

‘Ik was van plan thuis een film te gaan kijken.’

‘Heb je zin met mij naar een gaybar te gaan om te dansen?’ Ze noteerde iets in het schema en wees opnieuw. ‘Hier.’

‘Ik kan niet dansen.’

‘Onzin, alle homo’s kunnen dansen. Zie je de wond in haar hals? Begin links, zoom goed in en ga langzaam naar rechts. Het lijkt erop dat een rechtshandig persoon achter haar heeft gestaan en haar hoofd heeft vastgehouden. Een van de pathologen heeft me overigens eens verteld van een wond waarvan ze eerst dachten dat die was toegebracht door iemand anders, maar later bleek dat de man zelf zijn keel had doorgesneden. Dan ben je wel heel zeker dat je dood wilt. Wat vind je ervan? Gaan we vanavond met homo’s dansen?’

‘Wat nu als ik geen homo ben?’

‘Dan...’ zei Alexandra en ze noteerde weer iets, ‘...wil ik niet meer met je uitgaan, Helge.’

Hij lachte hard en maakte een foto. ‘Omdat?’

‘Omdat je dan de weg blokkeert voor andere mannen. Een goede *wingman* moet homo zijn.’

‘Ik kan doen alsof.’

'Dat werkt niet. Mannen ruiken het testosteron en maken dat ze wegkomen. Wat zou dit zijn?'

Ze hield een vergrootglas onder de tepel van Susanne Andersen.

Helge kwam dichterbij. 'Opgedroogd speeksel, misschien. Of snot. Geen sperma, in elk geval.'

'Neem een foto, dan schraap ik er wat van af en bekijk ik maandag wat het is. Als we geluk hebben gaat het om DNA-materiaal.'

Helge drukte af terwijl Alexandra de mond, oren, neus en ogen onderzocht.

'Wat is er volgens jou hier gebeurd?' Ze tilde haar penlight op en scheen in de lege oogkas.

'Een beest?'

'Nee, dat denk ik niet.' Alexandra scheen langs de randen van de oogkas. 'Er zitten geen restanten van de oogbol aan de binnenkant en geen wondjes rond de kas van een vogel of knaagdier. En waarom heeft het beest niet ook het tweede oog opgegeten? Maak een foto van...' Ze scheen in de oogkas. 'Zie je, de zenuwen lijken hier doorgesneden te zijn, met een mes of zo.'

'Wel verdomme,' zei Helge. 'Wie doet zoiets?'

'Kwade mannen,' zei Alexandra hoofdschuddend. 'Heel, heel kwade en beschadigde mannen. En die lopen vrij rond. Misschien blijf ik ook liever thuis om een film te kijken.'

'Begrijpelijk.'

'Oké, laten we kijken of ze ook seksueel is misbruikt.'

Ze namen een rookpauze op het dak nadat ze hadden vastgesteld dat van seksueel misbruik geen duidelijke tekenen waren. Geen schade aan de genitaliën of sporen van sperma rond haar vagina. Als er sperma in de vagina had gezeten dan was dat allang opgenomen door haar lichaam. De patholoog zou maandag dezelfde onderzoeken doen, maar ze was er vrij zeker van dat hij of zij geen andere conclusies zou trekken.

Alexandra was geen roker, maar ze had het vreemde gevoel dat ze eventuele demonen van de dode moest uitroken. Ze inhaleerde en keek uit over Oslo. Naar de fjord die als zilver glinsterde onder de bleke, wolkeloze hemel. Naar de heuvels waarop de herfstkleuren rood en geel gloeiden.

'Verdomme, wat is het hier mooi,' verzuchtte ze.

'Dat klinkt alsof je zou wensen dat het niet zo was,' zei Helge en hij nam de sigaret van haar over.

'Ik haat het om me te binden aan dingen.'

'Dingen?'

'Plaatsen, mensen.'

'Mannen?'

'Vooral mannen, ze pakken je vrijheid af. Dat wil zeggen, ze pakken die niet, je geeft die vrijwillig af, het lijkt wel of je zo voorgeprogrammeerd bent. Vrijheid is meer waard dan een man.'

'Weet je dat zeker?'

Ze pakte de sigaret weer over en trok er stevig en kwaad aan. Ze blies de rook weer net zo hard uit en lachte haar harde, hese lach.

'In elk geval meer waard dan alle mannen voor wie ik ben gevallen.'

'Hoe zit het met die politieman over wie je het had?'

'O, die.' Ze lachte. 'Ja, die mocht ik wel, maar hij was een wrak. Zijn vrouw had hem het huis uit geschopt en hij dronk de hele tijd.'

'Waar is hij nu?'

'Zijn vrouw is gestorven en hij heeft Noorwegen verlaten. Tragische toestanden.' Alexandra stond plotseling op. 'Nou, we ronden de zaak af en stoppen het lijk in de koelcel. Ik wil feesten!'

Ze liepen terug naar de obductiezaal, verzamelden de laatste monsters, vulden de overige gegevens op het schema in en ruimden op.

'Wat betreft feesten,' zei Alexandra. 'Je weet dat het feest waar zij en die andere jonge vrouw naartoe zijn gegaan, hetzelfde feest was waarvoor ik was uitgenodigd en ik jou had meegevraagd?'

'Je maakt een grapje.'

'Herinner je je dat nog? Een vriendin van de buren van Røed vroeg of ik ook kwam. Het feest zou op dat fantastische, gemeenschappelijke dakterras zijn aan de Oslofjord. En er zouden meer rijke, bekende mensen komen. Ze zei dat de vrouwen in een jurk verwacht werden. Een kórte jurk.'

'Jezus,' zei Helge. 'Logisch dat je niet gegaan bent.'

'Bullshit, natuurlijk was ik gegaan! Als ik die dag niet zoveel werk had gehad en jij was meegegaan.'

'Was ik meegegaan?' zei Helge lachend.

'Natuurlijk,' zei Alexandra. 'Ik ben toch jouw *fag hag*. Zie je het voor je, jij, ik en *the beautiful people*?'

'*Yes*.'

'Zie je, je bent een homo.'

'Wat? Waarom?'

'Geef me nou eens eerlijk antwoord, Helge. Heb je het met een man gedaan?'

'Even denken...' Helge duwde de tafel met het lijk naar een van de koelcellen. 'Ja.'

'Meer dan eens?'

'Daarvoor hoef je nog geen homo te zijn,' zei hij en hij trok de grote metalen lade open.

'Nee klopt, maar het is een aanwijzing. Het bewijs, Watson, is dat jij je trui over je ene schouder slaat en onder de andere arm vastknoopt.'

Helge lachte, greep een van de witte lakens van de instrumententafel en sloeg ermee naar haar. Alexandra dook lachend weg achter het hoofdeinde van de lijktafel. Zo bleef ze staan, in gebogen houding en met haar ogen gericht op het lijk.

'Helge,' zei ze zacht.

'Ja?'

'Ik geloof dat we iets over het hoofd hebben gezien.'

'O?'

Alexandra ging met haar hand naar Susanne Andersens hoofd, tilde haar haren op en trok ze opzij.

'Wat zie je?' vroeg Helge.

'Hechtingen,' zei Alexandra. 'Verse hechtingen.'

Hij liep rond de lijktafel. 'Jezus. Zou ze zich kort voor haar dood hebben verwond?'

Alexandra trok meer haar opzij en volgde de hechtingen. 'De hechtingen zijn niet gemaakt door een normale arts, Helge. Niemand gebruikt zulk dik draad en zulke grote steken. De boel is snel aan elkaar genaaid. Kijk, de hechtingen lopen rond heel haar hoofd.'

'Alsof...'

'Alsof ze gescalpeerd is,' zei Alexandra en ze voelde de rillingen als een koude lawine door haar heen gaan. 'Daarna is de scalp weer vastgenaaid.'

Ze keek op naar Helge en zag zijn adamsappel op en neer schieten. 'Zullen we...' zei hij. 'Zullen we checken wat... eronder zit?'

'Nee,' zei Alexandra beslist en richtte zich weer op. Ze had vandaag weer genoeg nachtmerries verzameld om mee naar huis te nemen en pathologen verdienden per jaar tweehonderdduizend kronen meer, zij mochten zich eraan wijden.

'Dit ligt buiten onze bevoegdheid,' zei ze. 'Dus dit laten dienaars zoals jij en ik graag over aan de volwassenen.'

'Oké, laten we maar gaan feesten.'

'Fijn,' zei Alexandra. 'Maar we moeten eerst het rapport afmaken en dat met de foto's naar Bratt van Geweld sturen. O, verdomme!'

'Wat?'

'Ik bedenk me net dat Bratt gegarandeerd zal vragen om met spoed een DNA-analyse van het speeksel of wat het ook is, te doen. In dat geval zal er geen tijd meer zijn om de stad in te gaan.'

'Hè, kan je geen nee zeggen, dat je ook vrij moet hebben?'

Alexandra zette haar handen in haar zij, hield haar hoofd schuin en keek Helge streng aan.

'Klopt,' zei hij met een zucht. 'Waar zouden we zijn als iedereen gewoon vrij nam?'

HOOFDSTUK 4

Zaterdag. Konijnenhol.

Harry Hole werd wakker. In de bungalow was het schemerig, maar een witte streep zonlicht kroop onder het bamboerolgordijn door en viel op de grove houten vloer, de gestapelde stenen die een tafel vormden en het aanrecht.

Daarop zat een kat. Een van Lucilles katten, ze had er zoveel in huis dat Harry ze niet uit elkaar kon houden. Het leek of de kat glimlachte. De staart zwiepte heen en weer terwijl hij kalm een muis opnam die langs de muur trippelde, af en toe zijn neusje in de lucht stak om te ruiken en dan weer verderging. In de richting van de kat. Was de muis blind? Kon hij niet ruiken? Had hij gegeten van Harry's marihuana? Of dacht hij, zoals zo vaak in deze stad gebeurde, dat hij speciaal was? Of dat deze kat anders was, dat hij alleen maar goed kon doen en hem niet zou opeten?

Harry strekte zijn hand uit naar de joint op het nachtkastje terwijl hij de muis bleef volgen die steeds dichter bij de kat kwam. De kat sprong omhoog, zette zijn tanden in de muis en tilde hem op. De muis spartelde nog een poosje in de bek van de kat voordat hij verslapte. De kat legde de buit op de vloer en nam die op terwijl hij zijn kop een beetje schuin hield, alsof hij nog niet had besloten of hij de muis zou opeten.

Harry stak de joint op. Hij had besloten dat joints niet meetelden in het nieuwe drinkregime dat hij had ingevoerd. Hij inhaleerde. Zag hoe de rook naar het plafond kringelde. Hij had weer gedroomd over de man achter het stuur van de Camaro. En van het nummerbord waarop Baja California Mexico had gestaan. De droom was weer net als de vorige keer geweest: de man was achter hen aan gekomen. Niet echt een vreemde droom dus. Het was drie weken geleden dat Harry op de parkeerplaats voor Creatures had gestaan met een Glock 17 op hem gericht en hij was er vrij zeker van geweest dat hij binnen twee seconden dood zou zijn. En dat had hij best gevonden. Daarom was het merkwaardig dat hij na die twee seconden, en daarna elke dag, steeds had gedacht dat hij niet dood wilde. Het was ermee begonnen dat de man in het piqué shirt had geaarzeld, misschien had hij de mogelijkheid overwogen dat Harry mentaal in de war was, slechts een obstakel dat hij niet hoefde neer te schieten. Meer had hij niet kunnen denken, Harry's beitelslag had zijn strottenhoofd getroffen en hij was knock-out gegaan. Harry had fysiek gevoeld dat het strottenhoofd meegaf. Daarna lag de man als een slang in het grind te kronkelen. Met zijn handen rond zijn keel en uitpuilende ogen hapte hij wanhopig naar lucht. Harry had de Glock opgepakt en de man achter het stuur aangestaard. Vanwege het getinte glas had hij niet veel kunnen zien, slechts de omtrekken van zijn gezicht en dat de man een wit overhemd droeg dat tot zijn kin was dichtgeknoopt. En dat hij een sigaret of cigarillo rookte. De man deed niets, hij keek kalm naar Harry alsof hij hem grondig opnam. Harry hoorde iemand roepen: '*Get in!*' en toen zag hij dat Lucille haar auto had gestart en het portier aan de passagierskant openduwde.

Hij was in de auto gaan zitten. Was in het konijnenhol gesprongen.

Het eerste wat hij vroeg terwijl zij plankgas naar Sunset Boulevard reed, was wie ze geld schuldig was en hoeveel.

Het eerste antwoord – de Esposito-familie – zei hem niet zoveel, maar het tweede – 960.000 dollar – had bevestigd wat het Glockpistool hem al had verteld. Dat ze niet een beetje in de problemen zat, maar heel erg. En dat die problemen nu ook de zijne waren.

Hij had uitgelegd dat ze absoluut niet naar haar eigen huis kon gaan en gevraagd of ze niet iemand kende bij wie ze kon onderduiken. Ze had daarop geantwoord dat ze genoeg vrienden had in Los Angeles. Maar nadat ze erover na had gedacht, wist ze dat geen van hen voor haar een risico wenste te lopen. Ze waren gestopt bij een benzinestation en Lucille had haar eerste echtgenoot gebeld, ze wist dat hij een huis had dat hij al meerdere jaren niet gebruikte.

Op die manier hadden ze hun intrek genomen in een bouwvallig huis met een overwoekerde tuin en een apart staande bungalow. Harry was in de bungalow getrokken met zijn pasverworven Glock 17 omdat hij van daaruit zicht had op de twee toegangspoorten en omdat daar een alarm zat dat afging als iemand trachtte in te breken in het hoofdgebouw. Eventuele indringers zouden het alarm niet kunnen horen en hopelijk kon hij ze op die manier in de rug aanvallen. Tot nu toe hadden Lucille en hij zich nauwelijks buiten gewaagd, slechts een enkele keer om de eerste levensbehoeften te kopen: alcohol, eten, kleding en cosmetica. In die volgorde. Lucille had zich geïnstalleerd op de eerste verdieping van het hoofdgebouw, waar het al binnen een week krioelde van de katten.

'O, in deze stad zijn zoveel zwerfkatten,' was Lucilles antwoord op zijn vraag. 'Je zet drie dagen achter elkaar eten op de trap, laat de voordeur openstaan met nog meer eten in de keuken en hopla, je hebt knuffeldieren en vrienden voor het leven.'

Maar toch was dat nog niet genoeg want drie dagen geleden hield Lucille de isolatie niet meer vol. Ze had Harry meegenomen naar een voormalige Savile Row-kleermaker die ze kende, vervolgens naar een kapper op leeftijd in Rosewood Avenue en ten slotte – het belangrijkste van alles – naar de John Lobb-schoenenwinkel in Beverly Hills. Gisteren had Harry het kostuum opgehaald terwijl Lucille zich opmaakte en een paar uur later zaten ze te eten bij Dan Tana's, het legendarische Italiaanse restaurant waar de stoelen net zo aftands waren als de gasten, maar waar Lucille iedereen scheen te kennen, en ze had de hele avond gestraald als een zon.

Het was zeven uur. Harry inhaleerde en staarde naar het plafond. Zijn oren gespitst op geluiden die er niet hoorden te zijn. Maar het enige wat hij hoorde waren de eerste auto's op Doheny Drive, die niet de breedste was, maar wel populair omdat die minder verkeerslichten had dan de parallelwegen. Dit deed hem denken aan hoe hij in Oslo in zijn flat op bed had gelegen en de stad door het openstaande raam hoorde ontwaken. Hij miste dat, zelfs het opgewonden bellen en doordringende gepiep van de remmende tram. Vooral het doordringende gepiep.

Maar Oslo lag nu achter hem. Na Rakels dood had hij op het vliegveld gezeten en een dobbelsteen gegooid die had bepaald dat zijn bestemming Los Angeles werd. Het had hem niet uitgemaakt. De Amerikaanse levensstijl en cultuur meende hij te kennen doordat hij een jaar in Chicago had gewoond toen hij een FBI-cursus volgde over onderzoek naar seriemoordenaars. Maar al kort na aankomst had hij begrepen dat Chicago en L.A. twee verschillende planeten waren. Een van Lucilles filmvrienden, een Duitse regisseur, had gisteravond in Dan Tana's met een vet, opschepperig accent Los Angeles beschreven: 'Je landt op LAX, de zon schijnt en je wordt opgehaald door een limo met chauffeur die je naar een plek brengt waar je aan het zwembad gaat liggen. Je krijgt een cocktail, je valt in slaap en als je wakker wordt ontdek je dat er twintig jaren van je leven zijn verstreken.'

Dat was het L.A. van de regisseur.

Harry's L.A. was begonnen met vier nachten in La Cienega in een vuile motelkamer vol kakkerlakken zonder airco voordat hij een goedkope kamer in Laurel Canyon kon huren, ook zonder airco, maar met grotere kakkerlakken. Toch had hij het naar zijn zin gekregen, vooral nadat hij had ontdekt dat de drank die ze in de naburige bar Creatures schonken zo goedkoop was dat het mogelijk moest zijn zich dood te drinken.

Maar nadat hij in de loop van de Glock 17 had gestaard was het plotseling afgelopen met de doodswens. En daarmee was ook het drinken gestopt. In elk geval dat soort drinken. Hij moest enigszins nuchter zijn om over Lucille te kunnen waken. Daarom had hij besloten het drinkregime te testen dat zijn jeugdvriend en drinkmaatje Øystein Eikeland had aanbevolen, hoewel het eerlijk gezegd als bullshit klonk. Het heette *Moderation Management* en maakte je tot een verslaafde die maat kon houden. Terwijl Øystein in Oslo reclame maakte voor die methode had hij vol enthousiasme hard op het stuur van zijn taxi geslagen. 'Mensen lachen toch altijd minachtend als een alcoholist zegt dat hij vanaf nu alleen in gezelschap drinkt? Want ze denken dat het niet mogelijk is, dat weten ze zeker, het lijkt wel de wet van het alcoholisme. Maar weet je? Het is, zelfs voor een alcoholist als jij, mogelijk precies zoveel te drinken dat je net dronken bent. Het is mogelijk je zo te programmeren dat je tot een bepaald punt drinkt en dan stopt. Het is een kwestie van vooraf bepalen waar jouw grens ligt, hoeveel eenheden. Maar dat moet je wel trainen natuurlijk.'

'Je moet eerst flink drinken voordat je daar vaardig in wordt, bedoel je?'

'Ja, je maakt er nu grapjes over, Harry, maar ik meen het. Het gaat om het gevoel van controle, weten dat je het kan. En dan lukt het. Ik meen het serieus, ik heb het beste bewijs ter wereld.'

'Hm, ik neem aan dat we het nu hebben over die meest overgewaardeerde gitarist van jou.'

'Hé, een beetje respect voor Keith Richards! Lees zijn biografie. Daarin doet hij de methode uit de doeken. Voor een heroïneverslaafde en alcoholist draait overleven om twee zaken: zorg voor het beste en puurste product, spul dat versneden is berooft je van het leven. En weet maat te houden, zowel met dope als met drank. Je weet precies hoeveel je nodig hebt om voldoende onder invloed te zijn, in jouw geval: om geen pijn te voelen. Meer drank verlicht de pijn immers niet beter?'

'Nee, dat klopt.'

'Ik bedoel maar. Onder invloed zijn is niet hetzelfde als een willoze idioot zijn. Het lukt je om de drank te laten staan als je nuchter bent, waarom zou je niet kunnen stoppen als je voldoende onder invloed bent? *It's all in your head, brother!*'

De regels waren – naast het stellen van een grens – om het aantal eenheden te tellen en de nuchtere dagen te bepalen. Plus een uur voordat je je eerste drankje neemt een pil met naltrexone te slikken. Het drinken een uur uit te stellen als de dorst plotseling kwam, hielp inderdaad. Hij hield het regime nu drie weken aan en hij had nog geen terugval gehad. Dat was tenminste iets.

Harry zwaaide zijn benen uit bed en stond op. Hij hoefde de koelkast niet open te doen want er stond geen bier in. De Moderation Management-regels zeiden maximaal drie eenheden per dag. Maar de definitie van een eenheid was een sixpack uit de 7-Eleven verderop in de straat. Hij bekeek zichzelf in de spiegel. Hij had sinds de vlucht van Creatures drie weken geleden werkelijk iets meer vlees op zijn botten gekregen. En een grijze, haast witte baard. Die verborg het grootste deel van zijn in het oog springende kenmerk. Het leverkleurige litteken. Of dat voldoende was om ervoor te zorgen dat de man in de Camaro hem niet herkende, betwijfelde hij. Harry keek uit het raam naar de tuin en het hoofdgebouw terwijl hij zijn versleten spijkerbroek aantrok en het T-shirt waarvan de boord rond zijn nek boven de tekst *Let Me Do One More Illuminati Hotties* bezig was los te laten. Hij stopte de oude, niet draadloze oortjes van zijn telefoon in zijn oren, zijn voeten in slippers en stelde vast dat de schimmel een grotesk kunstwerk van de nagel van zijn rechter grote teen had gemaakt. Hij liep door de wildernis van gras, struiken en jacarandabomen. Bleef staan bij de poort en keek Doheny Drive af. Die leek in orde.

Hij zette de muziek aan. 'Pool Hopping' van Illuminati Hotties, een nummer waarvan zijn humeur al sinds de eerste keer dat hij het had gehoord in Zubulon Café opknapte. Nadat hij een paar meter over het trottoir had gelopen zag hij in de zijspiegel van een van de geparkeerde auto's dat er een auto langzaam langs de trottoirrand reed. Harry bleef in hetzelfde tempo lopen, draaide langzaam zijn hoofd om. De auto reed tien meter achter hem. Toen hij nog in Laurel Canyon woonde was hij tweemaal door een politieauto aangehouden omdat hij te voet was en zich om die reden verdacht gedroeg. Maar dit was geen politieauto. Het was een oudere Lincoln en voor zover Harry kon zien zat er één persoon in. Met een brede buldogkop, onderkin en klein snorretje. Verdomme, hij had zijn Glock mee moeten nemen! Maar Harry kon zich niet voorstellen dat de aanval op klaarlichte dag zou plaatsvinden, dus hij liep door. Onopvallend zette hij de muziek uit. Stak vlak voor Santa Monica Boulevard de straat over en liep bij de 7-Eleven naar binnen. Hij bleef staan en keek naar de straat. De Lincoln zag hij niet meer. Misschien was het een belangstellende voor het kopen van een villa geweest die langzaam had gereden om de huizen aan Doheny Drive te kunnen bekijken.

Hij liep tussen de schappen door naar de koelkasten met bier achter in de winkel. Hij hoorde de winkeldeur opengaan. Zonder de koelkast te openen bleef hij met de greep van de glazen deur in zijn hand staan zodat hij het spiegelbeeld kon zien. En daar was hij. In een goedkoop, geruit pak en een lichaam dat matchte met zijn buldogkop: gedrongen en stevig. Maar stevig op een manier dat het snelheid en kracht kon camoufleren en Harry, die zijn hart sneller voelde kloppen, in levensgevaar kon brengen. Harry zag dat de man achter hem geen wapen had getrokken, nog niet. Hij hield zijn oortjes in zodat de man misschien dacht dat hij Harry kon verrassen.

'Mister...'

Harry deed of hij hem niet hoorde en hij zag dat de man achter hem ging staan. Hij was bijna twee koppen kleiner dan Harry en nu stak hij zijn hand uit, mogelijk om Harry op zijn schouder te tikken, mogelijk om iets anders te doen. Harry was niet van plan af te wachten. Hij draaide zich half om en sloeg razendsnel zijn arm rond de nek van de man terwijl hij tegelijkertijd met zijn andere hand de glazen deur opentrok. Met een ruk draaide hij terug en schopte de voeten onder de man weg zodat hij tussen het bier viel. Harry liet zijn nek los en duwde met alle kracht tegen de glazen deur zodat het hoofd tegen de plank werd geduwd. De flessen vielen naar achteren en zijn armen zaten vastgeklemd tussen de deur en de plank. De ogen in de buldogkop sperden zich open en hij riep iets, door zijn adem besloeg het koude glas aan de binnenkant. Harry verminderde de druk iets, waardoor het hoofd onder de plank verdween, en duwde weer. De rand van de deur kwam precies tegen zijn hals en door de druk begonnen de ogen van de man uit te puilen. Hij riep niet meer. Zijn ogen reageerden niet meer. En het glas voor zijn mond besloeg niet meer.

Harry verminderde langzaam de druk. De man gleed levenloos op de vloer. Hij ademde kennelijk niet. Harry moest snel beslissen wat de hoogste prioriteit had. De gezondheid van de man tegenover die van hemzelf. Hij koos voor zichzelf en stak zijn hand in de binnenzak van het geruite colbert van de stevige man. Haalde er een portemonnee uit. Maakte hem open en zag het gezicht van de man op een ID-kaart: een Pools klinkende naam en – veel interessanter en in grote letters – *Private Investigator Licenced by the California Bureau of Security and Investigative Services.*

Harry keek naar de levenloze man aan zijn voeten. Dit klopte niet, zo zou een schuldeiser niet te werk gaan. Een privédetective de opdracht geven hem op te sporen, dat kon, maar vervolgens geen contact met hem opnemen of hem bedreigen, dat was vreemd.

Harry boog voorover toen hem een man opviel die tussen de schappen stond. Hij droeg een 7-Eleven-shirt, zijn armen waren geheven en hij wees naar Harry. In zijn handen hield hij een revolver. Harry zag dat zijn knieën trilden en dat hij zijn gezicht ongecontroleerd vertrok. Nu besefte hij ook wat de 7-Eleven-man zag. Een man met een baard gekleed als een dakloze met de portemonnee van de man die hij onschadelijk had gemaakt in zijn hand.

'*Don't*,' zei Harry, hij legde de portemonnee neer, stak beide handen in de lucht en zakte op zijn knieën. '*I'm a regular here. This man...*'

'*I saw what you did!*' onderbrak de man hem met bevende stem. '*I'll shoot! The police is coming!*'

'OK,' zei Harry en hij wees naar de liggende man. '*But let me try to help this man, OK?*'

'*Move and I'll shoot!*'

'*But...*' begon Harry, maar hij stopte toen hij de haan van de revolver zag bewegen.

In de stilte die volgde was slechts het gebrom van de koelkast te horen en in de verte een sirene. Politie. Politie en het onafwendbare vervolg van een verhoor, mogelijk een aanklacht: dat was niet goed. Harry had allang *overstayed his welcome*, zoals de Amerikanen het noemen, en hij had geen papieren die konden voorkomen dat hij het land uit werd gegooid. Eventueel nadat ze hem in de gevangenis gegooid hadden.

Harry haalde diep adem en keek naar de man. In de meeste landen zou hij zich nu met de handen omhoog langzaam terugtrekken, kalm en met de overtuiging dat de winkelbediende geen kogel in hem zou boren, hoewel hij had gestolen en gewelddadig was geweest. Maar dit was niet een van die landen.

'*I shoot!*' herhaalde de man weer als antwoord op Harry's overwegingen en hij spreidde zijn benen. Zijn knieën trilden niet meer. De sirene kwam naderbij.

'*Please, I must help…*' begon Harry, maar hij werd overstemd door plotseling hard gehoest.

Ze staarden naar de man op de grond.

De detectiveogen puilden weer en hij hoestte zo hard dat zijn hele lijf ervan schudde.

De 7-Eleven-man zwaaide heen en weer, hij leek er niet zeker van of de tot nu toe dode man ook gevaarlijk was.

'*Sorry…*' fluisterde de detective terwijl hij snakte naar adem, '*…for sneaking up on you like that. But you are Harry Hole, right?*'

'*Well.*' Harry aarzelde en dacht na over wat hij zou antwoorden. '*Yes, I am.*'

'*I have a client who needs to get in touch with you.*' De man rolde zich kreunend op zijn zij, haalde een mobiel uit zijn zak, drukte op een toets en gaf het toestel aan Harry. '*They are eagerly awaiting our call.*'

Harry nam de bellende mobiel van hem over en hield hem tegen zijn oor.

'*Hello?*' zei een stem, die hem merkwaardig bekend in de oren klonk.

'*Hello*,' antwoordde Harry en hij keek naar de 7-Eleven-man, die zijn revolver had laten zakken. Vergiste Harry zich of leek hij iets meer teleurgesteld dan opgelucht?

'Harry!' riep de stem in de telefoon. 'Hoe gaat het? Je spreekt met Johan Krohn.'

Harry knipperde met zijn ogen. Hoelang was het geleden dat hij Noors had gehoord?

HOOFDSTUK 5

Zaterdag. Schorpioenstaart.

Lucille duwde een van de katten van het hemelbed, stond op, trok de gordijnen open en ging voor de make-upspiegel zitten. Ze bestudeerde haar gezicht. Onlangs had ze een foto van Uma Thurman gezien, die was over de vijftig, maar zag eruit als een dertiger. Lucille zuchtte. De klus leek met het jaar moeilijker te worden, maar ze opende de Chanelfles, sprenkelde wat parfum op haar vingertoppen en begon met een watje de foundation vanuit het midden van haar gezicht naar beneden weg te vegen. Ze zag hoe steeds meer loszittende huid in plooien bij elkaar kwam. En stelde zichzelf zoals elke ochtend dezelfde vraag. Waarom? Waarom de dag beginnen met minstens een halfuur voor de spiegel zodat ze er niet uitzag als iemand die de tachtig naderde, maar als… zeventig misschien? En het antwoord was ook deze ochtend hetzelfde. Omdat ze – zoals iedere acteur die ze kende – wilde, vond, eiste dat ze alles moest doen om zich geliefd te voelen. Was het niet om wie ze was, dan was het om degene voor wie ze – met make-up, kostuum en het juiste script – zich uitgaf. Dat was een ziekte die met de veroudering en lagere verwachtingen nooit volledig genas.

Lucille pakte haar muskusparfum. Sommige mensen meenden dat muskus een masculiene geur was en daarom niet thuishoorde in een parfum voor vrouwen, maar zij gebruikte deze al sinds ze nog een jonge actrice was en met groot succes. De parfum zorgde ervoor dat ze zich onderscheidde, het was een luchtje dat men niet snel vergat. Ze deed haar ochtendjas dicht en liep naar beneden. Ze moest voorzichtig langs twee katten op de trap stappen.

Ze liep de keuken in en opende de koelkast. Een van de katten gaf direct een verlangend kopje tegen haar been. Het beest rook waarschijnlijk tonijn, maar je kon je ook inbeelden dat het een teken van liefde was. Uiteindelijk was het belangrijker om zich geliefd te voelen dan om geliefd te worden. Lucille pakte een blik, draaide zich om naar het aanrecht en schrok toen ze Harry zag. Hij zat aan de keukentafel met zijn rug tegen de muur geleund en zijn lange benen had hij gestrekt. Hij hield de grijze titanium vinger aan zijn linkerhand vast. Zijn blauwe ogen waren klein. Hij had de blauwste ogen die ze sinds Steve McQueen had gezien.

Harry schoof heen en weer op de stoel.

'Ontbijt?' vroeg ze en ze opende een blik.

Harry schudde zijn hoofd en trok aan de titanium vinger. Maar het was de hand waarmee hij trok die haar blik ving. Ze slikte en schraapte haar keel.

'Je hebt het eigenlijk nooit gezegd, maar ben jij meer een hondenman?'

Hij haalde zijn schouders op.

'Over honden gesproken, heb ik je weleens verteld dat ik eigenlijk met Robert De Niro in *Mad Dog and Glory* had moeten spelen? Herinner je je die film?'

Harry knikte.

'Echt? Dan ben je een van de weinigen. Uiteindelijk heeft Uma Thurman de rol gekregen. En Bobby, Robert dus, en zij begonnen te daten. Dat was niet vanzelfsprekend, hij viel over het algemeen op zwarte vrouwen. Er was iets in die rollen wat die twee samenbracht, wij acteurs verliezen ons immers in de rollen die we vertolken, we wórden wie we spelen. Dus als ik de rol die me was beloofd had gekregen dan waren Bobby en ik een stel geworden, snap je?'

'Hm, dat heb je verteld.'

'En ik was bij hem gebleven. Niet zoals Uma Thurman, zij...' Lucille draaide het conserveblik om boven een bord. 'Heb je gelezen hoe iedereen haar "prees" toen ze vertelde dat dat zwijn van een Weinstein zich aan haar had opgedrongen? Weet je wat ik denk? Ik denk dat iemand als Uma Thurman, die miljoenen heeft verdiend, al jaren geweten moet hebben waar Weinstein mee bezig was. Als je dan eindelijk je mond opendoet over een man die al op de grond ligt doordat andere minder machtige, maar wel moediger vrouwen hem op de knieën hebben gedwongen dan moet je niet geprezen worden. Als je jarenlang stilzwijgend hebt toegekeken hoe jonge, hoopvolle actrices Weinsteins kantoor binnengingen alleen omdat je anders misschien een miljoenenrol zou mislopen dan vind ik dat je in het openbaar terecht moet worden gewezen en bespot.'

Ze stopte.

'Is er iets, Harry?'

'We moeten een nieuw onderduikadres zoeken,' zei hij. 'Ze zullen ons vinden.'

'Waarom denk je dat?'

'Een privédetective had ons binnen een dag gevonden.'

'Een privédetective?'

'Ik heb hem net gesproken. Hij is alweer vertrokken.'

'Wat wilde hij?'

'Me een baan als privédetective aanbieden voor een rijke vent die in Noorwegen verdacht wordt van moord.'

Lucille slikte. 'En wat heb je daarop geantwoord?'

'Ik zei nee.'

'Omdat?'

Harry haalde zijn schouders op. 'Misschien omdat ik er genoeg van heb te vluchten.'

Ze zette het bord op de grond en keek naar de katten die kwamen aangerend. 'Ik weet heel goed dat je het doet voor mij, Harry. Jij leeft volgens het Chinese spreekwoord dat zegt: heb je iemands leven gered dan ben je voor de rest van je leven voor diegene verantwoordelijk.'

Hij lachte vaag. 'Ik heb je leven niet gered, Lucille. Ze wilden het geld innen dat je ze schuldig bent en dan beroven ze de enige persoon die ze het geld kan geven niet van het leven.'

Ze lachte terug. Ze wist dat hij dat zei om haar niet bang te maken. Ze wist dat hij wist dat zij wisten dat ze nooit van haar leven aan een miljoen kon komen.

Ze pakte de waterkoker om hem te vullen, maar voelde dat ze er geen puf voor had en zette hem weer terug. 'Dus jij hebt er genoeg van steeds te moeten vluchten.'

'Ja, daar heb ik genoeg van.'

Ze herinnerde zich het gesprek dat ze op een avond hadden gehad toen ze samen wijn zaten te drinken en naar de VHS-film *Romeo en Julia* hadden gekeken die ze in een la had gevonden. Die keer had ze het over hem willen hebben en niet over zichzelf, maar veel had hij niet verteld. Alleen dat hij van een leven in puin naar L.A. was gevlucht. Een vermoorde echtgenote en een collega die zelfmoord had gepleegd. Geen details. Ze had begrepen dat het geen zin had om door te vragen. Het was eigenlijk een fijne, bijna stille avond geweest. Lucille leunde tegen het aanrecht.

'Jouw vrouw, je hebt nooit gezegd hoe ze heette.'

'Rakel.'

'En die moord? Is die opgelost?'

'Min of meer.'

'O?'

'Ik was heel lang de hoofdverdachte, maar het onderzoek wees uiteindelijk naar een bekende misdadiger. Iemand die ik ooit achter slot en grendel had gekregen.'

'En toen... vermoordde hij je vrouw om wraak te nemen... op jou?'

'Laten we het zo zeggen dat de man die haar vermoordde... ik had zijn leven afgepakt en daarom pakte hij dat van mij af.' Hij kwam moeizaam overeind. 'Zoals gezegd, we hebben een nieuw onderduikadres nodig, pak je tas.'

'Vandaag al?'

'Als privédetectives zoeken, laten ze sporen achter. En dat restaurantbezoek gisteren was een slecht idee.'

Lucille knikte. 'Ik moet even wat telefoontjes plegen.'

'Gebruik deze,' zei Harry. Hij legde een mobiel op het aanrecht die duidelijk pas gekocht was omdat hij nog in de plastic verpakking zat.

'Dus hij heeft je leven afgepakt, maar liet jou leven,' zei ze. 'Heeft hij de wraak gekregen?'

'De beste mogelijke,' zei Harry, die de deur uit liep.

Harry deed de deur van het huis achter zich dicht en bleef abrupt staan. Hij had er genoeg van te vluchten, maar hij had er nog meer genoeg van in de loop van een wapen te staren. Dit keer ging het er zelfs om twee. Het was een afgezaagd hagelgeweer. De man achter het hagelgeweer was een latino. De man achter het pistool eveneens. Harry stak zo ver boven hen uit dat hij de bungelende doorgeknipte draad van het alarm bij de poort kon zien plus de witte Camaro die aan de overkant van Doheny Drive stond geparkeerd. Het getinte raam aan de bestuurderskant was half naar beneden en Harry meende in de auto cigarillorook en de boord van een wit overhemd te zien.

'*Shall we go inside?*' zei de man met het hagelgeweer. Hij sprak met een duidelijk Mexicaans accent terwijl hij zijn hoofd heen en weer bewoog als een bokser voor het gevecht begint. De getatoeëerde schorpioen in zijn nek was daardoor goed te zien. Harry wist dat een dergelijke tatoeage een afperser symboliseerde en de lengte van de staart gaf het aantal doden aan dat hij op zijn geweten had. De staart was lang.

HOOFDSTUK 6

Zaterdag. Leven op Mars.

'Life on Mars?' zei Priem.

Het meisje aan de andere kant van de tafel keek hem niet-begrijpend aan.

Priem barstte in lachen uit. 'Nee, ik bedoel het nummer, dat heet "Life on Mars".'

Hij knikte naar de apparatuur onder de televisie waaruit David Bowies stem de grote loft vulde. Vanuit het appartement keek je uit over het westelijk deel van Oslo en naar Holmenkollen, dat nu als een lichtgevende kroon glinsterde in de avondschemering. Op het moment had hij echter alleen oog voor zijn gast. 'Veel mensen houden niet van dat nummer, ze vinden het vreemd. Op de BBC werd het een mix tussen een Broadwaymusical en een schilderij van Salvador Dalí genoemd. Misschien is dat zo, maar ik ben het met *The Daily Telegraph* eens, die vond dat dit het beste nummer aller tijden was. Stel je dat eens voor! Het beste! Iedereen houdt van Bowie, niet omdat hij zo'n geliefd persoon was, maar omdat hij de beste was. Mensen die niet geliefd zijn, zijn bereid om te doden. Ze weten dat alles dan zal veranderen.'

Priem greep de wijnfles die tussen hen in op tafel stond, maar in plaats van al zittend in te schenken, stond hij op en liep hij naar haar toe.

'Wist je dat David Bowie een pseudoniem is en dat hij eigenlijk David Jones heette? Priem is ook een pseudoniem, al noemt alleen mijn familie me zo. Maar als ik trouw, mag ze me ook Priem noemen.'

Hij stond achter haar en terwijl hij haar glas volschonk streelde hij met zijn vrije hand haar lange, fijne haar. Een jaar geleden, ja, zelfs een maand geleden, had hij uit vrees te worden afgewezen geen vrouw durven aanraken. Maar zoals het nu was, had hij geen twijfel meer, hij had de volledige controle. Het had natuurlijk geholpen dat hij wat had laten doen aan zijn lelijke tanden, naar een goede kapper was gegaan en hulp had gehad bij het kopen van mooie kleren. Maar dat was het niet. Het was iets wat hij uitscheidde, iets wat ze niet konden weerstaan en wat zekerheid gaf en zoveel zelfvertrouwen dat dat op zich al een afrodisiacum was, een placebo-effect zolang hij de cyclus in stand hield.

'Ik ben vast ouderwets en naïef,' zei hij en hij liep terug naar zijn kant van de tafel. 'Maar ik geloof in het huwelijk. Ik geloof dat er iemand bestaat die de ware voor je is, ja, dat geloof ik echt. Ik was laatst in het Nationaltheater en zag *Romeo en Julia* en het was zo mooi dat ik ervan moest huilen. Twee mensen die voor elkaar bestemd zijn en onlosmakelijk verbonden. Kijk alleen eens naar Boss hier.'

Hij wees naar het aquarium dat op een lage boekenkast stond. Een eenzame geelgroene vis zwom daarin rond. 'Hij heeft zijn Elisa. Je ziet haar niet, maar ze is er wel, die twee zijn samen één en dat blijven ze tot hun dood. Ja, de ene gaat dood omdát de ander doodgaat. Net als in *Romeo en Julia*. Is dat niet mooi?'

Priem ging zitten en schoof zijn hand over tafel naar haar toe. Ze leek moe vanavond, leeg, terneergeslagen. Maar hij wist hoe hij haar weer kon laten oplichten, het was slechts een kwestie van op een knop drukken.

'Ik zou van iemand zoals jij kunnen houden,' zei hij.

Het licht in haar ogen werd ogenblikkelijk ontstoken en hij kon – letterlijk – haar warmte voelen. Maar hij voelde ook een steekje van een slecht geweten door zijn hoofd gaan. Niet omdat hij haar op deze manier manipuleerde, maar omdat hij loog. Hij zou liefhebben, maar haar niet. Zij was niet die ene, zij was niet de Vrouw die voor hem was bestemd. Ze was een stand-in, iemand die hij gebruikte om te oefenen, het proces te testen, om de juiste dingen tegen te zeggen, op de juiste toon. Proberen en falen. Want het was niet zo erg om nu te falen, op de dag dat hij de liefde verklaarde aan de Vrouw moest alles kloppen, perfect zijn.

Hij had haar gebruikt om de handeling te oefenen. Alhoewel, gebruikt... zij was de actieve van hun tweeën geweest. Hij had haar ontmoet op een feest waarbij er zoveel mannen hoger op de sociale ladder hadden gestaan dat hij gezien had hoe haar blik zoekend over zijn schouder was gegaan en hij had begrepen dat ze slechts een paar woorden tegen hem zou zeggen voordat ze weer weg was. Hij was overigens behoorlijk daadkrachtig geweest, had haar lichaam geprezen en gevraagd naar welk fitnesscentrum ze ging. Toen ze daarop kort had geantwoord 'SATS Bislett', had hij gezegd dat hij verbaasd was dat hij haar nooit eerder had gezien want hij kwam daar drie keer in de week. Misschien gingen ze op verschillende dagen, had hij gevraagd. Ze was weer kortaf geweest en had gezegd dat ze 's morgens ging en was geïrriteerd toen hij zei dat hij dat ook deed. Op welke dagen ging zij?

'Dinsdags en donderdags,' had ze geantwoord en ze leek het gesprek te willen afkappen omdat ze haar aandacht richtte op een man in een strak, zwart overhemd die op hen af kwam gelopen.

De volgende dinsdag had hij toen zij naar buiten kwam voor het fitnesscentrum gestaan. Hij had gedaan of hij toevallig langsliep en haar herkende van het feest. Ze herinnerde zich hem niet, had geglimlacht en wilde verder lopen. Maar ineens was ze stil blijven staan, had zich naar hem omgedraaid en hem de volle aandacht gegeven terwijl ze midden op straat stonden. Ze had hem aangekeken alsof ze hem voor het eerst zag en ze leek zich af te vragen waarom hij haar niet op het feest was opgevallen. Hij had gepraat, zij was geen prater. Niet met haar mond in elk geval, haar lichaamstaal vertelde alles wat hij wilde weten. Pas toen hij zei dat ze met elkaar moesten afspreken, had ze wat gezegd. 'Nu?' zei ze. 'Waar?'

Toen hij haar dat had verteld, had ze slechts instemmend geknikt. Zo simpel was het gegaan.

Ze was gekomen. Hij was nerveus geweest. Er kon zoveel misgaan. Maar zij had het initiatief genomen, zijn kleren uitgetrokken, gelukkig zonder al te veel te zeggen.

Hij wist dat dit kon gebeuren en hoewel hij en Zij elkaar niets hadden beloofd voelde het in zekere zin toch als ontrouw. Of als een verraad van hun liefde? Maar hij had zichzelf ervan overtuigd dat zelfs al was dit een offer op het altaar van de liefde, hij het voor Haar deed. Hij ging door met de handeling omdat hij alle oefening nodig had zodat hij op de grote dag ook kon voldoen aan de eisen die Zij als minnares aan hem stelde.

Maar nu had de vrouw aan de andere kant van de tafel geen waarde meer. Niet dat hij het niet fijn had gevonden om met haar te vrijen. Maar het was niet nodig om dat te herhalen. En als hij eerlijk was, hield hij niet van haar geur en smaak. Zou hij het zeggen, dat hun wegen zich hier scheidden? Hij keek zwijgend naar zijn bord. Toen hij weer opkeek zag hij dat ze haar hoofd iets schuin hield, nog steeds met dat ondoorgrondelijke lachje alsof ze zijn monoloog als een grappige voorstelling opvatte. Ineens voelde hij zich een gevangene. Een gevangene in zijn eigen huis. Want hij kon niet opstaan en vertrekken, hij kon nergens heen. Hij kon haar toch niet vragen weg te gaan, of wel? Ze zag er niet uit alsof ze uit zichzelf naar huis zou gaan, integendeel. En dat bijna onnatuurlijke licht in haar ogen leek hem te verblinden. Hij raakte het overzicht kwijt. Hij besefte dat er iets scheefs en verwarrends was ontstaan. Zij had de controle overgenomen en dat zonder een woord te zeggen. Wat wilde ze eigenlijk?

'Wat...' begon hij. Hij kuchte. 'Wat wil je eigenlijk?'

Ze gaf geen antwoord, ze hield haar hoofd alleen maar nog iets schuiner. Het leek of ze geluidloos lachte met ontblote tanden die blauwwit leken in haar mooie mond. Toen zag Priem iets wat hij niet eerder had gezien. Dat ze de mond van een roofdier had. En hij besefte: dit was het spel van kat en muis. En hij was de muis, niet zij.

Waar kwam die absurde gedachte vandaan?

Nergens. Of misschien van de plek waar alle idiote gedachten van hem vandaan kwamen. Hij was bang, maar wist dat hij dat niet moest tonen. Hij trachtte rustig adem te halen. Hij moest weg. Zíj moest weg.

'Het was gezellig,' zei hij, hij vouwde zijn servet op en legde het op het bord. 'Laten we nog een keer afspreken.'

Johan Krohn zat samen met zijn vrouw Alise aan tafel toen de telefoon ging. Hij had Markus Røed nog niet gebeld met het slechte nieuws dat Harry Hole nee had gezegd tegen het genereuze aanbod. Dat wil zeggen, Harry had al nee gezegd voordat Krohn tijd had om over het honorarium te beginnen. En hij was ook niet van gedachten veranderd toen Krohn hem de voorwaarden had uitgelegd en had verteld dat ze al een stoel in de businessclass hadden geboekt voor de vlucht van 09.55 uur naar Oslo met een tussenstop in Kopenhagen.

Hij zag aan de nummerherkenning dat hij gebeld werd door Harry's oude mobiel, het toestel dat hij herhaaldelijk had gebeld, maar waarvan hij de melding 'uitgeschakeld' of 'geen bereik' had gekregen. Dus het was misschien alleen onderhandelingstactiek geweest toen hij nee zei. Dat was prima, Røed had hem de vrije hand gegeven om het honorarium te verhogen.

Krohn liep met een verontschuldigende blik naar zijn vrouw de eetkamer uit. 'Hallo, Harry,' zei hij opgewekt.

Harry's stem klonk hees. 'Negenhonderdzestigduizend dollar.'

'Sorry?'

'Als ik de zaak oplos dan wil ik negenhonderdzestigduizend dollar hebben.'

'Negenhonderd...?'

'Ja.'

'Besef je dat...'

'Ik besef dat ik het niet waard ben, maar als jouw cliënt rijk is en zo onschuldig als hij zegt dan is de waarheid hem dat wel waard. Dus mijn voorstel is dat ik voor niets werk, mijn uitgaven vergoed krijg en alleen betaald word als ik de zaak oplos.'

'Maar...'

'Meer heb ik niet te zeggen, maar Krohn, ik heb binnen vijf minuten een antwoord nodig. In het Engels en een mail van jouw mailadres en met jouw handtekening. Begrepen?'

'Ja, maar mijn god, Harry, dat is toch...'

'Er zijn hier mensen die op dit moment een besluit moeten nemen. In zekere zin heb ik nu een pistool tegen mijn slaap.'

'Maar tweehonderdduizend dollar moet toch meer dan...'

'Sorry Krohn, het moet het bedrag zijn dat ik zeg of het gaat niet door.'

Krohn zuchtte. 'Het is een bizar bedrag, Harry, maar goed, ik zal mijn cliënt bellen. Ik bel je terug.'

'Vijf minuten,' klonk Harry's hese stem. Krohn hoorde een andere stem iets op de achtergrond zeggen.

'Vierenhalf,' zei Harry.

'Ik zal mijn best doen om hem te pakken te krijgen,' zei Krohn.

Harry legde de mobiel op het aanrecht en keek op naar de man met het hagelgeweer dat nog steeds op hem gericht was. De andere man sprak Spaans in zijn kleine mobiel.

'Het komt vast goed,' fluisterde Lucille, die naast Harry zat.

Harry klopte haar op haar hand. 'Dat is mijn tekst.'

'Nee, van mij,' zei ze. 'Ik heb je in deze situatie gebracht. Bovendien is het niet waar, toch? Het gaat niet goed.'

'Wat is goed,' zei Harry.

Lucille glimlachte flauwtjes. 'Ja ja, ik heb in elk geval een prachtige laatste avond gehad, dat is tenminste iets. Weet je dat iedereen in Dan Tana's dacht dat we een stel waren?'

'Meen je dat?'

'O, zag je niet hoe ze keken toen je binnenkwam met mij aan je arm. Daar hebben we Lucille Owens met een lange, blonde en veel jongere man, dachten ze. En ze wensten dat ze zelf een filmster waren. Je hielp me uit mijn jas en kuste me op mijn wang. Bedankt, Harry.'

Harry wilde antwoorden dat hij gedaan had wat ze hem had opgedragen, inclusief het afdoen van zijn trouwring, maar hij liet het maar zo.

‘*Dos minutos*,’ zei de man met de telefoon, Harry voelde dat Lucille steviger in zijn hand kneep.

‘Wat zegt *el jefe* in de auto?’ vroeg Harry.

De man met het hagelgeweer antwoordde niet.

‘Heeft hij net zoveel mensen vermoord als jij?’

De man lachte kort. ‘Niemand weet hoeveel hij er heeft vermoord. Ik weet alleen dat als jullie niet betalen jullie de volgende twee op de lijst zullen zijn. Hij houdt er namelijk van om het zelf te doen. En ik bedoel echt “houden van”.’

Harry knikte. ‘Heeft hij die lening gegeven of heeft hij de schuld alleen maar gekocht?’

‘We lenen geen geld, we innen het alleen maar. Hij is de beste. Hij kan zien wie de verliezers zijn, wie schulden heeft.’ Hij aarzelde even, maar toen leunde hij een beetje naar voren en liet zijn stem zakken: ‘Hij zegt dat hij het aan de ogen en de houding ziet, maar hij ruikt het vooral aan de lichaamsgeur. Je ziet het in de bus, degene die gebukt gaat onder schulden heeft altijd een lege plaats naast zich. Hij zei dat jij ook een schuld hebt, *la rovia*.’

‘Ik?’

‘Hij was op een dag in de bar op zoek naar deze dame en toen zag hij jou zitten.’

‘Hij vergist zich, ik heb geen schulden.’

‘Hij vergist zich nooit. Jij bent iemand iets schuldig. Op die manier heeft hij mijn vader gevonden.’

‘Je vader?’

De man knikte. Harry keek hem aan en slikte. Hij trachtte zich een voorstelling te maken van de man in de auto. De mobiel had op het aanrecht gelegen terwijl Harry hem het voorstel deed, maar de man had geen woord gezegd.

‘*Un minuto*.’ De man met de mobiel ontgrendelde het pistool.

‘Onze Vader,’ prevelde Lucille. ‘Die in de Hemel zijt…’

‘Hoe kan het dat jullie zoveel geld nodig hebben voor een film die nooit zal worden gemaakt?’ vroeg Harry.

Lucille keek hem verbaasd aan. Toen begreep ze dat hij haar probeerde af te leiden voordat ze het tijdelijke voor het eeuwige verwisselden.

‘Weet je,’ zei ze. ‘Dat is de vraag die het meest gesteld wordt in deze stad.’

‘*Cinco segundos*.’

Harry staarde naar zijn mobiel. ‘En wat is het meest gegeven antwoord?’

‘Pech en een slecht manuscript.’

‘Hm, dat klinkt naar mijn leven.’

De display lichtte op. Krohns nummer. Harry drukte op ‘opnemen’.

‘Zeg het eens. Graag kort en alleen de conclusie.’

‘Røed stemt in.’

‘Hier komt het mailadres.’ Harry gaf de mobiel aan de man die met *el jefe* sprak. De man stopte zijn pistool in de schouderholster onder zijn bomberjack en drukte de twee mobieltjes tegen elkaar. Harry hoorde een zacht gezoem van stemmen. Toen het stil werd, gaf hij Harry zijn mobiel terug. Krohn had de verbinding verbroken. De man hield zijn eigen mobiel tegen zijn oor en luisterde. Hij liet het toestel zakken.

‘Je hebt geluk, *la rovia*. Je krijgt tien dagen. Vanaf nu.’ Hij wees naar de klok. ‘Daarna schieten we haar dood.’ Hij wees naar Lucille. ‘Dan zoeken we jou op en wacht je hetzelfde lot. We nemen haar nu mee en je moet niet proberen contact met haar op te nemen. Als je het ook maar aan iemand vertelt, sterft zij, net als jij en degene met wie je hebt gesproken. Zo doen we dat, zo doen we dat in Mexico en zo doen we dat in het land waar jij nu naartoe gaat. Denk niet dat je buiten ons bereik valt.’

‘Oké,’ zei Harry en hij slikte weer. ‘Nog meer wat ik moet weten?’

De man krabde over zijn tatoeage en lachte. ‘Dat we jou niet dood zullen schieten. Wij stropen de huid van je rug en laten je in de brandende zon liggen. Het zal een paar uur duren voor je bent uitgedroogd en sterft van de dorst. Geloof me, je zal dankbaar zijn dat het niet langer duurt.’

Harry had zin om iets te zeggen over Noorwegen en de zon in september, maar deed het niet. De klok telde al af. Niet alleen de tien dagen, maar ook de tijd die hij nog had om op het vliegveld te komen voor de vlucht waarvoor hij een ticket had. Hij keek op de klok. Anderhalf uur. Het was zaterdag en niet zo heel ver naar LAX, maar dit was Los Angeles. Hij had al vertraging. Hopeloze vertraging.

Hij keek voor de laatste keer naar Lucille. Ja, zo zou ze eruit hebben gezien, zijn eigen moeder, als ze langer had geleefd.

Harry bukte zich en kuste Lucille op haar voorhoofd. Hij stond op en stapte naar de deur.

HOOFDSTUK 7

Zondag

Harry zat op de bijrijdersstoel van een Volvo Amazon uit het jaar 1970. Naast hem zat Bjørn en ze zongen een nummer van Hank Williams dat krakend uit Bjørns cassettespeler kwam. Elke keer als ze stopten met zingen, hoorden ze zacht gejammer van een kind op de achterbank. De auto begon te schudden. Vreemd, want ze stonden stil.

Harry opende zijn ogen en keek op naar de stewardess die zacht zijn schouder schudde.

'*We are landing now, sir*,' zei ze achter haar mondmasker. '*Please fasten your seat belt*.'

Ze pakte het lege glas mee dat voor hem stond en duwde het tafeltje opzij en de armleuning naar beneden. Businessclass. Op het laatste moment had hij besloten om het kostuum aan te trekken en de rest achter te laten, hij had geen handbagage. Harry gaapte en keek uit het raam. Onder hem zag hij bos. Water. En toen: een stad. Een kleine stad. Oslo. Toen was er weer bos. Hij dacht aan het snelle telefoontje dat hij nog voor vertrek van LAX had gepleegd. Naar Ståle Aune, de psycholoog die zijn vaste partner was geweest bij moordonderzoeken. Hij dacht aan de stem die anders had geklonken. Het bericht dat hij Harry de laatste maanden meerdere keren had gebeld. Harry had gezegd dat hij zijn mobiel uit had staan. Ståle zei dat het niet belangrijk was, hij wilde alleen vertellen dat hij ziek was. Alvleesklierkanker.

De vlucht vanaf L.A. zou dertien uur duren. Harry keek op zijn horloge en rekende om naar de Noorse tijd. Zondag 08.55 uur. Zondag was een alcoholvrije dag, maar als hij uitging van de tijd in L.A. dan was het nog vijf minuten zaterdag. Hij keek op naar het serviceknopje boven zijn hoofd tot hij bedacht dat je in de businessclass een afstandsbediening gebruikte. Hij vond die vastgeklemd in de console. Hij drukte erop, waarna een sonargeluid klonk en tegelijkertijd ging er een lampje boven hem branden.

Ze was er binnen tien seconden. '*Yes, sir?*'

Maar in de tien seconden had Harry het aantal drankjes geteld dat hij in de loop van zijn L.A.-dag had gehad. Quotum bereikt. Verdomme.

'*Sorry*,' zei hij en hij trachtte vriendelijk te lachen. '*Nothing*.'

Harry stond in de taxfreeshop voor een schap met whiskyflessen toen hij een sms'je binnenkreeg dat de auto die Krohn voor hem had besteld voor de aankomsthal op hem stond te wachten. Harry antwoordde met 'oké' en nu hij toch zijn mobiel tevoorschijn had gehaald drukte hij op de K.

Rakel moest vaak lachen om het feit dat hij zo weinig vrienden, collega's en contacten had dat hij kon volstaan met een letter voor ieder van hen.

'Katrine Bratt.' Haar stem klonk vermoeid en slaperig.

'Hoi, met Harry.'

'Harry? Echt waar?' Het klonk of ze rechtop in bed ging zitten. 'Ik zag dat het een Amerikaans nummer was, dus ik...'

'Ik ben nu in Noorwegen. Net geland eigenlijk. Heb ik je wakker gemaakt?'

'Nee, zeg. Of ja, eigenlijk wel. We hebben waarschijnlijk een dubbele moord, ik moest tot laat werken. Mijn schoonmoeder is er om op Gert te passen en ik kan wat slaap inhalen. Allemachtig, je leeft.'

'Dat doe ik inderdaad. Hoe gaat het?'

'Goed genoeg. Niet slecht, gezien de omstandigheden. Ik had het vrijdag nog over je. Wat doe je in Oslo?'

'Een paar dingen. Ik ga in elk geval op bezoek bij Ståle Aune.'

'Ai, ja. Alvleesklierkanker, toch?'

'Ik ken de details niet. Heb je tijd voor koffie?'

Hij merkte dat ze even aarzelde voor ze antwoordde: 'Waarom kom je hier niet eten?'

'Bij jou, bedoel je?'

'Ja, mijn schoonmoeder is de beste kok ter wereld.'

'Tja, als het je uitkomt dan...'

'Om zes uur? Dan kun je Gert ook gelijk zien.'

Harry sloot zijn ogen, trachtte de droom weer op te roepen. Volvo Amazon en het zacht jammerende kind. Ze wist het. Natuurlijk wist ze het. Had ze begrepen dat hij het ook wist? Wílde ze dat hij het wist?

'Zes uur is goed,' zei hij.

Ze hingen op en hij keek weer naar het schap met whisky.

Daarachter was een schap met zachte knuffelbeesten.

De auto gleed langzaam door de straten van Tjuvholmen, de duurste grond van Oslo, die aan de rand van het Oslofjord op twee eilanden lag. Het krioelde er van de mensen die winkels, restaurants en galeries bezochten of gewoon een zondagse wandeling maakten. In The Thief begroette de receptionist Harry alsof hij een gast was op wie ze zich erg verheugden.

De kamer had een tweepersoonsbed met de perfecte zachtheid, hippe kunst aan de muur, badkamerzeepjes van een bekend luxe merk. Zoals je mocht verwachten van een vijfsterrenhotel, nam Harry aan. Hij keek uit op het ossenbloedrode stadhuis en Akershusfestning. Niets leek veranderd in het jaar dat hij in het buitenland zat. Toch voelde het anders. Misschien omdat Tjuvholmen met al de designwinkels, galeries, luxeappartementen en strakke gevels niet het Oslo was dat hij kende. Hij was in het oosten van Oslo opgegroeid in een tijd dat het een stille, saaie en tamelijk grijze, kleine hoofdstad in een uithoek van Europa was. De taal die je op straat hoorde was over het algemeen Noors zonder accent en de huidskleur hoofdzakelijk wit. Maar de stad was langzaam opengegaan. Als twintiger had Harry dat gemerkt doordat er steeds meer uitgaansgelegenheden kwamen en coole bands – niet alleen die in Valle Hovin voor dertigduizend man speelden – deden op tournee ook Oslo aan. Er werden restaurants geopend, een heleboel zelfs, die eten serveerden uit alle hoeken van de wereld. Deze transformatie naar een internationale, open en multiculturele stad had er uiteraard ook toe geleid dat de georganiseerde misdaad was gestegen, maar nog steeds vonden er zo weinig moorden plaats dat er nauwelijks genoeg werk was voor een afdeling gespecialiseerde moordonderzoekers. De stad was weliswaar om verschillende redenen al vanaf de jaren zeventig een begraafplaats geworden voor jonge mensen die verslaafd waren geraakt aan heroïne. Maar het was wel een stad zonder Skid Row en een stad waar je je – ook als vrouw – over het algemeen veilig kon voelen en dat werd ook bevestigd door drieënnegentig procent van de mensen die je daarnaar vroeg. Hoewel de media hun best deden om een ander beeld te schetsen, was het aantal verkrachtingen de laatste vijftien jaar laag, vergeleken met andere steden, en geweld op straat en andere criminaliteit kwam ook minder voor.

Om die reden was één vermoorde vrouw en één vermiste vrouw geen dagelijkse kost. Niet vreemd dus dat de websites van Noorse kranten die Harry op Google had gevonden flink uitpakten met schreeuwerige koppen. Ook was het niet vreemd dat Markus Røeds naam vaak werd genoemd. Ten eerste omdat iedereen wist dat de media, ook de wat serieuzere, alleen konden overleven door verhalen te brengen over bekende mensen en Røed was duidelijk zo'n rijke, bekende Noor. Ten tweede had de dader in tachtig procent van de moordgevallen die Harry had onderzocht een nauwe band met het slachtoffer. Daarom was het ook niet zo vreemd dat zijn opdrachtgever voorlopig ook zijn hoofdverdachte was.

Harry douchte. Hij ging voor de spiegel staan terwijl hij het enige schone overhemd dat hij had dichtknoopte. Hij hoorde het getik van zijn horloge toen hij bij het bovenste knoopje kwam. En probeerde er niet aan te denken.

Het was slechts vijf minuten lopen van The Thief naar het kantoor van Barbell in de Haakon VIIs gate.

Harry liep naar de bijna drie meter hoge deur en kreeg oogcontact met een jonge receptionist binnen. De jongeman kwam aangesneld om de deur open te doen, het was duidelijk dat hij had zitten wachten op Harry. Hij leidde Harry door de glazen sluizen en, na een korte verwarring toen Harry had gezegd dat hij niet met de lift wilde, liep hij met hem mee de trappen op. Op de zesde en bovenste verdieping ging hij Harry voor door de weekendlege kantoorruimten naar een open deur waar hij bleef staan om Harry voor te laten gaan.

Het kantoor zat op een hoek van het gebouw en moest minstens honderd vierkante meter groot zijn en had uitzicht over het stadhuisplein en de Oslofjord. Aan de ene kant stond een bureau met daarop een groot iMac-scherm, een Gucci-zonnebril en een Applemobiel. Papier lag er niet.

Aan de vergadertafel aan de andere kant van de kamer zaten twee personen. De ene, Johan Krohn, kende hij. De andere herkende hij van de krantenfoto's. Markus Røed liet Krohn eerst opstaan en met uitgestrekte hand naar hem toe lopen. Harry glimlachte even naar Krohn zonder zijn blik van de man achter hem af te wenden. Hij zag Markus Røed met een routineus gebaar een knoop van zijn colbert dichtdoen, maar hij bleef achter de tafel staan. Nadat hij Krohn de hand had gedrukt, liep Harry naar de tafel en deed hetzelfde met Røed. Het viel hem op dat ze bijna even groot waren, maar hij gokte dat Røed minstens twintig kilo meer met zich mee moest nemen. Van dichtbij was zijn leeftijd van zesenzestig jaar wel aan hem af te zien achter het kunstmatige, gladde gezicht, de witte tanden en de volle bos zwart haar. Maar oké, hij had kennelijk een betere plastisch chirurg dan veel mensen in L.A. Harry zag dat zijn pupillen zich iets versmalden rond de kleine, blauwe irissen, alsof hij myokymie had.

'Ga zitten, Harry.'

'Bedankt, Markus,' zei Harry, hij deed zijn jas open en ging zitten. Of Røed ontstemd was over de manier waarop hij werd aangesproken of de provocatie hoorde was niet af te lezen aan zijn gezichtsuitdrukking.

'Bedankt dat je zo snel kon komen,' zei Røed en hij gebaarde iets naar de jongeman in de deuropening.

'Even werken in Noorwegen komt me goed uit.' Harry liet zijn blik gaan over de portretten van drie ernstig kijkende mannen aan de muur. Twee schilderijen en een foto, hun namen stonden in koperen plaatjes onder op de lijst, alle drie hadden ze de achternaam Røed.

'Ja, *over there* heeft het leven natuurlijk een ander tempo,' zei Krohn op een ietwat gespannen smalltalk-toon, vond Harry.

'Tja,' zei Harry. 'Ik geloof dat Los Angeles wat dat betreft een beetje achterblijft bij New York en Chicago. Maar jullie zijn ook op zondag aan het werk. Indrukwekkend.'

'Prima om je even te onttrekken aan de drukte van de familie,' zei Røed en hij grinnikte naar Krohn. 'Vooral op zondag.'

'Heb je kinderen?' vroeg Harry. Hij had uit de krantenartikelen begrepen van niet.

'Ja,' zei Røed en hij keek Krohn aan alsof hij de vraag had gesteld. 'Mijn vrouw.'

Røed lachte en Krohn sloot zich daar plichtmatig bij aan. Harry vertrok even zijn mondhoek om niet al te demonstratief over te komen. Hij dacht aan de foto's van Helene Røed in de kranten. Hoe groot was het leeftijdsverschil? Minstens dertig jaar, vermoedde hij. Op alle foto's die hij had gezien stond het echtpaar afgebeeld met op de achtergrond logo's. Bij premières, modeshows enzovoorts. Helene Røed zag er natuurlijk tot in de puntjes verzorgd uit, maar ze leek wel zelfbewuster, minder belachelijk dan de vrouwen – en mannen – die poseerden voor de camera toen hij Lucille escorteerde naar dergelijke happenings. Ze was knap, maar de schoonheid was aan het vervagen. De glans van de jeugd leek te vroeg te verdwijnen. Te veel werken? Te veel alcohol of andere zaken? Te weinig geluk? Of van alle drie wat?

'Nou,' zei Krohn. 'Als ik mijn cliënt goed ken dan heeft hij hier hoe dan ook veel tijd doorgebracht. Je komt niet zo ver als hij als je niet hard werkt.'

Røed haalde zijn schouders op, maar sprak het niet tegen. 'Hoe zit het met jou, Harry? Heb jij kinderen?'

Harry keek naar de portretten. De drie mannen waren alle drie afgebeeld voor grote gebouwen. Opgericht of eigendom, nam Harry aan.

'In combinatie met een flink familiekapitaal, vermoedelijk,' zei hij.

'Sorry?'

'Samen met hard werken. Dat maakt het wel wat makkelijker of niet?'

Røed trok een goedverzorgde wenkbrauw onder de zwartglanzende haardos op en keek Krohn vragend aan alsof hij een verklaring wenste hoe Krohn aan deze kerel was gekomen. Toen tilde hij zijn hoofd op om de beginnende onderkin boven zijn overhemdkraag te trekken en keek Harry aan. 'Vermogen zorgt niet voor zichzelf, Harry. Maar dat weet jij vast ook wel?'

'Ik? Waarom denk je dat?'

'Niet? Je kleedt je als een vermogend man. Als ik me niet vergis komt jouw kostuum van Garth Alexander, Savile Row. Ik heb er zelf twee van.'

'Ik herinner me niet hoe de kleermaker heette,' zei Harry. 'Ik heb het van een dame gekregen omdat ik haar beschermheer ben.'

'Jezus, is ze zo lelijk?'

'Nee.'

'Nee, mooi dan?'

'Ja, dat wil zeggen voor iemand in de zeventig.'

Markus Røed legde zijn handen in zijn nek en zijn ogen werden smalle spleetjes.

'Weet je, Harry, dan hebben jij en mijn vrouw iets gemeenschappelijks. Kleren ontvangen in ruil voor iets duurders.'

Markus Røeds lach was oorverdovend. Hij sloeg zich op zijn dijen en draaide zich om naar Krohn, die razendsnel kans zag een lach te produceren. Røeds lach ging over in een niesbui en de jongeman die zojuist binnen was gekomen met een dienblad met glazen water, bood hem een servet aan, maar Røed gebaarde afwerend. Hij haalde een flinke, lichtblauwe zakdoek tevoorschijn uit zijn binnenzak met de grote initialen M.R. erop en snoot luidruchtig zijn neus.

'Geen paniek, het is gewoon een allergische reactie,' zei Røed en hij stopte de zakdoek weer terug. 'Ben je gevaccineerd, Harry?'

'Ja.'

'Ik ook. Al een hele tijd. Helene en ik zijn naar Saoedi-Arabië gegaan en kregen ons eerste vaccin veel eerder dan de Noorse bevolking. Maar laten we aan de slag gaan. Johan?'

Harry luisterde naar Johan Krohns uiteenzetting van de zaak, die min of meer een herhaling was van wat hij een dag eerder al aan de telefoon had verteld.

'Twee vrouwen, Susanne Andersen en Bertine Bertilsen, verdwenen op een dinsdag, respectievelijk drie en twee weken geleden. Susanne Andersen is twee dagen geleden dood aangetroffen. De politie heeft niets losgelaten over de doodsoorzaak, maar de zaak wordt behandeld als moord. Markus is slechts vanwege één reden door de politie verhoord. En dat is het feit dat beide vrouwen vier dagen voor Susannes verdwijning op een feest zijn geweest dat gehouden werd op het dakterras van het complex waar Markus en Helene wonen. Als bekenden van Markus waren ze door hem uitgenodigd. Markus heeft voor beide dinsdagen dat de vrouwen verdwenen een alibi, hij was thuis bij Helene en daarom is hij door de politie weggestreept als mogelijke verdachte. Helaas redeneert de pers niet net zo logisch. Dat wil zeggen, ze hebben andere motieven dan alleen de zaak oplossen. Daarom zijn ze begonnen met allerlei onzinverhalen dat Markus een relatie zou hebben met de vrouwen, dat ze hem afpersten om dat te vertellen aan een krant en dat hij de vrouwen een groot bedrag aan zwijggeld heeft geboden. In de media wordt ook getwijfeld aan de geloofwaardigheid van het alibi dat zijn vrouw hem verschaft terwijl dat een heel gangbaar alibi is in een strafzaak. Alles gaat natuurlijk om de sensationele combi van een bekende Noor en een moord. Niet om de waarheid. De oplossing van de zaak moet wat de media betreft liever laat dan vroeg komen, nu kunnen ze doorgaan met hun sensatieverhalen die zorgen voor goede verkoopcijfers.'

Harry knikte zonder uitdrukking op zijn gezicht.

'In de tussentijd loopt zijn bedrijf schade op omdat hij niet – in elk geval in de ogen van de media – brandschoon is. Bovendien is het uiteraard een persoonlijke belasting.'

'In de eerste plaats voor de familie,' voegde Røed eraan toe.

'Uiteraard,' ging zijn advocaat verder. 'Het had een tijdelijk probleem kunnen zijn als de politie haar werk goed had gedaan. Maar we zijn nu drie weken verder zonder dat er een dader of een spoor is gevonden waardoor de media de heksenjacht op degene moeten stoppen die als enige in Oslo een alibi in deze zaak heeft gegeven. We willen kort samengevat dat de zaak zo snel mogelijk wordt opgelost en daar kom jij in beeld.'

Krohn en Røed keken Harry aan.

'Hm. Nu de politie een lijk heeft, is het mogelijk dat ze DNA-sporen van de dader hebben gevonden. Heeft de politie al een DNA-test bij jou afgenomen?' Harry keek Markus Røed aan.

Zonder antwoord te geven wendde Røed zich tot Krohn.

'We hebben dat voorlopig geweigerd,' zei Krohn. 'De politie dient eerst een gerechtelijk bevel te hebben.'

'Waarom?'

'Omdat we niets te winnen hebben met meewerken aan zo'n test. Met zo'n onderzoek geven we aan dat we het standpunt van de politie begrijpen en dat er redenen kunnen zijn voor verdenking.'

'Maar die zien jullie niet?'

'Nee, maar ik heb tegen de politie gezegd dat mijn cliënt meer dan bereid zal zijn mee te werken aan een DNA-test als ze met overtuigende bewijzen komen dat er een link is tussen de verdwijningen en hem. We hebben sindsdien niets meer van de politie vernomen.'

'Hm.'

Røed klapte in zijn handen. 'Dat is het dan, Harry. In grote lijnen. Kun jij ons vertellen wat jouw plan is?'

'Mijn plan?'

Røed lachte. 'In grote lijnen.'

'In grote lijnen,' zei Harry terwijl hij een jetlag-geeuw onderdrukte. 'Mijn plan is de dader zo snel mogelijk te vinden.'

Røed grinnikte en keek Krohn aan. 'Dat is wel in heel grote lijnen, Harry. Kun je niet iets meer zeggen?'

'Nou, ik zal deze zaak onderzoeken zoals ik dat als politieman zou doen. Dat wil zeggen zonder andere belangen dan het vinden van de waarheid. Daarmee bedoel ik dat als de sporen naar jou leiden, Røed, ik je zal pakken zoals ik welke andere dader dan ook zal pakken. En ik zal mijn bonus opeisen.'

In de stilte die volgde startte het klokkenspel van het stadhuis.

Markus Røed gromde. 'Je bent een harde bikkel, Harry. Hoeveel jaar moet je bij de politie werken om zo'n bonus bij elkaar te schrapen? Tien jaar? Twintig? Wat verdienen jullie eigenlijk?'

Harry antwoordde niet. Het klokkenspel ging door.

'Nou,' zei Krohn, die nerveus lachte. 'In principe is dat precies wat we willen, Harry. Zoals ik al aan de telefoon zei: een onafhankelijk onderzoek. Hoewel je het nu een beetje bot formuleert, zitten we wel op één lijn. Wat jij net zei is ook de reden dat we jou willen hebben. Iemand met de juiste integriteit.'

'Ben jij dat?' vroeg Røed en hij ging met duim en wijsvinger over zijn kaak terwijl hij Harry opnam. 'Iemand met de juiste integriteit?'

Het viel Harry weer op dat de spiertjes rond zijn ogen samentrokken. Hij schudde zijn hoofd.

Røed leunde naar voren, lachte vrolijk en zei met zachte stem: 'Ook niet een beetje?'

Harry glimlachte even. 'Alleen in die zin dat ik als een paard met oogkleppen op ben. Dus met een beetje intelligentie en getraind om te doen waarvoor ik geschikt ben: rechtdoor lopen zonder me af te laten leiden.'

Markus Røed lachte hard. 'Dat is goed, Harry! Daar gaan we mee akkoord. Ik wil dat je eerst een team samenstelt van topmensen. Het liefst met iemand van naam erbij. Met wie we naar de media kunnen gaan. Dan zien ze dat het ons menens is, snap je?'

‘Ik heb al een idee wie ik wil vragen.’

‘Mooi, mooi. Hoeveel tijd kost het om hun antwoord te krijgen, denk je?’

‘Tot vier uur morgenmiddag.’

‘Morgen al?’

Røed lachte weer toen hij begreep dat Harry het meende. ‘Ik mag jouw stijl wel, Harry. Laten we het contract ondertekenen.’

Røed knikte naar Krohn, die met zijn hand in zijn tas ging en een document van één pagina voor Harry op tafel legde.

‘Het contract zegt dat er aan de opdracht is voldaan als minstens drie officieren van justitie van mening zijn dat de dader is gevonden,’ zei Krohn. ‘Als de verdachte vervolgens na een rechtszaak wordt vrijgesproken, moet het honorarium worden terugbetaald. Het gaat hier om *no cure, no pay*.’

‘Maar met een bonus waarop zelfs een bestuurder aan de top jaloers zal zijn, inclusief ikzelf,’ zei Røed.

‘Ik wil dat er nog één punt aan wordt toegevoegd,’ zei Harry. ‘Het honorarium wordt ook uitbetaald als de politie in de loop van de komende negen dagen – met of zonder mijn hulp – de vermeende dader vindt.’

Røed en Krohn keken elkaar aan.

Røed knikte voordat hij zich naar Harry toe boog. ‘Je bent een harde om mee te onderhandelen. Maar denk niet dat ik niet doorzie waarom je zo’n exact bedrag en een tijdsperiode wil afspreken.’

Harry trok een wenkbrauw op. ‘O nee?’

‘Vooruit, doe nu niet alsof. Het geeft de tegenpartij het gevoel dat er een juist bedrag is. Een magisch bedrag dat het enige juiste is. Je kunt je vader niet leren neuken, Harry, ik gebruik dezelfde onderhandelingstruc.’

Harry knikte langzaam. ‘Daar heb je me, Røed.’

‘Ik zal je nog een truc leren, Harry.’ Røed leunde achterover en grijnsde breed. ‘Ik wil je een miljoen dollar geven. Dat is bijna vierhonderdduizend kronen meer dan je vraagt, genoeg voor een goede auto. Weet je waarom ik dat wil?’

Harry gaf geen antwoord.

'Dat is omdat mensen nog beter hun best doen als je ze iets meer geeft dan ze vragen. Dat is een psychologisch feit.'

'Dan ga ik dat proberen,' zei Harry droog. 'Maar er is nog één ding.'

De lach van Røed verdween. 'O, ja?'

'Ik heb toestemming nodig van iemand bij de politie.'

Krohn kuchte. 'Je weet toch dat je in Noorwegen geen toestemming of licentie hoeft te hebben om privédetective te zijn?'

'Ja, maar ik zei ook van íémand bij de politie.'

Harry legde ze het probleem uit en na een poosje knikte Røed met tegenzin. Nadat Harry en Røed elkaar de hand hadden geschud, liep Krohn met Harry mee naar de uitgang. Krohn hield de deur naar de straat open voor Harry.

'Mag ik je nog een vraag stellen, Harry?'

'*Shoot*.'

'Waarom moest ik een Engelse kopie van ons contract naar een Mexicaans adres sturen?'

'Dat is mijn agent.'

Krohn vertrok geen spier. Harry vermoedde dat hij als advocaat zo vaak werd voorgelogen dat hij eerder een wenkbrauw optrok als een cliënt de waarheid sprak. En ook dat Krohn begreep dat dit zo'n duidelijke leugen was dat er sprake was van een verboden-toegangbord.

'Een fijne zondag nog, Harry.'

'Jij ook.'

Harry liep naar Aker Brygge en ging op een bank zitten. Hij zag de veerpont naar Nesoddtangen in de zon aanleggen bij de kade. Hij sloot zijn ogen. Rakel en hij hadden weleens op een normale werkdag vrij genomen, hun fietsen op de pont gezet en na vijfentwintig minuten varen tussen eilandjes en zeilboten waren ze dan op Nesoddtangen. In het idyllische landschap had je wegen en paadjes naar een verscholen strandje. Daar lagen ze eerst op de door de zon verwarmde rotsen, waarna ze een duik namen. De enige geluiden die hij er hoorde waren het gezoem van insecten en Rakels intense, maar zachte gekreun terwijl ze haar nagels in zijn rug zette. Harry dwong zichzelf die beelden los te laten en zijn ogen te openen. Hij keek op zijn horloge. Naar de staccatobeweging van de secondewijzer. Over enkele uren zou hij Katrine weer zien. En Gert. Hij liep met grote passen naar The Thief.

'Je oom lijkt vandaag uit zijn doen,' zei de verpleegkundige tegen Priem terwijl ze naar de openstaande deur van de kleine kamer liep.

Priem knikte. Hij keek naar de oudere man die in zijn ochtendjas op zijn bed zat te staren naar een uitgeschakelde televisie. Ooit was hij een knappe man geweest die het gewend was dat er naar hem werd geluisterd, zowel privé als op zijn werk. Priem meende dat je het aan zijn gelaatstrekken kon zien, aan het hoge, witte voorhoofd, de diepliggende, helderblauwe ogen aan weerszijden van zijn haviksneus. En aan de strenge, besliste mond met de verrassend volle lippen.

Priem noemde hem oom Fredric omdat hij dat was. Onder andere.

Zijn oom keek op toen Priem over de drempel stapte en hij vroeg zich af welke oom Fredric vandaag thuis was. Of er iemand thuis was.

'Wie ben jij? Maak dat je wegkomt.' Zijn gezicht liet een mix van verachting en blijdschap zien en hij gebruikte zijn zware stem waardoor je nooit wist of oom Fredric een grap maakte of razend was. Hij leed aan Lewy-body-dementie, een hersenziekte die niet alleen tot de typerende hallucinaties en nachtmerries leidde, maar ook – zoals in het geval van zijn oom – tot agressief gedrag. Meestal verbaal, maar soms fysiek, de ziekte zorgde er bovendien voor dat zijn spieren verstijfden en dat was in dit geval een voordeel.

'Ik ben Priem, zoon van Molle.' Hij ging verder voordat zijn oom kon reageren. 'Je zus.'

Priem keek naar de enige wanddecoratie, een ingelijste doctorsbul die boven zijn bed hing. Hij had een keer een ingelijste foto meegenomen en opgehangen waarop zijn oom, moeder en hijzelf lachend bij een zwembad in Spanje stonden. Dat was tijdens een vakantie die zijn oom had betaald voor zijn zus en neef nadat Priems stiefvader ze had verlaten.

Maar oom had de foto na een paar maanden weggehaald en gezegd dat hij niet meer naar die konijnentanden wilde kijken. Hij doelde daarbij op de twee grote voortanden met een spleet ertussen die Priem had geërfd van zijn moeder. Maar de bul met de naam Fredric Steiner erop hing er nog steeds. Hij had de achternaam aangenomen van zijn moeder omdat, zo had hij Priem verteld, een Joodse achternaam meer cachet en autoriteit gaf aan een wetenschapper. Vooral in zijn vakgebied, de microbiologie. Er waren maar weinig wetenschappers die het niet kon laten te doen alsof Joden – vooral de Asjkenazische Joden – genen hebben waardoor ze meer dan gemiddeld intelligent zijn. Dat er goede politieke redenen zijn om dat feit te weerleggen – of in elk geval te negeren – was prima, maar feiten zijn nu eenmaal feiten. Als Fredric hersenen had die net zo snel en goed functioneerden als die van een Joodse man, waarom zou je dan achteraan in de rij gaan staan met een Noorse boerenachternaam?

'Heb ik een zus?' vroeg zijn oom.

'Je had een zus, herinner je je dat niet?'

'Wel verdomme, jongen, ik ben dement, krijg je dat niet in je stomme hersenen? Die verpleegster die met je meeliep... knap ding, niet?'

'Haar herinner je je wel?'

'Mijn kortetermijngeheugen is prima. Wedden dat ik haar voor het weekend heb geneukt? Alhoewel, jij hebt geen geld om in te zetten, jij bent een loser. Toen je nog klein was, had ik nog hoop. Maar nu, je bent niet alleen een teleurstelling, je bent niets.'

Zijn oom stopte. Leek even na te denken. 'Of ben je wel iets geworden? Wat doe je eigenlijk?'

'Ik ben niet van plan jou dat te vertellen.'

'Waarom niet? Ik herinner me dat je interesse had in muziek. Onze familie is volkomen amuzikaal, maar beeldde jij je niet in dat je musicus zou worden?'

'Nee.'

'Maar wat...'

'Ten eerste ben je het de volgende keer dat ik hier kom weer vergeten, ten tweede zou je het niet geloven.'

'En hoe zit het met een gezin? Kijk niet zo naar me!'

'Ik ben single, nog wel, maar ik heb een vrouw ontmoet.'

'Eentje. Zei je eentje?'

'Ja.'

'Mijn god. Weet je hoeveel ik er heb geneukt?'

'Ja.'

'Zeshonderddrieënveertig. Zeshonderddrieënveertig! Allemaal mooie meiden. Behalve een paar in het begin, voordat ik wist wie ik kon krijgen. Ik ben op mijn zeventiende begonnen. Je moet hard werken om je oom in te halen, jongen. Die vrouw, heeft ze een strak kutje?'

'Dat weet ik niet.'

'Dat weet je niet? Wat is er gebeurd met die andere?'

'Die andere?'

'Ik meen me toch echt te herinneren dat je een paar kinderen had en een dame met een getinte huid en stevige borsten. Heb ik haar niet een keer geneukt? Ha, ha. Ik heb dat gedaan, ik zie het aan je! Waarom houdt niemand van jou? Ligt dat aan de konijnentanden die je van je moeder hebt?'

'Oom...'

'Zeg geen oom tegen me, verduiveld misbaksel! Je bent lelijk en dom geboren, je bent een deceptie voor mij, je moeder en onze hele familie.'

'Juist, ja. Waarom noemde je me dan Priem?'

'Ah, Priem, ja! Waarom denk je dat ik dat heb gedaan?'

'Je zei dat ik speciaal was. Een uitzondering.'

'Speciaal, ja, maar als een anomalie. Een fout. Iemand waar niets bij hoort, uitschot, alleen deelbaar door zichzelf en één. Dan krijg je jou. Alleen maar jou. We verlangen allemaal naar wat we niet kunnen krijgen en voor jou is het dat je geliefd wil zijn. Dat is altijd je zwakke punt geweest, dat heb je van je moeder.'

'Weet je, oom Fredric, binnenkort komt er een dag dat ik beroemder ben dan jij en ons hele geslacht samen.'

Zijn oom leefde op alsof Priem eindelijk iets had gezegd wat hout sneed of in elk geval interessant was.

'Laat ik je vertellen dat er maar één ding is wat er met jou zal gebeuren en dat is dat er een dag komt waarop je net zo dement bent als ik en daar zal je blij om zijn! Weet je waarom? Omdat je dan vergeten bent dat je leven een aaneenschakeling van vernederingen is geweest. Dat daar...' Hij wees naar de doctorsbul aan de muur. 'Is het enige wat ik me wens te herinneren. Maar zelfs dat lukt me niet altijd. En de zeshonderddrieënveertig...' Zijn stem werd schor en dikke tranen welden op in zijn blauwe ogen. 'Ik herinner me er verdomme geen eentje meer van. Niet eentje! Hoe leuk is dat?'

Zijn oom huilde toen Priem wegliep. Dat gebeurde steeds vaker. Priem had gelezen dat Robin Williams, de komiek, zich van het leven had beroofd nadat hij de diagnose Lewy-body-dementie had gekregen. Hij wilde zijn familie en zichzelf die marteling besparen. Het verbaasde Priem dat zijn oom niet hetzelfde had gedaan.

Het verpleeghuis stond in het westen van Oslo bij het Vinderen-winkelcentrum. Op weg naar zijn auto kwam hij langs de juwelier waar hij de laatste tijd vaker naar binnen was gelopen. Omdat het zondag was, was de winkel gesloten, maar toen hij zijn neus tegen de etalageruit drukte kon hij de diamanten ring in de glazen vitrine zien liggen. Het was geen grote ring, maar hij was zo prachtig. Perfect voor Haar. Hij wilde hem deze week kopen, hij wilde niet dat iemand hem voor was.

Hij nam een omweg en liep langs het huis in Gaustad waar hij was opgegroeid. Het afgebrande huis had al jaren geleden gesloopt moeten worden, maar hij had dat keer op keer uitgesteld ondanks de klachten van de gemeente en de buurt. De ene keer beweerde hij dat hij plannen had om het huis te herbouwen, een andere keer dat hij een bedrijf in de arm had genomen om het huis te slopen, maar dat het bedrijf failliet was gegaan. Wat de reden was van deze uitsteltactiek wist hijzelf ook niet. Hij kon de grond voor een goede prijs verkopen. Pas onlangs had hij het begrepen. Zijn plan met het huis moest als een slangenei in zijn hersenen hebben gezeten.

HOOFDSTUK 8

Zondag. Tetris.

'Je ziet er goed uit,' zei Harry.

'Jij ziet er... bruin uit,' zei Katrine.

Ze lachten allebei, ze deed de deur helemaal open en omhelsden elkaar. De geur van stamppot vulde het huis. Hij gaf haar het boeket dat hij onderweg bij een Narvesenkiosk had gekocht.

'Ben jíj begonnen met bloemen te komen?' zei Katrine die het boeket met een grijns in ontvangst nam.

'Vooral om je schoonmoeder te imponeren.'

'Jouw pak zal dat zeker doen.'

Katrine liep naar de keuken om de bloemen in het water te zetten en Harry liep de woonkamer in. Hij zag speelgoed op de vloer en hoorde de kinderstem al voordat hij het jongetje zag. Hij zat met zijn rug naar Harry toe te praten tegen zijn beer.

'Niet platen, hool je. Doe wat ik zeg. Slapen.'

Harry sloop naar hem toe en ging op zijn hurken bij hem zitten. Het jongetje begon te zingen terwijl zijn grote hoofd met wilde, blonde krullen heen en weer bewoog. 'El zaten zeven kikkeltjes al in...'

Hij moest iets hebben gehoord, misschien het kraken van de vloer, ineens draaide hij zich om met een lach op zijn gezicht. Een kind dat nog gelooft dat alle verrassingen goede verrassingen zijn, dacht Harry.

'Hoi!' zei het jongetje luid en vrolijk zonder dat hij geschrokken leek dat een grote man met een grijze baard hem van achteren had beslopen.

'Hoi,' zei Harry en stak zijn hand in zijn zak. Hij trok er een beer uit. 'Deze is voor jou.'

Hij hield de beer omhoog, maar het jongetje negeerde de beer, staarde slechts met grote ogen naar Harry.

'Ben jij de kelstman?'

Harry moest lachen, maar ook dat kon het jongetje niets schelen, hij lachte opgewekt mee. Hij pakte de beer. 'Hoe heet deze beel?'

'Hij heeft nog geen naam, die moet jij 'm geven.'

'Hij heet... hoe heet jij?'

'Harry.'

'Hallik.'

'Nee, eh...'

'Wellus, de beel heet Hallik.'

Harry draaide zich om en zag Katrine met haar armen over elkaar geslagen in de deuropening staan.

Misschien kwam het door het accent, misschien lag het aan het rode haar en de licht uitpuilende ogen. In elk geval zag Harry elke keer dat hij opkeek van zijn bord en de moeder van Bjørn zag, ook zijn gestorven collega, de technisch rechercheur Bjørn Holm.

'Niet zo vreemd dat de jongen jou mag, Harry,' zei ze en ze knikte naar haar kleinzoon, die van tafel was gegaan en nu aan Harry's hand trok omdat hij hem de kamer in wilde trekken om met de beren te spelen. 'Jij en Bjørn waren zulke goede vrienden. Jullie hebben dezelfde chemie, snap je. Maar je moet goed eten, Harry. Je bent broodmager.'

Na een pruimencompote als dessert gingen oma en kleinzoon naar boven omdat Gert moest slapen.

'Je hebt een leuk joch,' zei Harry.

'Ja,' zei Katrine. 'Ik wist niet dat je met kinderen kon omgaan.'

'Wist ik ook niet.'

'Maar je bent toch in Olegs leven gekomen toen hij nog klein was?'

'Hij speelde de hele tijd Tetris toen ik in zijn leven verscheen en vond het maar zozo dat ik tussen hem en zijn moeder kwam.'

'Maar jullie zijn wel goede vrienden geworden.'

'Rakel beweerde dat dat was omdat we beiden dezelfde band haatten. En allebei van Tetris hielden. Je zei aan de telefoon dat het leven zijn gangetje gaat. Nog iets nieuws te melden?'

'Wat betreft het werk?'

'Wat dan ook.'

'Ja en nee. Het is nu al een poos geleden dat Bjørn stierf, ik ben begonnen met om mij heen te kijken.'

'O, ja? Al iets serieus?'

'Nee, dat wil ik niet zeggen. Ik heb de laatste tijd een paar keer met een man afgesproken en het was gezellig, maar ik weet het niet. Jij en ik zijn vreemde vogels en dat wordt met de jaren niet beter. Hoe zit het met jou?'

Harry schudde zijn hoofd.

'Nee, ik zie dat je nog steeds je trouwring draagt,' zei Katrine. 'Jij had de liefde van je leven gevonden. Met Bjørn en mij zat dat een beetje anders.'

'Misschien wel.'

'De liefste man ter wereld. Te lief.' Ze tilde haar theekopje op. 'En te gevoelig voor een bitch als ik.'

'Dat is niet waar, Katrine.'

'Niet? Hoe noem jij een vrouw die slaapt met de beste vriend van haar man? Oké, misschien is hoer een betere benaming voor mij.'

'Het gebeurde gewoon, Katrine. Ik was dronken en jij...'

'Ik wat? Ik wou dat ik kon zeggen dat ik verliefd op je was, Harry. En ooit, in de eerste jaren dat we samenwerkten, was ik dat misschien wel. Maar daarna? Daarna was je alleen de man die ik niet gekregen heb. De man die werd ingepikt door de donkere schoonheid van Holmenkollåsen.'

'Hm, ik geloof niet dat Rakel vond dat ze me had ingepikt.'

'Nou, het initiatief kwam niet van jou.'

'Waarom denk je dat?'

'Harry Hole! Jij hebt niet eens door dat een vrouw in jou geïnteresseerd is, zelfs niet als ze duidelijke tekens geeft. Ook dan blijf je op dat kippenkontje van je zitten afwachten.'

Harry grinnikte. Hij kon het nu vragen. Nu was de juiste tijd gekomen. Er was geen reden om het uit te stellen. Het was zo duidelijk. De blonde krullen, de ogen, de mond. Ze wist uiteraard niet dat hij erachter was gekomen tijdens een van de nachten die hij had doorgebracht met Alexandra Sturdza van het gerechtelijk laboratorium. Dat Alexandra met een ongelukkige formulering indirect had verraden dat Bjørn een vaderschapstest had laten afnemen en dat op grond van de DNA-analyse was komen vast te staan dat Harry en niet hij de vader van Gert was.

Harry schraapte zijn keel. 'Wist je dat...'

Katrine keek hem vragend aan.

'Ik weet dat Truls Berntsen in de problemen is gekomen. Is het waar dat hij geschorst is?'

Ze trok een wenkbrauw op. 'Ja. Hij en twee andere mannen die ervan worden verdacht gestolen te hebben uit het drugsdepot van vliegveld Gardermoen. Het verbaast je toch niet? Het is algemeen bekend dat Truls Berntsen corrupt is en hij had vast een gokschuld. Het was slechts een kwestie van tijd.'

'Het verbaast me niet, denk ik, maar het spijt me het te horen.'

'O? Ik dacht dat jullie elkaar niet konden uitstaan.'

'Hij is misschien niet iemand die je snel sympathiek vindt, maar hij heeft ook kwaliteiten die je makkelijk over het hoofd ziet. Die hij mogelijk zelf ook niet ziet.'

'Als jij het zegt. Waarom ben je in hem geïnteresseerd?'

Harry haalde zijn schouders op. 'Bellman is nog steeds minister van Justitie, las ik.'

'Ja, vreselijk. Hij kent het machtsspel daar. Als je het mij vraagt was hij altijd een betere politicus dan politieman. Hoe gaat het met jouw mensen?'

'Goed, mijn zus woont in Kristiansand met haar vriend en dat gaat goed. De zoon van Rakel werkt op het politiebureau in Lakselv. Hij woont samen met zijn vriendin. En Øystein Eikeland, als je je die nog herinnert...'

'De taxichauffeur?'

'Ja, ik heb hem gisteren gebeld. Hij is overgestapt op een andere branche. Verdient beter, zegt hij. En ik ga morgen bij Aune op bezoek. Ja, dat is het wel.'

'Je houdt niet veel mensen over, Harry.'

'Nee.' Hij probeerde niet op zijn horloge te kijken. Niet te kijken wat er over was van deze verdomde zondag. Maandag was drinkdag. Slechts drie eenheden, maar het was een drinkdag en er bestond geen regel wanneer op de maandag je mocht drinken. Dat kon net zo goed kort na middernacht en alles in één keer. Hij had de fles whisky niet gekocht op Gardermoen, in plaats daarvan was het de beer geworden, maar hij had de minibar op zijn hotelkamer gecheckt en daar zat genoeg in.

'Hoe zit het met jou?' zei Harry en hij tilde zijn kopje op. 'Wie heb jij nog over?'

Katrine dacht na. 'Nou, ik heb natuurlijk geen familie meer, dus mijn schoonouders en Gert zijn mijn naasten. Mijn schoonouders zijn een ongelooflijke steun. Het is twee uur rijden vanaf Toten, maar ze komen zo vaak als ze kunnen. En af en toe, als ik het vraag, ook als ze niet kunnen, geloof ik. Ze zijn zo dol op hun kleinzoon, hij is ook de enige die ze nog hebben. Dus...'

Ze zweeg en staarde langs haar theekopje naar de muur achter Harry. Hij zag het, hij zag hoe ze zich schrap zette.

'Ik wil niet dat ze het weten. En ook niet dat Gert het weet. Begrijp je dat, Harry?'

Dus ze wist het. En had begrepen dat hij het wist.

Hij knikte. Het was niet moeilijk te begrijpen dat ze niet wilde dat haar zoon opgroeide met de wetenschap dat hij het resultaat was van ontrouw, van een slippertje van zijn moeder met een alcoholist. En dat ze de harten van twee liefhebbende grootouders niet wilde breken. Of het risico wilde lopen dat ze als alleenstaande moeder de steun die ze kreeg kwijt zou raken.

'Zijn vader heet Bjørn,' fluisterde Katrine en ze keek Harry aan. 'Punt.'

'Ik begrijp het,' zei Harry zacht zonder haar blik los te laten. 'Ik geloof dat dat het juiste is. Het enige wat ik je vraag is dat je bij me komt als je hulp nodig hebt. Waarvoor dan ook. Ik hoef er niets voor terug te hebben.'

Hij zag dat de tranen in Katrines ogen sprongen. 'Bedankt. Dat is genereus van je.'

'Niet zo heel erg,' zei hij. 'Ik ben zo arm als een kerkrat.'

Ze lachte, haalde haar neus op en trok een stuk van de keukenrol af die op tafel stond. 'Je bent lief,' zei ze.

Oma kwam binnen om te melden dat mama moest komen zingen en terwijl Katrine naar de kinderkamer verdween, vertelde Harry aan oma hoe Bjørn te werk ging als hij samen met Harry en Øystein de speellijst moest samenstellen voor de thema-avonden in de Jealousy Bar. Er waren Hank Williams-donderdagen, Elvis-weken geweest en misschien wel de meest gedenkwaardige avond was die waarop de-minstens-veertig-jaar-oude-songs-van-Amerikaanse-artiesten-en-bands-die-beginnen-met-een-M werden gespeeld. Hoewel de namen van de favoriete bands en artiesten van Bjørn geen belletjes deden rinkelen bij zijn moeder, drukten haar vochtige ogen dankbaarheid uit over het feit dat Harry iets vertelde, wat dan ook, over haar zoon.

Katrine kwam terug en haar schoonmoeder verdween naar de woonkamer en zette de televisie aan.

'De man met wie je afspreekt?' vroeg Harry.

Katrine wuifde het weg.

'Vooruit,' zei Harry.

'Hij is jonger dan ik. Nee, ik heb hem niet gevonden op Tinder. We gingen beiden uit in het centrum, kort nadat alles weer openging. Er hing een euforische stemming in de stad. Dus... ja, hij bleef contact zoeken.'

'Hij, jij niet?'

'Hij neemt het kennelijk wat serieuzer dan ik. Niet dat hij geen leuke, betrouwbare vent is. Hij heeft een vaste baan, een eigen flat en lijkt alles op orde te hebben.'

Harry lachte.

'Ja ja!' zei ze en ze gaf hem een duw. 'Als alleenstaande moeder let je automatisch op dat soort zaken. Oké? Maar passie moet er ook zijn en...'

'En die is er niet?'

Ze aarzelde even. 'Ik vind het fijn dat hij dingen weet die ik niet weet. Hij leert me van alles, snap je? Hij is geïnteresseerd in muziek, net als Bjørn. Hij accepteert dat ik een rare ben. En ja...' Een brede grijns verspreidde zich over haar gezicht. '...hij houdt van me. Weet je? Ik was bijna vergeten hoe goed dat voelt. Als er onvoorwaardelijk van je gehouden wordt. Zoals bij Bjørn.' Ze schudde haar hoofd. 'Misschien dat ik onbewust op zoek ben naar een nieuwe Bjørn. En niet zozeer naar passie, ben ik bang.'

'Hm, weet Bjørns moeder...'

'Nee nee!' Ze gebaarde afwerend. 'Niemand weet het. En ik ben ook niet van plan hem aan wie dan ook voor te stellen.'

'Aan niemand?'

Ze schudde haar hoofd. 'Als je weet dat het uiteindelijk toch niets wordt en dat je die man waarschijnlijk nog wel zal blijven tegenkomen dan wil je het liefst dat zo weinig mogelijk mensen op de hoogte zijn, of niet? Het is niet leuk als mensen staan te kijken en het wéten. Maar ik wil verder niets meer over hem kwijt.' Ze zette met een beslist gebaar haar kopje neer. 'En nu jij. Vertel me over L.A.'

Harry lachte. 'Een andere keer misschien, als ik meer tijd heb. Ik wil je liever vertellen waarom ik je belde.'

'O? Ik dacht dat het was vanwege...' Ze gebaarde met haar hoofd in de richting van de kinderkamer.

'Nee,' zei Harry. 'Ik heb daar natuurlijk aan gedacht, maar ik vond dat het jouw besluit moest zijn om daar iets over te zeggen.'

'Mijn besluit? Het was onmogelijk om je te pakken te krijgen.'

'Hm, ik had mijn telefoon uitstaan.'

'Een halfjaar?'

'Zoiets. Hoe dan ook, ik heb je gebeld om je te vertellen dat Markus Røed me in wil huren als privédetective in die zaak met de twee vrouwen.'

Katrine staarde hem ongelovig aan.

'Je maakt een grapje.'

Harry gaf geen antwoord.

Ze schraapte haar keel. 'Vertel je me nu dat jij, Harry Hole, je als een hoer hebt verkocht aan zo'n... pooier als Markus Røed?'

Harry keek naar het plafond alsof hij daarover na moest denken. 'Dat is heel boud gesteld.'

'Wel verdomme, Harry.'

'Het enige is dat ik nog niet heb ingestemd.'

'O? Waarom niet? Betaalt de pooier niet genoeg?'

'Omdat ik eerst met jou wilde praten. Jij hebt het laatste woord.'

'Laatste woord?' Ze snoof. 'Waarom? Jullie kunnen doen wat jullie willen. Røed vooral, hij heeft immers genoeg geld om te kopen wat hij wil hebben. Maar hé, dat hij genoeg geld heeft om jouw ziel te kopen, had ik niet gedacht.'

'Neem tien seconden en denk na over de voor- en nadelen,' zei Harry en hij bracht het kopje naar zijn mond.

Hij zag de vlammen in Katrines donkere ogen doven, zag dat ze op haar onderlip beet zoals ze altijd deed als ze diep nadacht. Hij ging ervan uit dat ze tot dezelfde conclusies zou komen als hij.

'Ga je alleen werken?'

Hij schudde zijn hoofd.

'Ben je van plan iemand van ons of van Kripos in te palmen?'

'Nope.'

Katrine keek nadenkend. 'Je weet heel goed dat ik schijt heb aan prestige en ego, Harry. Die klote concurrentiestrijd laat ik over aan de kleine jongens. Waar ik in geïnteresseerd ben is dat meisjes en vrouwen in de stad kunnen lopen zonder bang te hoeven zijn verkracht of vermoord te worden. Die angst leeft nu wel. Om die reden is het goed als jij aan de zaak werkt.' Ze schudde haar hoofd en leek het niet fijn te vinden dat ze de voordelen zag. 'Als privédetective zou jij dingen kunnen doen die wij ons niet kunnen permitteren.'

'Yep. Wat zijn jullie bevindingen in de zaak?'

Katrine keek naar haar handpalmen. 'Je weet heel goed dat ik je geen details kan geven over het onderzoek, maar ik neem aan dat je de krant leest en dan verklap ik niets als ik zeg dat Kripos en wij al drie weken dag en nacht aan deze zaak werken en dat we, tot het lijk werd gevonden, helemaal niets hadden. Werkelijk nada. We hebben beelden van Susanne van die dinsdagavond om negen uur op het metrostation van Skullerud, niet ver van de plek waar ze gevonden is. We hebben de auto van Bertine, die bij Grefsenkollen, bij de start van de wandelroutes staat. Maar niemand weet waarom ze daar waren. Ze waren geen van beiden wandelaars en ze kenden voor zover wij weten niemand in Grefsen of Skullerud. In beide gebieden hebben we met zoekteams en honden gezocht, zonder iets te vinden. En dan struikelt een jogger met zijn hond over het lijk. Heel mooi, maar nu vindt men ons idioten. Zoals gewoonlijk heeft de optelsom van toevalligheden ertoe geleid dat ze gevonden is en niet onze systematische zoektochten. Maar dat begrijpen mensen niet. En de media ook niet. En...' Ze kreunde uit wanhoop. 'Chefs evenmin.'

'Hm, hoe zit het met dat feest bij Røed? Daar nog aanknopingspunten?'

'Alleen dat het kennelijk daar was dat Susanne en Bertine elkaar voor het eerst ontmoetten. We hebben getracht een overzicht te krijgen van wie er op dat feest was, iemand kan beide vrouwen hebben gesproken. Maar dat heeft ook niet veel opgeleverd. We hebben weliswaar de meeste namen, ergens in de tachtig, maar hebben geen volledig overzicht omdat het een buurtfeest was waarop mensen kwamen en gingen en niemand iedereen kende. Bovendien is er uit al die namen geen verdachte tevoorschijn gekomen gebaseerd op strafblad of gelegenheid. Dus we zijn teruggegaan naar punten die, zoals jij dat altijd zei, gaatjes knagen in onze oren.'

'Hm, het waarom.'

'Precies, het waarom. Susanne en Bertine waren geen opvallende vrouwen. In bepaalde opzichten lijken ze op elkaar, in andere opzichten weer niet. Ze woonden allebei in een gemeubileerd appartement, hebben na de middelbare school geen vervolgopleiding gedaan, dat wil zeggen, Susanne heeft een halfjaar marketing gestudeerd, maar is toen gestopt. Beide vrouwen hebben in verschillende winkels gewerkt en Bertine werkte nu als kapper zonder vakdiploma's. Ze waren alle twee dol op kleding, make-up, zichzelf en babes met wie ze in de stad of op Instagram concurreerden en... ja, ik weet dat het vooroordelen lijken. Nee, het zijn vooroordelen. Ze gaven veel geld uit, gingen veel stappen, vrienden karakteriseren ze als *partygirls*. Er was wel een duidelijk verschil: Bertine betaalde over het algemeen haar eigen rekeningen terwijl Susanne bij haar ouders woonde en op hun zak teerde. Een ander verschil is dat Bertine relatief veel lovers versleet, Susanne was op dat gebied terughoudender.'

'Omdat ze bij haar ouders woonde?'

'Dat niet alleen. Afgezien van een paar korte scharrels werd er van haar gezegd dat ze nogal kieskeurig was. Met uitzondering van Markus Røed kennelijk.'

'*Sugardaddy*?'

'We hebben de gegevens van hun mobielen opgevraagd. Uit de gesprekken en berichten blijkt dat ze de laatste drie jaar regelmatig contact hadden met Røed.'

'Seksueel getinte berichten?'

'Niet zoveel als je zou verwachten. Een paar sexy foto's van meisjes, maar niet grof. Het ging vooral om uitnodigingen voor feesten en spullen die ze wilden hebben. Røed heeft meerdere keren via Vipps geld naar hen beiden overgemaakt. Geen grote bedragen, een paar duizend kronen, maximaal tienduizend. Maar genoeg om de term sugardaddy van toepassing te laten zijn. In een van de laatste berichten van Bertine aan Røed vertelt ze dat een journalist haar heeft gevraagd of ze een gerucht wilde bevestigen en of ze openstond voor een interview tegen betaling van tienduizend kronen. Ze sloot het bericht af met: IK HEB NATUURLIJK NEE GEZEGD. HOEWEL IK TOEVALLIG MIJN DEALER TIENDUIZEND SCHULDIG BEN.'

'Hm, dealer. Cocaïne of amfetamine?'

'Daar hebben we wel iemand die potentieel een gevaar voor Røed kon zijn.'

'Jij denkt dat je daarmee bij het waarom bent gekomen?'

'Ik weet dat het klinkt of we ons aan elke strohalm vastklampen. Maar we hebben elke steen omgedraaid zonder dat we in de kringen van de vrouwen ook maar iets hebben gevonden wat op een moordmotief kan wijzen, nu hebben we slechts twee motieven. Het eerste is dat Markus Røed graag van de vrouwen af wilde omdat ze met een schandaal dreigden. Het tweede is dat zijn vrouw Helene Røed jaloers was. Het probleem is dat ze elkaar een alibi geven voor beide avonden waarop de vrouwen verdwenen.'

'Ik begrijp het. Hoe zit het met het meest voor de hand liggende motief?'

'Wat bedoel je?'

'Waar je al aan hebt gedacht. Een psychopaat of een verkrachter op het feest die met de vrouwen heeft gesproken en hun contactgegevens heeft gekregen.'

'Zoals gezegd, niemand past voor zover wij weten in dat profiel. Mogelijk is het feest een dood spoor. Oslo is een kleine stad, het is niet zo onwaarschijnlijk dat twee vrouwen van dezelfde leeftijd op hetzelfde feest zijn.'

'Maar minder waarschijnlijk dat ze dan ook nog dezelfde sugardaddy hebben.'

'Misschien, maar volgens de mensen met wie we hebben gesproken waren Susanne en Bertine niet de enigen.'

'Hm, hebben jullie dat gecheckt?'

'Wat gecheckt?'

'Welke andere vrouw een motief kan hebben om haar rivales om zeep te helpen?'

Katrine lachte vermoeid. 'Jij en al je vragen naar het waarom. Ik heb je gemist. De afdeling Geweld heeft je gemist.'

'Dat laatste betwijfel ik.'

'Maar inderdaad, er zijn een paar vrouwen met wie Røed sporadisch contact heeft gehad, maar die kunnen we van de lijst schrappen. Begrijp je het, Harry? Iedereen van wie we een naam hebben, is van de lijst geschrapt. Nu blijft alleen de rest van de wereldbevolking over.' Ze masseerde met haar vingertoppen haar slapen. 'En nu zitten de media ons op de nek. En ook de commissaris en de hoofdcommissaris. Zelfs Bellman heeft er een telefoontje aan gewijd en gezegd dat we alle zeilen bij moeten zetten. Dus wat mij betreft nodig ik je uit het te proberen, Harry. Maar denk er wel aan dat we dit gesprek nooit hebben gehad. Natuurlijk kunnen we niet samenwerken, ook niet officieus, en ik kan je geen informatie geven als ik die ook niet openbaar maak. Behalve dan wat ik je zojuist heb verteld.'

'Ik begrijp het.'

'Je begrijpt dat er mensen op het hoofdbureau zitten die niet blij zullen zijn met concurrentie uit de private sector. Vooral niet als die concurrentie ingehuurd en betaald wordt door een potentiële verdachte. Bedenk eens wat een nederlaag het voor de hoofdcommissaris en Kripos zal zijn als jullie de zaak eerder oplossen dan wij. Voor zover ik weet zijn er juridische mogelijkheden om jullie te stoppen en mocht dat nodig zijn dan zal ik dat ook doen, dat kan ik je alvast zeggen.'

'Ik ga ervan uit dat Krohn van die mogelijkheden op de hoogte is.'

'O, ja, Røed heeft hem ook in zijn team, dat was ik vergeten.'

'Zou je nog iets kunnen vertellen over de plaats delict?'

'Twee paar afdrukken van voetstappen op weg ernaartoe, eentje ervan af. Ik geloof dat hij achter zich heeft opgeruimd.'

'Is er obductie gedaan op Susanne Andersen?'

'Alleen gisteren een lijkonderzoek.'

'Hebben ze iets gevonden?'

'Een doorgesneden keel.'

Harry knikte. 'Verkracht?'

'Op het eerste oog niet.'

'Verder nog iets?'

'Waar denk je aan?'

'Je ziet eruit alsof ze nog meer hebben gevonden.'

Katrine gaf geen antwoord.

'Ik begrijp het,' zei Harry. 'Informatie die je niet openbaar wil maken.'

'Ik heb je al te veel verteld, Harry.'

'Ja, snap ik, maar ik neem aan dat je geen nee zegt als informatie jouw kant op komt? Stel dat we iets vinden.'

Ze haalde haar schouders op. 'De politie kan het publiek niet weigeren met een tip te komen. Maar een beloning zit er niet in.'

'Begrepen,' zei Harry. Hij keek op zijn horloge. Nog drieënhalf uur tot middernacht. Alsof het een stilzwijgende afspraak was veranderden ze van onderwerp. Harry vroeg naar Gert. Katrine vertelde, maar Harry had het gevoel dat ze zich inhield. Langzaam droogde het gesprek op. Om tien uur liep Katrine met hem mee naar beneden om twee vuilniszakken in de container te gooien. Toen hij de poort opendeed en de straat op liep, kwam ze achter hem aan en omhelsde hem lang. Hij voelde haar warmte, net als toen die nacht. Maar hij wist dat het daarbij zou blijven. Ooit hadden ze zich tot elkaar aangetrokken gevoeld, een fysieke chemie die ze beiden niet ontkenden, maar ze hadden ook geweten dat dat een slechte reden was om te breken met hun geliefden. Maar nu die relaties voorbij waren, was die van hen ook voorbij. Er was geen weg terug naar die fijne, verboden spanning.

Katrine schrok opeens en liet Harry los. Hij zag dat ze naar het eind van de straat staarde.

'Is er iets?'

'Ach, nee.' Ze sloeg haar armen over elkaar en leek te huiveren, hoewel het een milde avond was.

'Zeg, Harry?'

'Ja?'

'Als je...' Ze stopte en haalde adem. 'Je mag wel een keer een dag op Gert passen.'

Harry keek haar aan en knikte langzaam. 'Welterusten.'

'Welterusten,' zei ze en ze deed de poort snel achter zich dicht.

Harry nam de lange weg terug naar het hotel. Via Bislett en door de Sofies gate, waar hij ooit had gewoond. Langs Schrøder, het bruine café dat ooit zijn toevluchtsoord was geweest. Naar de top van Sankt Hanshaugen, waar hij kon uitkijken over de stad en de Oslofjord. Niets was veranderd. Alles was veranderd. Er was geen weg terug. Er was geen weg die niet terugging.

Hij dacht aan het gesprek dat hij met Røed en Krohn had gehad. Dat hij had gezegd dat ze niet naar de media mochten stappen met hun getekende overeenkomst voordat hij met Katrine Bratt had gesproken. Hij had uitgelegd dat de kans op een goede samenwerking met de politie groter was als Bratt het idee kreeg dat ze het laatste woord had wat betreft het werken van Harry voor Røed. Harry had ze voorgespiegeld hoe het gesprek met Katrine ongeveer zou verlopen, hoe ze zelf de juiste argumenten zou vinden voordat ze ja zou zeggen. Ze hadden geknikt en hij had ondertekend. Harry hoorde in de verte de kerkklokken slaan. Hij proefde de smaak van de leugen in zijn mond. Hij wist nu al dat die niet de laatste zou zijn.

Priem keek op zijn horloge. Bijna middernacht. Hij poetste zijn tanden terwijl hij met zijn ene voet de maat tikte van 'Oh! You Pretty Things' en naar de twee foto's keek die hij op de spiegel had geplakt.

Op de ene foto stond de Vrouw, knap als ze was, hoewel de foto niet scherp was en het onmogelijk was om haar schoonheid te vangen in een bevroren ogenblik. Ze straalde iets uit, het waren de bewegingen van haar lichaam samen met hoe haar gelaatsuitdrukking, woorden en lach op elkaar volgden. Een foto was een enkele noot uit een stuk van Bach of Bowie, die had geen enkele betekenis. Toch was het beter dan niets. Daarom had hij zichzelf beloofd dat hij zou stoppen met haar te volgen, stoppen met het binnendringen van haar privéleven alsof ze zijn eigendom was. Hij moest leren haar te vertrouwen, zonder vertrouwen zou er te veel pijn zijn.

De tweede foto was van de vrouw met wie hij nog voor dit weekend zou neuken. Daarna zou hij haar vermoorden. Niet omdat hij het wilde, maar omdat het moest.

Hij spoelde zijn mond en zong met Bowie mee dat alle nachtmerries vandaag zouden komen en dat ze waarschijnlijk zouden blijven.

Daarna liep hij naar de keuken en opende de koelkast. Hij zag de zak met tiabendazol. Hij wist dat hij vandaag te weinig had genomen, maar als hij in één keer te veel nam zou hij last van maagzuur krijgen en moeten overgeven. De truc was om met regelmatige tussenpozen kleine doses te nemen. Hij besloot nog even te wachten en voerde voor zichzelf als excuus aan dat hij net zijn tanden had gepoetst. In plaats daarvan pakte hij het geopende blik waarop *Bloodworms* stond en liep naar het aquarium. Hij liet een halve theelepel van de inhoud – hoofdzakelijk muggenlarven – in het water vallen, die eerst als huidschilfers bleven drijven voordat ze zonken.

Met een paar snelle slagen van zijn staartvin was Boss ter plaatse. Priem deed de zaklantaarn aan en boog voorover zodat hij in de bek van Boss kon schijnen als die openging. Daarbinnen kon hij het zien. Het leek op een kakkerlak of een garnaal. Hij huiverde, maar genoot er ook van. Boss en Lisa. Zo moesten veel mannen – en misschien vrouwen ook – zich vaak voelen als het om het ultieme huwelijk ging. Een zekere... ambivalentie. Maar dat herkende hij: er was geen weg terug als je je uitverkorene had gevonden. In die zin hadden mens en dier de morele plicht hun natuur te volgen, de opdracht de harmonie in stand te houden, de juiste balans te vinden. Daarom was de natuur – zelfs als die op het eerste oog grotesk, afschuwelijk en wreed leek – mooi in al haar perfecte functionaliteit. De zonde kwam in de wereld op de dag dat de mens at van de boom der kennis van goed en kwaad en daarmee een reflectieniveau kreeg dat hem of haar in staat stelde om juist niet te kiezen wat natuurlijk voorbestemd was. Ja, zo zat het.

Priem deed de muziek en de lichten uit.

HOOFDSTUK 9

Maandag

Harry liep naar de ingang van het grote gebouw in de wijk Montebello in het westen van Oslo. Het was negen uur in de ochtend en de zon scheen volop. Harry voelde echter een knoop in zijn maag. Hij was hier eerder geweest. Het Radiumhospital. Honderd jaar geleden, toen de plannen bekend werden voor een in kanker gespecialiseerd ziekenhuis, hadden omwonenden geprotesteerd. Ze vonden het eng dat die nare en mysterieuze ziekte zo dichtbij kwam – sommige mensen dachten zelfs dat die besmettelijk was – en vreesden dat de huizenprijzen in de wijk zouden dalen. Terwijl er ook bewoners waren die het plan steunden en geld gaven – meer dan dertig miljoen kronen omgerekend naar de huidige waarde – om vier gram radium te kopen voor het bestralen en doden van kankercellen voordat die de patiënt zouden doden.

Harry liep naar binnen en ging voor de lift staan.

Niet omdat hij die wilde nemen, maar omdat hij het zich probeerde te herinneren.

Hij was vijftien jaar toen hij met zijn jongere zus Søs hun moeder had bezocht in het Radium, zoals ze dat toen noemden. Ze lag hier inmiddels vier maanden en was elke keer dat ze hier kwamen magerder en bleker geworden als een foto die vervaagde in het zonlicht. Haar altijd lachende gezicht leek te verdwijnen in het kussen. Juist op die dag was hij kwaad geweest en had hij moeten huilen.

'Het is wat het is en het is niet jouw verantwoordelijkheid om op mij te passen, Harry,' had zijn moeder gezegd terwijl ze hem vasthield en over zijn haren streelde. 'Je moet op je kleine zusje passen.'

Bij de lift had Søs tegen de muur geleund en toen de lift naar boven ging was haar lange haar vast komen te zitten tussen de liftdeur en de muur. Harry stond als bevroren toen Søs van de grond werd getild en om hulp schreeuwde. Er was een flink stuk van haar haren en hoofdhuid losgetrokken, maar ze had het overleefd en was het weer snel vergeten. Sneller dan Harry, die nog steeds de angst en de schaamte voelde branden als hij eraan dacht dat hij al bij de eerste de beste gelegenheid had gefaald in de opdracht van zijn moeder.

De liftdeuren gleden open en twee verpleegkundigen duwden een bed met een patiënt naar buiten.

Harry stond bewegingsloos tot de deuren weer voor hem dicht gleden.

Hij draaide zich om en begon de trappen naar de zesde etage op te lopen. De geur van het ziekenhuis was niet veranderd sinds zijn moeder hier had gelegen. Hij vond kamer 618 en klopte voorzichtig aan. Hij hoorde een stem en duwde de deur langzaam open. Er stonden twee bedden, het ene was leeg.

'Ik kom voor Ståle Aune,' zei Harry.

'Hij is wat gaan lopen,' zei de man in het andere bed. Hij was kaal, leek van Pakistaanse of Indiase afkomst en van Aunes leeftijd, ergens in de zestig. Maar Harry wist uit ervaring dat de leeftijd van kankerpatiënten moeilijk te schatten was.

Harry draaide zich om en zag Ståle Aune met schuifelende passen naar hem toe komen lopen, gekleed in een ochtendjas van het Radiumhospital, en hij begreep dat hij de magere man was die langs hem was gelopen in de gang.

De psycholoog die ooit een flinke buikomvang had, had nu vele huidplooien. Aune zwaaide en lachte gepijnigd zonder zijn tanden te tonen.

'Op dieet geweest?' vroeg Harry nadat ze elkaar hadden omhelsd.

'Je zult het niet geloven, maar zelfs mijn hoofd is gekrompen.' Ståle demonstreerde het door zijn kleine, ronde Freud-bril weer terug te duwen op zijn neus. Hij duwde deur van kamer 618 open. 'Mijn kamergenoot is Jibran Sethi. Dokter Sethi, dit is inspecteur Hole.'

De man in het andere bed knikte lachend zonder zijn koptelefoon af te doen.

'Hij is dierenarts,' zei Aune zacht. 'Prima vent, maar het klopt misschien wel wat er wordt gezegd, dat we worden als onze patiënten. Hij zegt bijna niets en ik houd nauwelijks mijn mond.' Aune schopte zijn sloffen uit en liet zich moeizaam op bed zakken.

'Ik wist niet dat jij er zo atletisch uitzag onder het buikvet,' zei Harry en hij ging op een stoel zitten.

Aune lachte. 'Je bent nog altijd even complimenteus, Harry. Ik ben ooit een zeer verdienstelijk roeier geweest. Maar hoe zit het met jou, je moet verdomme gaan eten, binnenkort los je op.'

Harry gaf geen antwoord.

'O, ja,' zei Aune. 'Jij denkt nu: wie lost er als eerste op? Dat ben ik, Harry. Ik ga hieraan dood.'

Harry knikte. 'Wat zeggen de artsen over...?'

'Over hoelang ik nog heb? Niets, want ik wil dat niet weten. Het belang om de waarheid te weten over iets – in het bijzonder over je eigen mortaliteit – wordt in mijn ogen sterk overgewaardeerd. En mijn ervaring is, zoals je weet, lang en goed. Uiteindelijk willen wij mensen het fijn hebben en dat zo lang mogelijk, het liefst tot het doek plotseling valt. Mogelijk is het een teleurstelling dat ik daarin niet verschil van andere mensen, dat ik niet in staat blijk te sterven met de moed en waardigheid die ik me had gewenst. Maar ik ben bang dat ik geen goede redenen zie om met groot bravoure te sterven. Mijn vrouw en dochter huilen en het troost ze niet als ze zien dat ik banger ben voor de dood dan noodzakelijk, ik duik liever weg voor de grimmige realiteit.'

'Hm.'

'Maar oké, het lukt me natuurlijk niet om de gezichtsuitdrukkingen van de artsen te negeren. En daaruit lees ik af dat ik niet veel tijd meer heb. Maar...' Aune spreidde zijn armen en lachte met trieste ogen. 'Er bestaat altijd hoop dat ze zich vergissen. Beroepsmatig heb ik het immers vaker verkeerd dan goed gezien.'

Harry lachte. 'Misschien wel.'

'Misschien wel,' zei Aune hem na. 'Maar je begrijpt natuurlijk best welke kant het op gaat als ze je een morfinepomp geven die je zelf mag bedienen zonder dat ze je waarschuwen voor een overdosis.'

'Hm, pijn dus?'

'Pijn is een interessante gesprekspartner. Maar genoeg over mij. Vertel 'ns over L.A.'

Harry schudde zijn hoofd en hij vermoedde dat het door de jetlag kwam maar zijn lijf schudde van het lachen.

'Hou op,' zei Aune. 'De dood is niet om te lachen. Vertel, zei ik.'

'Hm, beroepsgeheim?'

'Harry, hier worden alle geheimen mee het graf in genomen en de klok tikt, dus voor de laatste keer: vertel!'

Harry vertelde. Niet alles. Niet over wat er eigenlijk gebeurde kort voor zijn vertrek naar L.A., toen Bjørn zichzelf doodschoot. Niet over Lucille en zijn klok die tikte. Maar wel over al het andere. Over het vluchten voor herinneringen. Over het plan zich ergens ver weg dood te drinken. Toen hij klaar was, zag Harry Ståles matte blik. In de vele moordonderzoeken waarin Ståle Aune rechercheurs had geholpen met de profilering van moordenaars en de dagen lang waren, was Harry vaak onder de indruk geweest van diens uithoudings- en concentratievermogen. Nu zag hij vermoeidheid, pijn en morfine in zijn blik.

'Hoe zit het met Rakel?' vroeg Aune met zwakke stem. 'Denk je vaak aan haar?'

'De hele tijd.'

'Het verleden is nooit dood. Het is niet eens voorbij.'

'Tekst van Paul McCartney?'

'Bijna,' zei Aune glimlachend. 'Denk je op een goede manier aan haar of doet het alleen maar pijn?'

'Het doet pijn op een goede manier. Of omgekeerd. Als... nou ja, zoals met alcohol. De ergste dagen zijn als ik wakker word en ik over haar heb gedroomd en een ogenblik denk dat ze nog leeft, dat het in mijn droom is gebeurd. Dan moet ik weer door al die verdomde ellende heen.'

'Ik begrijp het. Herinner je je nog dat je bij me kwam vanwege je drankprobleem en ik vroeg of je zou wensen dat er geen drank op de wereld bestond? Jij antwoordde dat je wilde dat er drank bestond, zelfs als je niet dronk wilde je dat de mogelijkheid er was. Het idee dat je zou kunnen drinken. Dat zonder drank alles geen zin had, grijs zou zijn en jouw strijd geen vijanden zou hebben. Is dat...?'

'Ja,' zei Harry. 'Zo zit het met Rakel ook. Ik wil liever de pijn voelen dan dat ze niet in mijn leven was.'

Ze zaten een poos zwijgend bij elkaar. Ze keken elkaar aan. Harry keek naar zijn handen. Hij blikte de kamer rond. Hoorde een zacht telefoongesprek van het andere bed. Ståle draaide zich naar hem om.

'Ik ben moe, Harry. Sommige dagen zijn beter, maar niet vandaag. Fijn dat je langskwam.'

'Hoeveel beter?'

'Wat bedoel je?'

'Goed genoeg om te werken? Vanuit hier, bedoel ik.'

Aune keek hem verbaasd aan.

Harry schoof zijn stoel dichter bij het bed.

Op de vijfde etage van het hoofdbureau was Katrine bezig de ochtendmeeting af te ronden. Voor haar zaten zeventien personen, twaalf van de afdeling Geweld en vijf van Kripos. Van de zeventien waren er tien moordonderzoekers, vier analytici en drie technisch rechercheurs. Katrine Bratt had de resultaten van de rechercheurs op de plaats delict en de voorlopige bevindingen van het lijkonderzoek doorgenomen. En ze had de foto's van beide onderzoeken laten zien. Ze had iedereen naar de foto's zien staren terwijl ze heen en weer schoven op de harde stoelen. Op de plaats delict hadden rechercheurs niet veel gevonden, iets wat ze op zich al opmerkelijk vonden.

'Het lijkt wel of hij weet waarnaar we zoeken,' zei een technisch rechercheur. 'Hij heeft ofwel opgeruimd ofwel gewoon geluk gehad.'

Het enige concrete wat ze hadden waren schoenafdrukken van twee personen in de zachte aarde, waarvan het ene paar overeenkwam met de schoenen van Susanne en het andere met een zwaarder persoon met schoenmaat tweeënveertig, waarschijnlijk een man. De sporen duidden erop dat de twee naast elkaar gelopen hadden.

'Alsof hij Susanne gedwongen had met hem mee te lopen?' vroeg Magnus Skarre, een van de veteranen op de afdeling Geweld.

'Dat is mogelijk, ja,' antwoordde de technisch rechercheur bevestigend.

Katrine nam het woord weer. 'Het forensisch laboratorium heeft dit weekend het lijk onderzocht en er is goed en slecht nieuws. Het goede is dat er resten van speeksel en slijm zijn gevonden op de ene borst van Susanne. Het slechte is dat het niet gezegd is dat het afkomstig is van de moordenaar, vooral omdat Susanne haar bovenkleding aanhad toen we haar vonden. Dus als hij zich aan haar heeft vergrepen, moet hij haar weer hebben aangekleed en dat is ongebruikelijk. Hoe dan ook, Sturdza was zo vriendelijk om een snelle DNA-analyse uit te voeren en het nog slechtere nieuws is dat er geen match is met daderprofielen van veroordeelde moordenaars. Dus als het stamt van de moordenaar dan hebben we het over...'

'Het zoeken van een speld in een hooiberg,' zei Skarre.

Niemand lachte. Niemand kreunde. Diepe stilte. Na drie weken bikkelen, late diensten, herfstvakantieverloven die misschien zouden worden ingetrokken en onvrede thuis, had de lijkvondst de hoop op een goede afloop gedoofd, maar een ander vuur aangestoken. Hoop op sporen, op antwoorden. Dit was nu officieel een moordonderzoek en het was maandag. Een nieuwe week, nieuwe kansen. Maar de gezichten staarden leeg en vermoeid terug naar Katrine.

Ze had dat verwacht. Daarom had ze gewacht met de laatste foto om ze wakker te schudden.

'Dit hebben ze aan het eind van het lijkonderzoek ontdekt,' zei ze terwijl de laatste foto op het doek verscheen. Toen Alexandra haar die foto zaterdag had gestuurd, was Katrines eerste idee geweest dat ze naar het monster van Frankenstein keek.

Iedereen keek zwijgend naar het hoofd met de grove hechtingen. Dat was de reactie. Katrine kuchte.

'Sturdza schrijft dat het erop lijkt dat Susanne Andersens hoofd onlangs verwondingen heeft opgelopen en dat ze is gehecht langs de haargrens. Ze wisten niet of dat is gebeurd voor haar verdwijning, maar Sung-min heeft gisteren met Susannes ouders gepraat. Plus een vriendin die de avond voor haar verdwijning met haar had afgesproken. Niemand had gehoord dat ze hechtingen in haar hoofd had. Dus we kunnen ervan uitgaan dat dit het werk is van de moordenaar.' Katrine keek rond.

'De patholoog zal vandaag een volledige lijkschouwing doen en dan weten we hopelijk meer, ook over deze hoofdwond.' Ze keek op de klok. 'Nog iemand iets toe te voegen voor we aan de slag gaan?'

Een van de vrouwelijke rechercheurs nam het woord. 'Nu we weten dat de vrouw gedwongen werd over het wandelpad door het bos te lopen, zouden we dan niet intensiever naar Bertine moeten zoeken in het bosgebied rond Grefsenkollen?'

'Jazeker,' zei Katrine. 'Dat gebeurt al. Verder iemand nog iets?'

De gezichten keken haar aan als een schoolklas die zich slechts verheugde op de pauze. Beter was het niet. Vorig jaar had iemand voorgesteld een voormalige wereldkampioen in te huren voor een inspiratiesessie. Zodat je kon leren hoe je mentale terugslag overwint die je vroeg of laat in zijn greep krijgt. Maar voor een dergelijke sessie vroeg de nationale held een bedrag dat alleen het bedrijfsleven kon betalen. Katrine had gezegd dat een dergelijke voordracht net zo goed gehouden kon worden door een alleenstaande moeder met een fulltimebaan en dat dit een slecht voorstel was en verspilling van geld. Nu was ze daar niet meer zo zeker van.

HOOFDSTUK 10

Maandag. Paarden.

De jonge taxichauffeur staarde verbaasd naar het papiergeld dat Harry hem toestak.

'Dat heet geld,' zei Harry.

De taxichauffeur nam het in ontvangst en bestudeerde de biljetten. 'Ik heb niet van dat...'

'Wisselgeld,' zei Harry zuchtend. 'Het is goed.'

Harry begon naar de ingang van de drafbaan van Bjerke te lopen terwijl hij het bonnetje in zijn zak stak. De twintig minuten vanaf het Radiumhospital hadden net zoveel gekost als een vliegticket naar Málaga. Hij had een auto met chauffeur nodig en wel zo snel mogelijk. Maar eerst moest hij een politieman vinden. Een corrupte.

Hij vond Truls Berntsen in Pegasus. Het grote restaurant dat plaats bood aan duizend gasten, maar vandaag – tijdens de wekelijkse lunchwedren – waren alleen de tafels met zicht op de baan bezet. Dat wil zeggen, er was één tafel bezet waar slechts één persoon aan zat, alsof hij een onaangename geur afgaf. Maar als je goed keek, kon het ook aan de ogen en de houding liggen. Harry schoof aan op een van de lege stoelen en keek naar de drafbaan, waar een groep paarden met bemande sulky's draafde terwijl de luidspreker de race becommentarieerde in één samenhangend, monotoon geweersalvo.

'Je bent er vlot,' zei Truls.

'Taxi,' zei Harry.

'Dan heb je veel geld. Je had het ook telefonisch kunnen bespreken.'

'Nee,' zei Harry. Ze hadden precies tien woorden gesproken toen Harry belde. 'Ja?' 'Met Harry, waar ben je?' 'Bjerke-drafbaan.' 'Blijf daar.'

'Nee maar, Harry. Ben jij begonnen met *shady business*?' Truls lachte zijn grommende lach die hem, samen met de onderbeet, het vooruitgestoken voorhoofd en het passief-agressieve uiterlijk, de bijnaam Beavis had opgeleverd. Hij en het stripfiguur deelden ook een nihilisme en een bewonderenswaardige afwezigheid van sociale omgangsvormen en moraal. Wat hij eigenlijk had bedoeld was natuurlijk of Harry óók begonnen was met shady business.

'Ik heb een aanbod voor je.'

'Eentje waar ik ook nee op kan zeggen?' zei Truls en hij keek ontevreden naar de baan terwijl de speaker de volgorde van finishen van de paarden gaf.

'Als je met jouw wedformulier binnenloopt, ja. Je bent werkloos begrijp ik. En je hebt speelschulden.'

'Speelschulden? Wie zegt dat?'

'Niet belangrijk. Werkloos ben je wel.'

'Zó werkloos ben ik niet. Ik ontvang loon zonder iets te doen. Dus wat mij betreft mogen ze nog heel lang proberen bewijzen te vinden, kan me niet verdommen.'

'Hm, ik hoorde dat het te maken had met het achteroverdrukken van cocaïne op Gardermoen?'

Truls snoof. 'Twee andere mannen van de afdeling Narcotica en ik moesten een partij ophalen. Heel speciaal spul, groene coke. De douaniers meenden dat die groen zag omdat de partij zo zuiver was, alsof zij specialisten zijn op dat gebied. We leverden het in bij Inbeslagname en er was een kleine afwijking in het gewicht vergeleken bij wat Gardermoen had gerapporteerd. Dus ze hebben het spul voor analyse opgestuurd. En uit die analyse bleek dat de cocaïne, die nog net zo groen was als daarvoor, was versneden. Nu denken ze dat wij een deel van het spul hebben vervangen door iets ander groens, maar dat we hebben geblunderd door niet te zorgen voor hetzelfde gewicht. Of liever gezegd, dat ik dat heb gedaan omdat ik de enige ben die alleen is geweest met de cocaïne.'

‘Je loopt niet alleen het risico ontslagen te worden, maar ook je bevoegdheid kwijt te raken?’

‘Ben je dom of zo?’ Truls lachte weer grommend. ‘Ze hebben niet het minste bewijs. Alleen een paar klungels van douaniers die van mening zijn dat het spul eruitzag en smaakte als pure cocaïne? Een verschil van een milligram of twee in het gewicht waarvan iedereen weet dat het zoveel oorzaken kan hebben? Ze zullen de boel nog een poos onderzoeken en dan wordt de zaak geseponeerd.’

‘Hm, dus jij sluit ook uit dat ze een andere schuldige vinden?’

Truls legde zijn hoofd in zijn nek en nam Harry aandachtig op. ‘Ik heb hier wat met paarden te doen, Harry, zeg wat je van me wilt.’

‘Markus Røed heeft me ingehuurd om de zaak van de twee vrouwen uit te zoeken. Ik wil jou in mijn team hebben.’

‘Jezus.’ Truls staarde Harry verbluft aan.

‘Wat zeg je daarop?’

‘Waarom vraag je mij?’

‘Waarom denk je?’

‘Ik heb geen idee. Ik ben een slechte smeris en dat weet jij beter dan wie dan ook.’

‘Toch hebben we meer dan eens elkaars leven gered. Volgens een oud Chinees spreekwoord betekent dat dat we voor de rest van ons leven verantwoordelijk zijn voor elkaar.’

‘O, ja?’ Truls klonk onzeker.

‘Plus…’ zei Harry. ‘Aangezien jij alleen geschorst bent, heb je toch nog steeds toegang tot BL96?’

Harry merkte dat Truls schrok toen hij het antiquarische, knullige systeem voor onderzoeksrapporten vanaf 1996 noemde.

‘En wat dan nog?’ zei Truls grommend.

‘We hebben toegang nodig tot alle onderzoeken. Tactische, technische en obductierapporten.’

‘Juist. Dus dat is…?’

‘Shady business.’

‘Die ervoor kan zorgen dat je wordt ontslagen bij de politie.’

‘Als het ontdekt wordt, absoluut. Daarom wordt het ook goed betaald.’

'Hoe goed dan?'

'Noem een bedrag, dan zal ik dat doorgeven.'

Truls keek lang en bedachtzaam naar Harry. Hij liet zijn blik zakken naar het wedformulier op de tafel voor hem. Maakte er een prop van.

Het was lunchtijd in Danielles en de bar en tafels raakten langzaam bezet. Het restaurant lag maar enkele honderden meters van het centrum en de kantoorgebouwen, maar het had Helene altijd verbaasd dat een restaurant in een woonwijk zoveel werkende lunchgasten kreeg.

Ze keek rond vanaf haar kleine, ronde tafel in het midden van de grote, open ruimte. Ze vond niets van haar gading. Toen richtte ze haar blik weer op het laptopscherm voor zich. Ze had een site voor paardenartikelen gevonden. Er leek geen grens te zitten aan de hoeveelheid producten die je kon kopen voor paarden en ruiters en ook niet aan de prijzen die ze daarvoor vroegen. Het was nu eenmaal zo dat de meeste mensen die paarden konden houden ook mensen waren met veel geld en paardrijden was een mogelijkheid om dat te laten zien. Het nadeel was natuurlijk dat de lat om in dit milieu te kunnen imponeren zo hoog lag dat de meesten al hadden verloren voordat ze waren begonnen. Maar zou ze hiermee beginnen, met het importeren van producten voor paardrijden? Of zou ze paardrijtochten in Valdres, Vassfaret, Vågå en andere natuurgebieden beginnend met een v gaan organiseren? Ze klapte de laptop met een diepe zucht dicht en keek rond.

Ja, ze zaten op de barkrukken langs de muur als kippen op een stok. De jonge mannen in pak die makelaar waren. De jonge vrouwen gekleed in rok en blazer of iets anders waardoor ze er zogenaamd professioneel uitzagen. Sommige vrouwen hadden echt een baan, maar Helene kon andere aanwijzen die een beetje te mooi waren, met een beetje te korte rok, en die meer geïnteresseerd waren in wat werken overbodig maakte: een man met geld. Ze wist eigenlijk niet waarom ze hier nog steeds kwam. Tien jaar geleden was de maandagmiddaglunch in Danielles legendarisch geweest. Het was zo heerlijk decadent om op de eerste werkdag van de week dronken te worden en op de tafel te dansen. Maar het was duidelijk, het was ook een statement van status, het was het soort gedrag dat de rijken en geprivilegieerden onderscheidde van de rest. Tegenwoordig ging het er rustiger aan toe. Nu was de voormalige brandweerkazerne een combinatie van bar en gourmetrestaurant met sterren in de Michelingids. Een plaats waar de society van West-Oslo kwam eten, drinken, praten over zaken en familieaangelegenheden, waar ze relaties aanknoopten en allianties smeedden. Hier werden deals beklonken, hier werd besloten wie in de kring werd opgenomen en wie werd buitengesloten.

Het was hier geweest, tijdens zo'n wilde maandaglunch, dat Helene Markus Røed had ontmoet. Zij was drieëntwintig, hij ergens in de vijftig en steenrijk. Zo rijk dat mensen ruimte maakten als hij naar de bar liep. Iedereen scheen te weten waar de Røed-familie goed en slecht in was. Ze was niet zo onschuldig als ze deed voorkomen, natuurlijk niet, dat had Markus de eerste keer al begrepen toen ze bij hem had geslapen in zijn villa in Skillebekk. Hij had het gemerkt aan haar luidruchtige gekreun tijdens het klaarkomen, dat ze van *Pornhub* had gehaald, hij had het gemerkt aan de pling-geluiden van de inkomende berichten op haar mobiel en aan de manier waarop ze cocaïne in gelijke lijntjes verdeelde zodat hij nooit wist welke hij moest nemen. Maar hij leek daar niets op tegen te hebben. Van onschuld raakte hij niet opgewonden, beweerde hij. Ze wist niet of dat waar was, maar dat was niet zo belangrijk. Wat wel belangrijk was, of beter een van de dingen die belangrijk waren, was de vraag of hij haar de levensstijl waarvan ze altijd had gedroomd kon bieden. En die droom was niet om thuis te blijven zitten als een trofeevrouw die al haar tijd investeerde in het inrichten van het huis, en het zomerhuis, en het onderhouden van het sociale netwerk en haar lichaam en gezicht. Dat liet Helene graag over aan de parasitaire bimbo's die in Danielles op jacht waren naar een geschikte goudhaan. Helene had hersenen en interesse in dingen. In kunst en cultuur, vooral theater en beeldende kunst. In architectuur, ze had lang overwogen of ze dat zou gaan studeren. Maar haar grootste droom was het runnen van de beste rijschool van het land. Dat was geen luchtkasteel van een wereldvreemd en dom wicht, maar een realistisch plan uitgedacht door een slimme, hardwerkende meid die meer dan eens paardenmest had geruimd, die hoge cijfers haalde en paardrijles was gaan geven en een hekel had aan de term 'paardenmeisje' en die wist dat ze hard moest werken, geld en kwaliteiten nodig had om haar droom te verwezenlijken.

En toch was alles naar de verdommenis gegaan.

Dat was niet Markus' schuld. Of, ja, dat was het wel, hij had de geldkraan dichtgedraaid op het moment dat de rijschool te maken kreeg met een paar zieke paarden gecombineerd met onverwachte concurrentie en uitgaven. Ze had de rijschool moeten sluiten en nu was het tijd om iets nieuws te beginnen.

In meerdere opzichten. Markus en zij, dat zou ook niet lang meer duren.

Sommige mensen zeggen dat als een stel minder dan een keer per week seks heeft het slechts een kwestie van tijd is voor de relatie strandt. Natuurlijk is dat nonsens, Markus en zij hadden al jaren slechts twee keer per jaar seks.

Niet dat ze daarmee zat, maar wel met de mogelijke consequenties. Ze was all-in gegaan in dit leven met Markus, de rijschool, ze had alle plannen B en C terzijde geschoven. Ze had geen opleiding gevolgd, hoewel dat met haar schoolcijfers logisch was geweest. Ze had geen geld gespaard, ze was in zekere zin afhankelijk van zijn geld. Nou, niet in zekere zin, ze wás afhankelijk van zijn geld. Niet om te overleven misschien, maar... ja, wel om te overleven eigenlijk.

Wanneer was ze haar greep op hem kwijtgeraakt? Of preciezer: wanneer had hij in bed zijn interesse voor haar verloren? Het kon natuurlijk gaan om verminderd testosteron bij een man van zestig, maar zij dacht dat het begonnen was toen ze haar kinderwens had geuit. Ze wist dat verplichte seks voor een man vaak afremmend werkte. Maar toen hij had gezegd dat er geen sprake kon zijn van een kind, was het celibaat doorgegaan. Aangezien haar eigen zin in seks met Markus nooit erg groot was geweest, was dat geen groot probleem. Hoewel ze hem ervan verdacht dat hij ergens anders aan zijn trekken kwam. Zolang hij dat discreet deed en haar niet belachelijk maakte, vond zij het best.

Nee, het probleem waren de twee vrouwen. De ene was vermoord aangetroffen en de andere nog steeds verdwenen. En beide vrouwen hadden een link met Markus. Sugardaddy. Dat woord had zelfs in de kranten gestaan. De idioot, ze kon hem wel wurgen! Ze was Hillary Clinton niet, noch waren dit de jaren negentig, ze kon het haar man niet zomaar vergeven. Want tegenwoordig vond men dat vrouwen die zwijnen niet weg moesten laten komen met zoiets, het ging hier om respect hebben voor jezelf, voor je sekse en voor de tijdsgeest. Het was verdomme maar goed dat ze niet een generatie eerder was geboren.

Maar zelfs als ze hem had willen vergeven, zou Markus dat dan toestaan? Zat hij hier niet op te wachten, een exit van haar op een manier die niet bijzonder schaamtevol was, maar ook weer niet eervol. Hoewel het van alle tijden was dat het zowel positieve als negatieve reacties uitlokte als een man van zestig liep rond te neuken. Voor een man als Markus Røed bestonden er beslist ergere termen dan klootzak en rokkenjager. Dus moest ze niet maken dat ze wegkwam voordat hij dat deed? Dát zou immers de ultieme afgang zijn.

Ze keek rond. Dat deed ze onbewust, maar ze vond het prettig een overzicht te hebben van de mannen in de bar. In kaart brengen wie – in de eventuele toekomst – geschikt kon zijn. Er wordt gedacht dat je je kunt verstoppen, maar de waarheid is dat we allemaal signalen uitzenden van wat we denken en voelen en degenen die goed opletten zullen die meekrijgen.

Daarom had ze dus niet zo verbaasd moeten zijn toen de ober bij haar tafel kwam staan en een cocktailglas voor haar neerzette.

'Dirty martini,' zei hij in het Zweeds. 'Van die man daar...' Hij wees naar een man die alleen aan de bar zat. Hij keek uit het raam zodat ze zijn profiel kon zien. De kwaliteit van zijn kostuum was mogelijk iets duurder dan gemiddeld en hij was zonder meer knap. Maar jong, van haar leeftijd, tweeëndertig dus. Aan de andere kant was het natuurlijk zo dat een ambitieus man op die leeftijd al veel kon hebben bereikt. Ze wist niet waarom hij niet naar haar keek, misschien was hij verlegen of misschien had hij al een poosje geleden het drankje besteld en wilde hij niet de hele tijd naar haar staren. Dat was in elk geval charmant.

'Heb jij hem verteld dat ik vaak een martini drink bij mijn lunch?' vroeg ze.

De ober schudde zijn hoofd, maar iets in zijn lach deed haar twijfelen aan zijn oprechtheid.

Ze knikte naar de ober dat ze het drankje accepteerde en hij liep bij haar weg. Zoals de zaken er nu voor stonden zou ze in de toekomst vaker drankjes moeten accepteren, waarom nu niet starten met iemand die aantrekkelijk was?

Ze bracht het glas naar haar lippen en stelde vast dat het anders smaakte. Er lagen weliswaar twee olijven onderin, waardoor de martini 'dirty' werd genoemd. Misschien moest ze daar ook aan wennen, een andere, wat goedkopere smaak.

De man aan de bar liet zijn blik door de ruimte gaan alsof hij niet leek te weten waar ze zat. Helene tilde haar hand op en ving zijn blik. Ze hief haar glas om te proosten. Hij tilde zijn glas op naar haar. Een gewoon glas water. Maar zonder te glimlachen. Inderdaad, hij was een verlegen type. Maar toen stond hij op. Keek rond om te zien of er geen kapers op de kust waren en liep op haar af.

Natuurlijk deed hij dat. Alle mannen deden dat vroeg of laat als Helene dat wilde. Maar toen hij op haar afkwam, voelde ze dat ze het niet wilde. Nu nog niet. Ze was Markus nooit ontrouw geweest, had niet eens geflirt met mannen, en dat zou ze ook niet doen voordat alles was afgehandeld. Ze was eerlijk, de vrouw van één man, en dat zou ze altijd blijven. Want het ging er niet om wat hij van haar dacht, maar wat ze van zichzelf dacht.

De man bleef bij haar tafel staan en wilde een stoel bijtrekken.

'Ik heb liever niet dat je gaat zitten.' Helene glimlachte naar hem.

'Ik wilde alleen bedanken voor het drankje.'

'Drankje?' Hij glimlachte ook, maar leek in de war.

'Dit drankje. Dat je voor mij hebt besteld.'

Hij schudde lachend zijn hoofd. 'Maar zullen we doen alsof ik het wel was? Mijn naam is Filip.'

Ze lachte terug en schudde ook haar hoofd. Hij zag er zelfs al een beetje verliefd uit, de arme ziel. 'Een fijne dag nog, Filip.'

Hij maakte een galante buiging en liep weg. Hij zou hier ook zijn op de dag dat het met Markus voorbij was. En dan hopelijk zonder de trouwring die hij nu probeerde te verbergen. Helene gaf een teken aan de ober. Hij kwam bij haar tafel staan met gebogen hoofd en schuldbewuste glimlach.

'Je hebt me voor de gek gehouden. Van wie kwam het drankje?'

'Neem me niet kwalijk, mevrouw Røed. Ik dacht dat het kwam van iemand die u kende.' Hij wees naar een leeg tafeltje bij de muur niet ver achter haar. 'Hij was alleen, bestelde twee martini's, maar toen gebaarde hij me terug te komen en vroeg me één martini naar u te brengen en wees naar de man op de barkruk en zei dat ik moest zeggen dat het drankje van hem kwam. Ik hoop dat ik niet te ver ben gegaan?'

'Het is goed,' zei ze hoofdschuddend. 'Ik hoop dat hij je een goede fooi heeft gegeven.'

'Zeker, mevrouw Røed. Zeker.' De ober lachte zijn bruine snustanden bloot.

Helene haalde voor ze de martini opdronk de twee olijven uit het glas, maar de smaak bleef vreemd.

Onderweg naar de Gyldenløves gate kwam de woede met een mokerslag. Het was toch van de zotte, pure waanzin dat zij, een volwassen, intelligente vrouw moest accepteren dat haar leven werd gestuurd door mannen, mannen die ze niet mocht en ook niet respecteerde. Waar was ze eigenlijk bang voor? Om alleen te zijn? Ze was alleen, verdomme, we zijn allemaal alleen! Markus had reden om bang te zijn. Als ze de waarheid vertelde, vertelde wat ze wist… Ze huiverde bij de gedachte, zoals presidenten hopelijk huiveren bij de gedachte op de atoomknop te moeten drukken. Terwijl ze tegelijkertijd ook geilden op de gedachte dat zij het kónden doen. Dat was zo sexy aan macht! De meeste vrouwen zochten die indirect door achter mannen met macht aan te gaan. Maar waarom zou je dat doen als je de atoomknop hebt? Waarom had ze die gedachte niet eerder volledig uitgedacht? Dat was simpel: het schip was op de klippen gelopen en maakte water.

Helene Røed besloot op dat moment dat ze het roer van haar eigen leven in handen ging nemen en in dat leven zouden maar weinig mannen zijn. Aangezien Helene Røed wist dat ze wat ze had besloten ook zou doen, wist ze dat het zo zou gaan. Nu ging het erom een goed plan te maken. En dan, als alles achter haar lag, zou zij een drankje laten brengen naar een man van wie zij vond dat hij er goed uitzag.

HOOFDSTUK 11

Maandag. Naakt.

Toen Harry over het plein voor het centraal station van Oslo liep, zag hij Øystein Eikeland bij het standbeeld van de tijger staan terwijl hij met zijn voeten op de grond stampte. Onder zijn leren jas droeg Øystein het shirt van Vålerenga, maar de rest was puur Keith Richards. Kapsel, rimpels, sjaal, eyeliner, sigaret en het broodmagere lijf.

Net als bij Aune omhelsde Harry zijn jeugdvriend niet te stevig, alsof hij bang was dat er nog meer van zijn mensen het loodje zouden leggen.

'Wow,' zei Øystein. 'Cool kostuum, wat heb je daar gedaan? Pooier geweest? Dope gedeald?'

'Nee, maar dat doe jij dus wel,' zei Harry en hij keek rond. De cliëntèle op het plein bestond vooral uit pendelaars, toeristen en kantoormensen, en er waren weinig plekken in Oslo waar handel in drugs zo openlijk plaatsvond als hier. 'Ik moet toegeven dat ik dat niet had verwacht.'

'Niet?' zei Øystein en hij zette zijn zonnebril recht. 'Ik wel. Had ik al veel eerder moeten doen. Het betaalt niet alleen beter dan taxi rijden, het is ook gezonder.'

'Gezonder?'

'Ik zit nu dichter bij de bron. Alles wat dit lijf in gaat is van hoge kwaliteit.' Hij tilde zijn handen op en wreef daarmee langs zijn dijen.

'Hm, en ook in passende hoeveelheden?'

'Jazeker. Hoe zit het met jou?'

Harry haalde zijn schouders op. 'Op het moment test ik jouw Moderation Management-programma uit. Ik weet niet of ik het volhou, maar we zullen zien.'

Øystein tikte met zijn vinger tegen zijn hoofd.

'Ja ja,' zei Harry en hij keek naar een jongeman in een parka die een eindje verderop naar hem stond te staren. Harry kon zien dat zijn ogen blauw waren en zo wijd opengesperd dat het oogwit zichtbaar was. Hij hield beide handen in diepe zakken alsof hij iets vasthield.

'Wie is dat?' vroeg Harry.

'O, dat is Al. Hij ziet dat jij een smeris bent.'

'Een dealer?'

'Ja, geschikte kerel, maar eigengereid. Beetje zoals jij.'

'Als ik?'

'Knapper dan jij, natuurlijk. En slimmer.'

'O, ja?'

'Ja, jij bent slim op jouw manier, Harry, maar hij is zo'n nerd. Als je over iets begint dan weet hij daar direct alles van alsof hij dat gestudeerd heeft, snap je. Wat jullie gemeen hebben is dat jullie iets hebben waar vrouwen voor vallen. Charisma van de eenzaamheid. En hij is een man van routines, net als jij.'

Harry zag dat Al zich omdraaide, kennelijk wilde hij niet dat Harry zijn gezicht beter opnam.

'Hij staat hier van negen tot vijf en is in het weekend vrij,' ging Øystein verder. 'Als in een vaste baan. Vriendelijk, zoals gezegd, maar achterdochtig, bijna paranoïde. Heeft het graag over de zaken, maar vertelt weinig over zichzelf, net als jij. Hij vertelt je ook niet hoe hij heet.'

'Dus Al is...'

'Ik heb hem die naam gegeven naar het nummer van Paul Simon. "You Can Call Me Al", snap je?'

Harry grinnikte.

'Je ziet er opgejaagd uit,' zei Øystein. 'Ben je oké?'

Harry haalde zijn schouders op. 'Ik ben misschien ook een beetje paranoïde geworden *over there*.'

'*Yo*,' klonk er een stem. 'Heb je dope?'

Harry draaide zich om en zag een jongen in een hoody.

'Zie je me voor dealer aan?' zei Øystein sissend. 'Ga naar huis om je huiswerk te doen!'

'Ben je dat niet?' vroeg Harry terwijl ze zagen dat de jongen naar de man in de parka sjokte.

'Jawel, maar niet voor zulke jonge gasten. Die laat ik over aan Al en de West-Afrikanen in de Torggate. Bovendien ben ik net als de luxe hoeren, ik lever vooral aan huis.' Øystein grijnsde en liet een rij verrotte tanden zien en een nieuwe, glimmende Samsung-mobiel. 'Ik bezorg aan huis.'

'Wil dat zeggen dat je een auto hebt?'

'Jazeker, een oude Mercedes. Heb die voor een mooi prijsje over kunnen nemen van de taxi-eigenaar. Hij zei dat de klanten klaagden over de rooklucht die hij niet uit de auto kon krijgen en dat het mijn schuld was. Ik ben ook vergeten het taxibord van het dak te halen, dus ik kan nog op de taxibaan rijden. Over roken gesproken, heb je een peuk voor me?'

'Ik ben gestopt. En het lijkt me dat jij ze zelf hebt.'

Øystein grijnsde weer. 'Die van jou smaakten altijd beter, Harry.'

'Nou, stop dan nu.'

'Ik heb begrepen dat Californië dat met een man kan doen.'

'Staat je auto hier ver vandaan?'

Vanaf de aftandse, verende stoelen van de Mercedes keken ze naar de haven van Bjørvika, het attractieve, nieuwe stadsdeel aan de Oslofjord en Sørenga, maar waar het nieuwe Munch-museum, een dwangbuis van twaalf verdiepingen voor geesteszieken, een verder uitzicht versperde.

'Godsamme, wat is het lelijk,' zei Øystein.

'Wat zeg je daarop?' vroeg Harry.

'Chauffeur en manusje-van-alles?'

'Ja, als blijkt dat het iets met de zaak te maken heeft, hebben we een insider nodig die het cocaïnespoor van en naar Markus Røed kan volgen.'

'Weet je zeker dat hij dat spul gebruikt?'

'Hij niest, heeft grote pupillen en op tafel ligt een zonnebril. Zijn ogen schieten heen en weer.'

'Nystagmus. Het spoor volgen vanaf Røed, zeg je. Maar hij is toch jouw opdrachtgever?'

'Mijn opdracht is om een moord op te lossen, waarschijnlijk twee. Niet om de belangen van de man te behartigen.'

'Jij denkt dat het om cocaïne gaat? Als je heroïne had gezegd dan had ik misschien...'

'Ik denk niets, Øystein, maar als verslaving in beeld komt, speelt dat altijd een rol. Ik denk dat minstens een van de vrouwen ook een beetje te dol was op het goedje. Ze was haar dealer tienduizend kronen schuldig. Dus, doe je mee?'

Øystein bestudeerde de gloed van zijn sigaret. 'Waarom doe je deze klus eigenlijk, Harry?'

'Dat heb ik toch gezegd. Geld.'

'Weet je, dat antwoordde Dylan toen hem werd gevraagd waarom hij begonnen was met het zingen van folk music en protestliederen.'

'Jij denkt dat hij loog?'

'Ik geloof dat het een van de weinige keren was dat hij de waarheid sprak, maar ik geloof dat jij liegt. Als ik meedoe in dit idiote plan dan wil ik weten waarom jij het doet. Dus vooruit met de geit.'

Harry schudde zijn hoofd. 'Oké, Øystein, ik vertel je niet alles, zowel voor jouw als voor mijn bestwil. Je zult me gewoon moeten vertrouwen.'

'Wanneer heb ik daar iets aan gehad?'

'Herinner ik me niet. Nooit?'

Øystein lachte. Hij duwde een cd in de speler en draaide de volumeknop open. 'Heb je de laatste van Talking Heads al gehoord?'

'*Naked*, 1987?'

'1988.'

Øystein stak voor hen beiden een sigaret op terwijl 'Blind' uit de luidsprekers stroomde. Ze rookten zonder de ramen naar beneden te draaien en David Byrne zong over onzichtbare sporen en sporen die verdwenen. De rook hing als een zeemist in de auto.

'Heb je weleens het gevoel gehad dat je weet dat je iets doms gaat doen, maar dat je het toch doet?' vroeg Øystein en hij nam de laatste trek van zijn sigaret.

Harry drukte de zijne uit in de asbak. 'Ik zag op een ochtend een muis recht op een kat aflopen en gedood worden. Wat is dat voor iets?'

'Tja, wat is dat? Gebrek aan overlevingsdrang?'

'In elk geval een of andere drang. We worden – sommigen van ons tenminste – naar de rand getrokken. Ze zeggen dat de nabijheid van de dood een sterker gevoel geeft van in leven te zijn. Maar wat weet ik, verdomme.'

'Mooi gezegd,' zei Øystein.

Ze staarden naar het Munch-museum.

'Mee eens,' zei Harry. 'Heel lelijk.'

'Oké,' zei Øystein.

'Oké, wat?'

'Oké, ik neem de klus aan.' Øystein drukte zijn sigaret uit op die van Harry. 'Het is vast leuker dan cocaïne dealen. Dat is eigenlijk doodsaai.'

'Røed betaalt goed.'

'Dat is mooi, maar ik doe het hoe dan ook.'

Harry lachte en pakte zijn telefoon, die trilde. Hij zag een T op de display.

'Ja, Truls?'

'Ik heb dat rapport van het gerechtelijk laboratorium gecheckt, zoals je vroeg. Susanne Andersen had hechtingen in haar hoofd. En ze vonden speeksel en snot op haar ene borst. Er is een snelle DNA-analyse gedaan, maar ze kregen geen match in de database van veroordeelde daders.'

'Oké, bedankt.'

Harry verbrak de verbinding. Dat was wat Katrine niet had willen vertellen – of waarvan ze vond dat ze dat niet kon. Speeksel en snot.

'Waar gaan we nu heen, chef?' vroeg Øystein en hij draaide het contactsleuteltje om.

HOOFDSTUK 12

Maandag. Wegner Swivel Chair.

'Is dit een grap?' vroeg de patholoog achter zijn mondmasker.

Alexandra staarde achterdochtig naar de geopende schedel van het lijk op de tafel. Het was gebruikelijk bij een volledige obductie dat de patholoog de schedel lichtte en de hersenen onderzocht. Naast hen, op de instrumententafel, lagen de gebruikelijke werktuigen: de manuele en elektrische handzaag en de T-vormige schedeltang die ze gebruikten om de schedelpan te lichten. Wat ongebruikelijk was dat geen van de instrumenten was gebruikt bij Susanne Andersen. Omdat het niet nodig was. Want nadat ze de hechtingen hadden doorgeknipt, de huid weggehaald en de scalp met Susannes lange, blonde haar op een andere tafel gelegd, was het duidelijk geworden dat iemand ze voor was geweest. De schedel was doorgezaagd. De patholoog had het bovenste deel opgetild alsof het een deksel was. En nu vroeg hij of hij in de maling werd genomen.

'Nee,' fluisterde Alexandra.

'Je houdt me voor de gek,' zei Katrine aan de telefoon terwijl ze uit het raam van haar kantoor keek, ze zag het Botspark met de lindeallee die naar het oude deel van de gevangenis in Oslo leidde, het bijna pittoreske deel. Het was wolkeloos en hoewel de mensen niet meer in hun ondergoed op het gras lagen, zaten ze nu met hun gezichten naar de zon gekeerd in de veronderstelling dat dit weleens de laatste dag met zomerse temperaturen kon zijn.

Ze luisterde en begreep dat Alexandra haar niet voor de gek hield. Dat had ze eigenlijk ook niet gedacht. Want had ze dit zaterdag niet ergens verwacht toen Alexandra haar had verteld over de hechtingen? Ze hadden niet te maken met een rationele moordenaar, maar met een gek, iemand die ze niet konden vinden met het beantwoorden van Harry's waarom-vraag. Omdat er geen waarom bestond, in elk geval niet wat een normaal mens begreep.

'Bedankt,' zei Katrine, ze hing op en liep door de kantoortuin naar het raamloze kantoor dat ooit van Harry was geweest en dat hij niet had willen ruilen voor een groter en lichter toen hij promotie maakte en inspecteur werd. Misschien was het om die reden dat Sung-min juist dit kantoor had gekozen als basis terwijl hij aan deze zaak werkte of misschien vond hij dit kantoor beter dan de andere twee die ze hem had laten zien. De deur stond open, ze tikte erop en liep naar binnen.

Sung-mins colbert hing over een kleerhanger aan een dressboy die hij zelf moest hebben meegenomen. Zijn overhemd was zo wit dat het leek of hij licht gaf in de donkere kamer. Automatisch keek ze rond op zoek naar dingen die er ook waren geweest toen dit nog Harry's hol was. Zoals de ingelijste *Dead Policemen's Society*, de foto's van collega's die Harry tijdens dienst had verloren. Maar alles was weg. Zelfs de kleerhanger was nieuw.

'Slecht nieuws,' zei ze.

'O?'

'Het voorlopige obductierapport komt over een uur, maar Sturdza heeft me *a heads up* gegeven. Susanne Andersen heeft geen hersenen.'

Sung-min trok een wenkbrauw op. 'Letterlijk?'

'Alleen dat kan een lijkschouwing uitwijzen, dus ja, letterlijk. Iemand heeft de schedel van Susanne gelicht en…'

'En?'

'De hersenen eruit gehaald.'

Sung-min liet zich achterover zakken in de kantoorstoel. Ze herkende het lange, klagende gekraak. De stoel. Dat oude wrak, dat was dus niet vervangen.

Johan Krohn zag Markus Røed niezen en vervolgens zijn neus snuiten in zijn lichtblauwe zakdoek. De zakdoek werd teruggestopt in zijn broekzak en hij leunde weer achterover in zijn Wegner Swivel Chair die achter zijn bureau stond. Krohn wist dat het een Wegner was omdat hij zelf had overwogen er eentje te kopen. Maar de prijs van de stoel die hij had gezien was bijna honderddertigduizend kronen en hij vond dat hij dat niet kon verantwoorden tegenover zijn partners, vrouw en clientèle. Het was een sobere stoel. Elegant, maar op geen enkele manier overdreven en in die zin atypisch voor Røed. Hij nam aan dat iemand, Helene wellicht, hem had getipt dat zijn vorige stoel, een Vitra Grand Executive van zwart leer en met hoge rug, te vulgair was. Niet dat de twee anderen in de kamer dat wat had uitgemaakt. Harry Hole had een stoel van de vergadertafel meegetrokken en was recht voor Røeds bureau gaan zitten terwijl de andere man – een kerel met het twijfelachtige uiterlijk van Kapitein Haak die door Harry was voorgesteld als zijn chauffeur en manusje-van-alles – bij de deur was gaan zitten. Hij kende in elk geval zijn plaats.

'Zeg eens, Hole,' zei Røed snuivend. 'Is dit een grap?'

'Nope,' zei Harry, die onderuitzakte op zijn stoel, zijn handen in zijn nek legde en zijn lange benen uitstrekte en ondertussen zijn schoenen van alle kanten bekeek alsof hij die niet eerder had gezien. Krohn vond dat ze eruitzagen als John Lobb-schoenen, maar het was moeilijk voor te stellen dat Harry daar geld voor had.

'Serieus, Hole, jij meent dat ons team moet bestaan uit een terminale kankerpatiënt, een politieman die verdacht wordt van diefstal en een taxichauffeur?'

'Ik zei: hij wás taxichauffeur, hij zit nu in de detailhandel. En het is niet ons team, maar het mijne, Røed.'

Røeds gezicht werd rood. 'Het probleem is, Hole, dat het geen team is, het is een zootje ongeregeld. Ik sta voor gek als ik dit team voorstel aan de media. Dat dit team het beste is wat ik kon vinden.'

'Je moet de media erbuiten laten.'

Røeds stem galmde door de grote ruimte. 'Maar verdomme, man, dat is toch juist het punt, hebben we dat niet duidelijk gemaakt? Ik wil dat iedereen weet dat ik de beste mensen heb ingehuurd om deze zaak op te lossen, alleen dan ziet iedereen dat ik het echt meen. Dit gaat om mijn reputatie en die van de firma.'

'De laatste keer zei je dat de verdenkingen zo belastend waren voor je familie,' zei Harry, die in tegenstelling tot Røed zachter was gaan praten. 'En het team kan niet worden voorgesteld omdat de bewuste politieman dan direct wordt ontslagen en we daarmee de toegang tot de politierapporten kwijtraken. Dat is de reden dat hij aan boord is.'

Røed keek Krohn aan.

De advocaat haalde zijn schouders op. 'De belangrijkste naam in het persbericht is Harry Hole, de bekende moordonderzoeker. We kunnen schrijven dat hij een team zal formeren. Zolang de leider in orde is, zal het publiek denken dat het met de rest van het team ook wel snor zit.'

'En dan nog iets,' zei Harry. 'Aune en Eikeland moeten hetzelfde betaald krijgen als Krohn, en Berntsen wil het dubbele.'

'Ben je gek geworden, man?' Røed spreidde zijn armen. 'Die bonus van jou was wat mij betreft oké omdat je niet betaald krijgt zolang er geen succes is geboekt. Maar om het dubbele van het advocatensalaris te betalen aan een... *nobody*, een zwendelaar? Kun je me uitleggen waarom hij dat in godsnaam verdient?'

'Ik weet inderdaad niet of hij dat verdient,' zei Harry. 'Maar hij is het wel waard. Is dat niet hoe jullie zakenlieden naar salarissen kijken?'

'Of ze het waard zijn?'

'Laat ik het nog even herhalen,' zei Harry en hij smoorde een geeuw. 'Truls Berntsen heeft toegang tot BL96, dat wil zeggen alle rapporten in deze zaak, inclusief die van het forensisch en het gerechtelijk laboratorium. Er werken nu twaalf mensen van de afdeling Geweld en twintig van Kripos aan de zaak. Berntsens wachtwoord en zijn iris geven toegang tot het werk van al deze mensen. Bovendien loopt hij een risico. Als ontdekt wordt dat hij als politieman informatie geeft aan buitenstaanders dan krijgt hij niet alleen ontslag, maar ook gevangenisstraf.'

Røed sloot zijn ogen en schudde zijn hoofd. Toen hij ze weer opendeed, lachte hij.

'Weet je, Harry? We hadden een duivel als jij moeten hebben bij de contractonderhandelingen waarin Barbell nu is verwikkeld.'

'Mooi,' zei Harry. 'Dan heb ik nog een voorwaarde.'

'O?'

'Ik wil jou verhoren.'

Røed wisselde weer een blik met Krohn.

'Goed.'

'Met een leugendetector,' zei Harry.

HOOFDSTUK 13

Maandag. De Aune-groep.

Mona Daa zat achter haar bureau en las de blog die Hedina had geschreven over de druk van het schoonheidsideaal. Haar taalgebruik was armoedig, soms zelfs onbeholpen, maar het had een onbevangen directheid waardoor het makkelijk verteerbaar was. Het was als koffiedrinken met een vriendin en gewoon wat kletsen over dagelijkse dingen. De gedachten en adviezen van de blogger waren zo banaal en voorspelbaar dat Mona niet wist of ze moest gapen of sissen van ergernis.

De losse flodders van andere bloggers herhaalde Hedina zo stellig dat je zou denken dat het haar eigen ideeën en standpunten waren. Ze schreef over de frustratie om in een wereld te leven waarin uiterlijk het belangrijkste is en waar onzekere meisjes door worden gevormd. Uiteraard was het een paradox dat Hedina zelf foto's online zette van een Hedina die wel uit het softpornocircuit leek te komen met haar slanke figuur en grote siliconenborsten, maar die discussie was al keer op keer gevoerd en uiteindelijk won de stupiditeit het van het verstand. Over stupiditeit gesproken, de reden dat Mona Daa een halfuur had verspild aan het lezen van Hedina's blog, was dat Julia, de redacteur, vanwege ziekte en het gebrek aan nieuws rond Susanne Andersens zaak, Mona had opgedragen een commentaar te schrijven over de commentaren op Hedina's blog. Julia had zonder een spoortje ironie gezegd dat Mona moest tellen welk soort commentaar het vaakst voor kwam. Positief of negatief en aan de hand daarvan moest ze bepalen of de titel van haar column zou beginnen met 'geprezen wordt' 'afgeslacht wordt'. Met daaronder een beetje – maar ook weer niet te weinig – sexy foto van Hedina als *clickbait*.

Mona ergerde zich.

Hedina schreef dat alle vrouwen mooi zijn, het was voor iedereen gewoon een kwestie van je eigen unieke schoonheid vinden en daarop vertrouwen. Dat je gewoon moest stoppen met je te vergelijken met anderen want daardoor kreeg je frustraties, eetstoornissen, depressies en kapotte levens. Mona had zin het voor de hand liggende te schrijven: als iedereen mooi is, dan is niemand mooi, want schoonheid onderscheidt zich in positieve zin, dat is immers de semantische betekenis van het woord. En dat in haar jeugd slechts enkele filmsterren knap waren, mogelijk ook nog een vriendin in de klas, en dat zij en haar vriendinnen daar geen last van hadden, de meeste mensen zijn gewoon en niet knap. Er waren andere, belangrijker zaken om je op te focussen dan je leven te laten verpesten door een gewoon uiterlijk. Het waren juist mensen als Hedina die er zonder meer van uitgingen dat vrouwen knap willen en moeten zijn en dat zorgt ervoor dat er levens kapotgaan. Als zeventig procent van de vrouwen om je heen zich heeft laten opereren, fanatiek aan het trainen is en zich opmaakt en dertig procent doet dat niet, dan zijn plotseling de vrouwen met een gewoon uiterlijk, die vroeger een prima leven hadden, in de minderheid en ontwikkelen zij niet zelden een behoorlijke depressie.

Mona zuchtte. Had ze zelf zo gedacht en gevoeld als ze geboren was met een uiterlijk als dat van Hedina? Hoewel Hedina dus ook niet zo geboren was. Misschien niet. Ze wist het niet. Ze wist alleen dat er niets was wat ze zo haatte als ruimte geven in de krant aan een blogger die geen hersenen had en een half miljoen volgers.

Er kwam een nieuwsflits op haar scherm.

En Mona Daa begreep dat er eigenlijk één ding was dat ze nog meer haatte: om afgetroefd, verslagen en voorbijgestreefd te worden door Terry Våge.

'Susanne Andersens hersenen verwijderd,' las Julia hardop voor van *Dagbladets* website voordat ze Mona aankeek, die voor haar bureau stond. 'En daar weten wij niets van?'

'Nee,' zei Mona. 'Wij niet en ook de andere media niet.'

'Ik weet niets van de andere, maar wij zijn VG, Mona. Wij zijn de grootste en de beste.'

Mona vond dat Julia net zo goed had kunnen zeggen hoe het er nu voor stond: wij wáren de beste.

'Er moet iemand binnen de politie zijn die dit lekt,' zei Mona.

'Dan wordt er alleen gelekt naar Våge, dat noemen we een bron, Mona. En het is ons werk om bronnen te vinden, of niet?'

Mona had nog niet eerder meegemaakt dat Julia op zo'n neerbuigende toon tegen haar sprak. Alsof ze een beginneling was en niet een van de gerespecteerde en gewaardeerde journalisten van de krant. Maar Mona wist ook dat als ze zelf redacteur was geweest, de journalist er niet makkelijker van af was gekomen, eerder het tegendeel.

'Bronnen zijn mooi,' zei Mona. 'Je krijgt dergelijke informatie niet van iemand binnen de politie tenzij je zelf informatie kunt geven. Of heel goed wordt betaald. Of...'

'Ja?'

'Je de betreffende persoon in je greep hebt.'

'Denk je dat het hier het geval is?'

'Ik heb geen idee.'

Julia rolde haar stoel naar achteren, keek uit het raam naar de bouwplaats voor het regeringsgebouw. 'Maar misschien heb jij ook iemand binnen de politie die je... in je greep hebt?'

'Als jij denkt aan Anders, vergeet het, Julia.'

'Een misdaadjournalist die samenwoont met iemand bij de politie zal hoe dan ook worden verdacht van het krijgen van *inside info*. Waarom niet...'

'Vergeet het, zei ik! Zo wanhopig zijn we niet, Julia.'

Julie hield haar hoofd scheef. 'O, nee, Mona? Vraag het de hoofdredactie maar eens.' Ze wees naar het plafond. 'Dit is de grootste zaak in maanden, Mona, en dat in een jaar waarin steeds meer kranten het moeilijk hebben. Denk daar eens aan.'

'Echt, Julia, dat hoef ik niet. Ik schrijf liever tot in het oneindige over die verrekte Hedina-dame dan mijn eigen nest te bevuilen zoals jij nu voorstelt.'

Julia glimlachte even voordat ze haar wijsvinger tegen haar lippen legde en Mona nadenkend aankeek.

'Natuurlijk. Je hebt gelijk. Ik zei het uit wanhoop en dat was verkeerd. Sommige grenzen ga je niet over.'

Toen Mona weer terug was bij haar bureau, las ze snel de websites van de andere kranten door, die alleen maar konden doen wat zij kon: schrijven dat de hersenen waren verdwenen door te refereren aan *Dagbladet* en wachten op de persconferentie later die dag.

Nadat ze een stuk van tweehonderd woorden naar de website-redactie had gestuurd, die het direct publiceerde, bleef ze zitten nadenken over wat Julia had gezegd. Bron. In je greep hebben. Ze had met een journalist van een lokale krant gesproken die de landelijke kranten kleine jagers had genoemd omdat zij de lokale kranten doorspitten, daaruit pikten wat ze konden gebruiken en het vervolgens brachten als hun eigen zaak. In de laatste regel werd dan verwezen naar de lokale krant zodat de spelregels niet werden overtreden. Mona had op internet 'kleine jager' opgezocht en Wikipedia meldde dat het om een vogelsoort ging die de buit van kleinere vogels steelt door achter ze aan te jagen tot ze de buit laten vallen.

Was het mogelijk dat iets dergelijks met Terry Våge aan de hand was? Ze kon wat dieper gaan graven in de poging tot verkrachting van Genie, dat hoefde niet meer dan een dag te kosten. Dan kon ze naar Våge gaan en zeggen dat ze het zou publiceren tenzij ze zijn bron in de Susanne-zaak kreeg. Ervoor zorgen dat hij zijn buit losliet. Ze dacht erover na. Dat betekende dat ze contact moest zoeken met die akelige vent. En – als hij inging op haar voorstel – niet kon schrijven over de bewijzen van de verkrachting die ze had gevonden.

Op dat moment kwam Mona weer bij zinnen en ze huiverde. Waar zat ze eigenlijk aan te denken terwijl ze de ethische normen van een armzalige blogger veroordeelde, een jong meisje dat een manier had gevonden om op te vallen en geld te verdienen? Waren dat geen dingen die ze zelf ook wenste?

Jawel, maar niet zo, niet met zulke lage streken.

Mona besloot zichzelf vanmiddag te straffen met drie extra series *biceps curls* na de series gewichtheffen.

De avond was over Oslo gevallen. Vanaf de zesde verdieping van het Radiumhospital kon Harry de snelweg zien. Hij zag hoe de auto's vanaf het laagste punt als een gloeiworm schuin de berg op kropen, bijna vijf kilometer omhoog naar het hoogste punt van de weg, waar het Rikshospital en het gerechtelijk laboratorium stonden.

'Het spijt me, Mona,' zei hij. 'Ik heb geen commentaar, op de persconferentie zal gezegd worden wat er gezegd moet worden. Nee, je krijgt de namen van de anderen in het team niet, we geven er de voorkeur aan onder de radar te werken. Nee, ik weet niet wat de politie bedoelt, dat moet je aan de politie vragen. Ik snap wat je vraagt, Mona, maar ik heb geen commentaar en nu hang ik op, oké? Groeten aan Anders.'

Harry liet de pas aangeschafte mobiel in de binnenzak van zijn colbert glijden en ging weer zitten.

'Excuus, het was een blunder om mijn oude nummer aan te houden.' Hij legde zijn handpalmen tegen elkaar. 'Goed, iedereen is aanwezig en we hebben de zaak in grote lijnen doorgenomen. Ik stel voor dat we ons de Aune-groep noemen.'

'Nee, die moet niet naar mij worden vernoemd,' protesteerde Ståle Aune en hij ging rechterop in bed zitten.

'Excuus voor mijn onduidelijke formulering,' zei Harry. 'Ik bepaal dat ons team de Aune-groep heet.'

'Omdat?' zei Øystein, die op een stoel aan de andere kant van het bed zat, tegenover Harry en Truls Berntsen.

'Omdat dit vanaf nu ons kantoor is,' zei Harry. 'De politie wordt de politie genoemd omdat ze in het politiebureau zitten, toch?' Niemand lachte. Harry wierp een blik op het andere bed om zich ervan te verzekeren dat de dierenarts niet was teruggekeerd nadat hij hem had gevraagd de kamer te verlaten. Hij haalde uit zijn tas drie exemplaren van documenten die hij in het businesscentrum van The Thief had geprint en aan elkaar geniet.

'Dit is een samenvatting van de belangrijkste rapporten in de zaak, inclusief het obductierapport van vandaag. Iedereen heeft de verantwoordelijkheid deze papieren niet te laten rondslingeren. Gebeurt dat wel dan zit hij hier in grote problemen.'

Hij knikte naar Truls, die grommend lachte zonder dat de lach zijn ogen bereikte of andere delen van zijn gezicht.

'Vandaag gaan we niet systematisch te werk,' zei Harry. 'Ik wil alleen horen wat jullie van de zaak vinden. Om wat voor moord gaat het hier? Ook als jullie er niets bij denken, wil ik het graag horen.'

'Jezus,' zei Øystein grijnzend. 'Ben ik hier nu beland? Een zielenknijper.'

'Zo beginnen we in elk geval,' zei Harry. 'Ståle?'

De psycholoog vouwde zijn magere handen die op de deken lagen. 'Tja, mijn start is natuurlijk heel arbitrair, maar...'

'Hè?' zei Øystein en hij keek veelzeggend naar Harry.

'Starten op een toevallig punt,' zei Aune. 'Maar mijn eerste gedachte is dat als één vrouw wordt vermoord, we er vrijwel zeker van uit mogen gaan dat er een nauwe band was tussen haar en de moordenaar, een echtgenoot of geliefde, en dat er sprake is van jaloezie of een andere vorm van vernederende afwijzing. Nu het hier hoogstwaarschijnlijk gaat om twee vermoorde vrouwen kunnen we haast wel aannemen dat de dader geen nauwe band met hen had en dat het gaat om een seksueel motief. Wat de zaak nogal bijzonder maakt is dat de twee slachtoffers kort voor hun dood op dezelfde plaats waren. Aan de andere kant, als de theorie klopt dat alle mensen op aarde zes handdrukken van elkaar verwijderd zijn dan is het toch niet zo bijzonder. Verder hebben we te maken met het feit dat de hersenen en een oog zijn verwijderd. Dat kan erop duiden dat het trofeeën zijn. Dus tot we meer weten, geloof ik dat we moeten zoeken naar een – excuses voor het cliché – psychopathische lustmoordenaar.'

'Weet je zeker dat het niet gewoon de man met de hamer is?' zei Øystein.

'Sorry?' Aune zette zijn bril recht alsof hij de man met de slechte tanden nauwkeuriger wilde bestuderen.

'Je weet wel, als je een hamer hebt dan zie je in alle problemen spijkers. Jij bent psycholoog, jij denkt dat alle mysteries gaan om die psycho-dingen.'

'Misschien wel,' zei Aune. 'Als eerste raken we ons zelfinzicht kwijt. Om wat voor moord gaat het volgens jou, Eikeland?'

Harry zag dat Øystein kauwde op het antwoord omdat hij dat meestal deed, zijn magere kaken gingen heen en weer. Hij rochelde alsof hij wilde spugen op Aune en zei met een grijns: 'Ik denk dat ik hetzelfde zeg als jij, dokter. Aangezien ik geen psycho-hamer heb, vind ik eigenlijk dat we wat meer gewicht moeten geven aan wat ik denk.'

Aune lachte. 'Dan doen we dat.'

'Truls?' zei Harry.

Zoals Harry al had verwacht haalde Truls Berntsen – die drie zinnen had gebromd tijdens de voorstelronde en daarvan nat van het zweet was geworden – zwijgend zijn schouders op. Harry wilde de politieman niet verder pijnigen en nam zelf het woord.

'Ik geloof dat er een connectie is tussen de twee slachtoffers en dat die connectie via de dader loopt. Dat verwijderen van organen zou erop kunnen duiden dat de politie moet denken dat het hier om een klassieke seriemoordenaar gaat en een trofeejager zodat er niet al te grondig gezocht zal worden naar meer rationele motieven. Ik heb dergelijke afleidingsmanoeuvres eerder gezien. Ik las ergens dat je statistisch gezien zeven keer in je leven langs een seriemoordenaar loopt. Zelf denk ik dat dat getal te hoog is.'

Harry geloofde niet echt in wat hij zei. Hij dacht helemaal niets. Wat de anderen ook dachten, hij wilde een alternatieve hypothese opperen, alleen maar om ze te laten zien dat alternatieven mogelijk zijn. Het was een kwestie van openstaan en je niet bewust of onbewust vastbijten in één idee. Als dat gebeurde dan liep een onderzoeker het risico nieuwe informatie fout te interpreteren en op die manier alleen bevestiging te willen zien voor wat de onderzoeker al dacht, de zogenaamde *confirmation bias*. In plaats van naar de mogelijkheid te kijken of de nieuwe informatie eigenlijk niet in een andere richting wees. De informatie dat de man die jij al verdenkt, de dag voor de moord nog vriendelijk met het vrouwelijke slachtoffer had gesproken, werd bijvoorbeeld verklaard met dat hij haar begeerde in plaats van dat hij gewoon geen agressief gedrag vertoonde tegenover haar.

Ståle Aune had er opgewekt uitgezien toen ze aankwamen, maar Harry zag dat zijn ogen nu mat waren. Zijn vrouw en dochter hadden gezegd dat ze hem om acht uur zouden bezoeken, dat was over twintig minuten.

'Als we elkaar morgen weer zien dan hebben Truls en ik Markus Røed verhoord. Waarschijnlijk zal wat we te weten komen – of niet te weten komen – onze weg verder bepalen. Oké, mijne heren, het kantoor is voor vanavond gesloten.'

HOOFDSTUK 14

Maandag. Cocaine bullet.

Het was halftien toen Harry op de bovenste verdieping van The Thief de bar binnenliep.

Hij ging aan de bar zitten. Probeerde zijn mond te bevochtigen om te kunnen bestellen. Het was de verwachting van deze borrel die hem vandaag op de been had gehouden. Het ging er maar om eentje, maar hij wist dat dat voornemen al spoedig naar de achtergrond zou verdwijnen.

Hij keek naar het cocktailmenu dat de bartender voor hem had gelegd. Sommige drankjes waren vernoemd naar films en hij ging ervan uit dat de betreffende acteurs of de regisseur hier te gast waren geweest.

'Heb je...?'

'*Sorry, English.*'

'*Do you have Jim Beam?*'

'*Sure, sir, but could I recommend our own special made...*'

'*No.*'

De bartender keek hem aan. '*Jim Beam, then.*'

Harry keek naar de andere gasten en naar de stad buiten. Naar het nieuwe Oslo. Niet het rijke Oslo, maar het steenrijke Oslo. Alleen zijn kostuum en schoenen hoorden hier thuis. Of misschien ook niet. Een paar jaar geleden was hij hier geweest om de bar eens te bekijken en voordat hij eruit was gelopen had hij een zanger van Turboneger zien zitten aan een tafel. Hij had er net zo eenzaam uitgezien als Harry zich nu voelde. Hij pakte zijn mobiel. Ze stond onder de A. Hij typte een bericht:

IK BEN IN DE STAD. ZULLEN WE AFSPREKEN?

Toen hij zijn mobiel op de bar legde, merkte hij dat er iemand dicht bij hem kwam staan. Hij hoorde een zachte stem in het Amerikaans met een accent dat hij niet kon thuisbrengen een gemberbier bestellen. Hij keek in de barspiegel. De flessen op de plank ontnamen hem het zicht, maar Harry zag iets wits rond de nek van de man. Een priesterboord die ze in Amerika een *dog collar* noemen. De priester kreeg zijn bier en verdween.

Harry was halverwege zijn drankje toen het antwoord van Alexandra Sturdza kwam:

JA, IK ZAG IN *VG* DAT JE TERUG WAS. DAT HANGT ERVAN AF WAT JE MET AFSPREKEN BEDOELT.

KOFFIE IN GERECHTELIJK LAB, typte hij. OM TWAALF UUR BIJVOORBEELD.

Hij moest lang wachten. Kennelijk begreep ze dat het geen poging van hem was om weer in haar warme bed te komen, wat ze zo genereus had aangeboden nadat Rakel hem het huis uit had gestuurd. Een generositeit die hij uiteindelijk niet had kunnen weerstaan, hoewel het zo ongecompliceerd was tussen hen beiden. Al het andere, buiten Alexandra's bed, had hij niet aangekund. DAT HANGT ERVAN AF WAT JE MET AFSPREKEN BEDOELT. Het ergste was dat hij niet zeker wist of het alleen maar ging om de opdracht, zoals hij had geantwoord. Want hij wás eenzaam. Hij kende niemand, naast zichzelf, die het zo nodig had om veel alleen te zijn. Rakel had dat begrensde sociale capaciteit genoemd en zij was ook de enige met wie hij tijd kon – en wilde – doorbrengen zonder dat hij zich aan de leiband voelde lopen. Hij wist dat hij op een bepaald punt vrij kon zijn. Natuurlijk kan je alleen zijn zonder je eenzaam te voelen, maar hij was dus eenzaam. En alleen.

Misschien was dat de reden dat hij een 'ja' had willen horen in plaats van 'dat hangt ervan af'. Had ze een vriend? Dat kon heel goed. Dat ontbrak er nog maar aan. Zelfs als die man wel oké was.

Pas toen hij had betaald en op weg was naar zijn kamer, trilde zijn mobiel weer.

13.00 UUR

Priem opende in de koelkast het deurtje van het vriesvak.

Naast een grote diepvrieszak lagen meerdere kleinere *ziplock*-zakjes van het type dat drugsdealers gebruiken. In twee ervan zaten haren, in eentje bloederige huidresten en in een ander een stukje afgeknipt doek. Dingen die hij op een dag nodig had. Hij pakte een ziplock-zakje waarin mos zat, liep langs de eettafel en het aquarium. Hij bleef voor de glazen bak staan die op het bureau stond, checkte de vochtigheidsgraad en strooide het mos op de zwarte aarde. Hij bestudeerde het beest in de bak, een bijna twintig centimeter lange, knalroze slak. Priem kreeg er nooit genoeg van daarnaar te kijken. Het was niet bepaald een actiefilm, als de slak zich al bewoog dan was het met enkele centimeters per uur. En er was ook geen sprake van mimiek en zichtbare emoties. De enige manier waarop de slak zich kon uitdrukken – of in elk geval die indruk kon wekken – was met zijn voelhoorns, maar je moest goed kijken om te zien of ze bewogen. Het was met de slak als met Haar, zelfs de kleinste beweging of geste was een beloning. Alleen met geduld kon hij Haar gunsten winnen, Haar laten begrijpen.

Het was een Mount Kaputar-slak. Hij had twee van deze roze naaktslakken meegenomen uit de deelstaat New South Wales in Australië. Deze slak vond je alleen aan de voet van de berg Kaputar, in een bosgebied van tien vierkante kilometer. Zoals de verkoper had gezegd: één flinke bosbrand kon de hele soort uitroeien. Daarom had Priem geen gewetensbezwaren toen hij alle export- en importregels wist te omzeilen. De slakken waren gastheer voor zoveel parasieten dat het smokkelen ervan gelijkstond aan het smokkelen van radioactief materiaal. Om die reden was Priem er vrij zeker van dat dit de enige twee exemplaren van de roze slak in heel Noorwegen waren. Als Australië verbrandde kon dit de redding van de soort blijken te zijn. Ja, voor al het leven als er op een dag geen mensen meer waren. Want dat was slechts een kwestie van tijd. De natuur behield alleen wat nut had voor de natuur. Bowie had gelijk toen hij zong dat de homo sapiens geen nut had.

De voelhoorns van de slak bewogen zich. Ze hadden de geur opgepikt van hun favoriete voedsel, het ontdooiende mos dat Priem ook had meegesmokkeld van de voet van Mount Kaputar. Nu bewoog de slak, de gladde, roze huid glom en liet een slijmspoor achter op de zwarte aarde. Hij naderde zijn doel net zo langzaam als Priem het zijne. In Australië had je blinde kannibaalslakken die het slijmspoor van de Mount Kaputar-slak gebruikten om er jacht op te maken. Ze aten de roze slak levend op, schraapten de huid met een plaat van kleine tanden open en zogen de slak laag voor laag op. Wisten de roze slakken dat de kannibaalslakken in aantocht waren? Waren ze bang tijdens de lange wachttijd voordat ze werden gegrepen? Hadden ze een uitweg, een oplossing? Bedachten ze bijvoorbeeld dat ze het slijmspoor van een andere roze slak konden kruisen in de hoop dat zijn achtervolger van koers veranderde? Dat was in elk geval wel zijn plan als ze achter hem aan kwamen.

Priem liep terug naar de koelkast en stopte het zakje weer in het vriesvak. Hij bleef even staan kijken naar de grote diepvrieszak. Naar de mensenhersenen erin. Hij huiverde. Hij werd er misselijk van. Hij gruwde.

Nadat hij zijn tanden had gepoetst en naar bed was gegaan, zette hij de politieradio aan om te luisteren naar de berichten die heen en weer gingen. Soms werkte het kalmerend om deze kalme stemmen te horen die zo kort en nuchter samenvatten wat er aan de hand was in de stad. Want dat was zo weinig en zo zelden dramatisch dat Priem al snel in slaap kon vallen. Maar vanavond niet. Ze hadden de zoektocht naar de vermiste vrouw rond Grefsenkollen afgesloten en nu gebruikten ze de politieradio om met de verschillende teams de ontmoetingspunten en het tijdstip af te spreken waarop ze morgen verdergingen. Priem opende de la van zijn nachtkastje en pakte de cocaïnehouder eruit. Die was deels van goud, dacht hij. Vijf centimeter lang en in de vorm van een pistoolkogel. Een cocaine bullet. Wreef je langs de geribbelde rand dan werd de kogel geladen met een afgepaste dosis die je kon opsnuiven. Werkelijk elegant. Hij was van de vrouw geweest naar wie de politie nu zocht en haar initialen stonden erop. B.B. Vast een cadeau. Priem ging met zijn vingers over de ribbels, rolde de kogel over zijn wang. Toen legde hij die weer terug in de la, deed de radio uit en staarde naar het plafond. Hij had zoveel om over na te denken. Hij probeerde te onaneren, maar gaf het op. Toen begon hij te huilen.

Het was al bijna twee uur 's nachts voor hij in slaap viel.

HOOFDSTUK 15

Dinsdag

Truls keek naar de klok. Tien over negen. Markus Røed had hier tien minuten geleden al moeten zijn.

Truls en Harry hadden het bed tegen de muur geschoven zodat ze het bureau in het midden van Harry's hotelkamer konden zetten en nu zaten ze ieder aan een kant van het bureau op een stoel en keken naar de lege stoel die wachtte op de derde persoon. Truls krabde in zijn oksel.

'Arrogante klootzak,' zei hij.

'Hm,' zei Harry. 'Bedenk dat hij je per uur betaalt en dat de meter loopt. Voelt dat beter?'

Truls stak zijn wijsvinger uit en typte doelloos op de laptop die voor hem stond. Hij dacht even na. 'Een beetje,' zei hij grommend.

Ze hadden de procedure nauwgezet doorgenomen.

De rolverdeling was simpel. Harry zou de vragen stellen en Truls zou zijn mond houden en zich op het scherm concentreren zonder te verraden wat hij zag. Wat Truls prima kon, dat was immers wat hij de afgelopen drie jaar vooral had gedaan op het hoofdbureau. Patience, poker, oude afleveringen van *The Shield* kijken en naar foto's van Megan Fox staren. Maar Truls zou ook de elektroden op Røed bevestigen. Twee blauwe en een rode rond zijn hart en een rode op de polsslagaders van beide armen. De draden liepen naar een doos die weer met een enkele kabel met de laptop was verbonden.

'Ben je van plan de good cop te spelen?' vroeg Truls en hij knikte naar de doos tissues die Harry op het bureau had gezet. Die truc werkte zo: de bad cop zou de verdachte tot tranen toe verhoren en dan naar buiten lopen, waarna de good cop de doos tissues aan zou reiken, iets vriendelijks zou zeggen en dan was het wachten op het moment dat de verdachte hem in vertrouwen nam. Of haar. Mensen dachten dat vrouwen aardiger waren, zo dom. Maar Truls wist wel beter. Nu wist hij beter.

'Misschien wel,' zei Harry.

Truls keek hem aan. Hij probeerde zich Harry voor te stellen als de good cop, maar gaf het op. Vele jaren geleden, in de tijd dat Truls en Mikael Bellman als team bij de politie hadden samengewerkt, was Bellman altijd de good cop geweest. Hij was daar zo verdomd goed in, niet alleen tijdens verhoren, die verrekte sluwe vos. Zo goed dat hij nu minister van Justitie was. Het was verdomme niet te begrijpen als hij dacht aan alle rottigheid die ze samen hadden uitgehaald. Aan de andere kant was het ook logisch. Niemand anders dan Mikael Bellman bezat het vermogen zijn handen zo diep in de stront te steken zonder dat ze vuil werden.

Er werd op de deur geklopt.

De receptionist was gevraagd Røed naar boven te sturen.

Zoals afgesproken deed Truls de deur open.

Røed lachte, maar zag er nerveus uit, vond Truls. Zijn huid en ogen waren vochtig. Truls liet hem binnen zonder zich voor te stellen of zijn hand te schudden. Dat deed Harry wel. Harry zei dat ze niet te veel van Røeds tijd in beslag wilden nemen. Hij vroeg hem zijn colbert uit te trekken en zijn overhemd open te knopen. Harry stak zijn hand uit om Røeds colbert in ontvangst te nemen en in de garderobekast te hangen. Truls bevestigde de elektroden. Hij plaatste ze zo dat ze niet op de wondjes rond zijn tepels kwamen. Hij had ook blauwe plekken op zijn borst. Røed had ofwel een pak slaag gehad of zijn vrouw was wild in bed. Of mogelijk had een van de meisjes dit gedaan.

Nadat Truls de laatste elektroden op de polsen had vastgemaakt, liep hij naar Harry's kant van het bureau, drukte op de entertoets en keek naar het laptopscherm.

'Ziet het er goed uit?' vroeg Harry.

Truls knikte.

Harry wendde zich tot Røed. 'Het zullen hoofdzakelijk ja- en neevragen zijn, de polygraaftests kunnen korte antwoorden het best analyseren. Klaar?'

Røed lachte gespannen. 'Begin maar, mannen, ik moet over een halfuur weg.'

'Is jouw naam Markus Røed?'

'Ja.'

Stilte terwijl ze keken naar Truls, die naar het scherm keek. Hij knikte kort.

'Ben je een man of een vrouw?' vroeg Harry.

'Man,' zei Røed lachend.

'Wil je even zeggen dat je een vrouw bent?'

'Ik ben een vrouw.'

Harry keek naar Truls, die weer knikte.

Harry schraapte zijn keel. 'Heb jij Susanne Andersen vermoord?'

'Nee.'

'Heb je Bertine Bertilsen vermoord?'

'Nee.'

'Heb je met een of allebei seks gehad?'

Het werd stil in de kamer. Truls zag het gezicht van Markus Røed rood worden. Hij hapte naar adem. En nieste twee keer. Drie keer. Harry trok een tissue uit de doos en reikte die aan. Voordat hij de tissue aannam en daarin zijn neus snoot voelde Markus Røed aan zijn rugleuning alsof hij zijn colbert zocht – daarin zat kennelijk een zakdoek.

'Ja, dat heb ik,' zei hij en hij gooide de tissue in de prullenmand die Harry hem voorhield. 'Met alle twee. Maar dat was voor alle partijen op vrijwillige basis.'

'Tegelijk?'

'Nee, zoiets doe ik niet.'

'Kenden Susanne en Bertine elkaar of hebben ze elkaar ontmoet?'

'Niet dat ik weet. Nee, ik ben er vrij zeker van dat dat niet het geval was.'

'Omdat jij ervoor zorgde dat ze elkaar niet tegenkwamen?'

Røed lachte even. 'Nee, ik heb er nooit een geheim van gemaakt dat ik meerdere vrouwen trof. En ik heb ze toch allebei uitgenodigd voor het feest?'

'Is dat zo?'

'Ja.'

'Perste een van de twee je af?'

'Nee.'

'Dreigden ze de affaire openbaar te maken?'

Røed schudde zijn hoofd.

'Graag hardop antwoorden,' zei Harry.

'Nee, mijn affaires waren niet zo geheim dat het me iets uitmaakte. Niet dat ik wilde dat het algemeen bekend werd, maar ik deed ook niet zoveel om het geheim te houden. Zelfs Helene wist ervan.'

'Denk je dat ze jaloers was en de vrouwen daarom heeft vermoord?'

'Nee.'

'Waarom niet?'

'Helene is een rationeel mens. Ze vindt het risico om gepakt te worden niet opwegen tegen de voordelen.'

'Voordelen?'

'Nou ja, wraak.'

'Of om jou te behouden?'

'Nee, ze weet dat ik haar nooit zou verlaten voor een bimbo. Of twee. Misschien zou ik dat wel doen als ze geprobeerd had mijn vrijheid te beperken.'

'Wanneer heb je Susanne en Bertine voor het laatst gezien?'

'Op het feest.'

'En daarvoor?'

'Daarvoor was het al lang geleden dat ik ze gezien had.'

'Waarom sprak je niet meer met ze af?'

'Kennelijk de interesse verloren.' Røed gebaarde met zijn armen. 'Het fysieke is altijd verleidelijk, maar de houdbaarheidsdatum van vrouwtjes als Susanne en Bertine is niet zo lang als van Helene, begrijp je.'

'Hm. Hebben jij of de vrouwen die avond op het feest drugs gebruikt?'

'Drugs? Ik niet, in elk geval.'

Harry keek naar Truls, die zwak schudde met zijn hoofd.

'Zeker weten?' zei Harry. 'Cocaïne, bijvoorbeeld.'

Truls merkte dat Markus Røed naar hem keek, maar hij keek niet op van zijn scherm.

'Goed,' zei Røed. 'Ze hebben een paar lijntjes gesnoven.'

'Van hun eigen of van jouw cocaïne?'

'Er was een vent op het feest die wat bij zich had.'

'Wie was dat?'

'Weet ik niet. Een vriend van de buren of hun dealer misschien, ik heb geen verstand van die zaken. Als jullie op zoek zijn naar hem kan ik jullie helaas geen signalement geven, hij droeg een mondkapje en had een zonnebril op.' Røed lachte even, maar Truls zag dat hij geïrriteerd was. Alfamannetjes werden dat vaak tijdens een verhoor.

'Maar was hij wit, Noors of...'

'Ja, wit en hij klonk Noors.'

'Sprak hij met Susanne of Bertine?'

'Ja, dat moet wel als ze wat grammetjes van hem hebben gekocht.'

'Hm, dus jij gebruikt zelf geen cocaïne?'

'Nee.'

Harry leunde over naar Truls, die reageerde door met zijn vinger discreet ergens op het scherm te wijzen.

'Hm, het lijkt erop dat de polygraaf vindt dat je niet de waarheid spreekt.'

Røed staarde naar hen als een lastige puber naar zijn ouders. Toen zei hij op geërgerde toon: 'Ik weet niet wat dit met de zaak te maken heeft. Ja, het kwam wel voor dat ik in het weekend voor de fun wat gebruikte, maar ik had afgesproken met Helene om niets te nemen en dat heb ik die avond niet gedaan. Oké? Nu moet ik gaan.'

'Nog een laatste vraag. Heb je iemand ingehuurd of met iemand samengespannen om Susanne Andersen of Bertine Bertilsen te vermoorden?'

'Wel verdomme, Hole, waarom zou ik dat doen?' Røed stak zijn armen in wanhoop in de lucht en Truls zag bezorgd dat een van de elektroden op zijn pols bijna losschoot. 'Begrijp je niet dat als je in de zestig bent en een begripvolle vrouw hebt, je niet bepaald bang bent dat uit zal komen dat je nog steeds in trek bent bij de vrouwtjes? In de kringen waar ik in verkeer en zakendoe dwingt dat juist respect af. Het toont aan dat er nog voldoende man in je zit om rekening mee te houden.' Røeds stem werd luider. 'Zoveel dat mensen begrijpen dat ze zich niet terug kunnen trekken uit afspraken zonder dat het consequenties zal hebben. Begrijp je, Hole?'

'Ja, ík wel,' zei Harry en hij leunde achterover. 'Maar de polygraaf hier reageert het best op ja- en nee-antwoorden. Dus laat ik de vraag nog even herha...'

'Nee! Het antwoord is nee, ik heb geen...' Røed begon te lachen om de bizarre gedachte, '...moord besteld.'

'Dan bedanken we je,' zei Harry. 'Je bent nog op tijd voor je vergadering. Truls?'

Truls stond op, liep rond de tafel en verwijderde de elektroden van Røed.

'Ik wil trouwens je vrouw nog vragen voor een gesprek,' zei Harry terwijl Røed bezig was zijn overhemd dicht te knopen.

'Ik vind het best.'

'Ik bedoel, ik wil háár dat vragen.' Harry klapte de laptop snel dicht toen Røed om het bureau liep. 'Ik wil je daar alleen over informeren.'

'Doe wat je wil, maar zorg ervoor dat ik geen spijt krijg dat ik je heb ingehuurd, Harry.'

'Zie het als een afspraak bij de tandarts,' zei Harry en hij stond op. 'Je hebt geen spijt meer als je bent geweest.' Hij liep naar de garderobekast en hield het colbert omhoog voor Røed.

'Dat...' zei Truls grijnzend nadat de deur achter hun opdrachtgever was dichtgedaan, '...ligt eraan wat je van de rekening vindt.'

HOOFDSTUK 16

Dinsdag. Seamaster.

'Ze zit daar,' zei de oudere dame in witte jas en ze wees naar het laboratorium. Harry zag een rug, ook in een witte jas, die op een hoge stoel gebogen zat over een microscoop.

Hij ging achter haar staan en kuchte zacht.

De vrouw draaide zich om met een ongeduldige beweging en Harry zag een gezicht dat hard, gesloten en nog steeds geconcentreerd op het werk was. Maar het veranderde in een plotselinge zonsopgang toen ze zag dat hij het was.

'Harry!' Ze stond op en viel hem om zijn nek.

'Alexandra,' zei Harry een beetje perplex, hij was er niet zeker van geweest hoe de begroeting zou zijn.

'Waarom ben je helemaal hierheen gekomen?'

'Ik was een beetje vroeg en Lilly bij de receptie herkende me nog, dus ze...'

'Nou, wat vind je?' Alexandra sloeg trots haar armen uit en draaide rond.

Harry lachte. 'Je ziet er nog steeds geweldig uit. Als een mix van een Lamborghi...'

'Nee, gek! Het laboratorium.'

'Ah, ja, dat is nieuw, zie ik.'

'Is het niet geweldig? Nu kan ik hier alles onderzoeken terwijl we vroeger sommige dingen in het buitenland moesten laten doen. Chemie, biologie, DNA, we kunnen zoveel dat het forensisch laboratorium soms onderzoeksmateriaal hierheen brengt als hun capaciteit onvoldoende is. En ik ben bezig met een proefschrift over DNA-analyse.'

'Indrukwekkend,' zei Harry en hij liet zijn blik gaan over planken met reageerbuisjes, kolven, monitors, microscopen en apparaten waarvan hij geen flauw idee had waar ze voor dienden.

'Helge, zeg Harry even gedag!' riep Alexandra en de tweede persoon in het laboratorium draaide zich om op zijn stoel, zwaaide en keerde weer terug naar zijn microscoop.

'We doen een wedstrijdje wie het eerst promoveert,' fluisterde Alexandra.

'Hm, weet je zeker dat je tijd hebt voor koffie in de kantine?'

Ze stak haar hand onder zijn arm. 'Ik weet een betere plaats. Kom.'

'Dus Katrine weet dat jij het weet,' vatte Alexandra het samen. 'En nu heeft ze je aangeboden om een dag op de jongen te passen?' Ze zette haar lege theekopje op het dakleer, voor de stoelen die ze mee hadden genomen. 'Dat is een begin, toch? Ben je bang?'

'Doodsbang,' zei Harry. 'Bovendien heb ik nu niet echt tijd.'

'Dat zeggen vaders al eeuwenlang.'

'Ja, maar ik moet deze zaak binnen zeven dagen oplossen.'

'Heeft Røed je maar zeven dagen gegeven? Is dat niet een beetje optimistisch?'

Harry gaf geen antwoord.

'Denk je dat Katrine hoopt dat zij en jij...?'

'Nee,' zei Harry beslist.

'Dergelijke gevoelens gaan nooit helemaal weg, weet je.'

'Jawel, dat doen ze wel.'

Alexandra keek hem aan zonder iets te zeggen, ze haalde alleen een zwarte krul weg die in haar gezicht was gewaaid.

'Bovendien,' zei Harry, 'ze weet wat goed is voor haarzelf en de jongen.'

'En dat is?'

'Dat ik niet iemand ben om op te bouwen.'

‘Wie weet verder nog dat jij zijn vader bent?’

‘Alleen jij,’ zei Harry. ‘En Katrine wil niet dat verder nog iemand weet dat Bjørn niet de vader is.’

‘Geen probleem,’ zei Alexandra. ‘Ik weet het alleen omdat ik de DNA-analyse heb gedaan en ik heb beroepsgeheim. Heb je een peuk om te delen?’

‘Ik ben gestopt.’

‘Jij? Echt?’

Harry knikte en keek naar de lucht. Er kwamen wolken aangedreven. Blauwgrijs aan de onderkant, wit waar de zon erop scheen.

‘Dus jij bent single,’ zei Harry. ‘Dat bevalt je wel?’

‘Nee,’ zei Alexandra. ‘Maar met iemand samen zijn zou me ook niet bevallen.’ Ze lachte haar hese lach. Harry voelde dat die dezelfde uitwerking had als toen. Dus misschien was het toch waar. Misschien gingen dergelijke gevoelens nooit helemaal weg, hoe vluchtig ze ook leken te zijn.

Harry kuchte.

‘Nu komt het.’

‘Wat?’

‘De reden dat je koffie met me wilde drinken.’

‘Misschien wel,’ zei Harry en hij trok een plastic doos open met een tissue. ‘Zou je die voor mij kunnen analyseren?’

‘Ik wíst het!’ zei ze snuivend.

‘Hm, maar toch wilde je koffie met me drinken.’

‘Ik hoopte waarschijnlijk dat ik me vergiste. Dat je aan me had gedacht.’

‘Ik begrijp dat het onoprecht klinkt als ik nu zeg dat ik aan je gedacht heb, maar dat heb ik wel.’

‘Zeg het dan toch maar.’

Harry grinnikte. ‘Ik heb aan je gedacht.’

Ze pakte de plastic doos aan. ‘Waar gaat het om?’

‘Speeksel en snot. Ik wil alleen weten of die van dezelfde persoon komen als wat er op de borst van Susanne is gevonden.’

‘Hoe weet jij dat? Of eigenlijk wil ik dat niet weten. Wat jij van me vraagt is mogelijk niet strafbaar, maar je weet dat ik toch problemen krijg als iemand het te weten komt?'

'Ja.'

'Dus waarom zou ik het dan doen?'

'Tja, zeg het eens.'

'Nou, dat zal ik je zeggen. Dat is omdat jij me meeneemt naar de spa in dat snobhotel van je. Hoor je me? En daarna trakteer je me op een verdomd goed diner. En daarvoor kleed je je.'

Harry trok de revers van zijn colbert omhoog. 'Vind je niet dat ik er netjes uitzie?'

'Stropdas. Je moet ook een stropdas om.'

Harry lachte. 'Afgesproken.'

'Een mooie stropdas.'

'Dat een miljardair als Røed zijn eigen onderzoek op touw zet, is een breuk met onze democratische tradities en gelijkheidsbeginselen,' zei commissaris Bodil Melling.

'Bovendien is daar het puur praktische bezwaar dat een andere partij op ons terrein opereert,' zei Ole Winter, leider van Kripos' afdeling Moordzaken. 'Ze maken ons werk gewoon moeilijker. Nu is het me duidelijk dat jullie het onderzoek van Røed niet kunnen verbieden op grond van wetgeving, maar het ministerie moet toch een manier hebben om ze te stoppen.'

Mikael Bellman stond bij het raam en keek naar buiten. Hij had een mooi kantoor. Groot, nieuw, modern en representatief. Maar het stond wel in Nydalen. Ver weg van de andere ministeries in het regeringscentrum. Nydalen was een soort bedrijventerrein aan de rand van de stad. Als je naar het noorden reed, was je binnen een paar minuten in het bos. Het was te hopen dat het nieuwe regeringscentrum snel kon verhuizen, dat zijn Arbeiderparti dan nog aan de macht was en hij nog minister van Justitie. Er was niets wat daar niet op wees. Mikael Bellman was populair. Sommige partijgenoten hadden er zelfs op aangedrongen dat hij duidelijker stelling nam, er kan een dag komen dat de premier besluit dat het tijd wordt om op te stappen. De ochtend nadat een politiek commentator in de krant had geschreven dat iemand in de regering, Bellman bijvoorbeeld, een coup zou moeten plegen, had de premier tot hilariteit van alle aanwezigen gezegd dat de tas van Mikael moest worden gecontroleerd. Een verwijzing naar de gelijkenis tussen Mikael Bellman en Claus Stauffenberg vanwege het ooglapje. Stauffenberg had als Wehrmachtkolonel getracht een aanslag op Hitler te plegen. Maar de premier had niets te vrezen. Mikael aasde helemaal niet op zijn positie. Als minister van Justitie kon je je laten gelden, maar als premier – de numero uno – was dat heel anders. De druk was te hanteren, maar het was het licht dat hij vreesde. Te veel stenen zouden worden omgedraaid en te veel verleden zou worden opgerakeld, zelfs hij wist niet precies wat ze allemaal zouden vinden.

Hij draaide zich om naar Melling en Winter. Er zaten nog vele treden in de hiërarchie tussen hem en hen, maar deze twee hadden kennelijk gemeend dat ze Bellman persoonlijk wilden spreken omdat hij zelf in het verleden bij de politie van Oslo had gewerkt.

'Als man van de Arbeiderparti steun ik uiteraard het gelijkheidsbeginsel,' zei Bellman. 'En het ministerie van Justitie wenst vanzelfsprekend dat de arbeidsomstandigheden van de politie zo goed mogelijk zijn. Maar ik ben er zeker van dat we op weinig begrip kunnen rekenen onder...' hij zocht naar een ander woord voor kiezers, '...brede lagen van de bevolking als we een van onze weinige bekende moordonderzoekers een halt toeroepen. Vooral niet omdat hij een poging wil doen een zaak op te lossen waarin jullie niet verder lijken te komen. Ja, je hebt gelijk, Winter. Er is geen wet die Røed en Hole kan stoppen. Maar jullie mogen hopen dat Hole doet wat hij in mijn tijd vroeg of laat altijd deed.'

Hij keek naar de vragende gezichten van Melling en Winter.

'De wet overtreden,' zei Bellman. 'Het is een kwestie van hem op de voet volgen, ik ben er vrij zeker van dat het gaat gebeuren. Laat het me weten als het gebeurt, dan zal ik er persoonlijk voor zorgen dat hij eruit wordt gegooid.' Hij keek op zijn Omega Seamaster-horloge. Niet omdat hij naar een volgende vergadering moest, maar om aan te geven dat dit gesprek voorbij was. 'Klinkt dat goed?'

Op weg naar buiten schudden ze zijn hand alsof hij meegegaan was met hun voorstel in plaats van omgekeerd. Dat talent bezat Mikael. Hij lachte en hield de blik van Bodil Melling een halve seconde langer vast dan noodzakelijk. Niet omdat hij in haar geïnteresseerd was, meer uit gewoonte. Hij stelde vast dat ze eindelijk wat kleur in haar gezicht kreeg.

HOOFDSTUK 17

Dinsdag. Het interessantere deel van de mensheid.

'Als kind leren we liegen als we tussen de twee en vijf jaar zijn en als volwassene zijn we er een expert in geworden,' zei Aune terwijl hij zijn kussen recht legde. 'Geloof me.'

Harry zag dat Øystein lachte en Truls ongemakkelijk keek. Aune ging verder: 'Een psycholoog met de naam Richard Wiseman is van mening dat de meesten van ons elke dag zo'n twee keer liegen. Echt liegen dus, niet van het type wat-zit-je-haar-leuk. Hoe groot is de kans ontmaskerd te worden? Nou, Freud beweerde dat geen ziel in staat is een geheim te bewaren, als onze lippen stijf op elkaar blijven dan kletsen onze vingertoppen. Maar hij vergiste zich. Of beter gezegd, de belogene is niet in staat om de verschillende manieren waarop de leugenaar zichzelf verraadt te zien, die verschillen van persoon tot persoon. Daarom behoefde men een leugendetector. Drieduizend jaar geleden hadden ze er eentje in China. Bij de vermeende leugenaar werd de mond gevuld met rijstkorrels, waarna hem werd gevraagd of hij schuldig was. Als hij zijn hoofd schudde, werd hem gevraagd de korrels uit te spugen, bleven er korrels achter dan was de gedachte dat zijn mond droog was geworden omdat hij nerveus was, ergo schuldig. Uiteraard geen bruikbare methode want je kunt nerveus zijn als je bang bent nerveus te worden. Net zo onbruikbaar is de polygraaf die John Larson in 1921 uitvond en in principe is dat nog steeds de leugendetector die we vandaag de dag gebruiken, hoewel veel mensen weten dat die op de schroothoop behoort. Zelfs Larson had er uiteindelijk spijt van dat hij het apparaat had uitgevonden en hij noemde het het monster van Frankenstein. Omdat het alleen werkt...' Aune maakte met zijn vingers aanhalingstekens in de lucht '...doordat veel mensen denken dat het werkt. Maar het is de angst voor de leugendetector die af en toe tot een bekentenis leidt. Of die nu waar is of niet. In Detroit arresteerde de politie een verdachte, ze lieten hem beide handen op het kopieerapparaat leggen en overtuigden hem ervan dat het om een leugendetector ging en ze stelden hem vragen terwijl de machine A4'tjes uitspuugde waarop stond: *he is lying*. Dat deden ze net zo lang tot de doodsbange man schuld bekende.'

Truls lachte snuivend.

'Maar god mag weten of hij inderdaad schuldig was,' zei Aune. 'Om die reden vind ik de methode die ze in het oude India gebruikten beter.'

De deur ging open en Sethi werd in zijn bed naar binnen gerold door twee verpleegkundigen.

'Luister, Jibran, dit zal jij ook leuk vinden,' zei Aune.

Harry moest lachen, docent Aune, de populairste docent op de politieacademie, was weer in vorm.

'De verdachten werden een voor een in een pikdonkere kamer gezet met de mededeling dat ze daar op zoek moesten naar een ezel en hem dan aan zijn staart trekken. Als ze tijdens het verhoor gelogen hadden dan zou de ezel loeien, balken of wat een ezel ook doet. Het was namelijk een heilige ezel, dat had de priester ze verteld. Wat hij niet vertelde was dat de staart van de ezel ingesmeerd was met roet. Als de verdachte weer naar buiten kwam en vertelde dat hij inderdaad aan de ezelstaart had getrokken dan hoefden ze slechts naar zijn handen te kijken. Waren die schoon dan betekende het dat de verdachte bang was dat de ezel zou verraden dat hij had gelogen. Daarop werd hij tot de galg veroordeeld of wat ze in die tijd in India ook hadden.'

Aune keek naar Jibran, die een boek had gepakt en nauwelijks merkbaar knikte.

'Als er wel roet aan zijn handen zat,' zei Øystein, 'dan betekende het dat de verdachte geen volslagen idioot was.'

Truls lachte grommend en sloeg op zijn dij.

'De vraag is,' zei Aune, '...of Røed na zijn verhoor roet aan zijn handen had of niet.'

'Nou,' zei Harry. 'Wat we gedaan hebben zit tussen de oude truc met het kopieerapparaat en de heilige ezel in. Ik ben er vrij zeker van dat Røed geloofde dat het een leugendetector was.' Hij wees naar de tafel waarop Truls' laptop stond met daaraan draden en elektroden die ze hadden geleend op de tweede verdieping, waar ze gebruikt werden voor een ecg. 'Dus ik geloof dat hij er wel voor zorgde niet te liegen. Maar ik geloof dat hij de ezeltest heeft doorstaan. Hij is gekomen en heeft de test, waarvan hij dacht dat die echt was, gedaan. Dat op zich betekent al dat hij niets te verbergen heeft.'

'Of,' zei Øystein, 'hij weet hoe hij een leugendetector kan manipuleren en ons op het verkeerde spoor kan zetten.'

'Hm, ik geloof niet dat Røed ons voor de gek probeerde te houden. Hij vond het niet fijn dat Truls in het team kwam. Begrijpelijk, het hele project zou zijn geloofwaardigheid verliezen als dat bekend werd. Pas toen hij ervan overtuigd raakte dat we op die manier toegang hebben tot de politierapporten, stemde hij in. Hij wilde voor de media namen hebben waaruit zou blijken dat zijn onderzoek serieus was. Maar het is voor hem nog belangrijker dat de waarheid aan het licht komt.'

'Denk je?' zei Øystein. 'Waarom weigert hij dan DNA af te staan aan de politie?'

'Ik weet het niet,' zei Harry. 'Zolang er geen concrete bewijzen zijn kan de politie hem niet dwingen tot een DNA-test en Krohn zegt dat degene die vrijwillig meewerkt aan een test impliciet zegt dat hij begrijpt waarom er verdenkingen tegen hem zijn. Hoe dan ook, Alexandra heeft me beloofd zo snel mogelijk met de uitslag te komen.'

'Jij bent er zeker van dat het profiel niet matcht met het speeksel op Susanne?' vroeg Aune.

'Ik ben nooit ergens zeker van, Aune, maar ik heb Røed doorgestreept op mijn lijst van verdachten toen hij vandaag op de deur van mijn hotelkamer klopte.'

'Wat wil je dan met die DNA-analyse?'

'Helemaal zeker zijn. En we hebben dan wat voor de politie.'

'Zodat ze hem niet arresteren?' vroeg Truls.

'Zodat we info voor ze hebben en ze ons misschien iets teruggeven. Iets wat niet in de computer staat.'

Øystein smakte luid. 'Slim.'

'Dus Røed is weggestreept en hersenen zijn verwijderd,' zei Aune. 'Denk je nog steeds aan een moordenaar die een band heeft met de slachtoffers en aan een relationeel motief?'

Harry schudde zijn hoofd.

'Mooi,' zei Aune handenwrijvend. 'Want nu kunnen we eindelijk naar psychopaten, sadisten, narcisten en sociopaten gaan kijken. Kort samengevat: het interessantere deel van de mensheid.'

'Nee,' zei Harry.

'Nee?' zei Aune en hij trok een verongelijkt gezicht. 'Jij denkt dat de dader niet in die hoek zit?'

'Jawel, maar ik denk dat we hem daar niet zullen vinden. We moeten zoeken waar wij de grootste kans hebben.'

'Een plek dus waarvan we niet verwachten dat hij daar zit?'

'Precies.'

De andere drie keken Harry niet-begrijpend aan.

'Het is pure wiskunde,' zei Harry. 'Seriemoordenaars kiezen hun slachtoffers willekeurig uit en ze wissen hun sporen uit. De kans om ze binnen een jaar te vinden is kleiner dan tien procent, zelfs voor de FBI. En voor ons vieren met onze middelen? Laten we zeggen twee procent, om aardig te blijven. Als de dader verkeert in de kringen van de slachtoffers en er een duidelijk motief is dan is de kans vijfenzeventig procent. Laten we zeggen dat de kans dat de dader in de categorie valt waar Ståle het over heeft tachtig procent is, en dat we te maken hebben met een seriemoordenaar. Als we onze focus richten op die categorie en de mensen uit de kringen van de slachtoffers negeren, dan is de kans dat we slagen...'

'Eén komma zes procent,' zei Øystein. 'En de kans dat we slagen als we ons concentreren op de mensen die de slachtoffers kenden is vijftien procent.'

De anderen draaiden zich verbaasd om naar Øystein, die een brede, bruine grijns liet zien. 'Ik ben met mijn beroep snel geworden in hoofdrekenen, snappie?'

'Sorry,' zei Aune. 'Ik hoor getallen, maar het voelt eerlijk gezegd een beetje contra-intuïtief aan.' Hij voelde de blik van Øystein. 'In strijd met het boerenverstand dus. Zoeken waar we niet moeten zoeken, bedoel ik.'

'Welkom bij het politieonderzoek,' zei Harry. 'Zie het liever zo: als wij vieren de dader vinden... fantastisch. Jackpot. Zo niet, dan doen we wat de meeste rechercheurs altijd doen. We dragen bij aan het totale onderzoek door iedereen uit de zaak te checken.'

'Ik geloof je niet,' zei Aune. 'Wat jij zegt klinkt rationeel, maar jij bént niet rationeel, Harry. Jij bent niet het type dat werk aanpakt op basis van percentages. Ja, die professionele kant van jou zegt dat alle tekens erop wijzen dat we te maken hebben met een seriemoordenaar, maar je gelóóft iets anders. Omdat jouw onderbuikgevoel dat zegt. Daarom kom jij met die rekensom, omdat jij jezelf en ons ervan wil overtuigen dat het juist is om het onderbuikgevoel van Harry Hole te volgen. Heb ik gelijk?'

Harry keek Aune aan en knikte.

'Mijn moeder begreep dat God niet bestaat,' zei Øystein. 'Toch was ze een christen. Dus wie moeten we nader onderzoeken in deze zaak?'

'Helene Røed,' zei Harry. 'En die kerel die drugs dealde op het feest.'

'Helene begrijp ik,' zei Aune. 'Maar waarom die dealer?'

'Omdat hij een van de weinigen op het feest was van wie we de naam niet weten. En omdat hij een mondkapje en een zonnebril droeg.'

'En wat dan nog? Misschien was hij niet gevaccineerd of lijdt hij aan mysofobie. Sorry, Øystein, smetvrees.'

'Misschien was hij ziek en wilde hij niemand besmetten,' zei Truls. 'Terwijl hij dat misschien wel heeft gedaan. In de rapporten van Susanne en Bertine stond dat ze allebei een paar dagen na het feest koorts kregen en zich niet goed voelden.'

'En we negeren nu het meest voor de hand liggende,' zei Aune. 'Een drugsdealer doet iets wat beslist illegaal is, dus het is niet zo vreemd dat hij onherkenbaar wil blijven.'

'Øystein,' zei Harry. 'Leg uit.'

'Oké, als je... laten we zeggen cocaïne dealt, dan ben je niet bang om herkend te worden. De politie weet over het algemeen wel wie op straat drugs dealt en maakt zich daar niet druk om. Ze willen de mannen erachter hebben. En áls de politie je pakt dan is dat tijdens het dealen en een vermomming heeft dan geen zin. Integendeel zelfs, als je dealt dan wil je dat je klanten je kop kennen en zich herinneren dat je de vorige keer goede shit hebt verkocht. Als je het spul aan huis bezorgt dan is het nog belangrijker dat de klant je kan zien en vertrouwen op je eerlijke kop.'

Truls lachte weer grommend.

'Denk je dat je de dealer op het feest kunt vinden?' vroeg Harry.

Øystein haalde zijn schouders op. 'Ik kan het proberen. Er zitten niet veel Noren in de thuisbezorgbranche.'

'Mooi.' Harry zweeg even, sloot zijn ogen en opende die weer alsof hij zich aan een script hield en de volgende pagina had omgeslagen. 'Aangezien we vast blijven houden aan de hypothese dat de dader minstens een van zijn slachtoffers kende, moeten we kijken naar aanwijzingen die deze hypothese ondersteunen. Susanne Andersen gaat van de ene kant van de stad naar de andere, van het levendige centrum naar een plaats waarvan we aannemen dat ze daar niemand kende, waar ze voor zover we weten nooit eerder was geweest en waar op een dinsdagavond niet veel gebeurt.'

'Op geen enkele avond gebeurt daar iets,' zei Øystein. 'Ik ben er niet ver vandaan opgegroeid.'

'Dus wat deed ze daar?'

'Dat is niet moeilijk,' zei Øystein. 'Ze had afgesproken met die vent die haar om zeep zou helpen.'

'Mooi, dan gaan we daarvan uit,' zei Harry.

'Vet,' zei Øystein. 'De expert in het land is het met me eens.'

Harry lachte even en wreef met zijn hand in zijn nek. Hij had snel dat drankje nodig dat hij vandaag nog mocht hebben. De andere twee had hij op weg naar het gerechtelijk laboratorium al genomen toen Øystein en hij een pitstop maakten in Schrøder.

'Nu ik toch op dreef ben,' zei Øystein. 'Ik vraag me het volgende af: die vent heeft Susanne meegenomen voor een wandeling in Østmarka en dat verliep goed voor hem, toch? De perfecte moord, kan je zeggen. Is het dan niet verdomde vreemd dat hij Bertine meeneemt naar Grefsenkollen? *Never change a winning team*, geldt dat niet ook voor moordenaars?'

'Dat klopt voor seriemoordenaars,' zei Aune. 'Tenzij het herhalen van de handeling een groter risico betekent om gepakt te worden. Susanne werd immers rond Skullerud gevonden, in dat gebied waren politie en zoekteams aan het werk.'

'Ja, maar die gingen zodra het donker werd naar huis,' zei Øystein. 'Niemand had verwacht dat er nog een vrouw zou vermist raken. Nee, die vent riskeert niet veel als hij haar ook meeneemt naar Skullerud. Hij is daar immers goed bekend.'

'Tja,' zei Aune. 'Misschien is het wel zo simpel dat Bertine had ingestemd met een wandeling, maar dat ze erop had gestaan dat ze naar Grefsenkollen gingen?'

'Maar dat is verder van waar ze woont dan Skullerud en in de rapporten staat dat de politie van niemand heeft gehoord dat Bertine ooit naar Grefsenkollen is geweest.'

'Misschien had ze goede dingen over Grefsenkollen gehoord,' zei Aune. 'Je hebt daar in elk geval een mooi uitzicht. In tegenstelling tot Østmarka, daar heb je alleen bos en heuvels.'

Øystein knikte nadenkend. 'Oké, maar er is nog iets wat ik niet begrijp.'

Hij richtte zich tot Aune, Harry leek zich afgewend te hebben en zat met een hand tegen zijn voorhoofd naar de muur te staren.

'Zo ontzettend ver kan Bertine toch niet van haar auto zijn gelopen? Er wordt nu al meer dan twee weken naar haar gezocht, ik begrijp niet dat de honden haar niet vinden. Weet je hoe goed honden kunnen ruiken? Hoe goed hun reukzin is? In een van de rapporten van Truls staat dat er een tip was van een boer van Wenggården in Østmarka. Hij meldde dat zijn oude, manke buldog een week geleden in huis begon te blaffen en dat doet hij alleen als hij een kadaver ruikt. Ik ben bekend in Østmarka en de boerderij ligt verdomme zo'n vijf kilometer van de vindplaats van het lijk van Susanne Andersen. Als een hond een lijk op die afstand kan ruiken, waarom vinden ze Bertine dan niet?'

'Dat heeft hij niet gedaan.'

Alle vier draaiden zich om naar de stem.

Jibran Sethi liet zijn boek zakken. 'Als het een bloedhond of een herdershond was dan kon hij dat. Maar een buldog heeft voor een hond een erg slechte reukzin. Hij staat eigenlijk onder aan de lijst. Zo gaat dat als we honden fokken die tegen stieren moeten vechten en niet mogen jagen zoals de natuur het bedoeld heeft.' De dierenarts tilde zijn boek weer op. 'Pervers, maar dat doen mensen.'

'Bedankt, Jibran,' zei Aune.

De dierenarts knikte kort.

'Misschien heeft hij Bertine begraven,' zei Truls.

'Of haar gedumpt in een meertje,' zei Øystein.

Harry bleef zitten kijken naar de dierenarts terwijl de stemmen van de andere drie mannen naar de achtergrond verdwenen. Hij voelde dat zijn nekharen overeind kwamen.

'Harry!'

'Wat?'

Het was Aune. 'We vroegen: wat denk jij?'

'Ik geloof... heb jij het telefoonnummer van de boer die de tip doorgaf, Øystein?'

'Nee, maar met zijn naam en Wenggården moeten we dat wel kunnen vinden.'

'Gabriel Weng.'

'Goedemiddag, Weng. Met Hansen van politiedistrict Oslo. Nog een korte vraag in verband met je tip van vorige week. Je zei dat jouw hond begon te blaffen en dat je dacht dat hij een kadaver rook?'

'Ja, het komt voor dat er ergens in het bos een dood beest ligt te rotten. Ik had gelezen over de vermiste vrouw en Skullerud is hier niet zo ver vandaan, dus toen de hond op die speciale manier begon te blaffen en janken, heb ik jullie gebeld. Maar ik heb er nooit meer wat op gehoord.'

'Het spijt me, het kost in zo'n zaak tijd om alle tips na te trekken.'

'Ja ja, en jullie hebben de vrouw gevonden, de arme ziel.'

'Wat ik me afvraag,' zei Harry. 'Doet jouw hond dat nog steeds?'

Geen antwoord, maar hij hoorde de boer ademhalen.

'Weng?' zei Harry.

'Zei je dat je naam Hansen is?'

'Klopt. Hans Hansen. Agent.'

Opnieuw een stilte.

'Ja.'

'Ja?'

'Ja, hij doet het nog steeds.'

'Bedankt, Weng.'

Sung-min Larsen stond te kijken naar Kasparov, die zijn achterpoot had opgetild bij een gevel in de Nobels gate. Sung-min hield al een plastic zakje in zijn hand zodat voorbijgangers niet zouden denken dat hij een eventuele hondendrol niet zou opruimen in deze wijk met dure villa's.

Hij dacht na. Niet over de hersenen die waren verwijderd, maar over het feit dat de schedel weer was dichtgemaakt. Betekende dat dat degene die de hersenen had verwijderd, geprobeerd had dat te verbergen? Trofeejagers maakten zich daar gewoonlijk niet druk om. De dader moet toch hebben geweten dat het zou worden ontdekt, waarom al die moeite doen? Was dat omdat hij alles netjes wilde achterlaten? Een keurige moordenaar? Dat was niet zo vergezocht als het mocht klinken, de rest van de plaats delict was ook schoongemaakt en duidelijke sporen waren niet te vinden. Afgezien van het speeksel op Susannes borst. Daar had de dader een blunder begaan. Er waren weliswaar mensen in de onderzoeksgroep die meenden dat het speeksel van iemand anders moest zijn omdat Susanne nog bovenkleding droeg toen ze haar vonden. Maar als de dader de schedel weer had dichtgenaaid, waarom zou hij het lijk dan niet aankleden?

Zijn mobiel trilde. Sung-min keek verbaasd naar de display voordat hij opnam.

'Harry Hole? Dat is lang geleden.'

'Ja, de tijd gaat snel.'

'Ik heb in VG gelezen dat we aan dezelfde zaak werken.'

'Ja, ik heb geprobeerd Katrine te bellen, maar ze neemt niet op.'

'Ze slaapt misschien.'

'Misschien. Ik heb een tip die jullie vast wel willen hebben.'

'O, ja?'

'Ik heb zojuist met een boer gesproken die in het bos woont en hij zegt dat zijn buldog een kadaver in de buurt kan ruiken. Of een lijk.'

'Een buldog? Dat moet dan niet ver zijn want buldogs kunnen niet...'

'Ver ruiken, dat heb ik begrepen.'

'Ja, het is niet ongebruikelijk dat er kadavers in het bos liggen. Aangezien jij belt met een tip neem ik aan dat het om Grefsenkollen gaat.'

'Nee, Østmarka. Zo'n vijf kilometer van de plek waar Susanne is gevonden. Het hoeft natuurlijk niets te betekenen. Zoals je zegt, dieren in het bos gaan ook dood. Maar ik wilde het toch doorgeven. Omdat jullie Bertine niet gevonden hebben bij Grefsenkollen, bedoel ik.'

'Okido,' zei Sung-min. 'Ik zal het doorgeven. Bedankt voor de tip, Harry.'

'Is goed. Ik stuur je het telefoonnummer van de boer door.'

Sung-min verbrak de verbinding en vroeg zich af of hij zo kalm had geklonken als hij wilde. Zijn hart sloeg als een verwoed geslagen trommel en zijn gedachten en conclusies – die natuurlijk op de loer hadden gelegen, maar tot nu toe nog geen speelruimte hadden gekregen – raasden door zijn hoofd. Zou het kunnen dat de dader Bertine had gedood op bekend terrein, in hetzelfde gebied waar hij Susanne had gedood? Natuurlijk had hij dat eerder gedacht, maar dan ging het om de vraag waarom de dader dat juist niet had gedaan. En het antwoord was simpel geweest. Alles duidde erop dat de dader had afgesproken met de vrouwen, waarom zouden ze anders moederziel alleen ergens naartoe gaan waar ze nooit eerder waren geweest? Aangezien de krantenpagina's vol hadden gestaan met verhalen over de vermiste vrouw in Skullerud, had hij Bertine gevraagd naar een heel ander deel van de stad te komen. Waar Sung-min niet aan had gedacht, of beter geformuleerd: hij had de gedachte niet helemaal uitgedacht, was dat de dader bij Grefsenkollen kon hebben afgesproken en dat ze daarna in zijn auto naar Skullerud waren gereden. Voordat ze vertrokken moest hij haar hebben bedreigd of overgehaald om haar mobiel in haar auto bij Grefsenkollen achter te laten. Misschien had hij het gebracht als iets romantisch, bijvoorbeeld laten-we-helemaal-alleen-zijn-zonder-dat-iemand-ons-kan-storen. Ja, hij voelde dat het kon kloppen. Hij keek op zijn horloge. Halftien. Het moest wachten tot morgen. Of niet? Nou ja, het was maar een tip en als je in een moordzaak als een brandweerwagen achter elke tip aan jakkerde dan was je snel opgebrand. Maar toch. Het was niet alleen zijn eigen intuïtie die hem vertelde dat er nu wel erg veel stukjes op hun plaats vielen, zelfs Harry Hole vond dat want hij had hem gebeld. Ja, Harry had dezelfde gedachten gehad.

Sung-min keek naar Kasparov. Hij had de voormalige politiehond overgenomen toen hij zijn vorige eigenaar overleefde. De hond kampte de laatste twee jaar met versleten heupen en vond het niet fijn om lang te moeten lopen op steile paden. Maar in tegenstelling tot een buldog had een labrador-retriever een van de beste reukvermogens in de hondenwereld.

Zijn mobiel trilde. Hij keek naar het scherm. Het telefoonnummer van Weng. Halftien. Als ze nu de auto pakten dan waren ze daar binnen een halfuur.

'Kom, Kasparov!' Sung-min trok aan de riem, de adrenaline had er al voor gezorgd dat zijn handpalmen klam waren.

'Hé!' bulderde een stem vanaf een donker balkon en het geluid weerkaatste tussen de moderne gevels. 'In dit land ruimen we onze rotzooi op!'

HOOFDSTUK 18

Dinsdag. Parasiet.

'Parasieten,' zei Priem en hij bracht de vork naar zijn mond. 'Daar sterven we aan en daar leven we van.' Hij kauwde. Het voedsel had een sponsachtige structuur en smaakte niet bijzonder ondanks de kruiden. Hij hief zijn glas rode wijn op naar zijn gast voordat hij een mondvol eten wegspoelde. Hij legde zijn hand op zijn borst en wachtte tot het was gezakt voordat hij verderging. 'We zijn allemaal parasieten. Jij, ik, iedereen. Zonder gastheren zoals wij zouden parasieten doodgaan, maar zonder parasieten zouden wij ook sterven. Goede parasieten komen bijvoorbeeld van de bromvliegen die hun eitjes in een lijk leggen zodat de larven het vlees op kunnen eten.' Met een grijns sneed Priem een nieuw stuk af en begon te kauwen. 'Als ze dat niet deden dan zou de wereld vol liggen met lijken en kadavers. Nee, ik maak geen grapje! Het is een simpele rekensom. Als er geen bromvliegen bestonden zouden we in de loop van een paar maanden sterven door de giftige lijkgassen. Verder heb je ook interessante parasieten die geen nut hebben, maar ook geen schade aanrichten. De *Cymothoa exigua*. De parasitaire pissebed die je vindt bij vissen.'

Priem stond op en liep naar het aquarium.

'Het is zo'n interessante parasiet dat ik die bij Boss in het aquarium heb gedaan. Wat er gebeurt is dat de pissebed zich vastzuigt aan de tong van de vis, hij zuigt het bloed op totdat de tong door atrofie verdwijnt. Dan neemt de parasiet de functie van de tong over en ontwikkelt zich tot een nieuwe tong.'

Priems hand schoot het aquarium in en ving de vis. Hij nam hem mee naar de tafel, kneep in de bek van de vis zodat die openging en hield die vlak voor haar gezicht. 'Zie je het? Zie je de pissebed? Zie je dat hij ogen en een mond heeft? Ja?'

Hij liep snel terug en liet de vis los in het aquarium.

'De pissebed – die ik Lisa noem – werkt als een tong, dus het is niet zo erg voor Boss. Het leven gaat verder, nietwaar, en hij heeft gezelschap. Erger is het met de slechte parasieten. Die daar zit propvol met...'

Hij wees naar de felroze slak die hij op tafel tussen hen in had gezet.

'Ik woon hier alleen, samen met mijn hond,' zei Weng en hij trok zijn spijkerbroek over zijn dikke buik.

Sung-min keek naar de buldog die in zijn mand in de hoek van de keuken lag. Ze had alleen haar kop bewogen en het enige geluid dat ze maakte was een piepende ademhaling.

'Ik heb de boerderij een paar jaar geleden van mijn vader overgenomen, maar mijn vrouw weigert in het bos te wonen, zij woont nog steeds in ons appartement in Manglerud.'

Sung-min knikte naar de hond. 'Een teef?'

'Ja, ze valt steeds auto's aan. Kennelijk denkt ze dat het stieren zijn. Ze had zich in eentje vastgebeten en daarbij heeft ze haar rug gebroken, maar ze slaat nog steeds aan als er iemand komt...'

'Ja, dat hebben we gehoord. En ze slaat aan als ze dode dieren ruikt, heb ik begrepen.'

'Ja, dat heb ik tegen Hansen gezegd.'

'Hansen?'

'De agent die belde.'

'Hansen, ja. Maar nu doet ze dat niet.'

'Nee, alleen als de wind uit het zuidoosten komt, doet ze dat.' Weng wees naar het donker.

'Heb je er iets op tegen als mijn hond en ik even wat rondkijken?'

'Heb je een hond bij je?'

'Hij zit in de auto. Een labrador.'

'Ga je gang.'

'Dus,' zei Priem en hij wachtte tot hij er zeker van was dat hij haar volle aandacht had. 'Deze slak ziet er onschuldig uit, vind je niet? Mooi zelfs. Door de kleur krijg je zin erop te gaan zuigen, hij ziet er immers uit als een zuurstok. Maar dat zou ik je zeer willen afraden. Je moet begrijpen dat de slak en zijn slijm propvol ratlongworm zitten en die willen we beslist niet als dressing gebruiken.' Priem lachte. Zoals steeds lachte ze niet, maar glimlachte wel.

'Zodra je zo'n worm in je bloed krijgt begint die je bloedsomloop te volgen. En waar gaat hij heen?' Priem wees naar zijn hoofd. 'Hierheen. Naar de hersenen. Want hij houdt van hersenen. Nou ja, ik begrijp dat de hersenen enorm voedselrijk zijn, een mooi plekje om je eitjes in te leggen. Maar ik vind hersenen niet echt lekker.' Hij keek naar zijn bord en smakte afkeurend. 'Wat vind jij?'

Kasparov trok hard aan zijn riem. Er waren geen paden meer waar ze liepen. Het raakte al behoorlijk donker en het enige licht kwam van Sung-mins zaklantaarn. Ze kwamen bij een rij bomen met laaghangende takken waardoor hij moest bukken. Hij miste het gevoel waar ze waren en hoelang ze al liepen. Hij hoorde Kasparov hijgend door de varens lopen, maar hij zag hem niet en hij dacht dat hij door een onzichtbare kracht steeds verder het donker in werd getrokken. Het kon wachten. Dat kon het echt. Maar waarom ging hij dan toch door? Omdat hij met de eer wilde strijken dat hij Bertine had gevonden? Nee, nee, zo banaal was het niet. Het was iets wat hij altijd al had gehad, als hij zich iets afvroeg dan moest hij het antwoord direct weten, wachten was onverdraaglijk.

Maar nu had hij spijt. Het was niet alleen dat hij het risico liep de plaats delict te vervuilen als hij over een lijk struikelde. Hij was ook bang. Ja, dat wilde hij toegeven. Nu was hij dat jongetje dat naar Noorwegen was gekomen en dat bang was voor het donker. Hij wist niet waar hij bang voor was, maar hij had het gevoel dat zijn adoptieouders, leraren, andere kinderen op straat het wel wisten. Ze wisten iets wat hij niet wist, over zijn verleden, over wat er was gebeurd. Hij was er nooit achter gekomen wat het was. Als het al iets was.

Zijn adoptieouders hadden geen dramatisch verhaal verteld over zijn biologische ouders of hoe hij was geadopteerd. Maar vanaf die dag was hij er altijd zo op gebrand geweest om te weten. Alles te weten. Weten wat de anderen niet wisten.

De riem kwam slap te hangen. Kasparov was stil blijven staan.

Sung-min voelde zijn hart kloppen toen hij zijn zaklantaarn op de grond richtte en de varenbladeren opzijschoof.

Kasparovs snuit was tegen de grond gedrukt en het licht vond wat hij rook.

Sung-min ging op zijn hurken zitten en pakte het op. Eerst dacht hij dat het een leeg aardappelpureezakje was, maar toen herkende hij het en begreep hij waarom Kasparov stil was blijven staan. Het was een zak van Hillman Pets met een antiparasietenpoeder dat Sung-min ook een keer in een dierenwinkel had gekocht toen Kasparov rondworm had. Het poeder had een smaak die honden zo lekker vonden dat Kasparov de zak alleen maar hoefde te zien om enthousiast te gaan kwispelen. Sung-min pakte de zak op en stopte die in zijn jaszak.

'Moeten we naar huis, Kasparov? Eten?'

Kasparov keek op naar zijn baas alsof hij de woorden begreep en hem maar dom vond. De hond draaide zich om, Sung-min voelde een harde ruk en hij wist dat er geen ontkomen aan was, ze gingen dieper het bos in dan hij wilde.

'Het bijzonderste is wel als de parasieten je hersenen bereiken en die beginnen over te nemen,' zei Priem. 'Ze gaan je gedachten sturen. Je driften. De parasieten commanderen wat je moet doen om hun kringloop in stand te houden. Je wordt een gehoorzame soldaat, je loopt de dood tegemoet als dat moet.' Priem zuchtte. 'En helaas is dat vaak precies wat er nodig is.' Hij trok zijn wenkbrauwen op. 'O, jij vindt het een horrorstory en sciencefiction? Maar dan moet je weten dat deze parasieten niet eens zeldzaam zijn. De meeste gastheren worden geïnfecteerd en sterven zonder dat ze het weten, net als Boss met Lisa eigenlijk. We denken dat we hard werken, onze levens geven voor onze gezinnen, ons land, ons nageslacht. Terwijl het in werkelijkheid de parasieten zijn die in het hoofdkwartier zitten en de dienst uitmaken.'

Priem vulde hun glazen bij met rode wijn.

'Mijn stiefvader betichtte mijn moeder ervan zo'n parasiet te zijn. Dat ze nee zei tegen rollen omdat hij geld had en zij thuis kon blijven zitten om te drinken. Dat was natuurlijk niet zo. Ten eerste weigerde ze geen rollen, ze werden haar niet meer aangeboden. Omdat ze thuiszat, dronk en haar tekst begon te vergeten. Mijn stiefvader was erg rijk, het zou haar nooit lukken om hem arm te drinken, om het zo maar te zeggen. Bovendien was hij de parasiet. Hij zat in mijn moeders hersenen en zorgde ervoor dat ze zaken zag zoals hij wilde dat zij die zag. Daarom zag ze niet wat hij met mij deed. Ik was immers nog maar een kind en ik dacht dat een vader gelijk had, dat hij dergelijke dingen van zijn zoon kon eisen. Nee, ik geloofde niet dat een zesjarige gedwongen kon worden om naakt bij zijn vader te liggen en hem te bevredigen, maar ik geloofde wel dat hij mijn moeder zou doden als ik een woord zei over wat ik bij hem moest doen. Ik was bang, dus ik zei geen woord, maar ik probeerde mijn moeder wel te laten zien wat er gebeurde. Ik werd op school altijd gepest vanwege mijn tanden en... tja, het gedrag dat een misbruikt kind vertoont, neem ik aan. De rat, noemden ze mij. Ik begon te liegen en te stelen. Ik spijbelde, liep van huis weg en nam geld aan van mannen in ruil voor seksuele handelingen op openbare toiletten. Ik heb een van hen bestolen. Kort samengevat, mijn stiefvader zat zowel in mijn moeders hersenen als in de mijne en hij maakte ons stukje bij beetje kapot. Dus...'

Priem spietste het laatste stukje dat op zijn bord lag aan zijn vork. Hij zuchtte. 'Maar nu is dat voorbij, Bertine.' Hij draaide zijn vork rond terwijl hij het bleekroze stuk bestudeerde. 'Nu zit ik in hersenen en maak de dienst uit.'

Sung-min moest rennen om Kasparov, die nog harder was gaan trekken, bij te kunnen houden. Er kwam een gerochel uit de hond alsof er iets vastzat in zijn keel.

Sung-min deed wat hij als onderzoeker had geleerd. Als hij bijna zeker was van iets dan testte hij zijn eigen deductie door alles in zijn hoofd om te draaien. Kon het zo zijn dat wat hij voor onmogelijk had gehouden, toch mogelijk was? Kon Bertine Bertilsen bijvoorbeeld nog in leven zijn? Kon ze naar het buitenland zijn gegaan? Ze kon ook gekidnapt zijn en ergens in een kelder of flat opgesloten zitten, misschien was ze nu samen met de dader.

Plotseling waren ze het bos uit en stonden ze op een open stuk. Het licht van de lantaarn werd weerkaatst in water. Ze stonden bij een meertje. Kasparov wilde naar het water en trok Sung-min mee. Het licht scheen over een berk die kromgebogen boven het meertje hing en Sung-min zag iets wat op een dikke tak leek helemaal in het water hangen. Alsof de boom dronk. Hij richtte het licht beter op de tak. Het was geen tak.

'Nee!' schreeuwde Sung-min en hij rukte aan Kasparovs riem.

De echo van zijn roep kwam terug.

Het was een lijk.

Het hing dubbelgevouwen over de laagste tak van een berkenboom.

De blote voeten raakten het water net niet. De vrouw – hij zag direct dat het een vrouw was – droeg net als Susanne geen onderkleding. Haar buik was ook ontbloot, haar jurk was over haar hoofd gevallen en bedekte haar gezicht, armen en schouders. Maar haar handen waren te zien en de vingertoppen staken in het water. Sung-mins eerste gedachte was dat hij hoopte dat er geen vis in het meertje zat.

Kasparov zat stil en Sung-min klopte hem op zijn kop. 'Brave hond.'

Hij pakte zijn telefoon. Met zijn gps bepaalde hij zijn positie en hij registreerde ook dat hij was omgeschakeld. Hij ademde door zijn mond. Niet dat de stank zo erg was, maar het was iets wat de hersenen – na een paar minder prettige ervaringen – automatisch waren gaan doen als ze begrepen dat dit een plaats delict was. De hersenen wisten ook dat hij nu moest vaststellen dat het om Bertine Bertilsen ging. Hij moest met één hand tegen de boomstam steunen en over het water leunen om de jurk op te tillen zodat hij haar gezicht kon zien. Het nadeel was dat hij dan op dezelfde plek de stam moest aanraken als de dader had gedaan en een vingerafdruk zou vervuilen.

Hij herinnerde zich de tatoeage. Het Louis Vuitton-logo. Hij richtte het licht op haar enkels. Ze waren zo wit in het felle licht alsof ze van sneeuw waren. Maar geen Louis Vuitton-logo. Wat betekende dat?

Een uil, hij nam tenminste aan dat het een uil was, riep ergens in het donker. Hij kon de buitenkant van de linkerenkel niet zien, misschien had ze daar de tatoeage. Hij liep langs de oever tot hij de juiste hoek had gevonden en scheen weer op haar.

En daar was die. Zwart op sneeuwwit. Een L op een V.

Zij was het. Zij moest het zijn.

Hij pakte zijn mobiel en belde Katrine. Ze nam weer niet op. Vreemd. Dat ze Harry's telefoontje niet had aangenomen, kon haar keus zijn, maar als je een onderzoek leidt is het een ongeschreven regel dat je altijd bereikbaar bent voor de mensen met wie je samenwerkt.

'Dus je begrijpt, Bertine, dat ik een belangrijke taak heb.'

Priem leunde over tafel en legde zijn hand tegen haar wang.

'Het spijt me dat jij slechts een onderdeel van die taak bent geworden. En het spijt me ook dat ik je nu moet verlaten. Dat dit onze laatste avond samen is. Want hoewel ik weet dat je me wil, ben jij niet degene van wie ik hou. Zo, nu heb ik het gezegd. Zeg me dat je me vergeeft. Niet? Wees aardig, lieve meid.' Priem lachte zacht. 'Je kan tegenstribbelen, Bertine Bertilsen, maar je weet dat ik je met een kleine aanraking kan inschakelen.'

Hij deed het, ze kon hem niet tegenhouden. Natuurlijk lichtte ze voor hem op. Voor de laatste keer, dacht hij en hij hief zijn glas voor een afscheidsdronk.

Sung-min had het onderzoeksteam kunnen bereiken en ze waren onderweg. Hij ging op een boomstronk zitten wachten. Hij wreef over zijn gezicht en nek. Muggen. Nee, knutjes. Kleine mugjes die bloed zogen en ook een paar grote muggen. Hij had de lantaarn uitgedaan om de batterij te sparen terwijl hij wist dat het lijk daar was.

Zij was het. Natuurlijk was zij het.

Maar toch. Hij keek al vol ongeduld op zijn horloge. Waar was Katrine, waarom belde ze niet terug?

Sung-min vond een lange, dunne tak. Hij deed de lantaarn aan, legde die op de grond, ging bij de waterkant staan en gebruikte de tak om de jurk op te tillen. Hoger, nog hoger. Hij zag de blote bovenarmen, verwachtte haar bruine haar te zien dat lang was en volgens de foto's die hij van haar had gezien altijd loshing. Had ze er een knot van gemaakt? Was het…

Sung-min krijste als een uil. Hij was de controle kwijt, het geluid kwam gewoon. De tak viel in het water en de jurk zakte terug zoals hij had gehangen. Over wat er niet was.

'Arme jij,' fluisterde Priem. 'Je bent zo mooi en toch afgewezen. Dat is niet eerlijk, of wel?'

Hij had het hoofd niet rechtgezet nadat hij twee avonden eerder op de tafel had geslagen en het iets naar een kant was gezakt. Het hoofd had hij boven op een staande lamp gezet die recht tegenover zijn stoel aan de andere kant van de eettafel stond. Als hij op het lichtknopje van het snoer drukte dat op tafel lag, ging de 60-wattlamp in Bertines hoofd aan en scheen het licht uit haar oogkassen en kleurde de tanden in haar openstaande mond blauw. Een fantasieloos mens zou misschien zeggen dat het deed denken aan een pompoenhoofd tijdens Halloween. Terwijl iemand met iets meer inlevingsvermogen zou zien dat Bertine – in elk geval dat deel van haar dat niet in een meertje in Østmarka oplichtte, straalde van vreugde, ja, een man zou zich kunnen inbeelden dat ze van hem hield. En Bertine hád van hem gehouden, hem op zijn minst begeerd.

'Misschien is het een troost te horen dat ik meer heb genoten van het vrijen met jou dan met Susanne,' zei Priem. 'Je hebt een mooier lijf en...' Hij likte aan de vork. 'En jouw hersenen smaken beter. Maar...' Hij hield zijn hoofd schuin en keek haar bedroefd aan. 'Ik moest die opeten om de kringloop in stand te houden. Voor de eitjes. Voor de parasieten. Voor de wraak. Alleen zo kan ik heel worden. Alleen zo kan er van me worden gehouden om wie ik ben. Ja ja, ik weet dat het overdreven klinkt, maar het is waar. Dat er van je gehouden wordt, dat is toch wat we allemaal willen of niet?'

Hij duwde met zijn wijsvinger op het lichtknopje. De lamp ging uit en het werd schemerig in de kamer.

Priem zuchtte. 'Ik was al bang dat je het zo zou opvatten.'

HOOFDSTUK 19

Dinsdag. Klokkenspel.

Katrine luisterde naar Sung-min.

Ze sloot haar ogen en zag de plaats delict voor zich terwijl hij vertelde. Ze antwoordde dat ze het lijk niet zelf hoefde te zien, ze zou een paar rechercheurs sturen, dan zou zij de foto's bestuderen. En ja, het speet haar dat ze telefonisch niet bereikbaar was geweest. Ze had haar mobiel uitgezet toen ze Gert naar bed bracht en het slaapliedje over de zeven kikkertjes had kennelijk goed zijn werk gedaan, ze was zelf ook in slaap gevallen.

'Misschien werk je te veel,' zei Sung-min.

'Dat misschien kan je wel weglaten,' zei Katrine. 'Maar dat geldt voor ons allemaal. Laten we morgen om tien uur een persconferentie beleggen. Ik zal het gerechtelijk laboratorium melden dat deze zaak de hoogste prioriteit heeft.'

'Mooi, tot morgen.'

'Tot morgen, Sung-min.'

Katrine verbrak de verbinding en bleef naar de telefoon zitten staren.

Bertine Bertilsen was dood. Dat was wat ze hadden verwacht. Nu was ze gevonden. Dat was wat ze hadden gehoopt. De plaats en de wijze waarop ze was gevonden bevestigden het vermoeden dat het om dezelfde dader ging. Dat was wat ze hadden gevreesd. Want dit betekende dat er meerdere doden zouden volgen.

Katrine hoorde een kreetje achter de deur van de slaapkamer. Ze zei tegen zichzelf dat ze moest blijven zitten en luisteren of er nog meer kwam, maar dat kon ze niet. Ze stond op van de keukenstoel en sloop naar de deur. Het was stil, ze hoorde alleen Gerts regelmatige ademhaling. Ze had gelogen tegen Sung-min. Ze had gelezen dat we gemiddeld tweehonderd leugens per dag horen, de meeste waren nuttig om de sociale raderen te kunnen laten draaien. En dit was er eentje van geweest. Het was waar dat ze haar mobiel had uitgezet voordat ze Gert naar bed bracht, maar niet dat ze had geslapen. Ze had de mobiel niet eerder ingeschakeld omdat Arne vaak daarna belde als hij wist dat ze beschikbaar was. Dat was natuurlijk gezellig. Hij wilde gewoon horen hoe haar dag was verlopen. Luisteren naar haar leuke en minder leuke ervaringen. De laatste tijd – na de verdwijning van de jonge vrouwen – waren het vooral frustraties geweest die ze met hem had gedeeld. Maar hij luisterde geduldig, stelde vragen waaruit bleek dat hij geïnteresseerd was en dat maakte hem tot een fijne vriend op wie ze kon steunen en een potentiële geliefde. Maar vanavond had ze daar geen zin in gehad, ze wilde rustig na kunnen denken. Ze had besloten dezelfde leugen op te hangen als Arne morgen vroeg waarom ze niet bereikbaar was geweest. Ze had gedacht aan Harry en Gert. Hoe ze dat moest oplossen. Want ze had het in Harry's blik gezien: dezelfde hulpeloze adoratie die ze in Bjørns blik gezien had als ze naar hun zoon keken. Bjørn en Harry's zoon. Tot hoever kon en wilde ze Harry toelaten? Wat haarzelf betrof zou Gert zo min mogelijk met Harry en diens leven te maken moeten hebben. Maar hoe zat het met Gert? Welk recht had ze om hem nog een vader af te pakken? Had ze zelf geen labiele dronkenlap van een vader gehad, een vader die ze op haar manier had liefgehad en die ze niet had willen missen?

Voordat ze naar bed ging had ze haar telefoon weer ingeschakeld en gehoopt dat er geen berichten waren. Maar die waren er wel. Het eerste, van Arne, was een liefdesverklaring van het type waar de jongere generatie zich kennelijk niet voor geneerde:

KATRINE BRATT, JIJ BENT DE VROUW EN IK BEN DE MAN DIE VAN JOU HOUDT. SLAAP LEKKER.

Ze zag dat het bericht onlangs was verstuurd en dat hij niet geprobeerd had haar te bellen terwijl haar mobiel uitstond, dus hij was met iets anders bezig geweest.

Het tweede bericht kwam van Sung-min en was in een stijl die haar vertrouwder was:

BERTINE GEVONDEN. BEL.

Katrine liep de badkamer in en pakte haar tandenborstel. Ze keek in de spiegel. Jij bent de Vrouw, juist. Oké, op een goede dag kon ze dat misschien begrijpen. Ze drukte de tandpasta uit de tube. Haar gedachten keerden terug naar Bertine Bertilsen en Susanne Andersen. En de vrouw – voorlopig zonder naam – die misschien de volgende in de rij zou zijn.

Sung-min gebruikte de zachte kledingborstel voor zijn tweedjas. Het was een waterdichte jas voor de jacht, een *shooting jacket* van het merk Alain Paine dat hij met kerst van Chris had gekregen. Na het gesprek met Katrine had hij hem goedenacht gewenst via een sms'je. In het begin had het hem geërgerd dat hij altijd de eerste moest zijn die dat stuurde en Chris alleen maar antwoordde. Maar nu vond hij het best, zo was Chris nu eenmaal, hij had het nodig te denken dat hij de controle had in hun relatie. Maar Sung-min wist dat als hij het ook maar één keer vergat, Chris de volgende ochtend aan de telefoon een dramaqueen zou zijn en zou zeuren of er iets aan de hand was, of Sung-min iemand anders had ontmoet of dat hij genoeg van hem had.

Sung-min zag de dennennaalden op de grond vallen. Hij geeuwde. Hij wist dat hij zou slapen, dat hij geen nachtmerrie zou krijgen over wat hij vanavond had meegemaakt. Dat had hij nooit. Hij wist niet wat dat zei over zijn persoonlijkheid. Een collega bij Kripos zei dat zijn vermogen om dat uit te schakelen duidde op een gebrek aan empathie en had hem vergeleken met Harry Hole, die leed aan iets wat parosmie heet, een onvermogen om lijkgeur waar te nemen waardoor Hole zonder problemen op plaatsen delict kon rondlopen terwijl bij anderen de maag zich omdraaide. Maar Sung-min zag het niet als een onvermogen, hij meende dat hij gewoon over het gezonde talent beschikte om te kunnen compartimenteren: de wereld thuis en die daarbuiten gescheiden van elkaar te houden. Hij borstelde de zakken die op de jas waren genaaid, voelde dat er iets in de ene zak zat en haalde het eruit. Het was de lege Hillman Pets-zak. Hij wilde die weggooien, maar bedacht dat toen Kasparov weer wormen had, de dierenarts een andere antiparasietenkuur had aanbevolen omdat Hillman Pets een stof bevatte die in Noorwegen niet meer verkocht of geïmporteerd mocht worden. Dat moest minstens vier jaar geleden zijn geweest. Sung-min draaide de zak om en vond waarnaar hij zocht. De houdbaarheids- en productiedatum.

De inhoud was vorig jaar geproduceerd.

Sung-min draaide de zak weer om. En wat dan nog? Iemand had deze zak in het buitenland gekocht en die mee naar huis genomen, hij had misschien niet eens geweten dat dat verboden was. Hij overwoog de zak weg te gooien. Hij had een paar honderd meter van de plaats delict gelegen en het was erg onwaarschijnlijk dat de dader een hond bij zich had gehad. Maar er was iets met de overtreding van de regels, die zei iets. Een overtreder is een overtreder. De sadistische seriemoordenaar begint met het doden van kleine beesten, muizen en ratten bijvoorbeeld. Sticht kleine brandjes. Daarna pest en doodt hij grotere dieren. Steekt leegstaande huizen in brand…

Sung-min vouwde de zak op.

‘Kut van de duivel!’ schreeuwde Mona Daa terwijl ze naar de telefoon staarde.

‘Wat is er?’ vroeg Anders, die zijn tanden stond te poetsen en in de deuropening van de badkamer kwam staan.

‘*Dagbladet*!’

'Je hoeft niet zo te schreeuwen en de duivel heeft geen...'

'Kut. Je zegt het, machoman. Våge schrijft dat Bertine Bertilsen dood is aangetroffen. Wenggården in Østmarka, op slechts enkele kilometers van waar ze Susanne Andersen hebben gevonden.'

'Oei.'

'Ja, oei. Oei, waarom heeft dat verrekte *Dagbladet* dat nieuws wel en VG niet?'

'Die neuken...'

'Met Jan en alleman? Ja, dat denk ik ook. Ik geloof dat iedereen daar in zijn kont, neus en oren wordt geneukt en dat ze denken dat er maar één ding erger is en dat is werken voor VG en voorbijgestreefd te worden door Terry Våge. Kut van de duivel!'

Ze smeet haar mobiel op bed op het moment dat Anders onder het dekbed naar haar toe kroop.

'Heb ik je al verteld dat ik geil word als jij...'

Ze sloeg naar hem. 'Ik ben niet in de stemming, Anders.'

'...niet in de stemming?'

Ze duwde de hand die naar beneden ging weg, maar lachte even terwijl ze haar mobiel pakte. Ze begon weer te lezen. Våge had in elk geval geen details van de plaats delict, hij had waarschijnlijk niet gesproken met iemand die daar was geweest. Maar hoe kon hij zo snel weten van de vondst van het lijk? Bezat hij een illegale politiezender, was het zo simpel? Had hij conclusies getrokken uit de vaak korte, cryptische berichten die de politie gebruikte omdat bekend was dat niet-bevoegden meeluisterden? Maakte Våge daarna een verhaal, een mix van feit en fictie, dat door kon gaan voor echte journalistiek? Zo had hij het wel vaker gedaan.

'Iemand stelde voor dat ik jou moest vragen om inside-information,' zei ze.

'O, ja? Heb je verteld dat ik helaas niet aan deze zaak werk, maar dat ik te koop ben tegen compromisloze seks?'

'Hou op, Anders! Het gaat om mijn werk.'

'En daarom denk je dat ik je zomaar informatie kan geven en mijn baan wil riskeren?'

'Nee! Ik bedoel alleen... het is zo verdomde onrechtvaardig!' Mona sloeg haar armen over elkaar. 'Våge kent iemand die hem info geeft terwijl ik... het nakijken heb.'

'Weet je wat onrechtvaardig is?' zei Anders en hij ging rechtop in bed zitten. Ze zag dat de vrolijkheid was verdwenen. 'Dat is dat vrouwen in deze stad niet uit kunnen gaan zonder het risico te lopen verkracht en vermoord te worden. Het is onrechtvaardig dat Bertine Bertilsen dood is aangetroffen in Østmarka terwijl hier twee mensen zitten die het onrechtvaardig vinden dat een andere journalist als eerste over de zaak heeft geschreven of dat het percentage opgeloste zaken lijkt te kelderen.'

Mona slikte en knikte.

Hij had gelijk. Natuurlijk had hij gelijk. Ze slikte weer. Ze probeerde de vraag in te slikken die bij haar opkwam: kan je iemand bellen en vragen hoe de plaats delict eruitzag?

Helene Røed lag in bed naar het plafond te staren.

Markus had een druppelvormig bed gewild. Drie meter lang en op zijn breedst tweeënhalve meter. Hij had namelijk gelezen dat we uit een druppel kwamen, uit het water en dat we onbewust daarnaar terug wilden en dat om die reden de druppelvorm ons in harmonie brengt met onszelf, waardoor we dieper slapen.

Het was haar gelukt niet te gaan lachen en vervolgens dat hij instemde met een rechthoekig luxe bed van een meter tachtig breed en twee meter lang. Meer dan genoeg voor hen tweeën. Te groot voor iemand alleen.

Markus sliep in de loft in Frogner, dat deed hij bijna elke nacht. Dat dacht ze tenminste. Ze miste Markus niet in bed, het was lang geleden dat het spannend of wenselijk was geweest. Het niezen en neus ophalen was steeds erger geworden en hij stond minstens vier keer per nacht op om te gaan plassen. Vergrote prostaat, niet noodzakelijkerwijs kanker, maar wel iets waar meer dan de helft van de mannen boven de zestig last van had. En het zou erger worden. Nee, Markus miste ze niet, maar ze miste iemand. Ze wist niet wie, alleen dat het gemis vanavond extra sterk was. Er moest voor haar toch ook iemand zijn, iemand die van haar hield en zij van hem. Want zo simpel was het toch? Of was dat iets wat ze wilde geloven?

Ze draaide zich op haar andere zij. Ze was misselijk en voelde zich sinds de vorige avond een beetje ziek. Ze had overgegeven en had wat verhoging. Ze had een coronazelftest gedaan, maar die was negatief.

Ze keek uit het raam, naar de achterkant van het pasgebouwde Munch-museum. Geen van de eigenaren van de appartementen aan de Oslofjord had verwacht dat het zo groot en lelijk zou zijn. De mensen waren voor de gek gehouden met tekeningen van de glazen gevel, daarop kon je niet zien dat het gebouw eruitzag als de noordelijke muur in *Games of Thrones*. Maar zo gaat dat, dingen worden niet zoals je ze had verwacht of je was beloofd, je mag het jezelf verwijten dat je erin bent getuind. Nu zette het gebouw alle appartementen in de schaduw en was het te laat.

Er kwam een nieuwe golf misselijkheid op en ze maakte dat ze uit bed kwam. De badkamer lag aan het eind van de kamer, maar toch was dat nu ver. Ze was maar één keer in Markus' loft in Frogner geweest. Die was veel kleiner, maar ze woonde daar liever. Samen met… iemand. Ze was nog net op tijd bij de wc voordat de maaginhoud omhoogkwam.

Harry zat aan de bar in The Thief toen het tekstbericht kwam.

BEDANKT VOOR DE TIP. VRIENDELIJKE GROET SUNG-MIN

Harry had alles in *Dagbladet* gelezen. Het was de enige krant die berichtte over de zaak en dat kon maar één ding betekenen: dat er nog geen persbericht was uitgegaan en dat die journalist Terry Våge een bron binnen de politie had. Aangezien het lek onmogelijk een tactische zet kon zijn van de politie, was er dus een persoon, of misschien wel meerdere, die geld of andere diensten ontving of ontvingen voor het informeren van Våge. Dat was gebruikelijker dan de meeste mensen dachten, in zijn tijd had hij meermaals van journalisten geld aangeboden gekregen. De reden dat een dergelijke gang van zaken zelden werd ontdekt was dat journalisten sporadisch informatie gebruikten die naar de informant kon wijzen, dat was immers als het doorzagen van een tak waarop beide partijen zaten. Maar Harry had de meeste artikelen gelezen en het was zijn indruk dat Våge een beetje te gretig was en dat hij vroeg of laat tegen de lamp zou lopen. Dat wil zeggen, Våge zou geen grote problemen krijgen, ja, hij zou zelfs zijn journalistieke eer behouden. Erger was het voor de bron. Maar de bron leek zich daar niet al te druk over te maken aangezien hij of zij Våge van informatie bleef voorzien.

'Nog eentje?' De barman keek Harry aan en hij stond al klaar met de whiskyfles. Harry schraapte zijn keel. Eén keer, twee keer.

Ja graag, stond er in het manuscript van de slechte film waarin hij zo vaak had gespeeld. De enige rol die hij eigenlijk kende.

Maar toen – alsof de barman de smeekbede in Harry's ogen had gezien – draaide hij zich om naar een klant die aan de andere kant van de bar gebaarde. De barman nam de fles mee en liep weg.

In het donker klonk het klokkenspel van het stadhuis. Het was al bijna middernacht en er waren nog zes dagen en negen uur tijdsverschil over. Niet veel tijd, maar ze hadden Bertine gevonden en de vondst van een lijk betekende nieuwe sporen en de kans op een doorbraak. Zo moest je denken. Positief. Dat lag niet in zijn aard, vooral niet nu hij zo onrealistisch positief moest denken, maar wanhoop en apathie kon hij nu niet gebruiken. Dat kon Lucille niet gebruiken.

Toen Harry de bar verliet en de donkere gang in liep zag hij dat er licht aan het eind van de tunnel was. Toen hij dichterbij kwam zag hij dat het licht van een openstaande lift kwam en hij zag het silhouet van een man die half in de lift stond en die tegenhield. Alsof hij wachtte op Harry. Of iemand anders, hij stond daar immers al toen Harry de gang in kwam.

'Ga maar,' zei Harry en hij gebaarde met zijn hand. 'Ik neem de trap.'

De man stapte de lift in en in het licht. Harry kon nog net de priesterboord zien, maar zijn gezicht niet, voor de deuren dichtgleden.

Harry voelde dat hij nat was van het zweet toen hij de deur van zijn hotelkamer opende. Hij hing zijn colbert op een kleerhanger en ging op bed liggen. Hij probeerde niet te denken aan hoe het Lucille zou vergaan. Hij had besloten om vannacht fijn over Rakel te dromen. Van toen ze samenwoonden en elke nacht samen naar bed gingen. Van de tijd dat hij op water liep, op ijs liep dat dik en solide was. Altijd luisterend of het ijs kraakte, altijd kijkend of hij geen barsten zag, maar ook met het vermogen om in het moment te leven. Dat hadden ze gedaan. Alsof ze beiden wisten dat de tijd die ze samen hadden snel voorbij kon zijn. Nee, ze leefden niet of elke dag de laatste kon zijn, maar of die de eerste was. Alsof ze elkaar steeds opnieuw ontdekten. Overdreef hij, romantiseerde hij de herinneringen aan haar? Misschien, maar wat dan nog? Wat had de realiteit ooit voor hem gedaan?

Hij sloot zijn ogen. Probeerde haar voor zich te zien, haar lichtbruine huid op het witte laken. Maar in plaats daarvan zag hij alleen haar bleke huid op de grond in een plas bloed. Hij zag Bjørn Holm in de auto voor zich terwijl het kind op de achterbank huilde. Harry opende zijn ogen weer. Ja, inderdaad, wat moest hij met de realiteit?

De telefoon trilde weer. Dit keer was het een bericht van Alexandra:

HEB DE DNA-ANALYSE MAANDAG KLAAR. SPA EN DINER OP ZATERDAG ZOU MOOI ZIJN. TERSE ACTO IS EEN GOED RESTAURANT.

HOOFDSTUK 20

Woensdag

'Het moet nu duidelijk zijn,' zei Aune en hij legde een kopie van het politierapport op de deken. 'Volkomen klassiek. Het gaat om lustmoorden gepleegd door een dader die dat hoogstwaarschijnlijk weer zal doen als hij niet gestopt wordt.'

De drie anderen rond het bed knikten, nog steeds verdiept in hun kopieën.

Harry was als eerste klaar en keek op, hij kneep zijn ogen een beetje dicht tegen het scherpe ochtendlicht buiten.

Toen was Øystein klaar en liet hij zijn zonnebril van zijn voorhoofd voor zijn ogen zakken.

'Vooruit, Berntsen,' zei hij. 'Jij hebt dit toch al eerder gelezen.'

Truls gromde als antwoord en legde het rapport neer. 'Wat doen we als dit gaat om een speld in een hooiberg?' vroeg hij. 'Heffen we de groep op en laten we de boel over aan Bratt en Larsen?'

'Nu nog niet,' zei Harry. 'Dit verandert niet zoveel, we hielden er al rekening mee dat Bertine op dezelfde manier zou zijn vermoord als Susanne.'

'Maar we moeten eerlijk zijn en zeggen dat dit niet jouw onderbuikgevoel onderschrijft dat het gaat om een rationele moordenaar met een rationeel motief,' zei Aune. 'Je hoeft het hoofd van het slachtoffer niet af te hakken of de hersenen eruit te halen om de politie te laten geloven dat het hier gaat om lustmoorden met willekeurige slachtoffers. Er bestaan verminkingen die minder werk vergen en dezelfde indruk achterlaten van een moordenaar die weinig binding heeft met zijn slachtoffers.'

'Hm.'

'Niet dat hm, Harry. Luister. De moordenaar heeft bij Susanne veel tijd nodig gehad op de plaats delict en daarmee liep hij een veel groter risico dan nodig was als hij de politie alleen maar op een dwaalspoor wilde brengen. Zijn trofee was de hersenen en we zien dat hier sprake is van klassiek leren omdat hij nu het hoofd van het slachtoffer heeft afgehakt in plaats van in de schedel zagen en die weer dicht te naaien op de plaats delict. Harry, dit is, ruikt, ziet eruit als een rituele moord met een heel register aan seksuele onder- en boventonen en dat is het!'

Harry knikte langzaam. Hij draaide zich om naar Øystein, die 'hé' riep toen Harry de zonnebril van zijn neus trok en die zelf opzette.

'Ik heb het niet eerder willen zeggen,' zei Harry. 'Maar jij hebt deze van mij gejat. Ik heb die laten liggen in het kantoor van de Jealousy Bar na die power pop-avond toen jij weigerde R.E.M. te draaien.'

'*What*? We zouden toch klassieke power pop draaien. En wat de bril betreft: *finders, keepers*.'

'In een la?'

'Kinderen...' zei Aune.

Øystein schoot met zijn hand naar voren om de bril te pakken, maar Harry was te snel en boog zijn hoofd achterover.

'Rustig maar, Øystein, je krijgt hem hierna terug. Kom liever met het nieuws dat je hebt.'

Øystein zuchtte. 'Oké, ik heb met collega's gesproken die cocaïne dealen...'

'Taxichauffeurs die cocaïne dealen?' zei Aune verbaasd.

Aune en Øystein keken elkaar aan.

Aunes blik ging naar Harry. 'Is er iets wat je me niet verteld hebt?'

'Ja,' zei Harry. 'Ga verder, Øystein.'

'Nou, ik heb de vaste dealer van Røed gevonden. Een man die we Al noemen. Hij was inderdaad op het feest. Maar hij werd *upstaged* door een vent die een veel beter goedje had, dus Al kon zijn spullen wel pakken. Ik heb gevraagd wie die vent was, maar Al kende hem niet en hij droeg een mondkapje en zonnebril. Het vreemde was, zei Al, dat die vent de puurste cocaïne had die je maar kunt krijgen in Oslo, maar toch gedroeg hij zich als een amateur.'

'Hoe dan?'

'Ten eerste was het de stijl en dat zie je direct. Profs zijn relaxed omdat ze weten waar ze mee bezig zijn terwijl ze ondertussen hun omgeving scannen als antilopen bij een waterplas. Ze weten precies in welke zak de dope zit zodat ze binnen twee seconden het spul kunnen dumpen bij een politie-inval. Al zei dat de vent *jumpy* was, hij staarde naar de klant en moest in zijn zakken zoeken om de dope te vinden. Maar het was vooral heel amateuristisch dat hij de cocaïne niet meer versneden had, misschien had hij dat zelfs helemaal niet gedaan. En hij deelde gratis samples uit.'

'Aan iedereen?'

'Nee nee. Het was een keurig feest. Je weet wel, met mensen die stijlvolle huizen bezitten. Sommigen van hen zullen cocaïne gebruiken, maar niet in het bijzijn van de buren. Ze gingen naar de flat van Røed. De man met het mondkapje, de twee meisjes, Røed en Al. De man legde in de woonkamer een paar lijntjes op de glazen tafel en ook dat leek hij geleerd te hebben van een YouTube-filmpje en hij zei dat Røed de cocaïne moest testen. Maar Røed is een gentleman en wilde dat de anderen die eerst probeerden. Toen stapte Al naar voren, hij wilde dat spul wel testen. Maar de man hield hem tegen en trok hem aan zijn arm weg van de tafel. Hij kneep tot bloedens toe in Als arm, het leek wel of hij in paniek was. Al moest die vent kalmeren. De vent zei dat de dope alleen voor Røed was, maar die zei dat hij zich moest gedragen en dat de vrouwen als eersten mochten. Zo niet, dan moest hij maken dat hij wegkwam. Toen gaf die vent toe.'

'Kende Al de vrouwen?'

'Nee, en toen ik hem vroeg of het de twee vrouwen waren die werden vermist, zei hij dat hij daar niks over had gehoord.'

'Echt?' zei Aune. 'De kranten staan daar al weken vol mee.'

'Ja, maar mensen in de drugsscene leven in hun... wat zal ik zeggen, eigen wereldje. Ze weten niet eens wie de premier van Noorwegen is, om het zo maar te zeggen. Maar geloof me, ze kennen de prijzen per gram in alle Noorse steden van alle verrekte drugs waar Onze-Lieve-Heer onze aarde mee heeft gezegend. Ik liet de foto's van de vrouwen aan Al zien en hij dacht dat hij ze herkende, in elk geval Susanne, hij meende dat hij eerder dope aan haar had verkocht. Zeker was hij er niet van. Maar goed, de vrouwen snoven allebei een lijntje en daarna was het de beurt aan Markus Røed. Helaas kwam zijn vrouw op dat moment binnen en zij schreeuwde dat hij beloofd had ermee te stoppen. Røed kon het niet verdommen, hij had zijn neus er al in, haalde diep adem, kennelijk wilde hij alle lijntjes die er nog lagen opsnuiven en toen...' Øystein begon te grinniken. 'Toen...' Hij boog voorover en kon niet stoppen met lachen, de tranen stonden in zijn ogen.

'En toen?' zei Aune ongeduldig.

'Toen nieste de idioot! Hij blies alle coke van tafel, alleen snot en tranen bleven achter. Hij keek die vent met zijn mondkapje en zonnebril aan en vroeg om nieuwe lijntjes. Niet te geloven toch? Maar die vent had niet meer, dat was alles wat hij had en hij was ook wanhopig. Hij zakte op zijn knieën en probeerde de coke bij elkaar te vegen. Maar de terrasdeur stond open, het tochtte en het spul was overal en nergens. Wat zeggen jullie daarvan?' Øystein legde zijn hoofd in zijn nek en schaterde van het lachen. Truls lachte grommend. Zelfs Harry kreeg een lach op zijn gezicht.

'Dus Al nam Røed mee naar de keuken, waar zijn vrouw hem niet kon zien, opende zijn zakje en Røed kreeg zijn witte lijntjes. O, ja, dat vergat ik nog te zeggen, de coke van die vent met het mondkapje was niet wit, maar groen.'

'Groen?'

'Ja,' zei Øystein. 'Dat was de reden dat Al het spul zo graag wilde testen. Ik heb gehoord dat het in Amerika weleens opduikt, maar nog nooit hier in Oslo. De puurste coke in Noorwegen is maximaal vijfenveertig procent, maar er wordt gezegd dat de groene veel zuiverder is. Het is de kleur van de cocabladeren.'

Harry draaide zich om naar Truls. 'Groene cocaïne dus?'

'Moet je niet naar mij kijken,' zei Truls. 'Ik heb geen idee waar die vandaan komt.'

'Wel verdomme, was jij het?' zei Øystein. 'Incognito met mondkapje en zonnebril?'

'Hou je bek! Jij bent hier de dealer, niet ik!'

'Waarom niet?' zei Øystein. 'Dat is toch geniaal. Jij jat het, versnijdt de rest zoals wij water in de wodkaflessen van onze vaders goten. Dan verkoop jij het spul.'

'Ik jat niet!' Truls' hoofd was donkerrood geworden en zijn ogen puilden uit. 'En ik versnij niks. Ik weet verdomme niet eens wat levamisol is!'

'O?' zei Øystein, die zich kostelijk leek te vermaken. 'Hoe weet je dat het versneden is met levamisol?'

'Omdat het in het rapport stond dat heb ik gelezen!' brulde Truls.

'Neem me niet kwalijk.'

Ze draaiden zich allemaal om naar de deur, waar twee verpleegkundigen stonden.

'We vinden het fijn voor Ståle dat hij veel bezoek krijgt, maar we kunnen niet toestaan dat Jibran en hij extra vermoeid raken door...'

'Het spijt ons, Kari,' zei Aune. 'Het kan er een beetje verhit aan toegaan als het om de erfenis gaat, snap je? Wat vind jij, Jibran?'

Jibran keek op en trok de koptelefoon af. 'Wat?'

'Storen we je?'

'Helemaal niet.'

Aune glimlachte naar de oudere verpleegkundige.

'Juist ja,' zei ze met een verbeten trek rond haar mond en ze keek Truls, Øystein en Harry waarschuwend aan voor ze vertrok.

Katrine keek naar de lijken van Susanne en Bertine. Het trof haar zoals altijd weer hoe verlaten de lichamen eruitzagen, waardoor je geneigd was te denken dat een ziel wel bestaat. Iets wat ze absoluut niet geloofde, maar – dat was immers de drijfveer achter alle religie en mystiek – wat ze wel hoopte. De twee vrouwen waren naakt, de huid had schakeringen van wit, blauw en zwart, hoofdzakelijk veroorzaakt door bloed en lichaamssappen die naar het laagste punt waren gezakt. De ontbinding was al begonnen en Bertines ontbrekende hoofd versterkte het gevoel dat ze naar beelden keken, voorwerpen die de vorm hadden van iets levends. Ze waren met zeven levende personen in de obductiezaal: Katrine, de patholoog-anatoom, Skarre van de afdeling Geweld, Sung-min Larsen, een vrouwelijke rechercheur van Kripos, Alexandra Sturdza en een andere obductietechnicus.

'We hebben geen tekenen van geweld voor hun dood gevonden,' zei de patholoog-anatoom. 'Doodsoorzaak: bij Susanne is de keel doorgesneden. Bertine werd waarschijnlijk gewurgd. Ik zeg waarschijnlijk, helemaal zeker zijn we pas als we haar hoofd hebben. Maar de strepen in haar nek wijzen erop dat ze gewurgd werd met een riem of een snoer met als resultaat hypoxie. Er zijn geen sporen gevonden in haar bloed of urine die erop duiden dat ze gedrogeerd was. Er is opgedroogd speeksel en snot rond de tepel van een van hen aangetroffen.'

Ze wees naar het lijk van Susanne.

'Voor zover ik weet worden die al geanalyseerd...'

'Ja,' zei Alexandra.

'Verder hebben we geen DNA-materiaal gevonden op de slachtoffers. Aangezien er verdenkingen zijn van verkrachting, hebben we daar speciaal op gelet. Er zijn geen blauwe plekken van vingers die armen, benen of nek hardhandig hebben vastgehouden. Geen wonden aan de polsen of enkels. Het ene slachtoffer heeft geen hoofd, dus we kunnen niets zeggen over haar auricula.'

'Sorry?' zei de vrouwelijk rechercheur van Kripos.

'De oorschelp,' zei Alexandra. 'Slachtoffers van verkrachting hebben daar vaak wondjes.'

'Of eventuele petechia,' zei de patholoog en ze wees naar het hoofd van Susanne. 'Het eerste slachtoffer had die niet.'

'Kleine, rode vlekjes rond de ogen of het gehemelte,' legde Alexandra uit.

'Ook geen krabsporen in de nek of schaafwonden op de knieën, heupen en rug. Er zijn microscopisch kleine plekjes gevonden in de vagina van Bertine maar die kunnen ook komen van vrijwillige seks. Kort samengevat, er zijn geen fysieke sporen bij ze gevonden die kunnen duiden op verkrachting.'

'Wat niet wil zeggen dat er geen sprake van is geweest,' voegde Alexandra eraan toe.

De patholoog keek Alexandra aan met een blik die Katrine deed vermoeden dat ze haar jongere obductiecollega nog het een en ander had te zeggen over de rolverdeling nadat de anderen waren vertrokken.

'Dus geen verwondingen,' zei Katrine. 'En geen sperma. Waarom zijn jullie er zo zeker van dat ze seks hebben gehad?'

'Condoom,' zei de obductietechnicus. Helge nog-wat, een aardige man die nog niets had gezegd en van wie Katrine instinctief had aangenomen dat hij onder aan de rangorde stond.

'Condoom?' zei Skarre.

'Ja,' zei Helge. 'Als we geen sperma vinden, zoeken we naar sporen van een condoom. We zoeken in de eerste plaats naar nonoxynol-9, dat is de stof in het glijmiddel, maar dit was duidelijk een type zonder glijmiddel. In plaats daarvan vonden we sporen van het fijne witte poeder op het condoom dat ervoor zorgt dat de latex niet aan elkaar kleeft. Nu is het zo dat de samenstelling van het poeder bij elke producent uniek is. Het poeder van het merk Bodyful was bij Susanne en Bertine hetzelfde.'

'Is dat een gebruikelijk merk?' vroeg Sung-min.

'Niet gebruikelijk, maar ook niet ongebruikelijk,' zei Helge. 'Het is natuurlijk heel goed mogelijk dat ze niet met dezelfde man seks hebben gehad, maar...'

'Ik begrijp het,' zei Sung-min. 'Bedankt.'

'Is het mogelijk uit de sporen af te leiden wanneer ze seks hadden?' vroeg Katrine.

'Nee,' zei de patholoog-anatoom beslist. 'Alles wat we hebben gezegd, minus de details over het condoompoeder, kunnen jullie vinden in het rapport dat is opgeslagen in de map van BL96. Oké?'

De stilte die viel werd doorbroken door de aarzelende stem van Helge: 'Misschien kunnen we het niet precies zeggen, maar...' Voor hij verderging wierp hij een snelle blik op de patholoog, alsof hij om toestemming vroeg. 'Je kunt ervan uitgaan dat de seks niet lang voordat ze stierven heeft plaatsgevonden. Wellicht na hun dood.'

'O, ja?'

'Als ze na de seks nog lang hebben geleefd dan zou het lichaam de sporen van het condoom hebben opgeruimd. In een levend lichaam gebeurt dat in een dag of drie. Maar sperma en poeder blijven in een dood lichaam langer achter. Het...' Hij slikte en lachte even. 'Ja, dat was het wel.'

'Verder nog vragen?' vroeg de patholoog. Ze wachtte een paar seconden voor ze in haar handen klapte. 'Nou, dan zeg ik als in de film: mochten er meer lijken opduiken, bel dan.'

Alleen Skarre lachte. Katrine wist niet of dat kwam doordat hij oud genoeg was om zich die film te herinneren of dat morbide humor alleen werkte zonder lijken erbij.

Ze voelde haar telefoon trillen en ze keek op de display.

HOOFDSTUK 21

Woensdag. The thrill begins.

Katrine moest flink aan het stuur van de meer dan vijftig jaar oude Volvo Amazon trekken toen ze afsloeg bij het Radiumhospital.

Ze stopte voor de lange man met baard.

Ze zag dat Harry aarzelde voordat hij het portier opentrok en instapte.

'Je hebt de auto gehouden,' zei hij.

'Bjørn was er zo op gesteld,' zei ze en ze klopte op het dashboard. 'En hij zorgde er goed voor. Hij rijdt als een tierelier.'

'Het is een oude barrel,' zei Harry. 'Die zijn levensgevaarlijk.'

Ze lachte. 'Denk je aan Gert? Rustig maar, ik gebruik deze alleen in de stad. Bjørns vader onderhoudt hem en... hij ruikt naar Bjørn.'

Ze zag wat hij dacht. Dit is de auto waarin Bjørn zichzelf heeft doodgeschoten. Ja, dat was zo. De auto waar Bjørn zo van had gehouden, hij was ermee de stad uit gereden en was langs een akker op Toten gestopt. Misschien een plek waar hij herinneringen aan had. Het was nacht en hij was op de achterbank gaan zitten. Sommigen dachten dat het was omdat zijn grote idool Hank Williams gestorven was op de achterbank van een auto, maar zij verdacht hem ervan dat hij de bestuurdersplaats niet wilde bevuilen. Omdat zij de auto nog steeds moest gebruiken. Jazeker, ze wist dat het idioot was. Maar als dit de straf was die ze zichzelf had opgelegd omdat ze een prima man had laten geloven dat het kind van hem was, een man die altijd goed was geweest, hoe erg was het dan? Hij had zielsveel van haar gehouden en twijfelde er altijd aan of ze werkelijk van hem hield, hij had zelfs botweg gevraagd waarom ze geen man had gekozen uit haar eigen kringen. Nee, dit was een straf die ze graag op zich nam.

'Fijn dat je zo snel kon komen,' zei hij.

'Ik was net in het gerechtelijk laboratorium. Waar gaat het om?'

'Ik heb begrepen dat mijn chauffeur niet nuchter is en ik moet ergens naartoe waar jij me kunt brengen.'

'Dat klinkt niet best. Waar wil je heen?'

'Naar de plaatsen delict,' zei hij. 'Ik wil ze zien.'

'Geen sprake van.'

'Vooruit. Wij hebben Bertine voor jullie gevonden.'

'Dat heb ik begrepen, maar ik heb duidelijk gezegd dat we tips niet belonen.'

'Dat klopt. Hangt er nog afzetlint?'

'Ja, maar nee, je mag er niet alleen naartoe.'

Harry keek haar met een vertwijfelde blik aan. Ze herkende de blik, herkende die verdomde blauwe ogen die nu wat feller waren dan gebruikelijk en het lichaam dat hij niet stil kon houden. Er zaten mieren onder zijn huid, het was een manie. Of was er meer aan de hand? Ze had hem nooit eerder zo opgejaagd gezien, alsof het in deze zaak om leven of dood ging. En dat was natuurlijk zo, maar toch niet zíjn leven of dood. Of wel? Nee, het was natuurlijk de manie. De manie dat hij móést jagen.

'Hm, breng me dan maar naar Schrøder.'

Of moest drinken.

Ze zuchtte en keek op haar horloge. 'Wat je wil. Is het goed dat ik Gert even ophaal uit de kinderopvang?'

Hij trok een wenkbrauw op. Hij wierp een blik op haar alsof hij haar ervan verdacht een geheime agenda te hebben. Het kon zijn dat ze die had, het was nooit verkeerd een man eraan te herinneren dat hij een kind had. Ze zette de auto in de versnelling en liet langzaam de humeurige koppeling opkomen, toen haar mobiel ging. Ze keek op de display en zette de auto weer in zijn vrij.

'Sorry, ik moet die nemen, Harry. Ja, met Bratt.'

'Heb je gelezen wat *Dagbladet* zojuist heeft geschreven?' Naar normale maatstaven gerekend klonk de commissaris niet eens erg geïrriteerd. Maar Katrine gebruikte de maatstaf van Bodil Melling en ze wist dat haar chef razend was.

'Als je bedoelt dat...'

'Het is zes minuten geleden op hun website verschenen, het is die Våge weer. Hij schrijft dat uit het obductieonderzoek is gebleken dat beide vrouwen seks hebben gehad kort voor of na hun dood en dat er een condoom werd gebruikt, waarschijnlijk om geen DNA achter te laten. Hoe weet hij dat, Bratt?'

'Dat weet ik niet.'

'Laat ik het dan voor je zeggen. Er is iemand die lekt naar Våge.'

'Het spijt me,' zei Katrine. 'Ik was niet duidelijk. Hóé, dat is duidelijk. Ik bedoel dat ik niet weet wíé lekt.'

'Wanneer ben je van plan dat uit te zoeken?'

'Moeilijk te zeggen, chef. Het opsporen van de moordenaar heeft nu mijn eerste prioriteit, het is goed mogelijk dat hij alweer op zoek is naar een volgend slachtoffer.'

Het werd stil aan de andere kant. Katrine sloot haar ogen en vloekte in zichzelf. Ze leerde het nooit.

'Ik heb zojuist Winter aan de lijn gehad en hij sluit uit dat het iemand bij Kripos is. Ik ben geneigd het met hem eens te zijn. Dus jij moet ervoor zorgen dat het lek nu zijn mond houdt, Bratt. Is dat duidelijk? Hierdoor zien we eruit als idioten. Ik bel de hoofdcommissaris voordat hijzelf vragen gaat stellen. Hou me op de hoogte.'

Melling had de verbinding verbroken. Katrine keek naar Harry's mobiel, die hij voor haar omhooghield. Het was de webpagina van *Dagbladet*. Ze las snel het commentaar van Våge:

'De vondst van Bertine wijst op een lustmoord, maar het onderzoek vandaag door het gerechtelijk laboratorium haalt geen streep door de theorie dat Markus Røed de dader kan zijn. De vastgoedmagnaat had een seksuele verhouding met Susanne Andersen en Bertine Bertilsen en is – voor zover de politie weet – nog steeds de enige persoon die de twee vrouwen met elkaar verbindt. Bronnen vertellen dat er onder de rechercheurs wordt gespeculeerd in hoeverre Røed de moorden zo heeft laten arrangeren dat ze eruitzien als lustmoorden.'

'Die vent is er echt op uit Røed kapot te maken,' zei Katrine.

'Doen jullie dat?'

'Doen we wat?'

'Speculeren of de moorden zo zijn gearrangeerd dat ze eruitzien als lustmoorden?'

Ze haalde haar schouders op. 'Niet dat ik heb gehoord. Ik wed dat het speculaties van Våge zelf zijn en dat hij doet alsof het de woorden zijn van de bron omdat hij weet dat we dat nooit kunnen checken.'

'Hm.'

Ze reden naar de snelweg.

'Wat denken jullie?' vroeg ze.

'Nou, de meerderheid denkt dat het om een seriemoordenaar gaat en dat de connectie tussen de vrouwen toevallig is.'

'Omdat?'

'Omdat Markus Røed een alibi heeft en een huurmoordenaar geen seks heeft met zijn slachtoffers. Wat denken jullie?'

Katrine keek in de spiegel. 'Oké, Harry, je krijgt iets van me. Wat Våge niet schrijft is dat een obductietechnicus hetzelfde condoompoeder bij beide vrouwen heeft gevonden. Dus het gaat om dezelfde dader.'

'Interessant.'

'Wat hij ook niet schrijft is dat de patholoog niet uitsluit dat de vrouwen zijn verkracht, hoewel daar geen duidelijk sporen van zijn gevonden. Dat gebeurt maar een op de drie keer. Kleine verwondingen bij slechts de helft van de verkrachtingen. Bij de andere gevallen treffen ze niets aan.'

'Denk je dat dit hier het geval is?'

'Nee, ik geloof dat hier sprake is van seks na de dood.'

'Hm. *The thrill begins with death.*'

'Wat?'

'Iets wat Aune zei. Bij de sadist begint de seksuele opwinding met lijden en stopt als het slachtoffer dood is.'

'Oké, nu heb je toch je beloning gekregen.'

'Bedankt, wat zeggen jullie over de voetafdrukken op de plaats delict?'

'Wie zegt dat er voetafdrukken waren?'

Harry haalde zijn schouders op. 'De plaatsen delict zijn in het bos, dus ik neem aan dat de grond zacht is. Het heeft de laatste weken bijna niet geregend, er moeten wel voetafdrukken zijn.'

'Hetzelfde patroon,' zei Katrine na een korte aarzeling. 'De voetafdrukken van het slachtoffer en de waarschijnlijke dader staan dicht bij elkaar alsof hij haar vasthield of bedreigde met een wapen.'

'Hm, misschien juist niet.'

'Wat bedoel je?'

'Misschien liepen ze met de armen om elkaar geslagen. Als een verliefd stelletje. Of twee mensen die seks gaan hebben.'

'Meen je dat?'

'Als ik iemand wil bedreigen, loop ik achter diegene.'

'Jij denkt dat de vrouwen de dader kenden?'

'Misschien, misschien niet. Waar ik niet in geloof, is toeval. Susanne verdween vier dagen na het feest bij Røed en Bertine een week later. Ze hebben de dader daar ontmoet. Er was daar een man van wie ik aanneem dat hij niet op de gastenlijst staat.'

'O?'

'Een man met een mondkapje, pet en zonnebril die cocaïne dealde.'

'Niemand heeft het over zo'n man gehad. Niet zo vreemd misschien want hij dealde dope aan de gasten,' zei Katrine.

'Of het komt doordat je de gezichtlozen snel vergeet. Hij dealde namelijk niet aan de gasten, maar deelde aan een paar mensen samples uit van wat volgens ons pure cocaïne was.'

'Hoe weet je dat?'

'Doet er niet toe. Wat belangrijk is, is het feit dat hij contact had met zowel Susanne als Bertine. Weet je of er andere gasten waren op het feest die met de vrouwen hebben gesproken?'

'Alleen Markus Røed.' Katrine zette haar richtingaanwijzer uit en keek weer in de spiegel. 'Jij denkt dat die man met beide vrouwen heeft gepraat en afgesproken heeft om samen een boswandeling te maken?'

'Ja, waarom niet?'

'Ik weet het niet, maar er klopt iets niet. Het is één ding dat Susanne meegaat met een man die ze ontmoet heeft op een feest voor een avontuurtje in het bos. Een man die samples cocaïne heeft uitgedeeld. Maar dat Bertine een week later vrijwillig met hem meegaat naar Skullerud, een man die ze niet kent terwijl er in de kranten heeft gestaan dat Susanne voor het laatst is gezien in Skullerud? Bertine weet dan al dat ze alle drie op hetzelfde feest zijn geweest. Nee, Harry, daar ga ik niet in mee.'

'Oké, waar ga je dan wel in mee?'

'Ik kan meegaan in een serieverkrachter.'

'Seriemoordenaar.'

'Absoluut. Snelle moord, necrofilie. Hersenen weggehaald, hoofd afgesneden, een lijk dat als een geslacht beest hangt. Dat noem ik een rituele moord uitgevoerd door een seriemoordenaar.'

'Hm,' zei Harry. 'Waarom condoompoeder?'

'Wat?'

'In zedendelicten zoek je meestal naar glijmiddel, niet naar poeder als je wilt weten of eventueel gebruik is gemaakt van een condoom. Dat klopt toch?'

'Ja, maar hij heeft geen glijmiddel gebruikt.'

'Precies, jij hebt bij Zedendelicten gewerkt. Is het niet zo dat serieverkrachters – degenen die slim genoeg zijn om een condoom om te doen – een glijmiddel gebruiken?'

'Jazeker, en dat maakt het makkelijker. Maar het gaat hier om criminele gekken, Harry, ze hebben geen script en wat jij doet is spijkers op laagwater zoeken.'

'Je hebt gelijk,' zei Harry. 'Maar ik heb nog steeds niets gehoord of gezien wat uitsluit dat Susanne en Bertine vrijwillig seks hadden met de dader vlak voor hij ze vermoordde.'

'Afgezien van het feit dat het erg... ongebruikelijk is. Toch? Jij bent hier de specialist op het gebied van seriemoordenaars.'

Harry wreef in zijn nek. 'Ja, het is ongebruikelijk. Moord na verkrachting is gebruikelijk, hetzij omdat het onderdeel is van de seksuele fantasie van de moordenaar, hetzij om te voorkomen dat hij gepakt wordt. Maar moord na vrijwillige seks komt slechts een heel enkele keer voor. Een narcist zou tot moord kunnen overgaan als hij vernederd wordt in verband met de daad, bijvoorbeeld als het hem niet lukt.'

'De sporen van het condoom duiden erop dat het hem wel gelukt is, Harry. Ik ben zo terug.'

Harry knikte. Ze waren gestopt aan het eind van de Hegdehaugsvei en hij keek Katrine na, die met snelle stappen naar de poort liep waarachter kinderen in overalls klaarstonden om opgehaald te worden.

Katrine verdween door de poort, maar na een paar minuten doken zij en Gert hand in hand weer op. Hij hoorde het geluid van een opgewonden kinderstem. Zelf was hij een stil kind geweest.

Het portier ging open.

'Hoi, Hally.' Gert leunde voorover en sloeg zijn armen om Harry's nek voordat Katrine hem in het kinderzitje zette.

'Hoi, ouwe rakker,' zei Harry.

'Ouwe lakkel?' zei Gert en hij keek zijn moeder vragend aan.

'Hij maakt een grapje,' zei Katrine.

'Jij glapje, Hally!' Gert lachte hartelijk en toen Harry in de spiegel keek, ging er een schok door hem heen toen hij iets bekends zag. Niet van zichzelf, niet van zijn vader, maar van zijn overleden moeder. Gert had de lach van zijn moeder.

Katrine ging achter het stuur zitten.

'Schrøder?' vroeg ze.

Harry schudde zijn hoofd. 'Ik stap uit waar jullie parkeren, de rest loop ik.'

'Naar Schrøder?'

Harry gaf geen antwoord.

'Ik heb na zitten denken,' zei ze. 'Ik heb besloten jou om een gunst te vragen.'

'O, ja?'

'Jij hebt vast gehoord van langlaufers en mensen die naar de Zuidpool zijn gegaan en nu veel geld verdienen met het houden van lezingen om mensen te inspireren?'

Door een golf deinde de boot naar Nesodden licht.

Harry keek rond. De passagiers om hem heen keken op hun telefoons, zaten met een headset op hun hoofd, lazen een boek of keken naar de Oslofjord. Op weg naar huis van het werk, de studie, winkelen in de stad. Niemand leek een uitstapje te maken met zijn geliefde.

Harry keek op zijn eigen telefoon, naar het laatste rapport van het gerechtelijk lab dat Truls had onderschept en naar hen had gemaild. Hij had het gelezen terwijl hij lunchte in het Radiumhospital nadat hij had ge-sms't met Katrine om te vragen of ze hem kon ophalen. Had hij last gehad van een slecht geweten door te doen alsof hij van niets wist toen ze vertelde over het onderzoek van de patholoog? Niet echt. Hij had bovendien niet hoeven doen of hij niets wist van het condoompoeder en de necrofilie, dat had niet in het rapport gestaan. En ook niet in Våges artikel. Våges informant was dus niet iemand die in het gerechtelijk lab was geweest want dan was die informatie wel naar buiten gekomen. Maar Våge had wel de bedenkingen van enkele rechercheurs besproken dat de moorden eruitzagen als lustmoorden om te verbergen wat die eigenlijk waren.

Condoompoeder.

Harry dacht na.

Hij toetste de T in.

'Ja?'

'Hoi, Truls, met Harry.'

'Ja?'

'Ik wil je niet te lang storen. Ik heb Katrine Bratt gesproken en het blijkt dat niet alles wat er in het gerechtelijk lab is ontdekt in het rapport terecht is gekomen.'

'O?'

'Ja, ze vertelde een detail waarover ze op het bureau vast discussie hebben, maar waar wij niets van weten.'

'Wat dan?'

Harry aarzelde. Condoompoeder.

'De tatoeage,' zei hij. 'De moordenaar heeft de Louis Vuitton-tatoeage die Bertine op haar enkel had eruit gesneden en de wond weer dichtgenaaid.'

'Net als de scalp van Susanne Andersen?'

'Yep,' zei Harry. 'Maar dat is niet belangrijk. Belangrijk is dat je iemand moet vinden die ons informeert over dergelijke zaken.'

'Zaken die niet in de rapporten komen? Dan moet ik met mensen gaan praten.'

'Hm, dat risico kunnen we niet nemen. Ik ging er niet van uit dat je hiervoor direct een oplossing hebt, maar kun je erover nadenken voordat we elkaar morgen weer spreken?'

Truls gromde. 'Oké.'

Ze hingen op.

Toen de boot aanmeerde, bleef Harry zitten kijken naar de mensen die aan wal stapten.

'Moet jij niet van boord?' vroeg de ticketverkoper die door de lege salon liep.

'Vandaag niet,' zei Harry.

'Nog eentje,' zei Harry wijzend naar zijn glas.

De barman trok een wenkbrauw op, maar pakte de Jim Beam-fles en schonk in.

Harry goot het goedje naar binnen. 'Nog eentje.'

'Zware dag?' vroeg de barman.

'Nog niet,' zei Harry, hij nam het glas mee en liep naar de bank waarop hij de Turboneger-vocalist had zien zitten. Hij voelde dat hij wat onvast ter been was. Op weg naar de bank liep hij langs een man die met de rug naar hem toe zat en zijn geurtje deed hem denken aan Lucille. Hij plofte neer op de bank. Het was vroeg in de avond, nog niet veel klanten. Lucille, waar zou zij nu zijn? In plaats van nog meer te drinken, kon hij naar zijn kamer gaan en de rapporten nogmaals doorlezen, zoeken naar fouten, sporen. Hij keek naar zijn glas. Zandloper. Het was nog vijf dagen en een paar uur voor hij weer faalde. Ja, dat was het verhaal van zijn leven. Verdomme, hij had niet veel mensen meer bij wie hij kon falen. Hij tilde het glas op.

Er was een man de bar binnengelopen die rondkeek. Hij kreeg Harry in het oog. Ze knikten kort en de man kwam op hem afgelopen. Hij ging in de stoel aan de andere kant van de glazen tafel zitten.

'Goedenavond, Krohn.'

'Goedenavond, Harry. Hoe gaat het?'

'Met het onderzoek? Goed.'

'Mooi, betekent dit dat jullie sporen hebben?'

'Nee, wat brengt je hier?'

De advocaat leek te willen reageren op zijn nee, maar bedacht zich. 'Ik heb gehoord dat je Helene Røed hebt gebeld omdat je met haar wil praten.'

'Klopt.'

'Ik wil je een paar dingen vertellen voor je dat gesprek hebt. Ten eerste is de relatie tussen haar en Markus de laatste tijd niet best. Dat kan om verschillende redenen zijn. Bijvoorbeeld…'

'…de verslaving van Markus?'

'Daar weet ik niets van.'

'Jawel, dat doe je wel.'

'Nou, ik denk meer aan het feit dat ze langzaam uit elkaar zijn gegroeid. En de aandacht die Markus de laatste tijd in de media krijgt, vooral in *Dagbladet*, heeft de zaak geen goed gedaan.'

'Wat wil je daarmee zeggen?'

'Helene is gestrest en ik kan het feit niet negeren dat ze waarschijnlijk zal proberen haar man in een kwaad daglicht te stellen. Zowel op het persoonlijke vlak als ook wat betreft zijn relatie met juffrouw Andersen en juffrouw Bertilsen. Niet dat dat veel zal veranderen aan de zaak, maar als dat in *Dagbladet* komt, zal dat niet prettig zijn voor mijn… of laten we zeggen, ónze cliënt.'

'Dus jij komt hierheen om te zeggen dat ik eventuele roddels niet mag doorspelen aan de pers?'

Krohn lachte even. 'Ik zeg alleen dat die Terry Våge alles zal gebruiken om Markus zwart te maken.'

'Omdat?'

Krohn haalde zijn schouders op. 'Het gaat om een oude geschiedenis. Er was een tijd dat Markus hier en daar investeringen deed omdat hij dat leuk vond. Hij was ook bestuursvoorzitter van de gratis krant waar Våge voor schreef. Toen de krant van de Raad voor de Journalistiek een proces aan de broek kreeg omdat Våge verzinsels had geschreven, ontsloeg het bestuur Våge. Dat had grote consequenties voor diens verdere leven en carrière en hij heeft Markus dat duidelijk nooit vergeven.'

'Hm, ik zal daar rekening mee houden.'

'Mooi.'

Krohn bleef zitten.

'Ja?' zei Harry.

'Ik begrijp dat je het niet wilt oprakelen, maar we hebben een geheim dat ons verbindt.'

'Je hebt gelijk,' zei Harry en hij nam het laatste slokje. 'Ik wil het niet oprakelen.'

'Uiteraard, ik wil alleen zeggen dat ik nog steeds vind dat we het juiste hebben gedaan.'

Harry keek hem aan.

'We hebben gezorgd dat de wereld werd verlost van een heel slechte man,' zei Krohn. 'Hij was weliswaar mijn cliënt…'

'…en onschuldig,' zei Harry snuivend.

'Aan de moord op je echtgenote, misschien. Maar hij was schuldig aan het kapotmaken van vele levens. Heel veel levens. Jonge, onschuldige mensen.'

Harry keek Krohn aan. Ze hadden er samen voor gezorgd dat de verkrachter Svein Finne werd vermoord en de schuld kreeg van de dood van Rakel. Krohns motief was geweest dat Finne hem en zijn gezin had bedreigd, Harry's motief was dat het nooit bekend zou worden wie Rakel eigenlijk had vermoord en waarom.

'Terwijl Bjørn Holm...' zei Johan Krohn. 'Hij was gewoon een goede man, een goede vriend, een goede echtgenoot. Dat is toch zo?'

'Jazeker,' zei Harry en hij voelde hoe zijn keel zich dichtsnoerde. Hij hield zijn glas op naar de bar om aan te geven dat het leeg was.

Krohn haalde diep adem en leek zich schrap te zetten. 'De reden dat Bjørn Holm de vrouw vermoordde van wie jij het allermeest hield in plaats van jou, was omdat dat voor hem de enige manier was om jou net zoveel te laten lijden als hij deed.'

'Genoeg nu, Krohn.'

'Wat ik wil zeggen, Harry, is dat hier hetzelfde aan de hand is. Terry Våge wil dat Markus Røed zal hangen op dezelfde manier als hij destijds. Hem laten voelen wat publieke vernedering betekent. Veel mensen gaan daar heel erg onder gebukt, weet je dat? Ze beroven zich van het leven. Ik heb zelf cliënten gehad die dat deden.'

'Markus Røed is geen Bjørn Holm, hij is geen goed mens.'

'Misschien niet, maar hij is onschuldig. In elk geval in deze zaak.'

Harry sloot zijn ogen. In elk geval in deze zaak, gonsde het in zijn hoofd.

'Een goede avond nog, Harry.'

Toen Harry zijn ogen opende was Johan Krohn opgestaan van zijn stoel en stond er een nieuw glas voor hem op tafel.

Hij probeerde langzaam te drinken, maar dat voelde zinloos, dus hij goot het in één keer naar binnen. Hij was er bijna, nog eentje te gaan.

Er kwam een vrouw binnen. Slank, rode jurk, donker haar en net zo'n rechte rug. Er was een tijd geweest dat hij Rakel overal zag. Dat was niet meer zo. Ja, hij zou dat gaan missen, zelfs de nachtmerries. Alsof ze zijn blik op haar blote rug voelde, draaide ze zich om en keek hem aan. Slechts een seconde of twee, toen draaide ze zich weer om naar de bar. Maar hij had het gezien. Een blik zonder interesse, misschien alleen medelijden. Een blik die had geregistreerd dat er op de bank een enorm eenzame ziel zat. Een eenzaamheid waarmee je niet besmet wilde raken.

Toen Harry in zijn bed kroop, kon hij zich niet herinneren hoe hij naar zijn kamer was gekomen. Zodra hij zijn ogen sloot begonnen de woorden in zijn hoofd rond te zingen.

Jou net zoveel te laten lijden als hij deed.

Onschuldig. In elk geval in deze zaak.

Zijn telefoon bromde en lichtte op in het donker. Hij draaide zich om en pakte hem van het nachtkastje. Het was een mms van een nummer dat begon met +52. Hij hoefde niet eens te gokken dat het uit Mexico kwam, de foto liet het gezicht van Lucille zien tegen een afgebladderde muur. Ze zag er ouder uit zonder make-up. Ze had de ene kant van haar gezicht naar de camera gedraaid, de kant die volgens haar het mooist was. Ze was bleek, maar lachte alsof ze degene naar wie de foto werd gestuurd wilde troosten. Het viel hem op dat het dezelfde milde, verontschuldigende blik was die hij bij zijn moeder had gezien toen ze met zijn broodtrommel in de deuropening van zijn klaslokaal had gestaan.

De tekst eronder was kort:

5 days, counting.

HOOFDSTUK 22

Donderdag. Schuld.

Het was vijf voor tien en Katrine en Sung-min stonden voor een zaal met ieder een beker koffie in hun hand. De anderen mompelden goedemorgen terwijl ze voorbijliepen en plaatsnamen voor de ochtendbriefing.

'Goed,' zei Sung-min. 'Dus Hole denkt dat de dader een cocaïnedealer is die op het feest was?'

'Zo klonk het wel,' zei Katrine en ze keek op haar horloge. Hij had gezegd dat hij hier op tijd zou zijn en nu was het al vier minuten voor tien.

'Als de cocaïne zo puur was heeft hij die misschien zelf gesmokkeld, samen met ander spul.'

'Wat bedoel je?'

Sung-min schudde zijn hoofd. 'Het zou kunnen. Er lag een eind van de plaats delict een lege zak van antiparasietenpoeder. Dat spul moet ook gesmokkeld zijn.'

'O?'

'Het is in Noorwegen verboden. Er zitten sterke gifstoffen in tegen een heleboel inwendige parasieten, ook de heel serieuze.'

'Serieuze?'

'Parasieten die honden kunnen doden en overdraagbaar zijn op mensen. Ik heb van een paar hondenbezitters gehoord dat ze die hebben opgelopen. Ze tasten je lever aan, heel onplezierig.'

'Jij wil zeggen dat de dader een hondenbezitter kan zijn?'

'Die zijn hond in de natuur antiparasietenpoeder geeft voordat hij zijn slachtoffer doodt en misbruikt? Nee.'

'Dus waarom...?'

'Ja, waarom? Omdat we elke strohalm aangrijpen. Heb je die Amerikaanse filmpjes weleens gezien waarin agenten van de verkeerspolitie op auto's aflopen die ze tot stoppen hebben gemaand omdat ze te hard reden of vanwege een kapot achterlicht? Hoe voorzichtig ze de auto naderen, alsof door het feit dat de bestuurder een verkeersregel heeft overtreden de kans dat ze met een zware crimineel te maken hebben enorm is gestegen?'

'Ja, ik weet waarom. Omdat het inderdaad de kans verhoogt dat ze te maken hebben met een zware crimineel. Daar is veel onderzoek naar gedaan.'

Sung-min lachte. 'Precies. Overtreding van regels. Zo zit het.'

'Oké,' zei Katrine en ze keek weer op haar horloge. Wat was er gebeurd? Ze had aan Harry's blik gezien dat het gevaar bestond dat hij ging drinken. Maar meestal hield hij zich wel aan zijn afspraken. 'Als je de zak hebt, lever die dan in bij het forensisch lab.'

'De zak lag wel een eind van de plaats delict,' zei Sung-min. 'In de omtrek van de plaats delict zullen vele spullen liggen die met een beetje fantasie te linken zijn aan de moord.'

Eén minuut voor tien.

De agent die ze naar de receptie had gestuurd om hem op te vangen kwam aangelopen. En achter hem torende een hoofd boven hem uit. Harry Hole. Hij zag er verkreukelder uit dan zijn kostuum en ze meende de drankkegel al van verre te kunnen ruiken. Katrine merkte hoe Sung-min zich naast haar automatisch oprichtte.

Katrine dronk het laatste slokje koffie op. 'Zullen we beginnen?'

'We hebben zoals jullie zien bezoek,' zei Katrine.

Het eerste deel van het plan werkte. De apathie van de gezichten voor haar verdween.

'Hij behoeft geen introductie, maar voor degenen onder jullie die hier nog erg nieuw zijn: Harry Hole is als rechercheur op de afdeling Geweld begonnen toen...' Ze keek Harry aan.

Hij trok een grijns in zijn baard. 'We nog in het stenen tijdperk leefden.'

Gegrinnik.

'Toen we nog in het stenen tijdperk leefden,' herhaalde Katrine. 'Hij heeft meegeholpen bij het oplossen van onze grootste zaken. Hij heeft lesgegeven aan de politieacademie. Hij is voor zover ik weet de enige Noor die in Chicago naar de specialistencursus van de FBI over seriemoordenaars is geweest. Ik wilde hem in ons team hebben, maar daarvoor kreeg ik geen toestemming.' Katrine keek naar haar onderzoeksteam. Het was waarschijnlijk slechts een kwestie van tijd voor Melling er lucht van kreeg dat ze Harry had uitgenodigd in het heilige der heiligen. 'Des te prettiger dat Markus Røed hem heeft ingehuurd om de moorden op Susanne en Bertine op te lossen, dat betekent dat er meer expertise beschikbaar is, alhoewel dat niet te danken is aan onze chefs.' Ze zag Sung-mins mild waarschuwende en Magnus Skarres razende blik.

'Ik heb Harry uitgenodigd met de vraag of hij ons een wat algemene kijk kan geven op deze moorden en onze vragen wil beantwoorden.'

'Eerste vraag!' Het was Skarre. Zijn stem trilde van ergernis. 'Waarom moet iemand ons komen vertellen over seriemoordenaars? Dat is iets van de televisie. Twee moorden door dezelfde dader betekent nog niet dat...'

'Jawel.' Harry stond op de eerste rij op van zijn stoel, maar zonder zich om te draaien naar de toehoorders. Hij leek een ogenblik heen en weer te zwaaien alsof de bloeddrukdaling hem duizelig maakte, maar toen stond hij stabiel. 'Jawel, het gaat hier wel om een seriemoordenaar.'

Het was volkomen stil in de zaal toen Harry met grote, langzame passen naar het bord liep voor hij zich omdraaide naar zijn publiek. De woorden kwamen eerst langzaam, toen steeds sneller, het leek of zijn mond moest wennen aan het toerental. 'Simpel gezegd is de definitie van de FBI voor het begrip seriemoordenaar: illegale moord op twee of meer personen uitgevoerd door een en dezelfde persoon op verschillende tijdstippen.' Hij keek Skarre strak aan. 'Maar ook al vallen deze zaken onder het begrip seriemoordenaar, dat betekent nog niet dat de dader voldoet aan jouw voorstelling van een seriemoordenaar die jij in televisieseries hebt gezien. Hij hoeft geen psychopaat, sadist of seksverslaafde te zijn. Hij kan een relatief normaal persoon zijn zoals jij en ik met een heel banaal motief, geld bijvoorbeeld. Eigenlijk is dat het gebruikelijkste motief bij seriemoordenaars in Amerika. Een seriemoordenaar hoeft helemaal niet iemand te zijn die luistert naar innerlijke stemmen of die een onbedwingbare drang heeft om steeds opnieuw te moorden. Maar mogelijk is dat bij hem wel het geval. Ik zeg "hem" want seriemoordenaars zijn, enkele uitzonderingen daargelaten, altijd een man. De vraag is of we hier te maken hebben met zo'n seriemoordenaar.'

'De vraag is,' zei Skarre, 'wat jij hier doet als je voor een particuliere opdrachtgever werkt. Waarom moeten wij geloven dat jij ons wil helpen?'

'Nou, waarom zou ik jullie niet willen helpen, Skarre? Mijn opdracht is ervoor te zorgen – of in elk geval de kans te vergroten – dat deze zaak wordt opgelost. Niet dat ik dat per se moet doen. Ik zie aan je dat je het moeilijk vindt het concept zomaar te accepteren, Skarre, dus laat ik het even illustreren. Als het mijn opdracht is om mensen te redden uit een brand en een huis staat in lichterlaaie, wat doe ik dan? Gebruik ik mijn emmer water of bel ik de brandweer die om de hoek zit?'

Katrine wist een lach te verbergen, maar ze zag dat Sung-min dat niet deed.

'Oké,' zei Harry. 'Jullie zijn de brandweer en ik heb jullie aan de telefoon. Het is mijn taak om jullie te informeren waar de brand is. En aangezien ik toevallig het een en ander weet over branden, vertel ik wat er zo speciaal is aan deze brand. Oké?'

Katrine zag dat er hier en daar werd geknikt. Sommigen knikten naar elkaar, maar niemand protesteerde.

'Laat ik direct zeggen wat er zo speciaal is aan deze zaak,' zei Harry. 'Dat zijn de hoofden. Of preciezer: de ontbrekende hersenen. De vraag is – zoals altijd – waarom? Waarom het hoofd afhakken en de hersenen verwijderen? Nou, in sommige gevallen is het antwoord simpel. In het Oude Testament komt de arme Joodse vrouw Judith voor die haar dorp redt van belegering door de generaal van de vijand te verleiden en zijn hoofd af te hakken. De reden dat ze hem niet alleen doodt, maar ook het hoofd toont is dat ze macht laat zien, de vijand afschrikt, die in dat geval ook vlucht. Een rationele handeling dus, met een motief dat in de krijgsgeschiedenis bekend is en waarmee we nog steeds geconfronteerd worden door terroristen die filmbeelden verspreiden van het afhakken van hoofden. Maar het is moeilijk voor te stellen dat onze dader het nodig vindt mensen af te schrikken. Toch? Dus waarom? In stammen van koppensnellers – of in elk geval in de mythes over hen – willen ze het hoofd van de slachtoffers hebben als trofee of voor het verjagen van boze geesten. Eventueel de geesten gunstig te stemmen. Stammen in Nieuw-Guinea dachten dat ze de ziel van het slachtoffer kregen als het hoofd werd afgehakt. En nu komen we misschien bij waar we willen wezen.'

Katrine merkte dat hoewel Harry op een neutrale, haast vlakke toon sprak, zonder mimiek of theatrale gebaren, hij de volle aandacht had.

'De geschiedenis van seriemoordenaars zit vol afgehakte hoofden. Ed Gein hakte de hoofden van zijn slachtoffers af en zette ze op bedstijlen. Ed Kemper hakte het hoofd van zijn moeder af en had er seks mee. Maar mogelijk heeft onze zaak meerdere parallellen met de seriemoordenaar Jeffrey Dahmer, die in de jaren tachtig meerdere mannen en jongens vermoordde. Hij ontmoette ze op feesten en in uitgaansgelegenheden, hij voerde ze dronken of gaf ze dope. Dat kan ook in onze zaak het geval zijn geweest, daar kom ik nog op terug. Daarna nam Dahmer zijn slachtoffers mee naar huis. Hij doodde ze, meestal door verwurging terwijl ze onder invloed waren. En hij had seks met de lijken. Hakte ze in stukken. Boorde gaten in hun schedel en goot er diverse vloeistoffen in, waaronder zoutzuur. Hakte het hoofd af en at bepaalde lichaamsdelen op. Aan zijn psychologen vertelde hij later dat hij de schedels behield omdat hij vreesde voor afwijzing en dat hij er op deze manier zeker van was dat ze hem nooit zouden verlaten. Daarin zie je parallellen met de verzamelaars van zielen op Nieuw-Guinea. Maar Dahmer ging verder, hij verzekerde zich ervan dat de slachtoffers bij hem bleven door ze op te eten. De psychologen stelden overigens vast dat Dahmer in juridische zin niet ontoerekeningsvatbaar was, zij meenden dat hij slechts een persoonlijkheidsstoornis had. Zoals de meeste mensen hebben en waarmee ze prima kunnen leven. Met andere woorden: Dahmer was iemand die in deze groep kan zitten en we zouden hem niet verdenken. Nog vragen? Ja, Larsen?'

'Onze dader nam het hoofd van Susanne niet mee, maar de hersenen. Bij Bertine heeft hij het hoofd en de hersenen gehouden. Is hij uit op de hersenen? En zou hij ze zien als trofeeën?'

'Hm, we maken een onderscheid tussen trofeeën en souvenirs. Trofeeën worden gezien als een symbool van overheersing van het slachtoffer en vaak is dat het hoofd. Souvenirs dienen als herinneringen aan de seksuele daad en voor seksuele bevrediging. Ik heb niet gehoord dat hersenen daarvoor worden gebruikt. Maar als je conclusies moet trekken uitgaande van wat we weten over seksueel gemotiveerde, psychopathische seriemoordenaars dan zijn er allerlei oorzaken te vinden voor wat ze doen, net zoals dat voor iedereen geldt. Daarom kan je niet spreken van een gemeenschappelijk patroon van gedragingen, in elk geval niet in detail, en kunnen we niet de volgende stap voorspellen. Afgezien van één ding dat wel met grote zekerheid te voorspellen is.'

Katrine wist dat het geen kunstmatige pauze was, het was gewoon dat Harry adem moest halen en tegelijkertijd wat stabieler wilde gaan staan.

'Dat ze weer toe zullen slaan.'

In de stilte die volgde hoorde Katrine op de gang snelle voetstappen naderen. Ze herkende het geluid, ze wist van wie ze waren. Mogelijk hoorde Harry ze ook en wist hij dat zijn tijd bijna om was. Hij verhoogde in elk geval het tempo: 'Ik geloof niet dat deze persoon uit is op hoofden, maar wel op de hersenen van het slachtoffer. Dat hij het hoofd van Bertine heeft afgehakt, betekent alleen dat hij de methode heeft verfijnd, iets wat typerend is voor de klassieke, psychopathische seriemoordenaar. Hij heeft de vorige keer geleerd dat het veel tijd kost om de hersenen uit de schedel te halen en dat hij daarmee een risico loopt. Bovendien zag hij na het dichtnaaien van de schedel dat het hoe dan ook zou worden ontdekt. Als hij niet wil dat we begrijpen dat hij de hersenen wil hebben dan moet hij het hele hoofd meenemen. Ik geloof niet dat hij Bertine door verwurging heeft gedood omdat hij wilde dat de politie dacht dat het om een andere dader ging dan bij Susanne. Als dat belangrijk was geweest dan zou hij niet beide keren voor Skullerud hebben gekozen en zou hij beide lijken niet achtergelaten hebben met ontbloot onderlijf. De veranderde moordmethode was puur van praktische aard.

Hij kreeg bloed op zijn kleren bij het doden van Susanne, dat kun je zien aan de bloedspetters. Bloed op zijn handen, gezicht en kleren zou betekenen dat hij zou opvallen als hij onderweg iemand tegenkwam. Hij moest bovendien zijn kleren weggooien, zijn auto wassen enzovoorts.'

De deur ging open. Het was inderdaad Bodil Melling. Ze ging met gekruiste armen bij de deur staan en wierp een blik op Katrine die weinig goeds beloofde.

'Dat was ook de reden dat hij haar meenam naar een meertje. Hij kon bloedspetters voorkomen door haar hoofd onder water te houden terwijl hij het afsneed. Zo bekeken is de seriemoordenaar net als ieder mens. We worden beter naarmate we het vaker doen. In dit geval is dat slecht nieuws voor wat er nog gaat komen.' Harry keek naar Bodil Melling. 'Of hoe denkt de commissaris hierover?'

Ze vertrok haar mondhoeken alsof ze wilde lachen. 'Wat er gaat komen, is dat jij deze ruimte onmiddellijk verlaat, Hole. Daarna zullen we intern bespreken wat we vinden van het binnenhalen van een onbevoegde.'

Katrine voelde hoe haar keel werd dichtgesnoerd door een mix van schaamte en woede. 'Ik begrijp je zorgen, Bodil. Maar Hole heeft uiteraard niets te horen gekregen over...'

'Zoals gezegd,' onderbrak Bodil Melling haar, 'we handelen dat intern af. Loopt iemand even met Hole mee naar de uitgang? Bratt, jij gaat met mij mee.'

Katrine wierp een wanhopige blik op Harry, die zijn schouders ophaalde. Daarna volgde ze Bodil Melling terwijl ze luisterde naar de staccato-hakken op de vloer.

'Eerlijk, Katrine,' zei Melling toen ze in de lift stonden. 'Ik heb je nog zo gezegd: haal die Hole niet binnen. En je doet het toch.'

'Ik mocht hem niet als lid van het team aanstellen. Prima, maar nu was hij hier als consulent, als iemand die zijn ervaring deelt en info geeft zonder daar iets voor terug te vragen. Geen geld en geen informatie. Ik zie dit als iets wat ik als onderzoeksleider mag doen.'

De lift pingde dat ze er waren.

'O, zie je dat zo?' zei Melling en ze stapte uit de lift.

Katrine haastte zich achter haar aan.

'Heeft iemand jou op de hoogte gebracht van de aanwezigheid van Harry?'

Melling lachte zuur. 'Ging het maar om een dergelijk verantwoordelijk lek waar we ons zorgen om moesten maken.'

Melling liep haar kamer in. Aan de kleine vergadertafel zaten Ole Winter en politiewoordvoerder Kedzierski met een kop koffie en *Dagbladet* voor zich.

'Goedemorgen, Bratt,' zei de leider van Kripos.

'We hebben het hier over het lek in deze dubbele moordzaak,' zei Melling.

'Zonder mij?' zei Katrine.

Melling zuchtte, ging zitten en gebaarde dat Katrine dat ook moest doen. 'Zonder iemand erbij die theoretisch gezien het lek zou kunnen zijn. Geen reden om dat persoonlijk op te vatten. Maar nu kunnen we het net zo goed met jou doornemen. Ik neem aan dat je hebt gezien wat Våge vandaag heeft geschreven?'

Katrine knikte.

'Het is een schandaal,' zei Winter hoofdschuddend. 'En niets minder. Våge kent details uit het onderzoek die maar op één manier verkregen kunnen zijn en dat is uit het team. Ik heb mijn mensen die aan de zaak werken gecheckt en zij hebben er niets mee te maken.'

'Hoe heb je dat gecheckt?' vroeg Katrine.

Winter antwoordde niet, maar schudde nog steeds zijn hoofd. 'En nu, Bratt, nodig je de concurrent ook nog eens uit?'

'Jij concurreert misschien met Hole, ik niet,' zei Katrine. 'Is er ook koffie voor mij?'

Melling keek haar verbluft aan.

'Maar terug naar het lek,' zei Katrine. 'Kun je me tips geven hoe ik mijn medewerkers moet checken, Winter? Afluisteren? Lezen van hun mails? Verhoren met behulp van Chinese watermarteling?'

Winter keek naar Melling alsof hij een appèl deed op haar gezonde verstand.

'Maar ik heb iets anders gecheckt,' zei Katrine. 'Ik heb de artikelen teruggelezen en gecontroleerd wat Våge wel en niet weet. Het blijkt dat alles wat hij kennelijk van een van onze rechercheurs gehoord zou kunnen hebben en wat hij heeft gepubliceerd, in de rapporten staat die zijn opgeslagen in BL. Dat betekent dat het lek bij iedereen kan zitten die op het hoofdbureau werkt en toegang heeft tot de files. Helaas registreert het systeem niet wie toegang heeft gekregen en welke files geopend worden.'

'Dat klopt niet!' zei Winter.

'Jawel,' zei Katrine. 'Ik heb met de verantwoordelijken van de IT-afdeling gesproken.'

'Ik bedoel dat alles wat Våge schrijft ook in de rapporten staat.' Hij rukte de krant op tafel naar zich toe en las hardop: 'De politie heeft nagelaten meerdere groteske details openbaar te maken, bijvoorbeeld dat Bertine Bertelsens enkeltatoeage werd weggesneden en de wond is dichtgenaaid.'

Winter smeet de krant weer op tafel. 'Dat staat in geen enkel rapport!'

'Dat mag ik hopen,' zei Katrine. 'Want dat is niet zo. Våge verzint maar wat. En er is een grens aan waar we de schuld van krijgen of niet, Winter?'

'Bedankt, Anita,' zei Harry met zijn ogen op de halve liter gericht die de oudere serveerster zojuist voor hem had neergezet.

'Hoe dan ook,' verzuchtte Anita als een vervolg op wat ze dacht en niet had gezegd, 'het is goed je te zien.'

'Wat is er met haar aan de hand?' vroeg Truls, die in Schrøder al aan de tafel bij het raam had gezeten toen Harry op de afgesproken tijd binnenkwam.

'Ze houdt er niet van me alcohol te schenken,' zei Harry.

'Dan is Schrøder niet de juiste werkplek voor haar,' lachte Truls grommend.

'Misschien niet.' Harry tilde de halve liter op. 'Misschien heeft ze gewoon geld nodig.' Hij zette het glas aan zijn lippen en dronk terwijl hij Truls in het oog hield.

'Wat wil je?' vroeg Truls en Harry zag dat een spiertje onder zijn ene oog samentrok.

'Wat denk je?'

'Ik weet het niet. Gokken?'

'Misschien. Wat zeg je hiervan?' Harry trok *Dagbladet* uit zijn jaszak en legde het voor Truls.

'Waarvan?'

'Wat Våge schrijft over de tatoeage van Bertine. Dat die is weggesneden en de wond is dichtgenaaid.'

'Wat ik daarvan denk? Ik denk dat hij goedgeïnformeerd is. Dat is natuurlijk ook zijn werk.'

Harry zuchtte. 'Ik wil niet dat ik het uit je moet trekken, Truls. Ik geef je nu de kans het te zeggen voordat ik het doe.'

Truls legde zijn handen op het tafelkleed met gaten, naast de papieren servetten. Hij had niets besteld en wilde dat ook niet. Zijn handen waren rood tegen de witte servetten, ze leken wel opgezwollen. Alsof ze zouden leeglopen als Harry er met een speld in prikte. Truls stak zijn voorhoofd naar voren en dat had een donkerrode kleur gekregen als de duivel in een tekenfilm.

'Geen idee waar je het over hebt,' zei Truls.

'Jij bent het. Jij voorziet Terry Våge van informatie.'

‘Ik? Ben je gek? Ik zit niet eens in het onderzoeksteam.’

‘Jij geeft Våge informatie op dezelfde manier als je dat bij ons doet, je leest de rapporten zodra die opgeslagen zijn in BL96. Dat deed je al voordat ik contact met je opnam, het is niet zo vreemd dat je instemde met mijn aanbod. Je krijgt dubbel betaald voor hetzelfde werk. Ja, Våge zal je wel meer zijn gaan betalen nu je hem ook rapporteert over de bijeenkomsten van de Aune-groep.’

‘Wel verdomme! Ik heb nooit...’

‘Hou je bek, Truls.’

‘De duivel moge je halen! Ik heb geen zin...’

‘Hou je bek! En zit!’

Het werd stil rond de andere tafels. Mensen staarden niet naar hen, hadden hun blikken op de halve liters gericht en keken vanuit hun ooghoek. Harry had zijn hand op die van Truls gelegd en drukte die zo stevig tegen het tafelblad dat Truls wel moest gaan zitten. Harry leunde voorover en zei zacht: ‘Zoals gezegd, ik wil het niet uit je trekken, maar ik zeg je hoe het zit. Ik kreeg verdenkingen toen Våge schreef dat de onderzoekers speculeerden over de mogelijkheid dat Røed de moorden had besteld en wilde dat ze eruitzagen als lustmoorden. Dat was iets waarover we het in de Aune-groep hadden en het was zo *out of the box*-denken dat ik bij Katrine checkte of zij het daar ook over hadden gehad. Dat was niet het geval. Daarom heb ik dat met die tatoeage van Bertine en het dichtnaaien verzonnen en heb ik dat aan jou en jou alleen verteld. Ik zei dat iedereen op het bureau het wist, dus je kon je veilig voelen om het verder te vertellen zonder dat jij in gevaar kwam. En inderdaad, het duurde niet lang of Våge had het gepubliceerd. Zo zit het, Truls.’

Truls Berntsen staarde uitdrukkingsloos voor zich uit. Hij greep het papieren servet, verfrommelde het zoals hij dat ook had gedaan met het wedformulier op de Bjerkebaan.

‘Oké,’ zei Truls. ‘Ik heb wat informatie verkocht. En jullie kunnen verrekken, er is niets aan de hand. Våge heeft nooit iets gekregen wat het onderzoek zou kunnen schaden.’

‘Dat denk jij, Truls, maar genoeg hierover.’

'Ja, inderdaad, genoeg hierover, ik ga. Adios. Neem het geld van Røed aan en veeg er je kont mee af.'

'Blijf zitten, jij.' Harry grijnsde. 'Bedankt, maar het toiletpapier in The Thief is uitstekend. Zo zacht dat je zin hebt je nog een keer te ontlasten. Heb jij dat gevoel weleens gehad?'

Truls Berntsen leek de vraag niet te begrijpen, maar bleef zitten.

'Nu krijg je de kans je nog één keer te ontlasten,' zei Harry. 'Jij vertelt Våge dat je geen toegang meer hebt tot BL96, dat hij zichzelf nu maar moet redden. Je zegt me hoe groot jouw gokschuld is. En je vertelt vanaf nu aan niemand iets over de besprekingen in de Aune-groep.'

Truls staarde Harry verward aan. Hij slikte en knipperde een paar maal met zijn ogen.

'Driehonderdduizend,' zei hij uiteindelijk. 'Afgerond.'

'Hm, dat is nogal wat. Deadline?'

'Allang verstreken. De rente loopt op, mag je wel zeggen.'

'Wrede schuldeisers?'

Truls snoof. 'Ze dreigen niet alleen met de nijptang, maar met allerlei gereedschap. Ik moet de hele tijd over mijn schouder kijken, je zou eens moeten weten hoe klote dat is.'

'Ja, dat zou ik eens moeten weten,' zei Harry en hij sloot even zijn ogen. Vannacht had hij over schorpioenen gedroomd. Ze kwamen onder de deur door, uit de vloerplanken, door kieren in het raam en uit de stopcontacten gekropen. Hij keek naar zijn halve liter. Hij had zich verheugd op de komende uren, maar die ook gevreesd. Gisteren was hij stomdronken geweest en vandaag zou hij dat ook worden. Het was nu officieel een terugval. 'Oké, Truls, ik zal zorgen dat je het geld krijgt. Morgen, oké? Jij betaalt me terug wanneer je dat kan.'

Truls Berntsen knipperde nog steeds met zijn ogen. Die nu vochtig leken.

'Waarom...?' begon hij.

'Ga nu niet ontroerd lopen doen,' zei Harry. 'Het is niet omdat ik je mag, maar omdat ik je kan gebruiken.'

Truls staarde Harry aan om te zien of hij een grapje maakte of niet.
Harry tilde zijn halve liter op. 'Nu mag je gaan, Berntsen.'

Het was acht uur 's avonds.

Harry's hoofd hing naar beneden. Hij stelde vast dat hij op een stoel zat en dat er braaksel op zijn pak zat. Iemand had iets gezegd. En nu klonk de stem weer.

'Harry?'

Hij tilde zijn hoofd op. De kamer draaide en de gezichten zwommen. Maar toch herkende hij ze. Hij kende ze al jaren. Goede gezichten. De Aune-groep.

'Het is niet noodzakelijk nuchter te zijn tijdens deze bijeenkomsten,' zei de stem. 'Maar het zou wel fijn zijn als je iets kan zeggen. Kan je dat, Harry?'

Harry slikte. Nu herinnerde hij zich de afgelopen uren. Hij had willen drinken en drinken tot er niets meer was. Geen alcohol, geen pijn, geen Harry Hole. Niet al die stemmen in zijn hoofd die om hulp riepen en die hij niet kon helpen. De klok tikte harder en harder. Hij wilde ze verdrinken in alcohol, alles loslaten, de tijd laten verstrijken. Falen, falen. Alleen daarvan wist hij hoe dat moest. Dus waarom had hij in plaats daarvan zijn mobiel gepakt, dit nummer gebeld en was hij hierheen gegaan?

Nee, het was niet de Aune-groep die op stoelen in een cirkel om hem heen zat.

'Hoi,' zei hij en zijn gruisstem klonk als een ontspoorde trein. 'Ik heet Harry en ik ben alcoholist.'

HOOFDSTUK 23

Vrijdag. De gele boomstam.

'Zware nacht gehad?' vroeg de vrouw die de deur openhield voor Harry.

Helene Røed was kleiner dan hij had gedacht. Ze droeg een strakke spijkerbroek en een zwarte coltrui. Haar blonde haren werden bijeengehouden door een eenvoudige haarband. Hij stelde vast dat ze net zo knap was als op de foto's.

'Is dat zo goed te zien?' zei hij terwijl hij naar binnen stapte.

'Zonnebril op om tien uur 's ochtends?' zei ze en ze ging hem voor de ruime flat in. 'En je kostuum is te mooi om er zo uit te zien,' zei ze over haar schouder.

'Bedankt,' zei Harry.

Ze lachte en bracht hem naar een grote ruimte met de zitkamer en open keuken met kookeiland.

Het daglicht stroomde van alle kanten binnen. Beton, hout, glas. Hij nam aan alles van de beste kwaliteit.

'Koffie?'

'Graag.'

'Ik zou kunnen vragen wat voor koffie, maar je ziet eruit als iemand die alles drinkt.'

'Alles,' zei Harry met een scheef lachje.

Ze drukte op een knop van de glanzende, metalen espressomachine die aan de gang ging met het malen van koffiebonen terwijl zij de filterhouder onder de kraan afspoelde. Harry liet zijn blik glijden over de zaken die met magneten op de dubbele koelkastdeuren waren gehangen. Een kalender, twee foto's van paarden, een entreekaartje met het logo van het Nationaltheater.

'Ga je morgen naar *Romeo en Julia*?'

'Ja, een fantastische voorstelling. Ik was met Markus naar de première. Niet dat hij geïnteresseerd is in toneel, maar hij is sponsor dus we hebben veel vrijkaartjes gekregen. De meeste kaartjes heb ik uitgedeeld op het feest, ik vind dat de mensen het stuk moeten zien, maar ik heb er nog een stuk of drie liggen. Heb je *Romeo en Julia* gezien?'

'Ja, in zekere zin. De filmversie.'

'Maar dan moet je ook deze gaan zien.'

'Ik...'

'Ja, echt! Wacht even.'

Helene Røed verdween en Harry liet zijn ogen over de rest van de koelkastdeuren gaan.

Foto's van twee kinderen met hun ouders tijdens een vakantie, leek het. Harry nam aan dat het om peetkinderen van Helene ging. Geen foto's van Helene zelf of van Markus, ook niet van hen samen. Hij liep naar de ramen die van vloer tot plafond liepen. Uitzicht over Bjørvika en de Oslofjord, alleen het Munch-museum versperde het uitzicht. Hij hoorde Helene met snelle passen terugkeren.

'Het spijt me van het museum,' zei ze en ze gaf Harry twee kaartjes. 'We noemen het Tsjernobyl. Het lukt niet alle architecten om een heel stadsdeel te verpesten met een gebouw, maar estudio Herreros heeft het voor elkaar gekregen.'

'Hm.'

'Begin maar te vertellen waarom je hier bent gekomen, Hole, ik ben goed in staat twee dingen tegelijk te doen.'

'Oké. Ik zou allereerst willen dat je me vertelt over het feest. Over Susanne en Bertine natuurlijk, maar vooral over degene die met de cocaïne kwam.'

'Juist,' zei ze. 'Jij weet van hem.'

'Ja.'

‘Ik neem aan dat niemand in de gevangenis belandt als er coke op een tafel ligt?’

‘Nee, bovendien ben ik niet van de politie.’

‘Is ook zo. Jij bent een van de jongens van Markus.’

‘Ook dat niet.’

‘O, ja, Krohn heeft me verteld dat je een vrij man bent, maar je weet hoe het zit. Wie betaalt, die bepaalt.’ Ze lachte, maar er was een vleugje grimmige verachting in die lach en Harry was er niet zeker van of die gericht was op hem of op degene die betaalde. Of mogelijk op haarzelf.

Terwijl ze koffie maakte, vertelde Helene Røed over het feest. Harry stelde vast dat wat ze vertelde overeenstemde met wat haar echtgenoot en Øystein erover hadden gezegd. De man met de groene cocaïne was uit het niets opgedoken en op het dakterras naar haar en Markus toe gekomen. Misschien dat hij een *gatecrasher* was, hij was niet de enige geweest.

‘Hij droeg een mondkapje, een zonnebril en een grote pet, dus hij zag er tamelijk *dodgy* uit tussen al de gasten. Hij stond erop dat Markus en ik een sample van hem probeerden, maar ik zei dat dat onmogelijk was, dat Markus en ik elkaar hadden beloofd dat spul nooit meer aan te raken. Een paar minuten later ontdekte ik dat Markus en een paar andere gasten waren verdwenen. Ik was achterdochtig, een van de mannen die opdoken op het feest was Markus’ cocaïnedealer geweest. Ik liep onze flat in en het was zo pathetisch...’

Ze sloot haar ogen en legde haar hand tegen haar voorhoofd. ‘Daar stond Markus gebogen over tafel met dat stomme rietje al in zijn neus. Recht in mijn gezicht verbrak hij de belofte. Helaas voor hem zorgde zijn cocaïneneus ervoor dat hij moest niezen en alles vloog in de lucht.’ Ze opende haar ogen weer en keek Harry aan. ‘Ik zou wensen dat ik erom had kunnen lachen.’

‘De dealer met het mondkapje probeerde het spul bij elkaar te vegen om nog een lijntje voor Markus te kunnen leggen, begreep ik.’

‘Ja, inderdaad. Of misschien wilde hij gewoon opruimen. Hij veegde immers Markus’ snot van tafel.’ Ze knikte naar de grote glazen tafel voor de bank in de woonkamer. 'Kennelijk wilde hij een goede indruk maken, hoopte hij dat Markus een vaste klant zou worden. Wie wil dat niet? Je hebt misschien gemerkt dat Markus niet het type is dat probeert af te dingen. Hij geeft er de voorkeur aan eerder meer dan minder te betalen, dat geeft hem een gevoel van macht. Of beter gezegd, dat geeft hem macht.'

'Jij bedoelt dat macht belangrijk is voor hem?'

'Is dat niet bij iedereen het geval?'

'Nou, voor mij niet. Pure zelfanalyse trouwens.'

Ze waren aan de eettafel tegenover elkaar gaan zitten. Helene Røed keek Harry aan alsof ze de situatie beoordeelde. Beoordeelde hoeveel ze hem kon vertellen. Hém beoordeelde.

'Waarom heb je een metalen vinger?' vroeg ze knikkend naar zijn hand.

'Omdat een man de vinger die ik had heeft afgesneden. Dat is een lang verhaal.'

Ze keek niet weg. 'Je ruikt naar een oude alcoholist,' zei ze. 'Naar braaksel.'

'Het spijt me. Ik voelde me gisteren niet best en ik heb nog geen andere kleren kunnen kopen.'

Ze glimlachte flauwtjes. 'Weet je wat het verschil is tussen een innemende man en een aantrekkelijke man, Harry?'

'Nee. Wat dan?'

'Ik vroeg dat omdat ik het niet weet.'

Harry keek haar aan. Flirtte ze?

Ze richtte haar blik op de muur achter hem. 'Weet je wat ik aantrekkelijk vond aan Markus? Afgezien van zijn naam en vermogen.'

'Nee.'

'Dat hij ook aantrekkingskracht op anderen had. Is dat niet vreemd? Dat mijn gevoel daardoor versterkt werd?'

'Ik begrijp wat je bedoelt.'

Ze schudde vertwijfeld haar hoofd. 'Markus heeft maar één talent. Hij kan het signaal uitzenden dat hij degene is die bepaalt. Hij is die jongen, of dat meisje, op school die zonder dat iemand weet waarom, de leiding neemt en bepaalt wie bij de groep hoort en wie niet. Als je net als Markus op de sociale troon zit dan heb je macht en macht genereert macht. Er is niets, absoluut niets wat aantrekkelijker is dan macht. Begrijp je, Harry? Het is geen berekenend opportunisme dat maakt dat vrouwen vallen voor macht, het is puur biologie. Macht is sexy, punt.'

'Oké,' zei Harry. Ze flirtte waarschijnlijk niet.

'Als je, net als Markus, geleerd hebt van macht te houden dan ben je doodsbang die te verliezen. Markus kan goed met mensen omgaan, maar dat is omdat zijn familie en hij macht hebben. Eigenlijk wordt hij meer gevreesd dan geliefd. En dat kwelt hem. Want het is belangrijk voor hem dat hij geliefd is. Niet bij mensen die niets te betekenen hebben, die kunnen hem helemaal niets verdommen, maar bij mensen met wie hij zich identificeert, die hij als zijn gelijken ziet. Hij studeerde aan BI omdat hij het familiebedrijf over moest nemen, maar hij feestte meer dan dat hij studeerde. Uiteindelijk werd hij naar het buitenland gestuurd om zijn studie af te ronden. Mensen denken dat hij goed is in zijn werk omdat hij veel geld verdient, maar als bij een bedrijf al vijftig jaar geld binnenstroomt dan is het bijna onmogelijk geen geld te verdienen. Markus was eigenlijk een van de weinigen die het gelukt is om toch het bedrijf bijna naar de verdommenis te helpen. De bank heeft hem minstens twee keer gered. Niettemin blijft hij status uitstralen. Geld vertelt een succesverhaal en dat willen mensen horen. Ikzelf incluis.' Ze zuchtte. 'Hij heeft een vaste tafel in die uitgaansgelegenheid waar mannen met geld, die houden van vrouwen die doen wat ze zeggen, vrouwen oppikken die houden van mannen met geld en doen wat ze zeggen. Dat klinkt banaal en dat is het ook. Ik wist dat Markus al eerder getrouwd was geweest, maar dat was vele jaren geleden en sinds die tijd was hij single. Ik nam aan dat hij de juiste vrouw nog niet was tegengekomen. En dat ik die was.'

'En was je dat?'

Ze haalde haar schouders op. 'Voor hem zal ik wel de juiste zijn geweest. Een dertig jaar jongere *bombshell* met wie hij voor de dag kon komen, die kon praten met mannen van zijn leeftijd en thuis alles regelde. De vraag is alleen: was hij de juiste voor mij? Het duurde lang voor ik mezelf die vraag stelde.'

'En?'

'Nu woon ik hier en hij in een hok in Frogner.'

'Hm, toch waren jullie samen op beide dinsdagen dat de vrouwen verdwenen.'

'Waren we dat?'

Harry meende verbazing in haar blik te zien. 'Dat heb je de politie verteld.'

Ze lachte even. 'Ja, dan waren we dat.'

'Probeer je me nu te vertellen dat je niet de waarheid sprak?'

Met een gereserveerde blik schudde ze haar hoofd.

'Wie van jullie tweeën heeft het meest behoefte aan een alibi?' vroeg Harry en hij lette goed op haar reactie.

'Ik? Bedoel je dat ik...?' Het gezicht veranderde en haar lach schalde door de ruimte.

'Je hebt een motief,' zei Harry.

'Nee,' zei ze. 'Ik heb geen motief. Ik liet Markus zijn gang gaan op voorwaarde dat hij me niet in verlegenheid bracht. Of mijn geld aan ze gaf.'

'Jouw geld?'

'Zijn, ons, mijn, *whatever*. Ik geloof niet dat die vrouwen dergelijke plannen hadden. En je kon bij hem ook niet spreken over *high maintenance*. Hoe dan ook, je zal snel begrijpen dat ik echt geen motief heb. Vanmorgen heb ik namelijk een brief naar mijn advocaat Krohn gestuurd waarin staat dat ik wil scheiden en dat ik de helft van alles wil. Snap je? Ik wil hem niet, ze mogen Markus hebben. Wie dan ook. Ik wil alleen mijn rijschool.' Ze lachte koud. 'Ben je nu verbaasd, Harry?'

'Hm, een filmproducent in Los Angeles vertelde me dat je duurste leerschool je eerste scheiding is. Daar leer je voor jezelf te zorgen in een volgend huwelijk.'

'O, Markus heeft zijn geld veiliggesteld. Zowel voor mij als destijds voor zijn ex. Maar doordat ik het nodige van hem weet, zal hij me het geld geven dat ik van hem verlang.'

'En wat weet je dan?'

Ze lachte breed. 'Dat is mijn troefkaart, Harry, dus dat kan ik niet zeggen. De kans is groot dat ik een contract moet ondertekenen dat ik beloof te zwijgen. Ik hoop werkelijk dat iemand ontdekt wat hij heeft gedaan, maar dat zal zonder mijn hulp moeten gebeuren. Ik weet dat het cynisch klinkt, maar ik moet mijn eigen huid redden, niet de wereld. Sorry.'

Harry wilde iets zeggen, maar bedacht zich. Ze zou niet te manipuleren of over te halen zijn.

'Waarom heb je ingestemd met dit gesprek?' vroeg hij. 'Als je al wist dat je me niets ging vertellen.'

Ze duwde haar onderlip naar voren en knikte. 'Goede vraag. Dat kostuum van jou moet nodig naar de stomerij. Ik geef je er eentje van Markus, jullie hebben ongeveer dezelfde maat.'

'Wat bedoel je?'

Helene was al opgestaan en liep door het appartement. 'Ik heb een paar kostuums ingepakt omdat hij daar te dik voor is geworden en ik wilde ze naar het Leger des Heils brengen,' riep ze vanuit de slaapkamer.

Terwijl ze weg was, stond hij op en liep naar de koelkast. Nu zag hij dat Helene toch op een van de foto's stond. Ze hield een van de paarden bij het bit vast. Het entreekaartje voor *Romeo en Julia* was inderdaad voor morgen. Hij keek op de kalender. Hij zag dat er bij de komende donderdag 'Rijtocht Valdres' stond geschreven. Helene kwam terug met een zwart kostuum in een kledinghoes.

'Bedankt voor de moeite, maar ik koop liever zelf mijn kleren,' zei Harry.

'Hergebruik is goed voor de wereld,' zei ze. 'En dit is een Brioni Vanquish II, wegdoen is een misdaad. Vooruit, geef de aardbol een kans.'

Harry keek haar aan. Hij aarzelde. Maar iets zei hem dat hij moest zwichten. Hij deed zijn colbert uit en trok het andere aan.

'Nou, jij bent slanker dan hij toen was,' zei Helene en ze hield haar hoofd scheef. 'Maar jullie zijn even groot en hebben even brede schouders, dus het kan.' Ze gaf hem de pantalon en draaide zich niet om terwijl hij die aantrok.

'Perfect,' zei Helene terwijl ze de kledinghoes over de kleerhanger met het vuile pak trok. 'Dank namens de toekomstige generaties. Als er verder niets was, ik heb nu een zoommeeting.'

Harry knikte en nam de kledinghoes van haar aan.

Helene liep met hem mee naar de gang, opende de deur en hield die voor hem open. 'Ik bedenk me trouwens dat er ook iets goeds is aan het Munch-museum,' zei ze. 'En dat is Edvard Munch. Ga kijken naar "De gele boomstam".'

Thanh sjouwde met moeite het reclamebord door de deuropening van dierenwinkel Mons. Ze spreidde de poten van het bord en zette het goed zichtbaar naast de etalage en probeerde te voorkomen dat er iets aan het zicht werd onttrokken. Ze wilde Jonathans bereidwilligheid niet op de proef stellen, ze maakte vanuit de winkel reclame voor haar eigen bedrijfje. Hondenoppas op afspraak.

Ze keek op van het reclamebord en zag haar spiegelbeeld in de etalageruit. Ze was drieëntwintig, maar wist niet of haar droom zou uitkomen. Ze wist wat ze wilde worden: dierenarts. Maar de toelatingseisen voor diergeneeskunde in Noorwegen waren *skyhigh*, je moest nog betere cijfers hebben dan voor een studie geneeskunde en haar ouders hadden geen geld om haar in het buitenland te laten studeren. Haar moeder en zij hadden gekeken naar diergeneeskunde in Slowakije of Hongarije en dat was misschien mogelijk als Thanh eerst een paar jaar bij Mons werkte en voor en na sluitingstijd op honden paste.

'Pardon, ben jij eigenaar van deze winkel?' zei een stem achter haar.

Ze draaide zich om. De man had een Aziatisch uiterlijk, maar kwam niet uit Vietnam.

'Nee, die staat achter de toonbank,' zei ze wijzend naar de deur.

Ze snoof de herfstgeuren op en keek rond. Vestkanttorget. De oude, mooie gebouwen, bomen en het park. Hier zou ze willen wonen. Maar je moest keuzes maken in het leven en als dierenarts werd je niet rijk. Ze koos voor dierenarts.

Ze liep de kleine, gezellige dierenwinkel in. Het kwam voor, vooral bij kinderen, dat ze teleurgesteld waren als ze binnenkwamen en alle schappen met dierenvoeding, diverse kooien, halsbanden enzovoorts zagen: 'Waar zijn alle dieren?'

Soms nam ze hen dan mee voor een rondje door de winkel om te laten zien wat ze wel hadden. Vissen in aquaria, kooien met hamsters, ratten en konijnen en glazen bakken met insecten.

Thanh liep naar de aquaria met de ancistrusvissen. Ze hielden van groenten en ze had wat erwten en komkommer meegenomen van thuis. Ze hoorde de man tegen de winkelbaas zeggen dat hij van de politie was en dat ze een Hillman Pets-zak hadden gevonden die was gedateerd, maar dat het spul in Noorwegen toen al verboden was. Of hij daar iets van wist aangezien Mons als enige zaak een verkoopvergunning had gehad.

Ze zag haar baas alleen maar zwijgend zijn hoofd schudden. Ze wist dat de politieman behoorlijk zijn best moest doen om Jonathan aan het praten te krijgen. Want hij was een introverte, zwijgzame ziel, die baas van haar. En als hij sprak dan was het in korte zinnen, net zoals haar ex-vriend slechts korte berichten stuurde. Steekwoorden zonder leestekens en emoji's. Daardoor leek het of haar baas boos of geïrriteerd was, woorden waren voor hem geen noodzakelijke uitingen. De eerste maanden dat ze hier werkte had ze het ongemakkelijk gevonden, ze had zich afgevraagd of hij haar niet mocht. Misschien kwam dat ook omdat ze uit een familie kwam waar iedereen elkaar naar de mond sprak. Na een poosje had ze begrepen dat het niet aan haar lag, maar aan hem. Dat hij geen hekel aan haar had. Misschien het tegendeel.

'Ik heb gelezen op internet dat veel mensen het verbod betreuren omdat Hillman Pets veel effectiever is dan welk ander middel op de markt dan ook.'

'Dat klopt.'

'Dus het is goed denkbaar dat iemand een aardig centje kan verdienen aan het illegaal importeren en onder de toonbank verkopen van het spul.'

'Ik weet het niet.'

'Nee?' Ze zag de politieman wachten, maar er kwam niets meer.

'En zelf heb je niet...?' begon de politieman.

Stilte.

'Iets in de winkel?'

Toen Jonathan antwoordde was dat op zo'n zachte toon dat het slechts op een trilling van de lucht leek. 'Vraag je me nu of ik iets heb gesmokkeld?'

'Heb je dat?'

'Nee.'

'En je weet niets wat me kan helpen bij het vinden van degene die dit jaar een zak Hillman Pets heeft gekocht?'

'Nee.'

'Nee,' herhaalde de politieman, hij wipte heen en weer en keek rond. Hij leek zich niet gewonnen te willen geven, dacht Thanh. Alsof hij zich slechts schrap zette voor de volgende stap.

Jonathan schraapte zijn keel. 'Ik zal in mijn kantoor nakijken of ik een lijst heb van wie het poeder het laatst heeft besteld. Wacht hier.'

'Bedankt.'

Jonathan perste zich door de smalle doorgang tussen de aquaria en konijnenkooien en Thanh. Ze zag iets in zijn ogen wat ze nog niet eerder had gezien, onrust. Ja, angst zelfs. En hij rook ook meer naar zweet dan gebruikelijk. Hij liep zijn kantoor in, maar de deur bleef op een kier staan, ze zag dat hij een kleed over een van de glazen bakken legde. Ze wist wat daarin zat. De enige keer dat ze een paar kinderen in zijn kantoor de bak had laten zien, was hij razend geworden en had hij gezegd dat klanten daar niets te zoeken hadden. Maar ze wist dat het niet daarom ging, het was het beest. Hij wilde niet dat iemand dat zag. Jonathan was een goede baas. Ze kreeg vrij als ze erom vroeg en hij had haar zelfs een loonsverhoging gegeven zonder dat ze daarom had gevraagd. Maar het was vreemd om zo dicht op elkaar samen te werken en toch zo weinig te weten van de ander. Soms leek het of hij haar wat al te graag mocht en soms juist weer niet. Hij was ouder dan zij, maar niet zoveel, ze gokte dat hij rond de dertig was, dus ze zouden genoeg kunnen hebben om over te praten. Toch antwoordde hij vaak kort en afwijzend als ze iets zei om een gesprek op gang te krijgen. Andere keren kon hij naar haar kijken als hij dacht dat ze het niet in de gaten had. Was hij in haar geïnteresseerd? Kwam die zwijgzame manier van doen door verlegenheid en durfde hij zijn gevoelens niet te uiten? Misschien beeldde ze zich het allemaal maar in, was het zo'n luchtkasteel dat je ging bouwen als je je verveelt, de dagen lang zijn en er weinig te doen is. Maar soms dacht ze dat hij zich gedroeg als jongens op school die sneeuwballen gooiden naar de meisjes op wie ze verliefd waren. Alleen was hij volwassen. Het was vreemd. Híj was vreemd. Maar ze kon er weinig aan doen, ze moest hem accepteren zoals hij was, ze had deze baan immers nodig.

Jonathan kwam op haar afgelopen. Ze drukte zich zo goed als ze kon tegen het aquarium, toch streek hij met zijn lichaam langs dat van haar.

'Het spijt me, ik heb daar geen gegevens over,' zei Jonathan. 'Het is te lang geleden.'

'Juist,' zei de politieman. 'Wat bedekte je daar in je kantoor?'

'Wat?'

'Ik geloof dat je wel gehoord hebt wat ik zei. Mag ik het zien?'

Jonathan had een dunne, witte nek met zwarte baardstoppels en Thanh wenste soms dat hij zich beter schoor. Nu kon ze de adamsappel op en neer zien schieten. Ze had bijna medelijden met hem.

'Jazeker,' zei Jonathan. 'Je mag kijken waar je wil.' Opnieuw gebruikte hij zijn zware stem. 'Als je mij je huiszoekingsbevel laat zien.'

De politieman deed een stap terug en hield zijn hoofd wat scheef alsof hij Jonathan beter op wilde nemen. Hem opnieuw beoordeelde.

'Dat zal ik noteren,' zei de politieman. 'Bedankt voor nu voor je hulp.'

Hij draaide zich om en liep naar de deur. Thanh glimlachte naar hem, maar ze kreeg niets terug.

Jonathan opende een kartonnen doos met vissenvoer en begon de zakken op te hangen aan het rek achter de toonbank. Zij ging naar het toilet dat achter hun gezamenlijke kantoor zat. Toen ze daar weer uit kwam stond Jonathan voor de deur te wachten.

Hij hield iets in zijn hand en glipte achter haar langs zonder de deur te sluiten.

Haar blik viel automatisch op de glazen bak. Het kleed was weg en de bak leeg.

Ze hoorde dat Jonathan aan het koord van de oude wc trok en het water spoelde door.

Ze draaide zich om en zag dat hij zijn handen boven het fonteintje grondig waste met zeep. Toen draaide hij aan de warmwaterkraan. Hij wreef zijn handen tegen elkaar onder de waterstraal, die zo warm was dat er damp opsteeg. Ze wist waarom hij dat deed. De parasieten.

Thanh slikte. Ze hield van dieren, van alle dieren. Ook, of misschien juist, van de dieren die anderen akelig vonden. Veel mensen vonden slakken walgelijk, maar ze herinnerde zich de argwanende, opgewonden kindergezichten toen ze de grote, knalroze slak had laten zien en de kinderen ervan probeerde te overtuigen dat ze het beest niet hadden beschilderd, dat hij er van nature zo uitzag.

Misschien dat er om die reden een golf van haat door haar heen ging. Haat tegen de man die niet van dieren hield. Ze dacht aan dat lieve, wilde vossenjong dat iemand hierheen had gebracht. Hij was er ook voor betaald. Ze had voor het eenzame, verlaten vosje gezorgd en het geknuffeld. Het zelfs een naam gegeven. Nhi, wat klein betekende. Maar op een dag was ze op haar werk gekomen en was de kooi leeg. Ze zag het beestje nergens. Toen ze Jonathan ernaar had gevraagd had hij alleen afwerend gezegd: 'Weg.' Ze had niet doorgevraagd, ze wilde niet bevestigd krijgen wat ze dacht.

Jonathan draaide de kraan dicht, kwam naar buiten en keek een beetje verbaasd naar Thanh, die met haar armen over elkaar geslagen in het kantoor stond.

‘Weg?’ vroeg ze.

‘Weg,’ zei hij en hij ging achter het bureau zitten waarop altijd stapels papieren lagen. Het lukte ze nooit om die allemaal door te nemen.

‘Verdronken?’ vroeg ze.

Hij keek haar aan alsof ze eindelijk een vraag had gesteld die hem interesseerde.

‘Mogelijk. Sommige slakken hebben kieuwen, maar de Mount Kaputar-slak heeft longen. We weten dat sommige slakken met longen een dag onder water kunnen overleven. Jij hoopt dat hij het overleeft?’

‘Natuurlijk. Jij niet?’

Jonathan haalde zijn schouders op. ‘Ik geloof dat het voor zo’n slak die gescheiden is van zijn soortgenoten en in een vreemd milieu terechtkomt beter is dat hij doodgaat.’

‘O, ja?’

‘Eenzaamheid is erger dan de dood, Thanh.’

Hij keek haar aan met een blik die ze niet kon duiden.

‘Hoewel,’ zei hij, zich nadenkend krabbend in zijn behaarde nek. ‘Juist deze slak is misschien niet eenzaam, want die is tweeslachtig. Hij zal voedsel vinden in het riool. Zich voortplanten.’ Hij keek naar zijn schoongewassen handen. ‘…en alles vergiftigen met ratlongworm en uiteindelijk de hele onderwereld van Oslo overnemen.’

Thanh liep terug naar de aquaria terwijl ze Jonathans lach uit het kantoor hoorde komen. Het was een lach die ze zo zelden had gehoord dat die vreemd klonk, haast onaangenaam.

Harry bekeek het schilderij aandachtig. Er stond een omgehakte boomstam op die tussen de bomen lag met zijn gele uiteinde naar de kijker gericht. Hij las het bordje dat naast het schilderij hing: ‘*De gele boomstam*. Edvard Munch, 1912.’

‘Waarom vroeg je juist naar dit schilderij?’ vroeg de jongen in het rode T-shirt waaruit bleek dat hij hier werkte.

‘Tja,’ zei Harry en hij keek naar het Japanse stel dat naast hem stond. 'Waarom willen mensen juist dit schilderij zien?'

'Vanwege de optische illusie,' zei de jongen.

'O, ja?'

'Laten we het schilderij vanuit een andere hoek bekijken. Pardon!'

Het Japans ogende paar maakte lachend plaats voor hen.

'Zie je?' zei de jongen. 'Het lijkt of het uiteinde van de boomstam naar ons wijst, vanuit welke hoek je het ook bekijkt.'

'Hm, dus de boodschap is?'

'Zeg het maar,' zei de jongen. 'Misschien dat dingen niet altijd zo zijn als ze eruitzien.'

'Ja,' zei Harry. 'Of je moet iets vanuit een andere hoek bekijken om het geheel te kunnen zien. Hoe dan ook, bedankt.'

'Graag gedaan,' zei de jongen en liep weg.

Harry bleef naar het schilderij kijken. Allereerst om zijn ogen te laten rusten op iets moois nadat hij op de roltrappen in het gebouw had gestaan. Een gebouw waardoor je zelfs het hoofdbureau nog gezellig en warm begon te vinden.

Harry pakte zijn mobiel en belde Krohn.

Terwijl hij wachtte tot er werd opgenomen, voelde hij zijn slaap kloppen. Dat was gebruikelijk de dag nadat hij dronken was geweest. Hij bedacht dat zijn hart ongeveer zestig slagen per minuut sloeg. Dus als hij hier bleef staan dan zou het rond de vierhonderdduizend keer kloppen voor Lucille werd vermoord. Iets meer als hij in paniek raakte en alarm sloeg in de hoop dat ze haar zouden vinden in... waar eigenlijk? Ergens in Mexico?

'Krohn.'

'Harry hier. Ik heb een voorschot nodig van driehonderdduizend.'

'Waarvoor?'

'Onvoorziene uitgaven.'

'Kun je dat specificeren?'

'Nee.'

Het was even stil.

'Juist. Kom naar mijn kantoor.'

Toen Harry zijn mobiel weer in zijn zak deed, voelde hij dat er iets in de zak zat. Hij haalde het eruit. Het was een masker. Een half masker dat een kat voorstelde, Markus Røed moest naar een gemaskerd bal zijn geweest. Hij voelde in een andere zak en inderdaad, ook die was niet leeg. Hij haalde er een gelamineerde kaart uit. Het leek op een lidmaatschapskaart van iets wat Villa Dante heette, maar in plaats van de naam stond er een alias. De kaart stond op naam van *Catman*.

Harry nam het schilderij weer op.

Bekijk dingen vanuit een andere hoek.

Ik hoop werkelijk dat iemand ontdekt wat hij heeft gedaan.

Helene Røed was niet vergeten de inhoud uit de zakken te halen. Misschien had ze die er zelfs in gestopt.

HOOFDSTUK 24

Vrijdag. Kannibaal.

'Ik kan je een huiszoekingsbevel geven als er gerede verdenkingen zijn.'

'Ik weet het,' zei Sung-min en inwendig vervloekte hij het Wetboek van Strafrecht artikel 97 terwijl hij de telefoon tegen zijn oor drukte en naar de muur staarde in dit raamloze kantoor. Hoe heeft Hole het hier jaren uit kunnen houden? 'Maar ik ben van mening dat we meer dan vijftig procent kans hebben dat we daar illegale spullen vinden. Hij zweette en wilde me niet aankijken en hij legde in zijn kantoor een kleed over iets wat hij gegarandeerd wilde verbergen.'

'Ik begrijp het, maar jouw verdenkingen zijn niet sterk genoeg. In de wet staat dat er gerede verdenkingen moeten zijn.'

'Maar...'

'Jij weet net zo goed als ik dat ik een huiszoekingsbevel pas geef als er gevaar bestaat dat bewijzen verdwijnen. Is dat hier het geval en wil je me uitleggen waarom het zo'n haast heeft?' vroeg de officier van justitie.

Sung-min zuchtte diep. 'Nee.'

'Zijn er bewijzen van andere wetsovertredingen door deze persoon?'

'Nee, niets.'

'Is de betreffende persoon eerder veroordeeld?'

'Nee.'

'Heb je helemaal niets?'

'Luister. De term smokkel duikt op in verband met het feest bij Røed en op de plaats delict waar ik de zak heb gevonden. Je kent me en je weet dat ik niet in toeval geloof. Ik heb een sterk onderbuikgevoel. Wil je het verzoek schriftelijk hebben?'

'Ik zal je werk besparen en zeg hier en nu nee. Maar aangezien je eerst hebt gebeld, vermoedde je toch wel dat dit het antwoord zou zijn? Dit past helemaal niet bij jou. Je hebt niets, alleen maar een onderbuikgevoel?'

'Ja, een onderbuikgevoel.'

'Sinds wanneer heb jij daar last van?'

'Ik probeer te leren.'

'Te lijken op de gewone stervelingen, bedoel je?'

'Autist zijn en autistische trekken vertonen, zijn twee verschillende zaken, Chris.'

De officier van justitie lachte. 'Mooi. Kom je morgen eten?'

'Ik heb een fles Château Cantemerle 2009 gekocht.'

'Jouw smaak en gewoonten zijn te exclusief voor mij, schat.'

'Maar ook jij kan bijleren, mijn vriend.'

Ze hingen op. Sung-min zag dat hij een sms'je van Katrine had gekregen met een link naar *Dagbladet*. Hij tikte op de link en hing achterover op zijn stoel terwijl hij wachtte. De muren in dit kantoor waren zo dik dat ze invloed hadden op het bereik. Waarom had Hole die kapotte stoel niet laten vervangen, zijn rug deed nu al pijn.

Kannibaal.

Volgens een bron zijn er duidelijke aanwijzingen dat de moordenaar de hersenen en ogen van zijn slachtoffers, Susanne Andersen en Bertine Bertilsen, heeft opgegeten.

Sung-min kreeg zin om te vloeken en bedacht dat het jammer was dat hij dat nooit deed. Hij overwoog daarmee te beginnen.

Kut van de duivel!

Mona Daa rende op de loopband.

Ze haatte rennen op de loopband.

En dat was precies de reden dat ze dat deed. Ze voelde het zweet langs haar rug lopen en keek in de spiegel van de fitnessruimte naar haar rood aangelopen gezicht. In de oortjes klonk Carcass van de speellijst van Anders, volgens hem uit de beginperiode van de band, toen ze nog grindcore speelden en niet die melodieuze shit van later. Voor haar klonk het als enorm lawaai en dat was precies wat ze nu nodig had. Ze stampte en stampte op de rubberen mat die steeds maar onder haar doordraaide. De hele tijd dezelfde shit.

Het was Våge weer gelukt. Kannibaal. Verdomme! Kut van de duivel!

Ze zag in de spiegel dat er een persoon kwam aangelopen.

'Goedendag, Daa.'

Het was Magnus Skarre. Rechercheur op de afdeling Geweld.

Mona stopte het apparaat en trok de oortjes uit.

'Waarmee kan ik de politie helpen?'

'Helpen?' Skarre spreidde zijn armen. 'Ik kwam hier zomaar.'

'Ik heb je hier nooit eerder gezien en je hebt geen sportkleding aan. Wil je iets weten of wil je iets kwijt?'

'Hé hé, rustig aan,' zei Skarre lachend. 'Ik was gewoon even van plan je bij te praten. Het is altijd nuttig om een goede relatie te hebben met de pers, nietwaar? Geven en nemen, zoiets.'

Mona bleef op de loopband, ze vond het prettig hoger te staan. 'In dat geval wil ik graag weten wat je neemt voordat je geeft, Skarre.'

'Dit keer niets. Maar het is mogelijk dat we in de toekomst iets kunnen gebruiken.'

'Bedankt, maar dan zeg ik nee. Verder nog iets?'

Skarre zag eruit als een jongen wiens speelgoedpistool was afgepakt. Mona wist dat ze hoog spel speelde. Of beter gezegd: dat ze zo kwaad was dat ze niet helder nadacht.

'Sorry,' zei ze. 'Slechte dag. Waar gaat het om?'

'Harry Hole,' zei hij. 'Hij belde een getuige, gaf een valse naam op en deed of hij werkte voor de politie van Oslo.'

'Oei.' Ze bedacht zich en stapte van de loopband af. 'Hoe weet je dat?'

'Ik heb de verklaring van de getuige opgenomen, het was die man met de hond die de geur van Bertines lijk had opgepikt. Hij zei dat voordat wij kwamen iemand had gebeld om een tip te checken en dat het agent Hans Hansen was. We hebben alleen niemand die zo heet. Dus ik heb het nummer gekregen dat de boer nog in zijn telefoon had staan. Dat heb ik gecheckt. Het was het nummer van Harry Hole. Een heterdaadje, toch?' Skarre grijnsde.

'En ik kan jou citeren?'

'Nee, ben je gek?' Hij lachte weer. 'Ik ben een betrouwbare bron, noemen ze dat niet zo?'

Jazeker, dacht Mona. Maar jij bent betrouwbaar noch een bron. Mona wist dat Skarre geen warme gevoelens had voor Harry Hole. Volgens Anders was de reden niet erg ingewikkeld. Skarre had altijd in de schaduw van Hole gewerkt en Hole had er geen geheim van gemaakt dat hij Skarre een sukkel vond. Maar van dat punt naar een persoonlijke wraaktocht was behoorlijk lang.

Skarre wisselde van standbeen, wierp een blik op de meisjes die bezig waren met spinnen. 'Maar als je een bevestiging wil hebben, kan je bijvoorbeeld de commissaris bellen.'

'Bodil Melling?'

'Precies. Ik gok dat ze daar wel wat op te zeggen heeft.'

Mona Daa knikte. Dit was vet. Vet en vuil. Maar goed genoeg, eindelijk had ze iets wat Våge niet had en ze was niet in de positie al te kieskeurig te zijn. Niet nu.

Skarre knikte en grijnsde. Als een hoerenloper, dacht Mona. En ze probeerde te verdringen wat zij nu was.

HOOFDSTUK 25

Vrijdag. Cocaïneblues.

De Aune-groep was bij elkaar gekomen, maar Aune had gezegd dat zijn gezin om drie uur zou komen en dat ze dan weg moesten zijn. Harry had zojuist verteld over zijn bezoek aan Helene Røed.

'Dus nu draag je het pak van je chef?' zei Øystein. 'En de zonnebril van je vriend.'

'En ik heb dit,' zei Harry en hield het kattenmasker omhoog. 'Je hebt nog steeds niets op internet gevonden over Villa Dante?'

Truls staarde naar zijn telefoon, gromde en schudde zijn hoofd. Hij deed het met dezelfde minimalistische uitdrukking op zijn gezicht waarmee hij de bruine envelop met geld in ontvangst had genomen die Harry hem bij binnenkomst discreet had toegestoken.

'Wat ik me afvraag is hoe Våge aan dat verhaal over kannibalisme is gekomen,' zei Aune.

Harry zag dat Truls opkeek, hun blikken kruisten elkaar en Truls schudde haast onmerkbaar zijn hoofd.

'Dat vraag ik me ook af,' zei Øystein. 'Er staat helemaal niets over mensenvlees in de rapporten.'

'Ik heb het gevoel dat Våge zijn bron is kwijtgeraakt,' zei Harry. 'En dat hij nu zaken verzint. Zoals dat verhaal over de tatoeage van Bertine, dat die weggesneden zou zijn en de wond gehecht. Dat klopt ook niet.'

'Misschien,' zei Aune. 'Våge heeft immers eerder in zijn carrière zijn toevlucht genomen tot verzinsels en het is opvallend hoe hardnekkig mensen kunnen zijn. Zelfs als we gestraft zijn voor de daad en daarvan moeten hebben geleerd, hebben we de neiging onze toevlucht te nemen tot dezelfde slechte oplossingen als we in de problemen komen. Het is niet onwaarschijnlijk dat Våge in een roes is geraakt door alle aandacht die hij de laatste tijd heeft gekregen en die wil hij niet kwijt en daarom valt hij weer terug op wat eerder heeft gewerkt. Hoewel ik niet kan ontkennen dat Våge gelijk kan hebben dat er sprake is van kannibalisme. Uitgaande van de omstandigheden is het niet vreemd dat hij daarmee komt en hij heeft kennelijk vakliteratuur gelezen over seriemoordenaars.'

'Suggereert hij niet...' begon Øystein terwijl hij Våges artikel scande op zijn telefoonscherm.

De anderen keken naar hem.

'Suggereert hij niet dat de moordenaar zelf zijn bron is?'

'Dat is een gedurfde, maar interessante uitspraak,' zei Aune. 'Maar nu hebben jullie weekend, mijne heren. Mijn dames komen zo.'

'Wat moeten we doen in het weekend, chef?' vroeg Øystein.

'Ik heb niet iets speciaals voor jullie om te doen,' zei Harry. 'Maar ik mag de laptop van Truls lenen en ga alle politierapporten lezen.'

'Ik dacht dat je die al gelezen had.'

'Snel doorgekeken. Nu zal ik preciezer lezen. Kom, laten we gaan.'

Aune zei Harry's naam en hij bleef staan terwijl de anderen de kamer uit liepen.

'Die rapporten,' zei hij. 'Die zijn het werk van hoeveel mensen? Zo'n vijftig? En ze hebben meer dan drie weken aan de zaak gewerkt. Om hoeveel bladzijden gaat het? Duizend? Ga je die allemaal lezen omdat je daarin de oplossing denkt te vinden?'

Harry haalde zijn schouders op. 'Die moet ergens te vinden zijn.'

'Hersenen hebben ook rust nodig, Harry. Ik merk al vanaf het begin dat je meer gestrest bent dan anders. Je lijkt... mag ik het woord wanhopig gebruiken?'

'Zonder meer.'

'Is er iets wat je me niet vertelt?'

Harry boog zijn hoofd en wreef met zijn hand in zijn nek. 'Ja.'

'Wil je vertellen wat dat is?'

'Ja.' Hij strekte zijn nek. 'Maar ik kan het niet.'

Aune en Harry keken elkaar aan. Toen sloot Aune zijn ogen en knikte.

'Bedankt,' zei Harry. 'We spreken elkaar maandag weer.'

Aune maakte zijn lippen nat en Harry zag aan de vermoeide twinkeling in zijn ogen dat hij bezig was een gevat commentaar te formuleren. Maar hij leek zich te bedenken en knikte slechts.

Op weg naar buiten begreep Harry wat Aune van plan was te antwoorden: 'Als ik maandag nog leef.'

Øystein reed met Harry naast zich over de taxibaan naar het centrum.

'Cool hè, tijdens de spits op vrijdag?' zei Øystein en hij grinnikte in de spiegel.

Truls lachte grommend op de achterbank.

Harry's telefoon ging. Het was Katrine.

'Ja?'

'Hoi, Harry, een schot in het duister van mij. Arne en ik hebben vanavond een date in dat restaurant waar hij eindelijk een tafeltje heeft kunnen reserveren. Maar mijn schoonmoeder is ziek en...'

'Oppassen?'

'Zeg het als het je niet uitkomt, dan hoef ik niet, ik ben een beetje moe. Ik kan hem in elk geval zeggen dat ik geprobeerd heb iemand te vinden.'

'Maar ik kan. En wil. Wanneer?'

'Verdomme, Harry. Om zeven uur.'

'Oké, zorg ervoor dat er een Grandiosa in de oven staat.'

Harry verbrak de verbinding, maar de telefoon ging direct weer.

'Het hoeft geen Grandiosa te zijn,' zei Harry.

'Met Mona Daa van VG.'

'Oeps...'

Harry begreep uit de officiële aankondiging dat het niet Mona, de vriendin van Anders was, maar de journalist. Dus dat alles wat hij zei tegen hem gebruikt zou kunnen worden.

‘We zijn bezig met een zaak…’ begon ze. Dat was de inleiding die journalisten gebruiken als ze willen aangeven dat de raderen al werken en niet meer gestopt kunnen worden en dat deze journalist iets minder verantwoordelijk was voor de onprettige vragen die ze op het punt stond te gaan stellen. Harry keek naar het verkeer en begreep uit haar uitleg dat het om Weng ging en dat Harry had gelogen en zich had uitgegeven voor politieagent. Dat ze commissaris Bodil Melling zouden citeren dat er op zo’n vergrijp een straf van zes maanden staat en dat ze hoopte dat de minister van Justitie in het kielzog van deze zaak ervoor kon zorgen dat dergelijk idioot en ontoelaatbaar privéonderzoek in deze ernstige moordzaak met onmiddellijke ingang stopte.

Mona belde hem om hem weerwoord te kunnen laten geven, een mooie regel binnen de journalistiek. Mona Daa was hard en vasthoudend, maar ze was altijd redelijk.

‘Geen commentaar,’ zei Harry.

‘Niet? Wil je zeggen dat je niet ontkent dat het zo is gegaan?’

‘Dat zegt dat ik er geen commentaar op geef, toch?’

‘Prima, Harry, dus er wordt “geen commentaar” gedrukt?’

‘Noemen jullie het nog steeds drukken?’

‘Net als de telefoon ophangen.’

‘Dat is waar. Daarom zeg ik: ik verbreek de verbinding. Oké?’

Hij hoorde Mona zuchten. ‘Oké. Goed weekend, Harry.’

‘Goed weekend en…’

‘Ja, ik doe de groeten aan Anders.’

Harry stopte de mobiel in de binnenzak van Røeds iets te ruime colbert.

‘Problemen?’ vroeg Øystein.

‘Ja,’ zei Harry.

Een nieuwe grom van de achterbank, maar dit keer harder en kwader. Harry draaide zich half om, zag het licht op Truls’ gezicht van het telefoonscherm en begreep dat Mona met haar vinger op enter had gezeten en dat het artikel was geplaatst. ‘Wat schrijven ze?’

‘Dat je liegt.’

‘Prima, want dat is waar en ik heb ook geen reputatie hoog te houden.’ Harry schudde zijn hoofd. ‘Erger is het dat ze ons team gaan verbieden.’

‘Nee,’ zei Truls.

‘Nee?’

‘Erger is dat ze je gaan arresteren.’

Harry trok een wenkbrauw op. ‘Omdat ik ze geholpen heb een lijk te vinden waar ze drie weken naar hebben gezocht?’

‘Daar gaat het hier niet om,’ zei Truls. ‘Je kent Melling niet. Dat wijf wil omhoog. Jij staat in de weg, begrijp je?’

‘Ik?’

‘Als wij deze zaak eerder oplossen dan lijkt zij een amateur, toch?’

‘Hm, oké, maar arrestatie klinkt wel heftig.’

‘Zo wordt het machtsspel gespeeld, zo komen die gluiperds op hun positie. Zo word je… tja, minister van Justitie.’

Harry keek nog een keer naar Truls. Zijn voorhoofd was net zo rood als het rode stoplicht waar ze voor stonden.

‘Ik stap hier uit,’ zei Harry. ‘Jullie mogen even vrij nemen, maar blijf bereikbaar en ga ook de stad niet uit.’

Om zeven uur precies opende Katrine de deur voor Harry.

‘Ja, ik heb *VG* gelezen,’ zei ze en ze liep terug naar de spiegel in de gang om haar oorbellen in te doen.

‘Hm, wat zal Melling ervan vinden dat de vijand op het kind past van de leider van het onderzoek?’

‘O, maandag ben je geen bedreiging meer voor haar.’

‘Ben je daar zo zeker van?’

‘Melling heeft de minister van Justitie niet veel keus gegeven met haar uitspraak “idioot en ontoelaatbaar privéonderzoek”.’

‘Nee, misschien niet.’

‘Jammer, we konden je echt gebruiken. Iedereen wist dat je een paar bochten zou afsnijden, maar dat je zo’n onnodige blunder zou begaan, kwam als een verrassing.’

‘Overschatting en fout,’ zei Harry.

'Jij bent voorspelbaar en tegelijkertijd onvoorspelbaar. Wat heb je daar?' Ze wees naar de plastic zak die hij op zijn schoenen had gezet.

'Een laptop. Ik moet een beetje werken als hij slaapt. Is hij...?'

'Ja.'

Harry liep de woonkamer in.

'Mama weg, mama luikt lekkel,' zei Gert, die met twee beren op de grond zat.

'Ja, mama ruikt naar parfum.'

'Mama weg,' zei Gert.

'Kijk eens wat ik bij me heb.' Harry trok langzaam een reep chocola uit zijn zak.

'Suikel, dluk,' zei Gert.

'Word je druk van suiker?' Harry lachte. 'Dan moeten we dit maar geheimhouden.'

'Mama! Oom Hally heeft suikel mee!'

Nadat Katrine was vertrokken, stapte Harry in een virtuele wereld en hij moest zijn best doen om de gedachtesprongen in de fantasiewereld van een driejarige bij te houden en iets bij te dragen.

'Jij goed spelen,' prees Gert hem. 'Waal is de dlaak?'

'In de grot natuurlijk,' zei Harry wijzend onder de bank.

'Boeoeoe,' zei Gert.

'Dubbel boeoeoe,' zei Harry.

'Suikel?'

'Oké,' zei Harry en hij stak zijn hand in de zak van het colbert, dat hij over de stoel had gehangen.

'Wat is dat?' vroeg Gert en hij wees naar het masker dat Harry in zijn hand hield.

'Een kat,' zei Harry en hij zette het halve masker op.

Gerts gezicht vertrok en er klonk een bibberig stemmetje: 'Nee, oom Hally! Eng!'

Harry deed het masker snel af. 'Oké, geen kat. Alleen maar draken. Goed?'

Maar de tranen stroomden al en Gert snikte. Harry vloekte in stilte, weer een fout. Enge katten. Geen mama. Beetje laat naar bed. Waarom zou hij niet huilen?

Gert stak zijn armpjes uit naar Harry en voor hij het wist trok hij de jongen naar zich toe. Hij klopte hem op zijn hoofd terwijl hij Gerts kin op zijn schouder voelde en warme tranen in zijn overhemd trokken.

'Een heel klein beetje suiker, tandenpoetsen en een slaapliedje?'

'Ja-a!' snikte Gert.

Na de sessie tandenpoetsen, die volgens Harry niet de goedkeuring van Katrine zou krijgen, kreeg Harry Gert in zijn pyjama en in bed.

'Zeven kikkeltjes,' commandeerde Gert.

'Die ken ik niet,' zei Harry. Zijn mobiel trilde en hij zag dat hij een mms van Alexandra had.

Gert keek naar hem met een slecht verborgen afkeuring.

'Maar ik ken een paar andere mooie liedjes.'

'Zing,' zei Gert.

Harry begreep dat het een langzaam liedje moest zijn waarop Gert in slaap kon vallen. Hij probeerde 'Wild Horses' van The Rolling Stones. Maar al na een couplet moest hij stoppen.

'Andel liedje.'

Hank Williams' 'Your Cheatin' Heart' werd na twee coupletten met een duimpje naar beneden afgekeurd.

Harry dacht lang na.

'Oké, doe je ogen dicht.'

Hij begon te zingen. Als je het zingen zou kunnen noemen. Het was een zachte, langzame mix van een ruwe stem die af en toe de noten raakte van de oeroude bluessong.

Hey there baby, better come here quick.
This old cocaine's about to make me sick
Cocaine, runnin' all around my brain
Look, my baby she's dressed in red
and a shotgun, says gonna kill me dead
Cocaine, runnin' all around my brain
You take Sally and I'll take Sue,
Ain't no difference between the two.
Cocaine, all around my brain

Gerts ademhaling was dieper en regelmatiger.

Harry opende het bericht van Alexandra. Het was kort. De foto was genomen in de spiegel in haar flat. Ze poseerde in een crèmegele jurk die het kunstje deed dat dure spullen vaak deden: in de jurk kwam de beste kant van haar lichaam uit zonder dat je ogenblikkelijk dacht dat het daardoor was. Tegelijkertijd zag hij dat Alexandra de jurk niet nodig had. En dat ze dat ook wist.

DEZE HEEFT EEN HALF MAANDSALARIS GEKOST. VERHEUG ME OP MORGEN!

Harry deed zijn mobiel uit en keek op. Direct in Gerts wijd opengesperde ogen.

'Meel.'

'Meer… van de laatste?'

'Ja-a.'

HOOFDSTUK 26

Vrijdag. Cement.

Het was negen uur 's avonds toen Mikael Bellman de voordeur van zijn huis in Høyenhall van het slot draaide. Het was een mooi huis, hij had het op een heuvel laten bouwen zodat hij, Ulla en hun drie kinderen tot aan Bjørvika en de fjord uitzicht hadden over de stad.

'Hoi!' riep Ulla vanuit de kamer. Mikael hing zijn nieuwe jas op en liep de kamer in waar zijn tengere, knappe vrouw met wie hij sinds zijn tienerjaren al samen was, met hun jongste televisie zat te kijken.

'Het spijt me, de vergadering liep uit.' Hij had geen achterdocht in haar stem gehoord en zag die ook niet in haar blik, voor zover hij dat kon beoordelen. Daar was ook geen reden toe, op het moment was Ulla de enige vrouw in zijn leven. Als je de jonge TV2-reporter niet meetelde, maar met haar was het min of meer al voorbij. Hij sloot niet uit dat hij in de toekomst weer een avontuurtje zou hebben, maar dat moest wel probleemloos zijn. Een getrouwde vrouw met macht bijvoorbeeld. Iemand die net zoveel te verliezen had als hij. Ze zeggen dat macht corrumpeert, maar hij was er alleen maar voorzichtiger door geworden.

'Truls is er.'

'Wat?'

'Hij wil met je praten. Hij zit op het terras.'

Mikael sloot zijn ogen en zuchtte. Naarmate hij hoger op de ladder was geklommen, van leider van Orgkrim tot hoofdcommissaris en nu minister van Justitie, had hij langzaam steeds meer afstand genomen van zijn jeugdvriend en voormalig partner in crime. Hij was – zoals gezegd – voorzichtiger geworden.

Mikael liep naar het grote terras en deed de schuifdeur achter zich dicht.

'Wat een uitzicht heb je hiervandaan,' zei Truls. Zijn gezicht was rood onder de warmtelamp. Hij bracht een flesje bier naar zijn lippen.

Mikael ging naast hem zitten en nam de fles die Truls voor hem opende aan.

'Hoe gaat het met het onderzoek?'

'Het onderzoek naar mij?' vroeg Truls. 'Of waaraan ik deelneem?'

'Doe jij mee aan een onderzoek?'

'Dat weet je niet? Mooi, dan zit het lek in elk geval niet bij ons. Ik werk samen met Harry Hole.'

Mikael liet dat even bezinken. 'Is het je duidelijk dat als uitkomt dat je je bevoegdheden als politieman hebt gebruikt om...'

'Ja, hoor. Maar als iemand ons stopt dan maakt dat niet meer zoveel uit. Het zou wel jammer zijn, trouwens. Hole is goed. Je weet dat de kans om die gek te pakken groter is als Hole mag doorgaan?' Truls stampte met zijn voeten op de terrasvloer.

Mikael wist niet of zijn vriend koude voeten had of dat het een onbewuste herinnering was aan hun gedeelde geheimen in het verleden.

'Heeft Hole je gestuurd?'

'Nee, hij heeft geen idee dat ik hier ben.'

Mikael knikte. Het was ongebruikelijk dat Truls zelf het initiatief nam, het was altijd Mikael geweest die bepaalde wat er gebeurde, maar hij hoorde dat Truls de waarheid sprak.

'Dit gaat om iets groters dan het pakken van één misdadiger, Truls. Het gaat om politiek. Om de grote lijnen. Principes, begrijp je?'

'Mensen als ik snappen niets van politiek,' zei Truls en hij smoorde een boer. 'Ik begrijp bijvoorbeeld niet dat een minister van Justitie liever een verrekte seriemoordenaar vrij wil laten rondlopen dan een oogje dichtknijpen als de bekendste rechercheur van Noorwegen zich heeft uitgegeven voor Hans Hansen. Vooral als dankzij dat kleine leugentje Bertine Bertilsen is gevonden.'

Mikael nam een slok uit zijn fles. Misschien had hij ooit van bier gehouden, maar dat deed hij eigenlijk niet meer. Maar in de Arbeiderparti en de vakbond stond men over het algemeen sceptisch tegenover mensen die geen bier dronken.

'Weet je hoe je minister van Justitie wordt en blijft, Truls?' Mikael ging door zonder op antwoord te wachten. 'Je luistert. Je luistert naar degene die het beste met je voorheeft. Je luistert naar degene die meer ervaring heeft dan jij. Ik heb goede mensen om me heen die me helpen de juiste beslissingen te nemen. Zij willen dat ik als minister van Justitie een miljardair een halt toeroep die zijn eigen leger van rechercheurs en juristen heeft ingehuurd. Daaruit blijkt dat we geen Amerikaanse toestanden willen waarbij de rijken allerlei privileges hebben, waarbij de duurste advocaten winnen en waarbij de bewering dat iedereen gelijk is voor de wet gewoon patriottisch gezwets is. Hier in Noorwegen hebben we dat beginsel niet alleen op papier staan, we handelen er ook naar. Daarvoor blijven we strijden.' Mikael noteerde een paar punten die hij misschien later in een speech kon gebruiken, maar dan nog scherper geformuleerd.

Truls lachte zijn grommende lach die Mikael altijd deed denken aan een varken.

'Wat?' Mikael hoorde dat hij geërgerder klonk dan hij had gedacht. Het was een lange dag geweest. Hoewel de seriemoordenaar en Harry Hole de hoogste prioriteit hadden, was dat niet het enige waarmee hij als minister van Justitie te dealen had.

'Ik dacht aan hoe fijn het is dat we allemaal gelijk zijn voor de wet,' zei Truls. 'Het is zelfs zo dat een minister van Justitie niet kan verhinderen dat de politie onderzoek naar hem doet als er tips binnenkomen. Zo zou er bijvoorbeeld aan het licht kunnen komen dat er een lijk in zijn cementen terras ligt. Niet iemand die de maatschappij mist, slechts een lid van een motorbende die heroïne smokkelde en connecties had met twee corrupte smerissen. Maar doordat iedereen gelijk is voor de wet zal onderzoek uitwijzen dat de minister van

Justitie ooit een jonge smeris was die alleen maar oog had voor geld en macht. En dat hij een wat naïeve jeugdvriend had die hem op een nacht heeft geholpen met het verdoezelen van bewijzen in het nieuwe huis van zijn veel slimmere vriend.' Truls stampte weer met zijn voeten op het cement.

'Truls,' zei Mikael langzaam. 'Bedreig je me?'

'Helemaal niet,' zei Truls, hij zette het lege flesje naast zijn stoel en stond op. 'Ik vond het alleen zo verstandig klinken wat je zei over luisteren. Luisteren naar degene die weet wat het beste voor je is. Bedankt voor het bier.'

Katrine stond in de deuropening naar hen te kijken.

Gert die in zijn bedje lag te slapen en Harry die zittend in zijn stoel sliep, zijn hoofd steunend tegen de rugleuning. Ze ging op haar hurken zitten zodat ze Harry's gezicht ook zag. Ze stelde vast dat de gelijkenis nog groter was als ze sliepen. Ze schudde Harry voorzichtig wakker. Hij schrok, knipperde verward en keek op zijn horloge voordat hij opstond en achter haar aan naar de keuken liep, waar ze de waterkoker had aangezet.

'Je bent vroeg thuis,' zei hij en hij ging aan de keukentafel zitten. 'Was het niet gezellig?'

'Jawel. Hij had het restaurant uitgezocht omdat ze daar een Montrachet-wijn schenken waarvan ik kennelijk de eerste keer dat we uitgingen had gezegd dat ik die lekker vond. Maar een diner duurt niet zo heel lang.'

'Maar jullie hadden nog een hele avond, jullie hadden nog een biertje kunnen gaan drinken.'

'Of snel naar zijn huis kunnen gaan om te neuken,' zei ze.

'Ja?'

Ze haalde haar schouders op. 'Hij is aardig. Hij heeft me nog niet bij hem thuis uitgenodigd. Hij wil dat we wachten met vrijen tot we zeker van elkaar zijn.'

'Maar jij?'

'Ik wil dat we zo veel mogelijk vrijen vóórdat we erachter komen dat we niet zeker van elkaar zijn.'

Harry lachte.

'Eerst dacht ik dat hij *hard to get* speelde,' verzuchtte ze. 'En dat werkt bij mij.'

'Hm, zelfs als je weet dat het een spel is?'

'Jazeker. Ik word getriggerd door alles wat ik niet kan krijgen. Zoals jij toen.'

'Ik was getrouwd. Word je getriggerd door getrouwde mannen?'

'Alleen door degenen die ik niet kan krijgen. Dat zijn er niet zoveel. Jij was irritant trouw.'

'Ik had trouwer kunnen zijn.'

Ze maakte poederkoffie voor Harry en thee voor haarzelf. 'Dat ik jou kon verleiden kwam doordat je dronken en wanhopig was. Je was op je zwakst en dat is iets wat ik me nooit zal kunnen vergeven.'

'Nee!'

Het kwam zo snel en scherp dat Katrine schrok, waardoor haar thee over de rand klotste.

'Nee,' zei hij. 'Je hebt het recht niet om me de schuld af te nemen. Dat is het...' Hij nam een slok en maakte een grimas alsof hij zijn mond brandde. '...enige wat ik nog heb.'

'Het enige wat jíj nog hebt?' Ze voelde de woede in haar omhoogkomen en de tranen kwamen direct. 'Bjørn heeft zich niet van het leven beroofd omdat jij hem had verraden, Harry, maar omdat ik dat had gedaan.' Ze sprak luid, stopte en luisterde naar de geluiden die uit de kinderkamer kwamen. Ging zachter praten. 'Hij en ik woonden samen, hij dacht dat hij de gelukkige vader was van ons beider kind. Ja, hij wist wat ik voor je voelde. Dat was niet iets waar we over spraken, maar hij wist het. Hij wist ook – of hij dacht dat hij het wist – dat hij me kon vertrouwen. Bedankt voor het aanbod de schuld te delen, Harry, maar die is van mij alleen. Oké?'

Harry staarde in zijn koffiekopje. Hij was duidelijk niet van plan in discussie te gaan. Mooi. Toch klopte er iets niet. *Schuld is het enige wat ik nog heb.* Had ze iets niet goed begrepen? Of zei hij iets niet?

'Is het niet tragisch?' zei hij. 'Dat liefde het leven neemt van de mensen die we liefhebben.'

Ze knikte. 'Shakespeariaans,' zei ze en ze bestudeerde zijn gezicht.

'Goed, ik moet naar mijn hotel om nog wat te werken,' zei hij en stoelpoten schraapten. 'Bedankt dat ik de kans kreeg...' Hij knikte in de richting van de kinderkamer.

'Jij bedankt,' zei ze zacht en nadenkend.

Priem lag vanonder zijn dekbed naar het plafond te staren.

Het was bijna middernacht en de berichten uit de politieradio kwamen in een gelijkmatige, rustgevende stroom. Toch kon hij niet slapen. Deels omdat hij opzag tegen morgen, maar vooral omdat hij opgewonden was. Hij was samen met Haar geweest. En hij was er nu bijna zeker van. Zij hield ook van hem. Ze hadden het over muziek gehad. Daar was ze in geïnteresseerd. En ook in wat hij schreef, zei ze. Maar ze hadden het niet over de twee dode vrouwen gehad. Dat was een onderwerp waarover anderen om hen heen het wel hadden. Maar niet met de kennis die zij tweeën hadden, natuurlijk. Ze zou eens moeten weten dat hij meer wist dan zij. Op een gegeven moment was hij zelfs in de verleiding gekomen haar alles te vertellen. Het was het gevoel geweest van de afgrond in gezogen te worden als je boven op een brugleuning staat. Bijvoorbeeld als je om drie uur 's nachts op een zaterdag in mei op de brug van Nesøya staat wanneer je zojuist hebt begrepen dat Zij jou niet wil hebben. Maar dat was lang geleden, hij was eroverheen en was verdergegaan. Verder dan zij, de laatste keer dat hij het had gecheckt was ze stil blijven staan, ook in haar relatie. Misschien dat ze binnenkort over hem zou lezen, hoe iedereen hem prees, en dan zou ze misschien denken: hij had van mij kunnen zijn. Ja, dan zou ze spijt hebben.

Maar daarvoor moesten er nog dingen gebeuren.

Morgen bijvoorbeeld.

Zij zou de derde worden.

Nee, hij verheugde zich niet. Alleen een geesteszieke zou dat doen. Maar het moest gebeuren, hij moest zijn twijfel overwinnen, de morele weerstand die ieder normaal voelend individu zou voelen als hij voor een dergelijke opgave stond. En wat betreft gevoel, moest hij er goed aan denken dat het niet om wraak ging. Als hij dat vergat dan kon hij snel ontsporen en falen. De wraak was slechts een beloning die hij zichzelf gaf, een bijproduct van de eigenlijke missie. Als die was volbracht, zouden ze zijn voeten kussen. Eindelijk.

HOOFDSTUK 27

Zaterdag

'De politie werkt dus ook op zaterdag,' zei Weng kijkend naar de lege zak.

'Sommigen van ons,' zei Sung-min, die op zijn hurken bij de mand in de hoek zat en de buldog achter zijn oren krabde.

'Hillman Pets,' las de boer. 'Nee, dat geef ik mijn hond niet.'

'Juist,' zei Sung-min en hij kwam overeind. 'Ik moest het checken.' Chris had voorgesteld om vandaag een wandeling rond het Sognsvann te maken en had geïrriteerd gereageerd toen Sung-min had gezegd dat hij moest werken. Want Chris wist dat het niet waar was, hij móést niet werken. Soms was dat moeilijk aan anderen uit te leggen. Sung-min pakte de zak aan.

'Maar ik heb die zak eerder gezien,' zei Weng.

'Is dat zo?' zei Sung-min verrast.

'Ja, een paar weken geleden. Aan het eind van de akker zat een man op een boomstam aan de bosrand.' Hij wees naar het keukenraam. 'Hij had zo'n zak bij zich.' Sung-min keek naar buiten. Het moest minstens honderd meter zijn naar de bosrand.

'Ik heb die gebruikt,' zei Weng, die kennelijk de scepsis van Sung-min had gezien. Hij tilde de Zeiss-kijker op die op een stapel automagazines op de keukentafel lag.

'Vergroot twintig keer. Alsof je vlak voor de man staat. Ik herinner het me vanwege de airedaleterriër die op de zak stond, maar ik wist niet dat er een antiparasietenmiddel in zat. Want de man at ervan.'

'Hij át ervan? Weet je dat zeker?'

'Ja. Het laatste restje, daarna maakte hij een prop van de zak en gooide die weg. Dat verrekte zwijn. Ik liep naar buiten om te zeggen dat hij mijn land niet moest bevuilen, maar hij stond op en ging er direct vandoor toen ik buitenkwam. Ik liep naar de plek, maar die dag stond er een frisse noordenwind, dus de zak was het bos al in gewaaid.'

Sung-min voelde dat zijn hart sneller was gaan kloppen. Dit was het type politiewerk dat zich één op de honderd keer uitbetaalde, maar als het gebeurde dan kon het de jackpot zijn. Het kon het begin zijn van de oplossing van de zaak, waarin ze eerst geen enkel aanknopingspunt hadden. Hij slikte.

'Wil dat zeggen, Weng, dat je me een signalement van de man kunt geven?'

De boer keek Sung-min aan. Hij lachte en schudde zijn hoofd.

'Maar je zegt dat je vlak voor hem hebt gestaan.' Sung-min hoorde de frustratie in zijn eigen stem.

'Ja, maar de zak trok mijn aandacht en toen hij die weggooide, was ik niet op tijd om een glimp op te vangen van hem voordat hij het mondkapje opzette.'

'Hij had een mondkapje?'

'Ja, en een zonnebril en een pet op. Dus ik heb niet veel kunnen zien.'

'Je vond het niet vreemd dat een man alleen in het bos zat met een mondkapje voor terwijl de meeste mensen daar al mee gestopt zijn?'

'Jawel, maar je ziet veel vreemde mensen in het bos, toch?'

Sung-min begreep dat Weng een grapje wilde maken, maar hij had niet de neiging om te lachen.

Harry stond voor de grafsteen en voelde het regenwater vanuit de zachte ondergrond in zijn schoenen trekken. Een grijs ochtendlicht brak door de wolken. Tot vijf uur vanmorgen had hij rapporten gelezen. Daarna had hij drie uur geslapen en was er weer mee verdergegaan. Hij begreep nu waarom het onderzoek vastzat. Het werk was grondig en goed gedaan, maar er was niets te vinden. Absoluut niets. Hij was naar buiten gegaan om zijn hoofd helder te maken. Hij had nog maar een derde deel gelezen.

Haar naam stond in wit op de grijze steen geschreven. Rakel Fauke. Hij wist niet waarom, maar nu was hij blij dat ze zijn achternaam niet had aangenomen.

Hij keek rond. Er waren meer mensen op de begraafplaats, waarschijnlijk meer dan gebruikelijk omdat het zaterdag was, maar ze waren zo ver weg dat ze hem niet zouden kunnen horen als hij hardop sprak. Hij vertelde dat hij Oleg aan de telefoon had gehad. Dat het goed met hem ging, dat hij het naar zijn zin had in het noorden, maar dat hij overwoog te solliciteren naar een baan op het hoofdbureau in Oslo.

'Bij de veiligheidsdienst,' zei Harry. 'Hij zal in zijn moeders voetsporen treden.'

Harry vertelde ook dat hij Søs had gebeld. Ze had wat gezondheidsproblemen gehad, maar nu was ze weer beter en aan het werk in de supermarkt. Ze wilde dat hij op bezoek kwam bij haar en haar vriend in Kristiansand.

'Ik heb gezegd dat ik het zou proberen voordat... voordat het te laat is. Ik heb namelijk problemen met een paar Mexicanen. Ze willen mij en een vrouw, die op mijn moeder lijkt, vermoorden als ik of de politie deze moordzaak niet binnen drie dagen oplossen.' Harry lachte. 'Ik heb een voetschimmel, maar verder gaat het goed met me. Dus nu weet je dat het goed gaat met je dierbaren. Dat was altijd het belangrijkste voor je. Jijzelf was minder belangrijk. Als het aan jou lag, zou je niet gewild hebben dat er wraak werd genomen. Maar jij had er niets meer over te zeggen. En ik wilde wel wraak. Daardoor ben ik vast een slechter mens dan jij, maar dat was ik al zonder die verrekte wraaklust. Het is verdomme net zoiets als een seksuele drift. Hoewel je elke keer dat je wraak hebt genomen teleurgesteld wordt, zelfs als je weet dat je de volgende keer opnieuw zal worden teleurgesteld, moet je toch doorgaan. Als ik die weer voel, die verrekte drift, dan besef ik dat ik in de schoenen van een seriemoordenaar sta.

Want het gevoel je te kunnen wreken omdat je iets verloren hebt, is zo heerlijk dat je soms wenst dat je iets verliest om je weer te kunnen wreken. Begrijp je?' Harry voelde een brok in zijn keel. Natuurlijk begreep ze het. Dat was wat hij het meest miste. Zijn vrouw, Rakel, die alles begreep en het meeste accepteerde van haar rare geliefde. Niet alles, maar wel veel. Verdomd veel.

'Het probleem...' zei Harry en hij schraapte zijn keel, '...is natuurlijk dat ik na jou niemand meer heb die ik kan verliezen. Er valt niets meer te wreken, Rakel.'

Harry bleef staan. Hij keek naar zijn schoenen die in het gras waren gezakt, het leer was donker geworden omdat het gedronken had van het water. Hij keek op. Naar de kerk, de trap en zag een gedaante die daar stond te kijken. Er was iets bekends aan de gedaante en Harry vond dat hij eruitzag als een priester. Hij leek nu in Harry's richting te kijken.

Zijn mobiel trilde. Het was Johan Krohn.

'Zeg het eens,' zei Harry.

'Ik ben zojuist gebeld en bel je direct maar even. Het was de minister van Justitie in hoogsteigen persoon.'

'Dit is een klein land, zó *starstruck* zal je nu ook weer niet zijn geweest. Dus het is voorbij?'

'Ik dacht dat hij vanwege het artikel in VG belde. Maar wat ik vreemd vond is dat Bellman zelf het bericht wilde doorgeven. Zoiets gaat altijd langs de formele weg. Dat wil zeggen dat ik verwachtte dat...'

'Het is niet zo dat ik het druk heb op zaterdagochtend, Krohn, maar zou je kunnen doorspoelen naar wat Bellman je te zeggen had?'

'Prima. Hij zei dat hij geen juridische gronden zag waarop het departement ons onderzoek kan stoppen en dat ze om die reden geen actie zouden ondernemen. Maar dat ze in het licht van de kwestie ons wel met argusogen zouden volgen en dat bij een volgende keer de politie wel zou ingrijpen.'

'Hm.'

'Ja, ik overdrijf niet als ik zeg dat ik perplex stond. Ik was ervan overtuigd dat ze ons zouden stoppen. Vanuit de politie bekeken is het haast onbegrijpelijk, nu krijgt Bellman zowel zijn eigen mensen als de media op zijn nek. Heb jij hier een verklaring voor?'

Harry dacht na. Hij kon zo snel maar één persoon bedenken die aan zijn kant stond en die een chantagemiddel tegen Bellman had.

'Nee,' zei hij.

'Maar nu weet je in elk geval dat we nog steeds in de ring staan,' zei Krohn.

'Bedankt.'

Harry hing op. Hij dacht na. Ze konden doorgaan. Hij had nog drie dagen en geen goede sporen. Hoe was de uitdrukking ook alweer: die geboren is om te hangen, zal niet verdrinken.

'Jouw moeder had talent, begrijp je?'

Oom Fredric liep op het smalle trottoir van de Slemdalsvei en leek zich er niet druk om te maken dat mensen de weg op moesten stappen om hen te kunnen laten passeren. Hij leek helder vandaag.

'Daarom was het ook zo triest te zien dat ze haar carrière vergooide door zich in de armen te storten van de eerste de beste mecenas. Hoewel, mecenas, hij hield niet van theater, jouw stiefvader, hij ging daar maar eens in de vier jaar op schrikkeldag naartoe om zijn neus te laten zien, het was traditie bij de familie Røed dat ze sponsor waren van het Nationaltheater. Nee, hij zag Molle maar eenmaal op het toneel. Ironisch genoeg in de rol van Hedda Gabler. Molle was een knappe vrouw en in haar tijd min of meer een celebrity. Perfect voor een man om mee te pronken.'

Priem had het verhaal eerder gehoord, maar toch had hij zijn oom gevraagd het nogmaals te vertellen. Niet om te checken of het nog in het geheugen van zijn oom zat, maar omdat hij het moest horen om te weten dat hij het juiste besluit had genomen. Hij wist niet waarom hij vannacht wakker was geworden en begon te twijfelen, maar misschien was dat wel gebruikelijk als je voor grote momenten in je leven stond. Bijvoorbeeld als je huwelijksdag naderde. En dit – deze wraak – was iets waaraan hij had gedacht, over had gedroomd sinds hij een jongen was, dus het was niet zo vreemd dat zijn gedachten en gevoelens met hem aan de haal gingen nu het moment naderbij kwam.

'Zo was hun relatie,' zei zijn oom. 'Zij leefde voor hem. Hij leefde voor haar. Ze was een jonge, knappe en alleenstaande moeder die geen hoge eisen stelde. Hij was een man met geld en zonder scrupules die haar alles kon geven behalve dat ene dat ze zo nodig had. Liefde. Dat was immers de reden dat ze actrice was geworden, ze wilde in de eerste plaats geliefd zijn. Toen ze de liefde niet kreeg, niet van hem en later ook niet meer van haar publiek, leek ze te verdwijnen. Het maakte het uiteraard niet makkelijker voor haar dat jij een overactief, verwend rotjoch was. Toen de mecenas jullie ten slotte verliet, werd je moeder een depressieve, vermoeide alcoholiste die ondanks haar talent geen rollen meer kreeg. Ik geloof niet dat ze van hem had gehouden. Het was het feit dat ze verlaten werd door iemand – wie dan ook – dat de eerste nagel aan haar doodskist was. Jouw moeder was altijd een kwetsbare vrouw geweest, maar ik moet zeggen dat ik niet had verwacht dat ze het huis in brand zou steken.'

'Je weet niet of ze dat heeft gedaan,' zei Priem.

Zijn oom bleef staan, rechtte zijn rug en lachte breed naar een jonge vrouw die hun tegemoet kwam lopen. 'Groter!' riep hij wijzend naar zijn eigen borst. 'Je moet grotere hebben!'

De vrouw zag er verschrikt uit en haastte zich voorbij.

'O, jawel. Zij heeft het vuur aangestoken,' zei oom Fredric. 'De brand was begonnen in haar slaapkamer en er was een behoorlijk promillage alcohol in haar bloed gevonden, bleek uit het onderzoek naar de brand. Waarschijnlijk was onder invloed roken in bed de oorzaak. Als ouders hun kinderen meenemen in de dood dan is dat meestal om ze het leed te besparen als wees op te groeien en ik weet dat het je pijn doet dit te horen, maar in het geval van je moeder was de reden dat ze vond dat jij net zo weinig waard was als zij.'

'Dat is niet waar,' zei Priem. 'Ze deed het omdat ze mij niet aan hem wilde toevertrouwen.'

'Aan je stiefvader?' Oom Fredric lachte. 'Ben je zo dom? Hij wilde je niet eens hebben, hij was blij dat hij van jullie af was.'

'Jawel,' zei Priem zo zacht dat zijn woorden overstemd werden door de metro die langs hen kwam gesuisd. 'Hij wilde me wel hebben, alleen niet op de manier die jij denkt.'

'Heeft hij je bijvoorbeeld ooit een cadeau gegeven?'

'Ja,' zei Priem. 'Toen ik tien jaar was gaf hij me met kerst een boek over de martelmethoden van de Comanche. Zij waren daar het best in. Ze hingen hun slachtoffers bijvoorbeeld ondersteboven op aan een boom en maakten vuur onder hen zodat hun hersenen uiteindelijk begonnen te koken.'

Oom Fredric lachte. 'Niet gek. Hoe dan ook, mijn morele verontwaardiging kent grenzen, zowel wat betreft de Comanche als jouw stiefvader. Je moeder had hem beter moeten behandelen, hij was immers haar gastheer. Zoals de mens als parasiet de aarde beter zou moeten behandelen. Nou ja, er is geen reden om daarover te klagen. Mensen denken dat wij biologen de natuur onveranderd willen laten, als een soort museum. Maar het lijkt erop dat wij als enigen beseffen en accepteren dat de natuur bij voortduring verandert, dat alles doodgaat en verdwijnt, en dat dát de natuur is. Dus niet het bestaan van de soort, maar de ondergang ervan.'

'Zullen we omkeren en teruglopen?'

'Teruglopen? Waarheen?'

Priem zuchtte. De hersenen van oom Fredric waren duidelijk minder helder aan het worden. 'Naar het ziekenhuis.'

'Ik maakte maar een grapje,' zei oom Fredric grinnikend. 'Dat verpleegstertje dat met jou is meegelopen naar mijn kamer, ik wil er duizend kronen op zetten dat het me voor maandag lukt haar te neuken. Wedje maken?'

'Elke keer dat wij wedden en jij verliest, beweer je dat je niet meer weet dat we hebben gewed. Maar als je wint...'

'Doe niet zo flauw, Priem. Een paar voordelen mogen wij dementen toch hebben?'

Nadat ze hun korte wandeltocht hadden beëindigd en Priem zijn oom bij de bewuste verpleegkundige had afgeleverd, liep hij dezelfde weg terug. Hij stak de Slemdalsvei over, ging in oostelijke richting door een wijk met villa's op grote percelen. In deze wijk waren de villa's duur, maar de huizen die dichter tegen de rondweg stonden waren iets goedkoper vanwege het verkeerslawaai. Daar stond ook het afgebrande huis.

Hij tilde de klink van het roestige ijzeren hek op en liep over het grindpad omhoog naar het groepje berkenbomen. Daarachter stond de uitgebrande villa. Het feit dat het huis zo verscholen lag voor de buurt had hem geholpen met de uitsteltactiek tegenover de gemeente, die wilde dat hij de ruïne liet opruimen. De trap naar de eerste verdieping was verbrand en ingestort. Op die verdieping was de slaapkamer van zijn stiefvader. Die van hem was op de begane grond. Misschien dat het daarom zo makkelijk ging. De afstand. Niet dat zij het niet had geweten, maar daardoor was het voor haar mogelijk te doen alsof ze van niets wist. Alle muren binnenshuis waren ingestort, de hele begane grond was nu een grote ruimte bedekt onder een laag as. Hier en daar kwam er iets omhoog uit de as. Een struik. Misschien werd het wel een boom. Hij liep naar het verbrande ijzeren bed in wat zijn kamer was geweest. Een dakloze Bulgaar had hier ingebroken en een poosje gebivakkeerd. Als het niet onherroepelijk had geleid tot klachten van de buurt dan had Priem die arme man hier laten blijven. Hij had de Bulgaar wat geld gegeven en de man had het huis zonder protest verlaten met de weinige bezittingen die hij had. Alleen een paar natte wollen sokken en een matras waren achtergebleven. Priem had het slot op de deur vervangen en nieuwe platen voor de ramen geplaatst.

De stalen veren van het bed kraakten toen hij met zijn volle gewicht op het vuile, vochtige matras ging zitten. Hij huiverde. Dat was het geluid uit zijn jeugd, een geluid dat zich had vastgezet in zijn hersenen, net zo onuitroeibaar als de parasieten die hij kweekte.

Maar ironisch genoeg was dit bed ook zijn redding geweest toen het huis in brand stond en hij eronder was gekropen.

Hoewel er dagen waren geweest dat hij die redding had vervloekt. De eenzaamheid in de tehuizen. De eenzaamheid bij de verschillende pleegouders bij wie hij was weggelopen. Niet omdat ze geen goede, bereidwillige mensen waren, maar omdat hij in al die jaren niet alleen kon slapen. Hij lag altijd te wachten en te luisteren. Naar de brand. Naar de pleegvader in huis. Uiteindelijk kon hij niet meer en liep weg. Dan moest hij weer naar een nieuw tehuis waar hij af en toe bezoek kreeg van oom Fredric, zoals hij nu zijn oom bezocht. Zijn oom die duidelijk had gezegd dat hij maar een oom was en als alleenstaande man niet in staat was de jongen in huis te nemen. De leugenaar. Maar waar hij zich wel om had bekommerd, was de bescheiden erfenis van zijn moeder. Daarvan had Priem weinig teruggezien. Afgezien van deze villa. Dat was slechts een van de redenen dat hij zich vroeger had verzet tegen verkoop, hij wist dat het geld dan in de zakken van zijn oom zou verdwijnen.

Priem wipte op en neer op het bed. De veren schreeuwden en hij sloot zijn ogen. Ging terug naar de geluiden, geuren, pijn en schaamte. Hij had die geluiden nu nodig, had ze nodig om er zeker van te zijn. Hij was alle grenzen al overgegaan, hij was hierheen gekomen, dus waarom die steeds terugkerende twijfel? Ze zeggen dat het plegen van de eerste moord het moeilijkst is. Daar was hij niet zeker van. Hij wipte op en neer. Voelde. Eindelijk kwamen de herinneringen, het gevoel was zo duidelijk alsof het hier en nu gebeurde. Ja, hij wist het zeker.

Hij opende zijn ogen en keek op zijn horloge.

Hij moest naar huis om te douchen en zich om te kleden. Om zijn eigen luchtje op te doen. Om daarna naar het theater te gaan.

HOOFDSTUK 28

Zaterdag. Laatste akte.

De enige lichtbronnen waren de lampen op de bodem van het bad en in het halfdonker flakkerde het licht langs de wanden en het plafond. Toen hij haar zag, hadden Harry's hersenen het eindelijk opgegeven na te denken over alle details die hij in de rapporten had gelezen. Alexandra's badpak leek meer bloot te geven dan als ze volledig naakt was geweest. Hij leunde op zijn ellebogen op de badrand terwijl zij in het water ging, dat volgens de receptionist van The Thief Spa precies vijfendertig graden was. Alexandra nam hem op terwijl hij haar opnam en had die geheimzinnige lach op haar gezicht die vrouwen hebben als ze weten – en het fijn vinden – dat mannen genieten van wat ze zien.

Ze zwom van hem weg. Behalve een stel dat aan de andere kant van het bad zat, was er verder niemand. Het water kwam tot halverwege hun borst. Harry haalde de champagnefles uit de koeler die op de rand stond, schonk een glas voor haar in en reikte haar dat aan.

'Bedankt,' zei ze.

'Bedankt als in nu staan we quitte?' zei hij en hij keek hoe ze dronk.

'In geen geval,' zei ze. 'Na wat er in VG heeft gestaan zou het onprettig zijn als uitkomt dat ik die DNA-analyses voor jou heb gedaan. Dus ik wil dat jij me een geheim vertelt.'

'Hm, wat dan?'

'Dat mag jij bepalen.' Ze ging dicht tegen hem aan staan. 'Maar het moet iets zijn wat diep verborgen ligt.'

Harry keek haar aan. Ze had dezelfde blik als Gert had gehad toen hij wilde dat Harry het zeven-kikkertjeslied zong. Alexandra wist dat Harry Gerts vader was en nu kwam er een wilde gedachte bij hem op. Hij wilde de rest ook vertellen. Hij keek naar de champagnefles. Had hij al begrepen toen hij die bestelde – weliswaar met slechts één glas – dat dat een slecht idee was? Zoals het een slecht idee was haar te vertellen wat alleen hij en Johan Krohn wisten. Hij schraapte zijn keel.

'Ik heb het strottenhoofd van een man in L.A. verbrijzeld,' zei Harry. 'Ik voelde het kraken onder mijn knokkels, voelde dat het kapotging. En ik vond het fijn.'

Alexandra staarde hem met grote ogen aan. 'Hadden jullie gevochten?'

'Ja.'

'Waarom?'

Harry haalde zijn schouders op. 'Vechtpartij in een bar om een dame. Ik was dronken.'

'Hoe liep dat voor jou af?'

'Goed, ik sloeg maar één keer, toen was het voorbij.'

'Je sloeg hem op zijn strottenhoofd?'

'Ja. *Chisel fist*. Slag met een beitel.' Hij stak zijn hand uit en liet het zien. 'Ik heb dat geleerd van een man-tegen-manstrijder die de FSK in Afghanistan trainde. Want als je de tegenstander op de juiste plek raakt, zal het gevecht onmiddellijk stoppen, de hersenen richten zich nog maar op één ding: zien adem te halen.'

'Zo?' zei ze en ze boog de twee kootjes van haar vingers.

'En zo,' zei Harry, hij strekte haar duim en duwde die tegen haar pink. 'En nu mik je op het strottenhoofd, hier.' Hij tikte met zijn wijsvinger tegen zijn eigen hals.

'Hé!' riep hij toen ze zonder waarschuwing naar hem uithaalde.

'Sta stil!' riep ze lachend en haalde weer uit.

Harry dook opzij. 'Ik geloof dat je het niet begrepen hebt. Je loopt het risico dat je iemand vermoordt als je raak slaat. Laten we zeggen dat dit het strottenhoofd is.' Hij wees naar zijn ene tepel. 'En nu moet je...' Hij greep haar heupen onder water en liet zien hoe ze moest draaien om kracht in de slag te krijgen. 'Klaar?'

'Klaar.'

Na vier pogingen had ze zo hard geslagen dat Harry ervan moest kreunen.

Het stel aan de andere kant zweeg en keek met een bezorgde blik naar hen.

'Hoe weet je dat je hem niet hebt gedood?' zei Alexandra terwijl ze opnieuw de positie innam om hem te slaan.

'Dat weet ik niet zeker. Maar als hij dood is gegaan, neem ik aan dat zijn vrienden me daarna niet in leven hadden gelaten.'

'Als hij was gestorven, weet je dan wel dat je dan geworden bent als de mannen op wie je in je loopbaan jacht hebt gemaakt?'

Harry trok zijn neus op. 'Misschien.'

'Misschien? Ruzie om een dame, denk je soms dat dat een edel motief is?'

'Laten we het zelfverdediging noemen.'

'Je kan veel zelfverdediging noemen, Harry. Eerwraak is zelfverdediging. Moord uit jaloezie is zelfverdediging. Mensen plegen moorden om hun zelfrespect en waardigheid te verdedigen. Je hebt zelf meegemaakt dat iemand doodt om zichzelf een vernedering te besparen, of niet?'

Harry knikte en keek haar aan. Had ze het begrepen? Had ze begrepen dat Bjørn niet alleen de hand aan zichzelf had geslagen? Nee, haar blik was naar binnen gekeerd, ze dacht nu aan haar eigen ervaring. Harry wilde nog iets zeggen toen haar hand weer uitschoot. Hij verroerde zich niet terwijl er een triomfantelijke lach op haar gezicht verscheen. Haar hand, gevormd als een beitel, raakte zijn hals.

'Ik had je kunnen doden,' zei ze.

'Ja.'

'Je had de tijd niet om te reageren?'

'Nee.'

'Of vertrouwde je erop dat ik jouw strottenhoofd niet zou verbrijzelen?'

Hij lachte even, maar antwoordde niet.

'Of…' Ze fronste haar voorhoofd. 'Kan het je niet verdommen?'

Harry lachte breder. Greep de fles achter zich en schonk haar glas vol. Hij keek naar de fles en zag voor zich hoe hij die tegen zijn lippen kon zetten, zijn hoofd in zijn nek kon leggen en geklok zou horen terwijl de alcohol in zijn lichaam verdween, hij zou de fles laten zakken, die nu leeg was, en met zijn vuist zijn mond afvegen en zij zou hem met grote ogen aankijken. In plaats daarvan zette hij de bijna volle fles terug in de koeler. Hij kuchte en zei: 'Wat vind je ervan, zullen we naar de sauna gaan?'

In plaats van Shakespeares vijfakter vertolkte het Nationaltheater *Romeo en Julia* in twee lange aktes met na een uur een pauze van vijftien minuten.

Toen het pauzesignaal klonk, liep de zaal leeg en stroomden de gangen en bar vol. Drankjes werden gehaald. Helene ging in de rij voor de bar staan terwijl ze luisterde naar de gesprekken om haar heen. Vreemd genoeg ging geen ervan over het stuk, alsof dat pretentieus of vulgair zou zijn. Ineens rook ze iets, de geur deed haar denken aan Markus. Ze draaide zich half om. Achter haar stond een man en hij kon nog net naar haar glimlachen voordat ze zich weer had omgedraaid. Die glimlach was… ja, wat was die geweest? Haar hart sloeg in elk geval sneller. Ze moest bijna lachen, het kwam vast door het stuk, een psychologische priming waardoor niet alleen zij ineens dacht in ieder mannengezicht haar Romeo te zien. Want de man achter haar was helemaal niet aantrekkelijk. Misschien niet direct lelijk – de lach had mooie tanden onthuld – maar wel oninteressant. Maar toch, haar hart klopte nog sneller en ze voelde een lust die ze in geen jaren had gevoeld om zich weer om te draaien. Naar hem te kijken. Kijken waarom ze dat wilde doen.

Ze weerstond de neiging, bestelde witte wijn die al in een plastic glas was geschonken en nam dat mee naar een van de ronde tafeltjes die langs de lage wand stonden. Ze nam de man op die nu contant probeerde af te rekenen voor een flesje water terwijl de vrouw achter de bar naar de poster wees waarop stond: ALLEEN PINNEN. Tot haar verbazing merkte ze dat ze overwoog naar hem toe te lopen om te betalen. Maar hij had het al opgegeven en draaide zich om naar Helene. Hun blikken kruisten elkaar en hij lachte weer. Hij kwam naar haar tafeltje. Haar hart klopte als een razende. Wat was dit? Het was toch niet de eerste keer dat een man zo direct was. 'Mag ik?' vroeg hij, een hand op de lege stoel leggend.

Ze glimlachte even – naar ze aannam afwijzend – terwijl haar hersenen haar mond commandeerden om 'nee, liever niet' te zeggen.

'Natuurlijk.'

'Bedankt.' Hij ging zitten en leunde over het tafeltje alsof ze al in een gesprek waren verwikkeld.

'Het is misschien een spoiler,' zei hij bijna fluisterend. 'Maar ze heeft het vergif gedronken en zal sterven.'

Zijn gezicht was zo dichtbij dat ze zijn parfum kon ruiken. Nee, die leek helemaal niet op die van Markus, deze was veel wilder. 'Voor zover ik weet drinkt ze pas in de laatste akte het vergif,' zei Helene.

'Dat denkt iedereen, maar ze is al vergiftigd. Geloof me.' Hij lachte. Witte roofdiertanden. Ze had zin zich voorover te buigen, te voelen hoe hij door haar huid beet terwijl ze haar nagels in zijn rug zette. Allemachtig, wat was dit? Een deel van haar wilde wegrennen, een ander deel wilde zich in zijn armen werpen. Ze sloeg haar benen over elkaar, voelde dat ze nat werd. Was dat mogelijk?

'Stel je voor dat ik het stuk niet ken,' zei ze. 'Waarom wil je dan het eind verklappen?'

'Omdat ik wil dat je voorbereid bent. Het is immers iets vreselijks, de dood.'

'Ja, dat is het,' zei ze zonder zijn blik los te laten. 'Maar wordt de optelsom van ontzetting niet groter als je je ook nog schrap moet zetten?'

'Dat hoeft niet.' Hij leunde achterover. 'Niet als de vreugde om te leven groter wordt door de zekerheid dat het leven niet eeuwig duurt.'

Hij kwam haar vaag bekend voor. Was hij op het feest op het dakterras geweest? Of kende ze hem van Danielles?

'Memento mori,' zei ze.

'Ja, maar nu moet ik water hebben.'

'Ik zag het.'

'Hoe heet je?'

'Helene. En jij?'

'Noem me maar Priem. Helene?'

'Ja, Priem,' zei ze lachend.

'Wil je ergens met me water gaan drinken?'

Ze lachte. Nipte van haar wijn. Wilde zeggen dat ze hier water hadden en dat zij kon betalen. Of nog beter, dat hij haar glas kon krijgen en water kon tappen in het toilet. Dat het drinkwater in Oslo beter was dan dat in een flesje en bovendien milieuvriendelijker.

'Waar zou je naartoe willen?' vroeg ze.

'Is dat belangrijk?'

'Nee.' Ze geloofde haar eigen oren niet.

'Mooi.' Hij drukte zijn handpalmen tegen elkaar. 'Laten we gaan.'

'Nu? Ik dacht dat je na de laatste akte bedoelde?'

'We weten toch al hoe het afloopt.'

Terse Acto stond in Vika en was duidelijk nog maar net open. Er werden tapas geserveerd in het allerhoogste prijssegment en het was chiquer dan chic.

'Goed?' vroeg Alexandra.

'Geweldig,' zei Harry, hij veegde zijn mond af met zijn servet en probeerde niet naar haar wijnglas te kijken.

'Ik dacht dat ik Oslo goed kende, maar van dit restaurant had ik nog niet gehoord. Helge heeft me het aanbevolen. Homo's weten zoiets altijd.'

'Homo? Dat had ik niet gedacht.'

'Dat komt omdat je de aantrekkingskracht niet meer hebt.'

'Je bedoelt dat ik die wel had?'

'Jij? Jazeker, jij had aantrekkingskracht. Niet op iedereen, natuurlijk. Niet op veel mensen eigenlijk.' Ze hield haar hoofd schuin. 'Nu ik erover nadenk, eigenlijk op heel weinig mensen.' Ze lachte, hief haar wijnglas en tikte zijn waterglas aan.

‘Dus jij denkt dat Terry Våge zijn bron kwijt is, wanhopig is geworden en nu de boel bij elkaar verzint?’ vroeg ze.

Harry knikte. ‘De enige manier waarop hij kan weten wat hij weet is dat hij direct contact heeft met de moordenaar en dat zie ik niet voor me.’

‘Wat nu als hij zijn eigen bron is?’

‘Hm, dat Våge de moordenaar is, bedoel je?’

‘Ik heb over een Chinese schrijver gelezen die vier mensen had vermoord, daar boeken over schreef en pas twintig jaar later is veroordeeld.’

‘Liu Yongbiao,’ zei Harry. ‘En Richard Klinkhamer. Zijn vrouw verdween en kort daarna schreef hij een roman over een man die zijn vrouw vermoordt en haar in de tuin begraaft. Daar hebben ze haar gevonden. Maar die mannen moordden niet om erover te kunnen schrijven, wat jij suggereert.’

‘Ja, maar Våge kan het hebben gedaan. Staatslieden beginnen oorlogen om herkozen te worden of in de geschiedenisboeken terecht te komen. Waarom zou een journalist niet hetzelfde doen om koning op de berg te worden? Je moet checken of hij een alibi heeft.’

‘Oké, wat betreft dat checken. Je zei dat je Oslo zo goed kent. Heb je ooit van Villa Dante gehoord?’

Alexandra begon te lachen. ‘Jazeker. Heb je zin om daarheen te gaan en te checken of je toch nog aantrekkingskracht hebt? Hoewel ik betwijfel of ze je binnenlaten. Zelfs in het kostuum dat je nu draagt.’

‘Wat bedoel je?’

‘Het is een… hoe zal ik het zeggen, een exclusieve homoclub.’

‘Ben je daar geweest?’

‘Nee, ben je gek, maar ik heb een vriend die homo is. Peter. Hij is trouwens de buurman van Røed en hij had me uitgenodigd voor het terrasfeest.’

‘Jij was daarvoor uitgenodigd?’

‘Niet officieel, het was zo’n feest waar mensen zomaar binnen komen rollen. Ik was van plan Helge mee te nemen en hem te koppelen aan Peter, maar helaas moest ik werken die avond. Hoe dan ook, ik ben wel verschillende keren met Peter naar SLM geweest.'

'SLM?'

'Je bent er helemaal uit, Harry. Scandinavian Leather Man. Homoclub voor de gewone man. Daar heb je ook een dresscode, er zijn darkrooms en in de kelder meer van dat soort zaken. Een beetje te vulgair voor de clientèle die lid is van Villa Dante, denk ik. Peter vertelde me dat hij geprobeerd had daarvan lid te worden, maar dat het onmogelijk was. Je moet tot de kern van de *inner circle* behoren, een soort Opus Dei van de homo's. Maar het is er vast verrekte stijlvol. Denk aan *Eyes Wide Shut*. Slechts één avond in de week open, gemaskerd bal voor volwassen mannen in dure pakken. Iedereen loopt rond met een dierenmasker en heeft een bijpassende bijnaam. Alles volkomen anoniem. Avontuurtjes alom en de obers zijn... laten we zeggen jongemannen.'

'Boven de wettelijke leeftijd?'

'Nu waarschijnlijk wel. De club moest sluiten toen die nog Tuesdays heette. Een jongen van veertien die daar bediende klaagde een van de gasten aan voor verkrachting. We hebben een spermatest gedaan, maar uiteraard geen match gevonden in onze database.'

'Uiteraard?'

'De clientèle in Tuesdays zijn geen types die een strafblad hebben. Maar nu is de club dus opengegaan onder de naam Villa Dante.'

'Waarover niemand iets lijkt te hebben gehoord.'

'Ze opereren onder de radar, publiciteit hebben ze niet nodig. Daarom is Peter er ook zo op gebrand om lid te worden.'

'Je zei dat het vroeger Tuesdays heette?'

'Ja, de clubavonden waren op dinsdagen.'

'Is dat nog steeds zo?'

'Ik kan het Peter vragen, als je wilt.'

'Hm, hoe kan ik daar binnenkomen, denk je?'

Ze lachte. 'Met een huiszoekingsbevel, neem ik aan, dat je hierbij voor vanavond van me krijgt als het om mij gaat.'

Het duurde even voor Harry begreep wat ze bedoelde. Hij trok een wenkbrauw op.

'Yep,' zei ze en ze tilde haar glas weer op. 'Dat is een bevel.'

‘Woon je buiten de stad?’ vroeg Helene.

‘Nee,’ zei de man, die haar had gezegd hem Priem te noemen. Hij reed langs de nieuwe, moderne huizen die aan weerszijden van de weg naar Snarøya in het open landschap stonden. ‘Ik woon in het centrum, maar ik liet hier altijd ’s avonds mijn hond uit nadat het vliegveld werd gesloten. Er was hier niemand en ik kon de hond los laten lopen.’ Hij wees naar het water in het westen en hij at meer van de chips uit de zak. Haar had hij niets aangeboden.

‘Dat is een mooi natuurgebied,’ zei Helene. ‘Was je niet bang dat je hond achter vogels aan zou gaan?’

‘Jawel, en dat is ook een paar keer gebeurd. Ik troostte me met de gedachte dat het nu eenmaal de natuur is en dat we ons daar niet mee kunnen bemoeien. Maar dat is natuurlijk niet waar.’

‘Niet?’

‘Nee, de mens is ook een product dat de natuur heeft geschapen en we zijn niet het enige organisme dat zijn best doet de aardbol zoals we die kennen te vernietigen. Maar samen met de intelligentie die de natuur ons heeft gegeven om collectief zelfmoord te plegen, heeft ze ons het vermogen tot zelfreflectie gegeven. Misschien dat die ons kan redden. Ik hoop het. In elk geval, ik heb me overgegeven aan de natuur en ben begonnen ervoor te zorgen.’

Hij wees naar de handgreep boven haar portier en Helene zag dat er een flexlijn met een halsband aan hing.

‘Het was een fijne hond,’ zei hij. ‘Ik kon in de auto blijven zitten lezen in het licht van het lampje terwijl hij kon rondlopen, vijftig meter naar alle richtingen. Honden – en mensen – hebben niet meer nodig. Vele wíllen niet eens meer.’

Helene knikte. ‘Maar op een dag willen ze misschien toch meer en willen ze weg. Wat doet de hondenbaas dan?’

‘Ik heb geen idee. Mijn hond wilde nooit verder.’ Hij had de hoofdweg verlaten en nam een bospad. ‘Wat zou jij hebben gedaan?’

‘Hem hebben vrijgelaten,’ zei Helene.

‘Zelfs als je weet dat hij het in zijn eentje buiten niet overleeft?’

‘Geen van ons overleeft het.’

'Dat is waar,' zei hij.

Hij remde af. De weg eindigde. Hij deed de motor en de koplampen uit en het werd pikkedonker om hen heen. Ze hoorde de wind ruisen in het riet en tussen de bomen door kon ze het water en de lichten van de eilanden voor de kust zien.

'Waar zijn we?'

'Niet ver van het moeras,' zei hij. 'Dat daar is Høvikodden, dat Borøya en dat Ostøya. Nadat ze hier huizen hebben gebouwd is dit een populair wandelgebied geworden. Overdag krioelt het hier van de gezinnen met kinderen. Maar nu hebben jij en ik dit voor ons alleen, Helene.'

Hij klikte de autogordel los en draaide zich om naar haar.

Helene haalde diep adem, sloot haar ogen en wachtte. 'Dit is ziek,' zei ze.

'Ziek?'

'Ik ben een getrouwde vrouw. En dit is een... heel slechte timing.'

'Hoezo?'

'Omdat ik op het punt sta mijn man te verlaten.'

'Voor mij klinkt dat als een perfecte timing.'

'Nee.' Ze schudde haar hoofd zonder haar ogen te openen. 'Nee, je begrijpt het niet. Als Markus dit te weten komt terwijl we aan het onderhandelen zijn...'

'Dan krijg je minder miljoenen van hem.'

'Ja, wat ik nu doe is volkomen idioot.'

'Dus waarom doe je het?'

'Ik weet het niet.' Ze drukte haar handen tegen haar slapen. 'Het lijkt wel of iemand mijn hersenen heeft overgenomen.' Op hetzelfde moment besefte ze iets. 'Waarom denk je dat hij miljoenen heeft?' Ze opende haar ogen en keek hem aan. Ja, er was iets bekends aan hem. Iets in zijn blik. 'Was jij op het dakterrasfeest? Ken je hem?'

Hij antwoordde niet. Hij glimlachte slechts terwijl hij de muziek aanzette. Het was een theatrale vibratostem stem die iets zong over *scary monsters*. Ze had de stem eerder gehoord, maar kon hem niet thuisbrengen.

'Die martini,' zei ze plotseling stellig. 'Jij was in Danielles. Jij had dat drankje voor me besteld of niet?'

'Waarom denk je dat?'

'Dat je achter me in de rij stond, dat je naar me toe kwam om aan mijn tafeltje te gaan zitten, dat is niet iets wat je doet in de pauze van een voorstelling. Het was geen toeval.'

Hij ging met zijn hand door zijn haar en bekeek zichzelf in de spiegel.

'Ik beken,' zei hij. 'Ik volg je al een poosje. Ik wilde alleen met je zijn. En dat ben ik nu. Dus wat doen we?'

Ze haalde adem en klikte haar autogordel los. 'We maken een wip,' zei ze.

'Is het niet onrechtvaardig?' zei Alexandra. Ze waren klaar met eten en zaten in de bar van het restaurant. 'Ik heb altijd kinderen gewild, maar heb ze nooit gekregen. Terwijl jij die ze nooit...' Ze knipte met haar vingers boven haar White Russian-drankje.

Harry nam een klein slokje van zijn water. 'Het leven is zelden rechtvaardig.'

'En het is ook zo toevallig,' voegde ze eraan toe. 'Bjørn Holm stuurt zijn DNA in om te checken of hij de vader is van... Hoe heet die jongen ook alweer?'

'Gert.'

Alexandra zag aan Harry dat dit iets was waarover hij niet wenste te praten. Maar toch – mogelijk omdat ze wat te veel had gedronken – ging ze verder.

'Dat was hij dus niet. Daarna doe ik een DNA-check in de databse en dan blijkt dat het DNA van jou afkomstig is, ik check het nogmaals en inderdaad, jij slaagt voor de vaderschapstest. Als ik er niet was geweest dan...'

'Het is jouw schuld niet,' onderbrak Harry haar.

'Wat is mijn schuld niet?'

'Niets,' zei Harry. 'Vergeet het.'

'Dat Bjørn Holm zich van het leven heeft beroofd?'

'Dat hij...' Harry stopte.

Alexandra zag hem grimassen alsof hij ergens pijn had. Wat was het dat hij niet vertelde? Wat kón hij niet vertellen?

'Harry?'

'Ja?' Zijn blik leek vastgevroren op de plank met flessen achter de barman.

'Het was toch een lustmoordenaar die jouw vrouw heeft vermoord? Finne?'

'Vraag het hem.'

'Finne is dood. Als hij het niet was dan...'

'Dan?'

'Jij werd verdacht.'

Harry knikte. 'We verdenken altijd de partner. En meestal is dat terecht.'

Alexandra nam een flinke slok. 'Was jij het, Harry? Heb jij je vrouw vermoord?'

'Een dubbele van die daar,' zei Harry wijzend. In een flits dacht Alexandra dat hij het tegen haar had.

'Die?' vroeg de barman en hij wees naar een vierkante fles die in een drankdispenser hing.

'Ja, graag.'

Harry zweeg tot het glas met de geelbruine vloeistof voor hem stond.

'Ja,' zei hij en hij tilde het glas op. Hij wachtte even alsof hij ertegen opzag het leeg te drinken. 'Ik heb haar gedood.' Hij goot de inhoud in een lange teug naar binnen en had al een tweede besteld voordat hij het glas weer op de bar zette.

Helene kwam weer op adem, maar bleef op hem zitten.

Ze had hem op haar stoel getrokken, de stoelleuning naar beneden gedaan terwijl hij het lampje uitdeed en het condoom uitpakte. Ze had hem bereden als een van haar paarden, maar zonder hetzelfde gevoel van controle. Hij was geluidloos klaargekomen, maar ze had zijn orgasme gevoeld door het aan- en ontspannen van zijn spieren.

Zij was ook klaargekomen. Niet omdat hij een goede minnaar was, maar omdat ze al zo geil was voordat ze haar broek en slipje uit had, dat alles goed was geweest.

Ze voelde dat hij slap in haar werd.

'Waarom heb je me gestalkt?' vroeg ze en ze keek naar hem, hoe hij onder haar lag, net zo naakt als zij.

'Wat denk je?' vroeg hij en hij legde zijn handen achter zijn hoofd.

'Je werd verliefd op me toen je me op het dakterrasfeest zag.'

Hij lachte breed en schudde zijn hoofd. 'Ik ben niet verliefd op je, Helene.'

'Niet?'

'Ik ben wel verliefd, maar op een andere vrouw.'

Helene voelde dat ze geïrriteerd raakte. 'Speel je een spel?'

'Nee, ik zeg alleen hoe het zit.'

'Dus wat doe je hier? Met mij?'

'Ik geef je wat je wil hebben. Of beter gezegd: wat je lijf en hersenen willen hebben. En dat ben ik.'

'Jij?' Ze snoof. 'Waarom ben je er zo zeker van dat ik niet wie dan ook wilde hebben?'

'Omdat ik de lust in je heb geplant. Die kruipt en krabbelt nu door jouw lijf en hersenen.'

'De lust om jou te willen?'

'Ja, mij. Of beter gezegd, wat in jou kruipt wil graag in mijn darmstelsel komen.'

'Haha, jij denkt dat ik zin heb om jou te nemen met een *strap-on*? Mijn man wilde dat in het begin van onze relatie ook.'

De man die zich Priem noemde, schudde zijn hoofd. 'Ik bedoel de dikke en dunne darm. Jouw darmflora. Zodat ze zich kunnen vermenigvuldigen. Wat je man betreft is het nieuw voor me dat hij vanachter gepenetreerd wil worden. Toen ik nog een jongen was wilde hij dat doen.'

Helene staarde hem aan. Ze was in de war, maar wist dat ze het goed had gehoord.

'Wat bedoel je?'

‘Wist je niet dat je man jongens neukt?’

‘Jongens?’

‘Jonge jongens.’

Ze slikte. Ze had natuurlijk gemerkt dat hij van mannen hield, maar had hem daar nooit mee geconfronteerd. Het perverse was niet dat hij biseksueel was of – waarschijnlijker – een homo in de kast. Het zieke was dat Markus Røed – een van de rijkste en machtigste mannen in de stad, iemand die door de pers beschuldigd was van inhaligheid, belastingontduiking en slechte smaak – voor de buitenwereld niet dat enige menselijke trekje durfde te bekennen waardoor hij vrijer had kunnen ademhalen. In plaats daarvan was hij een klassiek geval van homofobe homo geworden, een narcist die zichzelf haatte, een wandelende paradox. Maar jonge jongens? Kinderen? Nee. Tegelijkertijd, nu de gedachte had postgevat en ze terugdacht, was het heel logisch. Ze rilde. Maar ook een andere gedachte kwam in haar op: dit kon van nut zijn tijdens de afhandeling van de scheiding.

‘Hoe weet je dat?’ vroeg ze en zonder te bewegen keek ze rond op zoek naar haar slipje.

‘Hij was mijn stiefvader. Hij misbruikte me vanaf mijn zesde. Ik weet dat zo precies omdat ik op de dag dat ik zes werd een fiets van hem kreeg en hij me voor de eerste keer misbruikte. Drie keer in de week. Drie keer in de week neukte hij mijn kleine kontje. Jaar in, jaar uit.’

Helene ademde met open mond. Het rook in de auto sterk naar sperma en muskus. Ze slikte. ‘En je moeder, wist zij van…?’

‘Het gebruikelijke. Ze had wel verdenkingen, maar deed niets om die te onderzoeken. Ze was werkloos, verslaafd aan de drank en was bang hem kwijt te raken. Toch gebeurde dat.’

‘Dat zie je altijd, mensen die bang zijn, worden verlaten.’

‘Ben jij niet bang?’

‘Ik? Waarom zou ik?’

‘Nu weet je de reden waarom jij en ik hier zijn.’

Vergiste ze zich of werd hij inderdaad weer hard in haar?

'Susanne Andersen?' vroeg ze ten slotte. 'Was jij dat?'

Hij knikte.

'En Bertine?'

Hij knikte weer.

Misschien bluftte hij, misschien niet. Helene wist dat ze hoe dan ook bang zou moeten zijn. Dus waarom was ze dat dan niet? Waarom begon ze in plaats daarvan haar heupen op en neer te bewegen? Eerst rustig, toen heftiger.

'Niet...' zei hij, plotseling bleek in zijn gezicht geworden.

Maar ze bereed hem opnieuw. Het leek of haar lichaam een eigen wil had en ze kwam omhoog en liet zich weer met volle kracht zakken. Ze voelde dat zijn buik zich spande, ze hoorde een gesmoorde kreun en dacht dat hij bijna weer kwam. Toen zag ze een golf van geelgroen braaksel uit zijn mond gulpen. Het kwam terecht op zijn borst, de stoel, liep langs zijn buik naar haar toe. De stank was zo intens dat ze voelde dat haar eigen maag ervan omdraaide. Ze kneep met haar duim en wijsvinger haar neus dicht terwijl ze haar adem inhield.

'Nee, nee, nee,' zei hij kreunend zonder dat hij onder haar vandaan probeerde te komen. Hij ging met zijn hand tastend rond over de autovloer. Hij vond zijn overhemd en begon zich ermee af te vegen. 'Het komt door deze rotzooi,' zei hij wijzend naar de zak chips die op de middenconsole lag. Helene zag dat er Hillmans Pets op stond.

'Ik moet dat eten om de populatie parasieten op peil te houden,' zei hij, vegend met het overhemd. 'Maar het is moeilijk een balans te vinden. Eet ik te veel dan kan mijn maag er niet tegen. Ik hoop dat je het begrijpt. Of begrip hebt.'

Helene begreep het niet en had ook geen begrip, ze concentreerde zich alleen op het inhouden van haar adem en het dichtknijpen van haar neus. Ineens voelde ze een verandering. Het was of het verlangen en de lust verdwenen en plaatsmaakten voor een ander gevoel. Angst.

Susanne. Toen Bertine. En nu was het haar beurt.

Ze moest hier weg. Nu!

Hij staarde haar aan alsof hij haar angst voelde.

Ze deed haar best om een lachje te produceren. Haar linkerhand was vrij, daarmee kon ze het portier openen, uitstappen en wegrennen. Naar de rij huizen waar ze langs waren gekomen toen hij het bospad op was gereden. Het kon niet meer dan zo'n vierhonderd meter zijn. Mooi, de vierhonderd meter was haar favoriete afstand geweest en ze rende harder op blote voeten dan met schoenen aan. Ze vermoedde dat hij zou aarzelen haar achterna te rennen aangezien ze beiden naakt waren, dat was voldoende om haar een voorsprong te geven. Hij zou niet op tijd de auto hebben gedraaid om haar in te halen en als hij in de buurt kwam kon ze heel hard gaan gillen. Hij moest alleen worden afgeleid terwijl haar linkerhand de deurklink zocht. Ze wilde haar neus loslaten en met haar rechterhand liefkozend over zijn ogen gaan toen er een andere gedachte in haar opkwam. Dat de verandering in haar was ingetreden toen ze haar adem inhield en niks rook. Daar zat een verband tussen.

'Ik begrijp het,' fluisterde ze. 'Zoiets kan gebeuren. Je bent nu schoon. Laten we het weer donker maken,' zei ze aanhalig. Ze probeerde de stank niet te inhaleren en hoopte dat hij de trilling in haar stem niet zou horen. 'Waar zit het lampje?'

'Bedankt,' zei hij met een bleek lachje en hij wees naar het plafond.

Ze vond het knopje en deed het licht uit. In het donker ging ze tastend langs de binnenkant van het portier. Ze vond de klink, schoof die naar beneden en duwde het portier open. Ze voelde de koude avondlucht op haar huid. Ze schopte om weg te kunnen komen. Maar hij was te snel. Zijn handen klemden zich rond haar nek en knepen. Ze sloeg met beide handen tegen zijn borst, maar de greep rond haar nek werd alleen maar strakker. Ze duwde zich met haar ene knie omhoog en stootte de andere naar voren in de hoop hem in zijn kruis te treffen. Ze had eigenlijk niet het gevoel dat ze iets raakte, maar hij liet los en ze sprong naar buiten, ze voelde het grind onder haar blote voeten, viel, kwam weer overeind en begon te rennen. Ademhalen was moeilijk, het leek of hij nog steeds haar keel dichtkneep, maar ze moest het negeren, ze moest weg. Een beetje lucht kreeg ze. Ze zag de lichten langs de hoofdweg. Het was minder dan vierhonderd meter, toch? Jazeker, niet eens driehonderd. Dit moest lukken. Ze ging harder lopen, ze had het gevoel te vliegen. Nooit van zijn leven zou hij haa…

Het leek of er iemand in het donker stond die haar zo hard tegen haar hals stompte dat ze achteroverviel. Ze landde op haar rug en sloeg tegen de grond.

Ze moest een paar seconden weg zijn geweest, en toen ze haar ogen weer opende hoorde ze dat de voetstappen in het grind al dichtbij waren.

Ze probeerde te gillen, maar het werd gesmoord door iets rond haar nek. Met haar vingers tastte ze haar hals af en toen voelde ze het.

De halsband.

Hij had de halsband van de hond om haar nek gedaan en had haar laten rennen, de flexlijn was uit de houder gekomen en hij had rustig gewacht tot ze de vijftig meter in vrijheid had afgelegd.

Ze hoorde geen voetstappen meer toen haar vingers de gesp vonden, ze rukte die los en was bevrijd van de halsband. Ze kreeg niet de tijd om op te staan voordat haar bovenlichaam weer op het grind werd geduwd.

Hij was naakt en zijn huid was lichtgevend wit in het donker. Hij stond boven haar met zijn ene voet op haar borst. Ze staarde naar wat hij in zijn rechterhand hield. Het beetje licht dat er was weerkaatste in het glimmende staal. Het was een mes. Een groot mes. Toch was ze niet bang. In elk geval niet zo bang als toen ze in de auto haar adem had ingehouden. Het was niet zo dat ze niet bang was om dood te gaan, de begeerte was alleen sterker. Ze kon het gewoon niet anders verklaren.

Hij ging op zijn hurken zitten en legde het lemmet tegen haar hals terwijl hij in haar oor fluisterde: 'Als je gilt dan snij ik direct je keel door. Knik als je het begrepen hebt.'

Ze knikte stom. Hij leunde naar achteren, zat nog steeds op zijn hurken. Ze voelde het koude staal nog op haar hals.

'Het spijt me, Helene.' Zijn stem klonk huilerig. 'Het is niet rechtvaardig dat je moet sterven. Je hebt niets gedaan, jij bent het doel niet. Jij hebt alleen de pech dat je een noodzakelijk middel bent.'

Ze hoestte. 'No… noodzakelijk voor wat?'

'Noodzakelijk om Markus Røed te vernederen.'

'Omdat hij…'

'Ja, omdat hij me neukte. En als hij dat niet deed, moest ik als ontbijt, avondeten en soms lunch die walgelijke leuter van hem pijpen. Herken je dat, Helene? Het verschil met mij was dat ik er niets voor terugkreeg. Behalve dan die fiets. En dat hij mijn moeder toen niet verliet. Ziek, hè? Dat ik bang was dat hij ons zou verlaten. Ik weet niet of ik of mijn moeder te oud voor hem werd, maar hij verliet ons voor een jongere vrouw met een jongere zoon. Dat was allemaal ver voor jouw tijd, ik neem aan dat je daar niets over hebt gehoord.'

Helene schudde zwijgend haar hoofd. Ze kon zichzelf van een afstandje zien, ze lag naakt en rillend op het grindpad met een mes tegen haar hals gedrukt. Ze voelde de stenen in haar rug boren, ze zag geen uitweg, misschien stopte haar leven hier. En toch wilde ze hier zijn, toch wilde ze hem hebben. Was ze gek geworden?

'Mijn moeder zakte in een depressie,' zei hij met bevende stem en ze zag dat hij het ook koud had. 'Pas toen ze daar weer uit krabbelde had ze de kracht te doen wat ze me al vele malen in een dronken bui had beloofd. Ze beroofde zich van het leven en probeerde mij met zich mee te nemen. De brandweer noemde het een ongeluk. Ze had gerookt in bed. Ik noch haar broer, mijn oom Fredric, vond het nodig de verzekeringsmaatschappij te melden dat ze niet rookte. Dat het pakje dat ze hadden gevonden van Markus Røed was.'

Hij zweeg. Er viel iets warms op haar borst. Een traan.

'Ga je me nu vermoorden?' vroeg ze.

Hij haalde bevend adem. 'Zoals gezegd spijt het me, maar de kringloop van de parasieten moet doorgaan. Ze moeten zich kunnen reproduceren, snap je. Ik heb nieuwe, verse parasieten nodig van een nieuw individu dat geïnfecteerd is. Begrijp je?'

Ze schudde haar hoofd. Ze had zin hem over zijn wang te strelen, ze had het gevoel drugs te hebben genomen, de liefde was alomvattend. Nee, liefde was het niet, het was lust, ze was gewoon zo verdomde geil.

'En dan is er natuurlijk het voordeel dat doden niet kunnen praten,' zei hij.

'Natuurlijk,' zei ze. Ze ademde sneller alsof ze wist dat dit haar laatste ademteugen waren.

'Maar vertel me eens, Helene. Toen we seks hadden, voelde je je toen een poosje geliefd?'

'Ik weet het niet,' zei ze vermoeid glimlachend. 'Ja, ik geloof het wel.'

'Mooi,' zei hij en hij pakte met zijn vrije hand haar hand. Hij drukte die. 'Ik wilde je dat als geschenk geven voordat je sterft. Want dat is toch het enige wat ertoe doet? Je geliefd voelen.'

'Misschien wel,' fluisterde ze en ze deed haar ogen dicht.

'Hou die gedachte nu vast, Helene. Zeg het tegen jezelf. Ik voelde me geliefd.'

Priem keek naar haar. Zag hoe haar lippen bewogen. De woorden vormden. 'Ik voelde me geliefd.' Toen tilde hij het mes op zodat de punt naar de halsslagader wees, hij leunde voorover en legde er al zijn kracht in terwijl het lemmet naar binnen gleed. De warme fontein van bloed tegen zijn ijskoude huid deed hem huiveren van genot en walging.

Hij hield het mes vast. De schokken maakten dat hij precies kon voelen wanneer het leven uit haar verdween. Na de derde spuitfontein veranderde die in een stroom. Enkele seconden later vertelde zijn mes hem dat Helene Røed dood was.

Hij trok het mes uit haar en ging op de grond naast haar zitten. Hij veegde zijn tranen weg. Hij rilde van de kou, de angst en het afnemen van de spanning. Het werd niet makkelijker, het werd moeilijker. Maar deze vrouwen waren onschuldig. De schuldige bleef over. Dat zou heel anders zijn. Het zou heerlijk zijn Markus Røed van het leven te beroven. Maar eerst zou die duivel zoveel moeten lijden dat de dood als een verlossing kwam.

Priem voelde iets op zijn huid. Lichte regen. Hij keek omhoog. Zwart. Het zou vannacht gaan regenen. Dat zou de meeste sporen wegwassen, maar hij had nog steeds een hoop te doen. Hij keek op zijn horloge, dat was het enige wat hij nog droeg. Halftien. Als hij het handig aanpakte, zou hij voor halfelf terug zijn in het centrum.

HOOFDSTUK 29

Zaterdag. Tapetum lucidum.

Over een uur was het middernacht en de natte paden in het Slottspark glommen in het licht van de lantaarns.

Harry was prettig onder invloed en de realiteit werd voldoende vervormd. Hij was kort samengevat in de *sweet spots* van een roes waarin hij zichzelf voldoende voor de gek kon houden en mentaal pijnvrij was. Alexandra en hij liepen door het park. De gezichten die ze tegenkwamen zwommen in en uit zijn beeld. Om hem te steunen had ze zijn arm om haar schouder gelegd en haar arm rond zijn middel. Ze was nog steeds kwaad.

'Het is één ding dat ze weigerden ons nog iets in te schenken,' zei ze briesend.

'Ze weigerden mij nog iets in te schenken,' zei Harry en zijn dictie was aanmerkelijk vaster dan zijn manier van lopen.

'Een ander is dat ze ons eruit hebben gegooid.'

'Ze hebben mij eruit gegooid,' zei Harry. 'Het is me opgevallen dat de barman er niet van houdt dat gasten met hun hoofd op de bar in slaap vallen.'

'Maar toch. De manier waarop!'

'Er bestaan ergere manieren, Alexandra. Geloof me.'

'O, ja?'

'O, ja. Dit was een van de tactvolste manieren waarop ik eruit ben gegooid. Ik vraag me zelfs af of die niet thuishoort in de top vijf van respectvolste manieren.'

Ze lachte en legde haar hoofd in zijn hals. Met als gevolg dat Harry van het pad stapte en op het koninklijke grasveld terechtkwam waar een man met een poepende hond ze misprijzend opnam.

Ze kreeg Harry weer op het rechte pad. 'Laten we een tussenstop maken bij Lorry en daar een kop koffie nemen,' zei ze.

'En een biertje,' zei Harry.

'Koffie. Als je er niet weer uit gegooid wil worden.'

Harry dacht na. 'Oké.'

In Lorry was het druk, maar ze konden bij twee Franssprekende mannen aan tafel aanschuiven in de derde nis vanaf de deur. Er werden twee grote koppen met dampende koffie voor hen neergezet.

'Ze hebben het over de moorden,' fluisterde Alexandra.

'Nee,' zei Harry. 'Ze hebben het over de Spaanse Burgeroorlog.'

Tegen middernacht verlieten ze Lorry zonder alcohol te hebben gedronken en waren ze iets minder dronken.

'Naar jouw of naar mijn huis?' vroeg Alexandra.

'Bestaan er nog meer alternatieven?'

'Nee,' zei ze. 'Naar mijn huis. En we gaan lopen. Frisse lucht.'

Alexandra woonde in een appartementencomplex aan de Marcus Thranes gate, precies tussen St. Hanshaugen en Alexander Kiellands plass.

'Jij woont hier nog niet zo lang,' stelde Harry vast toen hij op zwaaiende benen in haar slaapkamer stond en zich trachtte uit te kleden. 'Maar het bed is nog hetzelfde, zie ik.'

'Goede herinneringen?'

Harry dacht na.

'Idioot,' zei Alexandra, ze duwde hem op het bed en ging op haar knieën zitten om zijn broek open te knopen.

'Alexandra...' zei hij en hij legde zijn hand op de hare.

Ze stopte en keek hem aan.

'Ik kan het niet,' zei hij.

'Te dronken, bedoel je?'

'Dat ook, maar ik was vandaag bij haar graf.'

Hij verwachtte gekrenkte woede. Koelte. Minachting. In plaats daarvan was er alleen een lichte teleurstelling in haar ogen te zien. Ze duwde hem onder het dekbed met zijn broek nog aan, deed het licht uit en kroop naast hem. Ze ging dicht tegen hem aan liggen.

'Doet het nog steeds pijn?' vroeg ze.

Harry probeerde een andere beschrijving te vinden. Leegte, gemis, eenzaamheid, angst, paniek zelfs. Maar ze had eigenlijk de spijker op de kop geslagen. Het allesoverheersende gevoel was pijn. Hij knikte.

'Je hebt geluk,' zei ze.

'Geluk?'

'Dat je zoveel van iemand hebt gehouden dat het zo'n pijn kan doen.'

'Hm.'

'Het spijt me als dat banaal klinkt.'

'Nee, je hebt gelijk. Onze gevoelens zijn banaal.'

'Ik bedoelde niet dat het banaal is om van iemand te houden. Of dat je van iemand wil houden.'

'Ik ook niet.'

Ze hielden elkaar vast. Harry staarde in het donker. Toen sloot hij zijn ogen. Hij moest nog de andere helft van de rapporten lezen. Het antwoord kon daarin zitten. Zo niet dan was hij genoodzaakt het wanhopige plan uit te voeren dat hij in eerste instantie had verworpen, maar dat weer was opgedoken tijdens het gesprek met Truls in Schrøder. Hij zweefde weg.

Hij reed op een mechanische stier. Die zwiepte zijn bovenlijf heen en weer terwijl hij zich ondertussen stevig vasthield en een drankje bestelde. Hij probeerde te focussen op de barman, maar door de heftige bewegingen vervaagden de gelaatstrekken.

'Wat wil je hebben, Harry?' Het was Rakels stem. 'Vertel me wat je wil hebben.'

Was ze het echt? Ik wil dat de stier stopt. Ik wil dat jij en ik samen zijn. Harry probeerde het te roepen, maar er kwam geen geluid. Hij drukte op de knoppen in de nek van de stier, maar de bewegingen werden alleen maar heftiger en sneller. Hij hoorde het geluid als van een mes dat door vlees snijdt en hij hoorde haar gillen.

De stier bewoog zich langzamer tot die volledig stopte.

Hij zag geen bar, maar er liep bloed over de spiegel, flessen en glazen. Hij voelde dat er iets hards tegen zijn slaap werd gedrukt.

'*I can tell you're in debt*,' fluisterde een stem recht achter hem. '*Yes, you owe me a life*.'

Hij keek op naar de spiegel. In de lichtbundel die van boven kwam zag hij zijn eigen gezicht, de pistoolloop en de hand met een vinger om de trekker. Het gezicht van de man die het pistool vasthield was in het donker, maar hij zag iets wits. Was hij naakt? Nee, het was een witte boord.

'*Wait!*' riep Harry en hij draaide zich om. Het was niet de man in de lift. Of de man achter de donkere autoruit van de Camaro. Het was Bjørn Holm. Zijn roodharige collega die het pistool tegen zijn eigen slaap zette en de trekker overhaalde.

'Nee!'

Harry merkte dat hij rechtop in bed zat.

'Mijn god!' mompelde een stem en hij zag naast zich zwart haar op een wit kussen. 'Wat gebeurt er?'

'Niets,' zei Harry hees. 'Ik droomde. Ik ga nu.'

'Waarom?'

'Ik moet rapporten lezen. En ik heb beloofd morgenvroeg met Gert naar het park te gaan.' Hij schoof uit bed, vond zijn overhemd op een stoel, trok dat aan en begon het dicht te knopen. Hij voelde de misselijkheid opkomen.

'Verheug je je er zo op om hem te zien?'

'Ik wil gewoon tijd genoeg hebben.' Hij boog zich voorover en kuste haar op haar voorhoofd. 'Slaap lekker en bedankt voor een fijne avond. Ik kom er wel uit.'

Toen Harry op de binnenplaats was gekomen, moest hij overgeven. Hij kon nog net twee groene rolcontainers opzijschuiven voor zijn maag zich omdraaide en de inhoud op de vuile stenen spatte. Terwijl hij stond bij te komen, zag hij bij de gevel aan de andere kant van de binnenplaats iets roods oplichten in het donker. Het waren kattenogen. Tapetum lucidum, had Lucille hem uitgelegd, een laag achter het oog die het lichtschijnsel van een van de ramen op de begane grond reflecteerde. Hij zag de kat ook vaag, die zat roerloos naar hem te kijken. Dat wil zeggen, toen Harry's ogen aan het donker waren gewend, zag hij dat de kat niet naar hem staarde, maar naar een rat tussen hem en de kat in. De rat bewoog zich langzaam van de vuilcontainer in de richting van de kat. Het was een déjà vu van de laatste ochtend in de bungalow aan Doheny Drive. De rat trok zijn lange, glanzende staart achter zich aan, hij leek op een terdoodveroordeelde die zijn eigen strop meesleepte. De kat boog naar voren en met een snelle uitval zette hij zijn tanden in de nek van de rat. Harry werd weer misselijk en leunde tegen de muur terwijl de kat de dode rat op de grond liet vallen. De oplichtende ogen keken Harry aan alsof hij applaus verwachtte. Dit is een schouwspel, dacht Harry. Dit is een verdomd schouwspel waar we gedurende een armzalige tijd gewoon rollen spelen die iemand voor ons geschreven heeft.

HOOFDSTUK 30

Zondag

De ochtendzon had de straten nog niet opgedroogd toen Thanh bij Mons aankwam.

Ze had de sleutels van de dierenwinkel niet bij zich. Het was zondag en hier had ze afgesproken met haar nieuwe klant van haar hondenuitlaatservice. Hij had de dag ervoor gebeld. Het was ongebruikelijk dat mensen een oppas voor het weekend wilden, meestal hadden ze dan zelf tijd om de hond uit te laten. Thanh verheugde zich op de wandeling en ze had haar hardloopkleding aangetrokken voor het geval de hond zin had om te rennen. Gisteren had ze met haar moeder veel eten klaargemaakt. Haar vader was net uit het ziekenhuis ontslagen en ondanks de waarschuwing van zijn arts om niet te gekruid en te veel te eten had hij zich – tot vreugde van haar moeder – tegoed gedaan aan haar gerechten.

Thanh zag vanaf het verlaten Vestkanttorg een man met een hond aan komen lopen. De hond was een labrador-retriever en naar zijn loop te oordelen leed hij aan heupdysplasie. Toen ze dichterbij kwamen zag ze dat het de politieman was die twee dagen geleden in de winkel was geweest. Haar eerste gedachte was – misschien door zijn pak – dat hij naar de kerk wilde of naar een belijdenis en dat hij daarom een oppas voor de hond nodig had. Maar de eerste keer dat ze hem zag was hij ook in pak geweest, dit was misschien zijn werkkleding. In dat geval was ze blij dat ze de sleutels niet bij zich had, nu kon hij haar er niet toe overhalen de winkel open te maken.

'Hallo,' zei hij met een lach. 'Ik heet dus Sung-min.'

'Thanh,' zei ze en ze klopte op de rug van de kwispelende hond.

'Thanh. Hij heet Kasparov. Hoe betaal ik je?'

'Via een Tikkie. Als je wil kan ik je een kwitantie geven.'

'Je bedoelt dat je niet zwart wil werken voor een politieman?' Hij lachte. 'Sorry, slechte grap,' zei hij toen ze niet meelachte. 'Heb je er iets op tegen dat we samen een stukje oplopen?'

'Mij best,' zei ze en ze nam de riem van hem over en zag dat de hond een William Walker-halsband droeg. Dat was een duur merk, maar wel zacht en goed voor de hondennek. Ze had gevraagd of ze dat merk niet in de winkel konden verkopen, maar Jonathan had nee gezegd.

'Ik ga vaak naar het Frognerpark,' zei ze.

'Prima.'

Ze liepen via de Fuglehauggate naar het park.

'Ik zie dat je hardloopkleding draagt, maar ik ben bang dat Kasparov niet meer kan rennen.'

'Dat is me al opgevallen. Heb je een operatie overwogen?'

'Ja,' zei hij. 'Meerdere keren, maar de dierenarts heeft het afgeraden. Dus nu is het een kwestie van de juiste training, het juiste voer en – als hij veel pijn heeft – pijnstillers en ontstekingsremmers.'

'Zo te horen hou je veel van je hond.'

'O, ja. Heb jij een hond?'

Ze schudde haar hoofd. 'Voorlopig geef ik de voorkeur aan losse relaties. Zoals met Kasparov hier.'

Nu lachten ze allebei.

'Ik ben bang dat ik het niet zo goed heb aangepakt met je baas. Is hij altijd zo zwijgzaam?'

'Dat weet ik niet,' zei Thanh. De politieman zweeg en ze begreep dat hij op verdere toelichting wachtte. Dat hoefde ze uiteraard niet te doen, maar een dergelijke stilte onderstreepte dat ze niet meer wilde zeggen, dat er iets te verzwijgen viel.

'Ik ken hem niet zo goed,' zei ze en ze hoorde dat het klonk of ze een afstand wilde scheppen tussen haarzelf en Jonathan, iets wat hem verdacht maakte en dat was niet haar bedoeling.

'Dat is vreemd,' zei de politieman. 'Dat jullie elkaar niet goed kennen terwijl jullie met z'n tweeën in de winkel werken.'

'Ja,' zei ze. Ze bleven voor het rode voetgangerslicht staan om de Kirkevei over te kunnen steken. 'Misschien is dat een beetje vreemd. Maar wat je je afvraagt is of ik iets weet over smokkelen en daarop kan ik zeggen dat ik daar niets van weet.'

In haar ooghoek zag ze dat hij naar haar keek en toen het licht op groen sprong liep ze zo snel naar de overkant dat hij achterbleef op het trottoir.

Sung-min haastte zich achter het meisje van de dierenwinkel aan.

Hij was geïrriteerd. Het was duidelijk dat dit tot niets leidde, ze had haar muur opgetrokken en zou niets zeggen. Nu had hij zijn vrije dag verpest en het maakte het er niet beter op dat Chris en hij gisteren ruzie hadden gehad.

Bij de monumentale poort van het Frognerpark stond een rozenverkoper die zijn trieste exemplaren de toeristen voorhield.

'Een roos voor de schone dame.'

De verkoper had een stap naar hen toe gezet waarmee hij de toegang versperde tot een van de kleinere zijpoorten waar Sung-min en Thanh doorheen wilden.

'Nee, bedankt,' zei Sung-min.

De verkoper herhaalde zijn zin in gebroken Noors alsof Sung-min hem niet gehoord had.

'Nee,' zei Sung-min en hij liep achter Thanh en Kasparov aan, die met een boogje om de man waren gelopen en nu de poort door waren.

Maar de verkoper kwam achter hem aan.

'Een roos voor de schone...'

'Nee!'

De man dacht kennelijk dat Sung-min in zijn mooie pak geld genoeg had en dat Sung-min en Thanh vanwege hun Aziatische uiterlijk wel een stel moesten zijn. Niet zo'n gekke veronderstelling natuurlijk en ook niet iets waar Sung-min zich op een normale dag aan ergerde. Hij liet zich in het algemeen zelden provoceren door vooringenomen meningen, dat was zijn manier om de gecompliceerde wereld hanteerbaar te maken. Sung-min werd eigenlijk vaker geprovoceerd door mensen die zo egocentrisch waren dat ze zich elke keer lieten provoceren omdat ze meenden dat ze slachtoffer waren van een onschuldige vooringenomen mening. 'Een roos...'

'Ik ben homo.'

De rozenverkoper bleef staan en staarde een poosje niet-begrijpend naar Sung-min. Toen bevochtigde hij zijn lippen en hield een van de in plastic verpakte, bleke bloemen voor hem.

'Een roos voor de scho...'

'Ik ben homo!' brulde Sung-min. 'Begrijp je? Een rothomo!'

De verkoper deinsde naar achteren en Sung-min zag dat mensen die in en uit het park liepen zich naar hen omdraaiden. Thanh was blijven staan en zag er verschrikt uit en Kasparov blafte kort en trok aan de riem om bij zijn baas te kunnen komen.

'Het spijt me,' zei Sung-min zuchtend. 'Hier.' Hij pakte een bloem en gaf de verkoper een biljet van honderd kronen.

'Ik heb geen...' begon de verkoper.

'Het is goed,' zei Sung-min met een kreun, hij liep naar Thanh en gaf haar de roos.

Eerst keek ze hem verbluft aan. Toen begon ze te lachen.

Sung-min aarzelde even, maar zag toen het komische van de situatie in en lachte mee.

'Mijn vader zegt dat het een Europese gewoonte is om je geliefde bloemen te geven,' zei Thanh. 'De Grieken in de oudheid, de Fransen en Engelsen in de middeleeuwen deden het al.'

'Ja, maar de roos komt uit het werelddeel waar wij vandaan komen,' zei Sung-min. 'In de plaats waar ik geboren ben, Samcheok in Zuid-Korea, vindt elk jaar een groot rozenfestival plaats. En mugunghwa, de roos van Sharon, is het nationale symbool van Korea.'

'Ja, maar is mugunghwa per definitie een roos?'

Voordat ze bij de monoliet waren gekomen was hun gesprek van bloemen naar honden gegaan.

'Ik weet eigenlijk niet of Jonathan van dieren houdt,' zei ze toen ze op het hoogste punt van het park bleven staan en uitkeken over Skøyen. 'Ik geloof dat hij bij toeval in deze branche terecht is gekomen. Het had net zo goed een levensmiddelen- of elektronicazaak kunnen zijn.'

'Maar je weet dus niet of hij nog steeds Hillman Pets verkoopt na het importverbod?'

'Waarom ben je er zo zeker van dat hij dat doet?'

'Hij was enorm gespannen toen ik bij jullie was.'

'Misschien was hij bang dat...'

'Ja?'

'Nee, niets.'

Sung-min haalde diep adem. 'Ik ben niet van de douane. Ik zal hem niet oppakken voor illegale import. In de zaak waaraan ik werk hebben we een spoor gevonden dat misschien via een omweg kan leiden naar de moordenaar van twee jonge vrouwen. En kan verhinderen dat er nog meer vermoord worden.'

Thanh knikte. Ze leek nog even te aarzelen voor ze een besluit nam. 'Het enige illegale wat ik Jonathan ooit heb zien doen is het aannemen van een vossenjong dat iemand uit Londen had meegenomen. Kennelijk wonen er wilde vossen in die stad. Het is natuurlijk strafbaar om vossen in te voeren en ik geloof dat de eigenaar bang werd toen hij dat te horen kreeg. Hij durfde niet naar de dierenarts te gaan om het jong te laten inslapen en zelf kon hij het ook niet doen, in plaats daarvan gaf hij het aan Jonathan. Kennelijk heeft hij er goed voor betaald.'

'Doen mensen dergelijke dingen?'

'Je zou eens moeten weten. Het is me twee keer overkomen dat mensen hun hond niet meer kwamen ophalen nadat ik op ze had gepast.'

'Wat heb je toen gedaan?'

'Ik heb ze mee naar huis genomen, maar we wonen maar klein, dus ik moest ze naar het asiel brengen. Het is zo triest.'

'Wat is er met dat vossenjong gebeurd?'

'Ik weet het niet en ik weet ook niet of ik het wil weten. Ik hield van dat beestje.' Sung-min zag dat haar ogen vochtig werden. 'Op een dag was hij ineens weg. Hij zal hem wel door de wc…'

'Door de wc gespoeld hebben?'

'Nee, natuurlijk niet. Maar zoals gezegd, ik wil niet weten wat hij met Nhi heeft gedaan.' Ze liepen verder en Thanh vertelde over haar plannen, over haar droom dierenarts te worden. Sung-min luisterde. Het was moeilijk om niet van dit meisje te houden. Bovendien was ze slim, hij hoefde niet meer te doen alsof hij haar als hondenoppas wilde inhuren. Hij liep de hele wandeling met haar mee. Het verhoor had geen resultaat gehad, maar hij troostte zich met de gedachte dat hij wat tijd had doorgebracht met een mens die net zoveel hield van een viervoeter als hij.

'Oei,' zei Thanh toen ze de dierenwinkel naderden. 'Daar is Jonathan.'

Voor de openstaande deur van de winkel stond een Volvo-station geparkeerd. Een man was voorovergebogen in zijn auto bezig. Hij hoorde ze waarschijnlijk niet vanwege het geluid van de stofzuiger. Bij zijn voeten stond een emmer en het sop klotste over de rand. De auto was nat en glom. Er liep nog steeds water uit de slang die op het asfalt lag. Sung-min pakte de riem van Kasparov over en overwoog weg te sluipen en het aan Thanh over te laten of ze over hun ontmoeting zou vertellen. Maar nog voordat hij een besluit had kunnen nemen, had de winkelier al zijn rug gerecht en zich naar hen omgedraaid.

Sung-min zag zijn blik opvlammen toen hij de situatie inschatte en ongetwijfeld juist interpreteerde.

De ogen van de man versmalden zich.

'We hebben alleen een wandeling in het park gemaakt,' haastte Thanh zich te zeggen. 'Hondenoppas.'

Sung-min wenste dat ze niet zo angstig had geklonken. Alsof er een reden was om defensief te zijn.

Zonder een woord te zeggen liep de winkelier met de stofzuiger en de slang de winkel in. Hij kwam weer naar buiten, tilde de emmer op en goot de inhoud over het trottoir. Zeepsop en vuil water verzamelden zich rond Sung-mins handgemaakte schoenen.

Sung-min sloeg er geen acht op, hij concentreerde zich op de man, die naar binnen beende met de lege emmer. De woede die hij zag, ging dat alleen om de irritante politieman? Want dit zag er anders uit dan toen hij in de winkel was, deze man straalde haat uit. Haat die voortkwam uit angst. Als iemand te dichtbij komt en nog dichterbij dreigt te komen, je kwetsbaar maakt. En je het gevoel geeft in gevaar te zijn. Sung-min wist niet precies welke zenuw hij had blootgelegd, maar hij had iets geraakt, geen twijfel mogelijk. De man kwam weer de winkel uit en draaide de deur op slot. Zonder ze een blik waardig te keuren wilde hij in zijn auto stappen. Sung-min zag dat er nog klonten aarde in het water lagen, die waarschijnlijk afkomstig waren van de banden.

'In het bos geweest?' vroeg Sung-min luid.

'Bessen geplukt,' zei de winkelier, hij ging achter het stuur zitten, sloeg het portier dicht en startte de motor.

Sung-min keek de Volvo na, die harder ging rijden in de zondagstille Neuberggate.

'Wat heeft hij in de kofferbak?' vroeg Sung-min.

'Kooien,' zei Thanh.

'Kooien,' herhaalde Sung-min.

'Oei,' fluisterde Katrine en ze trok haar hand weg die ze onder Harry's arm had gestopt.

'Wat is er?' vroeg hij.

Ze gaf geen antwoord.

'Wa is-se, mama?' vroeg Gert, die Harry een hand had gegeven.

'Ik dacht gewoon dat ik iemand zag,' zei Katrine en ze staarde omhoog naar de monoliet.

'Sung-min weer?' vroeg Harry. Katrine had hem verteld dat ze Sung-min met een meisje het park in had zien lopen terwijl ze met Gert bij de poort stond te wachten.

Katrine had ervoor gekozen hem niet te groeten, waarschijnlijk wilde ze niet dat collega's haar zagen in het gezelschap van Harry. Zo bekeken was het Frognerpark op een zonnige zondag een riskante keus. Het was al druk en sommige mensen waren zelfs op het gras gaan zitten, hoewel dat nog nat was van de regen gisteravond.

'Nee, ik geloof dat het...' Ze stopte.

'Jouw date was?' vroeg Harry terwijl Gert in zijn speeloverall hem aan zijn onderarm trok omdat hij wilde dat oom Hally hem weer optilde en ronddraaide.

'Misschien wel. Je denkt aan iemand en ineens denk je dat je het gezicht overal ziet, of niet?'

'Je bedoelt dat je hem daar zag?'

'Nee, hij kan het niet geweest zijn, hij moest werken vandaag. Maar ik kan niet arm in arm met je lopen, Harry. Stel dat hier collega's zijn en zien dat we...'

'Ik snap het,' zei Harry en hij keek op zijn horloge. Nog twee hele dagen. Hij had aan Katrine uitgelegd dat hij een paar uur had voordat hij weer terug moest naar zijn hotelkamer om te werken. Maar hij wist dat hij dat alleen maar deed om zichzelf het gevoel te geven dat hij iets deed. Dat het onrealistisch was dat hij iets zou vinden. Dat er iets móést gebeuren.

'Niet daal, hiel!' zei Gert en hij trok Harry van het brede looppad naar een paadje tussen de bomen dat leidde naar een speelplaats en Frognerborgen, een houten speelburcht waar kinderen op en in konden klimmen.

Harry hield zich van de domme: 'Hoe heet dat ook alweer?'

'Flognelbolgen!'

Harry zag Katrines waarschuwende blik en hij probeerde niet te lachen. Wat gebeurde er verdomme met hem? Hij had gehoord dat mensen psychotisch kunnen worden van slaapgebrek. Was het dat?

Zijn mobiel trilde en hij keek op de display. 'Ik moet deze oproep nemen. Ga maar vast.'

'Bedankt, voor de leuke avond,' zei hij in de telefoon toen de andere twee buiten gehoorafstand waren.

'Jij ook bedankt,' zei Alexandra. 'Maar dat is niet de reden dat ik bel. Ik ben op het werk.'

'Op zondag?'

'Als jij midden in de nacht een warm meisje in bed achterlaat om rapporten te gaan lezen dan mag ik toch ook wel wat gaan werken?'

'Prima.'

'Eigenlijk ben ik hiernaartoe gegaan om aan mijn proefschrift te werken, maar ik zag dat de DNA-analyse van de tissue klaar is, dus ik nam aan dat je het resultaat wel direct wilde weten.'

'Hm.'

'Het gaat om hetzelfde DNA-profiel dat we hebben gevonden in het speeksel op de borst van Susanne Andersen.'

Harry's overwerkte hersenen namen de informatie beetje bij beetje op terwijl de hersenactiviteit toenam. Hij had zojuist nog gewenst dat er iets zou gebeuren en nu was dat het geval. Je kan van minder in een god gaan geloven. Maar het viel hem op dat hij niet verbaasd was. Het vermoeden van wie het speeksel op Susannes borst stamde was zo sterk geweest dat hij speeksel en DNA van Markus Røed wilde bemachtigen.

'Bedankt,' zei hij en hij verbrak de verbinding.

Toen hij bij de speelplaats kwam vond hij Katrine op handen en voeten in het zand voor de speelburcht. Ze maakte hinnikgeluiden en Gert, die op haar rug zat, duwde zijn hakken in haar zij. Nog steeds op handen en voeten, legde ze uit dat Gert een film met ridders had gezien en sindsdien er altijd op stond te paard bij de burcht aan te komen.

'Het speeksel op Susanne komt van Markus Røed,' zei Harry.

'Hoe weet je dat?'

'Ik heb de hand kunnen leggen op Røeds DNA en dat heb ik naar Alexandra gestuurd.'

'Verdomme.'

'Mama…'

'Klopt, mama mag geen lelijke woorden gebruiken. Maar als het op die manier is verkregen, niet volgens het boekje, dan kunnen we het niet gebruiken in de rechtbank.'

'Dit is niet volgens de politieregels gegaan, maar dat is nou precies waarover we het hebben gehad. Het staat jullie vrij informatie te gebruiken die anderen hebben verkregen.'

'Kan jij...?' Ze knikte naar haar ruiter. Harry tilde een protesterende Gert van het paard en zij kwam overeind.

'Zijn vrouw geeft Røed nog steeds een alibi, maar dit is misschien toch genoeg voor een arrestatie,' zei ze. Ze klopte het zand van haar knieën en ze keek naar Gert, die naar de glijbaan was gelopen die uit een van de torens kwam.

'Hm, ik geloof dat Helene Røed een beetje aan het wankelen is als het gaat om het alibi.'

'O?'

'Ik heb haar gesproken. Het alibi is haar troef voor de komende scheiding.'

Katrine fronste haar voorhoofd en pakte haar eigen trillende mobiel. Ze keek op de display.

'Bratt.'

Werkstem, dacht Harry. En uit het wisselen van haar gezichtsuitdrukking wist hij wat er zou volgen.

'Ik kom eraan,' zei ze en verbrak de verbinding. Ze keek op naar Harry. 'Vondst van een lijk. Lilløyplassen.'

Harry dacht even na. Was dat niet op Snarøya, in het natuurgebied?

'Oké,' zei hij. 'Maar waarom nu zo'n haast? Moet je je niet concentreren op het arresteren van Røed?'

'Dit is dezelfde zaak. Een vrouw. Haar hoofd is afgehakt.'

'Wel, verdomme.'

'Speel jij zolang met hem?' Ze knikte naar Gert.

'Je zal de hele dag bezig zijn,' zei Harry. 'En de avond. Røed moet...'

'Deze zijn van de toegangsdeur en het appartement.' Ze haalde twee sleutels van haar sleutelbos. 'Er staat eten in de koelkast. Kijk niet zo sceptisch, je bent ondanks alles zijn vader.'

'Hm, ik ben zijn vader als het jou uitkomt.'

'Klopt. En jij klinkt nu als de altijd klagende vrouwen van politiemannen.' Ze gaf hem de sleutels. 'We pakken Røed hierna. Ik hou je per telefoon op de hoogte, oké?'

'Goed,' zei Harry, maar hij beet op zijn tanden.

Hij zag hoe Katrine naar de glijbaan liep en wat tegen Gert zei en hem kuste en volgde haar met zijn ogen toen ze in looppas het park verliet met haar mobiel tegen haar oor. Hij voelde dat hij bij zijn hand werd gegrepen en hij keek naar het verwachtingsvolle gezichtje van Gert.

'Paald.'

Harry lachte en deed alsof hij het niet had gehoord.

'Paald!'

Harry lachte nog harder, keek naar zijn keurige broek en wist dat hij zou verliezen.

HOOFDSTUK 31

Zondag. Grote zoogdieren.

Het was een paar minuten na elven 's morgens. De zon gaf warmte, maar zodra die achter de wolken verdween, huiverde Katrine. Ze stond bij het struikgewas en keek naar het strand met rietstengels en daarachter het glinsterende water waarop zeilboten heen en weer voeren. Ze draaide zich om. De baar met de dode vrouw was op weg naar de ambulance die op het pad stond waarover Sung-min kwam aanlopen.

'En?' zei hij.

'Ze lag in het hoge gras, dicht bij het strand.' Katrine zuchtte diep. 'Vreselijk toegetakeld, erger dan de andere twee. Er komen hier al vroeg gezinnen met kleine kinderen wandelen, een van hen heeft haar hier gevonden.'

'Ai,' zei Sung-min hoofdschuddend. 'Al een vermoeden van haar identiteit?'

'Ze was naakt, en haar hoofd ontbreekt. Er heeft nog niemand melding gedaan van een vermissing. Maar ze is jong en knap, dus…'

Ze maakte de zin niet af. Het was een feit dat jonge en knappe vrouwen vaak sneller als vermist werden opgegeven.

'Geen sporen, neem ik aan?'

'Nee, de dader had geluk, het regende vannacht.'

Sung-min rilde in een plotselinge koude wind. 'Ik geloof niet dat het geluk is, Bratt.'

'Ik ook niet.'

‘Zullen we iets proactiefs doen om de identiteit van het lijk te achterhalen?’

‘Ja, ik was van plan Mona Daa van VG te bellen. Haar dit exclusief te geven op voorwaarde dat ze breed uitpakt en op de manier waarop wij het willen. Dan mogen de andere journalisten haar citeren en lekker klagen over de bijzondere behandeling die zij krijgt.’

‘Goed idee. Daa zal dit vast met beide handen aangrijpen omdat ze nu eerder is dan Våge.’

‘Dat dacht ik ook.’

Zwijgend keken ze naar de technisch rechercheurs die nog steeds foto’s maakten en het terrein uitkamden op zoek naar sporen.

Sung-min wipte heen en weer. ‘Ze is hier net als Bertine per auto naartoe gebracht, denk je niet?’

Katrine knikte. ‘Er komen hier geen bussen en we hebben al gecheckt of er vannacht taxiritten waren naar deze plek. Dus ja, waarschijnlijk per auto.’

‘Weet je of er in de buurt grind- of zandpaden zijn?’

Katrine keek hem vorsend aan. ‘Denk je aan bandensporen? Ik heb alleen asfaltwegen gezien. Bandensporen zullen hoe dan ook door de regen zijn weggespoeld.’

‘Uiteraard, ik vroeg me alleen...’

‘Wat?’

‘Niets,’ zei Sung-min.

‘Ik ga VG bellen,’ zei Katrine.

Het was kwart voor twaalf. Priem vouwde het bakpapier open.

Een golf van woede spoelde over hem heen. Die kwamen onregelmatig opzetten sinds hij die twee samen had gezien. Tortelduifjes leken ze. Zij, de Vrouw van wie hij hield, en die vent. Als een man en een vrouw samen in een park lopen dan hoef je je niet af te vragen wat er speelt. Hij zat achter Haar aan. Ook een politieman! Hij had nog geen plan klaarliggen hoe hij deze onverwachte rivaal uit de weg moest ruimen, maar het moest binnenkort gebeuren.

Het bakpapier lag opengevouwen voor hem en in het midden lag het: een oog.

Priem voelde zijn mond droog worden.

Hij moest.

Hij hield het oog tussen twee vingers en voelde de misselijkheid opkomen. Hij mocht niet weer overgeven, dat zou verspilling zijn. Hij legde het oog terug op het papier en probeerde diep en rustig te ademen. Hij checkte de websites weer op zijn telefoon. Daar was het eindelijk. In VG. Op de voorpagina, met een grote foto van het gebied. Hij las in de *byline* van Mona Daa dat er een lijk van een voorlopig ongeïdentificeerde vrouw was gevonden bij Lilløyplassen op Snarøya. Het lijk had geen hoofd en VG riep lezers op de politie te bellen als ze tips hadden over wie de vrouw kon zijn. Ook werd iedereen gevraagd zich te melden als ze de avond daarvoor in het gebied waren, of ze nu iets gezien hadden of niet. Mona Daa schreef dat de politie op het moment niet wilde zeggen of ze deze moord in verband brachten met de vermoorde Susanne Andersen en Bertine Bertilsen, maar dat was natuurlijk wel het geval.

Priem scrolde door de krant. Er was een artikel over een politicus die belasting had ontdoken, het dagelijkse geruzie tussen Bodø/Glimt en Molde en de oorlog in het oosten.

Hij voelde een merkwaardige troost in het feit dat hij er ook tussen stond, op het hoofdpodium en in de hoofdrol. Had zijn moeder dat ook gevoeld als ze voor een betoverd, ademloos theaterpubliek stond terwijl ze zwaaide met haar toverstokje? Waren het haar genen en passie die eindelijk in hem wakker werden?

Hij pakte de andere telefoon, de burnertelefoon die hij via eBay had gekocht waarin een simkaart uit Litouwen zat en die geregistreerd stond op een fictieve naam. Hij toetste het nummer van VG's tiplijn in, zei dat het ging om de dode vrouw bij Lilløyplassen en vroeg of hij doorverbonden kon worden met Mona Daa.

Het leek een bevel toen hij haar aan de lijn kreeg: 'Daa.'

Priem liet zijn stem zakken en wist uit ervaring dat het niemand lukte zijn stem te identificeren. 'Het is niet interessant wie ik ben, maar ik ben ongerust. Ik had vandaag in het Frognerpark afgesproken met Helene Røed. Ze is niet op komen dagen, ze neemt haar telefoon niet op en ze is ook niet thuis.'

'Wie…'

Priem verbrak de verbinding. Hij keek weer naar het papier. Pakte het oog op en bestudeerde het. Stopte het in zijn mond en kauwde.

Iets over halfeen toetste Johan Krohn het nummer in van Harry Hole.

Hij was op de veranda gaan staan, waar zijn vrouw nog steeds zat met een kopje koffie en haar gezicht naar de zon geheven. Ze zei dat ze het weerbericht niet vertrouwde, dat voor de komende tijd nog warm weer voorspelde. Hij trok zijn jas strakker om zich heen en wachtte tot er werd opgenomen. Eindelijk hoorde hij een Harry die behoorlijk buiten adem was.

'Sorry, stoor ik je tijdens een training?'

'Nee, ik speel.'

'Je speelt?'

'Ik ben een draak die de burcht aanvalt.'

'Ik begrijp het,' zei Johan Krohn. 'Ik kreeg zojuist een telefoontje van Markus Røed. Hij heeft via zijn assistent het bericht gekregen dat hij naar het gerechtelijk laboratorium moet komen om een lijk te identificeren.' Hij haalde adem. 'Ze denken dat het Helene is.'

'Hm.'

Johan Krohn kon niet opmaken of Hole geshockeerd of niet klonk.

'Ik vermoedde dat je wel mee zou willen. Jij hebt haar gezien. Of het Helene is of niet, de dader is dezelfde.'

'Goed,' zei Hole. 'Kan jij ook komen om een paar minuten op een driejarige te passen?'

'Een driejarige?'

'Hij vindt het leuk als je een dier speelt. Het liefst een groot zoogdier.'

Johan Krohn drukte voor de tweede keer op de bel waaronder 'gerechtelijk laboratorium' stond.

'Het is zondag, weet je zeker dat er hier iemand is?'

'Ze zeiden dat ik *asap* moest komen en hier moest aanbellen,' zei

Markus Røed en hij keek omhoog langs de gevel van het gebouw.

Eindelijk zagen ze een in groen geklede man in looppas naar de glazen deur komen. Hij deed open. 'Het spijt me, mijn collega is al vertrokken,' zei hij achter het chirurgisch masker. 'Ik ben Helge, de obductietechnicus.'

'Johan Krohn.' De advocaat stak automatisch zijn hand uit, maar de obductietechnicus schudde zijn hoofd terwijl hij zijn handen in latex omhoogstak.

'Zijn de doden besmet?' vroeg Røed gevat achter hem.

'Nee, maar ze zijn besmettelijk,' zei de obductietechnicus.

Ze liepen achter hem aan door de lege gang met ramen naar wat naar Krohn aannam de obductiezaal was.

'Wie van jullie doet de identificatie?'

'Hij,' zei Krohn knikkend naar Markus Røed.

De man gaf Røed een mondkapje, jas en muts, zoals hij die ook droeg.

'Mag ik vragen naar uw mogelijke relatie met de dode?'

Røed leek een ogenblik in de war. 'Echtgenoot,' zei hij. De gevatte toon was weg, het leek of hij nu pas besefte dat het inderdaad misschien Helene was die daar lag.

'Voordat je het mondkapje voordoet, wil ik dat je eerst wat water drinkt,' zei de obductietechnicus.

'Bedankt, maar dat hoeft niet,' zei Røed.

'Ervaring leert dat het beter is om in een geval als dit eerst wat water te drinken.' De obductietechnicus schonk uit een karaf water in een glas. 'Geloof me, het wordt je duidelijk als we binnen zijn.'

Røed keek hem aan, knikte even en dronk het glas leeg.

De obductietechnicus hield de deur open en hij en Røed stapten naar binnen.

Krohn liep naar het raam. Ze stonden beiden aan een kant van de obductietafel waarop onder een wit laken zich de contouren van een vrouw aftekenden. Afgezien van het hoofd. Er waren duidelijk microfoons geplaatst en hij kon hun stemmen horen door de luidspreker boven het raam.

‘Ben je er klaar voor?’

Røed knikte en de obductietechnicus trok het laken weg.

Krohn deed een stap naar achteren. Hij had in zijn werkzame leven al meerdere lijken gezien, maar niet eentje als dit. De stem van de obductietechnicus klonk droog en zakelijk door de luidspreker: ‘Het spijt me, het lijkt erop dat de dader extreem geweld heeft gebruikt. Wat je ziet zijn steekwonden over haar hele lichaam en de opengesneden buik. Maar het ergste is het gebied rond de anus, waar de dader iets anders dan zijn mes en handen heeft gebruikt om zo veel mogelijk schade aan te richten. De hele endeldarm is stuk en de darmen hoger in het lichaam ook. Het lijkt erop dat hij het met een stang, een dikke tak of zoiets heeft gedaan. Het spijt me als het meer informatie is dan je kan verwerken, maar het is noodzakelijk om de mate van geweld te vermelden zodat je begrijpt dat ze niet meer de vrouw is die je hebt gekend en gewend was te zien. Dus neem je tijd en probeer langs de verwondingen te kijken.’

Vanwege het mondkapje kon Krohn Røeds gezicht niet zien, maar wel zag hij het beven van zijn lijf.

‘He… heeft hij dat gedaan terwijl… terwijl ze nog leefde?’

‘Ik zou wensen dat ik met zekerheid kon zeggen dat ze al dood was, maar dat kan ik niet.’

‘Dus ze heeft geleden?’ Røeds iele stem werd verstikt door tranen.

‘Zoals gezegd, we weten het niet. Van sommige verwondingen kunnen we zeggen dat die zijn toegebracht nadat het hart was gestopt, maar niet van alle. Het spijt me.’

Er kwam een snik uit Røed. Johan Krohn had tot nu toe nog nooit medelijden gehad met Markus. Nog geen seconde, ook niet in deze zaak, daarvoor was zijn cliënt een te grote klootzak. Maar nu voelde hij medelijden, misschien omdat Krohn een ogenblik zijn vrouw op de tafel zag liggen en hij zichzelf in Røeds schoenen zag staan.

‘Ik weet dat het pijnlijk is,’ zei de obductietechnicus. ‘Maar ik moet je vragen niet te snel je conclusies te trekken. Kijk naar haar en bevestig of ontken dat dit Helene Røed is.’

Krohn nam aan dat het horen van haar naam gekoppeld aan dit

toegetakelde lichaam ervoor zorgde dat Røed snikkend brak.

Krohn hoorde een deur achter zich opengaan.

Het was Harry Hole met in zijn kielzog een vrouw met zwart haar.

Hole knikte kort. 'Dit is Alexandra Sturdza. Ze werkt hier. Ik heb haar gebeld en we hebben haar onderweg opgepikt.'

'Johan Krohn, Røeds advocaat.'

'Dat weet ik,' zei Alexandra, ze liep naar de wastafel om haar handen te wassen. 'Ik was hier al eerder vandaag, maar kennelijk ben ik *all action* misgelopen. Hebben jullie haar al geïdentificeerd?'

'Ze zijn ermee bezig,' zei Krohn. 'Het is niet... eh, makkelijk.'

Hole ging bij het raam naast Krohn staan en keek naar binnen. 'Woede,' zei hij.

'Pardon?'

'Wat hij met haar heeft gedaan, heeft hij niet bij de twee andere vrouwen gedaan. Dit is pure woede en haat.'

Krohn probeerde zijn droge mond te bevochtigen. 'Je bedoelt dat iemand Helene Røed hevig haat?'

'Mogelijk. Of hij haat wat ze vertegenwoordigt. Of hij haat zichzelf. Of hij haat de persoon die van haar houdt.'

Als advocaat had Krohn dergelijke uitspraken vaker gehoord, dit waren de min of meer vaste beschrijvingen die forensisch psychologen in moord- en verkrachtingszaken te berde brachten. Afgezien van de laatste beschrijving: iemand haten die van het slachtoffer hield.

'Ze is het.' Røeds fluisterende stem door de luidspreker deed de andere drie zwijgen.

De vrouw met het zwarte haar deed de kraan dicht en draaide zich om naar het raam.

'Het spijt me, maar ik ben verplicht je te vragen of je er zeker van bent,' zei de obductietechnicus.

Er ontsnapte een nieuwe, bevende snik uit Røed. Hij knikte en wees naar haar ene schouder.

'Dat litteken. Dat heeft ze opgelopen toen ze paardreed op het strand in Chennai in India. Ik had een renpaard voor haar gehuurd dat de volgende dag een race zou lopen. Ze zagen er samen zo mooi uit. Maar het paard was niet gewend op zand te galopperen en hij zag het zinkgat in het getijdenwater niet. Ze waren zo mooi op het...' Zijn stem brak en hij verborg zijn gezicht in zijn handen.

'Het moet een verdomd mooi paard zijn geweest dat hij dit zo zwaar opneemt,' zei de vrouw met het zwarte haar. Krohn draaide zich verbijsterd naar haar om, zag haar koude blik en slikte een opmerking in die op zijn tong lag. In plaats daarvan wendde hij zich kwaad tot Harry.

'Ze heeft materiaal met het DNA van Røed geanalyseerd,' zei Harry. 'En dat matchte met het speeksel op de borst van Susanne.'

Harry nam Johan Krohns gezicht op terwijl hij die woorden uitsprak. Hij meende pure verbazing te zien alsof de advocaat echt had geloofd in de onschuld van zijn cliënt. Maar wat advocaten en politiemensen geloofden betekende uiteraard niet veel. Uit onderzoek blijkt dat er met betrekking tot het vermogen te zien of iemand liegt of niet, weinig tot geen verschil is waar te nemen in verschillende beroepsgroepen. Of beter gezegd: we zijn allemaal net zo slecht als de leugendetector van John Larson. Toch kon Harry maar moeilijk geloven dat de verbazing van Krohn en de tranen van Røed alleen maar toneelspel waren. Nu kan je natuurlijk rouwen om de vrouw die je, met eigen handen of via een huurmoordenaar, hebt vermoord. Harry had genoeg schuldige echtgenoten gezien die huilden, waarschijnlijk uit een mix van schuldgevoel, verloren liefde en dezelfde jaloeziefrustratie die de aanleiding was geweest tot de moord en de klap van de bezinning. Mijn god, hij hoefde niet eens ver om zich heen te kijken. Had hij zelf niet een poos gedacht dat hij misschien in een dronken bui Rakel vermoord kon hebben? Maar Markus Røed zag er niet uit als een man die de dag ervoor de vrouw had vermoord die voor hem lag, zonder dat Harry kon uitleggen waarom en waardoor hij dat dacht. De tranen waren om de een of andere reden te echt. Harry sloot zijn ogen. Tranen te echt? Hij zuchtte. Flikker op met dat esoterische gezwets, de bewijzen waren er en die spraken voor zich. Het wonder dat zowel Lucille als hem kon redden stond op het punt te gebeuren, waarom nam hij dat niet met open armen in ontvangst?

Er klonk een zoemgeluid.

'Er belt iemand aan,' zei Alexandra.

'Dat zal de politie zijn,' zei Harry.

Alexandra liep weg om open te doen.

Johan Krohn keek hem aan. 'Heb jij de politie gebeld?'

Harry knikte.

Røed kwam de kamer in en deed de jas uit en trok de muts en het mondkapje van zijn hoofd. 'Wanneer kunnen we haar door de begrafenisondernemer laten ophalen?' vroeg hij aan Krohn zonder acht te slaan op Harry. 'Ik haat het haar zo te zien liggen.' Zijn stem was hees en zijn ogen waren rood en nat. 'En het hoofd. We moeten een hoofd voor haar laten maken. We hebben een heleboel foto's. De beste, Johan. We moeten het door de beste laten maken.' Hij begon weer te huilen. Harry had zich teruggetrokken in een hoek van de kamer, vanwaar hij Røed aandachtig opnam.

Hij registreerde de onverwachte schok toen de drie politiemannen en een politievrouw binnenkwamen en twee van hen Røed bij een arm grepen. De derde deed de handboeien om en de vierde legde uit waarvoor hij werd aangehouden.

Op weg naar de deur draaide Røed zich om en hij leek een laatste blik te willen werpen op het lichaam van zijn vrouw dat vlak achter het raam lag. Maar hij zag alleen Harry staan.

De blik die hij Harry toewierp deed Harry denken aan de ijzersmederij waar hij een zomer had gewerkt. Als het gesmolten metaal in een vorm werd gegoten en in een paar seconden van heet en rood naar koud, grijs en verstijfd ging.

Toen waren ze weg.

De obductietechnicus kwam binnen en deed zijn mondkapje af. 'Hallo, Harry.'

'Hallo, Helge. Mag ik je iets vragen?'

'Ja?' Hij hing de jas op.

'Heb je een dader ooit zo zien huilen?'

Helge blies nadenkend zijn wangen op en liet de lucht langzaam ontsnappen. 'Het probleem met dergelijke observaties is dat we niet altijd het antwoord krijgen op de vraag wie dader is en wie niet.'

'Hm, goed antwoord. Mag ik...?' Hij knikte naar de obductiezaal.

Hij zag dat Helge aarzelde.

'Dertig seconden,' zei Harry. 'En ik zal het tegen niemand zeggen. In elk geval niet tegen iemand die jou in de problemen kan brengen.'

'Oké,' zei Helge met een lach. 'Snel dan, voor er iemand komt. En niets aanraken.'

Harry liep naar binnen. Hij keek neer op wat er nog over was van de springlevende vrouw die hij twee dagen eerder nog had gesproken. Hij had haar sympathiek gevonden. En zij hem, hij vergiste zich niet de weinige keren dat hem dat overkwam. In een ander leven zou hij haar misschien hebben uitgenodigd samen een kop koffie te gaan drinken. Hij bestudeerde haar wonden en daar waar haar hoofd was afgehakt. Hij snoof een zwakke, merkwaardige geur op die hem aan iets deed denken. Vanwege zijn parosmie kon hij lijkgeur niet ruiken, dit moest iets anders zijn. Natuurlijk, de geur deed hem denken aan Los Angeles, de geur van muskus. Harry richtte zich op. De tijd was – voor hem en voor Helene Røed – voorbij.

Harry en Helge liepen samen naar buiten en zagen nog net hoe de politieauto wegreed.

Alexandra stond tegen de gevel geleund een sigaret te roken. 'Dat noem ik nou twee lieve jongens,' zei ze.

'Bedankt,' zei Harry.

'Niet jullie twee, die daar.' Ze gebaarde naar de parkeerplaats waarop een oude Mercedes stond met op het dak het woord TAXI. Voor de auto stond een Keith Richards-kloon met een driejarig jochie op zijn schouders. De kloon hield een arm als verlengstuk voor zijn neus en maakte, naar Harry aannam, het geluid van een olifant en zwiepte de arm heen en weer. 'Ja,' zei hij en probeerde ondertussen de chaos van gedachten, verdenkingen en indrukken op te ruimen. 'Lief.'

‘Øystein vroeg of ik morgen met hem en jou meega naar de Jealousy Bar om de oplossing van de zaak te vieren,’ zei ze en ze gaf Harry de sigaret. ‘Zal ik dat doen?’

Harry nam een stevige trek. ‘Wil je dat?’

‘Ja, dat wil ik,’ zei ze en ze trok de sigaret weer tussen zijn vingers vandaan.

HOOFDSTUK 32

Zondag. Orangotango.

De persconferentie begon om vier uur.

Katrine nam de stampvolle Parolezaal op, waar een geladen sfeer hing. De namen van het slachtoffer en de arrestant gingen duidelijk al rond. Ze smoorde een geeuw terwijl Kedzierski de grote lijnen in de zaak doornam. Het was al een lange zondag en de dag was nog lang niet voorbij. Ze had een sms'je naar Harry gestuurd met de vraag hoe het ging en het volgende antwoord gekregen:

GERT EN IK ZIJN WAT GAAN DRINKEN. CHOCOLADEMELK.

Ze had geantwoord met HAHA en een emoji van een streng gezicht en had daarna geprobeerd niet meer aan hen te denken, plaats te maken in haar hersenen om zich te kunnen concentreren. Kedzierski was klaar en nu was het tijd voor vragen. Er volgde een spervuur.

'NRK, ga je gang,' zei de politiewoordvoerder in een poging orde te houden.

'Hoe kunnen jullie DNA-bewijs van Markus Røed hebben terwijl we weten dat hij geweigerd heeft dat af te staan?'

'Omdat de politie het DNA niet heeft verkregen,' zei Katrine. 'Het DNA-materiaal is verkregen door een persoon buiten de politie en die heeft het ook laten analyseren en daarna was er een match met het DNA dat we op de plaats delict hebben gevonden.'

'Wie was die persoon?' denderde de vraag door de rumoerige zaal.

'Een privédetective,' zei Katrine.

Het rumoer stopte abrupt. En in de korte stilte zei ze zijn naam. En genoot daarvan. Want ze wist dat Bodil Melling – die niets liever wilde dan dat Katrines hoofd op het hakblok kwam te liggen – haar niet kon aanpakken omdat ze de waarheid sprak. Dat Harry Hole in de praktijk de zaak voor ze had opgelost.

'Wat was Røeds motief om Susanne Andersen en Bert...'

'Dat weten we niet,' onderbrak Sung-min de journalist.

Naast hem knikte Katrine. Het was waar dat ze dat niet wisten en ze hadden erover gediscussieerd. Sung-min had geopperd dat deze zaak kon lijken op een oude Harry Hole-zaak, waarin een jaloerse echtgenoot naast zijn vrouw meerdere onschuldige vrouwen en mannen had vermoord zodat het erop leek dat het om een seriemoordenaar ging en op die manier aan hun aandacht probeerde te ontsnappen.

'VG,' zei Kedzierski.

'Als Harry Hole de zaak voor jullie heeft opgelost, waarom is hij dan niet hier?' vroeg Mona Daa.

'Dit is een persconferentie van de politie,' zei Kedzierski. 'Jullie zullen zelf met Hole moeten praten.'

'We hebben geprobeerd contact met hem te krijgen, maar hij reageert niet.'

'We kunnen niet...' zei Kedzierski, maar hij werd onderbroken door Katrine: 'Hij zal zijn handen wel vol hebben met andere dingen. En dat hebben wij ook, dus als er verder geen vragen zijn...'

Er ging een storm van protest door de zaal.

Het was zes uur.

'Een biertje,' zei Harry.

De ober knikte en liep weg.

Gert keek op van zijn chocolademelk en liet het rietje los. 'Opa zegt dat mannen die biel dlinken niet in de hemel komen. Dan zien ze papa niet want hij is daal.'

Harry keek naar de jongen en er schoot een gedachte door zijn hoofd. Als één biertje hem naar de hel stuurde dan zou hij daar Bjørn Holm tegenkomen. Hij keek rond. Ze zaten aan verschillende tafels, de eenzame mannen met hun halve liter als enige gezelschap en gesprekspartner. Ze kenden hem niet meer en hij kende hen niet meer, hoewel ze net zo bij Restaurant Schrøder hoorden als de tabaksrook die hij nog steeds kon ruiken hoewel er al een mensenleven een rookverbod gold. In die tijd waren de stamgasten ouder dan hij, maar het was als de inscriptie boven de skeletten in de Kapucijnercrypte: '*What you are now we used to be; what we are now you will be...*' Want Harry had altijd geweten dat alcoholverslaving in zijn familie zat en dat het een duivelse, kleine uitzuiger was die schreeuwde om suiker en drank. Een verrekte parasiet die via de genen werd doorgegeven.

De telefoon ging. Het was Krohn. Hij klonk eerder gereserveerd dan kwaad.

'Gefeliciteerd, Harry. Ik lees net op internet dat jij ervoor hebt gezorgd dat Markus is gearresteerd.'

'Ik heb jullie vooraf gewaarschuwd.'

'Met methoden die de politie zelf niet kon gebruiken.'

'Daarvoor hadden jullie me ingehuurd.'

'Goed. In het contract staat dat drie officieren van justitie moeten bepalen of de bewijzen tegen Røed voldoende zijn om hem te veroordelen.'

'Dat zal morgen rond zijn. Dan moet het bedrag ook worden overgemaakt.'

'Nog even over dat bankrekeningnummer op de Kaaimaneilanden dat je me hebt gegeven.'

'Vraag me daar niet naar, Krohn.'

Er viel een stilte.

'Ik hang nu op, Harry. Ik hoop dat je kan slapen.'

Harry liet de telefoon in de binnenzak van Røeds kostuum zakken. Hij keek naar Gert, die het vooral druk had met zijn chocolademelk en het bekijken van de grote schilderijen van oud-Oslo die aan de muur hingen. Toen de ober terugkwam met de halve liter, zei

Harry dat hij die weer mee kon nemen en betaalde de rekening. Het was voor de ober duidelijk niet de eerste keer dat een alcoholist zich op het laatste moment bedacht, hij verdween met het bier zonder een wenkbrauw op te trekken. Harry keek naar Gert. Dacht aan de genen.

'Grootvader heeft gelijk,' zei hij. 'Bier is voor niemand goed. Vergeet dat niet.'

'Oké.'

Harry lachte. De jongen had het woordje oké overgenomen van Harry. Hij kon alleen maar hopen dat het jochie verder niet te veel van hem over zou nemen. Hij had geen behoefte aan een nakomeling die zijn evenbeeld werd. Integendeel. De bijna automatische zorg en liefde die hij voelde voor dat kereltje aan de andere kant van de tafel ging er alleen om dat het goed met hem moest gaan, beter dan hij het zelf had gehad. Er kwamen slurpgeluiden uit het rietje en op hetzelfde moment trilde Harry's telefoon. Een sms van Katrine.

THUIS. WAAR ZIJN JULLIE?

'We gaan naar huis, naar mama,' zei Harry en hij typte dat ze op weg waren naar huis.

'Waal ga jij naaltoe?' vroeg Gert en hij schopte tegen de tafelpoot.

'Ik ga naar het hotel,' antwoordde Harry.

'Neeee.' De jongen legde zijn warme handje op die van hem. 'Je moet zingen als ik moet slapen. Over de kokke.'

'Over de kok?'

'Kok-kee...' zong Gert.

Harry wilde lachen, maar in plaats daarvan moest hij een brok in zijn keel wegslikken. Wel verdomme. Wat was dit eigenlijk? Was dit wat Ståle *priming* noemde, voelde hij dit omdat er een bewustzijn in hem was geplant dat hij de vader van deze jongen was? Of was het meer fysiek of biologisch, iets in zijn hoofd wat riep en wat twee mensen zo onherroepelijk naar elkaar trok?

Harry stond op.

‘Welk diel ben jij?’ vroeg Gert.

‘Orang-oetan,’ zei Harry. Hij tilde Gert van zijn stoel en draaide een rondje met hem, wat hem applaus opleverde van een van de eenzame zielen. Hij zette Gert weer op de grond en hand in hand liepen ze de deur uit.

Het was tien uur ’s avonds en Priem had zojuist Boss en Lisa eten gegeven. Hij ging voor de televisie zitten om opnieuw naar het journaal te kijken. Opnieuw te genieten van het resultaat dat hij in scène had gezet. Hoewel de politie het niet direct zei, begreep hij uit hun bewoordingen dat ze op de plaats delict geen sporen hadden gevonden. Hij had de juiste keuzes gemaakt toen Helene uit de auto was gevlucht en hij haar had vermoord op het grindpad. Het was onvermijdelijk dat er DNA was achtergelaten – een haar, een huidschilfer of zweet – en aangezien het onmogelijk was alle sporen ter plaatse te wissen, zonder dat hij het risico liep dat er getuigen opdoken, moest hij ervoor zorgen dat het grindpad niet aangemerkt zou worden als de plaats delict. Hij had het lijk in de auto gelegd en het naar het puntje van het eiland gebracht. Hij was er vrij zeker van dat hier laat op een herfstavond geen mensen kwamen en hij kon beschermd door het riet zijn gang gaan. En hij kon er ook vrij zeker van zijn dat het lijk van Helene de volgende dag gevonden zou worden als gezinnen met kinderen hier kwamen wandelen. Eerst had hij haar hoofd afgehakt, daarna was het de beurt geweest van haar lichaam, dat had hij gewassen en hij had zijn eigen DNA onder haar nagels vandaan gehaald, ze had die in zijn dijbenen geklauwd toen ze hem bereed. Hij moest zorgvuldig zijn, hoewel hij nooit voor iets was veroordeeld had de politie wel zijn DNA-profiel in haar database staan.

De vrouwelijke presentator op televisie sprak via de telefoonverbinding met een officier van justitie, zijn naam en foto stonden in de rechterbovenhoek. Chris Hinnøy. Ze spraken over de inbewaringstelling van Røed. Niet zo vreemd, alle spannende kwesties rond de arrestatie van Røed en de moord op zijn vrouw waren door elke zender uitentreuren behandeld. Zelfs de nipte overwinning van Bodø/

Glimt op Molde had nauwelijks aandacht gekregen. Hetzelfde gold voor alle websites van de media: alles draaide om Markus Røed. Wat indirect betekende dat het om hem ging. Om Priem. Hoewel, nu er al zoveel foto's van Markus Røed waren gepubliceerd, doken er ook foto's op van Harry Hole. Ze schreven dat hij een outsider was, een privédetective, die het DNA van Markus Røed had gekoppeld aan dat op Susannes borst. Alsof dat zo geweldig was. Alsof de politie dat niet allang zelf had moeten ontdekken. Hij begon eigenlijk behoorlijk irritant te worden, die Harry Hole. Wat had hij nou helemaal te zoeken op dit podium? Het podium was voorbehouden aan de zaak, het mysterie, zíjn mysterie. Ze zouden nog meer tijd moeten besteden aan het feit dat Markus Røed, de man met privileges die meende dat hij boven de wet stond, nu eindelijk aan de schandpaal was genageld. Mensen hielden daarvan. Priem hield daarvan, het was balsem voor de ziel. Oké, ze hadden het in afgepaste doses gekregen, de media wilden vaak alles verifiëren. Hij hoopte dat waar zijn stiefvader zat, hij toegang had tot kranten, dat hij volop kans kreeg te lijden, dat de openbare vernedering het zuurbad was dat Priem voor hem had laten vollopen. Markus Røed moest ontreddering, wanhoop en angst voelen. Was hij al op de gedachte gekomen om zelfmoord te plegen? Nee, de drijvende kracht achter de zelfmoord van zijn moeder was wanhoop geweest. Zijn stiefvader had nog hoop. Hij had Johan Krohn als advocaat en de politie had alleen het speeksel als bewijs. Naast de valse alibi's die Helene Markus had gegeven voor de avonden waarop Susanne en Bertine waren verdwenen. Maar de officier van justitie had zojuist iets op televisie gezegd wat Priem verontrustte.

Die Chris Hinnøy had verteld dat de rechter morgen vast zou instemmen met de vaste termijn van vier weken voorlopige hechtenis en dat daarna – gezien de bewijzen en de ernst van de zaak – die termijn zou worden verlengd. In Noorwegen was die hechtenis voor onbepaalde tijd, in principe zou die jaren kunnen duren. Daarbij was het belangrijk dat de politie in de gaten hield dat invloedrijke contacten van Røed geen toegang kregen tot de gevangene, zij konden door middel van omkoping bewijzen laten vernietigen, getuigen beïnvloeden, ja, er waren voorbeelden dat zelfs rechercheurs werden omgekocht.

'Harry Hole bijvoorbeeld?' vroeg de interviewer alsof dat iets met de zaak te maken had!

'Hole werd ingehuurd door Røed,' zei de officier van justitie. 'Maar Hole is opgeleid binnen de Noorse politie en beschikt nog steeds over de integriteit die we verwachten van onze mensen.'

'Bedankt dat u ons te woord wilde staan, Chris Hinnøy...'

Priem zette het geluid uit. Hij vloekte terwijl hij nadacht. Als de officier van justitie gelijk had dan kon Markus Røed dus voor onbepaalde tijd vastzitten, grotendeels verstoken van bezoek, maar ook veilig in zijn cel. Dat was het plan niet.

Hij probeerde na te denken.

Moest het plan – het grote plan – worden veranderd?

Hij keek naar de roze slak op zijn salontafel. Naar het slijmspoor dat die in een halfuur had gemaakt. Had de slak een plan? Maakte hij jacht op iets? Of probeerde hij te vluchten? Wist hij dat kannibaalslakken vroeg of laat het spoor zouden vinden en de achtervolging zouden inzetten? Dat stilstand de dood betekende?

Priem drukte zijn vingers tegen zijn slapen.

Harry rende, hij voelde hoe zijn hart het bloed door zijn lijf joeg terwijl hij de presentator Hinnøy zag bedanken.

Chris Hinnøy was een van de drie officieren van justitie met wie Harry en Johan Krohn een paar uur geleden contact hadden opgenomen met het verzoek of zij een subjectief en officieus oordeel wilden geven over de waarschijnlijkheid dat Markus Røed, gegeven de bewijzen, veroordeeld zou kunnen worden. Twee van hen wilden daar direct al op antwoorden, maar Krohn had gevraagd daar nog een nachtje over te slapen en morgen met hun oordeel te komen.

Op het journaal was nu een interview te zien met de trainer van Bodø/Glimt en Harry verplaatste zijn blik van het televisiescherm dat voor de loopband hing naar de spiegel daarachter.

Hij had de kleine fitnessruimte voor zichzelf. Hij had het kostuum in zijn kamer opgehangen en de badjas van het hotel aangetrokken die nu op een kleerhanger achter hem hing. Hij bekeek zich in de spiegel die de hele wand bedekte. Hij rende in zijn onderbroek, een T-shirt en op de handgemaakte John Lobbs die verrassend goed dienden als loopschoenen. Hij zag er natuurlijk belachelijk uit, maar dat kon hem niets verdommen. Hij was op weg naar beneden zelfs naar de receptie gegaan en had gevraagd naar de vriendelijke priester in de bar wiens naam hij was vergeten. De zwarte receptioniste had lachend geknikt. 'Hij is geen gast in het hotel, maar ik weet wie u bedoelt, meneer Hole. Omdat hij hier was en ook naar u heeft gevraagd.'

'O, ja? Wanneer dan?'

'Niet lang nadat u had ingecheckt, ik herinner me het niet precies. Hij vroeg naar uw kamernummer. Ik vertelde hem dat we dat niet gaven, maar dat ik u kon bellen. Dat hoefde niet van hem en daarna liep hij weg.'

'Maar zei hij wat hij wilde?'

'Nee, alleen dat hij *curious* was.' Ze lachte. 'Mensen willen altijd Engels met me praten.'

'Maar hij is een Amerikaan of niet?'

Ze haalde haar schouders op. 'Misschien.'

Harry voerde het tempo van de loopband op. Hij kon het nog steeds. Rende hij hard genoeg? Kon hij uiteindelijk van alles wegrennen? Van alles wat achter hem lag? Van de mensen die achter hem aan zaten? Interpol had de adressen van alle gasten in alle hotels ter wereld en die had iedere goede hacker ook. Stel dat de priester hier was om op hem te passen, stel dat hij over twee dagen, als de deadline was verstreken, Harry moest omleggen. Wat dan? Schuldeisers doden hun schuldenaren niet voordat alle hoop op geld verloren is gegaan. Nu was Røed gepakt. Het speeksel op de borst van het moordslachtoffer. Beter technisch bewijs was er verdomme niet te krijgen. Als de drie officieren van justitie morgen tot hetzelfde inzicht kwamen, zou het geld overgemaakt worden en waren Lucille en hij vrij. Dus waarom maalden zijn hersenen maar door? Kwam het omdat hij het gevoel had voor iets anders weg te lopen, iets wat met de zaak te maken had?

De telefoon die Harry in de houder van de waterfles op de loopband had gezet, ging over. Er verschenen geen initialen op de display, maar hij herkende het nummer en nam op met: 'Zeg het maar.'

Hij kreeg gelach als antwoord. Toen een zachte stem. 'Volgens mij gebruik je nog steeds dezelfde openingsfrase als toen we nog samenwerkten, Harry.'

'Hm, en jij nog steeds hetzelfde nummer.'

Mikael Bellman lachte weer. 'Gefeliciteerd met Røed.'

'Welk onderdeel?'

'Alles, zowel met de opdracht als met de arrestatie.'

'Wat wil je, Bellman?'

'Oei, oei.' Hij lachte weer die charmante, hartelijke lach die zo effectief was en zowel vrouwen als mannen deed geloven dat Mikael Bellman een warm en eerlijk mens was, iemand die je kon vertrouwen. 'Ik moet toegeven dat je als minister verwend raakt, je denkt dat je de enige bent met weinig tijd, maar je vergeet dat de ander daar ook mee te kampen heeft.'

'Ik heb de tijd. Dat is geen probleem meer.'

De stilte die viel, duurde lang. Toen Bellman verderging, klonk de hartelijkheid een beetje meer geforceerd: 'Ik bel je om te zeggen dat we zeer op prijs stellen wat je hebt gedaan in deze zaak, dat toont integriteit. Wij in de Arbeiderparti vinden het van groot belang dat iedereen gelijk is voor de wet en daarom heb ik eerder vandaag mijn fiat aan de arrestatie gegeven. Het is een goed signaal dat het in onze rechtsstaat geen voordelen oplevert om rijk en bekend te zijn.'

'Eerder omgekeerd, misschien,' zei Harry.

'Sorry?'

'Ik wist niet dat de minister van Justitie zijn fiat moest geven aan een arrestatie.'

'Het is niet zomaar een arrestatie, Harry.'

'Dat bedoel ik. Sommige zijn belangrijker. En het is niet schadelijk voor de Arbeiderparti dat jullie een gladde, rijke stinkerd hebben gepakt.'

'Mijn punt is, Harry, dat ik een goed gesprek heb gehad met Melling en Winter en zij willen je graag aan boord hebben voor het vervolgonderzoek. Er moet natuurlijk nog veel gedaan worden voordat we de zaak rond hebben en het proces kan beginnen. Nu jouw opdrachtgever is gearresteerd, neem ik aan dat jij zonder werk zit. Jouw bijdrage is belangrijk voor ons, Harry.'

Wat voor jou belangrijk is, is dat de held van de dag nu in jouw team lijkt te zitten, dacht Harry.

'Nou, wat zeg je daarop?'

Harry dacht na. Hij voelde de weerstand en het wantrouwen die Bellman altijd bij hem opwekte. 'Hm, ik kom.'

'Fijn. Bratt zal je op de hoogte houden. Ik moet nu ophangen. Een goedenavond nog.'

Harry rende nog een uur, maar toen begreep hij dat hij niet weg kon rennen van wat hem bezighield. Hij ging op een van de stoelen zitten en liet zijn zweet in het kussen trekken terwijl hij Alexandra belde.

'Heb je me gemist?' koerde ze.

'Hm. Die club Tuesdays...'

'Ja?'

'Ze hadden dinsdags clubavond. Heeft jouw vriend gezegd of Villa Dante die traditie heeft voortgezet?'

HOOFDSTUK 33

Maandag

Hoofdredacteur Ole Solstad krabde met de poot van zijn bril over zijn wang. Hij keek over zijn bureau, waarop stapels papieren met koffievlekken lagen, naar Terry Våge. In de bezoekersstoel hing Våge onderuitgezakt in zijn wollen jas en met nog steeds zijn pork piehoed op alsof hij verwachtte dat dit gesprek maar even zou duren. En hopelijk was dat ook het geval. Hij vreesde Solstad. Hij had naar zijn oud-collega bij de vorige krant moeten luisteren, die had geciteerd uit de film *Fargo*: '*I don't vouch for him.*'

Solstad en Våge hadden enkele woorden gewisseld over de arrestatie van Røed. Våge had daarop gegrinnikt en gezegd dat ze de verkeerde man hadden opgepakt. Solstad had opgemerkt dat Våge geen gebrek had aan zelfvertrouwen, maar dat je dat wel vaker zag bij bedriegers omdat die zichzelf ook heel goed voor de gek konden houden.

'We hebben dus besloten dat we geen artikelen van jou meer zullen publiceren,' zei Solstad, die wist dat hij zowel schriftelijk als mondeling voorzichtig moest zijn met woorden als 'laten je vertrekken', 'ontslag' of 'de laan uit sturen'. Hoewel Våge een freelancecontract had, kon een goede advocaat ontslag gaan aanvechten. Zoals Solstad het nu formuleerde was het zo dat ze niet meer zouden publiceren wat Våge had geschreven, maar tegelijkertijd leek hij niet uit te sluiten dat Våge ingezet zou worden bij andere opdrachten, research bijvoorbeeld voor andere schrijvende journalisten. De advocaat van

Dagbladet had hem gewezen op het ingewikkelde arbeidsrecht.

'Waarom niet?' vroeg Våge.

'Omdat de gebeurtenissen van de laatste dagen twijfels hebben gezaaid over het waarheidsgehalte van jouw laatste artikelen.' En hij voegde eraan toe, omdat iemand hem onlangs had verteld dat een reprimande altijd effectiever is als je de naam van de geadresseerde toevoegt: 'Våge.'

Op het moment dat hij dat uitsprak, bedacht hij dat een terechtwijzing niet echt de juiste tactiek was als een spijtbetuiging en verbetering zijn bedoeling niet was, maar dat hij met zo min mogelijk gedonder van die vent af wilde. Aan de andere kant moest Våge wel begrijpen waarom ze overgingen tot zo'n drastische stap, dat het bij *Dagbladet* ging om geloofwaardigheid.

'Kan je dat bewijzen?' zei Våge zonder een spier te vertrekken, ja, hij leek zelfs een geeuw te smoren. Demonstratief en kinderachtig, maar ook provocerend.

'De vraag is eerder of jij kunt bewijzen wat je hebt geschreven. Het oogt, klinkt en ruikt als fictie. Tenzij je mij je bron kan geven...'

'Mijn god, Solstad, als hoofdredacteur van deze krant moet je toch begrijpen dat ik mijn...'

'Ik zeg niet dat je die aan iedereen moet geven, maar aan mij. Aan jouw hoofdredacteur. De man die verantwoordelijk is voor wat er geschreven en gedrukt wordt. Begrijp je? Geef me je bron en ik ben net als jij verplicht die te beschermen. In elk geval zolang dat juridisch verantwoord is. Begrijp je?'

Terry Våge liet een lange kreun horen. 'Begrijp jíj het, Solstad? Begrijp je dat ik naar een andere krant ga, naar VG of *Aftenposten* en voor die krant zal doen wat ik tot nu toe voor *Dagbladet* heb gedaan? Een leidende positie innemen op het gebied van misdaadverslaggeving.'

Ole Solstad en de andere redacteuren hadden dat uiteraard mee in hun overwegingen genomen toen ze spraken over dit besluit. Våge had een groter lezerspubliek dan elk van hun andere journalisten en het aantal bezoekers op hun website was explosief gestegen. Solstad zou het verschrikkelijk vinden als hij die cijfers bij de concurrent zou zien. Maar zoals een van de redacteuren tijdens de vergadering had gezegd: als ze discreet loslieten dat ze Terry Våge om dezelfde reden lieten gaan als de vorige keer dat hij ontslag kreeg dan zou hij net zo aantrekkelijk voor de concurrenten van *Dagbladet* zijn als Lance Armstong na het dopingschandaal voor de concurrenten van U.S. Postal was. Het was de tactiek van de verschroeide aarde en het was Terry Våge die brandde, en in een tijd dat respect voor de waarheid op de tocht stond moesten oude bastions als *Dagbladet* een voorbeeldfunctie vervullen. Ze konden beter hun excuses maken als bleek dat Våge – tegen alle verwachtingen in – het toch bij het rechte eind had.

Solstad duwde zijn bril recht. 'Ik wens je veel succes bij de concurrent, Våge. Jij gaat of bijzonder integer te werk, of het tegenovergestelde ervan. We willen niet de kans lopen dat het laatste het geval is. Ik hoop dat je dat begrijpt.' Solstad stond op achter zijn bureau. 'Naast de betaling voor je laatste artikel krijg je een kleine bonus voor je bijdrage aan de krant.'

Våge was ook opgestaan en Solstad trachtte uit de lichaamstaal van de ander af te lezen of hij een afwijzing riskeerde als hij zijn hand uitstak. Våge grijnsde. 'Veeg je achterste maar af met die bonus, Solstad. En maak daarna je bril schoon, iedereen behalve jij weet dat de glazen zo vuil zijn dat het niet zo vreemd is dat je geen barst ziet.'

Ole Solstad bleef een paar seconden staan kijken naar de deur die Våge achter zich dichtgooide. Toen zette hij zijn bril af en bestudeerde de glazen. Vuil?

Harry stond aan de andere kant van de glazen wand te kijken naar Markus Røed die in de verhoorkamer zat. Naast Røed zaten er nog drie mannen: de leider van het verhoor, zijn assistent en Johan Krohn.

Het was een drukke ochtend geweest. Om acht uur was Harry naar Krohns kantoor aan de Rosenkrantz gate gegaan en ze hadden de drie officieren van justitie gebeld, die ieder op hun beurt hadden verklaard dat er voldoende redenen waren om aan te nemen dat Røed voor de rechter moest verschijnen, op voorwaarde dat er geen nieuwe, wezenlijke bewijzen opdoken. Krohn had niet veel gezegd, maar zich professioneel correct gedragen. Hij had direct en zonder tegenwerpingen contact opgenomen met de bank en met de vooraf verkregen volmacht de bank opdracht gegeven het bedrag over te maken naar een bankrekening op de Kaaimaneilanden. Volgens de bank zou de ontvanger nog dezelfde dag zien dat het geld gestort was. Ze waren gered. Dat wil zeggen, Lucille en hij waren gered. Dus waarom stond hij hier nog? Waarom zat hij niet in de bar en ging hij verder waarmee hij in Creatures was begonnen? Tja, waarom lazen mensen boeken uit die ze niet leuk vonden? Waarom maken alleenstaanden hun bed op? Toen hij vanochtend wakker werd, had hij beseft dat hij voor het eerst sinds weken niet had gedroomd van zijn moeder. Moeder die in de deuropening van het klaslokaal had gestaan. Hij had nu rust. Maar had hij die wel? In plaats daarvan had hij gedroomd dat hij nog steeds rende, maar hoe hij ook rende op de loopband hij kon niet vluchten voor... ja, voor wat eigenlijk?

'Verantwoordelijkheid.' Dat was de stem van zijn grootvader, de goede man, de alcoholist die 's morgens overgaf voordat hij de roeiboot uit het botenhuis duwde en Harry erin tilde. Harry die vroeg waarom ze nu de netten binnen gingen halen terwijl grootvader ziek was. Maar Harry was nu verdomme toch nergens verantwoordelijk voor, hij hoefde niet meer voor iets weg te rennen. Of wel? Kennelijk dacht hij van wel. Want hij stond hier. Harry voelde hoofdpijn opkomen en duwde de gedachten weg. Hij deed dat door aan simpele, concrete dingen te denken die hij begreep. Zoals het proberen te duiden van Røeds mimiek en lichaamstaal als hij antwoord gaf op de vragen. Harry probeerde, zonder naar de antwoorden te luisteren, te bepalen of hij vond dat Røed schuldig was of niet. Soms leek het of alle ervaring die Harry in de loop van zijn leven had opgebouwd totaal nutteloos was, dat zijn vermogen om andere mensen te lezen slechts een illusie was. Terwijl hij op andere momenten als deze het idee had dat zijn onderbuikgevoel het enige was waarop hij kon vertrouwen. Hoe vaak had hij niet zonder bewijzen en indirecte bewijzen gestaan, maar had hij gewéten en uiteindelijk ook gelijk gekregen? Of was dat gewoon cognitieve *bias*, de val van bevestiging? Was het niet net zo vaak gebeurd dat hij dacht dat hij het wist, maar dat hij toch verkeerd zat en was hij dat vergeten? Waarom was hij er zo zeker van dat Røed de vrouwen niet had vermoord, maar dat hij ook niet onschuldig was? Had hij een huurmoordenaar in de arm genomen, voor een alibi gezorgd en was hij er zeker van dat zijn onschuld bewezen zou worden en had hij Harry betaald om dat aan te tonen? Maar als dat het geval was, waarom had hij dan niet voor een beter alibi gezorgd? Nu beweerde hij dat hij thuis was met zijn vrouw toen de eerste moorden werden gepleegd. En nu had hij zelfs geen alibi. Markus Røed had gezegd dat hij alleen thuis was toen Helene werd vermoord. De vrouw die hem kon redden voor het geval het een rechtszaak werd. Het was niet logisch. Maar toch…

'Zegt hij iets?' fluisterde een stem naast Harry.

Het was Katrine, die in de schemerige kamer was gekomen en tussen Harry en Sung-min was gaan staan.

'Ja,' fluisterde Sung-min. 'Weet ik niet. Herinner ik me niet. Nee.'

'Juist. Vangen jullie trillingen op?'

'Ik probeer het,' zei Harry.

Sung-min antwoordde niet.

'Sung?' zei Katrine.

'Ik kan me vergissen,' zei Sung-min. 'Maar ik denk dat Markus Røed een kast-homo is. Met nadruk op kast.'

De twee anderen keken hem aan.

'Waarom denk je dat?' vroeg Katrine.

Sung-min lachte even. 'Om een lang verhaal kort te maken: het is de som van een lange reeks duidelijke details die mij opvallen en jullie niet. Maar ik kan me natuurlijk vergissen.'

'Je vergist je niet,' zei Harry.

Nu waren het de andere twee die keken.

Hij kuchte. 'Herinner je je nog dat ik vroeg of je Villa Dante kende?'

Katrine knikte.

'Dat is een club die onder een andere naam verder is gegaan, eerst heette hij Tuesdays.'

'Klinkt bekend,' zei ze.

'Dat was een paar jaar geleden een exclusieve club voor homo's,' zei Sung-min. 'Daarna werd het Studio 54, naar de homoclub in New York, snap je. Omdat de club net zo lang bestond, drieëndertig maanden. De club ging dicht nadat er een minderjarige werd verkracht.'

'Nu herinner ik het me weer,' zei Katrine. 'We noemden dat de Vlinderzaak omdat de jongen zei dat de verkrachter een vlindermasker droeg. Maar was de reden dat ze moesten sluiten niet dat minderjarige obers daar alcohol schonken?'

'Formeel gezien, ja,' zei Sung-min. 'De rechter wilde er niet in meegaan dat het een besloten club was en daarmee hadden ze de drankwet overtreden.'

'Ik heb reden om aan te nemen dat Markus Røed regelmatig naar Villa Dante ging,' zei Harry. 'Ik heb een lidmaatschapskaart en een kattenmasker in een van de zakken van dit kostuum gevonden. Dat is van hem.'

Sung-min trok zijn wenkbrauw op. 'Jij draagt eh... zijn kostuum?'

'Waar wil jij naartoe, Harry?' Katrines stem was scherp, haar blik hard.

Harry haalde adem. Hij kon het er nog steeds bij laten.

'Het blijkt dat Villa Dante nog altijd dinsdags clubavonden organiseert. Als Røed er zoveel aan gelegen is om in de kast te blijven dan is het mogelijk dat hij een alibi heeft voor de avonden dat Susanne en Bertine zijn vermoord, maar dat hij ons dat alibi niet wil geven.'

'Wat je zegt is...' zei Katrine langzaam en Harry had het gevoel dat haar blik een gat in zijn hoofd probeerde te boren. '...dat we een man gearresteerd hebben die een beter alibi heeft. Dat hij niet die avonden heeft doorgebracht met zijn vermoorde vrouw. Dat Røed in een homoclub was, maar dat hij niet wil dat iemand dat weet.'

'Ik zeg alleen dat het een mogelijkheid is.'

'Jij zegt dat het een mogelijkheid is dat Røed liever het risico loopt gevangenisstraf te krijgen dan dat zijn seksuele geaardheid aan het licht komt?' Haar stem klonk monotoon, maar er was een trillende ondertoon en Harry wist waar die vandaan kwam. Pure, onvervalste razernij.

Harry keek naar Sung-min, die knikte.

'Ik ken mannen die liever doodgaan dan uit de kast komen,' zei Sung-min. 'We denken dat we vrij zijn, maar daarin vergissen we ons helaas. De schaamte, de zelfverachting, de veroordeling zijn geen verleden tijd. Vooral niet voor de generatie van Røed.'

'En met zijn afkomst,' voegde Harry eraan toe. 'Ik heb foto's van zijn voorouders gezien. Allemaal mannen die het stokje niet wilden doorgeven aan iemand die seks heeft met mannen.'

Katrines blik had Harry nog steeds niet losgelaten. 'Vertel me eens wat je wil gaan doen.'

'Ik?'

'Ja, jij. Er is een reden dat je ons dit vertelt of niet?'

'Nou.' Hij stak zijn hand in zijn zak en haalde er een vel papier uit. 'Ik zou gebruik willen maken van het verhoor door hem deze twee vragen te stellen.'

Hij zag hoe Katrine las terwijl hij Krohns stem door de luidspreker hoorde: '...meer dan een uur en mijn cliënt heeft antwoord gegeven op al jullie vragen, op de meeste zelfs meer dan eens. We kunnen hier stoppen of mijn protest wordt opgenomen in het verslag van dit verhoor.'

De verhoorleider en zijn collega keken elkaar aan.

'Prima,' zei de verhoorleider, keek op de klok aan de muur en zag toen dat Katrine de deur van de verhoorkamer opendeed. Hij liep naar haar toe, nam het vel papier van haar aan en luisterde. Harry zag Krohns vragende blik. Toen ging de verhoorleider weer zitten en schraapte zijn keel: 'Nog twee laatste vragen. Was u in de club Villa Dante op de avonden dat Susanne en Bertine werden vermoord?'

Røed wisselde een blik met Krohn voor hij antwoordde. 'Ik heb nog nooit van die club gehoord en ik blijf herhalen dat ik thuis was, samen met mijn vrouw.'

'Bedankt. Deze vraag is voor jou, Krohn.'

'Voor mij?'

'Ja, wist je dat Helene Røed wilde scheiden en dat als er niet aan haar eisen werd voldaan ze haar echtgenoot geen alibi meer zou geven voor de bewuste avonden?'

Harry zag dat Krohn rood werd in zijn gezicht. 'Ik... er is geen enkele reden waarom ik daarop zou moeten antwoorden.'

'Ook niet met een simpel nee?'

'Dit is absoluut tegen de regels en ik stel voor dat we het verhoor nu beëindigen.' Krohn stond op.

'Dat zegt genoeg,' zei Sung-min en hij wipte op en neer met zijn voeten.

Harry wilde vertrekken, maar Katrine hield hem tegen.

'Ga me nu niet vertellen dat je dit al wist voordat we Røed arresteerden,' fluisterde ze razend. 'Oké?'

'Hij heeft zojuist zijn alibi verloren,' zei Harry. 'Dat was het enige wat hij had. Nu mogen we hopen dat niemand in Villa Dante kan getuigen dat hij daar was.'

'Wat hoop je precies, Harry?'

'Hetzelfde als altijd.'

'En dat is?'

'Dat de meest schuldige gepakt wordt.'

Harry moest er flink de pas in zetten om Johan Krohn in te halen, die op weg was van het politiebureau naar Grønlandsleiret.

'Was die laatste vraag namens jou?' vroeg Krohn hem met een verbeten blik.

'Waarom denk je dat?'

'Omdat ik precies weet wat Helene Røed de politie heeft verteld en dat was niet veel. Toen ik dat gesprek tussen jou en Helene arrangeerde was ik zo dom tegen haar te zeggen dat ze jou kon vertrouwen.'

'Wist je dat ze het alibi zou gebruiken om Markus onder druk te zetten?'

'Nee.'

'Maar je hebt de brief van haar advocaat ontvangen waarin ze de helft verlangde van alles wat hij bezat en toen kon jij toch ook één en één bij elkaar optellen?'

'Ze kon andere chantagemiddelen hebben die niets met de zaak te maken hadden.'

'Bijvoorbeeld naar buiten brengen dat hij homo is?'

'Ik heb niet het idee dat we verder nog iets te bespreken hebben, Harry.' Krohn gebaarde tevergeefs naar een lege taxi die langs hen reed, maar aan de overkant van de straat draaide een klaarstaande taxi en die stopte voor hen langs de stoeprand. Het raam aan de bestuurderskant gleed naar beneden en een gezicht met een bruine grijns kwam tevoorschijn.

'Kunnen we je een lift aanbieden?' vroeg Harry.

'Nee, bedankt,' zei Krohn en hij liep verder.

Øystein keek de advocaat na. 'Chagrijnig of zo?'

Het was zes uur 's avonds en door het lage, dichte wolkendek gingen de lampen in de huizen al vroeg aan.

Harry staarde naar het plafond. Hij lag op zijn rug op de grond en aan de andere kant van het bed lag Øystein in dezelfde houding.

'Jouw onderbuikgevoel zegt dat Markus Røed zowel schuldig als onschuldig is,' zei Aune.

'Ja,' zei Harry.

'Maar hoe dan bijvoorbeeld?'

'Bijvoorbeeld dat hij een huurmoordenaar in de arm heeft genomen en het niet zelf heeft gedaan. Of dat de eerste twee moorden door een zedendelinquent zijn gepleegd en dan ziet Røed zijn kans schoon en kopieert hij de daden van de seriemoordenaar zodat niemand hem verdenkt.'

'Vooral niet als hij bovendien een alibi heeft voor de eerste twee moorden,' zei Øystein.

'Gelooft een van jullie in die theorie?' vroeg Aune.

'Nee,' zeiden Harry en Øystein in koor.

'Het is een lastig dilemma,' zei Harry. 'Aan de ene kant had Røed, als ze hem inderdaad chanteerde, een motief om zijn echtgenote te doden. Aan de andere kant wordt zijn alibi een stuk minder sterk nu ze dat in de rechtbank niet meer onder ede kan bevestigen.'

'Maar dan heeft Våge toch gelijk,' zei Øystein op het moment dat de deur openging. 'Zelfs nu hij de laan uit is gestuurd. Er loopt een kannibaal en een seriemoordenaar vrij rond. Punt.'

'Nee,' zei Harry. 'Het type seriemoordenaar dat Våge beschrijft, vermoordt niet drie personen die op hetzelfde feest zijn geweest.'

'Våge verzint zaken,' zei Truls, die drie grote pizzadozen op tafel zette en de deksels omhoogtrok. 'VG heeft het op zijn website staan. Ze hebben bronnen die zeggen dat Våge ontslagen is bij *Dagbladet* omdat hij een dikke duim heeft. Dat had ik ze direct wel kunnen vertellen.'

'Kon je dat?' zei Aune verbaasd.

Truls grinnikte slechts.

'O, het ruikt hier naar pepperoni en mensenvlees,' zei Øystein en hij stond op.

'Jibran, je moet ons helpen dit op te eten,' riep Aune naar zijn buurman de dierenarts, die in bed lag met een koptelefoon op.

Terwijl de andere vier rond de tafel kwamen staan, bleef Harry op de grond zitten om de website van VG te lezen en na te denken.

'O, trouwens, Harry,' zei Øystein met zijn mond vol pizza, 'ik zei tegen die vrouw van het gerechtelijk laboratorium dat we vanavond om negen uur in Jealousy hebben afgesproken. Oké?'

'Oké. Sung-min Larsen van Kripos komt ook.'

'En jij, Truls?'

'Wat ik?'

'Ga je mee naar Jealousy. Vandaag is het 1977.'

'Hè?'

'1977, alleen de beste songs uit dat jaar.'

Truls kauwde terwijl hij wantrouwend naar Øystein keek. Alsof hij niet kon uitmaken of hij voor de gek werd gehouden of dat hij echt werd uitgenodigd.

'Ja, is goed.'

'Te gek, we zijn immers een topteam. De pizza's raken in rap tempo op, Harry. Waar ben je eigenlijk mee bezig?'

'De netten aan het ophalen,' zei Harry zonder op te kijken.

'Hè?'

'Ik vraag me af of ik zal proberen Markus Røed het alibi te geven dat hij niet wil hebben.'

Aune kwam naar hem toe. 'Je maakt een opgeluchte indruk, Harry.'

'Opgelucht?'

'Ik zal er niet naar vragen, maar ik neem aan dat het te maken heeft met wat je niet wil vertellen.'

Harry keek op. Hij lachte en knikte.

'Mooi,' zei Aune. 'Mooi, dan ben ik ook een beetje opgelucht.' Hij slofte langzaam naar zijn bed.

Om zeven uur kwam Ingrid Aune. Øystein en Truls waren in de kantine en Ståle moest naar het toilet, dus Ingrid en Harry bleven alleen achter in de kamer.

'Ik ga zodat jullie alleen kunnen zijn,' zei Harry.

Ingrid, een kleine, mollige vrouw met staalgrijs haar en een open blik en nog sporen van een Nordlands dialect ging rechtop zitten en haalde diep adem. 'Ik heb net een gesprek gehad met de chef-arts. Hij heeft bezorgde meldingen gekregen van het afdelingshoofd. Dat drie mannen Ståle vermoeien met hun frequente en lange bezoeken. Aangezien patiënten het vaak moeilijk vinden om het zelf te zeggen, vroeg hij me of ik jullie kon vragen minder vaak en minder lang op bezoek te komen nu Ståle in het laatste stadium zit.'

Harry knikte. 'Ik begrijp het. Wil jij dat ook?'

'Helemaal niet. Ik heb de chef-arts gezegd dat jullie hem nodig hebben. En...' Ze glimlachte. 'Dat hij jullie nodig heeft. We hebben iets nodig om voor te leven, zei ik tegen hem. En af en toe ook om voor te sterven. De chef-arts zei dat ik verstandige woorden sprak en ik zei dat die niet van mij kwamen, maar van Ståle.'

Harry glimlachte terug. 'Zei de chef-arts verder nog iets?'

Ze knikte en draaide haar hoofd om naar buiten te kijken.

'Weet je nog dat je het leven van Ståle hebt gered, Harry?'

'Nee.'

Ze lachte even. 'Ståle heeft me gevraagd zijn leven te redden. Zo noemt hij dat, die dwaas. Hij heeft me gevraagd te zorgen voor een spuit. Met morfine, bijvoorbeeld.'

In de stilte die volgde was de regelmatige ademhaling het enige wat te horen was in de ziekenkamer.

'Wil je dat doen?'

'Ja, dat wil ik,' zei ze. Haar ogen stonden vol tranen en haar stem klonk verstikt. 'Maar ik geloof dat ik het niet kan, Harry.'

Harry legde een hand op haar schouder. Hij voelde dat ze beefde. Haar stem was slechts gefluister: 'En ik weet dat ik me daar voor de rest van mijn leven schuldig over zal voelen.'

HOOFDSTUK 34

Maandag. Trans-Europe Express.

Priem las het artikel op de website van VG nog een keer.

Er stond niet met zoveel woorden dat Våge zijn verhalen had verzonnen, maar dat was de boodschap wel. Als het niet als een onweerlegbaar feit werd gepresenteerd dan betekende het dat het niet bewezen kon worden. Alleen hij, Priem, kon het bewijzen. Vertellen wat er eigenlijk aan de hand was. Opnieuw gaf hem dat het warme, kalmerende gevoel van controle dat hij niet had beoogd, maar dat een pure bonus was.

Vanaf het moment dat hij het bericht op de website had gelezen dat Terry Våge niet langer misdaadverslaggever voor *Dagbladet* was, had hij zitten nadenken. Priem had uiteraard direct begrepen wat de reden daarvan was. Niet alleen waarom Våge van de misdaadverslaggeving was gehaald, maar ook waarom *Dagbladet* dat wereldkundig had gemaakt. Ze wisten dat ze actief afstand moesten nemen van Våge voordat andere kranten de kans kregen ze te confronteren met de leugens over kannibalisme en tatoeages die ze hadden gepubliceerd.

Wat interessant was, was dat Våge nu misschien gebruikt kon worden om het probleem op te lossen dat was ontstaan. Het probleem dat Markus Røed veilig in de gevangenis zat en voor onbepaalde tijd buiten zijn bereik was. Tijd die hij niet had omdat de biologie haar gang ging, de kringloop had zijn eigen ritme. Maar het was een ingrijpend besluit dat hij moest nemen, hij diende flink af te wijken van zijn oorspronkelijke plan en het was al gebleken dat improvisatie afgestraft werd. Dus hij moest er goed over nadenken. Nogmaals doorliep hij de details.

Hij keek naar zijn burnertelefoon en het briefje met daarop het mobiele nummer van Terry Våge dat hij via Inlichtingen had gekregen. Hij voelde spanning als van een schaker die in tijdnood besloten had tot een zet die winst of verlies zou betekenen, maar het stuk nog niet had verplaatst. Priem nam in gedachten het scenario nog eenmaal door, waar het verkeerd zou kunnen gaan. En wat absoluut niet verkeerd mocht gaan. Hij hield zichzelf voor dat hij zich op elk moment kon terugtrekken zonder dat er een spoor naar hem leidde. Als hij alles op de juiste manier deed.

Toen toetste hij het nummer in. Het was het gevoel van een vrije val, een heerlijke siddering van spanning.

Na drie keer overgaan werd er opgenomen.

'Terry.'

Was er wanhoop in Våges stem te horen? Priem meende dat iemand op de bodem van een put die nu toch moest voelen. Iemand die niemand wilde hebben. Iemand zonder alternatieven. Iemand die het één keer was gelukt een comeback te maken en die bereid was wat dan ook te doen om weer terug te kunnen keren, om de troon weer te bestijgen. Om het ze te laten zien. Priem haalde diep adem en liet zijn stem zakken.

'Susanne Andersen hield ervan in haar gezicht te worden geslagen tijdens de seks, ik neem aan dat je ex-minnaars kan vinden die dat kunnen bevestigen. Bertine ruikt als een vent naar zweet. Helene Røed had een litteken op haar schouder.'

In de stilte die viel hoorde Priem Våge zuchten.

'Wie ben jij?'

'Ik ben de enige persoon op aarde die dergelijke informatie kan hebben.'

Opnieuw een stilte.

'Wat wil je?'

'Een onschuldig man redden.'

'Wie is onschuldig?'
'Markus Røed natuurlijk.'
'Omdat?'
'Omdat ik de vrouwen heb vermoord.'

Terry Våge wist dat hij niet had moeten opnemen toen er 'onbekend nummer' op de display van zijn toestel verscheen, maar zoals gewoonlijk had hij het niet kunnen laten. Hij kon die verrekte nieuwsgierigheid van hem niet bedwingen. Het geloof dat er plotseling iets goeds zou kunnen gebeuren, dat de droomvrouw hem belde bijvoorbeeld. Waarom leerde hij het niet? Vandaag was hij gebeld door journalisten die commentaar van hem wilden hebben op het feit dat *Dagbladet* hem op non-actief had gesteld. Ook hadden een paar vaste fans gebeld om hem te vertellen hoe onrechtvaardig ze het vonden. Onder wie een meisje dat zo'n leuke stem had aan de telefoon, maar hij had haar Facebookpagina opgezocht en ze was veel ouder dan hij had gedacht en verontrustend lelijk. En dan nu dit telefoontje, weer zo'n gek. Waarom belden normale mensen niet? Vrienden, bijvoorbeeld? Was dat misschien omdat hij die niet meer had? Zijn moeder en zus hadden gebeld, maar zijn vader en broer niet. Dat wil zeggen, zijn vader had een poosje geleden één keer gebeld. Kennelijk vond hij het succes bij *Dagbladet* opwegen tegen het schandaal waardoor de familienaam indertijd door het slijk was gehaald. Het laatste jaar waren er een paar meisjes geweest die met Terry contact hadden opgenomen. Die doken altijd op als je in de schijnwerpers stond. Dat was al zo geweest toen hij nog muziekrecensent was. Natuurlijk kregen bandleden meer kutjes, maar hij had er meer gekregen dan de geluidsmannen. De beste strategie was aan te pappen met de band – een paar goede recensies werden altijd beloond met een backstage-pas – en dan hopen dat je een graantje kon meepikken. De op een na beste strategie was de band afkraken en respect oogsten. Nu hij misdaadverslaggever was, waren er geen concerten meer waar hij kon opvallen, maar dat compenseerde hij door weer de gonzostijl te volgen die hij als muziekrecensent ook had gehad. Hij was onlosmakelijk verbonden met het verhaal, hij was de oorlogscorrespondent van de straat. En met een byline met foto en naam was er altijd wel een vrouw die belde. Om die reden was zijn nummer openbaar bij Inlichtingen – niet opdat mensen hem bij nacht en ontij konden bellen met allerlei idiote tips en verhalen.

Het was één ding dat hij het anonieme telefoontje had opgenomen, iets anders was dat hij nog niet had opgehangen. Waarom niet? Misschien was het niet om wat de man zei, dat hij de vrouwen had vermoord, het was de manier waarop hij dat had gezegd. Zonder toeters en bellen, hij had het gewoon als voldongen feit gebracht.

Terry Våge schraapte zijn keel. 'Als jij echt die vrouwen hebt vermoord, moet je dan niet blij zijn dat de politie een ander verdenkt?'

'Het is natuurlijk zo dat ik niet gepakt wil worden, maar ik beleef er geen plezier aan dat een ander moet boeten voor mijn zonden.'

'Boeten voor jouw zonden?'

'Nou ja, ik druk me een beetje Bijbels uit. De reden dat ik bel is dat we elkaar kunnen helpen, Våge.'

'Is dat zo?'

'Ik wil dat de politie inziet dat ze de verkeerde man te pakken hebben zodat ze Røed onmiddellijk vrijlaten. Jij wil je plaats aan de top weer veroveren na je pogingen die met verzinsels te bereiken.'

'Wat weet jij daarvan?'

'Dat jij weer aan de top wil komen, dat is iets wat ik aanneem, maar dat je laatste artikel vol verzinsels staat, dat weet ik uiteraard.'

Våge dacht na en zijn blik ging door wat je met een beetje goede wil een vrijgezellenflat kon noemen, maar zonder die wil gewoon een hol was. Hij was ervan uitgegaan dat hij na een jaar werken bij *Dagbladet* een groter en lichter appartement zou kunnen kopen. En minder armoedig. Dagnija, zijn vriendin uit Letland – ze dacht tenminste dat ze dat was –, kwam soms in het weekend om schoon te maken.

'Ik moet uiteraard checken wat je aan het begin over de vrouwen zei,' zei Våge. 'Stel dat het klopt, welk voorstel wil je me dan doen?'

'Laten we het liever een ultimatum noemen: het gebeurt tot in de details zoals ik wil of het gebeurt helemaal niet.'

'Brand los.'

'Kom morgenavond naar de zuidzijde van het dak van de Opera voor een ontmoeting. Dan zal ik je het bewijs leveren dat ik de vrouwen heb vermoord. Om negen uur precies. Je mag niemand vertellen dat we hebben afgesproken en natuurlijk kom je alleen. Begrepen?'

'Begrepen. Kun je iets zeggen over...'

Våge staarde naar de telefoon. De ander had opgehangen.

Wat was dit verdomme? Het was te absurd om waar te zijn. Hij had geen nummer zodat hij ook niet kon checken wie er had gebeld.

Hij keek op zijn horloge. Vijf voor acht. Hij had zin om ergens een biertje te gaan drinken. Niet in Stopp Pressen! of zoiets, maar ergens waar hij niet het risico liep collega's tegen het lijf te lopen. Hij dacht met weemoed terug aan de tijd dat hij naar releaseconcerten ging en de platenmaatschappijen bierbonnen uitdeelden aan journalisten in de hoop op een goede recensie. Het kwam ook wel voor dat een jonge vrouwelijke artiest met hetzelfde doel toenadering zocht.

Hij keek weer naar zijn mobiel. Te absurd. Of toch niet?

Het was halftien en in een stampvolle Jealousy Bar klonk Bob Marley and The Wailers' 'Jammin' uit de boxen. Het leek of de hele populatie hipsters van middelbare leeftijd van Grünerløkka bij elkaar was gekomen om wat te drinken en hun mening te geven over de speellijst. Bij de start van een nieuw nummer werd er gejuicht of boe geroepen.

'Ik zeg alleen dat Harry zich vergist!' riep Øystein tegen Truls en Sung-min. 'Stayin' Alive' is niet beter dan 'Trans-Europe Express', zo simpel is het gewoon!'

'De Bee Gees tegen Kraftwerk,' legde Harry aan Alexandra uit terwijl ze zich alle vijf een weg baanden door de massa met vier halve liters en een mineraalwater. Ze gingen zitten in een van de nissen die ze hadden gevonden, daar klonk de muziek minder hard.

'Fijn om met jullie team mee te mogen,' riep Sung-min uit en hij hief zijn glas om te proosten. 'En gefeliciteerd met de arrestatie van gisteren.'

'Die Harry morgen weer ongedaan gaat maken,' zei Øystein en hij tikte zijn glas tegen die van de anderen.

'Wat zeg je?'

'Hij heeft gezegd dat hij Markus Røed het alibi zal geven dat hij niet wil hebben.'

Sung-min keek over tafel naar Harry, die zijn schouders ophaalde.

'Ik ben van plan naar Villa Dante te gaan om mannen te vinden die kunnen getuigen dat Markus Røed daar was op de dinsdagavonden dat Susanne en Bertine werden vermoord. Als ik die vind dan is dat meer waard dan de getuigenis van een dode echtgenote.'

'Waarom moet jij daarheen?' vroeg Alexandra. 'Waarom kan de politie geen inval doen en iedereen verhoren?'

'Omdat,' zei Sung-min, 'daar in de eerste plaats een gerechtelijk bevel voor nodig is en dat zal niet worden gegeven omdat er geen verdenkingen zijn van criminele handelingen in de club. Ten tweede zal de politie daar nooit iemand vinden die wil getuigen aangezien in Villa Dante alles draait om anonimiteit. Wat ik me afvraag is hoe jij denkt binnen te komen, Harry, om iemand te spreken te krijgen.'

'Nou, ten eerste ben ik geen politieman en hoef ik me geen zorgen te maken over de wettelijke regels. Ten tweede heb ik deze.' Harry ging met zijn hand in de zak van zijn colbert en trok er het kattenmasker en de lidmaatschapskaart van Villa Dante uit. 'En ik draag het kostuum van Røed en heb ongeveer dezelfde lengte en draag zijn masker...'

Alexandra lachte. 'Harry Hole is van plan naar een seksclub voor homo's te gaan en zich uit te geven voor...' Ze griste de lidmaatschapskaart uit zijn hand en las, '...Catman? Ik geloof dat je eerst wat tips nodig hebt.'

'Ik was eigenlijk van plan jou te vragen of je met me mee wil gaan,' zei Harry.

Alexandra schudde haar hoofd. 'Je kan geen dame meenemen naar een gayclub, dat is een *deal breaker.* De enige manier waarop het misschien zou kunnen is als ik in drag ga.'

'Dat kan je niet, schat,' onderbrak Sung-min haar.

'Luister, dit zal er gaan gebeuren,' zei Alexandra en haar valse lachje deed de anderen over de tafel leunen om goed te kunnen luisteren. Terwijl ze het uitlegde, vielen de monden van de vier mannen open, maar uiteindelijk lachten ze. Na haar betoog keek Alexandra naar Sung-min voor bevestiging. Hij schudde even zijn hoofd. 'Ik kom niet in dergelijke clubs, schat. Maar wat ik me afvraag is hoe jij dit allemaal weet.'

'In de Scandinavian Leather Man mogen één keer per jaar vrouwen mee,' zei ze.

'Nog steeds zin om te gaan?' vroeg Øystein en hij porde Harry in zijn zij. Truls lachte grommend.

'Ik heb meer last van prestatieangst dan van penetratieangst,' zei Harry. 'Ik denk niet dat ik zal worden verkracht.'

'Niemand wordt verkracht en zeker niet een *daddy* van bijna twee meter,' zei Alexandra. 'Maar waarschijnlijk zijn er wel *twinks* die wat met je willen proberen.'

'Twinks?'

'Lieve, tengere jongens die op grote mannen geilen. Maar zoals gezegd, pas op voor de beren en let op in de darkrooms.'

'Nog een rondje bier?' vroeg Øystein. Hij telde drie vingers in de lucht.

'Ik loop mee om te dragen,' zei Harry.

Ze baanden zich een weg door de bar en stonden net in de rij toen er gejuich opsteeg omdat de gitaarriff van David Bowies 'Heroes' begon.

'Mick Ronson is god,' zei Øystein.

'Ja, maar dit is Robert Fripp,' zei Harry.

'Klopt, Harry,' zei een stem achter hen. Ze draaiden zich om. De man droeg een sixpence, had een baard van vier dagen en warme, ietwat trieste ogen. 'Iedereen denkt dat Fripp een EBow gebruikt, maar het is gewoon feedback van de studiomonitoren.' Hij stak zijn hand uit. 'Arne, de vriend van Katrine.' Hij had een fijne lach als van een oude vriend, dacht Harry. Behalve dan dat deze man minstens tien jaar jonger was dan hij.

'Aha,' zei Harry en hij schudde zijn hand.

'Ik ben een groot fan,' zei Arne.

'Wij ook,' zei Øystein terwijl hij tevergeefs gebaarde naar de drukke bediening.

'Ik heb het niet over Bowie, maar over jou.'

'Over mij?' zei Harry.

'Over hèm?' zei Øystein.

Arne lachte. 'Kijk niet zo geschokt. Ik denk aan hoeveel je als politieman hebt betekend vòor de stad.'

'Hm, heeft Katrine verhaaltjes zitten vertellen?'

'O nee, ik kende Harry Hole al lang voordat ik Katrine kende. In mijn tienerjaren las ik al in de krant over jou. Weet je, ik had me zelfs door jou aangemeld bij de politieacademie.' Arnes lach klonk vrolijk en klaterend.

'Hm, maar je bent niet aangenomen?'

'Nou, ik werd opgeroepen voor de toelatingsexamens, maar intussen had ik al kennisgemaakt met universitaire studies die volgens mij later heel goed van pas komen als je onderzoeker bent.'

'Ik begrijp het. Ben je hier samen met Katrine?'

'Is ze hier?'

'Weet ik niet, ze stuurde een sms dat ze misschien even zou komen, maar het is hier nogal druk, dus misschien is ze andere bekenden tegen het lijf gelopen. Hoe heb je haar trouwens gevonden?'

'Heeft ze gezegd dat ik haar heb gevonden?'

'Was dat dan niet zo?'

'Gok je?'

'Meer dan een gok.'

Arne keek Harry even bijna ernstig aan. Toen plooide zijn gezicht zich in een jongensachtige lach. 'Uiteraard heb je gelijk. Ik zag haar voor het eerst op televisie, maar vertel haar dat niet, alsjeblieft. En niet lang daarna was ze bij me op het werk. Dus ik ben naar haar toe gegaan en heb gezegd dat ik haar op televisie had gezien en dat ze me een geweldige vrouw leek.'

'Net zoals je nu doet?'

Nog meer vrolijk gelach. 'Ik begrijp dat je me een fanboy vindt, Harry.'

'Ben je dat niet?'

Arne deed of hij nadacht. 'Nou, daar heb je wel gelijk in, in feite ben ik dat wel. Maar in dat geval zijn jij en Katrine niet mijn grootste idolen.'

'Een pak van m'n hart. Wie is jouw grootste idool dan wel?'

'Ik ben bang dat je dat niet interessant vindt.'

'Misschien niet, maar vertel.'

'Nou, dat is *salmonella typhimurium*.' Arne sprak het langzaam en duidelijk uit.

'Hm, salmonella als de bacterie?'

'Precies.'

'En waarom?'

'Omdat de typhimurium autonoom is. Die overleeft altijd en overal, zelfs in het heelal.'

'Waarom heb je daar zo'n interesse in?'

'Dat is een deel van mijn werk.'

'En dat is?'

'Partikels.'

'Die in ons zitten of daarbuiten?'

'Dat is hetzelfde, Harry. *The stuff life is made off. And death.*'

'O?'

'Als ik alle microben, bacteriën en parasieten die in jou zitten zou verzamelen, hoeveel zouden die samen wegen, denk je?'

'Hm.'

'Twee kilo.' Øystein gaf twee halve liters aan Harry. 'Dat las ik in een wetenschappelijk tijdschrift. Vreemde zaak.'

'Ja, maar het zou nog vreemder zijn als ze er niet waren,' zei Arne. 'Dan zouden wij niet kunnen leven.'

'Hm, en ze overleven in het heelal?'

'Sommige microben hoeven niet eens in de buurt van een ster te zijn of toegang te hebben tot zuurstof. Eigenlijk integendeel. Er is onderzoek naar gedaan aan boord van ruimtestations en daaruit is gebleken dat typhimurium in een dergelijke omgeving nog gevaarlijker en effectiever is dan op aarde.'

'Aangezien jij daar een boel van lijkt te weten...' Øystein slurpte het schuim van een van de halve liters die hij vasthield. 'Is het waar dat het alleen bliksemt als het regent?'

Arne zag er een beetje verdwaasd uit. 'Eh... nee.'

'Precies,' zei Øystein. 'Luister.'

Ze luisterden. Fleetwood Macs 'Dreams' was bij het refrein gekomen waarin Stevie Nicks zong dat '...*thunder only happens when it's raining*'.

Ze lachten alle drie.

'Lindsey Buckinghams fout,' zei Øystein.

'Nee,' zei Harry. 'Deze song heeft Stevie Nicks geschreven.'

'In elk geval de beste song met twee akkoorden aller tijden,' zei Arne.

'Nee, die is van Nirvana,' zei Øystein snel. "Something in the way."

Ze keken Harry aan. Hij haalde zijn schouders op. 'Ik zeg: Jane's Addiction. "Jane Says".'

'Dat zou kunnen,' zei Øystein smakkend. 'En de slechtste twee akkoorden?'

Ze keken Arne aan. 'Tja,' zei hij. 'Niet de slechtste, maar wel de meest overgewaardeerde zijn wat mij betreft "Born in the USA".'

Øystein en Harry knikten instemmend.

'Ga je mee naar onze tafel?' vroeg Øystein.

'Bedankt, maar ik ben hier samen met een vriend. Een andere keer.'

Met hun handen vol bierglazen tikten ze voorzichtig elkaars knokkels aan voordat Arne in de menigte verdween en Harry en Øystein hun terugtocht aanvaardden.

'Aardige vent,' zei Øystein. 'Volgens mij heeft Bratt iemand gevonden.'

Harry knikte. Hij zocht in zijn hersenen naar iets, maar kon er geen vat op krijgen. Ze kwamen bij de tafel aan met de vier halve liters en aangezien de anderen zo langzaam dronken nam Harry een slok uit een van de glazen. En nog eentje.

Toen de Sex Pistols eindelijk kwamen met hun 'God Save the Queen', stonden ze op van tafel, net als de rest van de aanwezigen.

Tegen middernacht was het in Jealousy nog steeds stampvol en was Harry dronken.

'Je bent blij,' fluisterde Alexandra in zijn oor.

'Is dat zo?'

'Ja, ik heb je nog niet zo gezien sinds je terug bent. En je ruikt zo lekker.'

'Hm, dus het klopt.'

'Wat klopt?'

'Dat je lekkerder ruikt als je geen schulden hebt.'

'Dat wist ik niet. Nu we het toch over huis hebben, loop je met me mee naar huis?'

'Loop ik met je mee of ga ik met je mee?'

Harry begreep dat hij behoorlijk dronken was toen hij iedereen ten afscheid omhelsde. Sung-min had een duidelijke parfumgeur, lavendel of zoiets, en hij wenste Harry succes in Villa Dante, maar hij voegde eraan toe dat hij zou doen of hij niets had gehoord van de illegale plannen van Harry.

Misschien kwam het door de gedachte aan schuldgeur en Sungmins lavendelparfum, maar bij de deur naar buiten wist Harry weer welk detail hem onwillekeurig was opgevallen. De geur. Hij had die ergens in de loop van de avond geroken. Hij huiverde, draaide zich om en liet zijn blik over de aanwezigen gaan. De geur van muskus. Dezelfde geur die hij had geroken in de obductiezaal waar Helene Røed had gelegen.

'Harry?'

'Ik kom.'

Priem dwaalde door de straten van Oslo. Zijn hersenen maakten overuren alsof ze de pijnlijke gedachten probeerden te vermalen.

Hij, de smeris, was dus in de Jealousy Bar geweest en zijn bloed was gaan koken. Natuurlijk had hij direct moeten vertrekken, weg moeten blijven van de politieman, maar het leek of hij naar hem toe werd getrokken, of hij de muis was en de smeris de kat. Hij had ook rondgekeken of hij Haar zag, misschien was ze er wel, misschien niet. Het was zo druk geweest dat de meeste mensen stonden en dat maakte het moeilijk overzicht te krijgen. Hij zou haar morgen zien. Zou hij vragen of ze hier was geweest? Nee, dat moest ze zelf vertellen. Nu had hij te veel om over na te denken, hij moest het naar de achtergrond duwen, hij had morgen een helder hoofd nodig. Hij bleef lopen. Nordahl Bruns gate, Thor Olsens gate, Fredensborgvei. Zijn hakken tikten in een vast tempo op het asfalt en hij neuriede. Ik zal de koning zijn en jij de koningin. En omdat niets ze kan verjagen, zullen we helden zijn. Helden voor één dag.

HOOFDSTUK 35

Dinsdag

Op dinsdag daalde de temperatuur snel. Door de Operagate en de Dronning Eufemias gate blies een stevige wind waardoor de reclameborden voor de restaurants en kledingwinkels omvielen.

Om vijf over negen haalde Harry zijn kostuum op van de stomerij in Grønland en hij vroeg of ze het pak dat hij nu droeg konden persen terwijl hij wachtte. De vrouw achter de toonbank met een Aziatisch uiterlijk schudde verontschuldigend haar hoofd. Harry zei dat het jammer was, hij moest vanavond namelijk naar een gemaskerd bal. Hij zag haar aarzelen voordat ze lachte en hem veel plezier wenste.

'*Xièxiè*,' zei Harry als dank en hij liep naar de deur.

'Dat was goed uitgesproken,' zei de dame voordat hij de deurklink had kunnen pakken. 'Waar heeft u Chinees geleerd?'

'In Hongkong. Ik spreek het maar een beetje.'

'De meeste buitenlanders in Hongkong spreken het helemaal niet. Doe het pak maar uit, dan pers ik het snel.'

Om kwart over negen stond Priem bij de bushalte te kijken naar de weg en het station. Hij bekeek de mensen die hij zag, degenen die het plein overstaken en degenen die bleven staan. Wie van hen zat bij de politie? Hij had cocaïne bij zich en waagde zich niet op het plein voor hij zeker van zijn zaak was. Maar helemaal zeker kon je nooit zijn, je moest een afweging maken en dan de angst achter je laten. Zo simpel was het. En zo onmogelijk. Hij slikte. Stak de straat over, liep over het stationsplein naar het beeld van de tijger. Hij krabde achter zijn oor. Zo ja, koester je angst en maak die tot je vriend. Hij haalde diep adem en speelde met de cocaïne in zijn broekzak. Er kwam een man naar de trap en staarde hem aan. Priem herkende hem en stapte op hem af.

'Goedemorgen, meneer,' zei hij. 'Ik heb iets wat je vast graag wil proberen.'

Het daglicht verdween al vroeg en het leek of het allang avond was toen Terry Våge de Operagate overstak en over het Italiaanse marmer uit Carrara begon te lopen. De keus voor het Italiaanse marmer had voor verhitte debatten gezorgd toen de Opera aan de fjord in Bjørvika werd gebouwd, maar de kritiek was verstomd en de inwoners hadden het gebouw in hun hart gesloten. Zelfs op een avond in september krioelde het er van de toeristen.

Våge keek op zijn horloge. Zes minuten voor negen. Als muziekrecensent kwam hij altijd een halfuur later dan de aangekondigde aanvangstijd. Het kwam wel voor dat de band precies op tijd begon en hij de eerste nummers had gemist, maar dan vroeg hij aan iemand die op een fan leek wat het openingsnummer was geweest en hoe de respons van het publiek was. De rest verzon hij er zelf bij. Dat ging altijd goed. Maar vanavond wilde hij dat risico niet nemen. Terry Våge had een besluit genomen. Hij zou vanaf nu niet meer te laat komen of zaken verzinnen.

Hij gebruikte de trap aan de zijkant in plaats van recht omhoog over het schuine, gladde marmer te lopen, zoals de meeste jongeren deden. Want Våge was niet jong meer en hij had geen geld voor meer uitglijders.

Boven aangekomen liep hij naar de zuidzijde, zoals de man aan de telefoon had gezegd. Hij ging bij de muur tussen twee stellen in staan en keek uit over de fjord, die door de wind witte schuimkoppen had. Hij keek rond, huiverde en sloeg weer een blik op zijn horloge. Hij zag een man in het halfdonker op hem afkomen. De man tilde iets op, richtte op Våge, die als verstijfd stond.

'*Excuse me*,' zei de man met een Duits accent en Våge stapte uit beeld.

De man drukte op de knop, de camera zoemde zacht, hij bedankte en verdween. Våge huiverde. Hij leunde over de rand om naar de mensen op het marmer onder hem te kijken. Hij keek weer op zijn horloge. Twee minuten over negen.

Er brandde licht in de villa's en de wind ruiste door de paardenkastanjes die langs de afrit van de Drammensvei stonden. Harry had Øystein gevraagd hem een eindje voor Villa Dante af te zetten, hoewel het nauwelijks zou opvallen dat hij aankwam per taxi. Als je met een eigen auto voor de villa parkeerde dan zou er gevraagd worden naar een ID-kaart.

Harry rilde, hij had een jas moeten aantrekken. Toen hij vijftig meter van de villa vandaan was, deed hij het kattenmasker op en de alpinopet die hij van Alexandra had geleend.

Twee fakkels stonden flakkerend in houders aan weerszijden van de ingang van het grote, gele gebouw.

'Neobarok met jugendstilramen,' had Aune vastgesteld toen ze foto's op Google hadden gevonden. 'Gebouwd rond 1900, gok ik. Vast door een reder, of koopman of zoiets.'

Harry duwde de deur open en stapte naar binnen.

Een jongeman in smoking achter een kleine balie keek lachend naar Harry, die de lidmaatschapskaart liet zien.

'Welkom, Catman. Miss Annabel treedt om tien uur op.'

Harry knikte zwijgend en liep naar de openstaande deur aan het eind van de gang. Hij hoorde muziek. Mahler.

Hij kwam in een ruimte die verlicht werd door twee enorme kroonluchters. De bar en het meubilair waren van een bruine houtsoort, mogelijk mahonie uit Honduras. Er waren zo'n veertig andere mannen, ieder van hen droeg een masker en een donker kostuum of smoking. Jongens zonder masker en in strakke kelnerkleding liepen met dienbladen tussen de tafels door. Maar er waren geen mannelijke gogodansers zoals Alexandra had gezegd, en ook geen naakte mannen ineengedoken en geboeid in een kooi die gasten naar eigen inzicht konden schoppen, prikken of op andere manieren konden vernederen. De glazen van de gasten lieten zien dat er voornamelijk champagne en martini werd gedronken. Harry bevochtigde zijn lippen. Hij had een pilsje gedronken in Schrøder nadat hij vanmorgen Alexandra's appartement had verlaten, maar hij had zichzelf beloofd dat dat de enige alcohol was die hij vandaag zou drinken. Een paar gasten hadden zich omgedraaid en hem even opgenomen voordat ze zich weer tot hun gesprekspartners wendden. Behalve één erg jonge, meisjesachtige, tengere jongen die hem nog steeds volgde met zijn blik terwijl Harry naar een vrije stoel aan de bar liep. Harry hoopte dat dat niet betekende dat hij was ontmaskerd.

'Het gebruikelijke?' vroeg de bartender.

Harry meende de ogen van de twink in zijn rug te voelen. Hij knikte.

De barman draaide hem zijn rug toe en Harry zag dat hij een hoog glas neerzette en het vulde uit flessen met Absolut-wodka, tabasco, worcestersaus en iets wat leek op tomatensap. Tot slot stak hij een stengel selderij in het glas en zette het voor Harry neer.

'Ik heb vandaag alleen cash,' zei Harry en hij zag de barman grijnzen alsof hij iets grappigs had gezegd. Onmiddellijk begreep hij dat hier waarschijnlijk uitsluitend contant werd betaald, dit was een bar waar anonimiteit was vereist en werd gegeven.

Harry verstijfde toen hij een hand over zijn rug voelde gaan. Hij was hier op voorbereid geweest, Alexandra had hem verteld dat het begon met oogcontact, gevolgd door lichamelijk contact voordat er ook maar een woord werd gesproken. Daarna waren de mogelijkheden legio.

'Lang geleden, Catman. Toen had je toch nog geen baard?'

Het was de twink. Hij had een hoge stem, zo hoog dat Harry zich afvroeg of hij deed alsof. Wat voor dier zijn masker moest voorstellen was niet duidelijk, maar het was in elk geval geen muis. De groene kleur en smalle ogen van een monster wezen eerder in de richting van een slang.

'Nee,' zei Harry.

De twink tilde zijn glas op en keek Harry vragend aan toen hij leek te aarzelen.

'Genoeg van Caesar?'

Harry knikte langzaam. Caesar was homodrankje nummer één in Dan Tana's in L.A., dat kwam uit Canada.

'Misschien moeten we iets nemen waarvan we wakker worden, wat vind jij?'

'Zoals wat dan?' zei Harry.

De twink hield zijn hoofd schuin. 'Je bent veranderd, Catman. Niet alleen de baard, maar je stem en...'

'Keelkanker,' zei Harry. Dat was het idee van Øystein geweest. 'Bestraling.'

'Ai,' zei de twink zonder hoorbare empathie. 'Nu begrijp ik ook die lelijke alpinopet en dat je bent afgevallen. Dat moet wel snel zijn gegaan, zeg.'

'Daar zeg je me iets,' zei Harry. 'Wanneer zagen we elkaar voor het laatst?'

'Tja. Een maand geleden? Of twee maanden? De tijd vliegt, je kwam een hele poos niet.'

De twink legde zijn hoofd in zijn nek alsof hij hem van een afstand beter kon opnemen. 'Waarom vraag je dat?'

Harry hoorde de scepsis in zijn stem en begreep dat hij te ver was gegaan. 'Dat komt door de tumor,' zei hij. 'De artsen zeggen dat die op mijn hersenen drukt en daardoor heb ik last van geheugenverlies. Het spijt me, maar ik probeer de laatste maanden te reconstrueren.'

'Weet je het zeker dat je je míj nog herinnert?'

'Wel wat,' zei Harry. 'Maar niet alles, sorry.'

De twink snoof beledigd.

'Zou je me kunnen helpen?' vroeg Harry.

'Als jij mij helpt.'

'Waarmee dan?'

'Laten we zeggen dat je een beetje meer betaalt dan anders voor de blow.'

De twink trok iets half uit zijn zak en Harry zag dat het een klein zakje wit poeder was. 'Dan kan ik dat net als toen spuiten.'

Harry knikte. Alexandra had hem verteld dat dope – cocaïne, speed, poppers, M – min of meer openlijk werd gebruikt in de homoclub waar zij was geweest.

'Hoe heb je dat de vorige keer gespoten?' vroeg Harry.

'O, god, ik dacht dat je je dat in elk geval nog wel kon herinneren. Ik heb het in jouw heerlijke, strakke kontje gespoten met dit...' De twink hield een kort rietje van metaal omhoog. 'Zullen we naar beneden gaan?'

Harry dacht aan de waarschuwing van Alexandra. In de darkrooms was alles en iedereen loslopend wild.

'Oké.'

Ze stonden op en Harry liep achter hem aan. Blikken achter dierenmaskers volgden ze. Aan het eind opende de twink een deur en Harry stapte het donker in en daalde een smalle, steile trap af. Nog maar halverwege hoorde hij al geluiden. Gekreun, geschreeuw en – toen hij helemaal beneden was – het geluid van vlees op vlees. Aan de muren zaten kleine spotjes met blauw licht en langzaam begonnen zijn ogen te wennen aan het schemerdonker en kon hij meer details zien van wat zich rondom hem afspeelde. Mannen die op alle mogelijke manieren seks hadden, sommige naakt, andere half gekleed en bij weer andere was alleen de gulp open. Hij hoorde dezelfde geluiden achter de dichte deuren. Harry zag een blik achter een gouden masker. Het was een grote, gespierde man die in en uit een persoon stootte die gebogen over een bank stond. De pupillen achter het masker waren groot en zwart in de wijd opengesperde ogen die gefixeerd waren op Harry, die onwillekeurig een stap naar achteren deed toen de man zijn tanden ontblootte in een roofdierachtige grijns. Harry keek verder om zich heen. Er hing een stank in de ruimte waardoor hij bijna moest overgeven. Het was iets anders dan een mengeling van chloor, sperma en testosteron. Het was een scherpe stank die hem deed denken aan benzine. Hij kon er niet op komen wat het was totdat hij vaag een naakte man zag die een geopend, bol, neongeel flesje onder zijn neus hield en daaraan snoof. Het was natuurlijk de geur van poppers. Deze dope was populair geweest in de clubs die Harry begin deze eeuw regelmatig bezocht. Toen werden ze rush genoemd, waarschijnlijk omdat ze precies dat waren, een rush van enkele seconden waarin het hart als een bezetene klopte en de snellere bloedcirculatie een armzalig moment alle gevoelens versterkte. Pas later was hij te weten gekomen dat homo's – de ontvangers – het gebruikten om het genot van anale seks te vergroten.

'Hé,' zei de man achter het gouden masker. Hij was opzij gestapt en legde zijn hand op Harry's kruis. De roofdierengrijns werd breder en hij ademde in Harry's gezicht.

'Hij is van mij,' zei de twink met scherpe stem, hij pakte Harry's arm en trok hem mee. Harry hoorde de spierbundel achter hen lachen.

'Alle kamertjes zijn bezet,' zei de twink. 'Zullen we...?'

'Nee,' zei Harry. 'Alleen wij twee.'

De twink zuchtte. 'Misschien zijn er verderop nog een paar vrij. Kom.'

Ze kwamen langs een openstaande deur waaruit een klaterend geluid kwam alsof er iemand onder de douche stond. Harry blikte naar binnen. Twee mannen zaten in een bad met hun mond open terwijl andere mannen, sommige gekleed, om hen heen stonden en op hen urineerden.

Ze liepen door een grote kamer met *strobe light* en Joy Divisions 'Control' kwam zacht en bonkend uit de boxen. Midden in de kamer hing een schommel met kettingen aan het plafond en daarop was een man vastgeketend. Hij leek als een Peter Pan te vliegen terwijl hij heen en weer zwaaide tussen een groep mannen. Ze gebruikten hem bij toerbeurt als een joint die werd doorgegeven.

Harry en de twink kwamen in een gang met verscheidene kamertjes en opnieuw kon er uit de geluiden worden opgemaakt wat er achter de schuifdeuren plaatsvond. Twee mannen kwamen uit zo'n kamertje en de twink nam dat snel over. Harry liep ook naar binnen en de twink schoof de deur dicht. Het kamertje was twee bij twee. Zonder waarschuwing begon de twink Harry's overhemd open te knopen. 'Misschien is die kanker nog niet zo gek, Catman. Nu ben je meer een *jock* dan een beer.'

'Wacht,' zei Harry. Hij draaide zich om en ging met zijn hand in zijn zak. Toen hij zich weer omdraaide, had hij een portemonnee en een mobiel in zijn hand.

'Je had cocaïne te koop, zei je dat niet?'

De ander lachte. 'Als je betaalt wat die waard is.'

'Laten we dat eerst afhandelen.'

'Ah, nu ken ik je weer, Catman. Cokeman.' Hij lachte opnieuw en haalde het zakje met poeder uit zijn zak.

Harry nam het in ontvangst en gaf hem zijn portemonnee. 'Haal er maar uit wat je voor die coke wil hebben.'

De twink keek hem argwanend aan. 'Je doet vandaag wel ingewikkeld.' Hij opende de portemonnee en haalde er twee biljetten van duizend kronen uit.

'Dat is voor vandaag wel genoeg, denk ik,' zei hij. Hij stopte de portemonnee weer terug in Harry's zak en maakte zijn broek los. 'Wil je dat ik jouw berenpik pijp? Sorry, jouw *jock*-pik?'

'Nee, bedankt, ik heb gekregen wat ik wilde hebben,' zei Harry, hij legde zijn vrije hand in de nek van de ander alsof hij hem wilde liefkozen, maar in plaats daarvan trok hij met een ruk het slangenmasker weg.

'Wel verdomme, Catman! Dat is... nou ja, zo erg is dat ook weer niet voor mij.' De twink wilde verdergaan met het openknopen van zijn broek, maar Harry hield hem tegen en knoopte de broek weer dicht.

'O, ik begrijp het. Eerst de coke.'

'Niet echt,' zei Harry en hij trok zijn alpinopet en masker af.

'Je bent... blond,' zei de twink verbaasd.

'En nog belangrijker,' zei Harry, 'ik ben van de politie en heb zojuist een geluids- en filmopname gemaakt van dat je cocaïne dealt. Daar staat een straf van tien jaar op.'

Het was onmogelijk te zien of de ander bleek werd, dus Harry kon niet met zekerheid zeggen of zijn bluf had gewerkt totdat hij een jankerig stemmetje van de ander hoorde: 'Verdomme, ik wíst dat jij het niet was! Je loopt niet zoals hij, je praat met het accent van iemand uit Oost-Oslo en ik had gevoeld dat jouw kont niet zo slap is als die van hem. Wat een idioot ben ik! De duivel moge je halen! En de Catman ook!'

De twink greep de schuifdeur en wilde weg, maar Harry hield hem tegen.

'Sta ik onder arrest?'

Door iets in de toon en de manier waarop hij keek, begon Harry zich af te vragen of de man hier misschien geil van werd.

'Ga je me… in de boeien slaan?'

'Dit is geen spelletje…' Harry viste de lidmaatschapskaart uit de binnenzak van de man. '…Filip Kessler.'

Filip legde zijn hoofd in zijn handen en begon te huilen.

'Er is een manier waarop we dit kunnen oplossen,' zei Harry.

'O, ja?' Met betraande wangen keek Filip op.

'We kunnen een rustige plek opzoeken waar jij me alles vertelt wat je weet van Catman. Oké?'

Terry Våge keek weer op zijn horloge. Negen uur zesendertig. Niemand had geprobeerd contact met hem te zoeken. Hij nam het bericht dat hij per telefoon had ontvangen in gedachten door en kon maar tot één conclusie komen: noch het tijdstip, noch de plaats kon hij verkeerd begrepen hebben. Hij had de man, en zichzelf, een halfuur extra gegeven. Maar veertig minuten waren te veel. De man kwam niet. Hij had gebluft. Een practical joke, misschien. Misschien stond iemand een niveau lager tussen de toeristen te lachen. Lachte hij om die gekrenkte, verachte fakejournalist. Misschien was dit zijn straf. Hij trok zijn wollen jas strakker om zijn lijf en begon naar het schuine dak te lopen. Ze konden allemaal naar de hel!

Priem bleef in beweging op de marmeren helling tussen de toeristen. Hij had Terry Våge zien aankomen, herkende hem van de byline en andere foto's die hij gevonden had op internet. Had gezien hoe hij op het dak stond te wachten. Priem had geconstateerd dat Våge niet werd gevolgd en hij zag ook niemand van de politie die hier al eerder een positie had ingenomen. Hij liep rond en nam zo veel mogelijk gezichten in zich op als hij kon. Na een halfuur stelde hij vast dat hij geen van de gezichten nog steeds zag. Om tien over halftien zag hij Våge van het dak lopen, hij had het opgegeven. Priem wist het nu zeker. Terry Våge was alleen gekomen.

Priem wierp een laatste blik op de mensen om hem heen. Toen begon hij aan de terugweg naar huis.

HOOFDSTUK 36

'En wat doet hij hier?' Markus Røed wees naar Harry. 'Een man die ik een miljoen dollar heb betaald om me naar de gevangenis te laten sturen terwijl ik nog steeds onschuldig ben!'

'Zoals gezegd,' zei Krohn. 'Hij is hier omdat hij niet gelooft dat je schuldig bent, hij gelooft dat je...'

'Ik heb gehoord wat hij gelooft! Maar ik ben verdomme niet in een of andere... homoclub geweest!'

De laatste woorden spuugde hij uit. Harry voelde dat een druppel speeksel op zijn handpalm terechtkwam. Hij haalde zijn schouders op en keek Johan Krohn aan. De kamer die ze met hun drieën toegewezen hadden gekregen was eigenlijk een bezoekkamer voor de gedetineerden. Er was een raam waar, achter de gordijnen met rozen en de tralies, de ochtendzon scheen. Op tafel lag een geborduurd tafelkleed. Er stonden vier stoelen en een bank. Harry had de bank gemeden en het was hem opgevallen dat Krohn hetzelfde had gedaan. Hij wist waarschijnlijk dat die was gemarineerd in lichaamssappen van wanhopige, snelle seks.

'Leg jij het uit?' vroeg Harry.

'Ja,' zei Krohn. 'Filip Kessler zegt dat hij op de twee dinsdagavonden dat Susanne en Bertine werden vermoord samen was met een man die dit masker droeg.'

Krohn wees naar het kattenmasker dat op tafel lag naast de lidmaatschapskaart.

'Die persoon werd Catman genoemd. Beide dingen zijn in de zak van jouw colbert gevonden, Markus. En de rest van de fysieke beschrijving past ook bij jou.'

'O, ja? Over welke speciale kenmerken had hij het dan? Tatoeages of littekens? Moedervlekken? Andere bijzondere kenmerken?' Hij keek van de een naar de ander.

Harry schudde zijn hoofd.

'Wat?' lachte Røed razend. 'Niets?'

'Dergelijke zaken herinnert hij zich niet,' zei Harry. 'Maar hij was er vrij zeker van dat hij je zal herkennen als hij je mag vastpakken.'

'Wel verdomme,' zei Røed en het leek of hij moest overgeven.

'Markus,' zei Krohn. 'Dat is een alibi. Een alibi dat ervoor kan zorgen dat je per direct wordt vrijgelaten en dat we kunnen gebruiken als er toch vragen rijzen. Ik begrijp dat je je zorgen maakt over wat een dergelijk alibi kan doen met het beeld dat de mensen van je hebben, maar...'

'Begrijp je?' riep Røed. 'Begríjp je? Nee, je begríjpt verdomme niet hoe het is om hier te zitten omdat je beschuldigd wordt van de moord op je vrouw. En dan bovendien ook nog eens van dergelijke smeerlapperij. Ik heb dat masker nooit eerder gezien. Weet je wat ik denk? Ik denk dat Helene zowel dat masker als de lidmaatschapskaart had van een homo die een beetje op me lijkt en dat ze die aan jou heeft gegeven om ze te kunnen gebruiken in de scheidingszaak. En wat betreft die Filip, hij heeft niets tegen me, hij ziet alleen een kans geld op te strijken. Dus zoek uit hoeveel hij wil hebben, betaal hem en zorg ervoor dat hij zijn mond houdt. Dat is geen voorstel, Johan, dat is een order.' Røed nieste hard voor hij verderging. 'En jullie twee hebben volgens het contract geheimhoudingsplicht. Als jullie ook maar een woord hierover zeggen, zal ik jullie tot in de hel blijven achtervolgen wegens smaad.'

Harry schraapte zijn keel. 'Het gaat hier niet om jou, Røed.'

'Waarom dan wel?'

'Er loopt een moordenaar vrij rond die waarschijnlijk wil en kan toeslaan. Hij heeft nu vrij spel, aangezien de politie ervan overtuigd is dat de dader, jij dus, is gepakt. Als we de informatie achterhouden dat jij in Villa Dante was op de bewuste avonden dan zijn we medeschuldig als hij een volgend slachtoffer vermoordt.'

'Wij? Je denkt toch niet dat je nog steeds voor me werkt, Harry?'

'Ik houd me aan het contract en beschouw de zaak niet als opgelost.'

'Niet? Geef me dan mijn geld terug!'

'Niet zolang drie officieren van justitie menen dat jij veroordeeld zal worden. Het is nu belangrijk dat de politie haar focus verlegt en om die reden moeten we het alibi geven.'

'Ik was daar niet, dat zeg ik toch! Het is verdomme niet mijn verantwoordelijkheid dat de politie haar werk niet doet. Ik ben onschuldig en dat moet met normale middelen worden bewezen en niet met deze... homoleugens. Er is geen reden tot paniek en overhaaste besluiten.'

'Idioot dat je bent,' zei Harry kalm en met een zucht alsof hij slechts een feit vaststelde. 'Er is alle reden tot paniek.' Hij stond op.

'Waar ga je naartoe?' vroeg Krohn.

'De politie informeren,' zei Harry.

'Waag het eens,' brieste Røed. 'Als je dat doet dan zal ik ervoor zorgen dat jij en je dierbaren in een hel belanden. Denk maar niet dat ik daar niet toe in staat ben. En nog iets: jij gaat er misschien van uit dat ik een storting op een bankrekening op de Kaaimaneilanden niet kan laten storneren? Daar vergis je je in.'

Er knapte iets in Harry, het bekende gevoel van een vrije val. Hij deed een stap naar Røed en voor hij het doorhad, had Harry zijn hand al rond Røeds keel geklemd. De vastgoedmagnaat schudde op zijn stoel, legde zijn handen rond de onderarm van Harry en probeerde die weg te trekken terwijl zijn gezicht steeds roder werd van ademnood.

'Als je dat doet dan vermoord ik je,' siste Harry. 'Ver-moord-ik-je.'

'Harry!' Krohn was opgestaan.

'Ga zitten, ik laat los,' fluisterde Harry en hij staarde in de uitpuilende, smekende ogen van Markus Røed.

'Nu, Harry!'

Røed rochelde en schopte, maar Harry hield hem in zijn stoel gedrukt. Hij kneep nog harder en voelde zijn kracht, de vreugde dat hij het levenssap uit dit onmens kon knijpen. Ja, vreugde en hetzelfde gevoel van een vrije val als hij het eerste glas optilde na maanden nuchter te zijn geweest. Maar hij voelde de vreugde al wegebben en de kracht afnemen. Want deze vrije val leverde niets anders op dan slechts even bevrijding en daarna was er slechts één weg mogelijk. Naar beneden.

Harry liet los en Røed hapte naar adem in een lange, reutelende kreun voordat hij vooroverboog in een hoestbui.

Harry wendde zich tot Krohn. 'En nú ben ik zeker ontslagen?'

Krohn knikte. Harry trok zijn stropdas recht en vertrok.

Mikael Bellman stond bij het raam en keek verlangend naar het centrum en de hoogbouw van het parlement. Dichterbij, bij de Gullhaugbrug, kon hij de boomtoppen heen en weer zien gaan. Er was voorspeld dat de wind zou aanwakkeren en vannacht zou het gaan stormen. Er was ook een ander bericht geweest, namelijk dat er vrijdag een maansverduistering zou zijn. Hij tilde zijn arm op en keek op zijn klassieke Omega Seamaster-horloge. Eén minuut voor twee. Hij had het grootste deel van de dag gepiekerd over een dilemma dat de hoofdcommissaris hem had voorgelegd. In principe hoorde een dergelijke kwestie niet op het bureau van de minister van Justitie terecht te komen, maar Bellman had zich er van het begin af aan mee bemoeid, nu kon hij die niet negeren. Hij vloekte.

Vivian klopte voorzichtig op zijn deur en deed die open. Toen hij haar aannam als zijn persoonlijke assistent, was dat niet alleen omdat ze een master had in staatkunde en dat ze Frans sprak nadat ze twee jaar model was geweest in Parijs, maar ook omdat ze bereid was alles te doen van het zetten van koffie tot het ontvangen van gasten en het corrigeren van zijn speeches. Ze was knap. Je kon veel zeggen over het uiterlijk in de hedendaagse maatschappij en dat werd ook gedaan. Zoveel dat één ding zeker was: het was nog net zo belangrijk als altijd. Zelf was hij een knappe man en hij had niet de illusie dat dat niet geholpen had bij het beklimmen van de carrièreladder. Ondanks haar modellenwerk was Vivian niet langer dan hij en daarom was ze iemand die hij mee kon nemen naar vergaderingen en diners. Ze woonde samen, maar dat zag hij eerder als een uitdaging dan als een nadeel. Eigenlijk was het een voordeel. Komende winter stonden er een paar reizen naar landen in Zuid-Amerika rond het thema mensenrechten gepland. Een pure vakantiereis dus. Een minister van Justitie stond minder in de schijnwerpers dan een premier.

'De hoofdcommissaris,' zei Vivian zacht.

'Laat hem maar binnen.'

'Via Zoom,' zei ze.

'O? Ik dacht dat hij hierheen zou komen o...'

'Ja, maar hij belde zojuist en zei dat hij het te ver vond naar Nydalen omdat hij ook nog een vergadering in het centrum heeft. Hij heeft een link gestuurd, zal ik...?'

Ze liep naar het bureau en de pc. Snelle vingers, veel vlugger dan die van hem, renden over het toetsenbord. 'Zo,' zei ze glimlachend. En ze voegde eraan toe om zijn irritatie in te tomen: 'Hij zit al klaar en wacht op je.'

'Bedankt.' Bellman bleef bij het raam staan tot Vivian de kamer uit was. En daarna nog even. Tot hij genoeg kreeg van zijn kinderachtige gedrag en achter de pc ging zitten. De hoofdcommissaris zag er bruinverbrand uit, kennelijk had hij in de herfstvakantie de zon opgezocht. Maar dat hielp niet, want zijn dubbele onderkin werd door de hoek van de camera prominent in beeld gebracht. Hij had het beeldscherm duidelijk recht voor zich op het bureau gezet waaraan Bellman ooit had gezeten, in plaats van op een stapeltje boeken.

'In tegenstelling tot bij jullie is hier nauwelijks verkeer,' zei Bellman. 'Ik ben binnen twintig minuten thuis in Høyenhall. Moet jij eens proberen.'

'Het spijt me, Mikael. Er is een spoedvergadering over een staatsbezoek later deze week.'

'Oké, laten we direct ter zake komen. Ben je trouwens alleen?'

'Helemaal alleen. Brand los.'

Mikael voelde de irritatie weer oplopen. Amicaal gebruik van de voornaam en aansporingen als 'brand los' zijn voorbehouden aan de minister van Justitie. Niet in de laatste plaats omdat de zesjarige termijn als hoofdcommissaris er binnenkort op zat en het de koning – in de praktijk dus de minister van Justitie – was die bepaalde of hij mocht doorgaan of niet. Bellman had politiek gezien weinig te verliezen als hij het stokje doorgaf aan Bodil Melling. Ten eerste was ze een vrouw, ten tweede begreep ze het een en ander van politiek, wist ze wie de besluiten nam.

Bellman haalde diep adem. 'Om even duidelijk te zijn: jij vraagt mijn advies of we Markus Røed zullen vrijlaten of niet. En jullie hebben voor beide opties dus jullie overwegingen?'

'Ja,' zei de hoofdcommissaris. 'Hole heeft een getuige die zegt dat hij op de avonden dat de eerste twee vrouwen werden vermoord samen met Røed was.'

'Een geloofwaardige getuige?'

'Geloofwaardiger in die zin dat deze getuige in tegenstelling tot Helene Røed geen motief heeft om Røed een alibi te verschaffen. Minder geloofwaardig omdat deze getuige volgens de afdeling Drugs op hun lijst van cocaïnedealers in Oslo staat.'

'Maar dus niet is veroordeeld?'

'Een dealertje, iemand die makkelijk vervangen kan worden.'

Bellman knikte. Ze hielden degene die macht over hem had in de gaten. *Better the devil you know.*

'En de andere optie?' zei Bellman op zijn Omega-horloge kijkend. Het was een onpraktisch en lomp ding, maar het gaf de juiste signalen. Op het moment kreeg de hoofdcommissaris het signaal dat hij voort moest maken, niet alleen hij had het druk vandaag.

'Aan de andere kant zat er speeksel van Markus Røed op de borst van Susanne Andersen.'

'Ik zou denken dat dat een tamelijk overtuigend argument is om hem in verzekerde bewaring te houden.'

'Jazeker, maar het is natuurlijk mogelijk dat Susanne en hij elkaar eerder die dag hebben gezien en seks hadden, we hebben niet haar hele handel en wandel van die dag in kaart kunnen brengen. Het is vreemd dat Røed tijdens zijn verhoor niet heeft gesproken over een ontmoeting met haar. In plaats daarvan ontkent hij dat hij intiem met haar is geweest en beweert hij dat hij haar sinds het feest niet meer heeft gezien.'

'Met andere woorden: hij liegt.'

'Ja.'

Bellman trommelde met zijn vingers op het bureaublad. Ministers worden alleen herkozen als de oogst goed is, om het zo maar uit te drukken. Zijn adviseurs hadden bij herhaling onderstreept dat hij als minister van Justitie altijd een zeker deel van de schuld of de eer kreeg voor iets wat lager in het apparaat gebeurde. Ook als de fout was begaan door mensen die al werkten voor de vorige regering. Als de kiezers vonden dat een rijke blaaskaak als Røed hier te makkelijk mee wegkwam, zou dat hoe dan ook indirect effect hebben op Bellman. Hij nam een besluit.

'We hebben met dat sperma meer dan genoeg om hem in bewaring te houden.'

'Speeksel.'

'Ja, en ik neem aan dat je het met me eens bent dat het niet zo kan zijn dat Harry Hole bepaalt wanneer Røed wordt aangehouden en wanneer hij weer wordt vrijgelaten.'

'Daar ben ik het inderdaad mee eens.'

'Mooi, daar heb je mijn advies...' Bellman wachtte op het moment dat de voornaam van de hoofdcommissaris hem te binnen zou schieten, maar toen dat om de een of andere reden niet gebeurde en de zin wel een afsluiting behoefde, voegde hij eraan toe: '...of niet?'

'Jazeker. Hartelijk dank, Mikael.'

'Ik dank jou, hoofdcommissaris,' zei Bellman en hij klungelde een poosje met de muis om de verbinding te kunnen verbreken. Hij leunde achterover in zijn stoel en mompelde: 'Vertrekkende hoofdcommissaris.'

Priem keek naar Fredric Steiner, die op bed zat. Zijn ogen waren helder als van een kind, maar zijn blik was leeg alsof er daarbinnen een gordijn was dichtgetrokken.

'Oom Fredric,' zei Priem. 'Hoor je me?'

Geen respons.

Hij kon zeggen wat hij wilde, het kwam niet aan. Sterker, er zou ook niets uit komen. Niet op een manier die je wenste tenminste.

Priem sloot de deur naar de gang en ging weer op het bed zitten.

'Je gaat heel snel dood,' zei hij. Hij genoot van die woorden. Zijn oom vertrok geen spier, hij staarde naar iets wat alleen hij zag en wat ver weg leek te liggen.

'Je gaat dood en op de een of andere manier zou me dat moeten spijten, ik ben ondanks alles immers jouw...' Hij wierp voor de zekerheid een blik op de deur. '...biologische zoon.'

Het enige wat hij hoorde was het zachte gefluit van de wind onder de dakpannen van het verpleeghuis.

'Maar het spijt me helemaal niet. Want ik haat je. Niet zoals ik hem haat. Hij die jouw problemen overnam, die mama en mij overnam. Ik haat je omdat je wist wat mijn stiefvader deed, wist wat hij met mij deed. Ik weet dat je hem ermee hebt geconfronteerd, ik hoorde jullie die avond. Ik hoorde dat je dreigde het bekend te maken. En dat hij antwoordde dat hij jou dan zou verraden. Daar lieten jullie het bij. Jullie offerden mij op voor julliezelf. Je redde jezelf, mama en de familienaam. Tenminste, wat daarvan over was want zelf gebruikte je die naam niet meer.'

Priem deed zijn hand in een zak en haalde er een koekje uit dat hij tussen zijn tanden vermaalde.

'En nu ga je dood, naamloos en alleen. Je zal vergeten worden en verdwijnen. Terwijl ik, ontsproten uit jouw lendenen, jouw zondige vrucht van lust, met mijn naam aan de hemel zal schijnen. Hoor je me, oom Fredric? Klinkt dat niet poëtisch? Alles wat ik in mijn dagboeken heb geschreven zal voor biografen van belang zijn, denk je niet?'

Hij stond op.

'Ik betwijfel of ik nog een keer kom. Dit is een vaarwel, oom Fredric.'

Hij liep naar de deur en draaide zich om. 'Ik meen dat vaar-wel natuurlijk niet. Ik hoop dat jouw reis naar de hel heel anders verloopt.'

Priem sloot de deur achter zich, glimlachte naar de verpleegkundige die aan kwam lopen en verliet het verpleeghuis.

De verpleegkundige liep de kamer van de oude professor in. Hij zat met een uitdrukkingsloos gezicht op de rand van zijn bed, maar tranen liepen over zijn wangen. Zo ging dat met oude mensen, ze raakten hun affectcontrole kwijt. Vooral degenen die seniel waren. Ze snoof een geur op. Had hij zichzelf bevuild? Nee, het rook hier sterk naar oude mensen en naar… muskus?

Ze opende het raam om te luchten.

Het was acht uur 's avonds. Terry Våge luisterde naar het metalige gepiep dat van de binnenplaats kwam. De aanwakkerende wind zorgde ervoor dat de gezamenlijke droogmolen draaide. Hij had de misdaadblog weer geopend. Er was zoveel om over te schrijven, maar toch bleef hij zitten staren naar het witte, lege beeldscherm.

De telefoon ging.

Misschien was het Dagnija, ze hadden gisteren ruzie gehad en ze had gezegd dat ze dit weekend niet kwam. Nu had ze, zoals gebruikelijk, waarschijnlijk spijt. Hij voelde dat hij hoopte dat zij het was.

Hij keek op de display. Onbekend nummer. Als het die kletsmajoor van gisteren weer was, zou hij niet moeten opnemen. Reageerde je een keer op zo'n gek dan kwam je heel moeilijk van ze af. Hij had ooit eens naar waarheid geschreven dat War on Drugs de saaiste band ter wereld was, zowel hun platen als hun optreden. Daarna was hij zo dom geweest om een fan die *pissed off* was te antwoorden en dat had geresulteerd in een stroom van telefoontjes en mails en zelfs tijdens concerten zocht de gekrenkte fan hem op. Het duurde twee jaar voor het ophield.

De telefoon bleef overgaan.

Terry Våge wierp weer een blik op het lege scherm. Toen nam hij op.

'Ja?'

'Fijn dat je gisteravond alleen kwam en tot tien over halftien wachtte op het dak.'

'Jij... was daar ook?'

'Ik observeerde je. Ik hoop dat je begrijpt dat ik er zeker van moest zijn dat je me er niet in luisde.'

Våge aarzelde even. 'Oké, goed. Maar ik heb nu geen tijd om nog een keer verstoppertje te spelen.'

'O, jawel, dat heb je wel.' Hij hoorde gegrinnik. 'Maar je moet alles loslaten, Våge. Je moet alles wat je nu in handen hebt laten vallen.'

'Wat bedoel je?'

'Je moet zo snel mogelijk naar het eind van de Toppåsvei op Kolsås gaan. Ik zal je weer bellen, ik zeg niet wanneer, misschien over twee minuten. Als ik een ingesprektoon krijg dan is dit de laatste keer dat jij en ik contact hebben. Begrepen?'

Våge slikte. 'Ja,' antwoordde hij. Want hij begreep het. Hij begreep dat de man dit zei zodat hij geen tijd had om contact op te nemen met de politie bijvoorbeeld. Hij begreep dat het niet ging om een halfgare gek. Gek, ja, maar niet halfgaar.

'Neem een zaklantaarn en een camera mee, Våge. En een wapen als je je daardoor veiliger voelt. Je zal onomstotelijke, harde bewijzen vinden dat je spreekt met de moordenaar en het staat je vrij om daarover te schrijven. Ook over het gesprek dat we nu hebben. Want deze keer willen we dat je wordt geloofd, of niet?'

'Wat zal...'

Maar de ander had de verbinding alweer verbroken.

Harry lag in Alexandra's bed, zijn blote voeten staken een stukje over het voeteneinde.

Alexandra was ook bloot en was overdwars gaan liggen met haar hoofd op zijn buik.

Toen ze terugkwamen uit de Jealousy Bar hadden ze gevreeën en nu hadden ze dat weer gedaan. Nu was het beter geweest.

Hij dacht aan Markus Røed. Aan de angst en de haat in zijn blik terwijl hij geen lucht kreeg. De angst was het grootst geweest. Maar was die gebleven nadat hij weer kon ademhalen? In het geval dat Røed het geld niet had laten storneren, moesten ze Lucille hebben vrijgelaten. Aangezien hem was gezegd dat hij niet mocht proberen contact met haar te zoeken voordat de schuld was afgelost, had hij besloten een paar dagen te wachten voor hij haar nummer belde. Zij had niet zijn nummer of andere informatie over hem, dus het was niet raar dat hij niets had gehoord. Hij had op internet Lucille Owens naam in de *Los Angeles Times* opgezocht maar er waren alleen oude artikelen over haar en de film *Romeo en Julia* opgedoken. Niets over dat ze werd vermist of was gekidnapt. Hij besefte nu wat het was wat ze deelden, wat ze met elkaar verbond. Het was niet wat er was gebeurd op de parkeerplaats. Het was ook niet dat hij zijn eigen moeder in Lucille zag, dat ze de vrouw in de deuropening van het klaslokaal was of de moeder op haar ziekbed die hij nu wel kon redden. Het was de eenzaamheid. Dat ze twee mensen waren die konden verdwijnen van de aardbol zonder dat iemand dat zou merken.

Alexandra gaf hem de sigaret die ze deelden en Harry inhaleerde en keek naar de rook die opsteeg naar het plafond terwijl Leonard Cohens stem uit de kleine Geneva-box op het nachtkastje kwam met 'Hey, That's No Way to Say Goodbye'.

'Lijkt wel over ons te gaan,' zei ze.

'Hm, geliefden die afscheid nemen?'

'Ja, en wat hij zegt over verliefdheid of banden.'

Harry gaf geen antwoord. Hij hield de sigaret voor zich en keek naar de rook, maar hij merkte dat ze nog steeds naar hem opkeek.

'Het is de verkeerde volgorde,' zei hij.

'Verkeerd omdat Rakel al in je leven was toen wij elkaar tegenkwamen?'

'Ik dacht aan wat een vrouw eens tegen me zei. Dat we voor de gek worden gehouden als de dichter de zinnen omdraait.' Hij trok aan de sigaret. ‘Maar inderdaad, dat met Rakel klopt ook.’

Na een poosje voelde hij dat zijn buik warm werd van haar tranen. Hij had zelf ook zin om te grienen.

Het raam kraakte alsof er iemand was die bij hen binnen wilde komen.

HOOFDSTUK 37

Woensdag. Reflex.

Je zou denken dat de Toppåsvei naar de top van de Kolsås ging, maar de naam was verwarrend. De weg kronkelde tussen de villa's, maar aan het eind van de weg was het nog een flink eind naar de top. Terry Våge parkeerde langs de weg. Voor hem begon het bos. In het donker zag hij een paar lichten en hij wist dat die kwamen van gestoorde beklimmers van de klifwanden.

Hij rommelde met het foedraal van het fileermes dat hij had meegenomen en keek naar de zaklantaarn en Nikon-camera die naast hem op de bijrijdersstoel lagen. Seconden tikten weg. Minuten. Hij keek naar de lichten onder hem. Daar ergens stond de middelbare school Rosenvilde. Dat wist hij omdat Genie daarop zat toen hij haar ontdekte. Want hij, Terry Våge, had dat gedaan, hij had zijn invloed als muziekrecensent gebruikt om haar en dat talentloze bandje van haar uit het donker naar het licht van de schijnwerpers te trekken, naar de mainstream, de markt op. Ze was achttien jaar en ging nog naar school en hij was een paar keer wezen kijken omdat hij benieuwd was hoe ze zich gedroeg in de schoolsetting. Was daar iets verkeerds aan? Hij had alleen wat rondgehangen bij het schoolplein om een glimp op te vangen van de ster die hij gemaakt had, hij had niet eens foto's gemaakt, wat best mogelijk was geweest. De telelens die hij bij zich had gehad zou haarscherpe opnamen hebben opgeleverd van een andere Genie dan de artiest op het podium die de rol van verleidster speelde. De foto's zouden de onschuld van het meisje laten zien. Maar op die manier rondhangen bij een school zou al snel verkeerd begrepen kunnen worden, dus hij had het bij twee keer gelaten en haar liever tijdens concerten opgezocht.

Hij wilde weer op zijn horloge kijken toen zijn mobiel ging.

'Ja?'

'Je bent er, zie ik.'

Våge keek rond. Zijn auto was de enige die langs de weg geparkeerd stond en mensen zou hij hebben kunnen zien in het licht van de straatlantaarns. Stond de man hem ergens in het bos te observeren? Våge klemde zijn hand rond het heft van het mes.

'Neem je zaklantaarn en camera mee, loop het bospad op voorbij de slagboom van de tolweg, kijk naar links. Na honderd meter zie je een streep reflecterende verf op een boomstam. Loop daar het bos in en volg de reflecterende verf. Begrepen?'

'Begrepen,' zei Våge.

'Je zal het begrijpen als je daar bent. Je hebt twee minuten om foto's te maken. Als je na honderdtwintig seconden niet terugloopt dan kom ik achter je aan om je te pakken. Begrijp je dat ook?'

'Ja,' zei Våge.

'Het is een kwestie van oogsten, Våge. Haast je.'

De verbinding werd verbroken. Terry Våge haalde diep adem, er kwam een gedachte in hem op. Hij kon nog steeds het contactsleuteltje omdraaien en als de bliksem maken dat hij wegkwam. Hij kon uitgaan en een biertje gaan drinken in Stopp Pressen! Vertellen aan de mensen die het wilden horen dat hij de seriemoordenaar aan de telefoon had gehad, dat ze een ontmoeting hadden afgesproken, maar dat hij op het laatste moment de benen had genomen.

Våge hoorde zijn eigen blaffende lach, greep de camera en zaklantaarn en stapte uit de auto.

Misschien zorgde het bos voor beschutting, het waaide hierboven aanzienlijk minder dan beneden in het centrum. Hij zag het bospad dat een paar meter van de autoweg begon. Hij liep langs de slagboom, draaide zich voor de laatste keer om naar de straatlantaarns voordat hij de zaklantaarn aandeed en het donker in liep. De wind ruiste door de boomtoppen en het grind knarste onder zijn schoenzolen terwijl hij zijn stappen telde en afwisselend op het pad en de boomstammen links van hem scheen. Hij was bij honderdvijf gekomen toen hij de eerste vlek van de reflecterende verf zag weerkaatsen in het licht van zijn zaklantaarn. De andere vlek zag hij verderop in het bos.

Opnieuw voelde hij aan het mes in zijn jaszak voor hij de band van zijn camera naar zijn rug verschoof, over de greppel sprong en tussen de bomen begon te lopen. Het was een naaldbos en de bomen stonden niet al te dicht op elkaar zodat hij geen moeite had ertussendoor te lopen en hij ook nog een eindje voor zich uit kon kijken. De vlekken waren op ooghoogte aangebracht op zo'n vijf tot tien meter afstand van elkaar. Het terrein werd langzaam steiler. Hij bleef even staan om op adem te komen en veegde met zijn vinger over een vlek en keek naar zijn vingertop. Verse verf. Hij stond op een tapijt van naalden van een groep reusachtige sparren. Het geruis in de kruinen was ver weg, maar het kraken en kermen van de haast onmerkbaar zwaaiende bomen was wel dichtbij. Het geluid kwam van alle kanten, het leek wel een gesprek over wat ze met deze nachtelijke gast aan moesten.

Våge liep verder.

Het bos werd dichter, het zicht en de afstand tussen de vlekken minder en nu was het zo steil en het terrein zo ongelijk dat het geen zin meer had de stappen te tellen.

Toen plotseling, kwam hij uit op een plateau en het bos opende zich. Het licht van de lantaarn bescheen een open plek en hij moest even zoeken voor hij de volgende vlek vond. Ditmaal was het geen vlek maar een getekend symbool. Hij kwam dichterbij. Het was een kruis. Hij tilde zijn lantaarn op, maar hij zag geen andere vlekken. Hij was aan het eind van het spoor gekomen. Hij hield zijn adem in. Hij hoorde een geluid dat leek op het tegen elkaar slaan van twee houten stokken, maar hij zag niets.

Toen, om hem te helpen leek het, kwam de maan tevoorschijn tussen de jachtige wolken en baadde de open plek in zacht, geel licht. Nu zag hij het.

Hij huiverde. Het eerste wat in hem opkwam was een oud nummer van Billie Holiday, 'Strange Fruit'. Want daar leek het op. Twee mensenhoofden die aan een tak van een berk hingen. Lange haren van de hoofden wapperden in de wind en als de hoofden tegen elkaar botsten maakte dat een hol geluid.

Onmiddellijk besefte hij dat dit de hoofden van Bertine Bertilsen en Helene Røed waren. Niet omdat hij de verstijfde maskers herkende, maar omdat de ene donker en de andere blond was.

Zijn hartslag schoot omhoog terwijl hij zijn camera naar zich toe trok en begon te tellen. Niet de stappen, maar de seconden. Hij drukte keer op keer op de opnameknop, de flitser gaf licht en dat bleef hij doen toen de maan weer achter de wolken verdween. Hij had tot vijftig geteld, kwam naderbij, stelde de camera scherp en ging verder met het maken van foto's. Hij was meer opgewonden dan geschokt, hij dacht niet langer aan de twee hoofden als van twee mensen die nog niet zo lang geleden nog leefden, hij zag ze als bewijzen. Bewijzen van Markus Røeds onschuld. Bewijzen dat hij – Terry Våge – niet uit zijn nek kletste, maar dat hij echt met de moordenaar had gesproken. Bewijzen dat hij de beste misdaadverslaggever van Noorwegen was, een persoon die respect afdwong, van zijn familie, Solstad, Genie en haar armzalige band. En – het belangrijkste van alles – het respect en de bewondering van Mona Daa. Hij had de gedachte verdrongen na zijn ontslag, hij wist hoe hij in haar achting was gedaald. Maar nu lagen de kaarten anders. *Everybody loves a comeback kid.* Hij kon niet wachten tot hij haar weer sprak. Nee, hij kon letterlijk niet wachten, hij móést ervoor zorgen dat ze elkaar zagen en hij beloofde zichzelf dat dat zou gebeuren zodra Dagnija weer teruggekeerd was naar Letland.

Negentig. Hij had nog dertig seconden.

Dan kom ik achter je aan om je te pakken.

Als een trol in een sprookje.

Våge liet zijn camera zakken en filmde met zijn mobiel. Hij richtte de camera op zichzelf zodat hij het bewijs had dat hij hier was geweest en de foto's had gemaakt.

'Het is een kwestie van oogsten,' had de man gezegd. Was het om die reden dat Våge de associatie met het nummer van Billie Holiday kreeg toen hij de hoofden aan de tak zag? Het nummer ging over een lynchpartij in Amerika van zwarten, niet over... dit. Bedoelde hij met oogsten dat hij de hoofden mee kon nemen? Våge liep naar de berk. Stopte. Was hij gek geworden? Dit waren de trofeeën van de moordenaar. En zijn tijd zat erop. Våge zwaaide de camera op zijn rug en stak zijn handen in de lucht om een eventuele observerende blik ergens in het bos te laten zien dat hij klaar was en vertrok.

Het teruglopen was moeilijker omdat hij geen reflecterende vlekken meer had om te kunnen navigeren en hoewel hij stevig doorliep, duurde het minstens twintig minuten voor hij het bospad weer terugvond. Toen hij in zijn auto zat en het contactsleuteltje omdraaide, schoot hem iets te binnen.

De hoofden kon hij niet meenemen, maar iets daarvan wel. Een haar. Want zoals het nu was had hij foto's van twee hoofden waarvan zelfs hij – die ontelbare foto's van Bertine Bertilsen en ook een paar van Helene Røed had gezien – niet met zekerheid kon zeggen of het die twee waren. Of dat het om echte mensenhoofden ging. Verdomme! Als het niet zo was geweest dat hij het een en ander had moeten verzinnen nadat Truls Berntsen hem in de steek had gelaten en men daarachter was gekomen dan zouden ze dit natuurlijk als harde bewijzen zien. Nu liep hij het risico dat dit weer gezien werd als bluf en dat zou zijn eind betekenen. Zou hij nu direct de politie bellen? Zou die hier kunnen zijn voordat de moordenaar was verdwenen?

Hij reed naar de Toppåsvei en herinnerde zich wat de man had gezegd. *Dan loop je terug, stap je in je auto en ga je terug naar huis.*

De man was bang geweest dat Våge hem op zou wachten. Waarom? Misschien was er maar één weg die vanaf deze plek liep.

Hij minderde vaart en toetste iets in op zijn mobiel. Hij hield een oog op de weg terwijl er een kaart tevoorschijn kwam. Nadat hij die had bekeken concludeerde hij dat als de man hier met de auto was gekomen, er maar twee wegen waren waar hij die had kunnen parkeren. Våge reed de Toppåsvei af en nam toen de andere weg omhoog die eindigde bij het bospad. Nergens zag hij een geparkeerde auto staan. Oké, misschien was hij vanaf de hoofdweg gaan lopen. Was hij door de villawijk met straatlantaarns gegaan waar bewoners hem konden zien met twee hoofden en een blik verf in zijn rugzak? Misschien. Misschien niet.

Våge bestudeerde de kaart weer. Als hij naar de top van de berg was gegaan en dan naar beneden via de hoofdweg aan de andere kant dan kreeg hij te maken met steil en woest terrein waardoor geen paden liepen. De klimwand stond ook getekend op de kaart en aan de voet daarvan liep een pad. Volgde je dat helemaal in westelijke richting dan kwam je uit in een wijk en bij een voetbalveld. Van daaruit kon je langs het winkelcentrum van Kolsås rijden tot je bij de hoofdweg kwam zonder ook maar in de buurt geweest te zijn van de Toppåsvei.

Våge dacht na.

Als de man in het bos was geweest en als Våge in die man zijn schoenen stond dan had hij niet getwijfeld over welke terugweg hij zou nemen.

Harry werd ineens wakker. Het was de bedoeling niet geweest, maar hij was in slaap gevallen. Was hij wakker geworden van een geluid? Iets op de binnenplaats wat door de wind was omgevallen misschien? Of was het een droom geweest, een nachtmerrie waaruit hij was ontwaakt? Hij draaide zich om en in de schemering zag hij een hoofd dat van hem was afgekeerd. Het zwarte haar lag in een waaier op het witte kussen. Rakel. Ze bewoog. Misschien was ze wakker geworden van hetzelfde geluid, misschien besefte ze dat hij wakker was, dat was vaak zo.

'Harry?' mompelde ze slaperig.

'Hm.'

Ze draaide zich naar hem om.

Hij streelde haar over haar haren.

Ze stak haar hand uit naar het bedlampje.

'Hou het nog even donker,' fluisterde hij.

‘Goed, moet ik…’

‘Sst. Gewoon even… stil zijn.’

Zwijgend lagen ze in het donker en hij ging met zijn hand over haar hals, haar schouder en haren.

‘Je doet alsof ik Rakel ben,’ zei ze.

Hij gaf geen antwoord.

‘En weet je?’ zei ze terwijl ze met haar hand over zijn wang ging. ‘Dat is prima.’

Hij lachte. Kuste haar op haar voorhoofd. ‘Bedankt. Bedankt, Alexandra. Ik ben nu klaar. Sigaret?’

Ze ging met haar hand naar het nachtkastje. Gewoonlijk rookte ze een ander merk, maar voor hem had ze een pakje Camel gekocht omdat hij dat altijd had gerookt en zij was niet zo merkvast. Op het nachtkastje lichtte iets op. Ze gaf hem zijn mobiel en hij keek op de display.

‘Het spijt me, ik moet dit opnemen.’

Ze lachte vermoeid en knipte de aansteker aan. ‘Jij krijgt nooit telefoontjes die je niet moet opnemen, Harry. Moet je eens proberen, dat is af en toe een heerlijk gevoel.’

‘Krohn?’

‘Eh… goedenavond, Harry. Het gaat over Røed.’

‘Dat vermoedde ik al.’

‘Hij wil zijn verklaring wijzigen.’

‘O, ja?’

‘Hij beweert nu dat hij eerder die dag in het diepste geheim in een andere flat met Susanne Andersen had afgesproken. Die aan de Thomas Heftyes gate. Dat ze seks hadden en dat hij haar borst heeft gekust. Hij zegt dat hij dat eerst niet wilde vertellen, vooral omdat hij dan in verband kon worden gebracht met de moord, maar ook om het geheim te houden voor zijn vrouw. Hij zegt dat hij daarna een valse verklaring heeft afgelegd maar dat werd ontdekt. Toen werd hij bang dat hij nog verdachter zou lijken als hij die verklaring veranderde. Bovendien heeft hij geen getuigen of andere bewijzen die kunnen bevestigen dat hij bezoek had van Susanne. Om die reden had hij als een idioot vastgehouden aan de bewering dat hij Susanne niet had gezien, in de hoop dat jij of de politie bewijzen zou vinden die hem vrij zouden pleiten. Dat zegt hij.'

'Hm, is hij door het verblijf in de nor week geworden?'

'Als je het mij vraagt, komt het door jou. Ik geloof dat die wurgpoging hem wakker heeft geschud. Hij ziet nu in dat er iets bestaat als straf. En hij beseft dat als er niets gebeurt in de zaak, hij vier weken in verzekerde bewaring niet volhoudt.'

'Vier weken zonder cocaïne, bedoel je?'

Krohn antwoordde niet.

'Wat zegt hij over Villa Dante?'

'Dat ontkent hij nog steeds.'

'Oké,' zei Harry. 'De politie zal hem niet vrijlaten. Hij heeft geen getuigen en hij heeft gelijk dat het wijzigen van een verklaring hem alleen maar verdachter maakt. Hij is een kat in het nauw.'

'Mee eens,' zei Krohn. 'Ik wilde je alleen even op de hoogte brengen.'

'Geloof je hem?'

'Is dat belangrijk?'

'Ik ook niet. Maar hij liegt wel goed. Bedankt voor de update.'

Ze verbraken de verbinding. Harry lag met zijn mobiel in de hand in het donker te staren en probeerde de stukjes in elkaar te passen. Maar het paste, dat was vaak zo. Dus het lag aan hem en niet aan de stukjes.

'Wat doe je?' vroeg Alexandra en ze nam een trek van de sigaret.

'Ik probeer te kijken, maar het is zo verrekte donker.'

'Je ziet niets?'

'Ja, wel iets, maar ik weet niet wat het is.'

'De truc is niet kijken naar het ding, maar een beetje aan de rand. Dan zie je dingen makkelijker.'

'Ja, en dat doe ik ook. Maar het lijkt of het ding daar nu juist is.'

'Aan de rand?'

'Ja, het lijkt of de persoon die we zoeken zich in ons gezichtsveld bevindt. Dat we hem hebben gezien, maar zonder te weten dat hij het is.'

'Hoe verklaar je dat?'

'Daarin,' verzuchtte hij, 'heb ik geen inzicht en ik probeer het ook niet te verklaren.'

'Sommige dingen weten we gewoon?'

'Er zit niets mysterieus aan, het zijn gewoon dingen die onze hersenen koppelen aan andere informatie, maar ze vergeten dat ons tot in detail uit te leggen, ze geven ons alleen de conclusie.'

'Ja,' zei ze zacht, ze nam weer een trek van de sigaret en gaf hem aan Harry. 'Bijvoorbeeld dat ik weet dat Bjørn Holm Rakel heeft gedood.'

Harry liet de sigaret op het dekbed vallen. Hij pakte hem snel op en stak hem tussen zijn lippen.

'Jij weet het?' vroeg hij de rook inhalerend.

'Ja en nee. Het gaat zoals jij zegt. Informatie die de hersenen koppelen zonder dat jij dat wil of er toegang toe hebt. En dan heb je het antwoord, maar niet de rekensom en dan moet je terug redeneren om te ontdekken wat je hersenen hebben gedacht terwijl jij aan iets anders dacht.'

'En wat hebben jouw hersenen gedacht?'

'Dat op het moment dat Bjørn erachter kwam dat jij de vader van het kind bent in plaats van hijzelf, hij vond dat hij wraak moest nemen. Hij doodde Rakel en liet de bewijzen naar jou wijzen. Je zei tegen me dat jij Rakel hebt gedood. Dat was omdat jij je aan haar dood schuldig voelt.'

'Het was mijn schuld. Het ís mijn schuld.'

'Bjørn Holm wilde dat jij dezelfde pijn zou voelen als hij, of niet? Degene verliezen van wie je het meest houdt. En je schuldig voelen. Ik denk er af en toe aan hoe eenzaam jullie moeten zijn geweest. Twee vrienden die geen vrienden hebben. Gescheiden van... Dat is er gebeurd. En beiden raakten jullie de vrouw kwijt van wie jullie hielden.'

'Hm.'

'Hoe pijnlijk was het?'

'Pijnlijk.' Harry trok wanhopig aan de sigaret. 'Ik stond op het punt hetzelfde te doen als hij.'

'Je van het leven te beroven?'

'Ik zou het liever het afsluiten van mijn leven willen noemen. Er was niet meer zoveel leven te beroven.'

Alexandra nam de sigaret over. Die was bijna tot op het filter opgerookt, ze drukte hem uit in de asbak en kroop tegen hem aan. 'Ik kan nog even Rakel zijn als je dat wil.'

Terry Våge probeerde het irritante getik van het vlaggentouw dat in de wind tegen de mast sloeg buiten te sluiten. Hij had zijn auto op de parkeerplaats voor het kleine winkelcentrum van Kolsås gezet. De winkels waren gesloten, veel auto's stonden er niet, maar wel zoveel dat zijn auto niet zou opvallen bij de weinige automobilisten die vanuit de wijk langsreden. Hij zat hier nu anderhalf uur en er waren slechts tweeënvijftig auto's langsgekomen. Hij gebruikte geen flits, maar fotografeerde de auto's op het moment dat ze in het licht van de straatlantaarns kwamen die zo'n vijftig meter verderop stonden. De foto's waren goed genoeg om de nummerborden te kunnen zien.

Nu waren er al sinds de laatste auto tien minuten verstreken. Het was laat, de mensen zaten thuis met dit weer. Våge luisterde naar het vlaggentouw en besloot dat hij lang genoeg had gewacht. Bovendien moest hij de foto's publiceren.

Hij had de tijd gebruikt om na te denken over hoe hij het zou gaan doen. Gebruikte hij alleen zijn eigen platform en blog dan zou daar natuurlijk nieuw leven in worden geblazen. Maar als hij wilde dat zijn blog niet alleen weer startte, maar ook volop actief werd dan had hij een groter medium nodig.

Hij grinnikte bij de gedachte aan Solstad die zich zou verslikken in zijn ochtendkoffie.

Toen draaide hij het contactsleuteltje om, opende het handschoenenvakje en haalde er een oude, gehavende cd uit die hij al heel lang niet meer had geluisterd en duwde die in de aftandse cd-speler. Hij zette de volumeknop open en de heerlijke, nasale stem van Genie klonk. Hij trapte het gaspedaal in.

Mona Daa vertrouwde haar oren. Het verhaal en de man die het vertelde, die vertrouwde ze niet. Maar ze vertrouwde ook haar ogen. En om die reden stond ze op het punt haar mening bij te stellen wat betreft Terry Våges verhaal. Toen hij belde, had ze bijna gedachteloos de telefoon opgenomen om maar even bevrijd te zijn van de pretentieuze monologen van Isabel May in de serie *1883*. Ze had Anders, die naast haar zat op de bank, verlaten en was naar de slaapkamer gegaan. Dat ze Anders ervan verdacht verliefd te zijn maakte de levenslessen van May niet bepaald minder irritant.

Maar dat was ze nu allemaal vergeten.

Ze staarde naar de foto's die Våge had gestuurd om zijn verhaal en voorstel te ondersteunen. Hij had flitslicht gebruikt en hoewel het donker was en de hoofden bewogen in de wind, waren de foto's haarscherp.

'Ik heb je ook een video gestuurd waarop je kan zien dat ik daar was,' zei Våge.

Ze opende de video en er was geen twijfel meer mogelijk. Zelfs Terry Våge was niet zo gek dat hij zo'n grove leugen zou arrangeren.

'Je moet de politie bellen,' zei ze.

'Dat heb ik gedaan,' zei Våge. 'Ze zijn onderweg en ze zullen de reflecterende verf vinden. Ik betwijfel of hij de tijd heeft genomen om die te verwijderen. Voor zover ik weet heeft hij de hoofden ook laten hangen. Wat ze ook vinden, ze zullen het bekendmaken, dus jullie hebben weinig tijd om te besluiten wat jullie hiermee willen doen.'

'En de prijs?'

'Die zal ik bespreken met je redacteur. Zoals gezegd, jullie mogen alleen de foto gebruiken die ik heb gegeven, die een beetje onscherp is, en de verwijzing naar mijn blog moet in de eerste zin van de samenvatting staan. Er moet ook duidelijk in worden vermeld dat er meer foto's in mijn blog te vinden zijn en ook een video. Klinkt dat redelijk? O ja, nog één ding. Het artikel, het artikel over de zaak dus, mag jouw en alleen jouw byline hebben, Mona. Ik sta hier helemaal buiten.'

Ze keek weer naar de foto's en griezelde. Niet om wat ze zag, maar door de manier waarop hij haar voornaam had uitgesproken. Een deel van haar had zin om hard nee te schreeuwen en de verbinding te verbreken. Maar dat was het deel dat niet op haar werk was. Ze kon niet niets doen. Uiteindelijk was het niet aan haar om het besluit te nemen, godzijdank was dat de verantwoordelijkheid van de redactie. Ze slikte.

'Juist.'

'Mooi. Vraag je redacteur me over vijf minuten te bellen, oké?'

'Oké.'

Mona verbrak de verbinding en toetste de naam Julia in. Terwijl ze wachtte tot er werd opgenomen voelde ze hoe haar hart tekeerging. En hoe de acht woorden echoden in haar hoofd: 'Mag jouw en alleen jouw byline hebben, Mona.'

HOOFDSTUK 38

Donderdag

Alexandra ging millimeter voor millimeter met haar vergrootglas over Helene Røeds hoofd. Ze zat hier al sinds ze vanmorgen op haar werk was gekomen en nu was het bijna lunchtijd.

'Zou je even kunnen komen, Alex?'

Alexandra nam een pauze in de jacht op sporen en liep naar de andere kant van de tafel waar Helge bezig was met het hoofd van Bertine. Ze zou het verder niemand toestaan haar naam te verkorten tot een jongensnaam, maar uit Helges mond klonk het zo natuurlijk, haast lief, alsof ze zijn zus was.

'Wat is er?'

'Dit,' zei Helge, hij duwde de rottende onderlip van Bertine naar beneden en hield een vergrootglas voor haar tanden in de onderkaak. 'Daar. Dat lijkt wel huid.'

Alexandra kwam dichterbij. Het was met het blote oog nauwelijks waarneembaar, maar onder het vergrootglas was er geen twijfel mogelijk. Er zat een wit stukje uitgedroogde huid tussen twee van haar tanden.

'Mijn god, Helge,' zei ze. 'Het ís huid.'

Het was één minuut voor twaalf. Katrine keek naar het publiek in de Parolezaal en stelde vast dat de pers net als de laatste keer in groten getale was gekomen. Ze zag dat Terry Våge naast Mona Daa zat. Niet zo raar als je bedacht dat Våge VG de primeur had gegeven. Toch meende ze te zien dat Daa zich ongemakkelijk voelde. Ze liet haar blik verder door de zaal gaan, ze zag een man die ze nog niet eerder had gezien en omdat hij een priesterboord droeg nam ze aan dat hij journalist was van een lokale of christelijke krant. Hij had een merkwaardig rechte rug en keek haar strak aan als een gespannen, opmerkzame leerling. Bovendien had hij een constante lach rond zijn lippen en ogen die niet knipperden, als een buikspreekpop. Achter in de zaal, geleund tegen de muur en met de armen over elkaar geslagen, zag ze Harry staan. Toen begon de persconferentie.

Kedzierski legde uit wat er was gebeurd, dat de politie na een melding van Terry Våge was uitgerukt naar de top van Kolsås, waar de hoofden van Bertine Bertilsen en Helene Røed waren gevonden. Dat Våge een verklaring had afgelegd en dat de politie op het moment niet overging tot strafvervolging van de journalist vanwege zijn optreden in de zaak. Dat het uiteraard mogelijk was dat de moord door twee of meer mensen was gepleegd, maar dat zoals de zaak er nu voor stond Markus Røed vrijgelaten zou worden.

Daarna – als een echo van de afgelopen nacht – volgde er een storm van vragen.

Bodil Melling zat op het podium om de meer algemene vragen te beantwoorden. En – zo hadden de instructies aan Katrine geluid – de vragen over Harry Hole.

'Ik geloof zelfs dat het beter is als je de naam Hole helemaal niet gebruikt in jouw antwoorden,' had haar chef gezegd. Ook het benoemen van Røeds nieuwe alibi – dat hij zich op het tijdstip van twee van de moorden in een club voor mannen bevond – kon beter achterwege blijven. De eerste vragen draaiden om de vondst van de hoofden en Katrine antwoordde met de gebruikelijke formuleringen dat ze daarop geen antwoord kon of wilde geven.

'Betekent dit dat jullie ook geen technische sporen hebben gevonden op de plaats delict?'

'Ik zei dat ik daar geen commentaar op kan geven,' zei Katrine. 'Maar ik geloof dat we kunnen vaststellen dat de top van Kolsås waarschijnlijk niet de plaats delict is.'

Sommige van de meer doorgewinterde misdaadjournalisten gromden.

Na nog enkele technische vragen kwamen de eerste lastige.

'Is het pijnlijk voor de politie dat jullie vier dagen na zijn arrestatie Markus Røed moeten vrijlaten?'

Katrine keek naar Bodil Melling, die knikte dat zij deze nam.

'De politie onderzoekt deze zaak als alle andere zaken met de middelen die we hebben,' zei Melling. 'Een van die middelen is een voorlopige inbewaringstelling van personen die worden verdacht vanwege technische of tactische aanwijzingen. Dat doen we om het vluchtgevaar te minimaliseren of het vernietigen van bewijzen te voorkomen. Dat is niet hetzelfde als ervan overtuigd zijn dat we de dader hebben. Als uit verder onderzoek blijkt dat de voorlopige bewaring kan worden opgeheven, betekent dat niet dat we fouten hebben gemaakt. Gegeven de informatie waar we zondag over beschikten komen we tot hetzelfde besluit. Dus nee, pijnlijk is het niet.'

'Maar het komt niet door onderzoek van jullie, Terry Våge heeft daarvoor gezorgd.'

'Het openen van een tiplijn is ook een deel van het onderzoek. Het is onderdeel van ons werk om alle tips na te lopen en het is een feit dat het telefoontje van Våge serieus werd genomen en dat we daarop hebben geacteerd.'

'Zegt u nu dat het aanvankelijk moeilijk was te bepalen in hoeverre Våge serieus genomen kon worden?'

'Geen commentaar,' zei Melling kortaf, maar Katrine meende een klein lachje te zien.

De vragen kwamen nu van alle kanten, maar Melling antwoordde rustig en zelfverzekerd. Katrine vroeg zich af of ze zich misschien had vergist in haar chef, misschien was ze toch meer dan een grijze vrouw die carrière wilde maken.

Katrine kreeg de tijd de zaal te bestuderen en ze zag dat Harry zijn telefoon pakte, op de display keek en de zaal uit liep.

Toen Melling klaar was en de volgende journalist in Kedzierski's rij een vraag stelde, voelde Katrine haar mobiel trillen in haar broekzak. Die vraag was ook voor Melling. Katrine zag dat Harry weer binnenkwam, hij ving haar blik en wees naar zijn eigen mobiel. Ze begreep het, hield haar mobiel onder de tafel. De sms was van Harry.

GER. LAB. HEEFT DNA EN 80% MATCH.

Katrine las het nogmaals. Een match van tachtig procent betekende niet dat het DNA-profiel voor tachtig procent matchte, dat zou voor heel de mensheid gelden, en zelfs voor alle dieren, tot slakken aan toe. Een match van tachtig procent betekende in dit verband dat er een kans was van tachtig procent dat ze de juiste persoon hadden. Ze voelde dat haar hartritme drastisch veranderde. De journalist had gelijk toen hij opmerkte dat ze geen sporen rond de boom op de top van de Kolsås hadden gevonden, maar dit was gewoonweg fantastisch. Tachtig procent was geen honderd procent, maar het was… tachtig. En aangezien het nog geen twaalf uur was, hadden ze nog geen volledig DNA-profiel, dus het getal kon in de loop van de dag nog omhooggaan. Maar kon het ook zakken? Ze had dat al die keren dat Alexandra de finesses uitlegde van DNA-analyses nooit goed begrepen. Hoe dan ook, ze had zin om op te staan en de zaal uit te rennen, niet hier te blijven zitten om de gieren te voeren, niet nu ze eindelijk een spoor, een naam, hadden! Een persoon die ze in hun database hadden, waarschijnlijk iemand die eerder was veroordeeld of in elk geval was aangehouden. Een…

Er schoot haar een gedachte te binnen: niet Røed! Lieve god, laat het alsjeblieft niet weer Røed zijn, die rondedans kon ze niet nog een keer verdragen. Ze had haar ogen dichtgedaan en ze bemerkte dat het stil was geworden.

'Bratt?' Het was de stem van Kedzierski.

Katrine opende haar ogen weer, verontschuldigde zich en vroeg de journalist de vraag te herhalen.

'De persconferentie zit erop,' zei Johan Krohn. 'Dit is wat VG schrijft.'

Hij gaf Markus Røed zijn telefoon.

Ze zaten op de achterbank van een SUV op weg van het huis van bewaring naar het appartement aan de Oslofjord. Ze waren via de onderaardse gang van het hoofdbureau naar buiten gelaten en konden op die manier ontsnappen aan de horde journalisten bij de hoofdingang. Krohn had een auto gehuurd en mensen van de bewakingsdienst Guardian waar Røed gebruik van maakte. Harry Hole had ze dat aangeraden en zijn redenering was simpel geweest. Zes personen hadden zich samen op een bepaald tijdstip in een bepaalde ruimte bevonden met enkele lijntjes groene cocaïne. Drie van hen waren vermoord door wat je een gestoorde seriemoordenaar zou kunnen noemen. De waarschijnlijkheid dat de drie overgeblevenen nu aan de beurt waren, was weliswaar niet heel groot, maar wel zo groot dat het verstandig was voor een poos onder te duiken in een goed beveiligd appartement met 24/7 bewaking van bodyguards. Røed had daar na een korte overpeinzing mee ingestemd. Krohn verdacht de twee diknekken van Guardian die voor hen zaten ervan dat ze zich hadden laten inspireren door de Secret Service, zowel qua keus van hun pakken en zonnebrillen als qua trainingsregime. Hij wist niet zeker of hun Dressmann-pakken zo strak zaten omdat ze zo gespierd waren of omdat ze kogelvrije vesten droegen. Maar hij was er zeker van dat Røed in goede handen was.

'Hé!' riep Røed uit. 'Luister...'

Krohn had uiteraard Daas commentaar gelezen, maar wilde het nog wel een keer horen.

'Melling beweert dat de vrijlating van Markus Røed niet pijnlijk is en daarin heeft ze gelijk. Het in verzekerde bewaring stellen was pijnlijk. Net zoals Economische Delicten een paar jaar geleden het respect van het publiek heeft verspeeld door hun wanhopige jacht op belangrijke zakenlieden en grootindustriëlen terwijl ze hoopten succes te oogsten, zo is Mellings afdeling in dezelfde val gelopen. Je kan Markus Røed al dan niet sympathiek vinden en je kan zweren dat iedereen gelijk is voor de wet, maar het is niet rechtvaardig dat een rijke ondernemer harder wordt aangepakt dan Jan met de pet. De tijd dat de politie jacht maakte op de man met de zilveren lepel had beter gebruikt kunnen worden voor de jacht op wat allang duidelijk moet zijn: een gestoorde seriemoordenaar.'

Røed draaide zich naar zijn advocaat.

'Denk je dat die zilveren lepel me kwalijk wordt genomen?'

'Nee,' zei Krohn glimlachend. 'Wat ga je nu doen?'

'Ja, wat ga ik doen?' vroeg Røed terwijl hij Krohn zijn telefoon teruggaf. 'Wat doen mensen na hun vrijlating? Feesten, natuurlijk.'

'Dat zou ik je niet aanraden,' zei Krohn. 'De hele natie heeft haar ogen op jou gericht en Helene...' Hij bewoog zijn hoofd heen en weer.

'Haar lijk is nog niet eens koud, bedoel je?'

'Zoiets. Bovendien moeten er weinig bewegingen zijn.'

'Als in?'

'Als in dat jij in je appartement blijft, alleen jij en twee van je nieuwe vrienden. Voorlopig in elk geval. Je kan van daaruit werken.'

'Goed,' zei Røed. 'Maar ik heb iets nodig... om me op te monteren. Als je begrijpt wat ik bedoel.'

'Ik geloof dat ik het begrijp,' zei Krohn zuchtend. 'Maar kan dat niet wachten?'

Røed lachte en legde een hand op Krohns schouder. 'Goeie, beste Johan. Je hebt niet veel minpunten, maar veel pleziertjes heb je ook niet. Ik beloof je geen risico's te nemen. Ik heb zelfs zin om dit mooie, unieke...' Hij tekende een cirkel rond zijn hoofd. '...te behouden.'

'Mooi,' zei Johan, kijkend uit het raam naar de skyline van de strenge maar toch speelse gebouwen van het Barcode-project die Oslo in deze eeuw had laten neerzetten. Hij verdrong de gedachte die hij al een poosje had. Dat hij niet erg zou treuren als Markus Røeds hoofd toch op het hakblok kwam te liggen.

'Doe de deur achter je dicht,' zei Bodil Melling terwijl ze om haar bureau heen liep.

Katrine duwde de deur achter haar en Harry dicht en ging aan de tafel zitten waaraan Sung-min al had plaatsgenomen.

'Wat hebben we?' zei Melling, die aan het hoofd ging zitten. Haar blik was gericht op Katrine, maar zij knikte naar Harry, die nog bezig was te gaan zitten.

'Nou,' zei Harry en hij zweeg tot hij zijn favoriete, half liggende positie had gevonden. Katrine zag het ongeduld op het gezicht van haar chef. 'Het gerechtelijk lab belde me en...'

'Waarom jou?' onderbrak Melling hem. 'Als ze iets te rapporteren hebben, moeten ze de leider van het onderzoek bellen.'

'Misschien wel,' zei Harry. 'Ze zeiden in elk geval...'

'Nee, ik wil dat eerst opgehelderd hebben. Waarom hebben ze geen contact opgenomen met de onderzoeksleider?'

Harry trok een grimas, smoorde een geeuw en keek uit het raam alsof de vraag onbelangrijk voor hem was.

'Formeel gezien is het mogelijk niet correct,' zei Katrine. 'Maar ze hebben degene gebeld die in de praktijk leiding gaf aan dit onderzoek. Kunnen we nu verdergaan?'

De blikken van de twee vrouwen kruisten elkaar.

Het was Katrine duidelijk dat wat ze had gezegd – en de manier waarop – opgevat kon worden als provocerend. En misschien was dat wel zo. En wat dan nog? Dit was niet de tijd voor kantoorpolitiek en onbenullige twisten. Mogelijk zag Melling dat ook. Ze gaf Katrine in elk geval een korte knik.

'Je hebt gelijk, Bratt. Ga verder, Harry.'

Harry knikte naar het raam alsof hij een zwijgend gesprek had met iemand buiten en draaide zich weer om naar de anderen. 'Hm, het gerechtelijk lab vond een stukje huid tussen de tanden van Bertine Bertilsen. Volgens de obductietechnicus zat dat zo los dat het verdwenen zou zijn als ze haar mond had gespoeld of haar tanden gepoetst. Het is aannemelijk dat het daar terecht is gekomen vlak voor ze stierf. Bijvoorbeeld doordat ze haar moordenaar heeft gebeten. Er is een voorlopig profiel dat hoogstwaarschijnlijk een match heeft in onze database.'

'Met een crimineel?'

'Niet een veroordeelde, maar inderdaad een crimineel.'

'Hoe groot is de waarschijnlijkheid?'

‘Groot genoeg om hem op te pakken,’ zei Harry.

‘Dat vind jij. We kunnen ons geen arrestatie meer permitteren waarvan de pers...’

‘Dit is onze man.’ Harry zei het zacht, maar de woorden leken door de kamer te denderen.

Melling verplaatste haar blik naar Katrine, die knikte.

‘En jij, Larsen?’

‘Het laatste bericht van het lab is dat het om een waarschijnlijkheid van tweeënnegentig procent gaat,’ zei Sung-min. ‘Dit is onze man.’

‘Mooi,’ zei Melling en ze klapte in haar handen. ‘Ga jullie gang.’

Ze stonden op.

Op weg naar buiten hield Melling Katrine tegen.

‘Hou je van dit kantoor, Bratt?’

Katrine keek Melling onzeker aan. ‘Ja, je hebt een mooi kantoor.’

Melling ging met haar hand over de rugleuning van een van de vergaderstoelen. ‘Ik vraag het omdat ik signalen heb gekregen dat ik misschien naar een ander kantoor ga en dan komt dit leeg te staan.’ Melling lachte met een warmte waarvan Katrine niet wist dat ze die had. ‘Maar laat ik je niet verder ophouden, Bratt.’

HOOFDSTUK 39

Donderdag. Sierkool.

Harry liep het kerkhof op. De plantenzaak in Grønlandsleiret had hem aangeraden sierkool op het graf te zetten. Niet alleen omdat de plant op een fraaie bloem leek, maar ook omdat de kleuren ervan steeds mooier werden naarmate de temperatuur zakte.

Hij pakte een tak van het graf die vannacht tijdens de storm afgebroken moest zijn en nu deels op de steen lag. Hij legde de tak bij de boom, liep terug, ging op zijn hurken zitten en gebruikte zijn handen om de pot met sierkool in de grond te zetten.

'We hebben hem gevonden,' zei Harry. 'Ik dacht dat je dat wel wilde weten, ik neem aan dat je het gevolgd hebt.'

Hij keek op naar de onbewolkte, blauwe hemel. 'Ik had gelijk dat het ging om iemand aan de rand van de zaak, die we hadden gezien, maar niet opgemerkt. Wat betreft al het andere, had ik geen gelijk. Ik zoek zoals je weet altijd naar het motief omdat ik geloof dat dat ons de weg wijst. En natuurlijk is het zo dat er altijd een motief is. Maar dat brandt niet elke keer zo helder dat het ons pad verlicht, nietwaar? Niet als het motief zo wordt opgeslokt door de duisternis van de gekte als hier het geval is. Dan geef ik het ook op te zoeken naar het waaróm en concentreer ik me op het hóe. Ståle en zijn collega's mogen zich daarna verdiepen in het waarom.' Harry schraapte zijn keel. 'Stoppen met al het geklets en je alleen afvragen hoe? Oké, dan.'

Het was drie uur toen Øystein Eikeland over het stationsplein liep waar hij anderhalve week geleden Harry Hole had opgehaald. Dat leek een eeuwigheid geleden. Hij passeerde het beeld van de tijger en zag Al dubbelgevouwen geleund tegen de gevel van het oude stationsgebouw staan. Øystein liep op hem af.

'Hoe gaat het, Al?'

'Ik heb rotzooi binnengekregen,' zei hij, hij gaf nogmaals over en richtte zich op. Ging met de mouw van zijn parka langs zijn mond. 'Verder goed. Hoe zit het met jou? *Long time...*'

'Ja, ik had het druk met andere zaken,' zei Øystein en keek naar de plas braaksel. 'Herinner je je nog dat ik je vroeg naar dat feest bij Markus Røed? En dat het me ging om die andere *dude* die daar cocaïne dealde?'

'Hij deelde gratis samples uit, maar goed. Wat is er met hem?'

'Ik had je eigenlijk moeten vertellen dat ik het vroeg omdat ik voor een privédetective werkte.'

'O?' Al keek Øystein met zijn blauwe ogen strak aan. 'Die politieman die hier was, Harry Hole?'

'Jij weet wie dat is?'

'Ik lees toch kranten!'

'Echt? Ik dacht van niet.'

'Niet zo vaak, maar nadat je me vertelde over de twee meisjes op het feest, ben ik de zaak gaan volgen.'

'Is dat zo?' Øystein keek naar het plein, dat eruitzag zoals gebruikelijk. Dezelfde clientèle. Toeristen die oogden als toeristen, studenten als studenten, dealers als dealers. Hij zou hier moeten stoppen. Moest hier stoppen. Of beter gezegd: hij zou weg moeten gaan. Waarom moest hij altijd overdrijven, waarom kon hij geen maat houden? Zijn opdracht was alleen om Al in de menigte aan te wijzen en hem even af te leiden. Maar nee hoor, hij moest...'

'Of heb je iets meer gedaan dan de zaak volgen, Al?'

'Wat?' Als ogen leken groter te worden. Het oogwit was nu prominent aanwezig.

'Hij heeft de vrouwen op het feest ontmoet of misschien heeft hij ze eerder van cocaïne voorzien,' zei Harry tegen de grafsteen. 'Hij vond ze leuk of hij haatte ze, wie zal het zeggen? Misschien vonden de drie vrouwen hem ook leuk, een leuke man met een speciaal karma. Het charisma van de eenzaamheid, noemt Øystein het. Dus misschien was dat het waar hij ze mee heeft gelokt. Of hij heeft ze gelokt met cocaïne. Hij was vanmorgen niet thuis tijdens de huiszoeking, volgens Øystein heeft hij vaste werktijden op het stationsplein. Hij is single, maar zijn bed was keurig opgemaakt. Ze hebben geen sporen van de lijken gevonden, maar wel andere interessante zaken. Allerlei soorten messen. Harde porno. Een auto wordt, *as we speak*, gecheckt op technische sporen. Een grote foto van Charles Manson boven zijn bed. En een cocaine bullet met de initialen B.B., dus die is waarschijnlijk van Bertine Bertilsen geweest. Daarin zat groene cocaïne. Wat zeg je me daarvan? En moet je dit horen: er lag acht kilo witte cocaïne onder zijn bed die er volgens de rechercheurs puur uitzag. Als die een beetje versneden wordt spreken we al snel van een straatwaarde van tien miljoen kronen. Hij is nooit veroordeeld, maar wel twee keer aangehouden. Een keer ging het om een groepsverkrachting. Kennelijk bleek later dat hij daar niet bij aanwezig was, maar op die manier is zijn DNA in onze database terechtgekomen. We hebben nog geen tijd gehad om te gaan spitten in zijn jeugd en recente verleden, maar ik gok dat hij een ellendig leven heeft gehad. Dus dat is het dan zo'n beetje.' Harry keek op zijn horloge. 'Ze pakken hem nu op, denk ik. Hij staat erom bekend dat hij behoorlijk paranoïde is en de combinatie van de verzameling messen en het feit dat het op het stationsplein erg druk kan zijn, maakt dat ze Øystein gebruiken als bliksemafleider. Als je het mij vraagt is het een slecht idee om een amateur te gebruiken, maar dat wilden de chefs kennelijk.'

'Wat bedoel je verdomme?' zei Al.

'Niets,' zei Øystein en hij hield Als handen in de gaten, die diep in de zakken van zijn parka zaten.

Hij besefte ineens dat hij in gevaar kon zijn. Waarom stond hij hier dan nog om het te rekken? Hij keek weer naar Als handen. Wat had hij in zijn zakken? Op hetzelfde moment begreep hij wat hij hier zo fijn aan vond. Voor één keer stond hij in de schijnwerpers, nu werd er over de politieradio in zinnen gekakeld als: 'Waarom staat hij daar nu nog?', 'Heeft hij geen last van zenuwen?', 'Wel verdomme, wat een coole gast!'

Øystein zag twee dansende, rode puntjes op Als borst in de parka.

Zijn tijd in de schijnwerpers was voorbij.

'Een waardevolle dag nog, Al.'

Øystein draaide Al de rug toe en liep in de richting van de weg en de bushaltes.

Een rode bus reed net voor hem langs en in het glimmende spiegelbeeld van de ramen zag hij dat drie personen op het plein in beweging kwamen terwijl ze iets uit hun binnenzak haalden.

Hij hoorde Al schreeuwen en zag nog net hoe hij tegen de grond werd gewerkt, twee personen hadden hun pistool op zijn rug gericht, de derde deed handboeien om zijn polsen. Toen was de bus voorbij en Øystein keek de Karl Johan gate in helemaal tot aan het Slot, hij zag mensen op hem af en van hem weg lopen en een ogenblik dacht hij aan al die mensen die hij in zijn leven had ontmoet en verlaten.

Harry kwam met stijve knieën overeind en keek naar de bloem met het roze hart. Dat was dus sierkool. Hij tilde zijn hoofd op en keek naar de naam op de grafsteen. Bjørn Holm.

'Nu weet je het, Bjørn. En ik weet waar je ligt. Misschien kom ik op een dag terug. Ze missen je trouwens ook in de Jealousy Bar.'

Harry draaide zich om en liep in de richting van de poort waardoor hij was gekomen.

Hij pakte zijn mobiel en belde Lucille weer.

Mikael Bellman stond bij het raam terwijl Vivian hem kort rapporteerde over de geslaagde aanhouding op het stationsplein.

'Bedankt,' zei hij terwijl zijn blik zoals gewoonlijk naar het centrum ging, waar alles was gebeurd. 'Ik overweeg hier iets over te zeggen.

Een persbericht waarin ik de politie prijs voor haar onvermoeibare inzet, haar arbeidsmoraal en professionele handelen in moeilijke zaken. Zou je een concept kunnen maken?'

'Natuurlijk,' zei ze en hij hoorde het enthousiasme in haar stem. Het was de eerste keer dat het haar werd toevertrouwd zoiets zelf te schrijven. Toch meende hij een aarzeling te zien.

'Wat is er, Vivian?'

'Ben je niet bang dat je te voorbarig bent?'

'Nee.'

'Nee?'

Bellman draaide zich naar haar om. Wat was ze mooi en zo slim. Maar ook zo jong. Vond hij het zo langzamerhand aantrekkelijker als ze wat ouder waren? Liever wat verstandiger dan intelligent?

'Je schrijft het als een algemene lofrede voor politiemensen in het hele land,' zei hij. 'Een minister van Justitie geeft geen commentaar op specifieke zaken. Iedereen mag de verklaring linken aan de laatste ontwikkelingen als hij dat wil.'

'Maar iedereen heeft het over deze zaak, dus die link zullen de meeste mensen toch leggen?'

'Dat hoop ik,' zei Bellman glimlachend.

'En dat zal opgevat worden als...?' Ze keek hem onzeker aan.

'Weet je waarom een premier een felicitatietelegram stuurt naar de winnaar van olympisch goud? Dat is omdat zo'n telegram in de media komt en zodoende kan de premier zich een beetje warmen aan de glans en het volk eraan herinneren dat we in ons kleine landje zulke geweldige voorwaarden scheppen om gouden medailles te winnen. Ons persbericht moet correct zijn, maar er gelijktijdig op wijzen dat ik op dezelfde golflengte zit als het volk. We hebben een drugsdealende seriemoordenaar achter slot en grendel gezet en dat is nog beter dan een rijke vent. We hebben goud. Begrijp je?'

Ze knikte. 'Ik geloof het wel.'

HOOFDSTUK 40

Donderdag. Gebrek aan angst.

Terry Våge tilde de stoel op – slechts tot heuphoogte, verder kon hij dat niet – en smeet die tegen de muur.

'Verdomme, verdomme, verdomme!'

Het was simpel geweest de eigenaren van de auto's te vinden die langs het winkelcentrum Kolsås waren gereden. Het was gewoon een kwestie van naar de website gaan en daar het kentekennummer invoeren. Tegen betaling kreeg je de naam en het adres. Het had hem meer dan tweeduizend kronen en een paar uur werk gekost, maar uiteindelijk had hij een volledige lijst van tweeënvijftig namen en telefoonnummers en wilde hij gaan beginnen met het bellen van de lijst. Maar nu las hij op de website van VG dat die vent was gepakt. Nota bene opgepakt op het stationsplein!

De stoel viel niet eens, maar kwam teruggerold over de schuine vloer alsof die hem aanbood weer te gaan zitten en rustig na te denken over de zaak.

Hij legde zijn hoofd in zijn handen en trachtte te doen wat de stoel zei.

Het plan was dus geweest om de scoop van de eeuw te hebben, een nog betere dan het stuk over de foto's van de hoofden op Kolsås. Hij zou eigenhandig de moordenaar vinden en – daar kwam het geniale – een exclusief, lang interview eisen over de moorden en de moordenaar op voorwaarde van volledige bronbescherming. Våge zou zeggen dat het recht op bronbescherming diep verankerd was in de samenleving en dat dat hen beiden beschermde tegen politievervolging en andere overheden. Hij zou niet beginnen over het feit dat het recht op bronbescherming – net als de geheimhoudingsplicht voor bepaalde beroepsgroepen – van kracht was zolang er geen mensenlevens op het spel staan. Om die reden zou Våge uiteraard – zodra het interview was gepubliceerd – de politie vertellen waar de moordenaar te vinden was. Hij was journalist en niemand kon het tegen hem gebruiken dat hij zijn werk deed, in elk geval niet zolang hij, Terry Våge, de moordenaar vond!

Maar nu was iemand hem dus voor geweest.

Verdomme!

Hij las de websites van de andere kranten. Niemand had foto's van de man of een naam. Dat was gebruikelijk, als de verdachte geen publieke figuur was zoals Markus Røed, dus mocht er volgens de persethiek geen naam worden gepubliceerd. Dat was die verrekte Scandinavische voorkomendheid, de bescherming van de klootzakken waardoor je de neiging kreeg te emigreren naar Amerika of een ander land waar de journalistiek meer armslag had. Nou ja. Als hij nu de naam wist, wat dan nog? Hij had alleen maar op zijn lijst kunnen zoeken of hij ertussen stond en zichzelf voor de kop slaan dat hij de politie niet had gebeld.

Våge zuchtte diep. De rest van het weekend zou hij niet te genieten zijn. En dat zou Dagnija merken. Dat moest ze dan maar verdragen, hij had immers de helft van haar vliegticket betaald.

Om zes uur was de hele Aune-groep aanwezig in kamer 618.

Øystein had een fles champagne en plastic bekertjes bij zich.

'Ik heb dit op het bureau gekregen,' zei hij. 'Als een soort dank. Ik geloof dat ze daar zelf ook wat flessen laten ploppen, ik heb nog nooit zoveel blije smerissen gezien.'

Øystein ontkurkte de fles en schonk de bekertjes vol die Truls aan iedereen uitdeelde, inclusief een lachende Jibran. Ze proostten.

'Kunnen we niet doorgaan met deze bijeenkomsten?' zei Øystein. 'We hoeven toch geen zaken op te lossen. We kunnen ruziemaken over... wie de meest ondergewaardeerde drummer ter wereld is, bijvoorbeeld. Het juiste antwoord is trouwens Ringo Starr. De meest overgewaardeerde is Keith Moon van The Who en de beste is natuurlijk John Bonham van Led Zeppelin.'

'Dat worden dan korte bijeenkomsten,' zei Truls en iedereen lachte, niet in de laatste plaats Truls zelf, die begreep dat hij grappig was geweest.

'Nou,' zei Aune vanuit bed toen het lachen was verstomd. 'Nu is het dan tijd voor een samenvatting.'

'Yep,' zei Øystein en hij wipte achterover met zijn stoel.

Truls knikte slechts.

Alle drie keken ze verwachtingsvol naar Harry.

'Hm,' zei hij en hij draaide zijn plastic bekertje rond, waar hij nog niet uit had gedronken. 'We hebben alle details nog niet en er staan nog vragen open. Maar laten we lijnen trekken tussen de punten die we hebben en kijken of we een kloppend beeld krijgen, oké?'

'*Hear, hear*,' zei Øystein en hij stampte met zijn voeten op de grond.

'We hebben een moordenaar met een motief dat we niet kennen of niet begrijpen,' zei Harry. 'De verhoren zullen wat dat betreft hopelijk opheldering geven. Verder is het voor mij duidelijk dat alles begonnen is op het feest bij Røed. Zoals jullie je vast nog kunnen herinneren, meende ik dat we het spoor van de cocaïnedealer moesten volgen, maar ik moet toegeven dat ik op de verkeerde dealer heb gefocust. Het lag nogal voor de hand dat de man die een masker, zonnebril en pet droeg, *the bad guy* wel moest zijn. Laten we eerst eens kijken wat we over hem weten voordat we naar de moordenaar gaan kijken. Wat vaststaat is dat de man een amateur was die de groene cocaïne wilde testen die afkomstig was van een onlangs in beslag genomen partij. Laten we hem het groentje noemen. Ik gok dat het groentje iemand is die zich ergens in het proces tussen de inbeslagname en de laboratoriumanalyse bevindt. Een douanier of iemand die werkt bij de depots van de politie. Hij beseft dat het gaat om drugs van hoge kwaliteit en ziet zijn kans schoon om een reuzenslag te slaan. Wat hij moet doen nadat hij een behoorlijke hoeveelheid heeft gestolen, is het verkopen van de hele partij aan iemand die blij is met drugs van topkwaliteit en ervoor kan betalen.'

'Markus Røed,' zei Øystein.

'Precies. En om die reden staat het groentje erop dat Røed het spul test. Want hij is de aangewezen persoon.'

'En ik kreeg de schuld,' zei Truls.

'Laten we het groentje nu vergeten,' zei Harry. 'Nadat Markus over de tafel heeft geniest en alles heeft verpest voor die stakker, is het Al die Markus voorziet van cocaïne. En de vrouwen vast ook, hoewel zij iets van de groene cocaïne hebben kunnen testen. De vrouwen vinden Al leuk. Hij vindt de vrouwen leuk. En hij lokt ze mee voor een wandeling in het bos. En dan komen we aan bij wat voor mij een groot mysterie is. Hoe heeft hij Susanne zover gekregen dat ze de stad doorkruiste om hem op een afgelegen plek te ontmoeten? Door haar te verleiden met goede cocaïne? Niet erg waarschijnlijk. Hoe heeft hij Bertine zover gekregen dat ze vrijwillig naar het bos kwam kort nadat een vrouw die ze kende was verdwenen? En na deze moorden, hoe heeft hij in godsnaam Helene Røed zover gekregen dat ze in de pauze van *Romeo en Julia* vrijwillig met hem meeging?'

'Dat weten we?' vroeg Aune.

'Ja,' zei Truls. 'De politie heeft het gecheckt bij de kaartverkoop en is te weten gekomen welke plaatskaarten naar Røed zijn gestuurd en wie er naast haar hebben gezeten. Die personen zijn ondervraagd en hebben verteld dat de vrouw die naast hen zat na de pauze niet is teruggekeerd. De garderobemedewerker herinnerde zich een dame die haar jas kwam ophalen en een man die een eindje verderop op haar stond te wachten met zijn rug naar haar toe. Ze herinnerde het zich omdat ze de enigen waren die in de pauze van het stuk vertrokken.'

'Ik had met Helene Røed gesproken,' zei Harry. 'Ze was een slimme vrouw en prima in staat om op zichzelf te passen. Ik kan niet begrijpen dat ze in de pauze van een toneelvoorstelling vrijwillig met een drugsdealer vertrekt. Niet na alles wat er is gebeurd.'

'Je blijft nadrukkelijk vrijwillig zeggen,' stelde Aune vast.

'Ja,' zei Harry. 'Ze zouden... bang moeten zijn.'

'Ja, toch?'

'Doodsbang.' Harry zat niet langer onderuitgezakt, maar op het puntje van zijn stoel en voorovergeleund. 'Ze doen me denken aan een muis die ik in Los Angeles een keer 's ochtends vroeg zag. Die liep recht op de huiskat af. En uiteraard werd de muis gedood. Een paar dagen geleden zag ik hetzelfde met een rat gebeuren op een binnenplaats hier in Oslo. Ik weet niet wat die beesten mankeerden, misschien waren ze onder invloed of waren ze hun natuurlijke vluchtinstinct kwijtgeraakt.'

'*Fear is good*,' zei Øystein. 'Een beetje tenminste. Xenofobie is een enorm negatief geladen woord en het verschijnsel heeft inderdaad voor veel ellende gezorgd. Maar we leven in een eten-of-gegeten-worden-wereld en als je niet gepast bang bent voor het onbekende dan loopt het vroeg of laat slecht met je af. Of wat zeg jij, Ståle?'

'Jazeker,' zei Ståle. 'Als de zintuigen iets oppikken wat ze herkennen als gevaarlijk dan zal de amygdala neurotransmitters als glutamaat uitscheiden zodra we angst ervaren. Het is een rooksignaal van de evolutie en zonder die stof...'

'Verbranden we,' zei Harry. 'Dus wat is er aan de hand met deze moordslachtoffers? En de muizen?'

De vier mannen keken elkaar zwijgend aan.

'Toxoplasmose.'

Ze draaiden zich om naar de vijfde man.

'De muizen hebben toxoplasmose,' zei Jibran Sethi.

'Wat is dat?' vroeg Harry.

'Dat is een parasiet die de muis heeft binnengekregen en die ervoor zorgt dat de angstreactie blokkeert en vervangen wordt door seksuele aantrekkingskracht.'

'Je maakt een grapje,' zei Øystein.

Jibran lachte. 'Nee, de parasiet heet toxoplasma gondii en is overal ter wereld een veelvoorkomende parasiet.'

'Wacht even,' zei Harry. 'Komt die alleen bij muizen voor?'

'Nee, de parasiet kan in vrijwel elk warmbloedig dier overleven.

Maar de kringloop gaat via dieren die prooi zijn van katten omdat de parasieten zich in de darmen van de gastheer voortplanten en dat kan een kat zijn.'

'Dus de parasiet zou in principe ook bij de mens kunnen voorkomen?'

'Niet in principe. In bepaalde gebieden van de wereld is het heel gebruikelijk dat mensen geïnfecteerd zijn met de gondii-parasiet.'

'En dan worden ze seksueel aangetrokken door eh... katten?'

Jibran lachte. 'Niet dat ik weet. Misschien weet de psycholoog daar iets over?'

'Ik ken de parasiet goed, dus ik had die link moeten leggen,' zei Aune. 'De parasiet valt de hersenen en ogen aan en er zijn wetenschappelijke aanwijzingen dat mensen die in het verleden niet leden aan psychische aandoeningen, zich anders beginnen te gedragen. Niet ten opzichte van katten, maar ze worden gewelddadig, vooral tegen zichzelf. Er zijn meerdere voorbeelden van zelfmoord die volgens onderzoekers veroorzaakt zijn door de parasiet. Ik heb een wetenschappelijk artikel gelezen dat mensen met een gondii-infectie een verminderd reactievermogen hebben en dat ze tot vier keer zoveel kans hebben een verkeersongeluk te krijgen. En er is een interessante studie die aantoont dat studenten met toxoplasmose er vaker voor kiezen het zakenleven in te gaan. Volgens de onderzoekers omdat ze geen angst kennen te mislukken.'

'Geen angst kennen?' zei Harry.

'Ja.'

'Maar hoe zit het met seksuele aantrekkingskracht?'

'Waar denk je aan?'

'Ik denk aan de vrouwen die vrijwillig de hele stad doorkruisten of een toneelvoorstelling verlieten om maar bij hun moordenaar te zijn. Er zijn geen tekenen van geweld gevonden en de voetsporen in het bos zouden erop kunnen duiden dat ze naast elkaar liepen en elkaar als geliefden vasthielden.'

'Het is de geur van de kat en de kattenpis die de geïnfecteerde muizen aantrekt,' zei Jibran. 'Stel je voor: de parasiet eet van de hersenen en ogen van de muizen, maar tegelijkertijd weet hij dat hij terug moet naar de kat omdat hij zich in de kattendarmen kan voortplanten. De parasiet verandert en manipuleert de muizenhersenen zodat de muis seksueel aangetrokken wordt door de kat. Op deze wijze werkt de muis er vrijwillig aan mee dat hij in de darmen van de kat terechtkomt.'

'Wel verdomme,' zei Truls.

'Ja, dat is gruwelijk,' gaf Jibran toe. 'Maar zo werkt de parasiet.'

'Hm, is het mogelijk dat de moordenaar een kat is geworden voor de vrouwen nadat hij ze geïnfecteerd heeft met de parasiet?'

Jibran haalde zijn schouders op. 'Het is absoluut denkbaar dat er een gemuteerde parasiet bestaat of dat iemand een gondii-parasiet ontwikkelt die de mensendarm als gastheer gebruikt. Ik bedoel in deze tijden waarin zelfs een biologiestudent op celniveau genmanipulatie kan toepassen... Maar dat kan je beter vragen aan een parasitoloog of een microbioloog.'

'Bedankt, maar eerst moeten we luisteren naar wat Al ons te zeggen heeft.' Harry keek op zijn horloge. 'Katrine zei dat ze hem gingen verhoren zodra hij overlegd had met de advocaat waar hij om had gevraagd.'

Het kwam maar zelden voor dat iemand wachtcommandant Groth van het huis van bewaring durfde te vragen wat de oorzaak was van zijn chronisch slechte humeur en driftige temperament. Degenen die dat wel hadden gedaan, werkten er niet meer. Het lag niet aan zijn aambeien. Die had hij al zo lang als hij hier werkte en dat was drieëntwintig jaar. Hij was gestoord in een kaartspel op zijn pc dat hij bijna had gewonnen en nu bewoog hij met pijn op zijn stoel terwijl hij naar de ID-kaart keek die de man voor hem op de balie had gelegd. De man had zich voorgesteld als de advocaat van de arrestant die gisteren op het stationsplein was opgepakt. Groth mocht advocaten in dure pakken niet, maar advocaten die een sixpencepet ophielden alsof ze een arbeider waren, mocht hij nog minder.

'Wil je dat er een cipier aanwezig is in de cel, Beckstrøm?' vroeg Groth.

'Nee, bedankt,' zei de advocaat. 'En niemand luistert aan de deur, bedankt.'

'Hij heeft drie moorden...'

'Hij wordt verdacht van drie moorden.'

Groth haalde zijn schouders op en drukte op de knop die de sluis opende. 'De bewaker binnen zal je fouilleren en je in de cel laten.'

'Bedankt,' zei de advocaat, hij pakte zijn ID-kaart op en liep naar de sluis.

'Idioot,' zei Groth en hij keek niet op van zijn pc om te zien of de advocaat het had gehoord.

Vier minuten later was het duidelijk dat hij het kaartspel toch niet kon winnen.

Groth vloekte en op hetzelfde moment zag hij een man met een mondkapje bij de sluis staan. Groth schrok eerst, maar toen herkende hij de sixpence en het bomberjack.

'Dat was een kort gesprek,' zei Groth.

'Hij heeft pijn en schreeuwt alleen maar,' zei de advocaat. 'Jullie moeten een dokter naar hem laten kijken, daarna kom ik terug.'

'O, de dokter is al geweest, maar heeft niets kunnen vinden. Die vent heeft pijnstillers gekregen, dus hij zal zo wel stoppen met schreeuwen.'

'Hij schreeuwt dat hij doodgaat,' zei de advocaat, naar de uitgang lopend. Groth keek hem na. Er klopte iets niet, maar hij kon er de vinger niet op leggen. Hij drukte op de oproepknop.

'Svein, hoe gaat het met nummer veertien? Schreeuwt hij nog steeds?'

'Dat deed hij wel toen ik de advocaat bij hem binnenliet, maar toen de advocaat weer naar buiten kwam, was hij daarmee opgehouden.'

'Heb je nog bij de arrestant gekeken?'

'Nee, had ik dat gemoeten?'

Groth aarzelde. Het was zijn gewoonte – en die was gebouwd op ervaring – om de arrestanten te laten schreeuwen en janken en zich te laten misdragen zonder daar al te veel aandacht aan te schenken. Alles waarmee ze zich konden beschadigen was van hen afgepakt en als je elke keer aan kwam rennen als ze wat jammerden dan leerden ze dat ze aandacht kregen, net als bij een baby. In de bak die nog voor hem stond lagen de eigendommen van de arrestant die hij bij zich had en Groth keek automatisch naar de spullen om een antwoord te vinden. De cocaïne en het geld waren in beslag genomen en opgehaald en het enige wat hij nu nog zag waren huissleutels, autosleutels en een verfrommeld entreekaartje voor *Romeo en Julia*. Geen medicijnen of recepten en dergelijke die een aanwijzing zouden kunnen zijn. Hij verschoof op zijn stoel en voelde een pijnscheut van een aambei die klem kwam te zitten. Hij vloekte zacht.

'Hè?' zei Svein.

'Ja,' zei Groth chagrijnig. 'Ga bij die klootzak kijken.'

Aune en Øystein zaten aan een van de tafels van een bijna lege kantine van het Radiumhospital. Truls was naar het toilet en Harry stond op het terras met zijn mobiel tegen zijn oor en een sigaret in zijn mondhoek.

'Jij hebt geleerd voor die dingen,' zei Øystein knikkend naar Harry. 'Waar heeft hij last van?'

'Last van?'

'Wat drijft hem? Hij stopt nooit met werken, zelfs niet nu die vent is opgepakt en hij niet meer wordt betaald.'

'O, dat,' zei Aune. 'Hij zoekt naar orde. Een antwoord. Die behoefte is vaak sterker dan al het andere als je leven een puinhoop is en het allemaal geen zin meer lijkt te hebben.'

'Oké.'

'Oké? Je klinkt niet overtuigd. Wat is volgens jou de reden?'

'Ik? Tja, misschien is het wat Bob Dylan zei toen hem werd gevraagd waarom hij nog steeds op tournee gaat terwijl hij miljardair is en zijn stem prut is: *It's what I do*.'

Harry leunde tegen het hekwerk en hield met zijn linkerhand de mobiel tegen zijn oor. Hij trok aan de sigaret die hij van zichzelf had mogen meenemen uit het pakje Camel van Alexandra. Misschien kon hij het principe van maat houden ook op het roken toepassen. Terwijl hij wachtte op antwoord viel hem een man op die op de spaarzaam verlichte parkeerplaats stond. Een man die opkeek naar Harry. Het was van die afstand moeilijk te zien, maar hij leek iets wits rond zijn nek te dragen. Een witte overhemdkraag, een nekkraag. Of een priesterboord. Harry probeerde de gedachte aan de man in de Camaro weg te duwen. Hij had zijn geld gekregen, waarom zou hij Harry nu nog in de gaten houden? Er schoot hem een andere gedachte te binnen. Het antwoord dat hij Alexandra had gegeven toen ze vroeg of hij dacht dat de man na de slag tegen zijn strottenhoofd nog leefde. *Maar als hij dood is gegaan, neem ik aan dat zijn vrienden me daarna niet in leven hadden gelaten.* Daarná. Nadat hij ervoor had gezorgd dat ze hun geld gekregen hadden.

'Helge.'

Harry schrok op uit zijn gedachten. 'Hoi, Helge. Met Harry Hole. Ik heb je nummer van Alexandra gekregen, zij zei dat je misschien in het laboratorium zat te werken aan je proefschrift.'

'Dat klopt inderdaad,' zei Helge. 'Gefeliciteerd met de arrestatie, trouwens.'

'Hm, ik wil je om een gunst vragen.'

'Kom maar op.'

'Er bestaat een parasiet die toxoplasma gondii heet.'

'Ja, klopt.'

'Ken jij die?'

'Een veelvoorkomende parasiet, ik ben immers bio-ingenieur.'

'Oké, wat ik me afvraag is of jij de slachtoffers kunt checken op de aanwezigheid van de parasiet. Of een mutant daarvan.'

'Ik snap je vraag. Ik zou het graag doen, maar de parasiet zit geconcentreerd in de hersenen en die hebben we van alle drie de slachtoffers dus niet.'

'Ja, maar ik heb gehoord dat ze ook in de ogen te vinden zijn en de moordenaar heeft bij Susanne Andersen een oog laten zitten.'

'Dat klopt, ze zitten ook in de ogen, maar het is te laat. Het lijk van Susanne is vrijgegeven voor de crematie. Eerder vandaag was het afscheid.'

‘Dat weet ik, maar ik heb het gecheckt. Het afscheid was inderdaad vandaag, maar het lijk ligt nog in het crematorium. Het is druk, dus ze wordt pas morgen gecremeerd. Ik heb via de telefoon mondelinge toestemming gekregen, dus ik kan daarnaartoe gaan om het oog voor je op te halen. Komt jou dat uit?’

Helge lachte even en klonk achterdochtig. ‘Juist ja, maar hoe ben je van plan het oog eruit te halen?’

‘Daar zeg je me iets. Heb je een voorstel?’

Harry wachtte tot hij Helge hoorde zuchten. ‘Dit kan wel gezien worden als een deel van de obductie, dus ik zal komen om het te doen.’

‘De natie is je grote dank verschuldigd,’ zei Harry. ‘We zien elkaar over dertig minuten.’

Katrine liep zo snel ze kon naar het huis van bewaring met Sung-min in haar kielzog.

‘Doe open, Groth!’ riep ze en de wachtcommandant deed zonder mokken wat ze zei. Voor deze keer zag Groth er meer geschrokken dan chagrijnig uit. Maar dat was een schrale troost.

Katrine en Sung-min persten zich door de sluis en liepen door. Een bewaker hield een deur open die toegang gaf tot de gangen tussen de cellen.

De deur van cel veertien stond open. Al in de gang rook ze de stank van braaksel.

Ze ging in de deuropening staan. Over de schouders van de twee artsen zag ze het gezicht van iemand die op de grond lag. Dat wil zeggen, ze zag geen gezicht, alleen een bloederig geheel, de voorkant van het hoofd waar alleen de witte restanten van het neusbeen nog te zien waren in de rode vleesmassa. Als een… Katrine wist niet waarom dat woord in haar opkwam… bloedmaan.

Ze verplaatste haar blik naar de plek op de muur waar de man duidelijk zijn hoofd tegenaan had geslagen. Dat moest hij nog niet zo lang geleden hebben gedaan, half geronnen bloed liep stroperig naar beneden.

'Inspecteur Bratt,' zei ze. 'We hebben zojuist de melding gekregen. Is hij...'

De arts keek op. 'Ja, hij is dood.'

Ze sloot haar ogen en vloekte in zichzelf. 'Is het al mogelijk iets over de doodsoorzaak te zeggen?'

De arts grijnsde verbeten en schudde vertwijfeld zijn hoofd alsof hij het maar een idiote vraag vond. Katrine voelde woede in haar opkomen. Ze zag het Artsen zonder Grenzen-logo op zijn jas, hij was kennelijk een van die artsen die een paar maanden in een of ander oorlogsgebied waren geweest en nu voor de rest van hun leven de rol speelden van stoere cynicus.

'Ik vroeg...' begon ze.

'Juffrouw,' onderbrak hij haar met barse stem. 'Je ziet dat het niet eens mogelijk is uit te maken wie het is.'

'Hou je mond en laat me mijn vraag afmaken,' zei ze. 'Dán mag jij je mond opendoen. Dus, hoe...'

De Arts zonder Grenzen lachte naar haar, maar ze zag dat er een ader in zijn hals klopte en dat zijn gezicht meer kleur kreeg. 'Misschien ben jij inspecteur, maar ik ben arts en...'

'En zojuist heb je de arrestant doodverklaard, dus jouw werk zit erop, de rest van het werk zal gedaan worden door ons gerechtelijk laboratorium. Je hebt de keus tussen antwoord geven of opgesloten worden in een van de cellen hiernaast. Dus?'

Ze hoorde Sung-min zacht naast haar kuchen. Ze negeerde de discrete waarschuwing dat ze te ver ging. Wel verdomme, hun feestje was voorbij, ze zag de krantenkoppen al voor zich: 'Arrestant overlijdt in politiecel'. De grootste moordzaak die ze had gehad zou misschien nooit helemaal opgehelderd worden nu de hoofdpersoon niet meer zou praten. De nabestaanden zouden nooit te horen krijgen wat er precies was gebeurd. En dan zat hier die zelfingenomen arts een beetje cool te doen?

Ze ademde diep in. En uit. En weer in. Sung-min had natuurlijk gelijk. De oude Katrine Bratt was weer boven komen drijven, zij van wie Katrine – déze Katrine – gehoopt had dat ze voorgoed begraven was.

'Het spijt me,' verzuchtte de arts. 'Ik doe kinderachtig. Het komt omdat het erop lijkt dat hij lang heeft geleden zonder dat er iets werd gedaan en dan... dan reageer ik emotioneel en geef ik jou en jullie de schuld. Het spijt me.'

'Het is goed,' zei Katrine. 'Ik moet me ook verontschuldigen. Zou je iets kunnen zeggen over de doodsoorzaak?'

Hij schudde zijn hoofd. 'Het kan daar zijn gebeurd.' Hij knikte naar het bloed op de witgekalkte muur. 'Maar ik kan me nauwelijks voorstellen hoe iemand zich van het leven berooft door zijn hoofd tegen de muur te slaan. Misschien moet de gerechtelijk arts dat ook bekijken.' Hij wees naar het geelgroene braaksel op de grond. 'Ik heb gehoord dat hij pijn had.'

Katrine knikte. 'Zijn er nog andere mogelijkheden?'

'Tja,' zei de arts. 'Dat iemand hem vermoord heeft.'

HOOFDSTUK 41

Donderdag. Reactievermogen.

Het was zeven uur. Alleen in het gerechtelijk laboratorium brandde nog licht. Harry staarde eerst naar het scalpel in Helges hand en daarna naar de oogbol die op een van de glasplaten van het laboratorium lag.

'Moet je echt...?' vroeg hij.

'Ja, ik moet in het oog zijn,' zei Helge en hij sneed.

'Ja ja,' zei Harry. 'Het afscheid is al geweest en er zullen geen familieleden zijn die haar nog willen zien, neem ik aan.'

'Ja, ze komen morgen hierheen,' zei Helge en hij legde een stukje dat hij had afgesneden onder de microscoop. 'Maar de man van de begrafenisonderneming had al één glazen oog geplaatst en nu zal hij er gewoon nog eentje in zetten. Kijk hier, ja.'

'Zie je iets?'

'Ja, hier is de gondii-parasiet. Of in elk geval iets wat daarop lijkt. Kijk...'

Harry boog zich voorover en keek door de microscoop. Beeldde hij het zich in of rook hij vaag de geur van muskus?

Hij vroeg het aan Helge. 'Dat kan komen van het oog,' zei hij. 'In dat geval heb je een goed ontwikkelde reukzin.'

'Hm, ik heb parosmia, ik ruik lijken niet. Maar misschien betekent het dat ik andere geuren des te beter ruik. Net zoals dat met het gehoor en zicht gaat.'

'Denk je?'

'Nee. Wat ik wel geloof is dat de moordenaar de parasiet kan hebben gebruikt om angst bij Susanne te onderdrukken en dat ze zich seksueel aangetrokken voelde tot hem.'

'Oei, dat hij zichzelf tot hoofd gastheer heeft gemaakt, bedoel je?'

'Ja, maar waarom oei?'

'Omdat het raakvlakken heeft met het vakgebied waarin ik hoop te promoveren. In theorie is het zeker mogelijk, maar als hem dat is gelukt dan hebben we het over de Odile Bain-prijs. Eh... dat is een soort Nobelprijs in de parasitologie.'

'Hm, ik denk eerder dat hij levenslang zou moeten krijgen.'

'Ja, natuurlijk. Excuus.'

'Nog iets anders,' zei Harry. 'De muizen worden aangetrokken door de kattengeur, van welke kat dan ook. Dus waarom worden de vrouwen niet door alle mannen aangetrokken, maar slechts door eentje?'

'Wie zal het zeggen,' zei Helge. 'De sleutel is de geur waarmee de parasiet de besmette persoon kan sturen. Misschien had hij iets bij zich wat de vrouwen hebben geroken. Of hij kan het direct op zijn lijf hebben gesmeerd.'

'Wat voor geur dan?'

'Tja, de logische keus is een geur uit het darmsysteem waar de parasiet zich kan vermenigvuldigen.'

'Ontlasting, bedoel je?'

'Nee, ontlasting gebruikt hij om de parasiet te verspreiden. Maar om de besmette personen te lokken moet hij darmsappen en enzymen uit de dunne darm gebruiken. Of verteringssappen uit de alvleesklier en de galblaas.'

'Hij verspreidt de parasiet door middel van zijn eigen ontlasting, zeg je?'

'Als hij een eigen parasiet heeft ontwikkeld is hij waarschijnlijk de enige mogelijk geschikte gastheer. Hij moet ervoor zorgen dat de kringloop niet verbroken wordt, dus dat de parasieten niet uitsterven.'

'En hoe doet hij dat?'

'Net als de kat. Hij zorgt er bijvoorbeeld voor dat de slachtoffers water drinken dat geïnfecteerd is met zijn ontlasting.'

'Of via de cocaïne die ze opsnuiven,' zei Harry.

'Ja, of via voedsel. Er gaat wat tijd overheen voor de parasiet in de hersenen zit en gemanipuleerd kan worden.'

'Hoeveel tijd?'

'Tja, als ik uitga van hoelang het met muizen duurt dan zeg ik twee dagen. Misschien drie of vier. Het punt is dat bij mensen het immuunsysteem uiteindelijk de parasiet de das om zal doen en dat gebeurt na een paar weken tot een maand. Dus hij heeft niet alle tijd van de wereld om de kringloop aan de gang te houden.'

'Dus hij moet een paar dagen wachten, maar ook weer niet te lang voor hij ze vermoordt.'

'Ja, en hij moet zijn slachtoffer natuurlijk opeten.'

'Helemaal?'

'Nee, het is voldoende als hij de delen opeet met de meeste parasieten erin. Dus de hersenen...' Helge stopte ineens en staarde Harry aan alsof het hem nu pas begon te dagen. Hij slikte. '...of de ogen.'

'Laatste vraag,' zei Harry hees.

Helge knikte slechts.

'Waarom neemt de parasiet niet de hersenen van de gastheer over?'

'O, maar dat doet hij wel.'

'O, ja? Wat doet dat met hem?'

Helge haalde zijn schouders op. 'Veel van hetzelfde. Hij kent geen angst meer. Aangezien hij bij voortduring nieuwe parasieten binnenkrijgt, zal het immuunsysteem de parasiet niet kunnen overwinnen en als gevolg daarvan kan zijn reactievermogen afnemen. Of hij kan schizofrenie ontwikkelen.'

'Schizofrenie?'

'Ja, nieuw onderzoek duidt daarop. Tenzij hij de hoeveelheid parasieten in zijn lichaam onder controle houdt.'

'Hoe dan?'

'Tja, dat weet ik niet.'

‘Hoe zit het met middelen tegen parasieten? Hillman Pets bijvoorbeeld?’

Helge keek peinzend voor zich uit. ‘Ik ken dat merk niet, maar in theorie zou een uitgebalanceerde dosis van een antiparasietenmiddel een juiste balans kunnen scheppen.’

‘Hm, de hoeveelheid parasieten die je binnenkrijgt is dus ook van belang?’

‘O, ja, bij een grote dosis met een geconcentreerde inhoud van gondii zullen de parasieten de hersenen blokkeren, en zal het lichaam binnen enkele minuten verlammen. En nog voor er een uur verstreken is, gaat de ontvanger dood.’

‘Maar je gaat niet dood als je een lijntje geïnfecteerde cocaïne snuift?’

‘Misschien niet binnen een uur, maar als de concentratie hoog genoeg is, kan dat in de loop van een dag of twee tot de dood leiden. Sorry…’ Helge pakte zijn rinkelende telefoon op. ‘Ja? Oké.’ Hij legde de mobiel weer neer. ‘Het spijt me, ik moet weer verder. Ze zijn op weg hiernaartoe met een lijk uit het huis van bewaring. Ik moet het eerste onderzoek doen.’

‘Oké,’ zei Harry en hij knoopte zijn colbert dicht. ‘Bedankt voor je hulp, ik vind de uitgang zelf wel. Slaap zacht.’

Helge glimlachte vaag.

Harry was net de deur van het laboratorium uit gelopen toen hij zich weer omdraaide en terugliep.

‘Met welk lijk komen ze, zei je?’

‘Ik ken zijn naam niet, het gaat om die man die vandaag gearresteerd is op het stationsplein.’

‘Verdomme,’ zei Harry zacht en hij sloeg zijn vuist tegen de deurpost.

‘Is er iets?’

‘Dat is ’m.’

‘Wie?

‘De hoofdgastheer.’

Sung-min Larsen stond achter de balie van het huis van bewaring en keek in de doos met eigendommen van de overledene. Huissleutels waren nu niet zo belangrijk, ze hadden zijn voordeur al opengebroken en de woning doorzocht, maar een technisch rechercheur was onderweg om de autosleutels op te halen van de auto die in de parkeergarage vlak bij het station stond. Sung-min draaide het entreebiljet van het theater om. Was hij daar samen met Helene geweest? Nee, op het kaartje stond een eerdere datum. Maar misschien was hij naar het Nationaltheater gegaan om de boel te verkennen, om de ontvoering en de moord op Helene Røed te plannen.

Zijn telefoon ging.

'Larsen.'

'We zijn nu bij Beckstrøm, maar alleen zijn vrouw is thuis. Zij zegt dat hij op zijn werk is.'

Sung-min was verbaasd. Op Beckstrøms werk wist ook niemand waar de advocaat was. Beckstrøm was de hoofdgetuige aangezien hij de laatste persoon was die de arrestant nog in leven had gezien. De tijd drong. De media hadden weliswaar de arrestatie op het stationsplein niet aan iets bijzonders gelinkt, het kwam immers wel vaker voor dat de politie drugsdealers oppakte. Maar het kon een kwestie van minuten of uren zijn voor een journalist lucht kreeg van een sterfgeval in het huis van bewaring en dan zou iedereen op oorlogspad gaan.

'Groth,' riep Sung-min naar de wachtcommandant, die op de balie leunde. 'Wat voor indruk kreeg je van Beckstrøm toen hij naar buiten kwam?'

'Anders,' zei Groth chagrijnig.

'Anders als in?'

Groth haalde zijn schouders op. 'Hij had een mondkapje voor, misschien kwam het daardoor. Misschien omdat de arrestant zo ziek was. Hij had een wilde blik in elk geval, heel anders dan bij binnenkomst. Misschien een gevoelig type, weet ik veel.'

'Misschien,' zei Larsen en hij liet zijn blik rusten op het entreebiljet terwijl hij in gedachten zocht naar de oorzaak van het afgaan van alarmbellen in zijn hoofd.

Het was bijna negen uur 's avonds toen Johan Krohn het nummer intoetste van het appartement en opkeek naar de videocamera boven de ingang. Een paar seconden later hoorde hij een zware stem die niet van Markus Røed kwam vragen: 'Wie ben jij?'

'Johan Krohn. De advocaat die eerder vandaag in de auto meereed.'

'Klopt. Kom binnen.'

Krohn nam de lift en werd het appartement binnengelaten door een van de diknekken. Røed maakte een geërgerde indruk en liep onrustig heen en weer door de woonkamer als een van de oude, schurftige leeuwen die Krohn als jongen in de dierentuin van Kopenhagen had gezien. Er zaten zweetkringen onder de armen van zijn witte, openstaande overhemd.

'Ik kom met goed nieuws,' zei Krohn. En hij voegde daar droog aan toe toen hij zijn cliënt zag oplichten: 'Nieuws, geen dope.'

Toen Krohn de woede in het gezicht van de ander zag opvlammen, haastte hij zich die te doven. 'De vermoedelijke dader is opgepakt.'

'Echt waar?' Røed knipperde argwanend met zijn ogen. Toen lachte hij. 'Wie is het?'

'Hij heet Kevin Selmer.' Krohn zag dat er geen bellen gingen rinkelen bij Røed. 'Harry zegt dat hij een van jouw cocaïnedealers is.'

Krohn verwachtte half dat Røed zou protesteren dat niemand hem cocaïne leverde, maar in plaats daarvan probeerde hij zich de naam te herinneren.

'De man die op het feest was,' zei Krohn.

'O! Ik weet niet hoe hij heet, dat wilde hij nooit zeggen. Ik moest hem gewoon K. noemen. Het maakte mij niet uit, als hij maar leverde, snap je?'

'Dat snap ik.'

'Dus K. heeft ze vermoord? Niet te geloven. Hij moet gek zijn.'

'Ik geloof dat we dat wel kunnen aannemen.'

Røed staarde naar het dakterras. Er stond een buurman tegen de muur geleund een sigaret te roken naast de deur naar de brandtrap. 'Ik had zijn appartement ook moeten kopen en die andere twee ook,' zei Røed. 'Ik verdraag het niet dat ze daar staan en zich gedragen alsof ze eigenaar zijn van...' Hij maakte zijn zin niet af. 'Maar ik mag in elk geval deze gevangenis uit.'

'Ja.'

'Mooi, dan weet ik wel waar ik naartoe ga.' Røed liep de slaapkamer in.

'Niet naar een feest, Markus.'

'Waarom niet?' Røed liep langs het grote tweepersoonsbed en opende een van de ingebouwde inloopkasten.

'Omdat je vrouw een paar dagen geleden is vermoord. De mensen zullen daar wat van vinden.'

'Je vergist je,' zei Røed terwijl hij door zijn kostuums ging. 'Ze zullen begrijpen dat ik vier dat de moordenaar gepakt is. Hé, dit heb ik lang niet gedragen.' Hij trok een marineblauw, double-breasted colbert met gouden knopen uit de kast en trok het aan. Hij voelde in zijn zakken en trok er iets uit wat hij op het bed gooide. 'Oei, is het al zó lang geleden,' zei hij lachend.

Krohn zag een zwart vlindermasker.

Røed knoopte het colbert dicht terwijl hij in de spiegel met gouden lijst keek.

'Weet je zeker dat je geen zin hebt om je op te laten monteren, Johan?'

'Heel zeker.'

'Misschien kan ik dan mijn bodyguards meenemen. Voor hoelang hebben we ze betaald?'

'Ze mogen niet drinken tijdens het werk.'

'Klopt, dat wordt me te saai.' Røed liep de kamer in en riep met een lach in zijn stem. 'Hebben jullie het gehoord, jongens? Jullie werk zit erop!'

Krohn en Røed namen samen de lift naar beneden.

'Bel Hole,' zei Røed. 'Hij houdt van drinken. Zeg dat ik de bars aan de Dronning Eufemias gate bezoek, van oost naar west. En dat ik trakteer. Dan kan ik hem gelijk feliciteren.'

Krohn knikte terwijl hij zichzelf weer de vraag stelde: als hij geweten had dat hij als advocaat een groot deel van zijn tijd moest doorbrengen met mensen die hij totaal niet mocht, zou hij dan hetzelfde beroep hebben gekozen?

'Creatures.'

'*Hi. Is it Ben?*'

'*Yeah, who is this?*'

'*Harry, The tall, blonde…*'

'*Hi, Harry, long time. What's up?*'

Harry keek vanaf de Ekeberg uit over de stad die als een omgekeerde sterrenhemel onder hem lag.

'Het gaat om Lucille. Ik ben in Noorwegen en ik probeer haar te pakken te krijgen. Heb jij haar onlangs nog gezien?'

'Al sinds… een maand of zo niet meer.'

'Hm, ze woont zoals je weet alleen en ik ben bang dat er iets is gebeurd.'

'O, ja?'

'Als ik je een adres in Doheny Drive geef, kan je daar dan voor me gaan kijken? Als ze daar niet is dan moet je misschien de politie waarschuwen.'

Er viel een stilte.

'Oké, Harry, doe ik.'

Nadat ze hadden opgehangen, liep Harry naar de Mercedes die geparkeerd stond achter de oude, Duitse bunkers. Hij ging naast Øystein op de motorkap zitten, stak een sigaret op en ging verder waar ze gebleven waren terwijl de muziek uit de openstaande portieren kwam. Over de anderen en wat er van hen was geworden, over de meisjes die ze nooit hadden gekregen, over de dromen die niet vervlogen maar vervaagd waren als een halfbakken song of een lange grap zonder clou. Over het leven dat ze hadden gekozen of het leven dat hen had gekozen, wat in feite hetzelfde was, aangezien je – zoals Øystein het zei – alleen kon spelen met de kaarten die je in handen had.

'Het is warm,' zei Øystein toen ze een poosje hadden gezwegen.

‘Oude motoren warmen het best,’ zei Harry kloppend op de motorkap.

‘Nee, ik bedoel het weer. Ik dacht dat het voorbij was, maar het warme weer is weer terug. En morgen wordt die donker als bloed.’ Hij wees naar de bleke vollemaan.

Harry’s telefoon ging. Hij nam op. ‘Zeg het maar.’

‘Dus het is waar,’ zei Sung-min. ‘Jij neemt echt zo op.’

‘Ik zag dat jij het was en ik wilde de mythe in stand houden,’ zei Harry. ‘Waarvoor bel je?’

‘Ik ben in het gerechtelijk lab. En om eerlijk te zijn, weet ik niet precies wat er aan de hand is.’

‘O nee? Hijgt de pers in jullie nek omdat de arrestant dood is?’

‘Nog niet, we wachten nog even met het openbaar te maken tot de dode is geïdentificeerd.’

‘Of hij echt Kevin Selmer heet, bedoel je? Øystein hier noemt hem Al.’

‘Nee, of de man die we dood hebben aangetroffen in cel veertien dezelfde man is die we hebben opgepakt.’

Harry drukte de telefoon steviger tegen zijn oor. ‘Wat bedoel je, Larsen?’

‘De advocaat is verdwenen. Hij was alleen in de cel met Kevin Selmer. Vijf minuten na aankomst verliet hij het gebouw weer. Als hij het was. De man die vertrok had een mondkapje voor en droeg de kleding van de advocaat, maar de wachtcommandant in het huis van bewaring meende dat de persoon anders leek.’

‘Jij denkt dat Selmer…’

‘Ik weet niet wat ik denk,’ zei Sung-min. ‘Maar inderdaad, er is een kans dat Selmer is ontsnapt. Dat hij Beckstrøm heeft vermoord, zijn gezicht kapot heeft geslagen tegen de muur, zijn kleren heeft aangetrokken en gewoon is weggegaan. Dat het lijk dat hier ligt Beckstrøm is en niet Al. Of Selmer dus. Het gezicht is onherkenbaar, we kunnen geen verwanten of mensen vinden die Kevin Selmer goed genoeg kennen om hem te kunnen identificeren. Bovendien is Beckstrøm nergens te vinden.’

‘Hm, dat klinkt me een beetje te ongeloofwaardig in de oren, Larsen. Ik ken Dag Beckstrøm, hij is er vast even tussenuit gegaan. Heb je weleens gehoord van Rechter Dag?’

‘Eh, nee.’

‘Beckstrøm staat erom bekend dat hij van nature gevoelig is. Als een zaak hem aangrijpt dan gaat hij drinken en wordt hij Rechter Dag, die oordelen velt over klein en groot. Soms dagenlang. Zoiets speelt er nu vast ook.’

‘Oké, laten we het hopen. We zullen er snel achter komen, de vrouw van Beckstrøm is op weg hiernaartoe. Ik wilde alleen even waarschuwen.’

‘Oké, bedankt.’

Harry verbrak de verbinding. Ze zaten zwijgend naar Rufus Wainwright te luisteren die ‘Hallelujah’ zong.

‘Ik heb volgens mij Leonard Cohen tekortgedaan,’ zei Øystein. ‘En Bob Dylan te veel eer gegeven.’

‘Dat gebeurt al snel. Maak je sigaret uit, we moeten ervandoor.’

‘Wat is er?’ zei Øystein en hij sprong van de motorkop.

‘Als Sung-min gelijk heeft, kan Markus Røed in levensgevaar zijn.’

Harry liet zich op de bijrijdersstoel zakken. ‘Krohn belde toen jij in de bosjes stond te pissen. Røed is op kroegentocht en wilde mijn gezelschap. Ik zei nee, maar misschien moeten we toch proberen hem te vinden. Dronning Eufemias gate.’

Øystein draaide het contactsleuteltje om. ‘Zou je even *step on it* kunnen zeggen, Harry?’ Hij liet de motor ronken. ‘Alsjeblieft?’

‘*Step on it*.’

Markus Røed hervond zijn evenwicht en keek naar het glas dat voor hem op tafel stond.

Er zat alcohol in, daar was hij van overtuigd. Hij wist niet precies wat er verder allemaal in zat, maar de kleuren waren in orde. Zowel in het glas als in de bar, waarvan hij de naam niet wist. De andere gasten waren jonger en keken verstolen – of niet zo verstolen – naar hem. Ze wisten natuurlijk wie hij was. Nee, ze wisten zijn naam. Ze hadden zijn foto in de krant gezien, vooral de laatste tijd. En ze hadden vast een mening over hem. Het was een vergissing geweest om juist deze straat te kiezen voor barbezoek. Deze pretentieuze, gerenoveerde straat die in 2014 heropend was en volgens het stadsbestuur een avenue genoemd kon worden. Dronning Eufemias gate. Au! Femi, nota bene. Het was een verrekte straat voor homo's. Hij had naar de oudere bars moeten gaan. Bars waar mensen bedankten als een kapitalist opstond en zei dat het volgende rondje voor hem was. In de twee vorige bars waar hij was geweest hadden ze hem alleen maar aangestaard alsof hij zijn billen uit elkaar had getrokken en zijn rode roos had getoond. In nog een andere bar had de barman zelfs gevraagd of hij wilde gaan zitten. Kennelijk hadden ze de omzet niet nodig. Over een jaar waren ze failliet, wacht maar af. Het waren de oude bars die overleefden, zij kenden het spelletje. En hij – Markus Røed – ook. Zijn bovenlichaam klapte naar voren en zijn zwarte kuif tikte het glas aan. Op het laatste moment wist hij zich weer op te richten. Een volle bos haar. Echt haar dat niet elke week geverfd hoefde te worden. Geen sprake van.

Hij greep het glas, iets om zich aan vast te houden. En goot de inhoud naar binnen. Misschien moest hij wat rustiger aan doen met drinken. Onderweg van de ene bar naar de andere was hij de straat – pardon, avenue – overgestoken en had hij een tram woest horen bellen. Hij had zo merkwaardig traag gereageerd alsof hij door modder moest waden. De borrel die hij in de eerste bar had genomen moest erg sterk zijn geweest want niet alleen was zijn reactievermogen verminderd, het leek ook of hij geen angst kende. Toen de tram zo rakelings langs hem was gegaan dat hij de luchtdruk tegen zijn rug voelde, was zijn hartslag nauwelijks gestegen. Nu wilde hij weer leven! Nu kon hij zich niet meer voorstellen dat hij in de arrestantencel Krohn had gevraagd of hij zijn stropdas mocht hebben. Krohn had gezegd dat hij die niet mocht geven. De idioot.

Røed keek rond.

Het waren allemaal idioten. Dat was wat zijn vader hem had geleerd, erin had geramd. Dat alle mensen – behalve degenen met

Røed als achternaam – idioten waren. Dat het gewoon zaak was voor open doel de bal erin te trappen. Maar dat moest je wel doen. Je moest geen medelijden kennen, niet denken dat het genoeg was geweest, je moest doorgaan. Het vermogen vermeerderen, de voorsprong vergroten, pakken wat je pakken kon en nog een beetje meer. Verdomme, hij mocht dan niet de slimste van de familie zijn, maar in tegenstelling tot een aantal anderen, had hij altijd gedaan wat zijn vader zei. Had hij niet het recht om af en toe even los te gaan? Een paar lijntjes te snuiven. Een paar stevige jongensbillen te slaan. Wat dan nog als ze onder die idiote leeftijdsgrens zaten? In andere landen en culturen vonden ze dat prima, de jongens kregen er niets van en groeiden op tot goede, brave burgers. Ze werden geen dramaqueen of homo, het was niet slecht of gevaarlijk om als jonge jongen de pik van een volwassen man in je te krijgen, hij kon nog steeds gered worden. Hij had zijn vader vaak zien slaan, maar slechts één keer had hij zijn zelfbeheersing verloren. Dat was toen Markus in de derde klas zat en vader zijn slaapkamer was binnengekomen en Markus en de buurjongen vadertje en moedertje hadden gespeeld in bed. Verdomme, wat haatte hij die man. Verdomme, wat was hij bang voor hem geweest. En verdomme, wat had hij van hem gehouden. Een enkel compliment van Otto Røed en Markus voelde zich een wereldveroveraar. Onoverwinnelijk.

'Hier zit je, Røed.'

Markus keek op. Er stond een man voor zijn tafel met een sixpence op en een mondkapje voor. Hij had iets bekends. Zijn stem ook, maar Markus was zo dronken dat alles in nevelen gehuld was.

'Heb je coke voor me?' zei Marcus automatisch en op hetzelfde moment vroeg hij zich af waar deze vraag vandaan kwam. Dat moest zijn verlangen naar cocaïne zijn.

'Jij moet geen coke hebben,' zei de man terwijl hij aan tafel aanschoof. 'Je moet je ook niet in een bar vol laten lopen.'

'Moet ik dat niet?'

'Nee. Je hoort thuis te zitten grienen om je vrouw. En om Susanne en Bertine. En nu is er nog iemand dood. Maar jij zit hier te feesten. Jij verrekt, waardeloos zwijn.'

Røed kromp in elkaar. Niet vanwege dat over de vrouwen. Het was het woord 'waardeloos' dat hem trof. Een echo uit zijn jeugd en de man die schuimbekkend van woede boven hem stond.

'Wie ben jij?' lispelde Røed.

'Zie je dat niet? Ik kom uit het huis van bewaring. Stationsplein. Kevin Selmer. Gaan er al bellen rinkelen?'

'Zou dat moeten?'

'Ja,' zei de man en hij trok zijn mondkapje weg. 'Herken je me nu?'

'Je lijkt op vader,' lispelde Markus. 'Míjn vader.' Hij had het vage gevoel dat hij bang zou moeten zijn, maar dat was hij niet.

'De dood,' zei de man.

Misschien kwam het door zijn trage reactievermogen en het ontbreken van angst dat Markus zijn hand niet afwerend omhoogstak toen de man die van hem hief. Of misschien was het een automatische reflex, het aangeleerde gedrag van een jongen die geleerd had dat zijn vader alle recht had om hem te slaan. Was dat een... hamer?

Harry kwam de bar binnen die – als de rode neonletters boven de deur inderdaad de naam spelden – gewoon Bar heette. Het was de derde bar die hij probeerde en deze was inwisselbaar voor de andere twee: glossy, waarschijnlijk stijlvol en gegarandeerd duur. Hij liet zijn blik rondgaan en kreeg direct Røed in het oog, die aan een tafel zat. Voor hem, met de rug naar Harry toe, zat een man met een sixpence op die zijn hand boven zijn hoofd hield. Hij hield iets in zijn hand. Harry zag wat het was en wist op dat moment wat er stond te gebeuren. En dat hij te laat was om het te voorkomen.

Sung-min en Helge stonden naast de vrouw die naar het lijk staarde.

Ze was minstens zestig en had het haar, de kleding en make-up van een hippie. Sung-min vermoedde dat ze een van die vrouwen was die naar muziekfestivals van oude akoestische helden uit de jaren zeventig gingen. Ze had al gehuild toen ze haar binnen hadden gelaten in het gerechtelijk laboratorium en Helge had haar een stuk keukenrol gegeven waarmee ze haar tranen en make-up wegveegde.

Nu Helge al het bloed van de overledene had weggewassen, zag Sung-min dat het gezicht van de man meer intact was dan hij had gedacht.

'Neem de tijd, mevrouw Beckstrøm,' zei Helge. 'We kunnen u ook alleen laten als u dat liever wil.'

'Dat hoeft niet,' zei ze snikkend. 'Geen twijfel mogelijk.'

Het gezoem van stemmen verstomde ogenblikkelijk en de gasten draaiden zich om naar het geluid. Het was zo'n luide knal dat het wel een pistoolschot leek. Half in shock staarden ze naar de man met sixpence die was opgestaan, sommige mensen begrepen dat de andere man aan tafel de vastgoedmagnaat was, de echtgenoot van de vrouw die dood was aangetroffen op Snarøya. In de stilte was de stem van de man luid en duidelijk te horen terwijl hij nog steeds met het slagwapen in zijn geheven hand stond.

'Ik zei de dood! Ik veroordeel je tot de dood, Markus Røed!'

Weer een luide klap.

Ze zagen een lange man in pak met grote passen op de tafel afkomen. Toen de man voor de derde keer zijn arm ophief, greep hij de hamer uit de hand van de lange man.

'Hij is het niet,' zei mevrouw Beckstrøm huilend. 'Godzijdank is het Dag niet. Maar ik weet niet waar hij is. Ik ben elke keer als hij weer verdwijnt over mijn toeren van angst.'

'Nou, nou,' zei Sung-min en hij overwoog een hand op haar schouder te leggen. 'We vinden hem wel. We zijn blij dat het uw man niet is. Het spijt me dat ik dit moest doen, mevrouw Beckstrøm, maar we moesten het zeker weten.'

Ze knikte zwijgend.

'Nu is het genoeg, Rechter Dag.'

Harry duwde Beckstrøm terug op zijn stoel en stopte de houten hamer van de Rechter in zijn eigen zak. De twee dronken mannen, Røed en Beckstrøm, staarden elkaar zwijgend aan, het leek of ze beiden net wakker waren geworden en zich afvroegen wat er was gebeurd. In de glazen plaat van de tafel zat een grote barst.

Harry ging zitten. 'Ik weet dat je een lange dag hebt gehad, Beckstrøm, maar je moet contact opnemen met je vrouw. Ze moest naar het gerechtelijk lab komen om een lijk te identificeren. Het vermoeden bestond dat jij het was.'

De advocaat staarde Harry aan. 'Je hebt hem niet gezien,' fluisterde hij. 'Hij verdroeg de pijn niet meer. Hij had gezegd dat hij maagpijn en hoofdpijn had, maar de arts had hem alleen een milde pijnstiller gegeven en toen die niet werkte en er geen hulp kwam, sloeg hij met zijn hoofd tegen de muur om zo het bewustzijn te verliezen. Zo'n pijn had hij.'

'Dat weten we niet,' zei Harry.

'Jawel,' zei Beckstrøm en hij had tranen in zijn ogen gekregen. 'Dat weten we wel, we hebben het eerder gezien. Maar mensen als hij daar...' Hij richtte een bevende wijsvinger op Røed, die met zijn kin op zijn borst zat. '...kan het allemaal niks verdommen, ze willen alleen rijk worden en op weg daarnaartoe buiten ze alle zwakkeren in de samenleving uit. Alle mensen die nooit een zilveren lepel in de mond hebben gehad. Maar er zal een dag komen dat de zon zal verduisteren. De grote, vreselijke dag...'

'Dag des oordeels, Rechter Dag?'

Beckstrøm staarde Harry nijdig aan terwijl hij erg zijn best moest doen om zijn hoofd recht te houden.

'Sorry,' zei Harry, een hand op zijn schouder leggend. 'Laten we het hier een andere keer over hebben. Nu moet je je vrouw bellen, Beckstrøm.'

Dag Beckstrøm opende zijn mond om iets te zeggen, maar deed hem weer dicht. Hij knikte en pakte zijn mobiel, stond op en liep weg.

'Dat heb je goed gedaan, Harry,' zei Røed met dubbele tong, hij wilde zijn ellebogen op tafel zetten, maar dat lukte nauwelijks. 'Kan ik je een drankje aanbieden?'

'Nee, bedankt,' zei Harry.

'Niet? Nu jij de zaak en alles hebt opgelost? Of bijna...' Røed gebaarde een ober dat hij weer wilde bestellen, maar hij werd genegeerd.

'Wat bedoel je met bijna?'

'Wat ik bedoel?' Røed lachte. 'Tja, zeg het eens.'

'Kom op.'

'Of anders wat?' Het puntje van Røeds tong kwam naar buiten, hij glimlachte en zijn stem werd hees gefluister. 'Of je neemt me weer in een wurggreep?'

'Nee,' zei Harry.

'Nee?'

'Ik kan je in een wurggreep nemen áls je het vertelt.'

Røed lachte. 'Eindelijk een man die me begrijpt. Ik moet iets bekennen nu de zaak is opgelost. Ik loog toen ik zei dat Susanne en ik seks hebben gehad op de dag dat ze werd vermoord. Ik heb haar toen helemaal niet gezien.'

'O nee?'

'Nee. Ik zei het alleen om de politie een plausibele verklaring te geven van hoe mijn speeksel op haar lichaam terecht is gekomen. Dat wilden ze horen en het zou me ook veel ellende besparen. Weg van de minste weerstand, mag je wel zeggen.'

'Hm.'

'Kan dat tussen ons blijven?'

'Waarom? De zaak is toch opgelost. Je wil toch niet op je geweten hebben dat je een andere vrouw hebt geneukt achter de rug van je echtgenote om?'

'O,' zei Røed glimlachend. 'Dat maakt me niet zoveel uit. Er zijn... andere geruchten waar ik wat aan moet doen.'

'En die zijn?'

Røed draaide zijn lege glas rond. 'Weet je, Harry. Toen mijn vader stierf was ik zowel gebroken als opgelucht. Begrijp je dat? Hoe het een opluchting kan zijn dat je iemand verliest die je voor alles in de wereld niet wil teleurstellen? Omdat je weet dat vroeg of laat de dag zal komen dat je hem moet teleurstellen, de dag dat hij ontdekt wie je éigenlijk bent. Je hoopt gered te worden door de bel. En dat werd ik.'

'Was je bang voor hem?'

'Ja,' zei Røed. 'Ik was bang. Maar ik hield ook van hem. En ik wilde vooral dat...' hij duwde het lege glas tegen zijn voorhoofd, '...hij van mij hield. Weet je, hij had me mogen vermoorden als ik maar had geweten dat hij van me hield.'

HOOFDSTUK 42

Vrijdag

Terry Våge knipperde met zijn ogen. Hij had slecht geslapen en daardoor had hij een slecht humeur. Niemand hield toch van persconferenties om negen uur 's morgens? Of vergiste hij zich? De andere journalisten in de Parolezaal zagen er irritant opgewekt uit. Zelfs Mona Daa – de stoelen naast haar waren al bezet toen hij arriveerde – oogde uitgeslapen en verwachtingsvol. Tevergeefs had hij geprobeerd oogcontact met haar te maken. Geen van de andere journalisten had overigens toen hij binnenkwam acht op hem geslagen. Hij had ook geen staande ovatie verwacht, maar je zou verdomme toch denken dat het een greintje respect zou afdwingen als je midden in de nacht het bos in gaat terwijl je de kans loopt een seriemoordenaar tegen te komen. Als je terugkwam met foto's die nu verkocht waren en die de hele wereld over gingen. Dat moment van succes was hem toch wel gegund? Als hij had gewonnen dan zou hij het exclusieve interview krijgen, maar op het laatste moment was die primeur hem ontnomen. Dus ja, hij had goede redenen om vandaag chagrijniger te zijn dan de anderen. Bovendien had Dagnija gisteravond gebeld en gezegd dat ze dit weekend toch niet kwam. Toen ze vertelde dat ze niet kon – hij was er niet van overtuigd geweest dat ze écht niet kon – had hij zich natuurlijk opgewonden en had hij geprobeerd haar over te halen en dat was geëindigd in een ruzie.

'Kevin Selmer,' zei Katrine Bratt op het podium. 'We hebben ervoor gekozen zijn naam bekend te maken omdat de verdachte dood is, omdat het hier gaat om ernstige misdrijven en om andere personen die door de politie werden verdacht vrij te pleiten.'

Terry Våge zag de andere journalisten notities maken. Kevin Selmer. Hij zocht in zijn geheugen. Hij had de lijst van de autobezitters thuis op zijn computer staan, maar hij kon zo snel niet bedenken of die naam erbij stond. Zijn geheugen was niet meer wat het geweest was, ooit kon hij de namen van alle belangrijke bands, de bandleden, platen en jaar van release opsommen van 1960 tot aan… ja, 2000?

'Dan geef ik nu het woord aan Helge Forfang van het gerechtelijk laboratorium,' zei politiewoordvoerder Kedzierski.

Terry Våge was verbaasd. Waarom was hij eigenlijk verbaasd? Nou ja, het was ongebruikelijk dat onderzoekers van het gerechtelijk laboratorium aanwezig waren op een persconferentie. Meestal werden hun bevindingen alleen vermeld. En hij was verbaasd over wat Forfang vertelde. Minstens een van de slachtoffers bleek geïnfecteerd te zijn met een gemuteerde parasiet en alles wees erop dat de moordenaar daar verantwoordelijk voor was. En de moordenaar bleek ook geïnfecteerd.

'De obductie gisteravond van Kevin Selmer toonde een hoge concentratie van de toxoplasma gondii-parasiet aan. Zo hoog dat we met zekerheid kunnen zeggen dat de parasiet de doodsoorzaak was en niet de zelf toegebrachte verwondingen aan zijn hoofd en gezicht. Het is speculeren, maar het lijkt erop dat Kevin Selmer de hoofdgastheer van de parasiet was en een tijd in staat is geweest de populatie te controleren, mogelijk met een antiparasietenmiddel, maar dat weten we dus niet.'

Terry Våge stond op en vertrok toen het vragenrondje begon. Hij wist dat hij het moest weten. Hij verbaasde zich niet meer. Hij moest naar huis en de bevestiging vinden.

Sung-min liep door de kantine naar het dakterras. Hij was altijd jaloers geweest op de mensen die op het hoofdbureau werkten omdat ze vanaf het dak van het glazen paleis zo'n uitzicht hadden. Zeker op een dag als vandaag dat Oslo baadde in het zonlicht en er plotseling weer sprake was van een aangename temperatuur. Hij liep naar Katrine en Harry, die met elk een sigaret bij de balustrade stonden.

'Ik wist niet dat jij rookte,' zei Sung-min en hij glimlachte naar Katrine.

'Nee, hoor,' zei ze en ze glimlachte terug. 'Ik heb deze gebietst bij Harry om het te vieren.'

'Je hebt een slechte invloed, Harry.'

'Yep,' zei Harry en hij hield hem het pakje Camel voor.

Sung-min aarzelde. 'Waarom ook niet?' zei hij en hij pakte een sigaret, die Harry voor hem aanstak.

'Hoe ga jij het vieren?' vroeg Katrine.

'Vieren, vieren,' zei Sung-min. 'Ik heb een eetafspraak. En jij?'

'Ik ook. Ik heb een bericht van Arne gekregen dat ik naar het Frognerrestaurant moet komen. De rest is een verrassing.'

'Een restaurant aan de bosrand met uitzicht vanaf de berg. Dat klinkt romantisch.'

'Zeker,' zei Katrine en ze keek gefascineerd naar de rook die ze door haar neus naar buiten blies. 'Ik hou alleen niet van verrassingen. Ga jij het vieren, Harry?'

'Misschien. Alexandra heeft me uitgenodigd naar het dak van het gerechtelijk laboratorium te komen. Helge en zij hebben een fles wijn en we gaan kijken naar de maansverduistering.'

'O, de bloedmaan,' zei Sung-min. 'Er zijn tekenen dat die mooi zal worden vanavond.'

'Maar?' zei Katrine.

'Maar we zullen zien,' zei Harry. 'Slecht nieuws. De vrouw van Ståle belde. Het gaat slechter met hem en hij wil dat ik kom. Ik blijf daar zolang hij daar behoefte aan heeft.'

'Ai.'

'Ja.' Harry trok hard aan zijn sigaret.

Ze stonden een poosje zwijgend bij elkaar.

'Hebben jullie die lovende woorden gezien die we vandaag van de minister van Justitie hebben gekregen?' Katrine klonk zuur.

De andere twee knikten.

'Nog één ding voor ik wegga,' zei Harry. 'Røed zei vandaag tegen me dat hij Susanne niet heeft gezien op de dag dat ze werd vermoord. En ik geloof hem.'

'Ik ook,' zei Sung-min, die met de sigaret in zijn hand een knik in zijn pols maakte die hij meestal probeerde te vermijden.

'Waarom?' zei Katrine.

'Omdat het duidelijk is dat hij de voorkeur geeft aan mannen boven vrouwen,' zei Sung-min. 'Ik gok dat het seksleven met Helene puur plichtmatig was.'

'Hm. We geloven hem dus. Maar hoe is Røeds speeksel dan op de borst van Susanne terechtgekomen?'

'Daar zeg je me iets,' zei Katrine. 'Ik was zelf ook al een beetje verbaasd toen Røed met dat verhaal over seks kwam en dat het speeksel dus daarvan was.'

'O?'

'Wat denken jullie dat ik ga doen voordat ik vanavond Arne tref? En dat geldt voor al mijn dates of er nu seks in de lucht hangt of niet.'

'Je gaat douchen,' zei Sung-min.

'Precies. Ik vond het merkwaardig dat Susanne niet heeft gedoucht voordat ze de metro nam naar Skullerud. Zeker als ze seks heeft gehad.'

'Dus ik herhaal mijn vraag,' zei Harry. 'Hoe komt het speeksel op haar borst?'

'Eh... nadat ze is gedood?' zei Sung-min.

'Dat is theoretisch mogelijk,' zei Harry. 'Maar erg onwaarschijnlijk. Denk eens aan hoe goed en gedetailleerd de drie moorden waren. Ik geloof dat de moordenaar het speeksel van Røed op Susanne heeft aangebracht met de bedoeling de politie op het verkeerde spoor te zetten.'

'Dat is niet onmogelijk,' zei Sung-min.

'Daar kan ik in meegaan,' zei Katrine.

'Maar we zullen uiteraard nooit antwoorden krijgen,' zei Harry.

'Nee, we krijgen geen één antwoord,' zei Katrine.

Ze stonden nog een poosje op het dakterras en sloten hun ogen voor de zon alsof ze al wisten dat dit de laatste warme dag van het jaar zou zijn.

Het was kort voor sluitingstijd dat Jonathan het vroeg. Hij stond bij de konijnenhokken en de vraag leek haast toevallig in hem op te komen. Of Thanh plannen had voor vanavond?

Als Thanh onraad had geroken dan had ze vast ja geantwoord. Maar dat deed ze niet, dus ze antwoordde naar waarheid dat ze geen plannen had.

'Mooi,' zei hij. 'Want ik zou graag willen dat je ergens met me mee naartoe gaat.'

'Ergens?'

'Ergens waar ik je iets wil laten zien. Maar het is een geheim, dus je moet het tegen niemand zeggen. Goed?'

'Eh...'

'Ik haal je bij jouw huis op.'

Thanh voelde de paniek in haar opkomen. Ze wilde nergens heen. En zeker niet met Jonathan. Hij leek weliswaar niet langer kwaad dat ze gewandeld had met de politieman en zijn hond. Gisteren had hij haar zelfs een grote beker koffie gebracht en dat hij nog nooit eerder gedaan. Maar ze was nog steeds een beetje bang voor hem. Hij was moeilijk te peilen en ze rekende zich tot de mensen die dat goed konden.

Maar nu had ze zich in een hoek laten drukken. Ze kon natuurlijk zeggen dat ze vergeten was dat ze een andere afspraak had, maar dat zou hij niet geloven. Ze kon slecht liegen. En ondanks alles was hij haar chef en ze had deze baan nodig. Niet tegen elke prijs, natuurlijk, maar tegen een zekere prijs. Ze slikte.

'Wat wil je me laten zien?'

'Je zal het leuk vinden,' zei hij. Klonk hij nu nijdig omdat ze niet direct ja zei?

'Wat dan?'

'Het moet een verrassing blijven. Is negen uur goed?'

Ze moest een besluit nemen. Ze keek hem aan. Zag die wonderlijk gesloten man voor wie ze dus bang was. Ze zocht zijn blik alsof daarin het antwoord lag. Toen zag ze iets wat ze nog niet eerder had gezien. Het was niet heel duidelijk, maar het wás een poging tot een lach en het leek of hij achter die harde façade nerveus was. Was hij bang dat ze nee zou zeggen? Misschien dat ze daarom ineens voelde dat ze toch niet zo bang was voor hem.

'Oké,' zei ze. 'Negen uur.'

Nu leek het of hij de controle weer hervond. Hij lachte. Ja, werkelijk, hij lachte, ze wist niet of ze hem eerder zo had gezien. Het was een mooie lach.

Maar in de metro op weg naar huis begon ze weer te twijfelen. Ze wist niet of het verstandig was dat ze had ingestemd. Er was bovendien nog iets wat ze een beetje raar vond. Hij had gezegd dat hij haar zou ophalen, maar hij had niet gevraagd naar haar adres en ze kon zich niet herinneren dat ze dat ooit aan hem had gegeven.

HOOFDSTUK 43

Het alibi

Sung-min kwam uit de douche toen de telefoon die naast het bed aan de oplader lag overging.

'Ja?'

'Goedendag, Larsen. Met Mona Daa van VG.'

'Goedenavond, Daa.'

'O, jij denkt dat het al avond is? Het spijt me als jouw werkdag al voorbij is, maar ik wil graag alleen wat commentaar van de mensen die aan het onderzoek hebben meegewerkt. Over hoe het is geweest en hoe het voelt dat de zaak eindelijk is opgelost. Ik bedoel, het moet toch een enorme opluchting en triomf voor jou en Kripos zijn, die sinds Susanne Andersens verdwijning op 30 augustus aan de zaak hebben gewerkt.'

'Ik vind je een prima misdaadverslaggever, Daa, daarom zal ik kort antwoord geven op je vragen.'

'Fijn! Allereerst wat betreft...'

'De vragen die je al hebt gesteld, bedoel ik. Ja, ik vind dat het avond is en dat mijn werkdag erop zit. Nee, je krijgt geen commentaar van mij, je moet Katrine Bratt, die leiding gaf aan het onderzoek, of mijn chef Ole Winter bellen. Kripos is trouwens niet vanaf het begin betrokken bij het onderzoek. Toen Susanne Andersen als vermist werd opgegeven op... eh...'

'30 augustus,' herhaalde Mona Daa.

'Bedankt, toen waren wij nog niet in beeld. Dat gebeurde pas toen er twee vrouwen werden vermist en het duidelijk werd dat het om moord ging.'

'Het spijt me, Larsen. Ik ben me ervan bewust dat ik nu zit te pushen, maar dat is nu eenmaal mijn werk. Kan ik één reactie van je krijgen, waarop dan ook, en een foto van jou publiceren?'

Sung-min zuchtte. Hij had een vermoeden waar ze naar op zoek was. Diversiteit. Een foto van een politieman die niet voldeed aan het etnische profiel Noorse man-hetero-vijftig jaar. Hij tikte alle drie de punten aan. Het was niet dat hij tegen diversiteit in de media was, maar hij wist ook dat als hij die deur openzette dan zou hij binnenkort op de bank zitten bij een beroemde televisiepresentator en moest hij antwoord geven op de vraag hoe het was als homoseksueel bij de politie. Geen probleem, iemand moest dat doen. Maar hij niet.

Hij bedankte en Mona Daa zei dat ze het begreep en verontschuldigde zich nogmaals. Goede journalist.

Nadat de verbinding was verbroken, bleef hij voor zich uit staren. Hij had het koud. Hij was naakt, maar dat was het niet. Het waren de alarmbellen die afgingen in zijn hoofd, die al in het huis van bewaring waren gaan rinkelen. Ze rinkelden weer. Het was niet dat Groth had gezegd dat Beckstrøm zo anders was toen hij vertrok waardoor de alarmbellen waren afgegaan. Het ging om iets anders. Iets heel – en concreet – anders.

Terry Våge staarde naar het computerscherm. Hij controleerde de namen weer. Het kón natuurlijk toeval zijn. Oslo was goedbeschouwd een kleine stad. De laatste uren had hij nagedacht wat hij nu zou doen. Naar de politie gaan of het oorspronkelijke plan volgen. Hij had zelfs overwogen Mona Daa te bellen en haar in te wijden in het plan en – als het om de verdachte ging en ze kregen de jackpot – zodoende de zaak gepubliceerd te krijgen in de grootste landelijke krant. Zij tweeën op avontuur, was dat niet wat? Maar nee, zij was te braaf, ze zou erop staan dat ze de politie belden, daar was hij vrij zeker van. Hij staarde naar de telefoon, waarop hij al een nummer had ingetoetst, het was slechts een kwestie van op het hoorntje drukken.

Hij was klaar met de discussie in zichzelf en het winnende argument was: het kón toeval zijn. Hij had absoluut geen enkel bewijs dat hij de politie kon geven, dus het was beter om verder te graven. Dus waar wachtte hij nog op? Was hij bang? Terry Våge lachte. Natuurlijk was hij bang. Hij duwde zijn wijsvinger hard op het hoorntje.

Hij hoorde zijn hijgende ademhaling terwijl de telefoon overging. Even hoopte hij dat er niet werd opgenomen. Of, als er wel werd opgenomen, dat hij het niet was.

'Ja?'

Teleurstelling en opluchting. Vooral teleurstelling. Hij was het niet, dit was niet de stem die hij twee keer aan de telefoon had gehoord. Terry Våge haalde diep adem. Hij had zich vooraf voorgenomen dat hij hoe dan ook zijn plan zou uitvoeren zodat hij later niet weer ging twijfelen.

'Je spreekt met Terry Våge,' zei hij en het lukte hem zijn bevende stem onder controle te houden. 'We hebben elkaar eerder gesproken. Maar voordat je ophangt: ik heb geen contact opgenomen met de politie. Nog niet. Dat zal ik ook niet doen als je met me wil praten.'

Het was volkomen stil aan de andere kant. Wat betekende dat? Dat diegene trachtte te bepalen of het om een gek ging of dat het een vriend was die hem in de maling nam? Toen, zacht en langzaam, klonk de andere stem: 'Hoe heb je het ontdekt, Våge?'

Hij was het. Dit was de diepe, rauwe stem van toen hij Våge belde met het geheime nummer, waarschijnlijk met een prepaid toestel.

Våge huiverde, hij wist niet hoeveel daarvan vreugde was en hoeveel puur onbehagen. Hij slikte.

'Ik zag je gisteravond langs het winkelcentrum van Kolsås rijden. Je reed daar zesentwintig minuten nadat ik was vertrokken van de plek waar jij de hoofden had opgehangen. Ik heb alle tijdstippen op de foto's die ik heb genomen.'

Er volgde een lange stilte.

'Wat wil je, Våge?'

Terry Våge haalde adem. 'Ik wil jouw verhaal horen. Het hele verhaal. Niet alleen achter deze moorden, maar een oprecht verhaal over de mens erachter. Wat er is gebeurd, raakt vele mensen, niet alleen de nabestaanden en bekenden van de slachtoffers. Ze willen het begrijpen, een heel land heeft het nodig om het te begrijpen. Ik hoop dat je snapt dat ik er niet op uit ben om je neer te zetten als een monster.'

'Waarom niet?'

'Omdat monsters niet bestaan.'

'Is dat zo?'

Våge slikte weer. 'Ik garandeer uiteraard je anonimiteit.'

Een korte lach. 'Waarom zou ik daarop vertrouwen?'

'Omdat,' zei Våge, hij stopte even om zijn stem onder controle te krijgen en begon opnieuw: 'Omdat ik als journalist uit de gratie ben. Ik zit op een onbewoond eiland en jij bent mijn enige redding. Omdat ik niets te verliezen heb.'

Weer een stilte.

'En als ik geen interview geef?'

'Dan is mijn volgende telefoontje naar de politie.'

Våge wachtte.

'Goed. Laten we afspreken bij Weiss achter het Munch-museum.'

'Ik weet waar dat is.'

'Om zes uur precies.'

'Vandaag?' Våge keek op de klok. 'Dat is over drie kwartier.'

'Ben je daar te vroeg of te laat dan vertrek ik.'

'Goed, goed. We zien elkaar om zes uur.'

Våge hing op. Hij haalde drie keer bevend adem. Toen begon hij te lachen, hij legde zijn hoofd op het toetsenbord terwijl hij met vlakke hand op het bureau sloeg. De duivel moge jullie halen! De duivel moge jullie allemaal halen!

Harry en Øystein zaten aan weerszijden van het bed toen de deur openging en Truls naar binnen sloop.

'Hoe gaat het met hem?' fluisterde Truls, hij pakte een stoel en keek naar Ståle Aune, die bleek en met gesloten ogen in bed lag.

'Dat kan je aan mij vragen,' zei Aune scherp terwijl hij zijn ogen opendeed. 'Het gaat wel. Ik heb Harry gevraagd te komen, maar hebben jullie twee niet wat beters te doen op de vrijdagavond?'

Truls en Øystein keken elkaar aan.

'Nope,' zei Øystein.

Aune schudde vertwijfeld zijn hoofd. 'Waar ben je geweest, Eikeland?'

'Nou,' zei Øystein. 'Ik heb net een taxirit gehad van Oslo naar Trondheim, vijfhonderd kilometer, en die vent draaide een panfluitversie van "Careless Whisper". Midden op Dovrefjell heb ik de cassette uit het apparaat gerukt, het raam naar beneden gedraaid en...'

Harry's telefoon ging. Hij nam aan dat het Alexandra was, die zich afvroeg of hij de maansverduisteringafspraak om halfelf nog zou halen, maar het was Sung-min. Hij stapte de gang op.

'Sung-min?'

'Nee, zeg: "Zeg het maar."'

'Zeg het maar.'

'Ja, en dat zal ik. Want het klopt niet.'

'Wat klopt niet?'

'Kevin Selmer. Hij heeft een alibi.'

'O?'

'Ik was in het huis van bewaring en daar lag het alibi. Selmers entreekaartje voor *Romeo en Julia*. Als mijn hersenen beter hadden gewerkt dan had ik het direct al kunnen weten. Dat wil zeggen, mijn hersenen probeerden het door te geven, maar ik luisterde niet. Niet voordat Mona Daa het voor me aan de telefoon spelde.'

Sung-min wachtte even.

'De dag dat Susanne Andersen als vermist werd opgegeven, was Kevin Selmer naar *Romeo en Julia* in het Nationaltheater. Ik heb het entreekaartje laten checken, het was een van de sponsorkaartjes die naar Markus Røed zijn gestuurd, van hetzelfde type dat Helene heeft gebruikt.'

'Ja, ze vertelde me dat ze er meerdere heeft uitgedeeld op het feest. Selmer heeft er kennelijk ook eentje gekregen. Ik dacht dat hij daar ontdekte dat Helene ook naar het theater zou gaan, haar kaartje hing immers op de koelkastdeur.'

'Maar hij was het niet. Niet de man die Susanne Andersen heeft vermoord. Want het theater heeft de mensen opgespoord die de bewuste avond naast Selmer zouden hebben gezeten en zij bevestigen zijn beschrijving. Ze herinnerden zich hem goed omdat hij zijn parka aanhield. En hij is in de pauze niet verdwenen.'

Harry was verbaasd. Maar hij was vooral verbaasd dat hij niet méér verbaasd was.

'We zijn terug bij af,' zei Harry. 'Het gaat om die ander, het groentje.'

'Pardon?'

'De moordenaar, de amateur met de groene cocaïne. Hij is het toch. Verdomme, verdomme!'

'Je klinkt… eh, zeker van je zaak.'

'Ik ben zeker van mijn zaak, maar als ik jou was zou ik niet vertrouwen op iemand die zich zo vaak heeft vergist als ik. Ik moet Katrine bellen. En Krohn.'

Ze hingen op.

Katrine stond op het punt Gert naar bed te brengen toen ze opnam, dus Harry bracht haar in het kort op de hoogte van de ontwikkeling in de zaak. Daarna belde hij Krohn en legde uit dat alles erop wees dat de zaak nog niet was opgelost. 'Geef Røed weer huisarrest. Ik weet niet wat die kerel van plan is, maar hij heeft ons de hele tijd voor de gek gehouden, dus we moeten op alles voorbereid zijn.'

'Ik bel het beveiligingsbedrijf Guardian,' zei Krohn. 'Bedankt.'

HOOFDSTUK 44

Vrijdag. Interview.

Priem keek op zijn horloge.

Eén minuut voor zes.

Hij had in Weiss plaatsgenomen aan een van de tafeltjes bij het raam. Daar had hij zicht op de twee vers getapte halve liters voor zich, het Munch-museum in de lage avondzon en het gebouw waar hij het dakterrasfeest had ge-*gatecrasht*.

Een halve minuut voor zes.

Hij liet zijn blik rondgaan. De klanten zagen er vrolijk uit. Ze stonden en zaten in groepen, lachten, praatten, schaterden het uit en sloegen elkaar op de schouder. Vrienden. Het zag er goed uit. Het was goed om iemand te hebben. Het zou goed zijn als hij iemand had. Haar had. Ze zouden samen bier drinken en haar vrienden zouden zijn vrienden worden.

Een man met een pork pie-hoed kwam binnen. Terry Våge. Hij bleef staan en keek rond terwijl de deur langzaam achter hem dichtviel. Eerst zag hij de discreet zwaaiende hand van Priem niet, zijn ogen moesten kennelijk wennen aan de gedimd verlichte ruimte. Maar toen knikte hij kort en liep naar Priems tafeltje. De journalist was bleek en buiten adem.

'Jij bent…'

'Ja, ga zitten, Våge.'

'Bedankt.' Våge zette zijn hoed af. Zijn voorhoofd glom van het zweet. Hij knikte naar de halve liter die voor hem stond.

‘Is die voor mij?’

‘Ik was van plan te vertrekken zodra het schuim was ingezakt.’

Våge grinnikte als antwoord. In bijna synchrone bewegingen dronken ze, zetten hun glas neer en veegden met hun handpalm het schuim van hun lippen.

‘Nu zitten we eindelijk tegenover elkaar,’ zei Våge. ‘En we drinken als twee oude vrienden.’

Priem begreep wat Våge probeerde te doen. Het ijs breken. Vertrouwen winnen. Zo snel mogelijk onder zijn huid komen.

‘Zoals zij?’ Priem knikte naar de jolige mensen bij de bar.

‘O, dat zijn kantoorratten. Het vrijdagmiddagpilsje dat ze nu drinken is het hoogtepunt van de week voordat ze naar huis gaan, naar hun doodsaaie gezinsleven. Ze weten dat ze met de kinderen taco’s gaan eten, dat ze die naar bed moeten brengen, televisie zullen kijken met dezelfde vrouw tot ze eindelijk mogen gaan slapen. Morgen wordt het drukker als ze met de kinderen naar het speelparadijs gaan. Ik stel me voor dat jij niet zo’n leven leidt?’

Nee, dacht Priem. Maar het is misschien niet zo ver verwijderd van het leven dat ik zou willen leiden. Met Haar.

Våge wist niet of hij, nadat hij was begonnen met het maken van notities, nog de gelegenheid zou krijgen veel meer te drinken, dus hij nam een flinke slok van het bier. Jezus, wat had hij dat nodig.

‘Wat weet jij van het leven dat ik leid, Våge?’

Våge keek naar de ander en probeerde hem te lezen. Verzette hij zich? Was het verkeerd geweest om meteen zo direct te zijn? Een persoonlijk interview was vaak koorddansen. Hij wilde dat de geïnterviewde zich veilig voelde, hem als een begripvolle vriend zag, zich openstelde, dingen vertelde die niet zo snel verteld werden. Of liever: dingen zei waar hij later spijt van kreeg. Maar af en toe was hij te gretig, was het te duidelijk wat hij wilde horen.

‘Ik weet een beetje,’ zei Våge. ‘Het is ongelooflijk wat je op internet vindt als je weet waarnaar je moet zoeken.’

Het viel hem op dat de stem van de man anders was dan aan de telefoon. En dat hij iets vreemds rook. Iets wat hem deed denken aan een zomervakantie in zijn jeugd, de stal bij zijn oom, de geur van zweet in het paardentuig. Våge voelde een steek in zijn buik. Het zou wel de oude maagkwaal zijn die even opspeelde, dat gebeurde wel vaker na perioden van slechte gewoonten en stress. Of als hij te snel dronk, zoals nu. Hij schoof het glas van zich af en legde het notitieblok op tafel.

'Vertel me eens, hoe is het begonnen?'

Priem wist niet hoelang hij al had gesproken voor hij vertelde dat zijn oom zijn biologische vader was en dat hij dat pas had ontdekt nadat zijn moeder bij een brand in huis was omgekomen.

'Inteelt in de eerste lijn hoeft niet zo erg te zijn, het kan juist bijzondere resultaten geven. Pas bij inteelt die wordt voortgezet komen de erfelijke afwijkingen aan het licht. Het viel me op dat er eigenschappen waren die mijn oom Fredric en ik gemeen hadden. Kleine dingen, bijvoorbeeld het wrijven met de middelvinger langs de mondhoek als we in gedachten zijn. En grotere dingen, bijvoorbeeld dat we een onwaarschijnlijk hoog IQ hebben. Maar pas toen ik me ging verdiepen in dieren en hun nageslacht begon ik verbanden te zien en heb ik DNA-monsters van hem en van mij opgestuurd voor analyse. Al lang daarvoor had ik wraakgedachten. Ik zou mijn stiefvader vernederen zoals hij mij had vernederd. Indirect had hij mijn moeder van het leven beroofd. Maar na de analyse begreep ik dat er twee schuldigen waren. Oom Fredric had ons ook in de steek gelaten. Dus met kerst gaf ik hem een doos bonbons cadeau. Oom Fredric is dol op chocola. In de bonbons had ik nakomelingen van angiostrongylus cantonensis gespoten, een longworm bij ratten die dol is op mensenhersenen en die je alleen vindt in het slijm van Mount Kaputar-slakken. Het resultaat is na toenemende dementie een langzame, pijnlijke dood. Maar nu verveel ik je, zie ik. Dus laten we ter zake komen. Ik had een jaar nodig om een eigen variant van toxoplasma gondii te ontwikkelen en toen ik die had, kreeg mijn plan ook handen en voeten. Het eerste en grootste probleem was hoe ik bij Markus Røed moest komen en de parasiet in hem kon planten. Rijke mensen zijn veel minder toegankelijk, het is heel moeilijk om dicht bij ze te komen, dat ken jij als journalist natuurlijk ook als je een quoteje van een rockstar wil hebben, of niet? De oplossing diende zich eigenlijk min of meer toevallig aan. Ik ben niet iemand die veel in de stad komt, maar het was me ter ore gekomen dat er een feest zou zijn op het dakterras van het complex waar Røed woont. Daar dus...' Priem wees uit het raam. 'Tegelijkertijd hoorde ik op mijn werk van een partij groene cocaïne en ik wist dat je die kon versnijden. Weet je hoe dat werkt? Ja? Ik vermengde de cocaïne met mijn gondii-vrienden. Niet veel, maar genoeg om zeker van het gewenste effect te zijn als Røed die binnen zou krijgen. Ik zou wachten tot een paar dagen na het feest, was het plan. Dat was voldoende om van mij, de hoofdgastheer, lucht te krijgen en het zou voor hem onmogelijk zijn om me af te wijzen. Integendeel, hij zou precies doen wat ik van hem vroeg, vanaf dat moment zou hij slechts één gedachte hebben: hij wilde me hebben. Ik had alleen niet meer dat kleine jongenskontje dat hij zo graag heeft, maar niemand met gondii in zijn hersenen kan de hoofdgastheer weerstaan.'

De Aune-groep had zich weer verzameld rond het bed van kamer 618.

Harry had uitgelegd hoe de zaak er nu voor stond.

'Maar dat kan verdomme niet kloppen,' riep Øystein uit. 'Bertine had toch een stukje huid van Selmer tussen haar tanden? Waar kwam dat dan vandaan?'

'Misschien heeft ze eerder die dag met hem geneukt?' stelde Truls voor.

Harry schudde zijn hoofd. 'Het groentje heeft het daar geplant. Net zoals hij dat met het speeksel van Røed op de borst van Susanne heeft gedaan.'

'Hoe dan?' vroeg Truls.

'Ik weet het niet. Maar zo moet het gegaan zijn. Hij deed dat om ons om de tuin te leiden. En dat heeft gewerkt.'

'Mooie theorie,' zei Øystein, over zijn neus wrijvend. 'Maar om DNA te planten. Wie doet dat verdomme?'

'Hm,' zei Harry en hij keek peinzend naar Øystein.

'Helaas ging het op het feest niet zoals gepland,' verzuchtte Priem. 'Terwijl ik de lijntjes op de salontafel legde, zei de andere dealer, de man van wie ik later in de krant las dat hij Kevin Selmer heette, dat hij nog nooit groene cocaïne had geprobeerd, hij had er alleen over gehoord. Zijn ogen lichtten op en toen de eerste lijntjes klaarlagen sprong hij op om de eerste op te snuiven. Ik greep hem bij de arm en trok hem terug, ik moest natuurlijk zeker weten dat er genoeg was voor Røed. Ik krabde hem daarbij...' Priem keek naar zijn hand. 'En kreeg bloed en huid van hem onder mijn nagels. Later, toen ik weer thuis was, heb ik dat onder mijn nagels vandaan gepeuterd en op een glaasje gelegd. Je weet maar nooit waar je het nog voor kan gebruiken. Maar helaas, de problemen op het feest bleven zich opstapelen. Røed stond erop dat zijn twee liefjes ook een lijntje snoven. Ik wilde niet protesteren, maar de dames waren gelukkig wel zo goedgemanierd om de kleinste lijntjes te nemen. Toen het de beurt was aan Røed, kwam zijn vrouw Helene binnen, ze viel tegen hem uit en misschien dat hij daarom gestrest raakte en nieste. Alle cocaïne werd weggeblazen. Dat was crisis want ik had niet meer bij me. Dus ik liep naar de keuken, vond een droge vaatdoek en veegde alle restjes cocaïne op van de tafel en de grond. Ik hield de vaatdoek Røed voor en zei dat hij het rechtstreeks daarvan kon snuiven. Maar hij antwoordde dat die vervuild was met speeksel en snot. En dat hij K.'s cocaïne wel zou nemen. Van Kevin dus. Kevin was kwaad op me. Dus ik zei tegen hem dat hij een andere keer mijn cocaïne mocht proberen. Hij zei dat hij dat graag wilde, dat hij zelf niet snoof, maar dat hij het net als iedereen wel een keer wilde proberen. Hij wilde zijn naam niet zeggen of waar hij woonde, maar ik kon hem overdag op het stationsplein vinden en dan wilde hij wat van zijn spul ruilen voor dat van mij. Ik stemde in, maar ik dacht bij mezelf dat we elkaar nooit meer zouden zien. Hoe dan ook, het feest was een fiasco, ik liep naar de keuken en wilde de vaatdoek uitspoelen toen me iets opviel op de koelkastdeur. Een entreekaartje voor *Romeo en Julia*. Het was hetzelfde kaartje dat Røeds vrouw had uitgedeeld aan wat gasten op het feest. Ik had dat van mij in mijn zak gestopt zonder dat ik van plan was te gaan en ik zag dat Kevin er ook eentje had gekregen. Terwijl ik daar stond begonnen mijn hersenen plan B uit te denken. Mijn hersenen zijn snel, Våge. Het is ongelooflijk hoeveel verbindingen je hersenen kunnen maken als je gestrest bent. En ik was – zoals gezegd – gestrest. Ik weet niet hoelang ik daar heb gestaan, nauwelijks meer dan een minuut, hooguit twee. Dus ik stopte de vaatdoek in mijn zak en liep naar de vrouwen. Eerst naar de ene, daarna naar de andere. Ze waren na de cocaïne die ze van me hadden gekregen gewillig en ik trok zo veel mogelijk informatie uit ze. Geen persoonlijke dingen, maar hoe ik ze kon vinden. Susanne vroeg zich af waarom ik nog steeds een mondkapje droeg en Bertine wilde meer cocaïne hebben. Maar in beide gevallen kwamen er andere mannen naar ze toe en het was duidelijk dat ze in die mannen meer interesse hadden dan in mij. Ik ging trouwens als een gelukkig man naar huis, ik wist immers dat het slechts een kwestie van een paar dagen was voor de parasieten op hun plaats in de hersenen zaten. Dat ze zich daarna zouden gedragen als jonge fans van een boyband als ze mijn geur opsnoven.' Priem lachte en hief zijn glas op naar Våge.

'Dus de vraag is,' zei Harry, 'waar beginnen we te zoeken naar het groentje?'

Truls gromde.

'Ja, Truls?'

Truls maakte nog meer geluiden voor hij begon. 'Als hij de hand heeft weten te leggen op groene cocaïne dan moeten we checken wie in de buurt van de in beslag genomen partij is geweest voordat die voor analyse naar het lab is gestuurd. Ja, ook wij, die de partij van Gardermoen naar het hoofdbureau hebben vervoerd. Maar ook degene die het van de opslagloods naar het forensisch laboratorium heeft gebracht.'

'Ja maar,' zei Øystein, '...het is niet zeker dat dit de enige partij groene cocaïne is die het land is binnengekomen.'

'Truls heeft gelijk,' zei Harry. 'We zoeken eerst waar het licht schijnt.'

'Zoals ik al verwachtte kreeg ik niet nog een kans om dicht bij Røed te komen,' zei Priem met een zucht. 'Ik had alles wat ik had aan parasieten vermengd met de cocaïne en de parasieten die ik in mijn lijf had waren beteugeld door het antiparasietenmiddel. Dus om Røed te kunnen besmetten had ik de vrouwen nodig voordat hun immuunsysteem de parasieten doodde. Ik moest met andere woorden wat van de hersenen en ogen van de vrouwen opeten. Mijn keus viel op Susanne want ik wist waar zij trainde. Aangezien mensen niet zo'n sterke reukzin hebben als muizen, smeerde ik me in met gedestilleerde darmsappen uit mijn eigen ontlasting.'

Priem grijnsde breed en keek op. Våge lachte niet terug, hij staarde hem slechts met ongeloof aan.

'Ik wachtte haar op voor het fitnesscentrum en ik was gespannen. Ik had de parasieten getest op dieren die normaliter bang zijn voor mensen, vossen en reeën bijvoorbeeld. En ze hadden zich tot mij aangetrokken gevoeld, vooral de vos. Maar ik kon niet zeker weten of het ook zo zou werken bij mensen. Ze kwam naar buiten en ik merkte direct dat ze zich aangetrokken voelde. Ik sprak met haar af op de parkeerplaats bij de wandelroutes van Skullerud. Toen ze er niet op de afgesproken tijd was, vroeg ik me af of ik een blunder had begaan. Had ze zich herpakt toen ze mijn darmsappen niet meer rook? Maar toen ze toch kwam, juichte ik inwendig, dat snap je.'

Priem nam een slok van zijn halve liter alsof hij een aanloop wilde nemen.

'We liepen arm in arm het bos in en een stukje van het pad af hadden we seks. Daarna sneed ik haar keel door.' Priem voelde de tranen komen en schraapte zijn keel. 'Ik begrijp dat je hier meer details over wil horen, maar ik geloof dat ik een deel daarvan heb verdrongen. Hoe dan ook, ik had ook het glaasje mee met het speeksel van Røed en dat heb ik op haar borst gesmeerd. Ik heb gezorgd dat ze haar bovenkleding weer aanhad zodat de regen het speeksel niet zou wegspoelen voordat de politie haar vond. Toen leek het speeksel een goed idee, maar later compliceerde het de zaak alleen maar.' Hij nam een klein slokje bier. 'Wat Bertine betreft, verliep het bijna hetzelfde. Ik trof haar voor de bar waar ze vaak kwam, zoals ze me had verteld. We spraken af op Grefsenkollen. Ze kwam met de auto en ik vroeg haar haar mobiel in de auto te laten liggen, in te stappen bij mij om op avontuur te gaan. Ze had geen bedenkingen, voelde alleen maar pure lust. Ze had iets bij zich wat je een cocaine bullet noemt, een soort miniatuurpepermolen waaruit ze cocaïne snoof. Ze bood mij ook een snuif aan. Ik zei dat ik haar van achteren wilde nemen en sloeg een leren riem rond haar nek. Ze zal wel gedacht hebben dat het een seksspel was en liet me mijn gang gaan. Het duurde iets langer om haar te wurgen dan ik had gedacht. Hoe dan ook, uiteindelijk stopte haar ademhaling.'

Priem zuchtte diep en schudde zijn hoofd en veegde een traan weg.

'Ik moet onderstrepen dat ik heel precies ben in het verwijderen van mijn sporen, dus ik nam de bullet mee aangezien het DNA van mijn neus daarop zou kunnen zitten. Ik wist toen niet dat de bullet me nog goed van pas zou komen. Ik had trouwens geleerd dat het veel eenvoudiger is om het hele hoofd mee te nemen als je de ogen en hersenen nodig hebt.'

Priem strekte zijn benen onder tafel, het leek wel of die sliepen.

'In de daaropvolgende weken at ik stukjes van de hersenen en de ogen. Ik moest de voortplanting van de irritant kort levende parasieten aan de gang houden terwijl ik wachtte op het moment dat ik in de buurt van Røed kon komen. Ik heb meerdere keren aan dit tafeltje gezeten en me afgevraagd of ik daar zou aanbellen, zou zeggen wie ik ben en dat ik graag met hem zou willen praten. Maar hij was nooit thuis, ik zag alleen Helene komen en gaan. Misschien woonde hij ergens anders, maar ik kwam er niet achter waar. In de tussentijd had ik de hersenen en ogen opgegeten, de parasieten gingen dood en ik had een nieuwe muis nodig. Helene Røed. Ik ging ervan uit dat het Markus Røed – tot op zekere hoogte – verdriet zou doen als ik haar van hem afpakte. Ik kende twee plaatsen waar ik dicht bij haar zou kunnen komen. In het Nationaltheater op de datum van het entreebiljet op de koelkastdeur. En in een café dat Danielles heette. Toen ik het Susanne vroeg, vertelde ze me dat ze daar Markus Røed voor het eerst had ontmoet. En ook dat ze niet begreep waarom Helene daar nog steeds naar de maandaglunch ging, ze had immers al een grote vis binnengehaald. Dus ik ging daar op een maandag naartoe en inderdaad. Helene Røed dook op. Ik bestelde hetzelfde drankje dat ik haar op het feest had zien drinken, een dirty martini, en deed daar een dosis gondii-sap in. Ik wenkte de ober, gaf hem tweehonderd kronen en vroeg hem het drankje naar haar te brengen. Ik legde hem uit dat hij moest zeggen dat het van iemand anders kwam, dat het een grap was tussen vrienden. Ik bleef daar tot ik haar ervan zag drinken en vertrok. Ik gebruikte het entreekaartje voor *Romeo en Julia*. Ik zocht uit wanneer het pauze was en dat je een kaartje nodig had om de zaal in te komen, maar ontdekte ook dat in de pauze iedereen van buiten zich binnen kon mengen onder het publiek. Dus dat deed ik en het voelde als routine. Ik ging erheen en kreeg haar met me mee…' Priem trok een grijns en schopte met zijn voet. Hij wist niet of hij de tafelpoot of het been van Våge raakte. 'De volgende dag werd ze gevonden en Røed werd opgepakt en in het huis van bewaring gezet. Toen begreep ik dat ik mezelf in de voet had geschoten. Ik had ervoor gezorgd dat hij kwam waar ik hem wilde hebben omdat ik wilde dat hij zou lijden, maar vervolgens bleek dat hij waarschijnlijk nog maanden in voorarrest zou blijven zitten. Dus dat moest ik oplossen. Gelukkig heb ik deze…'

Priem tikte met een vinger tegen zijn hoofd.

'Ik heb die gebruikt en vond een andere dader die de plaats van Røed kon innemen. Dealer Kevin. Hij wilde immers zo graag de groene cocaïne testen. Hij was perfect.'

HOOFDSTUK 45

Vrijdag. Innen.

Priem wierp een blik op de vrijdagvierende kantoorgroep terwijl hij zijn glas ronddraaide.

'Ik had nog een stukje huid op een glasplaatje. Huid van de onderarm van Kevin Selmer. Hij was niet de enige persoon van wie ik weefselpreparaten heb, dat verzamel ik voor mijn project om de perfecte parasiet te kweken. Ik gebruikte gewoon een tandenstoker om het stukje tussen twee tanden van Bertine te stoppen. En jij zorgde ervoor dat het bewijs in handen van de politie kwam. Maar ik ging er ook van uit dat vroeg of laat ontdekt werd dat de lijken een variant van de gondii-parasiet hadden. Als iemand het verband begreep zou er jacht gemaakt worden op de hoofdgastheer. Zou ik het voor elkaar krijgen dat Kevin werd gezien als de moordenaar en de gastheer? Excuus dat ik een beetje zelfingenomen klink, maar de oplossing was net zo geniaal als simpel. Ik maakte een gegarandeerd dodelijke mix van groene cocaïne en gondii en stopte die in Bertines bullet. Daarna ging ik naar het stationsplein en stelde Kevin de ruil voor waarover we het op het feest hadden gehad. Hij was overenthousiast, vooral toen hij de bullet nog op de koop toe kreeg. Ik kan me alleen maar een voorstelling maken van de buikpijn die hij had voor hij stierf, ik zou mezelf ook proberen bewusteloos te slaan.'

Priem dronk zijn glas leeg.

'Dat was een lange monoloog, dus genoeg over mij, Terry. Hoe gaat het met jou?' Priem leunde over de tafel. 'Vertel me de waarheid. Voel je je… verlamd? Want dat gebeurt heel snel als je bier drinkt met zo'n hoge concentratie gondii. Nog sterker dan Kevin heeft gekregen. Over een paar minuten kan je werkelijk geen vinger meer bewegen. En ook geen geluid maken. Maar ik zie dat je nog steeds kan ademen. De ademhaling en het hart houden er het laatst mee op. Ja, en de hersenen dus. Ik weet daarom dat je me hoort. Ik zal je huissleutels en je laptop meenemen. Die gooi ik samen met je mobiel in de fjord.'

Priem knikte. Het begon al te schemeren.

'Kijk, er brandt licht bij mijn stiefvader thuis. Hij is nu natuurlijk alleen. Denk je dat hij zin heeft in bezoek?'

Het was even na halfzeven toen Markus Røed hoorde dat er werd aangebeld.

'Verwacht je bezoek?' vroeg een van de twee bodyguards.

Røed schudde zijn hoofd. De bodyguard liep naar de intercom in de gang.

Røed benutte de kans toen de oudste van de twee de kamer uit was.

'Wat zou je graag willen doen na je werk als bodyguard?'

De jonge jongen keek hem aan. Hij had lange oogwimpers en bruine, donkere ogen. De overdreven grote spiermassa werd gecompenseerd door de kinderlijke blik in zijn ogen. Met een beetje goede wil en een dosis voorstellingsvermogen kon je hem een jaar of zes jonger schatten.

'Weet ik niet,' zei hij en hij liet zijn blik door de kamer gaan. Dat leerden ze kennelijk op de opleiding: niet onnodig praten met de cliënt en constant de omgeving checken, ook als hij rustig thuis zit.

'Je zou voor mij kunnen werken, weet je?'

De jonge jongen keek Røed even aan en Røed meende verachting, walging, te zien. Toen, zonder te antwoorden, scande de jongen de kamer weer. Røed vloekte in zichzelf. Stom joch, begreep hij niet wat hij kreeg aangeboden?

'Er is iemand die zegt dat hij jou kent,' riep de bewaker uit de gang.

'Krohn?' riep Røed terug.

'Nee.'

Røed fronste zijn voorhoofd. Hij kon niemand bedenken die zomaar bij hem langs zou kunnen komen.

Hij liep de gang in, waar de bewaker wijdbeens naar het videoscherm stond te kijken. Er stond een jongeman die omhoogkeek naar de videocamera boven de toegangsdeur. Røed schudde zijn hoofd.

'Ik zeg dat hij moet weggaan,' zei de bewaker.

Røed staarde naar het beeld. Had hij hem nog niet zo lang geleden ook niet gezien en had hij toen niet iets bekends gehad? Een gezicht uit een grijs verleden. Toen had hij gedacht dat hij hem aan iemand deed denken. Maar nu hij daar zo stond, kon hij toch...

'Wacht,' zei Røed en hij stak zijn hand uit.

De bewaker gaf hem de telefoon van de intercom.

'Ga naar binnen,' zei Røed.

De bewaker aarzelde een ogenblik voordat hij deed wat hem gezegd werd.

'Wie ben je en wat wil je?' zei Røed in de telefoon. Het klonk afwijzender dan hij had bedoeld.

'Hoi, papa. Ik ben het, je stiefzoon. Ik wil alleen even met je praten.'

Røed hapte naar lucht. Er was geen twijfel mogelijk. De jongen uit zijn dromen, uit vele nachtmerries, het schrikbeeld dat hij zou worden ontdekt. Nee, dit was de jongen niet, maar hij was het wel. Na al die jaren. Praten? Dat beloofde niet veel goeds.

'Ik heb het een beetje druk,' zei Røed. 'Je had een afspraak moeten maken.'

'Ik weet het,' zei de man in de camera. 'Ik was niet van plan contact met je te zoeken, maar vandaag heb ik me bedacht. Ik ga een grote reis maken, snap je, en ik weet niet of ik terugkom. Ik wil niet vertrekken voordat bepaalde zaken zijn opgelost, papa. Het is tijd voor vergeving. Ik moet je een laatste keer zien, onder vier ogen, en het je zelf zeggen. Ik geloof dat het voor jou en mij goed zal zijn. Het hoeft niet zo lang te duren en we krijgen allebei spijt als we het niet doen, daar ben ik heel zeker van.'

Røed luisterde. Die diepe stem had hij nog niet eerder gehoord, niet toen en ook niet recent. Wat hij zich nog herinnerde van de jongen in het huis in Gaustad was dat hij de baard in de keel kreeg. Natuurlijk had hij af en toe gedacht dat hij een keer zou opduiken en hem in de problemen zou kunnen brengen. Het zou het woord van de jongen tegen zijn woord zijn en de enige die kon bevestigen dat er verkeerde dingen waren gebeurd, was omgekomen bij de brand. Maar zijn reputatie zou een knauw krijgen als het naar buiten kwam. De vuile was moest niet buiten gehangen worden. Hoewel Noorwegen een land geworden was waar begrippen als familieeer waren uitgehold door die verdomde sociaaldemocraten omdat de staat voor de meeste mensen familie was geworden, hoefde de kleine man zich alleen te verantwoorden tegenover de traditiearme, sociaaldemocratische grijze massa. Dat was anders als je Røed heette, maar dat zou de gewone burger nooit begrijpen. Begrijpen dat je je beter van het leven kunt beroven dan je familienaam bezoedelen. Dus wat moest hij doen? Hij moest een besluit nemen. Zijn stiefzoon was dus boven komen drijven. Røed wreef met zijn vrije hand over zijn voorhoofd. Tot zijn verbazing voelde hij geen angst. Net als bij de tram die hem bijna aan had gereden. Waarom was hij niet bang, nu stond te gebeuren waar hij zo doodsbang voor was geweest? Wat nu als ze even met elkaar spraken? Had zijn stiefzoon duistere motieven dan zou de situatie er niet slechter op worden als ze samen een babbeltje maakten. In het beste geval was er dus sprake van vergeving. Alles vergeven en vergeten en vaarwel. Misschien zou hij daarna beter slapen. Het enige waarop hij moest letten was dat hij niets moest toegeven, direct noch indirect, wat tegen hem gebruikt kon worden.

'Ik heb tien minuten,' zei Røed en hij drukte op de knop die de toegangsdeur opende. 'Neem de lift naar de bovenste verdieping.'

Hij legde de hoorn op de haak. Zou de jongen een geluidsopname maken? Hij liep naar de bewakers. 'Fouilleren jullie bezoekers?'

'Altijd,' zei de oudste.

'Mooi, controleer of hij geen microfoontje op zijn lichaam heeft en neem zijn mobiel in beslag tot hij weer vertrekt.'

Priem zat in de televisiekamer in een zachte leunstoel en keek Markus Røed aan. De bewakers stonden voor de deur, die op een kier stond.

Het was een verrassing geweest dat er bewakers waren, maar dat hoefde niet zoveel te betekenen. Het belangrijkste was dat hij hem voor zichzelf had.

Het had natuurlijk allemaal veel makkelijker gekund. Als hij Markus Røed fysiek wilde verwonden of doden dan zou dat eigenlijk niet zo moeilijk zijn, pas nu had hij bodyguards en in een stad als Oslo zijn de inwoners zo naïef en vol vertrouwen dat ze zich niet voor kunnen stellen dat de man die je op straat tegenkomt een wapen onder zijn jas kan hebben. Dat gebeurt hier gewoon niet. Dat zou met Markus Røed niet gebeuren. En het zou niet genoeg zijn. Jazeker, het zou makkelijker zijn hem dood te schieten, maar als de wraak die hij had gepland voor zijn stiefvader ook maar een deel van de vreugde opleverde die hij zich in zijn fantasie had voorgesteld dan zou dat alle moeite waard zijn. Want Priem had een symfonie van wraak gecomponeerd en het crescendo naderde.

'Het spijt me wat er met je moeder is gebeurd,' zei Markus Røed. Hard genoeg dat Priem hem kon horen, maar de bewakers op de gang niet.

Priem zag dat de grote man zich ongemakkelijk voelde in zijn stoel. Zijn vingers gingen over de stof van de armleuningen, zijn neusvleugels bewogen. Een duidelijk teken dat hij de geur van het darmsap opsnoof. De wijde pupillen vertelden Priem dat het geursignaal allang zijn hersenen had bereikt, de parasieten die zich wilden voortplanten zaten al een paar dagen in zijn hersenen. Dat was het resultaat van een waar kunststukje, al zei hij het zelf. Toen het oorspronkelijke plan om zijn stiefvader tijdens het feest te besmetten was mislukt, moest Priem improviseren en iets verzinnen. Dat was gelukt, hij had Markus Røed geïnfecteerd in het bijzijn van hen allemaal: de advocaat, de politiemensen en zelfs Harry Hole.

Markus Røed keek op zijn horloge en nieste. 'Niet om je op te jagen, maar ik heb weinig tijd, dus kunnen we het kort houden? Naar welk land ga je...'

'Ik heb zin in je,' zei Priem.

Zijn stiefvader bewoog zo heftig in zijn stoel dat zijn kaken beefden.

'Wat zeg je?'

'Ik heb al die jaren over je gefantaseerd. Er is geen twijfel mogelijk dat het toen verkrachting was, maar ik... nou ja, ik leerde ervan te houden. Ik heb zin het opnieuw te doen.'

Priem keek Markus Røed strak aan. Hij zag de parasietenhersenen achter zijn ogen werken en de verkeerde conclusies trekken: ik wist het! De jongen hield ervan, hij huilde alleen maar krokodillentranen. Ik heb niets verkeerds gedaan, ik heb alleen iemand geleerd ervan te houden!

'Ik vind dat we het zo veel mogelijk op dezelfde manier moeten doen.'

'Op dezelfde manier?' zei Markus Røed. Zijn stem was al hees van opwinding. Dat was zo paradoxaal aan toxoplasmose, de seksuele drift – die strikt genomen voortkomt uit de wens zich voort te planten – smoort de angst voor de dood, negeert het gevaar, geeft de geïnfecteerde een heerlijke, hopeloze tunnelvisie. Een tunnel die direct leidt naar de bek van de kat.

'Het huis,' zei Priem. 'Dat staat er nog steeds. Maar je moet alleen komen, je moet die bewakers afschudden.'

'Je bedoelt...' Markus slikte. '...nu?'

'Jazeker. Ik zie toch dat je...' Priem boog voorover en legde een hand op het kruis van de ander. '...geil bent?'

Røeds onderkaak ging ongecontroleerd op en neer.

Priem stond op. 'Weet je nog waar het is?'

Markus Røed knikte slechts.

'En je komt alleen?'

Opnieuw een knik.

Priem wist dat hij Markus Røed niet hoefde te zeggen dat hij aan niemand moest vertellen waar hij heen zou gaan en wie hij zou ontmoeten. Toxoplasmose maakt de geïnfecteerde geil en zonder vrees, maar niet dom. Dom in de zin dat hij dingen doet die in potentie zullen verhinderen te doen wat in zijn hoofd zit.

'Ik geef je dertig minuten,' zei Priem.

De oudste bewaker, Benny, zat al vijftien jaar in de branche.

Toen hij deur opendeed zag hij dat de bezoeker een mondkapje droeg. Benny hield hem in de gaten terwijl de jonge bewaker hem fouilleerde. Afgezien van een bos sleutels had de bezoeker niets bij zich wat als wapen kon worden gebruikt. Een portemonnee of een ID had hij ook niet bij zich. Hij gaf de naam Karl Arnesen op en hoewel het klonk of hij die naam ter plekke verzon, bevestigde Røed het met een knik. De gast moest zijn mobiel afgeven zoals Røed had gezegd en Benny stond erop dat de deur van de televisiekamer op een kier bleef staan.

Er verstreken slechts vier minuten – dat was in elk geval het aantal minuten dat Benny tegenover de politie noemde – voor de jonge 'Arnesen' weer uit de televisiekamer kwam, zijn mobiel terugkreeg en vertrok. Røed riep vanuit de televisiekamer dat hij met rust gelaten wenste te worden en sloot de deur. Er waren hooguit vijf minuten verstreken toen Benny op de deur klopte om te zeggen dat Johan Krohn hem wilde spreken. Maar Benny kreeg geen antwoord en toen hij de deur opendeed, was de kamer leeg en stond het raam naar het terras open. Zijn blik viel op de deur die naar de inpandige brandtrap leidde die uitkwam op straat. Het kon nauwelijks een groot mysterie worden genoemd, het laatste uur had de cliënt er drie keer op gehint dat hij heel goed zou betalen als Benny of zijn collega naar de Torggate of het stationsplein zou gaan om cocaïne te scoren.

HOOFDSTUK 46

Vrijdag. Bloedmaan.

Markus stapte dicht bij de poort uit de taxi.

De eerste vraag die de taxichauffeur had gesteld toen hij in de auto bij de standplaats aan de Oslofjord stapte was of hij geld bij zich had. Een logische vraag aangezien Markus geen jas droeg over zijn overhemd en nog op zijn pantoffels liep. Maar hij had zijn creditcard bij zich, dat had hij altijd, zonder voelde hij zich eigenlijk naakt.

De scharnieren piepten toen hij de poort opende. Hij liep over het grindpad de heuvel op en er ging een schok door hem heen toen hij het half afgebrande huis zag. Hij was hier niet meer geweest sinds hij Molle en de jongen met de idiote koosnaam Priem had verlaten. Hij had in de krant over haar dood gelezen, was naar de begrafenis gegaan, maar hij wist niet dat het huis zo vervallen was. Hij hoopte dat een deel van het decor er nog stond zodat ze het stuk op een geloofwaardige manier konden spelen, om het zo maar uit te drukken. Reconstrueren wat ze toen hadden gedaan en voor elkaar geweest waren. Hoewel, wat hij in die tijd voor de jongen was geweest, was hem nu een raadsel.

Toen Røed dichter bij het huis kwam zag hij een gedaante bij de voordeur staan. Hij was het. De lust die Røed had gevoeld toen hij in de televisiekamer tegenover de jongen zat, was overweldigend geweest. Hij had bijna de controle verloren en zich op hem gestort. Maar dat had hij één keer te veel in zijn leven gedaan, daar kwam hij niet meer mee weg. Nu was zijn lust onder controle, voldoende om rationeel te kunnen denken, meende hij. Maar de begeerte, opgebouwd door de jarenlange herinneringen aan Priem, was wel zo sterk dat niets hem nu nog kon stoppen.

Hij liep naar de jongeman, die ter begroeting zijn hand uitstak en naar hem glimlachte. Het was Røed nog niet eerder opgevallen, maar hij had de twee grote konijnentanden niet meer, hij had een fraai, gelijkmatig gebit. Vanwege de illusie had hij liever de tanden uit zijn jeugd gezien, maar zodra hij dichterbij kwam en ze hand in hand het huis in liepen, was hij het vergeten.

Nog een kleine schok. De gang, de woonkamer, alles was zwart en uitgebrand. De binnenmuren waren ingestort, waardoor de ruimte groter leek. De man – de jongen – bracht hem direct naar de plek waar zijn slaapkamer was geweest. Met verrukkelijke huivering merkte Røed dat hij geen licht nodig had, hij was zo vaak in het donker de trap afgelopen op weg naar de jongenskamer dat hij de weg blindelings kon vinden.

'Kleed je uit en ga daar liggen,' zei de jongen en hij scheen met zijn mobiel.

Røed staarde naar het vuile matras en het verbrande frame van het ijzeren bed.

Hij deed wat hem gezegd werd en legde zijn kleding over het voeteneind.

'Alles,' zei de jongen.

Røed deed zijn onderbroek uit. Hij had al een enorme erectie vanaf het moment dat de jongen zijn hand had gepakt. Røed domineerde meestal, hij werd niet gedomineerd. Zo had hij het in elk geval nog nooit gedaan. Maar nu genoot hij van de gebiedende stem, de kou waardoor hij kippenvel kreeg, het vernederende gevoel dat hij naakt was en de jongen nog volledig aangekleed. Het matras stonk naar urine en was nat en koud tegen zijn rug.

'Laten we deze gebruiken.' Røed voelde dat zijn armen omhoog werden getrokken en dat er iets straks rond zijn polsen werd gedaan. Hij keek omhoog. In het licht van de mobiel van de jongen zag hij dat zijn handen met leren riemen waren vastgemaakt aan de bedstijlen.

Daarna gebeurde hetzelfde met zijn voeten. Hij was overgeleverd aan de jongen. Zoals de jongen toen overgeleverd was aan hem.

'Kom,' fluisterde Røed.

'We hebben meer licht nodig,' zei de jongen, die Røeds mobiel uit zijn broekzak had gehaald. 'Wat is je pincode?'

'Irisherk...' begon Røed voordat het scherm voor zijn gezicht werd gehouden.

'Bedankt.'

Røed werd verblind door de twee lichtbronnen en zag niet waar de jongen mee bezig was voordat hij zijn gedaante tussen de twee oplichtende mobielen zag. Hij begreep dat ze op ooghoogte op een statief zaten. De jongen was ouder geworden. Een man. Maar nog wel zo jong dat Røed hem wilde hebben. Duidelijk. De erectie was evident en het beven van zijn stem kwam zowel door de opwinding als door de kou.

'Kom! Kom nou bij me, jongen.'

'Vertel me eerst wat je wil dat ik met je doe.'

Markus Røed maakte zijn lippen nat. En vertelde het.

'Nog een keer,' zei de jongen, hij deed zijn broek naar beneden en legde zijn hand rond zijn eigen, nog slappe lid. 'Nu zonder mijn naam te zeggen.'

Røed was verbaasd. Maar oké, er waren jongens in Tuesdays die geilden op het onpersoonlijke, die de voorkeur gaven aan een stijve pik in al zijn glorie boven het zien van de hele persoon. Prima. Hij herhaalde zijn wensenlijst zonder zijn naam te zeggen.

'Vertel wat je met me deed toen ik nog een jongen was,' zei de man tussen de lichten. Nu onaneerde hij.

'Kom liever bij me en laat me het in je oor flui...'

'Vertel!'

Røed slikte. Zo wilde hij het dus. Direct, rauw, in fel licht en met harde stem. Ook goed. Røed moest afstemmen op de ontvanger en op dezelfde frequentie zenden. Grote god, hij zou alles doen om hem te krijgen. Røed stotterde eerst een beetje, draaide om de hete brij heen, maar toen vond hij de toon. Vertelde. Direct. Gedetailleerd. Hij vond de frequentie. Hij raakte door zijn eigen woorden, de beelden die hij opriep, nog opgewondener. Hij vertelde hoe het was. Gebruikte woorden als 'verkracht', niet alleen omdat het dat was geweest, maar ook omdat de opwinding daardoor toenam. Bij zichzelf, maar ook bij de jongen, hij kreunde in elk geval, maar hij kon hem niet meer zien, hij had een paar stappen naar achteren gedaan. In het donker achter het licht. Røed vertelde alles, tot en met het feit dat hij zijn penis aan het dekbed van de jongen afveegde en de deur uit sloop.

'Bedankt!' klonk de scherpe stem van de jongen. Het ene licht werd uitgedaan en hij stapte in het andere licht. Hij had zijn broek weer omhooggetrokken, had al zijn kleren aan. Hij pakte Røeds telefoon en toetste daarop iets in.

'Wa... wat doe je?' zei Røed kreunend.

'Ik deel de laatste video-opname met al jouw contacten,' zei de jongen.

'Je... je hebt het opgenomen?'

'Op jouw telefoon. Wil je het zien?' De jongen hield de telefoon voor Røeds gezicht. Op het scherm zag hij zichzelf, een dikke man van ergens in de zestig, bleek, bijna wit in het harde licht, liggend op een vuil matras en met een erectie die omhoog stond en iets naar rechts helde. Geen masker dit keer, niets om zijn identiteit te verhullen. En zijn stem, hees van opwinding, maar tegelijkertijd helder en duidelijk articulerend zodat de ander alles mee zou krijgen. Het viel hem op dat je op het beeld niet zag dat zijn handen en voeten vastzaten aan de bedstijlen.

'Ik stuur dit samen met een kort tekstbericht dat ik heb voorbereid,' zei de jongen. 'Luister: "Hallo wereld. Ik heb de laatste tijd veel nagedacht en ben tot de conclusie gekomen dat ik niet meer kan leven met wat ik heb gedaan. Ik zal mezelf in brand steken in het huis waar Molle dat heeft gedaan. Vaarwel." Nou, wat vind je? Niet echt poëzie misschien, maar het laat niets aan duidelijkheid te wensen over of wel? Ik verstuur dat met enkele uren vertraging naar jouw contacten, ze zullen het rond middernacht ontvangen.'

Røed opende zijn mond om iets te zeggen, maar werd ervan weerhouden omdat er iets tussen zijn lippen werd gepropt.

'Binnenkort weet iedereen die jou kent wat een pervers varken jij bent,' zei Priem en hij plakte een stuk tape over Røeds mond waarin hij een van de achtergelaten wollen sokken van de Bulgaar had gestopt. 'En over een paar dagen weet de rest van de wereld het ook. Wat zeg je me daarvan?'

Geen antwoord. Alleen een paar wijd opengesperde ogen en tranen die over zijn bolle wangen biggelden.

'Nou, nou,' zei Priem. 'Laat ik je wat troost bieden, vader. Ik zal mijn oorspronkelijke plan niet uitvoeren. Dat was dat ik jouw gedrag aan de hele wereld zou laten zien, mezelf van het leven zou beroven en jou zou laten leven met de publieke vernedering. Maar ik wil toch blijven leven. Je begrijpt het vast: ik heb een vrouw gevonden van wie ik hou. Vanavond zal ik vrij zijn. Kijk eens wat ik vandaag voor haar heb gekocht.'

Priem pakte een bordeauxrood, met fluweel bekleed doosje uit zijn broekzak en opende het. De kleine diamant in de ring glinsterde in het licht van de mobiel op het statief.

'Ik heb dus in plaats daarvan besloten een lang en gelukkig leven te leiden en nu mag mijn identiteit niet bekend worden. Dat betekent dat degenen die mijn identiteit kennen, voor mij moeten sterven. Jíj moet sterven, vader. Ik begrijp dat het hard is te moeten sterven met de zekerheid dat de familienaam naar de knoppen is. Mama vertelde me hoe belangrijk de naam voor je was. Maar nu hoef je niet te leven met de vernedering. En dat is toch ook fijn, niet?'

Priem veegde met zijn wijsvinger de tranen van Røed weg en likte ze op. In de literatuur wordt gesproken over bittere tranen, maar smaken ze niet allemaal hetzelfde?

'Het slechte nieuws is dat je een langzamere dood sterft omdat je nu onder de vernedering uit komt. Het goede nieuws is dat het niet heel erg langzaam zal zijn omdat ik straks een afspraak heb met mijn geliefde.' Priem keek op zijn horloge. 'Oeps, ik moet naar huis, douchen en omkleden, dus we moeten aan het werk.'

Priem greep met beide handen het matras. Met drie harde rukken kreeg hij het onder Røed vandaan getrokken en de ijzeren springveren knerpten toen het hele gewicht van het lichaam daarop kwam te liggen. Priem liep naar de zwartgeblakerde muur om de primusbrander te pakken die naast een kan stond. Hij zette de primus onder het ijzeren bed precies onder het hoofd van zijn stiefvader, hij draaide het gas open en stak het aan.

'Ik weet niet of je het je nog kan herinneren, maar dit was dus de beste martelmethode van de Comanche in het boek dat ik van jou voor mijn verjaardag heb gekregen. De schedel is de pan en over een poos zullen je hersenen gaan borrelen. Jouw troost is dat de parasieten eerder sterven dan jij.'

Markus Røed wrong zich in alle bochten. Sommige ijzeren veren prikten gaatjes in zijn huid en bloeddruppels vielen op de met as bedekte vloer. Zweet begon nu ook van zijn rug te lopen. Priem zag hoe de aderen zich in zijn hals en op zijn voorhoofd begonnen af te tekenen terwijl Markus Røed trachtte te schreeuwen achter de wollen sok.

Priem keek naar hem. Wachtte. Slikte. Want er gebeurde niets in hem. Dat wil zeggen, er gebeurde iets, maar niet wat er moest gebeuren. Jazeker, hij had er rekening mee gehouden dat de wraak niet zo zoet zou smaken als hij in zijn fantasie had gedacht, maar dit had hij niet verwacht. Dat het zou smaken als de bittere tranen van zijn stiefvader. Hij had medelijden met de man die daar lag. De man die zijn jeugd kapot had gemaakt en die de reden was dat zijn moeder zich van het leven had beroofd. Hij wilde dit niet voelen! Kwam het door Haar, was het omdat Zij de liefde in zijn leven had gebracht? Het staat in de Bijbel dat de liefde alles overwint. Was dat waar, overwon die wraak?

Priem begon te grienen en kon niet stoppen. Hij liep naar de verkoolde trap, vond de zware, oude schep die half begraven lag in de as. Hij pakte die en liep terug naar het ijzeren bed. Het was niet het plan, langzaam lijden en geen barmhartigheid, dat was het plan! Maar hij tilde de schep boven zijn hoofd. Zag de wanhoop in de blik van Markus Røed terwijl hij zijn hoofd heen en weer bewoog om de schep te ontwijken alsof hij liever nog een paar minuten wilde leven met deze marteling dan een snelle dood.

Priem mikte. Toen sloeg hij met de schep. Een keer, twee keer. Drie keer. Hij veegde het bloed weg dat in zijn oog was gespat, boog zich voorover en luisterde of hij een ademhaling hoorde. Hij richtte zich op en tilde de schep nogmaals boven zijn hoofd.

Daarna ademde hij uit. Keek weer op zijn horloge. Hij hoefde alleen nog maar de sporen uit te wissen. Hopelijk hadden de slagen met de schep geen sporen op zijn schedel achtergelaten waardoor er twijfel zou rijzen of het wel zelfmoord was. De rest zou door de vlammen worden verzwolgen. Hij maakte de riemen los en stopte die in zijn zak. Hij wiste een stuk van de start en het eind van de video-opname zodat niemand kon denken dat er nog een andere persoon ter plaatse was geweest. Het moest eruitzien of Røed zelf de opname had geregisseerd voordat hij die verstuurde. Toen vinkte hij alle contacten op de lijst aan, stelde het tijdstip 00.30 uur in en drukte op 'verzenden'. Hij dacht aan al die verschrikte gezichten en blikken vol ongeloof die verlicht zouden worden door een scherm. Toen veegde hij zijn vingerafdrukken weg voordat hij de mobiel in Røeds broekzak stopte. Hij zag dat hij acht gemiste oproepen had, waaronder drie van Johan Krohn.

Hij goot benzine op het lijk. Liet die intrekken en herhaalde het proces drie keer tot hij er zeker van was dat het lijf voldoende gemarineerd was. Hij goot benzine op de balken en de wanden die er nog stonden en waarin brandbaar materiaal zat. Hij maakte een rondje en stak het vuur aan. Hij dacht eraan de aansteker naast het bed te leggen zodat het eruit zou zien alsof het laatste wat zijn stiefvader had gedaan het in brand steken van zichzelf was geweest. Hij liep het huis van zijn jeugd uit, ging op het grindpad staan en keek op naar de hemel.

Het lelijke was voorbij. De maan kwam op en hij was mooi. Zo meteen zou hij nog mooier worden. Verduisterd, bedekt met bloed. Een hemelse roos voor zijn geliefde. Hij zou haar dat vertellen, precies die woorden gebruiken.

HOOFDSTUK 47

Vrijdag. Kikkertjes.

'Er zaten zeven kikkertjes al in de boerensloot.'

Katrine zong de laatste woorden zonder geluid in haar stem terwijl ze uit de ademhaling van Gert probeerde op te maken of hij sliep. Ja, een diepe, gelijkmatige ademhaling. Ze trok het dekbed iets omhoog en stond op het punt weg te lopen.

'Waal is oom Hally?'

Ze keek naar beneden, recht in zijn grote, blauwe kijkers. Hoe had Bjørn nu niet kunnen zien dat het de ogen van Harry waren? Of had hij dat wel, wist hij het al vanaf het eerste moment in de verloskamer?

'Oom Harry is in het ziekenhuis bij een zieke vriend. Maar oma is er.'

'Waal ga jij heen?'

'Naar een plaats die Frognerseter heet. Dat is bij het bos, hoog boven ons. Misschien gaan jij en ik daar ook een keer naartoe.'

'En oom Hally.'

Ze lachte en voelde ook een steek in haar hart. 'En oom Harry misschien ook,' zei ze en ze hoopte dat ze niet loog.

'Zijn daal belen?'

Ze schudde haar hoofd. 'Nee, daar zijn geen beren.'

Gert sloot zijn ogen en een paar seconden later sliep hij.

Katrien keek naar hem en kon zich haast niet losmaken. Ze keek op haar horloge. Halfnegen. Ze moest opschieten. Ze kuste Gert op zijn voorhoofd en liep de kamer uit. Ze hoorde het zachte getik van de breinaalden van haar schoonmoeder en stak haar hoofd om de hoek.

'Hij slaapt,' fluisterde ze. 'Ik ga nu.'

Haar schoonmoeder knikte glimlachend. 'Katrine?'

Katrine bleef staan. 'Ja?'

'Kan je me iets beloven?'

'Wat dan?'

'Dat je plezier hebt.'

Katrine ving de blik op van de oudere vrouw en begreep wat ze wilde zeggen. Dat haar zoon al een hele tijd dood was en dat het leven verderging. Dat zij, Katrine, moest doorgaan. Katrine kreeg een brok in haar keel.

'Bedankt, moeder,' fluisterde ze. Het was de eerste keer dat ze haar moeder noemde en ze zag dat haar ogen vochtig werden.

Katrine liep op een drafje naar het metrostation bij het Nationaltheater. Ze had zich niet al te veel opgedoft. Een warme jas en praktische schoenen, was Arnes advies geweest. Betekende het dat ze buiten het restaurant zouden eten onder de warmtelampen en met zicht op de hele wereld? Met de hemel als dak? Ze keek op naar de maan.

Haar telefoon ging. Het was Harry weer.

'Johan Krohn belde net,' zei hij. 'Het is maar even dat je het weet, Markus Røed heeft kans gezien te ontsnappen aan zijn bewakers.'

'Dat is nu niet direct verrassend,' zei ze. 'Hij is verslaafd aan drugs.'

'De bewakers hebben mensen naar het stationsplein gestuurd, maar niemand heeft hem daar gezien. Hij is niet teruggekomen en neemt zijn telefoon niet op. Hij kan natuurlijk ergens anders naartoe zijn gegaan om drugs te kopen en zijn vrijlating te vieren. Ik wilde alleen dat je het wist.'

'Bedankt, ik was van plan een avond te hebben zonder één gedachte te hoeven wijden aan Markus Røed en me alleen maar te concentreren op de mensen die ik mag. Hoe gaat het met Ståle?'

'Verbluffend goed als je bedenkt dat hij zo dicht bij de dood is.'

'O?'

'Hij denkt dat dat de manier is van de man met de zeis om hem welkom te heten. Hem zonder dwang uit te nodigen over de drempel naar het dodenrijk te stappen.'

Katrine moest lachen. 'Dat klinkt naar Ståle. Hoe gaat het met zijn vrouw en dochter?'

'Ze houden er de moed in. Niet hoop, maar moed.'

'Oké, doe hem de hartelijke groeten van me.'

'Zal ik doen. Slaapt Gert?'

'Ja, hij heeft het een beetje te vaak over je.'

'Hm, altijd spannend een nieuwe oom over wie je nog nooit gehoord hebt. Ik wens je een heerlijk etentje toe. Trouwens wel een beetje een laat etentje.'

'Het kon niet anders, het forensisch lab heeft nog niet alle zaken kunnen uitzoeken. Sung-min wilde uit eten met zijn vriend. Weet hij dat...'

'Ja, ik heb hem gebeld over Røed.'

'Bedankt.'

Ze hingen op toen Katrine onder de grond verdween.

Harry keek naar zijn telefoon, die een oproep gemist had terwijl hij met Katrine sprak. Het nummer van Ben. Hij belde terug.

'*Good morning, Harry. Me and a friend went down to Doheny. No Lucille there, I'm afraid. I called the police. They may wanna talk to you.*'

'*I see. Give them my number.*'

'*I did.*'

'*Okay. Thank you.*'

De verbinding werd verbroken. Harry sloot zijn ogen en vloekte in zichzelf. Moest hij zelf de politie bellen? Nee, als die schorpioenjongens Lucille nog steeds hadden, liep hij het risico dat ze haar vermoordden. Hij kon niets anders doen dan wachten. Dus hij moest Lucille verdringen want hij beschikte maar over een stel hersenen, die zich maar op één zaak tegelijk konden concentreren en zelfs dat niet eens altijd, en het ging er nu om een moordenaar te stoppen.

Toen Harry kamer 618 weer binnenliep was Jibran opgestaan en zat hij samen met Øystein en Truls rond het bed van Aune. Op de deken lag een telefoon.

'Hole komt net binnen,' zei Aune tegen de telefoon voordat hij zich tot Harry wendde. 'Volgens Jibran moet de moordenaar op de een of andere manier onderzoek hebben gedaan in de microbiologie aangezien hij in staat is geweest een nieuwe parasiet te ontwikkelen.'

'Helge van het gerechtelijk lab denkt dat ook,' zei Harry.

'En er zijn niet veel mensen die zich daarmee bezighouden,' zei Aune. 'We hebben professor Løken aan de telefoon, die leider is van de onderzoeksafdeling voor microbiologie van het academisch ziekenhuis hier in Oslo. Hij zegt dat hij maar één iemand kent die onderzoek heeft gedaan naar mutanten van de toxoplasma gondiiparasieten. Professor Løken, wat was zijn naam ook alweer?'

'Steiner,' klonk een krakende stem uit de telefoon. 'Fredric Steiner, parasitoloog. Hij was al een eind op weg met het ontwikkelen van een variant die de mens als hoofdgastheer gebruikt. Een familielid van hem heeft geprobeerd zijn onderzoek voort te zetten, maar hij kreeg geen subsidie meer en raakte zijn onderzoeksplaats hier kwijt.'

'Weet je waarom dat was?' zei Aune.

'Als ik het me goed herinner ging het om onethische onderzoeksmethoden.'

'En dat houdt in?'

'Ik weet het niet precies, maar ik denk dat het ging om experimenten op levende mensen.'

'Met Harry Hole, professor. U bedoelt dat hij mensen heeft geïnfecteerd?'

'Het is nooit bewezen, maar dat gerucht ging wel rond, ja.'

'Weet u hoe hij heette?'

'Dat herinner ik me niet meer, het is al een tijdje geleden en het enige wat gebeurde is dat het experiment werd stopgezet. Dat gebeurt wel vaker en hoeft niet altijd te betekenen dat er iets verkeerds gebeurt. Het kan zijn dat het project niet genoeg voortgang heeft geboekt. Terwijl we zitten te praten heb ik de naam Steiner even opgezocht in de lijst van wetenschappers, niet alleen in ons ziekenhuis, maar in heel Scandinavië. Ik kan helaas alleen Fredric Steiner vinden. Als het belangrijk is, kan ik wel contact opnemen met mensen die in die tijd in de parasitologie werkten.'

'Dat zouden we zeer op prijs stellen,' zei Harry. 'Hoe ver was het onderzoek van dat familielid gekomen?'

'Niet zo heel ver want dan had ik dat wel gehoord.'

'Is het mogelijk dat een idioot een vraag stelt?' vroeg Øystein.

'Dat zijn meestal de beste vragen,' zei Løken. 'Ga je gang.'

'Waarom wordt er in godsnaam onderzoek gefinancierd dat parasieten ontwikkelt die mensen als gastheer gebruiken? Is dat niet destructief?'

'Wat zei ik over de beste vragen?' zei Løken grinnikend. 'Mensen schrikken vaak van het woord parasiet. Niet zo gek natuurlijk omdat veel parasieten zonder meer gevaarlijk zijn en een ramp voor de gastheer. Maar veel parasieten hebben medisch gezien een nuttige functie voor de gastheer omdat het voor hen van belang is om de gastheer in leven en zo gezond mogelijk te houden. Ze hebben die functie voor dieren, dus het is denkbaar dat dat ook het geval kan zijn bij mensen. Hoewel Steiner een van de weinige wetenschappers in Scandinavië was die nuttige parasieten trachtten te ontwikkelen, is het internationaal gezien al vele jaren een belangrijk vakgebied. Het is slechts een kwestie van tijd voor iemand daarvoor de Nobelprijs krijgt.'

'Of dat het ultieme biologische wapen is ontwikkeld?' vroeg Øystein.

'Ik dacht dat je zei dat je een idioot bent?' antwoordde Løken. 'Ja, die angst is er zeker.'

'Op een andere dag gaan we de wereld redden,' zei Harry. 'Nu zijn we vooral bezig met het redden van het volgende slachtoffer op de lijst van de moordenaar. We weten dat het vrijdagavond is, maar u vroeg of het belangrijk was…'

'Ik begrijp nu dat dat het geval is. Ik heb erover in de krant gelezen, Hole. Ik zal direct wat gaan rondbellen, jullie horen van me.'

Ze hingen op.

De mannen keken elkaar aan.

'Willen jullie niet wat eten?' vroeg Aune.

Ze schudden alle vier hun hoofd.

'Jullie hebben al heel lang niet gegeten,' zei hij. 'Komt het door de stank dat jullie geen honger hebben?'

'Welke stank?' vroeg Øystein.

'Stank uit mijn darmen. Ik kan er niets aan doen.'

'Dokter Ståle,' zei Øystein en hij klopte op Aunes hand. 'Als er hier iets stinkt dan komt dat van mij.'

Aune lachte. Of de tranen in zijn ogen van de pijn kwamen of van ontroering, was moeilijk te zeggen. Harry keek naar zijn vriend terwijl gedachten rondtolden in zijn hoofd. Of beter gezegd: het leek of hij op zoek was naar een gedachte. Alsof hij iets wist waarvan hij zich niet bewust was, wat tevoorschijn moest worden gehaald. En het enige wat hij wel wist, was dat het haast had.

'Jibran,' zei hij langzaam.

Misschien kwam het door de toon, dat de anderen hun hoofd naar hem draaiden en iets belangrijks leken te verwachten.

'Hoe ruikt darmsap?'

'Darmsap? Dat weet ik niet. Te oordelen naar de adem van mensen die oprispingen hebben, ruikt het misschien naar rotte eieren.'

'Hm, niet naar muskus dus?'

'Ik heb in magen van katten gesneden en die hebben een duidelijke muskusgeur. Die komt van de anale klieren. Verscheidene dieren gebruiken muskus om hun territorium af te bakenen of in de paringstijd een partner te lokken. In de oude islamitische traditie zei men dat de geur van muskus de geur van het paradijs was. Of van de dood, het is maar hoe je het bekijkt.'

Harry staarde hem aan. Maar het was Lucilles stem die hij in zijn hoofd hoorde. *We geloven dat de dichter in dezelfde volgorde denkt als hij schrijft. Niet zo vreemd want we verwachten dat wat er gebeurt een gevolg is van wat eerder is gebeurd en niet omgekeerd.*

Diefstal, verdenking van bedrog, ontdekken dat de partij is versneden. Dat was de volgorde van gebeurtenissen die we automatisch accepteren. Maar iemand, de schrijver of de bedenker, had de volgorde veranderd. Harry besefte het nu, dat ze om de tuin waren geleid en dat hij – letterlijk – het geurspoor van de bedenker had opgepikt.

'Truls, kan ik je even op de gang spreken?'

De drie andere mannen keken Harry en Truls na toen ze wegliepen.

Harry draaide zich naar hem om.

'Truls, ik weet dat je hebt gezegd dat jij de cocaïne niet hebt gejat. Ik weet ook dat je alle redenen van de wereld hebt om te liegen. Ik heb er schijt aan wat je hebt gedaan en ik geloof dat je me vertrouwt. Daarom vraag ik je het nogmaals. Was jij het of iemand die je kent? Denk daar even over na voordat je antwoord geeft.'

Truls had als een kwade stier zijn hoofd laten zakken. Hij knikte. Hield zijn mond, haalde vijf keer diep adem. Opende zijn mond. Sloot die weer alsof hij zich bedacht. Toen sprak hij.

'Weet je waarom Bellman ons team niet heeft verboden?'

Harry schudde zijn hoofd.

'Omdat ik naar zijn huis ben gegaan en tegen hem heb gezegd dat als hij dat deed, ik dan zou vertellen over de drugsdealer van de motorclub van Alnabru die hij heeft vermoord en dat ik het lijk in het cement van het terras van zijn nieuwe huis in Høyenhall heb laten verdwijnen. Ga daar maar zoeken als je me niet gelooft.'

Harry keek Truls lang aan. 'Waarom vertel je me dit?'

Truls zuchtte, zijn hoofd was nog rood. 'Omdat dit moet bewijzen dat ik jou vertrouw, snap je? Nu heb ik je munitie gegeven om me voor vele jaren te laten opsluiten. Waarom zou ik dat bekennen in plaats van toegeven dat ik de cocaïne heb gestolen, waarvoor ik maar een paar jaar hoef te zitten?'

Harry knikte. 'Ik begrijp het.'

'Mooi.'

Harry wreef in zijn nek. 'Hoe zit het met die twee die met jou mee waren om de dope op te halen?'

'Onmogelijk,' zei Truls. 'Ik heb de dope vanaf de douane op het vliegveld naar de auto gebracht en ook vanuit de auto naar de loods voor in beslag genomen goederen.'

'Goed,' zei Harry. 'Ik heb gezegd dat ik geloof dat het een van de douaniers is geweest of iemand in de loods. Wat denk jij?'

'Ik weet het niet.'

'Nee, maar wat dénk je?'

Truls haalde zijn schouders op. 'Ik ken de mensen die in de loods werken en geen van hen heeft vuile handen. Ik denk dat er een fout is gemaakt bij het wegen.'

'Ik geloof dat je daar gelijk in hebt. Want er is een derde mogelijkheid waar ik – idioot die ik ben – niet aan gedacht heb. Ga jij maar weer terug, ik kom zo.'

Harry probeerde Katrine te bellen, maar er werd niet opgenomen.

'En?' vroeg Øystein toen Harry binnenkwam en weer naast het bed ging zitten. 'Was het iets wat wij drieën niet mochten horen? En dat na alles wat we samen hebben meegemaakt?'

Jibran vertrok zijn gezicht even tot een glimlach.

'We hebben ons vergist in de volgorde,' zei Harry.

'Wat bedoel je?'

'Toen de partij cocaïne in het forensisch laboratorium kwam, had niemand daar iets van gestolen. Het was zoals Truls zei: ze waren alleen wat onnauwkeurig geweest bij het wegen. De diefstal gebeurde daarna. Door degene in het forensisch lab die de cocaïne heeft geanalyseerd.'

De anderen staarden hem argwanend aan.

'Denk even na,' zei Harry. 'Je werkt in het forensisch lab en krijgt een partij bijna pure cocaïne omdat de verdenking bestaat dat iemand daar iets van heeft gestolen en een deel daarvan heeft versneden. Jij stelt vast dat de hele partij onversneden is en dat niemand met de partij heeft gerommeld. Maar aangezien er al een verdenking is, zie jij je kans schoon. Je steelt een klein deel van de onversneden cocaïne, voegt wat levamisol van hetzelfde gewicht toe aan de partij en meldt dat de cocaïne inderdaad versneden is voordat die naar het lab kwam.'

‘Briljant!’ zong Øystein met een snel vibrato. ‘Als je gelijk hebt dan is hij wel een heel koelbloedige.’

‘Of zij,’ zei Aune.

‘Hij,’ zei Harry.

‘Waarom denk je dat?’ vroeg Øystein. ‘Werken er geen vrouwen in het forensisch lab?’

‘Jawel, maar herinner je je nog die vent die in Jealousy naar ons toe kwam en vertelde dat hij op de politieacademie had gezeten, maar daarmee gestopt was omdat hij iets anders wilde studeren?’

‘Die vriend van Bratt?’

‘Ja, ik dacht er niet verder over na, maar hij zei dat hij door zijn studie misschien toch onderzoek kon doen. En eerder vanavond liet Katrine zich ontvallen dat ze uit eten zouden gaan in Frognerseter, maar dat het laat zou worden omdat er in het forensisch lab nog zoveel werk te doen was. Niet zij had daar nog werk te doen, maar hij. Heb je ooit gehoord van ene Arne die in het forensisch lab werkt, Truls?’

Truls schudde zijn hoofd. ‘Maar er werken veel nieuwe mensen en ik kom daar niet om…’ Hij schudde zijn hoofd om de juiste formulering te vinden.

‘… nieuwe vrienden te maken?’ stelde Øystein voor.

Truls keek hem waarschuwend aan, maar knikte.

‘Ik begrijp dat het iemand van het forensisch lab kan zijn,’ zei Aune. ‘Maar waarom ben je daar zo zeker van en waarom nu juist die vriend van Katrine? Denk je aan Kemper?’

‘Dat ook,’ zei Harry.

‘Hé,’ onderbrak Øystein de twee mannen. ‘Waar hebben jullie het nu weer over?’

‘Edmund Kemper,’ zei Aune. ‘Een seriemoordenaar uit de jaren zeventig die de gewoonte had met politiemensen op te trekken. Dat is typerend voor een seriemoordenaar. Ze zorgen ervoor dat ze mensen kennen bij de politie die de moorden onderzoeken. Zowel voor als na de moorden. Kemper wilde de politieopleiding doen, maar werd afgewezen.’

'Het gaat ook om de parallellen,' zei Harry. 'Maar allereerst gaat het me om de verstikkende geur. Muskus. Als nat of warm leer. Helene Røed zei dat die geur haar op het feest was opgevallen. Ik rook die in de obductiezaal toen Helene Røed daar lag. Ik rook hem toen we het oog van Susanne Andersen opensneden. En ik rook hem in de Jealousy Bar op de avond dat we Arne tegen het lijf liepen.'

'Ik heb niets geroken,' zei Øystein.

'Maar hij was er wel,' zei Harry.

Aune trok een wenkbrauw op. 'Jij pikte de geur op tussen de zweetlucht van honderd man?'

'Ik heb een verrekt specifieke reukzin,' zei Harry.

'Misschien heb je toxoplasmose,' zei Øystein zogenaamd bezorgd. 'Werd je geil?'

Truls lachte grommend.

Harry kreeg ineens een akelig déjà vu. Bjørn Holm had grondig opgeruimd nadat hij Rakel had vermoord. 'Dat verklaart ook waarom we geen sporen vonden op de plaatsen delict of op de lijken,' zei hij. 'We hebben met een prof te maken.'

'Natuurlijk!' riep Truls uit. 'Als we DNA van hem hadden gevonden...'

'Van iedereen die op een plaats delict komt of met lijken werkt zit het DNA-profiel in de database,' voegde Harry eraan toe. 'We kunnen vaststellen of een haar afkomstig is van een onvoorzichtige rechercheur.'

'Als het die Arne is,' zei Aune, 'dan is hij dus vanavond met Katrine op pad. Naar Frognerseter.'

'Praktisch gezien in het bos dus,' zei Øystein.

'Ik weet het, ik heb haar geprobeerd te bellen,' zei Harry. 'Ze nam niet op. Hoeveel zorgen moeten we ons maken, Ståle?'

Aune haalde zijn schouders op. 'Ik begrijp dat Katrine en hij al een poosje samen zijn. Als hij het plan had haar te vermoorden dan had hij dat waarschijnlijk al gedaan. Er kan iets voorvallen waardoor zijn gedrag tegenover haar verandert.'

'Zoals?'

Aune haalde weer zijn schouders op. 'Het ergste wat er zou kunnen gebeuren is dat ze iets doet waardoor hij zich vernederd voelt. Bijvoorbeeld dat ze hem afwijst.'

HOOFDSTUK 48

Vrijdag. Het bos.

In een woonblok van Hovseter stond Thanh op de derde verdieping door het raam naar beneden te kijken. Ze hield haar mobiel in haar hand. Het was een minuut voor negen. Ze keek naar de auto die vlak voor de ingang stond geparkeerd. Die stond er nu al vijf minuten. Het was Jonathans auto. Ze schrok toen haar telefoon overging. De cijfers op het scherm lieten zien dat het op een paar seconden na negen uur was.

Ze dacht aan alle excuses die ze het laatste uur had bedacht en weer had verworpen. Ze drukte op het hoorntje.

'Ja?'

'Ik sta buiten.'

'Oké, ik kom eraan,' zei ze en ze liet haar mobiel in haar tas glijden.

'Ik ga nu!' riep ze vanuit de gang.

'*Tam biêt*,' antwoordde haar moeder vanuit de woonkamer.

Thanh trok de deur achter zich dicht en nam de lift naar beneden. Niet omdat ze geen zin had in de trappen, maar omdat er altijd de mogelijkheid was dat de lift onderweg stopte, tussen twee verdiepingen bleef hangen, de brandweer eraan te pas moest komen en de afspraak niet door kon gaan.

Maar de lift stopte niet. Ze liep de straat op. Het was een merkwaardig warme septemberavond, vooral omdat het zo helder was.

Jonathan leunde over de passagiersstoel en duwde het portier voor haar open. Ze stapte in. 'Hoi.'

'Hoi, Thanh.'

De auto kwam in beweging. Het viel haar op dat hij haar voornaam had gebruikt, iets wat hij in de winkel nooit deed.

Op de hoofdweg reed hij in westelijke richting.

'Wat wil je me eigenlijk laten zien?' vroeg ze.

'Iets moois. Iets voor jou.'

'Voor mij?'

Hij lachte. 'En ook voor mij.'

'Kan je me niet vertellen wat het is?'

Hij schudde zijn hoofd. Ze bleef naar hem kijken. Hij was nu zo anders. Hij had niet alleen haar voornaam gebruikt, maar hij had ook nooit iets gezegd als 'mooi' of dat iets voor haar was. Ze was gespannen geweest, ja, bijna bang om in te stappen, maar iets – misschien door de manier waarop hij sprak – ontroerde haar.

Nu lachte hij ook alsof hij merkte dat ze naar hem keek. Misschien is hij gewoon zo buiten zijn werk, dacht ze. Maar toen bedacht ze dat hij haar werkgever was, dus dit was in zekere zin ook werk. Of was dat niet zo?

Hovseter lag aan de westkant van de stad en al na een paar minuten waren ze Røa gepasseerd en de golfbaan van Bogstad en reden ze in het Sørkedal met zijn diepe naaldbossen.

'Wist je dat hier beren zijn gezien?' vroeg hij.

'Beren?' zei ze verschrikt.

Hij lachte haar niet uit, hij lachte gewoon. Hij had een mooie lach, dat was haar nog niet eerder opgevallen. Of misschien wel, maar was dat niet blijven hangen. Hij lachte zo weinig in de winkel dat je het in de tussentijd weer vergat. Het leek wel of hij zich niet bloot wilde geven aan haar door te lachen. Maar nu wilde hij haar dus iets laten zien. Iets moois.

Haar mobiel ging en ze schrok weer.

Ze keek op het schermpje, weigerde de oproep en stopte de mobiel weer in haar tas.

'Neem gerust op als je wil,' zei hij.

'Ik neem nooit op als ik niet kan zien wie het is,' zei Thanh. Het was een leugen, ze had het nummer herkend van de politieman, Sungmin. Maar ze kon nu natuurlijk niet opnemen en het risico lopen dat Jonathan weer razend werd.

Hij zette zijn richtingaanwijzer aan en minderde vaart. Thanh zag geen afrit, maar ineens was die er wel. Haar hart ging sneller kloppen terwijl de banden over het smalle grindpad kraakten. De koplampen waren het enige licht in het dichte bos.

'Waar...' begon ze, maar ze stopte omdat ze bang was dat hij de trilling in haar stem zou horen.

'Wees niet bang, Thanh, ik wil je alleen maar blij maken.'

Hij had het gemerkt. *Je alleen maar blij maken*? Ze was er niet zeker meer van of ze het fijn vond dat hij zulke rare dingen zei.

Hij stopte de auto, draaide het contactsleuteltje om en de koplampen gingen uit. Ineens zaten ze in het stikdonker.

'Zo,' zei hij. 'Hier stappen we uit.'

Ze haalde diep adem. Het moest komen van de rust in zijn stem die haast hypnotiserend werkte dat ze niet bang meer was. Alleen maar benieuwd. *Laten zien. Iets moois.* Ze wist niet waarom, maar plotseling vond ze het helemaal niet meer zo vreemd. Dit was iets waarop ze had gewacht, ja, gehoopt. Dat de angst die ze de hele dag had gevoeld, dezelfde angst moest zijn die een bruid voelt op haar trouwdag. Ze stapte aan haar kant uit en snoof de frisse avondlucht en de geur van het naaldbos op. Toen was de paniek er weer. Aangezien hij uitdrukkelijk had gezegd dat ze het aan niemand moest vertellen, had ze – dom als ze was – dat ook niet gedaan. Er was helemaal niemand die wist dat ze hier was. Ze slikte. Wanneer zou ze zeggen: 'Stop, ik wil naar huis.' Als ze dat nu deed, zou hij dan niet ontzettend kwaad worden en misschien... ja, wat misschien?

'Laat je tas maar in de auto liggen,' zei hij en hij deed het achterportier open.

'Ik wil mijn mobiel graag bij me houden,' zei ze.

'Zoals je wil, maar stop die in de zak hiervan, het kan koud worden.' Hij gaf een gevoerde jas aan haar. Ze trok die aan. De jas had een specifieke geur. Van Jonathan, waarschijnlijk. En vuur. Alsof hij nog onlangs in de buurt van een houtvuur was geweest.

Jonathan had een hoofdlantaarn opgedaan en draaide zich van haar weg voordat hij het licht aandeed zodat hij haar niet verblindde. 'Volg me.'

Jonathan stapte over een ondiepe greppel en Thanh kon niets anders doen dan er ook over springen. Ze liepen het bos in. Als er al een pad was dan zag ze dat niet. Het terrein liep omhoog en op sommige plekken stopte hij even om takken voor haar opzij te houden zodat ze die niet in haar gezicht kreeg.

Toen ze op een open plek kwamen die baadde in het maanlicht, benutte ze de gelegenheid om op haar mobiel te kijken. Haar hart zonk. Ze had hier niet alleen slecht bereik, ze had helemaal geen bereik.

Toen ze weer opkeek, merkte ze dat het licht van de mobiel haar even had verblind. Ze zag slechts een zwarte muur. Ze bleef staan knipperen met haar ogen.

'Hierheen.'

Ze liep in de richting van de stem. Ze zag Jonathan vaag staan bij de bomen en hij stak een hand naar haar uit. Zonder na te denken greep ze die. De hand was warm en droog. Hij liep dieper het bos in. Moest ze zich losrukken en wegrennen? Waarheen dan? Ze had geen idee waar de weg en de stad waren en hier in het bos zou hij haar toch weer kunnen vinden. Als ze tegenstribbelde, zou dat vast de plannen die hij met haar had bespoedigen. Ze voelde dat ze bijna moest huilen, maar voelde ook kracht. Ze was geen hulpeloos, naïef meisje, een deel van haar hersenen vertelde haar dat het goed was, dus waarom haar angst voeden met paranoïde gedachten? Het zou niet lang duren voor ze begreep wat hij wilde en het zou zo'n nachtmerrie zijn waaruit je wakker schrikt om dan te begrijpen dat je veilig in je bed ligt. Hij zou haar iets moois laten zien en dat was dat. In plaats van zijn hand los te laten, kneep ze er steviger in, ondanks alles voelde dat zo merkwaardig vertrouwd en veilig.

Ze schrok toen hij stil bleef staan.

'We zijn er,' fluisterde hij. 'Ga hier liggen.'

Ze keek naar de plek waar hij op scheen. Het was een soort bed van naalden. Alsof hij haar aarzeling voelde en haar wilde laten zien dat het veilig was, ging hij zelf liggen en gebaarde hij dat ze dat ook moest doen. Ze haalde diep adem en vroeg zich af hoe ze haar weigering moest formuleren. Ze maakte haar lippen nat. Zag dat hij zijn vinger tegen zijn lippen legde en haar aankeek met een vrolijke, jongensachtige blik. Het was een blik die haar deed denken aan haar broertje als ze iets deden wat niet mocht, dat fijne gevoel dat je samenspande. Ze wist niet of het daardoor kwam of door iets anders, maar ineens lag ze naast hem. Ze zag de restanten van een vuurtje naast hen, het leek of hier al eerder iemand was geweest, hoewel het midden in het bos was en niet bepaald een logische plek om een kamp op te slaan. Vanwaar ze lagen kon ze de hemel en de maan zien tussen de boomkruinen. Wat wilde hij haar laten zien?

Ze voelde zijn ademhaling tegen haar oor. 'Je moet heel stil zijn, Thanh. Kan je je op je buik draaien?' Zijn stem, zijn geur, ja, het leek of de figuur van wie ze altijd had geweten dat die in Jonathan zat, nu eindelijk in het licht trad. Of beter gezegd, in het donker.

Ze deed wat hij zei. Ze was niet bang. Toen ze zijn hand vlak voor haar gezicht zag, dacht ze alleen dat het nu zou gebeuren.

Sung-min hief zijn glas op naar Chris. Nadat Harry had gebeld, had Sung-min eindelijk zijn werkweek afgesloten met het bellen van Thanh om een hondenoppas te bestellen en van die gelegenheid gebruik te maken om haar uit te horen over haar baas. Ze had niet opgenomen. Dat maakte niet zoveel uit, hij had die Jonathan grondig gecheckt zonder iets crimineels te vinden, vroeger niet en nu niet. Op dat moment had hij besloten de verdenkingen te laten varen. Dat was altijd de methode waar hij bij zwoer: het volgen van strenge en welbeproefde onderzoeksprincipes. Hij zou inmiddels moeten weten dat hij te veel luisterde naar zijn zogenaamde onderbuikgevoel, alleen maar omdat het zo makkelijk was. Hij had ook geleerd dat je de zaak moest laten rusten als je vrij had, wilde je als moordrechercheur overleven. En daarvoor moest je je focussen op iets anders.

Dus nu focuste hij zich op Chris. Op hun tweeën. Op dit diner en op hun avond samen. Er had een wat gespannen sfeer tussen hen gehangen toen hij thuiskwam, de echo van hun ruzie was er nog steeds. Maar de sfeer was al beter. Het zou een gezellig etentje worden en daarna zou er goede *make-upsex* zijn.

Dus toen hij zijn mobiel weer voelde trillen en zag dat het Harry weer was en Chris hem met opgetrokken wenkbrauwen aankeek en hem leek te vertellen dat de make-upsex nog in het vat zat, besloot Sung-min niet op te nemen. Het kon onmogelijk iets dringends zijn. Of wel? Sung-min had zijn rechterwijsvinger opdracht gegeven niet op 'opnemen' te tikken, maar de vinger luisterde niet. Hij zuchtte diep en zette een verontschuldigende toon op.

'Als ik niet opneem, blijft hij de hele avond bellen. Ik beloof je, het duurt maar twintig seconden.' Zonder op antwoord te wachten, schoof hij zijn stoel naar achteren en liep de keuken in om Chris te laten zien dat hij het meende met die twintig seconden.

'Heel kort, Harry.'

'Oké, werkt er iemand in het forensisch lab die Arne heet?'

'Arne? Niet dat ik weet. Hoe heet hij verder nog?'

'Weet ik niet. Kan je uitzoeken wie in het forensisch lab de in beslag genomen partij groene cocaïne heeft geanalyseerd?'

'Goed, dat zal ik morgen als eerste doen.'

'Ik dacht aan nu.'

'Nu, vanavond?'

'Nu, binnen vijftien minuten.'

Sung-min wachtte om Harry de tijd te geven zich te realiseren dat het onredelijk was dit op een vrijdagavond van hem te vragen en dat hij dit bovendien eigenlijk aan een hogergeplaatste vroeg. Toen er geen correctie of verontschuldiging kwam, schraapte Sung-min zijn keel.

'Harry, ik zou je graag helpen, maar nu heeft mijn privéleven prioriteit. De waarheid loopt in twaalf uur niet weg. Volgens mijn docent aan de politieacademie die jou citeerde is onderzoek naar een seriemoordenaar geen sprint, maar een marathon. Die je goed moet plannen. Maar nu zijn mijn twintig seconden voorbij, Harry. Ik bel je morgenvroeg.'

'Hm.'

Sung-min wilde de telefoon van zijn oor halen, maar nu weigerde zijn hand te luisteren.

'Katrine is nu samen met die Arne,' zei Harry.

Chris had de seconden geteld. Het ergerde hem dat er meer dan dertig waren verstreken toen Sung-min weer tegenover hem kwam zitten. En het ergerde hem nog meer dat de ander hem niet aankeek. In elk geval niet voordat hij een flinke slok uit zijn glas met rode wijn had genomen waarvan Chris allang de naam was vergeten. Hij voelde de onrust bij Sung-min die hem altijd het gevoel gaf dat hij – in het beste geval – op de tweede plaats stond.

'Je moet werken, of niet?'

'Nee nee, rustig maar. Vanavond gaan jij en ik het fijn hebben, Chris. Neem je glas mee naar de bank, dan zet ik de derde symfonie van Brahms op die ik heb meegenomen.'

Chris keek Sung-min achterdochtig aan, maar samen liepen ze de woonkamer in. Sung-min had hem overgehaald om een pick-up te kopen en terwijl Sung-min de elpee opzette, zakte hij op de bank.

'Doe je ogen dicht!' commandeerde Sung-min.

Chris deed wat hem gezegd werd en even later stroomde de muziek de kamer in. Hij wachtte op het moment dat de bank wat inzakte omdat Sung-min naast hem kwam zitten, maar dat gebeurde niet. Hij deed zijn ogen weer open.

'Hé, Sung! Waar ben je?'

Het antwoord kwam uit de keuken. 'Alleen even snel wat telefoontjes plegen. Luister vooral goed naar de cello's.'

HOOFDSTUK 49

Vrijdag. De ring.

Frognerseter lag hoog boven Oslo tussen deftige villa's van welgestelde burgers, in het wandelgebied van diezelfde burgers. De mensen die naar het restaurant gingen waren gekleed in avondjurk en kostuum, degenen die slechts een kopje koffie kwamen drinken droegen een wandeloutfit. Het was zes minuten lopen van de eindhalte van de metro en toen Katrine arriveerde zag ze Arne direct, hij zat in zijn eentje buiten aan een van de grote, solide houten tafels. Hij was opgestaan en had lachend zijn armen gespreid met zijn trouwe, droevige ogen onder de sixpence en zij had zich met tegenzin laten omhelzen.

'Wordt dat niet een beetje te koud?' vroeg ze nadat ze waren gaan zitten. 'Er staan geen warmtelampen en het lijkt erop dat we binnen moeten zitten.'

'Ja, maar binnen zien we de bloedmaan niet.'

'Ik begrijp het,' zei ze huiverend. Beneden in het centrum was het warm voor de tijd van het jaar, maar hier was het beduidend kouder. Ze keek op naar de witte maan. Die was vol, maar verder zag hij eruit als altijd. 'Wanneer komt het bloed?'

'Het is geen bloed,' zei hij grinnikend. Het ergerde haar al een poosje dat hij alles zo letterlijk nam, net of hij dacht dat ze een kind was. Maar vanavond ergerde haar dat misschien nog wel meer door de vele stressgedachten die door haar hoofd spookten en het knagende gevoel dat ze op haar werk hoorde te zijn, tijd was nu belangrijk op haar werk en op het moment werkte die tegen hen.

'De maansverduistering ontstaat wanneer de aarde tussen de maan en de zon komt te staan, waardoor de maan dus in de schaduw van de aarde komt,' zei hij. 'Ergo, de maan zou zwart moeten worden. Maar de dampkring breekt het zonlicht als een prisma. Herinner je je dat niet van natuurkunde, Katrine?'

'Ik heb de talenrichting gedaan.'

'Juist, als het zonlicht de dampkring bereikt wordt het rode licht op de maan geworpen.'

'O!' zei Katrine met ironische overdrijving. 'Dus het is licht en geen bloed.'

Arne lachte tevreden en knikte. 'Met verwondering kijken naar de hemel hebben de mensen altijd gedaan. En dat blijven we doen, hoewel we al antwoord hebben op vele vragen. Ik vind dat er een zekere troost zit in de grootte van het heelal. Daardoor worden wij en ons korte leven zo klein en onbeduidend. Ergo, onze problemen worden ook kleiner. We zijn hier maar een ogenblik en dan zijn we weer weg, dus waarom zouden we de korte tijd die we hebben verspillen aan ons zorgen maken? We moeten onze tijd zo goed mogelijk besteden. Daarom wil ik je vragen je hoofd uit te zetten, je telefoon uit te doen, de hele wereld uit te zetten. Want vannacht zullen jij en ik ons verhouden tot de twee grootste zaken. Het universum...' Hij legde zijn hand op de hare. 'En de liefde.'

De woorden raakten Katrine in haar hart. Natuurlijk deden ze dat, zo was ze nu eenmaal. Tegelijkertijd wist ze dat de woorden haar hart nog beter hadden geraakt als ze uitgesproken waren door iemand anders. Ze wist ook niet of ze het prettig vond haar telefoon uit te zetten, haar schoonmoeder paste op haar zoon en ze had de verantwoordelijkheid in een moordonderzoek dat mogelijk toch niet was opgelost, zoals ze een paar uur geleden nog dachten.

Maar ze had gedaan wat hij zei en haar telefoon uitgezet. Het was nu een uur later en ze hadden gegeten en gedronken en ze dacht maar aan één ding: dat ze op het toilet stiekem wilde kijken of ze gemiste oproepen en berichten had. Ze kon het natuurlijk gewoon zeggen, dat net als de planeten van Arne die niet stopten met draaien, de realiteit in Oslo ook geen pauze nam. Als een onderstreping van die gedachte hoorde ze in de verte de sirenes van een brandweerauto. Maar ze wilde ook niet de avond voor Arne bederven. Hij kon immers niet weten dat dit hun laatste avond samen zou zijn. Ja, het was allemaal lief wat hij zei, maar het was te veel. Te veel Paulo Coelho, zoals Harry het zou noemen.

'Zullen we gaan?' vroeg Arne toen hij had betaald.

'Gaan?'

'Ik weet een plek waar minder lichtvervuiling is en we de maan nog beter kunnen zien.'

'Waar dan?'

'Bij Tryvann. Het is maar een paar minuten lopen. Kom, de maansverduistering begint over...' Hij keek op zijn horloge. 'Achttien minuten.'

'Dan moeten we gaan,' zei ze en stond op.

Arne deed een kleine rugzak om. Hij knipoogde alleen maar geheimzinnig en bood haar een arm aan toen ze vroeg wat daarin zat. Ze liepen naar Tryvann. Op de bergtop recht boven het water konden ze de honderd meter hoge radio- en televisiemast zien. Die stuurde al jaren geen signalen meer door en nu stond de mast bij de poort van Oslo als een wachter zonder wapens. Af en toe kwam er een auto of een jogger voorbij, maar toen ze een pad namen dat langs het water liep, zagen ze niemand meer.

'Dit is een mooie plek,' zei hij wijzend naar een omgevallen boom.

Ze gingen zitten. Het maanlicht liep als een gele middenstreep over het asfaltzwarte water voor hen. Hij sloeg een arm om haar schouder. 'Vertel me eens over Harry.'

'Harry?' antwoordde Katrine verbijsterd. 'Hoezo?'

'Houden jullie van elkaar?'

Ze lachte of hoestte, ze wist zelf niet wat. 'Waarom denk je dat in hemelsnaam?'

'Ik heb ogen in mijn hoofd.'

'Wat bedoel je?'

'Toen ik Harry in de bar zag, viel het me op dat hij uit het gezicht van Gert gesneden leek. Of omgekeerd.' Arne lachte. 'Maar kijk niet zo verschrikt, Katrine. Jouw geheim is veilig bij me.'

'Hoe weet je hoe Gert eruitziet?'

'Je hebt me foto's laten zien. Ben je dat vergeten?'

Ze gaf geen antwoord, luisterde slechts naar de sirene beneden in de stad. Er was ergens brand en ze zou hier nu niet moeten zijn. Zo simpel was het, maar hoe moest ze dat aan hem uitleggen? Kon ze het cliché gebruiken dat het niet aan hem lag, maar dat er iets mis was met haar? Want dat was waar, afgezien van Gert, het was haar gelukt om alles wat in haar leven mooi was kapot te maken. Het was overduidelijk dat de man die naast haar zat van haar hield en ze zou wensen dat ze in staat was ook van hem te houden. Want ze verlangde er niet alleen naar dat er van haar gehouden werd, maar ook dat ze zelf van iemand hield. Maar hij was het dus niet. Hij had haar dichter tegen zich aan getrokken, de man die zulke droevige ogen had en zoveel wist. Ze opende haar mond om het te zeggen zonder dat ze besloten had hoe ze het zou formuleren, ze wist alleen dat ze het moest zeggen. Maar hij was haar voor.

'Ik weet niet eens of ik wil weten wat jij en Harry hadden. Het enige wat telt is dat jij en ik nu samen zijn. En dat we van elkaar houden.' Hij greep haar hand, bracht hem naar zijn lippen en kuste hem. 'Ik wil dat je weet dat ik plaats genoeg heb voor zowel jou als Gert. Maar niet voor Harry Hole, ben ik bang. Is het te veel gevraagd om geen contact meer met hem te hebben?'

Ze staarde hem aan.

Hij hield haar hand tussen de zijne. 'Wat zeg je daarop, schat? Is dat goed?'

Katrine knikte langzaam. 'Het klopt,' zei ze.

Arnes gezicht lichtte op met een grote lach voordat ze de zin afsloot met: '...dat ís te veel gevraagd.'

Zijn lach verdween deels, maar het lukte hem er nog iets van te behouden.

Ze had direct spijt, nu zag hij eruit als een geslagen hond. Zo zag ze dat de fles die hij bezig was uit zijn rugzak te halen een Montrachet was, de witte wijn die volgens hem haar favoriet was. Oké, misschien was hij niet de man van haar leven, maar hij kon wel de man voor deze avond zijn. Dat moest ze zichzelf gunnen. Eén nacht. Dan moest ze morgen de stand maar opmaken.

Arne ging weer met zijn hand in de rugzak.

'En dan heb ik ook nog dit...'

'Gregersen.'

'Sung-min Larsen, Kripos. Het spijt me dat ik je op vrijdagavond thuis bel, maar ik heb alle directe nummers van het forensisch lab geprobeerd en nergens werd opgenomen.'

'We hebben inderdaad weekend, ja. Maar het is goed, Larsen, wat wil je weten?'

'Ik heb een vraag over de analyse van de in beslag genomen cocaine op Gardermoen. De partij waardoor de politiemensen die hem ophaalden in de problemen kwamen.'

'Ik weet over welke partij je het hebt.'

'Weet jij wie de analyse heeft gedaan?'

'Ja, dat weet ik.'

'En?'

'Niemand.'

'Pardon?'

'Niemand.'

'Wil je nu zeggen, Gregersen, dat niemand de partij heeft geanalyseerd?'

Priem keek haar aan. De Vrouw, zijn uitverkorene. Had hij het goed gehoord? Had ze gezegd dat ze de ring met diamant niet wilde?

Eerst had ze vier vingers tegen haar mond gelegd, een korte blik op het doosje geworpen dat hij voor haar hield en daarna had ze uitgeroepen: 'Ik kan die niet aannemen.'

Een dergelijke, spontane paniekreactie is natuurlijk niet zo verwonderlijk als je ermee werd overvallen, dacht Priem. Als iemand je iets wil geven, een symbool voor de rest van je leven, iets wat zo groot is dat je het niet in één zin kan beschrijven.

Dus hij had haar op adem laten komen voordat hij de woorden herhaalde die hij vooraf had bedacht bij het aanbieden van de ring: 'Neem deze ring. Neem mij. Ik hou van je.'

Maar opnieuw schudde ze haar hoofd. 'Dank, mijn beste vriend. Maar het zou niet goed zijn.'

Niet goed? Wat kon er beter zijn? Priem had het haar uitgelegd, hij had elke øre opzijgelegd en gewacht op deze gelegenheid want die was helemaal goed. Meer dan dat, die was perfect! Kijk maar, zelfs de hemellichamen in het zwarte fluweel boven hen vonden dat dit een speciale gelegenheid was.

'Het is een perfecte ring,' zei ze. 'Maar niet voor mij.'

Ze hield haar hoofd schuin en keek hem aan met een bedroefde blik die hem moest vertellen hoe naar ze het vond. Dat wil zeggen, hoe naar ze het voor hém vond.

Ja, hij had het goed gehoord.

Priem hoorde het geruis. Niet het milde briesje door de boomkruinen dat hij zich had voorgesteld, maar geruis van een televisie die geen programma's meer ontvangt, die helemaal verloren is, geen contact heeft, geen reden van bestaan, geen doel. Het geruis werd steeds luider, de druk in zijn hoofd nam toe, het was al niet meer om uit te houden. Hij moest verdwijnen, ophouden te bestaan. Maar verdwijnen kon hij niet, hij kon zichzelf niet nullificeren. Dus zíj moest verdwijnen. Ze moest ophouden te bestaan. Of – die gedachte kwam nu bij hem op – hij, de ander, moest verdwijnen. De oorzaak. Hij die haar had vergiftigd, haar had verblind, haar in de war had gemaakt. Hij die ervoor had gezorgd dat ze het verschil niet meer zag tussen zijn, Priems, echte liefde en die van de ander, de parasiet, de manipulator. Hij, de politieman, was haar toxoplasmose.

'Maar als de ring niet voor jou is,' zei Priem en hij sloot het doosje, 'dan is dit het wel.'

De maansverduistering boven hen was begonnen, als een gulzige kannibaal begon de nacht aan de linkerkant van de maan te knagen.

Maar er was nog voldoende maanlicht voor hen tweeën en hij zag dat haar pupillen groter werden terwijl ze naar het mes staarde dat hij in zijn hand hield.

'Wat...' zei ze. Haar stem klonk schor en ze slikte voordat ze verderging: '...is dat?'

'Wat denk je dat het is?' vroeg hij.

Hij zag aan haar blik dat ze het dacht, zag dat haar lippen de woorden vormden, maar dat die niet wilden komen. Dus hij zei het voor haar: 'Dat is een moordwapen.'

Ze leek iets te willen zeggen, maar hij sprong op en ging achter haar staan. Hij trok haar hoofd achterover en duwde het snijvlak tegen haar keel. 'Dit is het moordwapen dat de halsslagader van Susanne Andersen en Helene Røed heeft doorgesneden. En nu zal dat bij jou gebeuren. Als je niet precies doet wat ik zeg.'

Hij trok haar hoofd zo ver naar achteren dat hij haar in de ogen kon kijken.

Zoals ze elkaar nu zagen, zo zagen ze elkaars werelden ook. Ja, misschien was het nooit wat geworden. Misschien had hij dat ook geweten. Misschien dat hij om die reden deze alternatieve oplossing had bedacht als ze de ring niet accepteerde. Hij had verwacht dat ze vol ongeloof naar hem zou kijken, maar dat was niet het geval. Ze leek elk woord dat hij zei te geloven.

Mooi.

'Wa... wat moet ik doen?'

'Je moet die politieman bellen en hem voor iets uitnodigen waar hij geen nee op kan zeggen.'

HOOFDSTUK 50

Vrijdag. Gemiste oproepen.

De gerant nam de hoorn van de vaste telefoon op. 'Frognerseter restaurant.'

'Met Harry Hole. Ik probeer inspecteur Katrine Bratt te pakken te krijgen, die vanavond bij jullie in het restaurant eet.'

De gerant schrok. Niet alleen omdat de telefoon duidelijk op de luidspreker stond, maar omdat er iets bekends was aan zijn naam. 'Ik kijk nu op de gastenlijst, meneer Hole. Maar ik zie geen reservering op haar naam staan.'

'Die is waarschijnlijk gemaakt op naam van haar metgezel. Hij heet Arne, een achternaam heb ik niet.'

'Geen Arne, maar ik heb een aantal achternamen zonder voornaam.'

'Oké, hij is blond en draagt mogelijk een sixpence. Zij is donker en heeft de r van Bergen.'

'Aha, ja, ze aten buiten, het was mijn tafel.'

'Aten?'

'Ja, ze zijn inmiddels vertrokken.'

'Hm, heeft u iets gehoord waaruit op te maken valt waar ze naartoe gingen?'

De gerant aarzelde. 'Ik weet niet of ik...'

'Het is belangrijk, het gaat om de zaak van de vermoorde vrouwen.'

De gerant wist nu waar hij de naam van herkende.

'De man kwam eerder en vroeg of hij twee wijnglazen kon lenen.

Hij had een fles Remoissenet Chassagne-Montrachet bij zich en wilde bij Tryvann een aanzoek doen, dus ik heb hem de glazen meegegeven. Het was een fles uit 2018, begrijpt u.'

'Bedankt.'

Harry stak zijn hand uit en drukte op het hoorntje van de telefoon die op Aunes deken lag om het gesprek te beëindigen.

'We moeten onmiddellijk naar Tryvann. Truls, bel jij de alarmcentrale en zeg dat ze een surveillancewagen moeten sturen! Met sirene.'

'Ik zal het proberen,' zei Truls en hij trok zijn mobiel tevoorschijn.

'Klaar, Øystein?'

'O, heb je de Mercedes nodig?'

'Succes,' zei Aune.

Ze waren alle drie op weg naar de deur toen Harry zijn telefoon uit zijn zak haalde, op het schermpje keek en ineens stil bleef staan met aan weerszijden van de drempel een voet. De deur viel dicht en sloeg de telefoon uit zijn hand. Hij bukte zich en pakte hem van de grond.

'Wat is er?' riep Øystein vanaf de gang.

Harry haalde diep adem. 'Een oproep van Katrines telefoon.' Hij registreerde dat hij automatisch de mogelijkheid had opengelaten dat ze niet zelf belde.

'Moet je niet opnemen?' vroeg Aune vanuit bed.

Harry keek hem ernstig aan, knikte, drukte op 'opnemen' en hield de telefoon tegen zijn oor.

'Weet je het zeker?' vroeg wachtcommandant Briseid.

De oudere brandweerman knikte.

Briseid zuchtte, wierp een blik op de brandende villa waar zijn manschappen druk in de weer waren met slangen. Hij keek op naar de maan. Die zag er vanavond vreemd uit, alsof er iets mee aan de hand was. Hij zuchtte weer, duwde de brandweerhelm wat naar achteren op zijn hoofd en begon te lopen naar de enige politieauto. Die was van de verkeerspolitie en die was een poosje na hun eigen brandweerwagens gearriveerd. In de kazerne hadden ze om 20.50 uur de melding binnengekregen van een brand in de villa in Gaustad en het had twee minuten en vijfendertig seconden geduurd voor Briseid en zijn mannen ter plaatse waren. Niet dat het een ramp was geweest als het een paar minuten later was. Het ging om een huis dat al eerder in brand had gestaan en nu al jaren leegstond, dus weinig kans dat er mensen in levensgevaar waren. Ook was er geen gevaar voor de omliggende villa's. Het was niet ongebruikelijk dat baldadige jeugd brand stichtte in leegstaande huizen, maar of de brand aangestoken was of niet moesten ze later uitzoeken, nu was het een kwestie van blussen. Zo bekeken was het bijna een oefening. Het probleem was dat het huis dicht bij de rondweg stond en dat de dikke, zwarte rook over de weg dreef, om die reden was de verkeerspolitie komen kijken. Gelukkig voor hen was de gebruikelijke vrijdagmiddagfile al opgelost, maar vanwaar Briseid stond kon hij toch de koplampen van auto's zien – tenminste de koplampen die niet door de dikke rook waren ingepakt – en stond het verkeer stil op de ringweg. Volgens de verkeerspolitie stond het verkeer bij het kruispunt Smestad tot aan Ullevål in beide richtingen muurvast. Briseid had de vrouwelijke politieagent verteld dat het nog wel even zou duren voor ze de brand meester waren en de rook was opgelost, dus de automobilisten moesten rekening houden met enige vertraging. Ze hadden de autoweg nu in beide richtingen afgesloten zodat de file niet nog langer werd.

Briseid liep naar de politieauto. De politieagente liet het raam zakken.

'Je moet toch nog wat collega's oproepen,' zei hij.

'O?'

'Zie je die man daar?' Briseid wees naar de oudere brandweerman die bij een van de brandweerwagens stond. 'We noemen hem Sniff. Dat is omdat hij dé geur kan onderscheiden van alle andere geuren als er iets in brand staat. Sniff vergist zich nooit.'

'Dé geur?'

'Ja, díé geur.'

'En dat is?'

Was ze onnozel? Briseid: 'Je kent de geur van een barbecue? Het is de geur van een barbecue.'

Hij zag aan haar gezichtsuitdrukking dat het muntje viel. Ze greep de microfoon van de politieradio.

'Wat is er?'

'Wat er is?' klonk Harry's ietwat verblufte stem aan de andere kant van de lijn.

'Ja! Wat is er aan de hand? Ik heb net mijn telefoon weer aangezet en er zijn zeven gemiste oproepen van jou.'

'Waar ben je nu en wat doe je?'

'Waarom vraag je dat? Is er iets?'

'Geef gewoon antwoord.'

Katrine zuchtte. 'Ik ben op weg naar het metrostation van Frognerseter. Ik ben van plan thuis een paar stevige borrels te drinken.'

'En Arne? Is hij bij jou?'

'Nee.' Katrine liep dezelfde weg terug die ze samen hadden gelopen, maar nu een stuk sneller. De maan boven haar was bijna verteerd, misschien was het daarom dat ze besloten had te stoppen met de langzame kwelling en het mes recht in zijn hart te planten. 'Nee, we zijn niet meer samen.'

'Zoals in dat hij nu niet bij je is?'

'Beide opties.'

'Wat is er gebeurd?'

'Tja, wat is er gebeurd? De korte versie is dat Arne in een andere en vast en zeker een betere wereld leeft dan ik. Hij weet alles over het universum en toch is de wereld voor hem een roze plek waar je de dingen ziet zoals ze zouden moeten zijn en niet zoals ze eigenlijk zijn. Mijn en jouw wereld, Harry, is een lelijke plek. Maar dat is de realiteit. Zo bekeken moeten we alle Arnes benijden. Ik was van plan het nog een avond met hem uit te houden, maar ik ben een slecht mens. Er brak iets in me en ik moest hem vertellen hoe het werkelijk zat en dat ik niet langer kon blijven.'

'Je… eh, hebt het uitgemaakt?'

‘Ik heb het uitgemaakt.’

‘En waar is hij nu?’

‘Toen ik vertrok zat hij bij Tryvann samen met een fles Montrachet en een paar kristallen glazen te snikken. Maar genoeg over mannen, waarvoor belde je?’

‘Ik bel omdat ik geloof dat er in het forensisch lab van die partij cocaïne is gestolen. En dat het Arne was die dat heeft gedaan.’

‘Arne?’

‘We sturen een arrestatieteam om hem op te pakken.’

‘Ben je gek geworden, Harry? Arne werkt niet in het forensisch lab.’

Harry was even stil.

‘Waar…?’

‘Arne Sæten is wetenschapper en docent in de fysica en de astronomie aan de universiteit.’

Ze hoorde Harry zacht ‘verdomme’ zeggen en ‘Truls! Annuleer dat arrestatieteam’ roepen.

Toen was hij weer terug bij haar. ‘Sorry, Katrine. Het lijkt erop dat ik over de houdbaarheidsdatum ben.’

‘O, ja?’

‘Dit is al de derde keer dat ik all-in ga en me in deze verrekte zaak vergis. Ik ben klaar voor de schroothoop.’

Ze lachte. ‘Je bent alleen overwerkt, net als de rest van ons, Harry. Zet je hoofd uit en zorg dat je wat uitrust. Zou je niet met Alexandra Sturdza en Helge Forfang naar de maansverduistering gaan kijken? Het kan nog, de maan is nog maar voor de helft verduisterd, zie ik.’

‘Hm, oké. Tot gauw.’

Harry verbrak de verbinding, boog voorover op zijn stoel en legde zijn hoofd in zijn handen. ‘Verdomme, verdomme.’

‘Wees niet zo streng voor jezelf, Harry,’ zei Aune.

Hij gaf geen antwoord.

‘Harry?’ zei Aune zacht.

Harry tilde zijn hoofd op. ‘Ik kan het niet loslaten,’ zei hij met schorre stem. 'Ik weet dat ik gelijk heb. Dat ik bíjna gelijk heb. Mijn gedachtegang klopt, er zit alleen ergens een fout. Ik moet die gewoon vinden.'

Nu gebeurt het, had Thanh gedacht toen ze zijn hand dichter bij haar gezicht zag komen.

Wat er precies zou gebeuren, dat was haar niet duidelijk geweest. Alleen dat het iets gevaarlijks was. Spannend gevaarlijk. Iets waarvoor ze bang zou moeten zijn, iets waarvoor ze bang wás geweest, maar nu niet meer. Want het was niet gevaarlijk, daar was ze van overtuigd, iets in hem had haar dat verteld.

Zijn hand was gestopt. Was bevroren in de lucht en vormde een pistool. Toen was het haar duidelijk geworden dat het niet om haar ging, maar dat hij wees. Ze had haar hoofd gedraaid in de richting van zijn wijsvinger, ze had zich iets moeten oprichten op haar ellebogen om over de rand te kunnen kijken. Onwillekeurig had ze haar adem ingehouden.

Daar, badend in het maanlicht op een open plek in het bos, onder in een kuil, zag ze vier, nee, vijf vossen. Vier welpjes in een geluidloos spel en een volwassen vos die over ze waakte. Een van de welpen was iets groter dan de andere en naar dat welpje staarde ze.

'Is dat...' fluisterde ze.

'Ja,' fluisterde Jonathan. 'Dat is Nhi.'

'Nhi. Hoe weet je dat ik hem Nhi heb genoemd?'

'Ik zag je. Je zei die naam toen je met hem speelde en hem eten gaf. Je zei meer tegen hem dan tegen mij.' In het donker kon ze zien dat hij glimlachte.

'Maar hoe... is dit gegaan?' fluisterde ze knikkend naar de vossen.

Jonathan zuchtte. 'Ik ben zo'n idioot die verboden dieren in ontvangst neemt. Zoals van die man die twee roze Mount Kaputar-slakken had en me zover heeft gekregen dat ik er eentje nam omdat hij dacht dat de kans groter was dat een ervan overleefde als ze apart van elkaar werden verzorgd. Ik had nee moeten zeggen. De winkel zou worden gesloten als de politieman het had ontdekt. Ik kon maar moeilijk in slaap komen nadat ik hem door de wc had gespoeld. Maar met Nhi heb ik er tenminste goed over na kunnen denken. Ik wist dat we hem op de lange duur niet konden blijven verstoppen en dan zou de dierenbescherming hem in beslag nemen en laten inslapen. Dus ik nam hem mee naar de dierenarts, zij zei dat hij gezond was en daarna heb ik hem uitgezet bij deze vossenfamilie. Ik wist dat die hier zat. Het was natuurlijk niet zeker dat ze Nhi zouden accepteren en ik wist hoe dol je was op het welpje. Dus ik besloot niets te zeggen tot ik, na een paar tochten hiernaartoe, er zeker van was dat het goed ging.'

'Je wilde het me niet vertellen omdat je bang was dat ik teleurgesteld zou worden?'

Ze zag dat Jonathan wat heen en weer schoof. 'Ik vind gewoon dat het moeilijk is hoop te hebben als later blijkt dat die vergeefs was en dat het niet zo gaat zoals je hebt gedacht en gedroomd.'

Omdat jij daar het nodige van afweet, dacht Thanh. Op een dag zou ze daar meer over horen. Maar op het moment wist ze niet of het kwam door het donker, de roes van blijdschap en opluchting, de maan of alleen maar dat ze zo moe was dat ze haar armen om hem heen wilde slaan.

'Het zal wel laat voor je zijn,' zei hij. 'We kunnen nog een keer terugkomen als je wil.'

'Ja,' fluisterde ze. 'Heel graag.'

Toen ze terugliepen, moest ze haar best doen om hem bij te houden. Niet omdat hij zo snel liep, maar hij leek het gewend in het donker door het bos te lopen. Toen ze over de open plek liepen die verlicht werd door de maan, bestudeerde ze zijn rug. Ook zijn lichaamstaal, zijn houding, was anders dan in de winkel in de stad. Hij straalde rust en plezier uit, een ongedwongenheid alsof hij hier thuishoorde. Misschien deed het hem ook plezier dat hij haar blij had gemaakt. Daar verdacht ze hem wel van. Hij probeerde het natuurlijk te verbergen, maar hij had zijn geheim prijsgegeven, ze zou zich niet meer voor de gek laten houden door zijn zure uiterlijk.

Ze liep op een drafje achter hem aan. Misschien vond hij dat ze na een uur ook thuishoorde in het bos, hij vond in elk geval duidelijk dat hij haar niet meer hoefde te helpen.

Ze slaakte een kreetje en deed of ze struikelde. Hij stond direct stil en verblindde haar met zijn hoofdlamp. 'O, sorry, ik… gaat het?'

'Ja, hoor,' zei ze en ze stak haar hand uit.

Hij pakte die.

Thanh vroeg zich af of ze verliefd was. En zo ja, hoelang dan al. En hoe moeilijk het zou zijn hem daarvan te overtuigen.

HOOFDSTUK 51

Vrijdag. Priem.

'Ik had verwacht dat je opgeluchter zou zijn, Harry,' zei Aune. 'Wat is er aan de hand?'

Øystein en Truls hadden zojuist de kamer verlaten.

Harry keek naar zijn vriend die binnenkort dood zou gaan. 'Er is een oudere dame in Los Angeles. Ze raakte in de problemen en ik heb geprobeerd om... nou ja, de zaak te fiksen.'

'Is dat de reden dat je naar huis bent gekomen?'

'Ja.'

'Ik dacht al dat er iets anders moest zijn als je een klus wilde doen voor Markus Røed.'

'Hm, ik zal het je de volgende keer vertellen, ik denk dat het een hele kluif is voor een psycholoog.'

Aune bromde en pakte de hand van zijn vriend. 'De volgende keer, Harry.'

Harry voelde tot zijn schrik dat er tranen in zijn ogen schoten. Hij omklemde de hand van Ståle. Zei niets omdat hij wist dat zijn stem zou breken. Hij knoopte zijn jas dicht en liep snel naar de gang.

Øystein en Truls, die vijf meter verderop bij de lift stonden, draaiden zich naar hem om.

Harry's telefoon trilde. Wat moest hij zeggen als het de politie in Los Angeles was? Hij pakte de telefoon en keek erop. Het was Alexandra, hij had natuurlijk moeten doorgeven dat het hem niet lukte op tijd voor de maansverduistering te zijn. Hij wachtte met opnemen terwijl hij erover nadacht of hij zin had daarnaartoe te gaan. Nu leek een borrel of vijf in zijn eentje in de bar van The Thief hem veel aantrekkelijker. Nee, dat niet. Een maansverduistering op het dak van het gerechtelijk lab. Beter. Op het moment dat hij wilde opnemen kwam er een sms'je op zijn scherm. Het was van Sung-min Larsen.

'Hoi,' zei hij terwijl hij het bericht begon te lezen.

'Hoi, Harry.'

'Ben jij het, Alexandra?'

'Ja.'

'Het is jouw stem,' zei Harry en zijn blik gleed over de rest van het bericht. 'Die klinkt zo anders.'

DE COCAÏNE WERD NIET GEANALYSEERD DOOR HET FORENSISCH LAB OMDAT ZE DAARVOOR DE CAPACITEIT NIET HADDEN EN WERD DOORGESTUURD NAAR HET GERECHTELIJK LAB. DAAR HEEFT ENE HELGE FORFANG DE ANALYSE GEDAAN, HIJ HEEFT DIE OOK GEDATEERD EN GEAUTORISEERD. SUNG-MIN.

Harry had het gevoel dat zijn hart stilstond. Beelden flakkerden voor zijn ogen, losse stukjes die tegen elkaar waren gebotst vielen nu in de loop van verbluffend weinig seconden in elkaar. Alexandra die had verteld dat het forensisch lab soms, bij gebrek aan analysecapaciteit, stoffen naar het gerechtelijk lab stuurde. Helge die Harry onomwonden had verteld dat de toxoplasma gondii-parasiet zijn vakgebied was. Alexandra die hem had verteld dat ze Helge had uitgenodigd voor het dakterrasfeest, het soort feest waarop mensen zomaar verschenen. De obductietechnicus die makkelijk DNA-materiaal in de lijken van Susanne en Bertine had kunnen plaatsen om verdenkingen in een bepaalde richting, naar een bepaalde persoon, te sturen. Dat had hij in de obductiezaal kunnen doen nadat de lijken waren gevonden. Maar allereerst: de geur van muskus in de obductiezaal toen Helge daar zojuist was geweest en waarvan Harry had gedacht dat die van de lijken kwam. Dezelfde geur die Harry had geroken toen hij dichter bij Helge was gaan staan toen hij net het oog van Susanne Andersen had opengesneden en waarvan Harry – idioot die hij was – had gedacht dat die uit het oog kwam.

Vele stukjes. En ze pasten in elkaar en vormden een mozaïek, een groot maar helder en scherp beeld. En zoals altijd wanneer stukjes in elkaar pasten, vroeg Harry zich af waarom hij het niet eerder had gezien.

De stem, Alexandra's stem die zo bang klonk dat hij die bijna niet herkende. Die stem was er weer.

'Kun je hierheen komen, Harry?'

Ze klonk smekend. Té smekend. Niet als de Alexandra Sturdza die hij kende.

'Waarheen?' vroeg Harry om tijd te winnen.

'Dat weet je toch, naar het dak van...'

'Het gerechtelijk lab, ja.' Harry gebaarde naar Øystein en Truls terwijl hij weer terugliep naar kamer 618. 'Ben je alleen?'

'Bijna.'

'Bijna?'

'Ik zei toch dat Helge en ik hierheen zouden gaan.'

'Hm.' Harry haalde diep adem en ging zachter praten, hij fluisterde haast. 'Alexandra?' Harry zakte op de stoel naast het bed terwijl Øystein en Truls geluidloos binnenkwamen.

'Ja, Harry?'

'Luister goed naar me. Vertrek geen spier en antwoord alleen met ja of nee. Kan je daar wegkomen zonder dat het verdacht is? Bijvoorbeeld zeggen dat je naar de wc moet of iets moet ophalen?'

Geen antwoord. Harry hield de telefoon iets van zijn oor en de andere drie van de Aune-groep leunden voorover naar de Samsung.

'Alexandra?' fluisterde Harry.

'Ja,' zei ze toonloos.

'Helge is de moordenaar. Je moet daar weg. Het gebouw uit of sluit je ergens op tot wij er zijn. Goed?'

Er klonk gekraak. Toen was er een andere stem, een mannenstem. 'Nee, Harry, niet goed.'

De stem klonk bekend, maar tegelijkertijd ook onbekend, als een andere versie van iemand die je kent. Harry haalde weer diep adem. 'Helge,' zei hij. 'Helge Forfang.'

'Ja,' antwoordde de stem bevestigend. Zijn stem was niet alleen zwaarder dan Harry zich herinnerde, maar ook minder gespannen en zelfverzekerder. Als iemand die al heeft gewonnen. 'Of je kan me Priem noemen. Iedereen die me haat, noemt me zo.'

'Zoals je wil, Priem. Wat is er aan de hand?'

'Dat is absoluut de juiste vraag, Harry. Wat er aan de hand is, is dat ik een mes tegen Alexandra's keel duw en dat ik me afvraag wat de toekomst ons tweeën zal brengen. Of ons drieën misschien, jij maakt er deel van uit. Ik begrijp dat ik ontmaskerd ben, dat ik de stelling moet opgeven, zoals ze in schaken zeggen. Ik had gehoopt dat het nog lang zou duren en hoewel ik wist dat het uiteindelijk zou gaan gebeuren, zou ik toch niets willen veranderen aan wat ik heb gedaan. Ik ben eigenlijk heel trots op wat ik voor elkaar heb gekregen. Ik geloof dat zelfs mijn oom dat zal zijn als hij erover leest. Dat wil zeggen, in de korte tijd dat zijn door parasieten aangetaste hersenen in staat zijn het vast te houden.'

'Priem...'

'Nee, Harry, ik ben op geen enkele manier van plan mijn straf te ontlopen. Ik was eigenlijk van plan me van het leven te beroven als alles voorbij was, maar er zijn dingen gebeurd. Dingen waardoor ik verder wil leven. Daarom wil ik onderhandelen voor een mildere straf. Maar je moet natuurlijk iets hebben om mee te kunnen onderhandelen, dus ik heb deze gegijzelde en ik kan beslissen over haar leven of dood. Ik weet zeker dat je het begrijpt, Harry.'

'De beste zet om een mildere straf te krijgen is Alexandra vrij te laten en je direct over te geven aan de politie.'

'Dat zou voor jou het beste zijn, bedoel je. Mij uit de weg ruimen om zelf vrij baan te krijgen.'

'Vrij baan voor wat, Priem?'

'Hou je niet van de domme. Vrij baan voor Alexandra. Je hebt haar geïnfecteerd, ervoor gezorgd dat ze je begeert, dat ze het idee heeft dat je haar iets te bieden hebt. Echte liefde, bijvoorbeeld. Nou, nu heb je de kans te bewijzen dat die echt is. Wat zeg je van een uitruil, dat je haar plaats inneemt?'

'En jij laat haar gaan?'

'Natuurlijk. Geen van ons wil dat Alexandra iets overkomt.'

'Oké, dan stel ik voor hoe we dat gaan doen.'

Helges lach was hoger dan zijn stem. '*Nice try*, Harry, maar ik geloof dat we het volgens mijn plan doen.'

'Hm, en dat is?'

'Dat je met de auto hierheen komt, samen met één andere persoon. Dat jullie midden op de parkeerplaats voor het gebouw parkeren zodat ik jullie tweeën kan zien. Jullie – alleen jullie tweeën – stappen uit en gaan het gebouw binnen, ik zal zorgen dat jullie naar binnen kunnen. Op dat moment zijn je handen al geboeid op je rug. Begrepen?'

'Ja.'

'Jullie nemen de lift omhoog, lopen naar de deur naar het dak, zetten die op een kier en roepen dat jullie er zijn. Als jullie het dak op komen stormen, snij ik de keel van Alex door. Dat begrijp je ook, neem ik aan?'

Harry slikte. 'Jazeker.'

'Dus als ik zeg dat het kan, lopen jullie zonder naar me te kijken achterwaarts door de deur het dak op.'

'Achterwaarts?'

'Zo doen ze dat toch in een extra beveiligde gevangenis, nietwaar?'

'Ja.'

'Dan begrijp je het. Jij gaat eerst. Acht stappen naar achteren. Dan stop je en ga je op je knieën zitten. Degene die je bij je hebt doet vier stappen naar achteren en knielt dan ook. Als het niet precies zo gaat…'

'Ik begrijp het. Acht en vier stappen achterwaarts.'

'Mooi, je bent snel van begrip. Ik zet het mes op jouw keel terwijl Alexandra naar de deur loopt. Jouw metgezel loopt met haar mee naar de auto en zij rijden weg.'

'En dan?'

'Dan kan de voorstelling beginnen.'

Er viel een stilte.

'Ik weet wat je denkt, Harry. Waarom een goede gegijzelde omwisselen voor een slechtere? Waarom een jonge, onschuldige vrouw opgeven van wie de politie en politici weten dat ze op veel grotere sympathie bij het publiek kan rekenen dan een oude, afgedankte rechercheur?'

'Nou...'

'Het antwoord is simpelweg dat ik van haar hou, Harry. Als ik wil dat ze bereid is om op me te wachten tot ik een vrij man ben, moet ik haar mijn ware liefde tonen. Ik geloof dat de jury dat ook zal waarderen.'

'Dat weet ik wel zeker,' zei Harry. 'Zullen we zeggen dat we elkaar over een uur zien?'

De hoge lach schalde weer door de telefoon. '*Nice try again*, Harry. Je denkt toch niet dat ik jou voldoende tijd wil geven om de mobiele eenheid en de halve politiemacht op te trommelen?'

'Oké, maar we zitten wel een eindje van jou vandaan. Hoeveel tijd krijgen we om daar te komen?'

'Ik geloof dat je liegt, Harry. Ik geloof dat je niet zo ver weg bent. Kan je de maan zien vanwaar je bent?'

Øystein liep snel naar het raam en knikte.

'Ja,' zei Harry.

'Dan zie je dat de maansverduistering net is begonnen. Als de maan helemaal verduisterd is, snij ik de keel van Alexandra door. Dus je hebt maar beperkt de tijd.'

'Maar...'

'Als de astronomen het goed hebben uitgerekend, heb je... laten we zeggen... tweeëntwintig minuten. Nog één ding. Ik heb overal ogen en oren, zie of hoor ik dat de politie of wie dan ook is gealarmeerd voordat jij hier bent dan sterft Alexandra. Dus haast je.'

'Maar...' Harry stopte en hield de telefoon omhoog om de anderen te tonen dat de verbinding verbroken was. Hij keek op de klok. Helge

Forfang had hun voldoende tijd gegeven. Via de rondweg was het niet meer dan zes minuten naar het gerechtelijk lab.

'Hebben jullie het begrepen?' vroeg hij.

'Deels,' zei Aune.

'Hij heet Helge Forfang, werkt in het gerechtelijk lab en heeft op het dak een collega gegijzeld. Nu wil hij haar ruilen voor mij. We hebben twintig minuten. We kunnen geen contact opnemen met de politie, doen we dat wel, dan is de kans groot dat hij dat ontdekt. We gaan daar nu heen, maar slechts een van jullie kan met me mee.'

'Dat ben ik,' zei Truls beslist.

'Nee,' zei Aune, net zo beslist.

De anderen keken hem aan. 'Je hebt hem gehoord, Harry. Hij zal je vermoorden. Om die reden wil hij je hebben. Hij houdt van haar, maar hij haat jou. Hij zal niet onderhandelen. Misschien heeft hij geen consistente kijk op de realiteit, maar hij weet net zo goed als jij en ik dat er geen strafvermindering zal zijn omdat hij jou als gegijzelde heeft gevraagd.'

'Mogelijk,' zei Harry. 'Maar zelfs jij kan niet precies de mate van zijn verstandsverbijstering inschatten, Ståle. Hij kán het werkelijk menen en geloven.'

'Maar erg waarschijnlijk is dat niet en daar wil jij je leven voor riskeren?'

Harry haalde zijn schouders op. 'De klok tikt, mijne heren. En ja, ik geloof dat het goed is een jonge, talentvolle wetenschapper te verruilen voor een oude, afgedankte moordrechercheur. Dat is simpele wiskunde.'

'Precies!' zei Aune. 'Het is simpele wiskunde.'

'Mooi, dan zijn we het eens. Zullen we gaan, Truls?'

'We hebben een probleem,' zei Øystein bij het raam. Hij toetste wat in op zijn telefoon. 'Ik zie dat het verkeer hierbeneden muurvast staat. Heel ongewoon rond deze tijd. Ik zie nu op de website van NRK dat de verkeerspolitie de ringweg heeft afgesloten vanwege rookwolken over de weg van een brandend huis. Dat betekent dat de sluipwegen overvol zijn en als taxichauffeur kan ik jullie garanderen dat we het niet in twintig minuten halen. Ook niet in dertig.'

De vijf mannen in de kamer, Jibran incluis, staarden elkaar aan.

'Juist,' zei Harry, weer op de klok kijkend. 'Truls, heb je zin om je politieautoriteit die je niet hebt te misbruiken?'

'Graag,' zei Truls.

'Mooi. Dan gaan we naar beneden naar de Spoedeisende Hulp en vorderen we een ambulance met zwaailicht en sirene, wat zeg je daarvan?'

'Dat klinkt leuk.'

'Stop!' riep Aune, hij sloeg met zijn vuist op zijn nachtkastje, waardoor het plastic bekertje omviel en water op de vloer spatte. 'Horen jullie niet wat ik zeg?'

HOOFDSTUK 52

Vrijdag. Sirenes.

Priem hoorde het geluid van de sirene stijgen en dalen in de steeds donkerder wordende avond. Binnenkort zou de hele maan zijn opgegeten en de hemel zou slechts worden verlicht door de lichten van de stad eronder. Het was geen politiesirene en ook niet een van de brandweer die hij eerder vanavond had gehoord. Het was een ambulance. Natuurlijk was het een ambulance op weg naar het Rikshospital, maar iets zei hem dat het Harry Hole was die zijn aankomst aankondigde. Priem had de politieradio uit de tas gehaald en hem aangezet. Uiteraard was het mogelijk dat Harry zijn collega's informeerde zonder dat het op de ether kwam, Priem was niet de eerste crimineel met toegang tot de radiofrequenties van de politie. Maar door het rustige radioverkeer en de ontspannen sfeer kreeg Priem de indruk dat er in elk geval niet veel politiemensen op de hoogte waren van wat er gebeurde. Het meest dramatische van deze avond was het verkoolde lijk in de brandende villa in Gaustad.

Priem had zijn stoel vlak achter die van Alexandra gezet zodat ze allebei naar de metalen deur konden kijken waardoor de politieman en zijn metgezel binnenkort hun entree zouden maken. Hij had overwogen om Harry alleen te laten komen, maar het was niet uit te sluiten dat Alexandra met de nodige dwang meegenomen moest worden. Af en toe nam een windvlaag de geur van rook uit Gaustad mee, dat slechts een halve kilometer of zo hiervandaan lag. Priem wilde de rook niet inademen. Hij wilde niet nog meer Markus Røed in zich hebben. Hij was klaar met de haat. Nu was er alleen de liefde. Jazeker, haar eerste reactie was afwijzing geweest. Vreemd was dat niet. Hij was er zo vol ingegaan dat het natuurlijk een schok voor Haar was geweest en de automatische reactie op een schok is vluchten. Ze had immers gedacht dat ze alleen maar vrienden waren! Misschien had ze echt gedacht dat hij homo was. Misschien had hij het verkeerd begrepen en was het geen flirt dat Zij hem had uitgenodigd voor een feest, was er geen achterliggende gedachte geweest. Hij was daar ook wel een beetje in meegegaan, had gedacht dat Zij dat nodig had en hij had zelfs toegegeven dat hij seks had gehad met een man, zonder te vertellen dat zijn stiefvader hem had verkracht. Alexandra en hij hadden het zo leuk gehad samen, zo fijn! De gedachte dat hij van Haar hield moest nog rijpen, dat was duidelijk, dat met die ring was te vroeg geweest. Ja, de liefde bleef. Maar om de liefde tussen hen tweeën te laten groeien, moest dat wat een schaduw wierp uit de weg worden geruimd.

Priem voelde aan de spuit in zijn binnenzak. Nadat ze met Harry hadden gebeld, had Priem de spuit voor Alexandra's gezicht gehouden en het haar uitgelegd. Misschien wist ze niet genoeg van microbiologie om de ideale toehoorder te zijn, maar met haar medische achtergrond was Zij in elk geval meer dan gemiddeld gekwalificeerd. Gekwalificeerd genoeg om te beseffen wat een doorbraak op het gebied van de parasitologie het was dat hij parasieten had kunnen kweken die tien keer sneller werkten dan de trage, oude parasieten. Maar hij kon niet zeggen dat hij de verwachte oh's en ah's had geoogst toen hij vertelde dat zijn gondii-parasieten binnen een uur Terry Våges hersenen waren binnengedrongen. Kennelijk was ze te bang om zich goed te kunnen concentreren. Ze dacht dat haar leven in gevaar was. En ja, dat was het misschien ook als Harry Hole niet zo voorspelbaar was geweest. Hij wist dat Hole precies zou doen wat hij, Priem, hem opdroeg. Hij hoorde nog tot de oude garde: vrouwen en kinderen eerst. Hij zou op tijd zijn. Eindelijk voelde Priem vreugde, vreugde die er niet was geweest toen hij het hoofd van zijn stiefvader zou koken. Jazeker, de slag was verloren. Alexandra had nee gezegd tegen de ring en Harry Hole had hem ontmaskerd. Maar het was nog oorlog en die zou hij winnen. Allereerst moest hij zich voorgoed ontdoen van zijn rivaal. Zo gaat dat in het dierenrijk en wij mensen zijn – hoe je het ook wendt of keert – dieren. Daarna moest hij natuurlijk de gevangenis in. Maar van daaruit zou hij Haar leren van hem te houden. En dat zou ze doen want met een overwonnen Harry zou ze begrijpen dat hij, en niet de politieman, Haar man was. Zo simpel was het. Niet banaal, maar simpel. Ongecompliceerd. Het was slechts een kwestie van tijd.

Hij keek naar de maan.

Er was nog een klein sikkeltje over, de rest was verduisterd. Maar de sirene kwam dichterbij, ze waren er bijna.

'Hoor je dat hij je komt redden?' Priem ging met zijn wijsvinger over de rug van Alexandra's jas. 'Word je daar blij van? Dat iemand zoveel van je houdt dat hij bereid is voor jou te sterven? Maar je moet weten dat ik nog meer van je hou. Ik was namelijk van plan te sterven, maar besloot voor jou te leven en ik zal je zeggen dat dat een veel groter offer is.'

De sirene verstomde ineens.

Priem stond op en was in twee stappen bij de dakrand. Gele kegels van licht zwiepten over de verlaten parkeerplaats onder hem.

Het was een ambulance.

Twee personen stapten via de achterportieren uit. Hij herkende Harry Hole aan zijn donkere kostuum. De andere droeg iets lichtblauws, het leek wel ziekenhuiskleding. Had Hole een verpleegkundige of een patiënt meegenomen? Hole draaide zijn rug naar het dak en hoewel Priem vanaf het dak de handboeien niet kon zien, zag hij wel dat het licht van de straatlantaarn weerkaatste in metaal. De twee mannen onder hem liepen gearmd naar de toegangsdeur, die precies onder Priem zat.

Priem liet Alexandra's pakje Camel los en hij zag het vallen langs de gevel en met een klap voor de twee mannen op de grond neerkomen. Ze schrokken, maar keken niet omhoog. De man in ziekenhuiskleding pakte het sigarettenpakje op en opende het. Hij haalde er Priems ID-kaart uit en het briefje waarop hij de toegangscode had geschreven en tot welke verdieping ze de lift moesten nemen en dat ze de rechtertrap op moesten om bij de deur naar het dak te komen.

Priem liep terug en ging weer op de stoel achter Alexandra zitten, ze zaten tien meter van de deur.

Priem dacht na. Was hij bang voor wat er stond te gebeuren? Nee. Hij had al drie vrouwen en drie mannen gedood. Maar gespannen was hij wel. Voor de eerste keer zou hij iemand fysiek aanvallen die niet gereduceerd was tot een geprogrammeerde, voorspelbare robot gestuurd door parasieten waarmee hij ze had geïnfecteerd. Ze waren allemaal in de verleiding gebracht om zichzelf te infecteren, om het zo maar te zeggen. Helene Røed en Terry Våge hadden ze samen met alcohol opgedronken, Susanne en Bertine hadden ze op het feest opgesnoven. En de cocaïnedealer op het stationsplein had ze opgesnoven uit Bertines bullet. Op de dag dat ze de partij groene, in beslag genomen cocaïne binnen hadden gekregen was hij op het idee gekomen. Dat wil zeggen, al een poos geleden had hij gehoord van Markus Røeds voorliefde voor cocaïne en hij had zich afgevraagd of er een manier was om hem te infecteren met de parasieten. Maar pas toen de partij binnenkwam, gecombineerd met Alexandra's uitnodiging van een paar dagen eerder voor het terrasfeest, had hij begrepen wat een kans dat was. De paradox was natuurlijk dat drie andere personen de cocaïne opsnoven en daarvoor moesten betalen met hun leven voordat hij eindelijk zijn stiefvader kon infecteren met zijn toxoplasma gondii-variant. Toen deed hij het in het gezondste, natuurlijkste en essentieelste wat een mens nodig heeft. Water. Hij moest lachen als hij daaraan terugdacht. Hij had zelf gebeld en gezegd dat Markus Røed naar het gerechtelijk lab moest komen om het lijk van zijn vrouw te identificeren. Daar had hij het glas water aan Røed gegeven. Hij herinnerde zich zelfs nog woordelijk wat hij had gezegd tegen Røed voordat hij de obductiezaal binnenging: *Ervaring leert dat het beter is om in een geval als dit eerst wat water te drinken.*

De maan was bijna opgegeten en het was nog wat donkerder geworden toen Priem langzame – heel langzame – voetstappen op de trap hoorde.

Hij checkte weer of de spuit in zijn binnenzak klaar was om direct te gebruiken.

De scharnieren van de metalen deur, die op een kier stond, piepten. Een hese stem klonk: 'Wij zijn het.'

De stem van Harry Hole.

Er ontsnapte een onderdrukte snik uit Alexandra. Priem voelde razernij in hem omhoogstijgen en fluisterde in haar oor: 'Verroer je niet en wees stil, schat. Ik wil dat je in leven blijft, maar doe je niet wat ik zeg dan dwing je me jou te doden.'

Priem stond op van zijn stoel. Hij schraapte zijn keel. 'Weten jullie de instructies nog?' Tot zijn genoegen hoorde hij dat zijn stem helder en duidelijk was.

'Ja.'

'Kom naar buiten. Langzaam.'

De deur ging open.

Op het moment dat de gedaante in het donkere kostuum achterwaarts over de hoge drempel stapte, realiseerde Priem zich dat de verduistering totaal was. Automatisch wierp hij een blik op de maan, die recht boven hem stond. De schijf was niet zwart, maar had een rode, onwerkelijke kleur gekregen. Hij leek op een bleke, uitgeputte kwal die alleen genoeg licht had voor zichzelf en niet voor de mensen op aarde.

De gedaante in de deuropening deed het afgesproken aantal stappen naar achteren in de richting van Alexandra en Priem. Hij schuifelde alsof hij enkelboeien droeg. Als een terdoodveroordeelde die naar het schavot gaat, dacht Priem. Die zijn treurige leven met een paar seconden probeert te rekken. Hij kon de gelatenheid en nederlaag in het kromgebogen lichaam zien. Die avond toen Priem Harry Hole en Alexandra had bespioneerd terwijl ze uit eten waren en daarna zo dicht bij elkaar – als een stel – door het Slottspark hadden gelopen, had Hole er zo groot en sterk uitgezien. En dat was hij ook toen Priem ze had geobserveerd in de Jealousy Bar. Nu leek Hole in dat donkere kostuum wel gekrompen tot zijn werkelijke lengte. Hij was ervan overtuigd dat Alexandra hetzelfde dacht, dat het kostuum, speciaal gemaakt voor de man die ze dacht dat Harry Hole was, niet meer paste.

Vier stappen voor Hole stapte de tweede gedaante naar buiten met zijn handen achter zijn hoofd gevouwen. Glom daar in het laatste maanlicht iets, had de man in ziekenhuiskleding een wapen in zijn hand? Nee, het was niets, misschien een ring aan zijn vinger.

Hole bleef staan. Hij leek door de geboeide handen op zijn rug moeite te hebben zonder voorover te vallen op zijn knieën te gaan zitten. De man gedroeg zich al als een lijk. Priem wachtte tot de man in ziekenhuiskleding ook geknield zat.

Toen liep hij naar Hole en tilde zijn rechterhand op, waarin hij de spuit had. Hij mikte op de bleke, bijna witte en slappe nek boven zijn kraag.

Over een paar seconden zou het voorbij zijn.

'Nee!' gilde Alexandra achter hem.

Priem zwaaide met zijn hand. Harry Hole had niet eens de tijd om te reageren voor de punt van de naald zijn nek trof en de naald erin verdween. Hij schokte, maar draaide zich niet om. Priem drukte met zijn duim op de stempel, wist dat de klus geklaard was, dat de parasieten al op weg waren, dat hij ze de kortste weg naar de hersenen had gegeven. Het zou nog sneller kunnen gaan dan bij Våge. Hij zag de voorste man, die in ziekenhuiskleding, zich half omdraaien in het schemerdonker. Opnieuw blonk er iets in diens hand en nu zag Priem het. Het was geen ring, het was de vinger zelf. Die was van metaal.

De man had zich nu helemaal omgedraaid en was opgestaan. Toen ze uit de ambulance stapten was het door zijn gezichtspunt moeilijk te zien geweest dat deze man langer was dan de andere. Bovendien hadden ze beiden kromgebogen gelopen. Nu besefte Priem dat hij het was. De man in ziekenhuiskleding was Harry Hole. Hij zag zijn gezicht nu ook, de lichte ogen en zijn grijnzende mond.

Priem reageerde zo snel hij kon. Hij was erop voorbereid geweest dat ze hem op de een of andere manier probeerden te beduvelen. Dat gebeurde al van jongs af aan. Zo was het begonnen en zo zou het eindigen. Maar hij zou iets meenemen. Iets wat de politieman niet zou krijgen. Haar.

Priem had zijn mes al tevoorschijn gehaald toen hij zich omdraaide naar Alexandra. Zij was ook opgestaan. Hij hief het mes om te stoten. Probeerde haar blik te vangen. Haar te vertellen dat ze zou sterven. Razernij borrelde omhoog. Want ze keek over zijn schouder, naar die verrekte politieman. Het was net als met Susanne Andersen op het terrasfeest: ze keken altijd of ze iets beters zagen. Ook goed, dan zou Harry Hole zien hoe ze stierf, die verdomde hoer.

Harry's blik kruiste die van Alexandra. Ze keek en ze wisten beiden dat hij te ver weg was om haar te kunnen redden. Het enige wat hij nog kon doen was met zijn wijsvinger langs zijn keel gaan in de hoop dat ze het zich nog kon herinneren. Hij zag hoe ze haar schouder naar achteren bracht.

Ze zou niet genoeg tijd hebben. Er wás niet genoeg tijd geweest, dacht hij later. Maar de parasiet had ook het reactievermogen van zijn gastheer beïnvloed. Helges lichaam ontnam hem het zicht op de klap, Harry kon niet zien of haar hand de vorm van een beitel had toen ze hem raakte.

Maar dat moest het geval zijn geweest. Ze moest iets geraakt hebben. En Helge Forfangs instincten moesten het hebben overgenomen. Ze wilden haar niet hebben, ze wilden geen wraak, alleen maar lucht. Helge liet het mes en de spuit vallen en zakte op zijn knieën.

'Ren!' schreeuwde Harry. 'Maar dat je wegkomt!'

Zonder een woord te zeggen stormde Alexandra hem voorbij, ze rukte de metalen deur open en was weg.

Harry liep naar de knielende man in kostuum en keek naar de rug van Helge Forfang, die beide handen tegen zijn keel hield. Er kwamen sissende geluiden uit hem als een lekke band. Maar toen rolde hij ineens om en liggend op zijn rug staarde hij Harry aan. Hij hield de spuit in zijn hand en wees met de punt naar Harry. Helge opende zijn mond, duidelijk om iets te zeggen, maar er kwam niet meer dan gepiep.

‘Hoe gaat het, Ståle?’ vroeg Harry.

‘Tja,’ fluisterde Aune nauwelijks hoorbaar. ‘Is de vrouw gered?’

‘De vrouw is gered.’

‘Dan gaat het goed met me.’

Harry zag de blik van Helge, die op het beton lag. Hij herkende die. Hij had dezelfde blik bij Bjørn gezien toen hij hem op de laatste avond verliet. Toen iedereen hem verlaten had en Bjørn de volgende ochtend gevonden werd in zijn auto nadat hij zich door het hoofd had geschoten. In de tijd daarna had Harry die blik iets te vaak in de spiegel gezien. Toen zijn gedachten aan Rakel en Bjørn ervoor hadden gezorgd dat hij zijn knopen ging tellen.

De spuit die Helge vasthield was niet meer gericht op Harry, maar op zichzelf. Harry zag hoe de spuit het gezicht van Helge naderde. Zag hoe zijn ene oog daarachter schuilging terwijl het andere Harry intens aanstaarde. De buitenste rand van de maan begon weer te schijnen en Helge liet de spuit iets zakken zodat Harry kon zien dat de punt tegen zijn oogbol prikte. De kortste weg naar de hersenen. Hij zag hoe het oog meegaf als een zachtgekookt ei voordat de punt het oppervlak perforeerde en het oog weer zijn oorspronkelijke vorm kreeg. Hij zag hoe Priem de naald dieper naar binnen bracht. Zijn gezicht was uitdrukkingsloos. Voor zover Harry wist zaten er niet zoveel zenuwen in het oog of daarachter, waarschijnlijk was het niet zo pijnlijk als het eruitzag. Ook niet zo moeilijk te doen. Makkelijk eigenlijk. Makkelijk voor een man die zich Priem noemde, makkelijk voor de nabestaanden van de slachtoffers, makkelijk voor Alex, makkelijk voor de rechterlijke macht en makkelijk voor het altijd wraakzuchtige publiek. Ze zouden allemaal krijgen wat ze hebben wilden en dat zonder het slechte gevoel waarmee mensen ook in landen met de doodstraf achterbleven.

Ja, het zou makkelijk zijn.

Te makkelijk.

Met snelle passen was Harry bij hem op het moment dat hij Helge zijn duim zag krommen rond de stempel. Hij liet zich op zijn knieën vallen en sloeg met zijn vuist in de handpalm van de ander. Helge kneep in zijn hand, maar Harry's vuist maakte dat hij de stempel niet naar beneden kon drukken, Helges duim stootte op de onbuigzame vinger van titaan.

'Laat me,' zei Priem kreunend.

'Nee,' zei Harry. 'Jij blijft hier.'

'Maar ik wil hier niet zijn!' jammerde Priem.

'Ik weet het,' zei Harry. 'Daarom juist.'

Hij hield hem vast. Ergens in de verte klonk een bekend deuntje. Politiesirenes.

HOOFDSTUK 53

Vrijdag. Fool.

Alexandra en Harry keken door de ruit van de obductiezaal waar Ståle Aune op een tafel lag en Ingrid Aune op een stoel naast hem zat. Aunes huis was maar vijf minuten rijden hiervandaan en ze was direct gekomen.

Helge Forfang was door de politie afgevoerd en de technische recherche zou hier zo meteen arriveren. Harry had de centrale gebeld en een moord gemeld zonder te zeggen dat het slachtoffer nog niet dood was.

Ineens lachte Aune hoestend daarbinnen en hij sprak luider zodat ze de woorden door de luidspreker konden horen: 'Ja ja, dat herinner ik me, schat. Maar ik dacht dat jij niet geïnteresseerd kon zijn in een man als ik. Kan ik hem nu krijgen?'

Alexandra deed een stap naar voren en zette het geluid uit.

Ze keken naar de twee mensen. Harry was in de zaal geweest toen Ingrid kwam. Haar echtgenoot had uitgelegd dat de parasieten die hij had binnengekregen waarschijnlijk heel snel hun werk zouden doen en dat hij het liefst deze wedstrijd zou winnen. Toen Aune zei dat Harry had aangeboden om het te doen, had Ingrid resoluut haar hoofd geschud. Ze had gewezen naar de duidelijke aderen in Aunes hals en Harry aangekeken, die had geknikt. Hij had haar de morfinespuit gegeven die hij van Alexandra had gekregen en had de zaal verlaten.

Nu zagen ze dat Ingrid haar tranen droogde voordat ze de spuit optilde.

Harry en Alexandra liepen naar buiten, naar de parkeerplaats, en rookten samen met Øystein een sigaret.

Twee uur later – na het verhoor en het gesprek met een politiepsycholoog op het hoofdbureau – brachten Øystein en Harry Alexandra naar huis.

'Tenzij je van plan bent jezelf dood te drinken in The Thief, mag je ook een poosje bij mij komen logeren,' zei ze.

'Bedankt,' zei Harry. 'Ik zal erover nadenken.'

Het was middernacht en Harry zat in de hotelbar. Hij keek naar zijn whiskyglas terwijl hij zijn status probeerde te bepalen. Het was tijd om de rekening op te maken. Welke mensen hij had verloren en welke hij in de steek had gelaten. En de mensen zonder gezicht misschien – alleen maar misschien – die hij had gered. Maar één persoon ontbrak nog in de berekening.

Als antwoord ging op dat moment de telefoon. Hij keek naar het nummer. Het was Ben. Harry wist plotseling zeker dat hij het nu zou horen. Misschien dat hij daarom aarzelde met op het hoorntje te drukken.

'Ben?'

'*Hi Harry. She has been found.*'

'Oké.' Harry haalde adem en leegde zijn glas. '*Where?*'

'*Here.*'

'*Here?*'

'*She is sitting right in front of me.*'

'*You mean... at Creatures?*'

'*Yeah. She and a whisky sour. They took her phone, that's why you couldn't find her. And she moved back to Laurel Canyon when she got out of Mexico. Here she is...*'

Harry hoorde gelach en lawaai. En toen Lucilles stem.

'Harry?'

'Lucille,' was alles wat hij kon uitbrengen.

'*Don't go soft on me, Harry. I've been thinking about what my first words to you would be. And what I came up with, is this.*' Hij hoorde hoe ze diep ademhaalde en half lachend en half verstikt van de tranen met bevende whiskystem zei: '*You saved my life, you fool.*'

HOOFDSTUK 54

Donderdag.

Het was koud en het waaide hard op de dag dat Ståle Aune werd begraven. De haren van de aanwezigen gingen alle kanten op en plotseling viel er merkwaardig genoeg hagel uit de wolkeloze lucht. Toen hij opstond had Harry zich eerst geschoren en het magere gezicht dat in de spiegel had terug gestaard was uit gelukkiger tijden. Misschien zou het helpen. Waarschijnlijk niet.

Toen hij naar het spreekgestoelte was gelopen om een paar woorden te zeggen zoals Ingrid en Aurora hem hadden gevraagd, had hij naar de volgepakte kerk gekeken.

Op de eerste twee rijen zat de naaste familie. Op de rij daarachter goede vrienden, de meeste had Harry nog nooit gezien. Op de rij daar weer achter zag hij Mikael Bellman zitten. Bellman was uiteraard opgetogen dat de zaak was opgelost en dat de moordenaar Helge Forfang achter slot en grendel zat, maar hij had zich gedeisd gehouden terwijl de kranten de hele week steeds meer nieuwe details hadden gepubliceerd die de politie had vrijgegeven. De beschrijving van Forfang van de moord op zijn stiefvader. Mona Daa en VG hadden weliswaar het goede voorbeeld gegeven door de video niet op hun website te zetten waarin een naakte Markus Røed bekende zijn stiefzoon meermaals verkracht te hebben, ze hadden er alleen aan gerefereerd. Maar mensen die de video wilden zien, konden die natuurlijk makkelijk vinden op internet.

Harry zag Katrine naast Sung-min en Bodil Melling zitten. Ze was nog steeds bekaf, de afwikkeling van de zaak was veel werk geweest en er viel ook nog veel te doen. Maar uiteraard was ze opgelucht dat de dader was gepakt en had bekend. In de verhoren had Helge Forfang alles verteld wat ze wilden weten en het meeste klopte met de vermoedens van Harry over hoe de moorden hadden plaatsgevonden. Het motief – wraak op zijn stiefvader – was ook helder.

Harry kwam samen met Øystein, Truls en Oleg in Øysteins Mercedes naar de kerk. Oleg was helemaal uit Finnmark overgekomen. Truls had zijn baan op het hoofdbureau weer terug want hij werd niet langer verdacht van diefstal en dat had hij gevierd met het kopen van een pak voor de begrafenis dat verdacht veel leek op dat van Harry. Øystein op zijn beurt had aangekondigd dat hij gestopt was met het dealen van cocaïne en dat hij weer taxi zou gaan rijden. Dat hij had overwogen ambulancechauffeur te worden.

'Verdomme zeg, het is moeilijk weer terug te gaan als je eenmaal de sirene hebt aangezet en je het verkeer voor je hebt zien splijten als de Dode Zee voor Mozes. Of was het het Meer van Genezareth? Hoe dan ook, ik heb dat idee laten varen.'

Truls had grommend gelachen. 'Daarvoor moet je vast veel cursussen en zo doen.'

'Dat is het niet,' had Øystein geantwoord. 'Maar in de ambulance ligt dope, nietwaar, en ik kan daar beter bij uit de buurt blijven, ik ben Keith niet. Dus ik heb een baan aangenomen als taxichauffeur in Holmlia.'

Harry's handen trilden, waardoor de papieren die hij vasthield een schrapend geluid maakten. Hij had vandaag niet gedronken, hij had zelfs de Jim Beam-fles in de wasbak van zijn hotelkamer leeggegoten. De rest van zijn leven zou hij nuchter zijn. Dat was het plan. Dat was altijd het plan. Zaterdag zouden Gert en hij met de boot naar Nesodden gaan. Harry dacht daaraan. Zijn handen stopten met trillen. Hij kuchte.

'Ståle Aune,' zei hij. Hij had besloten te beginnen met het uitspreken van zijn volledige naam. 'Ståle Aune is de held geworden die hij nooit had willen zijn. Maar aan het eind van zijn leven zorgden de aanleiding en zijn eigen moed ervoor dat hij die wel werd. Natuurlijk zou hij hebben geprotesteerd als hij een held werd genoemd. Als hij hier was, maar dat is hij niet. Geloof ik. Zijn protest zou overigens geen bijval hebben gekregen. Toen wij de gijzelsituatie moesten oplossen waarover jullie hebben kunnen lezen in de kranten, was hij het die vanuit zijn bed schreeuwde: "Horen jullie niet wat ik zeg? Het is simpele wiskunde." Ståle Aune zou beweren dat het gewoon logica was en geen heldenmoed dat hij mijn kleren aantrok, mijn plaats innam, mijn doodvonnis op zich nam. Het plan was dat ik de plek zou verlaten met de gegijzelde voordat duidelijk werd dat we van rol hadden gewisseld. Eventueel zou ik ingrijpen als Ståle eerder werd ontmaskerd. Het was mijn plan niet. Het was zijn plan. Hij vroeg ons dat voor hem te doen. Hij wilde zijn laatste dagen met pijn verruilen voor een einde dat zin had. Dat was een goed argument. Maar nog beter was dat het daardoor mogelijk was het leven van de gegijzelde te redden omdat Forfang zich zou concentreren op hem en dat ik zou kunnen ingrijpen als er iets onverwachts gebeurde. Ståle laat mensen achter – zoals de meeste helden die zich hebben opgeofferd – met een schuldgevoel. In de eerste plaats ikzelf, die leider was van ons groepje en de plaats van Uria toegewezen had gekregen op het dak. Ja, ik draag de schuld dat ik Ståle Aunes leven heb verkort. Heb ik spijt? Nee. Want Ståle had gelijk, het is gewoon wiskunde. Ik geloof dat hij als een gelukkig man is gestorven. Gelukkig omdat Ståle bij dat deel van de mensheid behoorde dat diepe voldoening vond in het feit dat hij deze wereld een wat draaglijker plaats voor ons allen heeft gemaakt.'

Na de begrafenis waren er broodjes, koffie en bier in Schrøder zoals Ståle dat had gewenst. Het was er zo druk dat je er over de hoofden kon lopen toen ze aankwamen en Harry en zijn gevolg konden nog net een tafeltje vinden bij de toiletten.

'Forfang wilde wraak en daarvoor ruimde hij alles op wat hem in de weg stond,' zei Øystein. 'Maar de kranten schrijven toch dat hij een seriemoordenaar was en dat was hij eigenlijk niet. Of wel, Harry?'

'Hm, niet in de klassieke zin van het woord. Seriemoordenaars zijn zeldzaam.' Harry nam een slok van zijn koffie.

'Met hoeveel heb jij er te maken gehad?' vroeg Oleg.

'Weet ik niet.'

'Dat weet je niet?' zei Truls grommend.

'Toen ik mijn tweede seriemoordenaar had gepakt, kreeg ik anonieme brieven. Mensen die me uitdaagden, zeiden dat ze hadden gemoord. Of zouden gaan moorden. En dat het me niet zou lukken ze te pakken. De meeste briefschrijvers vonden het leuk om dat te schrijven, neem ik aan. Maar ik weet niet of ze inderdaad mensen hebben vermoord. De meeste moorden lossen we op. Maar misschien zijn ze goed, misschien zorgden ze ervoor dat het eruitzag als een natuurlijke dood of een ongeluk.'

'Dus ze kunnen je hebben verslagen, bedoel je?'

Harry knikte. 'Yep.'

Een oudere man, duidelijk lichtelijk aangeschoten, kwam uit het toilet. 'Vrienden of patiënten?' vroeg hij.

Harry lachte. 'Allebei.'

'Goed gedaan,' zei de man en hij liep door.

'Plus dat hij mijn leven heeft gered,' zei Harry zacht. Hij hief zijn kopje. 'Op Ståle.'

De drie anderen hieven hun glas.

'Ik heb iets bedacht,' zei Truls. 'Dat spreekwoord, Harry, over dat je voor de rest van je leven verantwoordelijk voor iemand bent als je zijn leven hebt gered...'

'Ja,' zei Harry.

'Ik heb het nagekeken, dat komt uit de serie *Kung Fu* en het moest klinken als een oud Chinees spreekwoord. Die serie uit de jaren zeventig, weet je wel?'

'Die met David Carradine?' vroeg Øystein.

'Ja,' zei Truls. 'Vreselijk slecht.'

'Maar op een coole manier,' zei Øystein. 'Moet je gaan kijken,' zei hij en hij porde Oleg in zijn zij.

'Echt?'

'Nee,' zei Harry. 'Niet echt.'

'Oké,' zei Øystein. 'Maar als David Carradine dat heeft gezegd over verantwoordelijkheid voor degene die je hebt gered dan moet er toch iets in zitten. David Carradine, mensen!'

Truls krabde zijn vooruitstekende kin. 'Oké.'

Katrine kwam naar hen toe.

'Sorry dat ik nu pas kom, ik moest eerst naar een plaats delict,' zei ze. 'Zo te zien is iedereen er. Zelfs de priester.'

'De priester?' zei Harry en hij trok een wenkbrauw op.

'Was hij dat dan niet?' zei Katrine. 'Toen ik binnenkwam zag ik in elk geval een man met een priesterboord.'

'Om welke plaats delict ging het nu dan?' vroeg Oleg.

'Een flat in Frogner. Het lijk is in stukken gesneden. De buren hebben het geluid van een motor gehoord. Het behang in de kamer zag eruit alsof het met een spuitbus bespoten was. Zeg, Harry, kan ik je even onder twee ogen spreken?'

Ze liepen naar een tafeltje bij het raam dat ooit Harry's vaste plek was geweest en net was vrijgekomen.

'Goed dat Alexandra alweer aan het werk is,' zei ze.

'Ze is gelukkig een stoere meid,' zei Harry.

'Ik heb gehoord dat je haar hebt uitgenodigd voor *Romeo en Julia*?'

'Ja, ik had twee kaartjes gekregen van Helene Røed. Het zou een goede voorstelling zijn.'

'Gezellig. Alexandra is een prima mens. Ik heb haar gevraagd wat zaken voor me te checken.'

'O, ja?'

'Ze had toch het DNA-profiel dat we in het speeksel op Susannes borst hadden gevonden? Dat had ze gecheckt in de database van veroordeelde daders. Daarin hebben we geen match gevonden, maar later ontdekten we dus dat er een match was met Markus Røed.'

'Ja?'

'Maar het speeksel werd nooit gecheckt in de database van onbekende personen, dus het DNA dat we in onopgeloste zaken hadden gevonden. Na de video waarin Røed bekent dat hij een minderjarige heeft verkracht, vroeg ik haar zijn DNA ook in die database in te voeren. En weet je wat daaruit kwam?'

'Hm, ik kan het wel raden.'

'Ga je gang.'

'De verkrachting van een veertienjarige in Villa Dante. Hoe heette die zaak ook alweer?'

'De Vlinderzaak.' Katrine zag er bijna opgetogen uit. 'Hoe wist je...?'

'Røed en Krohn beweerden dat hij zijn DNA niet wilde afstaan omdat dat zou betekenen dat er reden was voor een verdenking. Maar ik had het vermoeden dat Røed een andere reden had. Hij wist dat jullie na de verkrachting zijn sperma met DNA hadden.'

Katrine knikte. 'Je bent goed, Harry.'

Hij schudde zijn hoofd. 'Was dat maar zo, dan had ik de zaak veel eerder opgelost. Ik zat de hele tijd op het verkeerde spoor.'

'Ik hoor wat je zegt, maar er zijn andere mensen die vinden dat je goed bent.'

'Juist, ja.'

'Daarom wilde ik met je praten. Op de afdeling Geweld is een plek vrijgekomen. We willen allemaal dat je daarop solliciteert.'

'We?'

'Bodil Melling en ik.'

'Dat is "allebei", je zei "allemaal".'

'Mikael Bellman heeft ook gezegd dat hem dat een goed idee lijkt. Dat we je een bijzondere positie aan kunnen bieden. Met een vrijere rol. Je zou kunnen beginnen met de moord in Frogner.'

'Al verdachten?'

'Hij zou jarenlange ruzie met zijn broer hebben gehad over een erfenis. Zijn broer wordt verhoord, maar hij heeft vast een alibi.'

Ze bestudeerde het gezicht van Harry. De blauwe irissen waarin ze had gestaard, de zachte lippen die ze ooit had gekust, de scherpe trekken, het sabelvormige litteken dat van zijn mond naar zijn oor liep. Ze trachtte de blik te lezen, de wisselingen in zijn gezichtsuitdrukkingen, de manier waarop hij als een grote vogel voordat die wegvliegt zijn schouders naar achteren trok. Katrine meende dat ze mensenkennis had en sommige mannen – Bjørn bijvoorbeeld – had ze kunnen lezen als een boek. Maar Harry was en bleef een mysterie voor haar. En ook voor zichzelf, dacht ze.

'Groet ze van me en bedank ze,' zei hij. 'Maar nee.'

'Waarom niet?'

Harry lachte scheef. 'Ik heb in de loop van deze zaak begrepen dat ik maar voor één ding nuttig ben en dat is het vangen van seriemoordenaars. Echte seriemoordenaars. Statistisch gezien kom je zeven keer in je leven een seriemoordenaar tegen op straat. Ik heb de mijne opgebruikt. Er zullen er niet meer opduiken.'

Er stond 'Andrew' op het naambordje van de jonge winkelbediende en de man voor hem had zojuist zijn naam gezegd met een uitspraak die erop duidde dat hij lange tijd in Amerika was geweest.

'Een nieuwe ketting voor de motorzaag, ja,' zei Andrew. 'We zullen het in orde maken.'

'Graag direct,' zei de man. 'En ik heb twee rollen ducttape nodig. En een paar meter stevig touw. Heb je dat voor me, Andrew?'

Om de een of andere reden liepen de rillingen over Andrews rug. Misschien kwam het door de kleurloze irissen van de man. Of de zachte, flemende stem met een licht accent uit Sørlandet. Misschien kwam het doordat hij een hand op Andrews onderarm had gelegd. Of gewoon omdat Andrew – om dezelfde reden dat sommige mensen bang zijn voor clowns – altijd bang was geweest voor priesters.